S. FISCHER

INGO SCHULZE

PETER HOLTZ

SEIN GLÜCKLICHES LEBEN ERZÄHLT VON IHM SELBST

ROMAN

S. FISCHER

MIX
Papier aus verantwortungsvollen Quellen
FSC® C083411

Erschienen bei S. FISCHER

Satz: Dörlemann Satz, Lemförde
Druck und Bindung: CPI books GmbH, Leck
Printed in Germany
ISBN 978-3-10-397204-7

Für Jutta Müller-Tamm

Nützlich ist, was für jemanden gut ist. Oder für alle?

Péter Esterházy, Die Markus-Version

BUCH I

ERSTES KAPITEL

In dem Peter ohne einen Pfennig in der Tasche eine Gaststätte aufsucht und erklärt, warum er das für richtig hält. Überlegungen zum Stellenwert des Geldes im Sozialismus.

An diesem Sonnabend im Juli 1974, acht Tage vor meinem zwölften Geburtstag, weiß ich noch nichts von meinem Glück. Ich sitze auf der Terrasse eines Ausflugslokals nahe Waldau und warte darauf, dass jemand die Kellnerin von der Richtigkeit meiner Argumente überzeugt oder meine Rechnung in Höhe von vier Mark und fünfzig Pfennigen begleicht. Mehrmals habe ich ihr schon erklärt, über kein Geld zu verfügen, weder in meinen Hosentaschen noch dort, wo ich zu Hause bin, im Kinderheim Käthe-Kollwitz in Gradow an der Elbe.

»Geld ist doch nicht wichtig!«, sage ich und füge gleich darauf hinzu: »Solange ich ein Kind bin, muss unsere Gesellschaft für mich sorgen, egal, ob im Kinderheim oder auf einer Reise an die Ostsee.«

Wiederholt biete ich der Kellnerin an, die von mir verzehrte Portion Eisbein mit Kartoffeln, Sauerkraut und Senf sowie das Glas Fassbrause abzuarbeiten, sie brauche mir nur eine Aufgabe zuzuweisen. Ich wolle sie aber nicht wegen Kinderarbeit in Schwierigkeiten bringen. Naheliegend sei es hingegen, mir die Verköstigung nicht zu berechnen. »Warum soll mir unsere Gesellschaft das Geld erst aushändigen«, frage ich, »wenn dieses Geld doch über kurz oder lang sowieso wieder bei ihr landet?«

»Wo landet das Geld?«, ruft die Kellnerin, deren Stimme mit jedem Wort an Höhe gewinnt.

»Bei der Gesellschaft«, antworte ich.

»Bei dir piept's ja!« Die Kellnerin tippt sich mehrmals mit dem Zeigefinger gegen die Schläfe. »Hast se ja nich mehr alle!« Sie ergreift ihren dicken schwarzen Zopf, der schräg über ihrem Dekolleté liegt, und schleudert ihn über die Schulter zurück. Im Weggehen schwingt der Zopf zwischen Schulterblatt und Schulterblatt hin und her und beruhigt sich erst, als sie sich anschickt, die drei Stufen zur Eingangstür des Lokals hinaufzusteigen.

Ich versuche, wie immer in kniffligen Situationen, kühlen Kopf zu bewahren und meine Enttäuschung darüber, wie uneinsichtig selbst Erwachsene heute noch sein können, niederzukämpfen. Was würde Paul Löschau jetzt tun? Ich sehe in den Himmel. Die Wolkenbeobachtung, hat er gesagt, sei die beste Art der Erholung, wenn einem die Kraft zum Studieren fehle. In der Gestalt der Wolken haben wir immer etwas entdeckt. Gewaltige Igel, Krebse, Hasen und Bären zogen über uns hinweg. Es hat aber auch Tage gegeben, an denen wir die Vorkämpfer unserer Sache erblickt haben, Ernst Thälmann oder Rosa Luxemburg, einmal sogar Lenin mit vorgerecktem Kinn!

Doch heute will sich keine einzige Wolke verwandeln. Soll ich einfach wegrennen? Aber damit stellte ich meine eigenen Belange über die der Gesellschaft. Am Ende hält die Kellnerin ihren Egoismus noch für Wachsamkeit!

Der Andrang der Gäste ist inzwischen so groß geworden, dass es etliche Wartende gibt, die durch einen Kellner von der Eingangstür vertrieben und zu einer Reihe geordnet werden. Ich will einen letzten Versuch unternehmen, die Kellnerin zu überzeugen!

»Hinten beginnt die Reihe!«, ruft ein Mann. Fast stolpere ich, so grob packt er mich am Ellbogen und zerrt mich zurück. »Ganz hinten!«, ergänzt die Frau neben ihm.

»Ich muss meine Kellnerin sprechen«, sage ich. »Ich habe

bereits gegessen und getrunken, aber die Kellnerin besteht darauf, dass ich bezahle …« Ich sehe von einem zum anderen, aber niemand erwidert meinen Blick. Als ich schließlich darzulegen beginne, wie unsinnig die Verwendung von Geld im Sozialismus ist, sieht mich die Frau mit verkniffenen Augen an und deutet mit dem Daumen über die Schulter. »Ganz hinten«, wiederholt sie.

Da sich die Kellnerin nicht zeigt, weiß ich mir nicht anders zu helfen und stelle mich dem Kellner in den Weg.

»Keene Oogen im Kopp?!« Er schiebt mich beiseite und eilt in seinen schwarzen Lackschuhen davon.

»So kriegst du hier nie einen Platz«, sagt leise ein älterer Mann, dessen beigefarbene Hose von einem dünnen weißen Gürtel auf Nabelhöhe gehalten wird.

»Mir geht es nicht um einen Platz …«, sage ich, wende mich aber wieder ab, weil der Kellner zurückkehrt, das leere Tablett unterm Arm. Neben ihm herlaufend, erneuere ich meine Bitte.

»Der Junge hat ein Anliegen!«, sagt der freundliche Mann mit der beigefarbenen Hose überm Bauch und tritt aus der Reihe. »Es ist Ihre Pflicht, ihm zu antworten!«

Als der Kellner erneut auftaucht, drückt er mir ein Buch vor die Brust und zieht einen Kuli hervor.

»Wiedersehen macht Freude, aber persönlich, capito?« Statt mich anzusehen, blickt er den freundlichen Mann an, der wieder in die Reihe der Wartenden zurückgekehrt ist.

»Jetzt musst du auch so mutig sein und schreiben!«, sagt der freundliche Mann.

Die dem lederartigen Einband aufgeprägten Goldbuchstaben füge ich zu dem Wort »Gästebuch« zusammen. Da kein Stuhl frei ist, setze ich mich auf das rotweiße Geländer an der Straße, den Campingbeutel zu meinen Füßen. Vorsichtig öffne ich das Gästebuch. Die ersten Seiten sind herausgerissen, die Reste sehen aus wie angebissene Schnitten.

Deshalb beginnt das Gästebuch mit Fotos von Hochzeitsgesellschaften, zwei sogar in Farbe. Es folgt eine Eintragung. Der Text ist nicht lang, ich erkenne einzelne Buchstaben und versuche, Silben zu bilden, um diese dann zusammenzuziehen. Meine Lese- und Schreibschwäche, das steht auch diesmal in meiner Beurteilung, ist ausgeprägt, benotet wird vor allem mein mündlicher Ausdruck. Mir erschließt sich nicht jeder Satz. Als ich wieder von vorn beginne, wird mir allmählich klar, dass das Geschriebene von der Damentoilette handelt, das erleichtert mir das Verständnis. Kein Klo sei benutzbar gewesen! Die Bestandsaufnahme der konkreten Situation lese ich mit wachsender Empörung. Die Schlussfolgerung lautet: Nicht mal ihr »Kleines Geschäft« habe sie gewagt, dort zu verrichten. Die unterzeichnende Dagmar Freudental fordert eine Stellungnahme des Kollektivs der HO-Gaststätte. Darunter steht eine Adresse. Mich beeindrucken die Sachlichkeit und der Detailreichtum ihrer Eintragung. So würde auch ich gern meine Gedanken ausdrücken. Doch da ich das Schreiben der Losungen zum 1. Mai ausdauernd geübt habe, kann ich es jetzt selbständig anwenden: »Hoch lebe die Befriedigung notwendiger Bedürfnisse!« Eisbein und Fassbrause, davon bin ich überzeugt, waren die richtige Wahl. »Nieder mit dem persönlichen Egoismus, nieder mit dem Privateigentum!«, lautet mein zweiter Eintrag. Das Kollektiv der Gaststätte wird meine Forderungen auf seine konkrete Situation beziehen, darüber diskutieren, sein Fehlverhalten einstellen und sich bessern.

Ich bin im Begriff, meine Adresse zu schreiben, als jemand vor mir stehen bleibt. Eine junge Kellnerin überreicht mir ein randvolles Glas.

»Lemon-Limonade«, sagt sie. »Die geht aufs Haus!«

Ich will sie nach der Bedeutung ihrer Redewendung fragen, doch da sie so aufmerksam ist, das Gästebuch festzuhalten, während ich nach dem Glas greife, trinke ich die Lemon-Limonade in einem Zug.

»Hetz dich nicht«, sagt sie, »und schreib nicht schlecht über uns.«

»Wir müssen alle lernen«, sage ich und gebe ihr das leere Glas zurück. »Wir dürfen einfach nie aufhören zu lernen.« Sie sieht zu Boden. Sie denkt über das Gesagte nach, statt vorschnell zu antworten. Ich reiche ihr die Hand – da fällt mir der Kuli runter. Rasch bückt sie sich. »Danke!«, sage ich, ergreife ihre Rechte und drücke sie fest.

Dann vervollständige ich die Adresse des Käthe-Kollwitz und unterzeichne mit Vor- und Nachnamen. Zu spät bemerke ich die fehlende Grußformel. Zwischen Adresse und Unterschrift quetsche ich »Mit sozialistischer Hochachtung« und schlage das Gästebuch zu, froh, die ganze Angelegenheit zu einem guten Ende geführt zu haben. Schnell passiere ich die Schlange der Wartenden. Allesamt harren sie noch an derselben Stelle aus wie zuvor. Nur meinen Freund in der beigefarbenen Hose finde ich nicht. Zwar kann ich nicht behaupten, den anderen eine Lehre erteilt zu haben, aber auf jeden Fall habe ich meine Zeit besser genutzt als sie. Und etwas Ähnliches geht wohl auch ihnen gerade durch den Kopf angesichts eines heraufziehenden Gewitters.

ZWEITES KAPITEL

In dem Peter in einen Bungalow gerät und wilden Tieren begegnet. Verzagtheit und Zuversicht. Wie er ein Ehepaar erschießt.

Ich schwenke meinen Arm, um eines der Autos anzuhalten, die vom See kommen und aus den Staubwolken des Waldweges auf die Straße biegen. Als mich die ersten Regentropfen treffen, gebe ich es auf und laufe weiter in den Wald hinein, bis ich vor einem Bungalow stehen bleibe. Da weit und breit niemand zu sehen ist, steige ich über den Zaun und erreiche das Vordach im selben Moment, als der Regen losbricht. Vor meinen Zehenspitzen sprudeln Springbrunnen empor.

Gegen die geschlossenen Fensterläden gelehnt, erinnere ich mich der Worte Paul Löschaus. »Wenn du dein Ziel kennst«, hat er immer gesagt, »dann konzentriere dich ganz auf deinen nächsten Schritt.« Mein nächster Schritt, so schlussfolgere ich, kann nur darin bestehen, ein trockenes Nachtlager zu finden. Paul Löschau hat mir mal von Gefangenen erzählt, die allein durch ihre Fähigkeit, im Stehen zu schlafen, überlebt hätten. Aber wie erlernt man diese Fähigkeit? Ganz sicher geht das nicht so schnell, wie ich es jetzt bräuchte.

Ich hänge meinen Campingbeutel an die Klinke der Eingangstür und trinke in kleinen Schlucken den kalten Tee aus meiner Thermoskanne – ich sehe den Campingbeutel zu Boden fallen, die Klinke schnappt wieder nach oben. Wie von Geisterhand öffnet sich die Tür einen Spaltbreit.

Ich wage nicht, nach meinem Campingbeutel zu greifen.

Doch es erscheint niemand. Zu hören ist nur der Regen. Vorsichtig schraube ich die Thermoskanne zu.

Als ich meinen Campingbeutel endlich wieder an mich genommen habe, klopfe ich an, rufe mehrmals: »Hallo?« und luge schließlich über die Schwelle. Aus der Düsternis tauchen Geweihe auf, kleine Geweihe, mit denen die Wände bestückt sind. Ich trete ein. Fuchs, Hase und Marder sehen mit glänzenden Augen von einer Schrankwand auf mich herab. Daneben bewegt sich etwas. Doch noch bevor mir der Schreck in die Glieder fahren kann, erkenne ich den Spiegel und darin mich. Ich atme auf – bemerke aber im nächsten Moment, dass sich was tut, obwohl ich still stehe. Es knurrt.

Ein schwarzer Hund, groß wie ein Kalb, nasse Zotteln über den Augen. Als ich einen Schritt auf ihn zugehe, gibt er einen schrecklichen Laut von sich. Augenblicklich hebe ich beide Arme zum Zeichen, dass ich mich ergebe. Auch er verharrt reglos. Über das Geweih neben der Tür ist ein Jägerhut mit langer Feder gestülpt. Zwischen Scheibe und Gardine summt immer wieder eine Fliege kurz auf. In der Küchennische sirrt der Kühlschrank. Draußen ist es duster. Meine Oberarme beginnen zu schmerzen. Mehr noch, als gebissen zu werden, fürchte ich mich vor der Tollwutspritze. Denn die bekommt man direkt in den Bauch. Lange halte ich das nicht mehr aus ... Als ich es wage, meine Tränen abzuwischen, berührt mich etwas kalt an der Wade. Rau ist es. Ich bin an ein Sofa gestoßen, ein altes Ledersofa. Langsam setze ich mich. Der schwarze Hund antwortet mit einem Gähnen und legt sich über die Schwelle, den Kopf auf den Vorderpfoten. Auch ich muss gähnen, als wäre das die Sprache, in der wir uns verständigen.

Ich trete die Sandalenriemen von den Fersen und mache es mir mit angezogenen Knien bequem. Sogar eine Decke gibt es. Kaum dass ich liege, spüre ich, wie dringend ich mal muss. Sofort ist auch der Hund auf den Beinen. Ich setze mich wieder, rutsche in Richtung Schrankwand und greife mir einen der beiden braunen Bierkrüge mit Deckel. Da hinein mache ich das, was Dagmar Freudental ihr »Kleines Geschäft« genannt hat, und stelle ihn vorsichtig zurück in die Schrankwand. Den zweiten nehme ich mir als Nachttopf mit. Die Decke ist kratzig. Ich darf mich nicht rühren. Der Regen hat aufgehört. Immer wieder glaube ich, Schritte zu hören. Immer wieder spähe ich hinüber zur Tür, um das Dunkel zu durchdringen. Auch wenn ich mir sage, dass es nur der Wind ist, der die Regentropfen von den Kiefern schüttelt, oder ein Zweig, der herunterfällt, bin ich dankbar für das schwarze Tier dort auf der Schwelle. Als ich mich auf die linke Seite drehe, drückt etwas auf mein Herz: Es ist der Kellner-Kuli, den ich vergessen habe zurückzugeben.

Ich bin überzeugt, die Nacht gemeinsam mit dem sich unentwegt an- und abschaltenden Kühlschrank zu durchwachen. Doch plötzlich ist es heller Tag, die Tür geschlossen, der Hund verschwunden. Auf dem Tisch steht ein Glas Milch. Daneben finde ich eine Doppelsemmel, meinen Kuli und einen Zettel. »Guten Morgen, Junge«, entziffere ich langsam. »Alles ist gut. Wenn du gehst, schließe bitte die Tür.«

»Wirrt gemacht, Gruhs, Peter«, schreibe ich darunter und stecke den Kuli zurück in meine Brusttasche. Die beiden Bierkrüge stehen mit offenem Deckel im Waschbecken.

Das Glas Milch in der einen, die Semmel in der anderen Hand, trete ich hinaus in den Julimorgen, blinzele durch die Kiefern hinauf zur Sonne und glaube für eine Sekunde, es wäre schon das Rauschen des Meeres, das ich höre. Nachdem ich die Semmel gegessen und die Milch getrunken habe, inspiziere ich den Bungalow. Hinten hinaus hat er zwei Schlafkammern. Zwischen den beiden Türen stehen Pantoffeln, der Größe nach geordnet, blau, rot, grün. Von einem der Geweihe neben der Kochnische hängt eine braune Lederhülle herab.

Das Fernglas ist so schwer, dass derjenige, der es um den Hals tragen will, ein halber Riese sein muss. Ich versuche hindurchzusehen, stelle es scharf und erblicke eine Pistolentasche. Die Pistole riecht ölig und nach Metall. Ich scheue mich, sie ganz herauszunehmen. So etwas kenne ich nur aus dem Fernsehen. Unsicher, als förderte ich damit eine Epoche des Krieges und des Faschismus zutage, und zugleich behutsam, als könnte da etwas lebendig werden und mir weh tun, ziehe ich sie schließlich heraus. Auch diese Waffe ist für einen Riesen gemacht.

Mit dem Jägerhut auf dem Kopf und der Pistole in der

Rechten stelle ich mich vor den Spiegel. Langsam gewöhne ich mich an ihr Gewicht. Ich versuche, sie wie einen Colt um den Mittelfinger kreisen zu lassen. Einmal gelingt es mir, beim zweiten Versuch entgleitet sie mir und fällt zu Boden. Als ich sie ein drittes Mal kreisen lasse, geschieht alles gleichzeitig: Ich erblicke hinter mir einen Mann und eine Frau, es kracht fürchterlich, es scherbelt, es splittert, es schreit, es poltert, es bellt, es will kein Ende nehmen. Dann sehe ich niemanden und nichts mehr. Das rechte Handgelenk schmerzt. Die Pistole liegt vor meinen Füßen.

»Ich ergebe mich!«, rufe ich, als ich draußen wütende Stimmen höre, und beginne zu weinen, noch bevor ich jemanden erblicke.

DRITTES KAPITEL

In dem Peter sich satt isst. Darüber vergisst er nicht, seine Sicht auf die Welt darzulegen. Was für ein ungewöhnlicher Junge!

Keine Stunde später präsidiere ich gewaschen und gekämmt einer reichgedeckten Frühstückstafel auf der Terrasse vor dem Bungalow. Rechts von mir sitzt Herr Grohmann, links Frau Grohmann, der schwarze Hund, der auf den Namen Wanka hört, liegt auf dem Fußabtreter und sieht traurig in unsere Richtung.

»Iss dich erst mal satt«, sagt Frau Grohmann bereits zum zweiten Mal.

»Ja«, sage ich dankbar.

Herrn Grohmann verleiht eine Narbe, die sich über seine linke Wange bis hinunter zum Kinn zieht, ein verwegenes Aussehen, als wäre er früher einmal Seeräuber gewesen oder Bandit, allerdings einer mit Manieren. Selbst seine

Schwarzbrotschnitte – Frau Grohmann und ich essen Brötchen – behandelt er mit Messer und Gabel.

Frau Grohmann ist nicht nur jung, sondern jungenhaft. Das liegt an ihren kurzen blonden Haaren und der Lebhaftigkeit, mit der sie spricht und gestikuliert.

Wahrheitsgemäß habe ich dem Ehepaar Grohmann erzählt, dass ich im Kinderheim Käthe-Kollwitz lebe, mich aber ohne Erlaubnis auf den Weg gemacht habe, um Paul Löschau, unseren alten Kinderheim-Direktor, der jetzt ein Kinderferienlager in Wiek auf Rügen leitet, zurückzuholen, zurück zu uns nach Gradow an der Elbe.

»Aber warum willst du denn, dass er seine neue Arbeit aufgibt?«, fragt Frau Grohmann.

»Weil der neue Direktor keine sozialistische Persönlichkeit ist, sondern ein Mensch, der nur an sich selbst denkt.«

»Ach so?«

»Und außerdem frönt er ständig seinem Geschlechtstrieb.«

»Ach!«, sagt Frau Grohmann. Herr Grohmann sieht weiter höflich auf sein Brot hinab und kaut.

»Auf welche Art und Weise frönt er denn seinem Geschlechtstrieb?«, fragt sie.

»Na, wie schon«, sage ich. »Er schließt sich mit allen Frauen ein, deren er habhaft werden kann.«

Auch Frau Grohmann hält jetzt ihren Blick gesenkt.

»Er stellt den Erzieherinnen nach, den Köchinnen und Küchenhilfen. Niemand ist vor ihm sicher, nicht mal die Putzfrauen. Die Sekretärin von Paul Löschau hat schon gekündigt.«

»Ach«, sagt Frau Grohmann wieder, »das ist nicht schön.«

»Er ist kein Vorbild, überhaupt nicht«, sage ich. »Er ist auch ungerecht.«

»Aber der vorige Direktor …«

»Paul Löschau lieben alle.«

»Und warum ist er weg?«

»Zuerst war er krank. Und dann hat man ihn zur Kur geschickt, an die Ostsee. Und dann hat man gesagt, dass er dortbleiben soll, wegen seiner Lunge. Er durfte sich nicht mal von uns verabschieden.«

»Aber dann kann er ja nicht zurückkommen! Dann muss er doch bleiben! Dann hat er doch gar keine Wahl!«

»Ohne ihn missraten wir völlig«, sage ich.

»Ihr missratet völlig?«, mischt sich Herr Grohmann ein.

»Ja! Ohne ihn entwickeln wir Kinder uns in eine völlig falsche Richtung.«

»Aber du darfst doch nicht so einfach weglaufen aus dem Heim?«, sagt Frau Grohmann.

»Ich habe einen Brief hinterlassen und versprochen, so schnell wie möglich zurückzukommen.«

»Ganz schön gewagt«, sagt sie.

»Wenn man mal etwas als richtig und notwendig erkannt hat«, erwidere ich, »soll man sich auch mit ganzer Kraft dafür einsetzen. Und was ist schon eine Fahrt an die Ostsee im Vergleich zu dem antifaschistischen Kampf von Paul Löschau, im Vergleich zu der Angst vor Folter, Hunger, Durst und Tod. Und trotzdem hat er sich überwunden und es getan!«

Frau Grohmann scheint sich nach meinen Worten zu genieren, in ihr Brötchen zu beißen, obwohl der Honig bereits über den Nagel ihres Daumens läuft.

»Du bist wirklich ein ungewöhnlicher Junge«, sagt sie schließlich und lässt das halbe Brötchen auf ihrem Teller los, das sich sofort wie ein Schiff in Seenot auf die Seite legt, so dass der Honig von der Reling tropft. Schweigend essen wir weiter. Schweigend reichen wir einander Butter und Honig.

»Nun mal ehrlich«, beginnt Herr Grohmann. »Erwartest du

wirklich, dass du damit durchkommst? Dass man dir überall hilft, einfach so?«

»Aber ja«, erwidere ich freudig. »Ich bin doch ein Mitglied unserer Gesellschaft! Vor fünfzig Jahren hingegen …«

»Schon, schon«, unterbricht er mich. »Aber wie soll das gehen?«

»Wie meinen Sie das?«, frage ich voller Bangigkeit.

»Man kann doch andere nicht unentwegt bitten, einem zu schenken, was man will, ohne selbst etwas zurückzugeben«, sagt Herr Grohmann.

»Ich will ja nur das, was ich brauche. Der Mensch muss essen!«, beharre ich und schmiere Butter auf beide Brötchenhälften.

»Aber, Junge! Niemand kann dir immerzu Spezialitäten in den Mund stopfen, nur weil du gerade Lust hast, in einem Restaurant zu speisen! Niemand kann einfach so sagen: ›Da, nimm, was du willst, bedien dich, für dich ist's umsonst!‹« Er klingt ungehalten, als wäre er darüber verärgert, dass die Rolle, die er aus seiner Serviette gemacht hat, sich nicht gleich durch den silbernen Ring schieben lässt.

»Was meinen Sie mit ›einfach so‹?«

»Na, einfach so! Für Gottes Lohn!«

Weder gefällt mir seine Argumentation noch seine mystische Ausdrucksweise. Die Aufmerksamkeit seiner Frau ermutigt mich jedoch zu argumentieren.

»Ob ich nun hier esse oder im Heim – was für einen Unterschied macht das?«, frage ich. »Ich hätte natürlich auch die Rinderroulade nehmen können für drei achtzig! Aber das Eisbein war stattlich, und ich hatte zwei Tage nichts Warmes im Bauch.«

»Tut er nur so, oder ist er wirklich so … so … einfältig?«, fragt er seine Frau, als wäre ich gar nicht anwesend. Dann lehnt er sich zurück und stößt die Luft durch die Nase aus.

»Du stellst wirklich sehr hohe Ansprüche an deine Mitmenschen«, sagt Frau Grohmann, die das Weiche aus ihrem aufgeschnittenen Brötchen pult.

»Paul Löschau hat mal gesagt: ›Wenn du ohne Geld durch unsere Republik reisen und dich satt essen kannst und alle freundlich zu dir sind, dann hat der Kommunismus gesiegt. Ich werde ihn nicht mehr erleben, aber du vielleicht schon.‹ Ich will, dass Paul Löschau es auch noch erlebt!«

»Du bist wirklich ein besonderer Junge«, sagt Frau Grohmann, zwischen deren Fingern teigige Röllchen entstehen. Eines tunkt sie ins geköpfte Ei.

»Beate!«, zischt Herr Grohmann. »Musst du das jetzt zelebrieren?«

Sie beugt sich über den Teller, wobei sie mit einer Hand die Bernsteinkette an die Bluse drückt, und bugsiert das eigelbgetränkte Röllchen in ihren Mund.

»Probier mal«, sagt sie kauend und bietet mir ein Röllchen an.

»Unsere Erzieher würden das als Mätzchen bezeichnen«, sage ich, nehme aber das Brötchenstück entgegen und betrachte es eingehend. »Nichts wird bei uns so sehr geahndet wie das Herumspielen mit Lebensmitteln.«

»Da hörst du es!«, sagt Herr Grohmann. »Da hörst du es!«

»Ich will es aber gern versuchen«, beeile ich mich hinzuzufügen, tunke das Röllchen ins Eigelb und kaue es langsam.

»Sehr gut«, sage ich und sehe zwischen ihnen hin und her.

»Nun, es freut mich außerordentlich, auch mal einem Jungen wie dir, einem mit solch klarem Bewusstsein, zu begegnen«, sagt Frau Grohmann. »Aber wir sind leider noch nicht so weit, dass die Menschen bereit wären, ohne Geld zu arbeiten, nicht mal in der Sowjetunion ist es schon so.«

»Versteh uns nicht falsch«, ergänzt Herr Grohmann – er sieht kurz zu seiner Frau und tippt sich ans Kinn –, »so wie du denkst, wäre es ja eigentlich richtig, aber …«

»… wir sind eben noch nicht so weit«, unterbricht ihn Frau Grohmann und wischt sich das Eigelb vom Kinn.

»Mir aber macht Arbeit gegen Bezahlung keine Freude«, beharre ich. »Dann erlebt man ja gar nicht mehr die Befriedigung, etwas für die Gesellschaft getan zu haben. Dann interessiert einen bald nur noch die eigene Bezahlung!«

Herr Grohmann nimmt einen Schluck aus seiner Teetasse. Frau Grohmann schiebt sich ein weiteres Röllchen in den Mund.

Trotz ihres Desinteresses wage ich einen neuen Versuch, sie zu überzeugen. Ich erzähle vom letzten September, als ich aus dem Käthe-Kollwitz flüchten musste und mir das halbe Heim auf den Fersen war.

VIERTES KAPITEL

In dem Peter erzählt, wie er vom Gejagten zum Anführer wird. Die Ernteschlacht für die Kartoffel. Ora et Aurora!

Das neue Schuljahr hat gerade erst begonnen. Tag für Tag erwarte ich die Rückkehr von Paul Löschau. Seit er nicht mehr da ist, macht jeder, was er will. Es gibt kaum noch Fahnenappelle, die Ansprachen des neuen Direktors sind ohne Kampfgeist. Sehr viel Essen wird weggeworfen, und aus Kofferradios und Kassettengeräten kommt nur englischsprachige Musik, deren Texte keiner versteht. Die Ecken der Grünflächen vor dem Käthe-Kollwitz sind von Trampelpfaden ruiniert. Als bräuchte es die Abkürzung dieser wenigen Meter, als hätten wir nicht die Zeit, um die Grünfläche herumzugehen. Warum zerstören wir mutwillig, was uns allen gehört und was wir mit eigener Hände Arbeit in vielen Subbotniks und freiwilligen VMI-Stunden geschaffen haben, warum sabotieren wir das Werk unserer eigenen Volksmasseninitiative?

Gerade hat mir die neue Sekretärin verboten, bei ihr nach Paul Löschau zu fragen – angeblich machen meine täglichen Besuche sie ganz verrückt –, als ich dazukomme, wie zwei Jungen aus der dritten Klasse über den Rasen schlurfen. Ich rufe ihnen zu, dass sie sofort von der Grünfläche runtergehen sollen. Das ist doch unser Grün!, sage ich. Wessen Grün?, fragen sie. Unser aller Grün!, sage ich. Also gehört es auch uns?, fragen sie. Ja, sag ich doch, unser aller Grün. Dann dürfen wir auch hier langgehen, sagen sie. Eben nicht!, rufe ich. Das dürft ihr nicht! Du hast uns gar nichts zu sagen, sagen sie und wollen mir ausweichen. Ich halte sie am Arm fest und bitte sie erneut, schleunigst den Fußweg zu benutzen. Sie aber zeigen sich weiter uneinsichtig. Als auch meine dritte Ermahnung nicht fruchtet, haue ich ihnen eine runter, zwei Ohrfeigen, jedem eine, klatsch und klatsch. Feige hetzen sie danach alle gegen mich auf. Sogar die Mädchen beteiligen sich daran. Karl, obwohl er aus der Gruppe über mir ist, warnt mich: Hau ab!, flüstert er, Hau ab! Sofort mache ich kehrt und renne die Treppe wieder hinunter – und da stürmen sie auch schon hinter mir her, das ganze Käthe-Kollwitz. Peter, Peter, Hackepeter!, schreien sie. Ich weiß, wie es ist, wenn eine ganze Klasse auf einen eindrischt. Noch mal will ich das nicht erleben. Beim ersten Mal hat Paul Löschau alle, deren Namen ich nannte, hart bestraft. Aber jetzt? Es gibt niemanden mehr, vor dem sie sich fürchten.

Weder mache ich im Park der Freundschaft halt noch am Ortsschild von Gradow. Die hinter mir tun es ja auch nicht. Statt in Richtung der Elbwiesen renne ich in den Wald hinein. Bald schon kenne ich mich nicht mehr aus. Wenn ich stehen bleibe, kann ich meine Verfolger hören. Peter, Peter, Hackepeter! Renne ich, dann ist es so, als wäre ich allein im

Wald. Plötzlich aber sind die Bäume weg, vor mir ein Feld, ein Stoppelacker, auf dem eine Brigade von Bäuerinnen mit den Händen in der Erde wühlt. Sie sammeln Kartoffeln in ihre Drahtkörbe. Hinter ihnen her zuckelt ein Traktor, auf dessen Anhänger steht ein Bauer mit Schirmmütze, der die Körbe ausschüttet, die die Bäuerinnen heranschleppen und mit beiden Armen zu ihm hinaufstemmen. Ich gehe dem Traktor entgegen. Mein nächster Schritt sollte darin bestehen, Verbündete zu gewinnen.

Ich möchte helfen!, rufe ich dem Bauern auf dem Anhänger zu. Zuerst denke ich, seine Handbewegung bedeute, ich solle verschwinden. Dann aber fliegt ein Drahtkorb vor meine Füße. Renn uns nicht vor die Räder!, ruft er.

Ich werde Sie nicht enttäuschen!, rufe ich zurück und mache mich freudig an die Arbeit. Noch nie habe ich Kartoffeln aus der Erde gebuddelt. Aber das erlerne ich in Windeseile. Ich wundere mich nur, wie viele Kartoffeln die Kartoffelkombine auf dem Feld hat liegen lassen. Ich greife mit beiden Händen zu, und schon ist mein Korb voll. Ich bringe ihn zum Anhänger. Vor mir reichen zwei Bäuerinnen ihre Körbe hinauf. Der Bauer auf dem Anhänger beugt sich herab und schiebt etwas Dunkelrotes zwischen der Kuppe seines Daumens und seinem eingeknickten Zeigefinger hervor, das er auf den erhobenen Handteller der Bäuerin fallen lässt. Sie verstaut das kleine dunkelrote Ding in der Brusttasche ihres blauen Overalls. Als sie zurück zu ihrem Platz in der Ackerfurche geht, schwankt sie in ihren schweren Gummistiefeln hin und her.

Mir gibt der Bauer nichts. Stattdessen fragt er mich: Was ist mit deinen Kameraden dort drüben? Wollen die nicht auch helfen? Und noch ehe ich etwas sagen kann, erklärt er mir: Unsere Kartoffel heißt Aurora! Verstehst du? Aurora! Eine besonders gute Kartoffel. Ab morgen zieht hier der ZT 300 seine Kreise. Was wir heute nicht rausholen, wird morgen untergepflügt. Also, Junge, mobilisiere deine Kameraden! Es gilt, in die Ernteschlacht zu ziehen!

Wird gemacht, rufe ich. Meine Verfolger haben sich nur ein paar Meter aufs Feld getraut. Als sie mich kommen sehen, werden sie unruhig. Einige weichen zurück zwischen die Bäume. Ich winke ihnen zu. Sie rücken zusammen. Zehn Meter vor ihnen bleibe ich stehen.

Hört mal her!, beginne ich. Ihr könnt das alles wiedergutmachen. Niemand wird bestraft. Aber ihr müsst mithelfen, die Ernteschlacht zu gewinnen. Es geht um Aurora! Aurora ist die wertvollste Kartoffelsorte unserer Republik. Wer freiwillig mitmacht, hat nichts zu befürchten. Ich zähle gleich bis drei. Wer vortritt, gehört zu uns. Wer nicht, muss sofort zurück ins Heim, sich dort melden und gestehen, warum er weggerannt ist. Und schon beginne ich, laut zu zählen. Eins … zwei … Ich mache kehrt und stapfe zurück in Richtung Traktor. Dabei schreie ich vor mich hin: Viertel … halb … dreiviertel … um … Und dann, so laut ich kann: Drei! Ich halte es nicht mehr aus und drehe mich um. Niemand ist vorgetreten. Doch als ich schreie: Los! Alles hört auf mein Kommando!, setzen sie sich gleichzeitig in Bewegung.

Und wie sie sich ins Zeug legen. Zuerst lachen uns die Bäuerinnen aus, weil unsere Schuhe, überhaupt unsere Anziehsachen, viel zu gut für die Feldarbeit sind. Doch als sie sehen, wie schnell sich ihre Körbe mit unserer Hilfe füllen, verstummt ihr Gelächter.

Ora!, ruft der Traktorist bei jedem Korb, den ich ihm reiche. Aurora!, antworte ich.

Nicht durch Worte, durch Taten demonstrieren die Kollwitzer, wie sehr sie ihr Verhalten bereuen. Schon bald führt unsere Begeisterung zu einem Wettbewerb unter den Bäuerinnen. Angesichts unseres Einsatzes bleibt ihnen gar nichts anderes übrig, als selbst schneller und besser zu arbeiten.

Aus heiterem Himmel sagt eine Bäuerin: Ach, ihr Guten, von mir bekommt ihr nachher ein paar Marken. Die anderen glauben, es ihr gleichtun zu müssen, und versprechen uns ihrerseits ein paar ihrer dunkelroten Marken.

Ihre Marken interessieren uns nicht!, rufe ich unter dem Lachen der Kollwitzer. Nicht die Bohne interessieren die uns!

Gerade als der Anhänger mit Kartoffeln schon überzuquellen droht und die Frauen bereits in quasselnde Feierabendlaune geraten, scheppert ein Traktor mit einem leeren Anhänger vorbei. Unser Traktorist hupt, der andere Traktor stoppt und lenkt sein Gefährt zu uns. Und in Nullkommanichts hat unser Brigadier die Anhänger gewechselt.

Jetzt, rufe ich, geht es erst richtig los! Die Kollwitzer strahlen vor Freude! Sie wischen sich den Schweiß von der Stirn und blinzeln in die Sonne. Was für eine Aufgabe liegt da vor uns! Ora!, schreie ich. Die Kollwitzer antworten: Aurora!

Einige Bäuerinnen beginnen zu murren und zu maulen. Als der Traktor mit dem vollen Anhänger abfährt und der leere zurückbleibt, schreit eine junge, dicke Bäuerin auf, reißt sich ihr Kopftuch herunter, schwenkt es wie eine Flagge hin und her und stiefelt, so schnell sie kann, dem fahrenden Traktor hinterher. Zurück müsse sie, zurück ins Dorf, plärrt sie, dringend sei es, dringend, sie heult und zetert! Beschimpfungen und Kartoffeln fliegen in Richtung unseres Brigadiers, der aufrecht wie ein Kapitän, die Hände in die Hüften gestemmt, auf seinem neuen Anhänger steht. Er lacht. Ja, er ermuntert die Bäuerinnen, noch mehr Kartoffeln auf den Wagen zu werfen. Wir Kollwitzer lachen mit ihm. Und die junge, dicke Bäuerin plärrt weiter und hastet hinter dem Traktor her. Mehrmals stolpert sie. An ihren Sohlen klebt die Erde zentimeterdick. Der Acker selbst ist es, der sie zum Stehen bringt. Wie kann man sich nur so vergessen! Und auch noch vor Kindern!

Erna, du Huftier! Ran an die Buletten!, ruft der Brigadier. Still vor sich hin heulend, kehrt Erna zurück. Nun klauben die Bäuerinnen die Kartoffeln schneller aus den Furchen, wir Kinder helfen ihnen mit verdoppeltem Eifer. Unaufhörlich renne ich mit vollen Körben zum Hänger, ich gönne mir keinen Atemzug Pause.

Weiter, Kortschagin! Weiter!, muntert mich der Traktorist auf.

Ich beauftrage den Kleinsten von uns, ins Käthe-Kollwitz zu laufen, um weitere Kämpfer für die Ernteschlacht zu mobilisieren.

Sieh dir das an!, sagt der Brigadier und deutet mit dem Kopf auf die Ladefläche, die noch nicht mal zur Hälfte gefüllt ist. Den Hänger müssen wir heute noch schaffen!

Den schaffen wir!, sage ich.

Ich warte, dass er mir zwei dunkelrote Marken für die Bäuerinnen gibt. Ich habe keine mehr, flüstert er. Es muss auch ohne gehen! Unser Staat braucht Kartoffeln!

Er legt beide Hände auf meine Schultern und beugt sich herab zu mir, aus wachen funkelnden Augen sieht er mich an. Ora, sagt er dann leise. Aurora, flüstere ich.

Als ich die leeren Körbe zurückbringe, hält mir die Bäuerin erwartungsvoll die Hand hin, so wie man das von Bettlern aus Filmen kennt. Es gibt keine Marken mehr, sage ich und greife schon den nächsten vollen Korb.

Was? Sie reißt die Augen auf.

Es gibt keine Marken mehr, es muss auch ohne gehen, sage ich und will los. Da krallen sich zwei Hände an den Drahtkorb. Nichts da! Keine Marke, keine Kartoffeln!, kreischt sie.

Ohne Marken keine Arbeit!, ruft eine andere und wirft ihren Korb auf die Erde. Eine Dritte kippt ihren halbvollen Korb aus. Ohne Marken keine Arbeit!, rufen die Bäuerinnen.

Ihr arbeitet doch für euch!, rufe ich, für euch selbst! Ob

mit oder ohne Marke. Ihr tut es für eure Familie, für uns, für das ganze Land!

Die Kollwitzer applaudieren. Aber die Bäuerinnen sind taub für Argumente. Schon brechen sie in Richtung Dorf auf. Nur Erna und ihre Freundin arbeiten weiter.

Wir schaffen es trotzdem!, rufe ich. In dem Moment sehe ich, wie vielleicht zwanzig Jungen und Mädchen aus dem Wald treten. Das ist der Sieg, denke ich! Vor Freude balle ich die Faust und recke sie nach oben.

Als es schon ganz dunkel ist, kehren wir, auf den Kartoffeln sitzend, ins Käthe-Kollwitz zurück, Erna und ihre Freundin in unserer Mitte. Alle Fenster sind erleuchtet. Auf den Stufen des Haupteingangs hält unser Brigadier eine Rede, in der er uns für unseren Einsatz dankt und unser solidarisches Klassenbewusstsein lobt. Und dann sagt er, dass alle Kartoffeln auf dem Anhänger für uns sind, für das Kinderheim Käthe-Kollwitz. Wir applaudieren aus Leibeskräften. Kartoffeln für ein Jahr!

Ora!, ruft der Brigadier zum Abschied. Und im Chor antworten wir …

Im selben Augenblick gibt es einen kurzen, trockenen Knall. Auch die Grohmanns zucken zusammen. Ein grüner Kiefernzapfen ist auf den weißen Plastetisch geknallt und liegt nun zwischen dem Honigglas und der Butter wie der vergessene Rest einer Weihnachtsdekoration.

FÜNFTES KAPITEL

In dem Peter enttäuscht von der Ostsee zurückkehrt. Wiedersehen mit einer Kellnerin. Polizei und Verhaftung. Befreiung durch eine schöne Frau.

Sechs Tage später stehe ich erneut vor dem Bungalow in Waldau. Ich klettere über den Zaun, vergeblich rüttele ich an der Tür des Bungalows. Ich bin durstig und hungrig. Zum Glück finde ich den Weg zu dem Ausflugslokal Am tiefen See. Wie schön es hier gewesen ist, als ich mich noch darauf freuen konnte, Paul Löschau wiederzusehen. Jetzt weiß ich nicht einmal mehr, wo ich ihn suchen soll.

Ich bin im Zweifel, ob ich den Kellner, der mir den Kuli geliehen hat, um etwas zu essen bitten soll.

Lieber wende ich mich an das ältere Ehepaar auf der Terrasse. Denn die beiden haben als Kinder mit Sicherheit noch selbst erlebt, was Hunger bedeutet.

»Wären Sie bitte so freundlich und würden mir von Ihrem Schnitzel etwas abgeben?«, frage ich, nachdem ich mich vorgestellt habe. »Oder würden Sie für mich die gleiche Portion bestellen?«

Sie starren mich an, das Besteck in beiden Händen.

»Mir reichen auch ein paar Kartoffeln und ein Gurkensalat, vielleicht teilen Sie sich einen und geben den anderen mir?«

»Das gibt's doch nicht!«, ruft der Mann.

»Na, so was!«, sagt sie.

»Hau bloß ab!«, sagt er. »Husch! Weg mit dir!«

Die Männer am Nebentisch winken mich heran.

»Hast' Hunger?«

Ich nicke. »Essen Sie das nicht mehr?«

»Du kannst doch keine Reste essen!«, entrüstet sich der, der zwei Ringe an einer Hand trägt.

Ich nehme mir die übriggelassene Kartoffel, achte darauf, keine Soße zu verkleckern, und stopfe sie ganz in den Mund.

»Junge!«, ruft der andere mit dem Schnauzbart erschrocken.

»Ach! Kennen wir uns nicht?« Hinter mir steht die Zopf-Kellnerin. Ich habe den Mund voll und verziehe mich vorsichtshalber auf die Toilette. Am Waschbecken stille ich meinen Durst. Schließlich merke ich, dass ich auch groß muss. Die Kloschüssel ist blitzblank und die Rolle Toilettenpapier noch ganz dick. Hier hat sich einiges zum Besseren verändert.

Als ich hinausgehe, steigen gerade zwei Volkspolizisten aus ihrem Toni-Wagen. Das Blaulicht dreht sich weiter. Die Zopf-Kellnerin ist schon bei ihnen. Sie zeigt auf mich.

»Wir haben es ihm erlaubt«, ruft der Mann mit dem Schnauzbart. »Er hat nichts gestohlen!«

»Dass es das noch bei uns gibt!«, sagt der Mann mit dem Schnitzel. Sein Teller ist leer, auch das Schälchen mit Gurkensalat. Seine Frau hat erst die Hälfte geschafft.

Die beiden Volkspolizisten eilen zwischen den Tischen von zwei Seiten her auf mich zu.

»Na, Sportsfreund, wo sind denn deine Eltern?«

»Ich habe keine Eltern«, sage ich.

»Keine Eltern?«

»Der lügt doch!«, ruft die Zopf-Kellnerin. »Und klauen tut er auch – da!« Sie reißt mir den Kuli ihres Kollegen aus der Brusttasche. »Der gehört uns!«

»Meine Eltern sind bei einem Autounfall ums Leben gekommen«, sage ich.

»Dann kommst du am besten mal mit«, sagt der, der mich »Sportsfreund« genannt hat.

»Ich danke Ihnen für die Kartoffel«, rufe ich auf dem Weg zum Toni-Wagen den beiden Männern zu. Sie sind aufgesprungen, kommen jedoch nicht vorwärts, weil sie sich ständig gegenseitig im Weg stehen.

»Können wir was tun?«

Ich weiß nicht, ob ihre Frage mir oder den Volkspolizisten gilt. Die Anwesenheit der beiden Uniformierten beruhigt mich.

Auf dem Volkspolizeikreisamt in Königs-Wusterhausen fühle ich mich auf der Stelle heimisch. Ich bekomme eine Kohlroulade mit Soße und so viele Kartoffeln, wie ich möchte. Allmählich dämmert mir, wie dumm ich mich verhalten habe. Auf dem Rückweg hätte mir jeder Volkspolizist sofort geholfen. Das sage ich auch ungefragt gleich zu Beginn des Gesprächs, das sich an das Essen anschließt. Die Volkspolizisten haben viele Fragen. Ich erzähle ihnen von Paul Löschau. Niemand im Kinderferienlager in Wiek auf Rügen kannte seinen Namen. Einen ganzen Tag lang habe ich vergeblich im Ort nach ihm gefragt.

»Und wie bist du denn von hier da hoch und wieder zurückgekommen?«

Ich habe die Bitte von Herrn Grohmann im Ohr, meinen Aufenthalt bei seiner Familie nicht an die große Glocke zu hängen. Aber gegenüber der Volkspolizei muss ich offen und ehrlich sein.

»Du meinst den Sohn von Kurt Grohmann?«

»Nein«, sage ich, »er ist verheiratet und hat an der Seite schon graue Haare und im Gesicht eine Narbe.«

Die Nacht verbringe ich in einem kleinen Raum mit vergittertem Fenster. Wegen des Lichts auf dem Flur bitte ich darum, die Tür schließen zu dürfen.

Am nächsten Morgen warte ich darauf, wie angekündigt der Transportpolizei übergeben und nach Gradow an der Elbe zurückgebracht zu werden. Beim Frühstück schmiere ich mir eine Semmel für unterwegs. Der Diensthabende hat mir versprochen, sich nach dem Aufenthaltsort von

Paul Löschau zu erkundigen. Das stimmt mich zuversichtlich.

Plötzlich erscheint eine schöne Frau vor mir. Sie hat ein ärmelloses Kleid an, lächelt und breitet ihre gebräunten Arme aus, so dass ich die Härchen in ihren Achselhöhlen sehen kann. Ich springe auf. So hübsch habe ich Frau Grohmann gar nicht in Erinnerung.

»Herzlichen Glückwunsch zum Geburtstag«, sagt sie.

»Ist heute der 14. Juli?«

»Du Glückspilz!«, sagt der Volkspolizist, der mir gestern das Abendbrot gebracht hat. »Herzlichen Glückwunsch.«

»Frau Grohmann?«, fragt ein anderer Volkspolizist. »Wir bräuchten noch eine Unterschrift.«

Frau Grohmann spricht leise mit ihnen. Nur die Antworten der Volkspolizisten sind zu verstehen: »Ja, Frau Grohmann!«, »Nein, Frau Grohmann!« Die drei Volkspolizisten benehmen sich, als wäre sie ihre Vorgesetzte.

»Fahren Sie mich nach Gradow?«, frage ich. Die Volkspolizisten lachen.

Frau Grohmann streicht mir über den Kopf. »Nein, nach Berlin, wenn du willst.«

»Mach's gut, Großer«, sagt der Volkspolizist, der mich gestern hierhergefahren hat. Auch er gratuliert mir. »Und mach uns keine Schande, verstanden?«, sagt er zum Abschied.

Frau Grohmann nimmt mich an die Hand, was mir zuerst peinlich ist. Doch schon im nächsten Moment, da wir allein auf die Straße treten, erscheint mir diese Geste als ein passender Ausdruck ihrer Fürsorge.

SECHSTES KAPITEL

In dem Peter eine private Wohnung kennenlernt. Weitere Glückwünsche und eine Führung. Wie schnell Wünsche erfüllt werden können.

»Da sind wir«, sagt sie.

»Sie wohnen in diesem Haus?«

»Was hast du denn erwartet?«

»Ich dachte, in einem modernen Hochhaus!«

»Zum Glück nicht«, sagt sie, was wohl als Erwachsenenscherz gemeint ist. Denn das Haus, vor dem wir parken, ist alt und hat nur eine Etage über dem Erdgeschoss. An der Fassade sind noch vereinzelte schnörklige Verzierungen zu erkennen, an vielen Stellen liegen die roten Ziegel offen zutage. Früher hat es wahrscheinlich mal reichen Leuten gehört. Drumherum gibt es einen Rasen und Bäume. Den Weg zur Haustür, die auf der Rückseite liegt, säumen schmale Blumenbeete. Im Treppenhaus, von dem ebenerdig zwei große Türen abgehen, riecht es unangenehm.

»Das ist die Praxis von Hermann«, sagt Frau Grohmann. »Und hier wohnt Schönchen, unsere Vermieterin. Sie geht ihm an den Praxistagen zur Hand.«

»Was sind ›Praxistage‹?«

»Zahnarzt«, sagt Frau Grohmann und bohrt einen Finger in ihre Wange. »Hermann ist Betriebszahnarzt in der Glühlampenbude. Hier arbeitet er nur donnerstags und freitags nach Feierabend, manchmal auch am Sonnabend.«

»Ein wöchentlicher Subbotnik?«

»Kann man so sagen! Die Praxis hat irgendein Onkel von ihr betrieben, also von Frau Schöntag. Hermann hat ihm zuletzt geholfen, dann ist's an ihm hängengeblieben, eine Zusatzstelle.«

Ich verstehe nicht, warum es außerhalb von Polikliniken

und Betrieben noch Zahnärzte geben muss, aber die Bereitschaft von Herrn Grohmann, regelmäßig unentgeltlich zu arbeiten, beeindruckt mich.

Wir steigen die Treppe hinauf. Wie im Käthe-Kollwitz sind auch hier die Steinstufen in der Mitte ausgetreten und nur am Rande noch von hellblauer Farbe. Frau Grohmann öffnet die Tür im ersten Stock. Das Parkett glänzt. Mit Privatwohnungen kenne ich mich nicht aus. Vorsichtshalber fahre ich in die bereitstehenden Filzpantoffeln an der Garderobe und schiebe mich vorwärts.

Der Raum wirkt gemütlich wegen der Teppiche und der gerahmten Bilder und der Dinge, die überall herumliegen. Es gibt viele Bücher. Die Decken sind hoch und in den Ecken verziert.

»Herzlichen Glückwunsch zum Geburtstag!«, sagt Herr Grohmann und streckt mir seine haarige Hand entgegen.

»Der ist für dich«, sagt Frau Grohmann. Auf einem runden Tisch steht eine dunkelgrüne Glasvase mit einem großen Blumenstrauß, wie ich ihn nur aus dem Fernsehen kenne. Nelken sind es nicht.

»Glückwunsch«, sagt das Mädchen finster, um dessen Schulter Herr Grohmann einen Arm gelegt hat. Im selben Moment bricht sie in Gelächter aus. »Spinnt der?« Sie zeigt auf die Pantoffeln.

»Willst du dich nicht vorstellen?«, sagt Herr Grohmann.

»Ich heiße Olga.« Sie kichert.

»Im Sommer brauchst du keine Hausschuhe«, sagt Frau Grohmann.

»In welcher Klasse bist du?«, frage ich.

»Ist der doof!«, ruft sie und kichert wieder.

»Benimm dich«, sagt Herr Grohmann. »Peter hat dich was gefragt!«

»Olga kommt jetzt in die achte Klasse«, sagt Frau Grohmann.

»Ich komme in die sechste«, sage ich.

Zur Strafe muss mir Olga die Privatwohnung zeigen. Sie schlurft vor mir her und erklärt nichts. Sobald sie eine Tür öffnet, glaube ich, gleich andere Kinder zu sehen.

»Hier, dein Zimmer!«, sagt sie. »Mach's auf.«

Ich drücke die Klinke, da springt Wanka heran, das schwarze Kalb. Olga kniet sich hin und umarmt ihren Hund, den ich schon ganz vergessen hatte. Das Zimmer ist dunkel.

»Hier kannst du pennen«, sagt sie.

Ich bleibe auf der Schwelle stehen, während Olga einen Rollladen hochzieht. Das Sonnenlicht berührt meine Fußspitzen.

»Ganz allein?«, frage ich.

Olga dreht sich um.

»Schlaft ihr nicht zusammen?«

»Spinnst du?«

»Auch nicht mit deiner Mutter?«

»Meine Mutter ist tot, das ist Beate.«

»Meine Mutter ist auch tot, beide sind tot.«

»Kanntest du sie, deine Eltern?«

»Nein. Als sie verunglückt sind, bin ich noch ein Baby gewesen. Und du?«

Olga schüttelt den Kopf.

Mir fällt es schwer, mich zu orientieren. Zimmer, die sie mir bereits gezeigt hat, scheinen auf dem Rückweg schon wieder ganz andere geworden zu sein.

»Wer wohnt denn noch hier?«, frage ich, als wir wieder vor meinem Blumenstrauß stehen.

»Hat alles meinem Opa gehört, Kurt Grohmann, kennste nicht?«

»Ich bin doch gerade erst angekommen«, sage ich.

»Der lebt nicht mehr«, sagt Olga und kichert wieder. »Der ist berühmt.«

»Hat der was mit Büchern gemacht?«

»Der war im Gefängnis und musste fliehen, nach Mexiko, deshalb gibt's die Kurt-Grohmann-Schule, Kurt-Grohmann-Straße, Kulturhaus, alles Mögliche heißt nach ihm.«

»Ein Antifaschist! Hat er dir von früher erzählt?«, frage ich.

»Das hier haben wir alles ihm zu verdanken«, sagt Olga.

»Das denke ich auch immer«, sage ich. »Alles, was es Gutes gibt, haben wir denen zu verdanken, die gegen den Faschismus gekämpft haben und unseren Staat aufgebaut haben. Und der Sowjetunion natürlich«, ergänze ich. »Ohne die Sowjetunion wäre alles nichts.«

Im selben Moment ertönt ein Gong wie im Ferienlager. Ich folge Olga in die große Küche. Herr Grohmann sitzt bereits am Tisch.

»Hände gewaschen?«, fragt er.

Wir kehren wieder um. Auf dem Klo, im Bad und in der Küche, überall ist der Fußboden mit schwarzweißen Fliesen belegt, als würde hier ein Schachspieler wohnen.

»Ich habe noch mal mit dem Käthe-Kollwitz telefoniert«, sagt Herr Grohmann und sieht von unten herauf seine Frau an. Erst als er die Serviette aus dem Ring gezogen und sie sich, das Kinn hochgereckt, in den Kragen gestopft hat, spricht er weiter.

»Du kannst ein paar Tage bleiben, Peter, wenn du willst – Mahlzeit.« Er beugt sich über den Teller und beginnt, die Suppe zu löffeln. Nach der Suppe gibt es bestreuten Blumenkohl und Schinken. Ich bekomme sogar Nachschlag, weil Olga nur Suppe isst.

»Du darfst dir was zum Geburtstag wünschen«, sagt Frau Grohmann.

»Einen persönlichen Föhn«, sage ich schnell.

Wieder prustet Olga los. Suppe spritzt aus ihrem Mund über den Tellerrand auf die karierte Tischdecke.

»Ich föhne mich sehr gern«, erkläre ich.

»Einfach so?« Herr Grohmann wedelt mit seiner Hand am Ohr herum, was Olga wieder zum Lachen bringt.

»Ich habe die Wärme auch gern im Gesicht und am Hals«, antworte ich.

»Wenn Peter einen Föhn will, dann kriegt er einen Föhn«, sagt Frau Grohmann.

»Danke«, sage ich und würde gern mehr als nur »danke« sagen. Denn ich wundere mich, wie schnell bei den Grohmanns Wünsche erfüllt werden! Aber vielleicht ist das in Privatfamilien ein allgemeinverbreiteter Brauch.

SIEBENTES KAPITEL

In dem Peter erfährt, wer Weltmeister ist. Wie er das Weintrinken erlernt und das Abwaschen und Abtrocknen. Seiner Freude weiß er angemessenen Ausdruck zu verleihen.

Um meinen Geburtstag zu feiern, haben die Grohmanns – ich darf zu Frau Grohmann nun Beate und zu Herrn Grohmann Hermann sagen – Klaus, den älteren Bruder von Beate mit seiner Frau Brigitte eingeladen. Ihre Kinder, ein Zwillingspaar, sind im Ferienlager.

»Na, Steppke, jetzt sind wir Weltmeister!«, sagt Klaus und reicht mir die Hand.

»In welcher Disziplin?«, frage ich.

»Na, im Fußball!«

»Ach«, sage ich, »das weiß ich noch gar nicht!«

»Haste das nicht gesehen?« Klaus stupst zweimal mit dem Daumennagel gegen den Filter seiner f6, die Asche fällt auf die Untertasse.

»Da saßen wir im Auto nach Rügen«, sagt Hermann. »Das haben wir verpasst.«

»Gegen wen haben wir denn gespielt?«, frage ich.

»Na, Holland!«

»Darüber sind Sie sicher traurig«, sage ich zu Hermann. »Bist du sicher traurig«, korrigiere ich mich.

»Du warst für Holland?«, fragt Klaus überrascht, aber Hermann hat das Zimmer schon wieder verlassen.

»Er hält Johan Cruyff für den besten Spieler«, erkläre ich Klaus. »Von dem sollen sich unsere Jungs 'ne Scheibe abschneiden.«

»Gewonnen haben immer noch wir!«, sagt Klaus und sieht mich durch seine dunkle Brille an. Seine großen, schön umrandeten Lippen schließen sich sanft um den Filter der f6. »Interessierst du dich nicht für Sport?« Er bläst den Rauch zur Seite.

»Nur für internationale Wettkämpfe, bei denen wir uns mit kapitalistischen Staaten messen, also wenn es darum geht, wer der Bessere ist. Vor zwei Jahren, bei der Sommerolympiade, hab ich täglich den Medaillenspiegel verfolgt. Ich weiß noch alle Goldmedaillen, zwanzig hatten wir, sechsundsechzig Medaillen insgesamt, sechsundzwanzig mehr als die BRD, Platz drei in der Gesamtwertung.«

»Das merkst du dir?«

»Auch die Namen! Renate Stecher, Siegerin über hundert und zweihundert Meter im Sprint, Roland Matthes, unser Ass im Rückenschwimmen, Ruth Fuchs, unser Trumpf beim Speerwurf, Karin Janz, unsere mädchenhafte Turnerin, Wolfgang Nordwig, unser …«

»Mach mal 'nen Punkt!«, ruft Klaus.

»Silbermedaillen errangen Kornelia Ender, Jaqueline Todten, in Erika Zuchold waren alle Jungs verliebt …«

»Im Fußball sieht's aber anders aus! Du verwechselst da was …«

»Hat nicht unser Sieg über die BRD klar und deutlich gezeigt, wie es in Wirklichkeit um den Sozialismus bestellt ist?«

»Vertragt euch mal wieder«, sagt Beate, obwohl wir uns gar nicht streiten. »Das hier ist Peter, Schönchen, und das ist Frau Schöntag, sie wohnt unter uns.«

Ich stehe auf und gebe Frau Schöntag die Hand. Sie sieht aus wie eine freundliche, alte Lehrerin.

»Guten Tag, Peter«, sagt sie, dann umarmt Olga sie überschwänglich, Frau Schöntag muss sich an der Sessellehne festhalten, um nicht umzufallen. »Olgalein«, sagt sie und versucht, sich zu befreien. Wanka bellt.

»Keine Angst, Peter«, sagt Beate. »Er wedelt mit dem Schwanz. Er freut sich!«

»Dann können wir ja anstoßen!«, sagt Hermann.

Auch ich bekomme etwas von dem rumänischen Weißwein ins Glas. Ich habe noch nie Wein getrunken und bezweifle, ob das was für Zwölfjährige ist. Aber bevor ich die familiären Sitten kritisiere, muss ich mich erst mal mit ihnen vertraut machen. Ich ergreife das Glas – der Wein schmeckt süß und ist kühl.

»Halthalt – halt!«, ruft Hermann, aber da ist mein Glas bereits leer. »Junge! So geht das doch nicht!«

Die anderen sehen mich an. Meine Entschlussfreudigkeit überrascht sie.

»Hast du noch nie was getrunken?«

»Was für eine Frage!«, sage ich. »Jeder Mensch muss täglich trinken!«

Klaus ruft: »Bravo! Prosit!«

Hermann demonstriert nun, wie man bei Grohmanns Wein trinkt. Ich bekomme nachgeschenkt und übe gleich mit: das Glas am Stiel mit den Fingerspitzen anfassen, es hochheben, es gegen ein anderes Glas stoßen – vorsichtig! – und dabei dem anderen in die Augen sehen, was gelernt sein will, und zugleich »Zum Wohl!« oder »Sehr zum Wohle« oder »Prosit« oder »Wohl bekomm's« sagen.

»Halt!«, ruft Hermann erneut. »Wein muss man genießen,

man muss ihn im Mund behalten, nicht einfach runterkippen!«

Nach dem Essen helfe ich beim Abräumen. Olga, die bisher so getan hat, als gäbe es mich nicht, hält mich am Arm fest.

Als Beate die Küche verlassen hat, öffnet Olga den Kühlschrank und nimmt eine Flasche von demselben Weißwein heraus, den wir schon probiert haben. Weißwein schmeckt mir. Olga ermutigt mich, weiterzutrinken. Sie selbst nimmt auch einen Schluck. Dann zeigt sie mir, wie Abwaschen geht und Abtrocknen. Ich versuche, ihr die Maschine zu erklären, die das im Heim erledigt hat. Mir macht es Spaß, Olga zum Lachen zu bringen. Je genauer ich die Funktionsweise unserer Abwaschmaschine beschreibe, desto lauter lacht Olga. Dann nehmen wir jeder noch einen Schluck.

»Hurra! Wir sind Weltmeister!«, rufe ich, als wir das Wohnzimmer wieder betreten. »Hurra!«

ACHTES KAPITEL

In dem Peter Stimmen hört und einen Klassenfeind erkennt. Pläne für die Zukunft und ein Geschenk.

Als ich erwache, ist es hell. Zuerst denke ich, ich sei auf der Polizei. Die Vögel singen. Ich erkenne ein Regal. Die Fächer sind vollgestopft mit Büchern und den ramponierten Schachteln von Spielen. Neben meinem Bett steht ein roter Plasteeimer, dessen Boden mit Wasser bedeckt ist. Hineinzusehen verstärkt die Übelkeit. Ich höre Stimmen. Ich habe noch meine Hose an und das Nicki. Eine Mücke schwirrt über mir. Sie ist es also, die die Stimmen verspinnt.

»Olga!«

»… ist doch schon fast vierzehn! Ein Mädchen in dem Alter, alle Achtung!«

»Das ist es ja. Eigentlich ist sie überhaupt nicht kindlich, nicht die Bohne … furchtbar frühreif!«

»… ein richtiger Junge eben, guter Kerl, wirklich, aber …«

»Jedenfalls ist das ziemlich kompliziert. Aber wenn er sich hier bei uns wohlfühlen würde …«

»Was? Ihr wollt doch nicht etwa …«

»Wart doch erst mal ab …«

»Allgemein, ganz allgemein!«

»Was heißt das denn: die Gesellschaft allein?«

»Lass mich ausreden! … ein Zuhause.«

»Adoptieren!?«

»Er hat eine gute Einstellung. Außerdem …«

»Klassenbewusstsein? Das ist nicht dein Ernst?«

»Wenn du länger mit ihm … (lacht) Er ist wirklich überzeugt von dem, was er sagt …«

»Glaub ich nicht! Glaub ich einfach nicht!«

»Der hat doch 'ne Meise! 'ne Scheibe hat der Kleine!«

»Lach nicht so! Es gibt viel zu wenige seiner …«

»So ein Holzkopf!«

»… jemand, der selbstlos handelt, eben ein neuer … ein Charakter eben.«

»… neuer Typ Mensch, wolltest du das damit sagen?«

»Klaus! Nun lass mal Beate ausreden!«

»… erst mal überraschend. … doch gut … und dafür eintreten.«

»Er ist ein Kind, Beate, ein Kind!«

»Stimmt doch, dass es viel zu wenige gibt. Denkst du, Olga macht noch einen Finger krumm, wenn es darum geht, Altstoffe zu sammeln? Und die zahlen gut, da hast du ganz schnell zehn Mark!«

»Altstoffsammlung?! Soli-Aktion?! Ihr spinnt doch! Ihr spinnt komplett!«

Pause

»... an die Ostsee gefahren? Wie war er denn da so?«

Pause

»Braucht Olga denn guten Einfluss? Die ist völlig in Ordnung? Und bei so einem Kaspar Hauser! Da weißte nie, was noch ... minderjährig und abgerichtet, der ist 'ne Wanze! 'ne Wanze, sag ich dir!«

»Du widersprichst dir ja unentwegt selbst!«

»... faustdick! Der steckt euch alle in den Sack!«

»Kinder und Betrunkene sagen die Wahrheit!«

»Jetzt fang du auch noch an ...«

»... Spanienkämpfer, in Frankreich interniert, in Dachau ...«

»Du meinst diesen Löschau?«

»... ihn gefoltert.«

»Nicht jeder, der im KZ war ...«

»Er aber ... recht anschaulich offenbar. Das durfte er nicht mehr erzählen.«

»Ist ja auch nichts für Kinder!«

»... von den Folterern genannt. Immer wieder, bis die Kinder die Namen kannten.«

»...?«

»... von Peter.«

»Was?«

»Wieso Westen?«

»Gibt es doch, dass sie die Kinder behalten, wenn sie klein sind ...«

»... du denn das Märchen her?«

»... abgerichtet. Sie haben ihn abgerichtet! Verbrecher!«

»Wer sich um Waisenkinder kümmert, ist kein Verbrecher!«

»Du weißt doch, das alte Thema von Klaus.«

»Ohne Mauer wäre das Kind vielleicht gar nicht im Heim gelandet!«

»Es hat doch überhaupt niemand behauptet …«

»Ohne Mauer … ihre Ärsche vergoldet, Nazipack.«

»Wer hier geraubt und wer hier enteignet hat, ist doch wohl klar! Oder? Die Kommunisten natürlich!«

»Ach, Klaus! Das hat doch alles nichts mit Peter zu tun!«

»… eben. In diesem famosen Staat … Taxi!«

»Ich hab aber noch keine Lust zu gehen!«

»Ich bitte dich, Klaus …«

»Lass ihn, lass ihn doch! Wenn er gehen will …«

»Peter!«

»Eine ist gegen uns«, sage ich. »Unter den Mücken ist ein Klassenfeind!«

»Er träumt«, sagt Beate. »Er nachtwandelt.« Beate ist aufgestanden, sie legt einen Arm um meine Schulter und führt mich zurück ins Zimmer.

»Ich will nicht allein schlafen«, sage ich, als sie die Decke über mich zieht.

»Vergiss nicht, die Augen zuzumachen«, flüstert Beate.

»Ich will nicht allein schlafen«, wiederhole ich.

Am nächsten Tag, Olga und Wanka sind seit dem Morgen verschwunden, ich warte auf den Gong zum Mittagessen, bitten mich Beate und Hermann ins Wohnzimmer. Sobald ich sitze, verkünden sie mir, dass – erstens – sie Paul Löschau noch immer nicht haben ausfindig machen können und dass – zweitens – ich noch ein paar Tage bei ihnen bleiben kann, falls ich das wünsche, und – drittens – sie mich zukünftig gern in Gradow an der Elbe besuchen würden. Dann überreicht mir Beate einen Karton. Es ist ein Föhn, ein nagelneuer Föhn, der Haartrockner EfBe LD 65 aus dem VEB Elektrogeräte Bad Blankenburg, in Hellblau, meiner Lieblingsfarbe!

BUCH II

ERSTES KAPITEL

In dem Peter die Klassenlehrerin der 8b empfängt. Frau Rosanowski begibt sich in Gefahr. Olga bringt Kuchen, Rat und Tat. Peter, der Verwirrte.

Frau Rosanowski hat sich bereits eine Zigarette angezündet, das Streichholz ausgewedelt und hält es nun demonstrativ in die Luft.

»Aschenbecher?«, fragt sie.

Ich öffne die Türen der Küchenschränke, als wollte ich ihr den Hausrat der Grohmanns vorführen.

»Untertasse tut's auch«, sagt Frau Rosanowski und bläst den Rauch über meinen Kopf. »Was du Herrn Malitzki da gesagt hast, Peter …« Sie beugt sich zu der randvollen Kaffeetasse hinunter und schlürft. »Was du da gesagt hast, das stellt für uns alle ein Problem dar, ein großes Problem.«

»Was für ein Problem?« Ihr Tonfall beunruhigt mich.

»Du kannst Wolfgang seine ganze Zukunft verbauen«, sagt Frau Rosanowski in ihre Tasse hinein.

»Ich?«, frage ich. »Ich bin es doch gewesen, der ihn korrigiert hat! Als Einziger habe ich widersprochen und ihn in aller Deutlichkeit darauf hingewiesen, wie falsch seine Sichtweise ist!«

Frau Rosanowski pflichtet mir umgehend bei, wobei eine Welle ihren Körper durchläuft, ein Nicken, das aus dem Rückgrat heraufrauscht, über Schultern und Hals ansteigt und den Kopf nach vorn wirft. »Da hast du natürlich recht! Vollkommen recht! Wahrlich dummes Zeug!«

»Hat Peter wieder dummes Zeug erzählt?«

»Olga!«, ruft Frau Rosanowski und fährt herum.

Olga bleibt vor uns stehen, ein Päckchen auf der einen Hand und eine Papiertüte in der anderen. »Streuselkuchen und Kuchenränder!«

Olga reicht ihr die Tüte. Frau Rosanowski verzieht das Gesicht.

»Kuchenränder kosten nix«, sagt Olga. »Hat Peter wieder agitiert?«

»Nicht Peter, ein Mitschüler, ein guter Schüler, sehr intelligent! Er hat nur …«

»Wolfgang hat behauptet«, erkläre ich Olga, »bei uns gebe es keine Freiheit, denn wir dürften nicht in den Westen fahren, und die Wahlen seien auch keine richtigen Wahlen, und unser Parlament sei kein richtiges Parlament, weil die Beschlüsse dort alle einstimmig fielen. Und als ich ihm sage, dass er da der westlichen Hetze ganz schön auf den Leim gegangen sei, hat er gesagt, dass er das von seinem Vater habe und seinem Vater mehr glaube als mir oder der Aktuellen Kamera.«

»Ich glaube meinem Vater auch mehr als der Aktuellen Kamera«, sagt Olga. »Und unser Peter hat – widersprochen?«

»Ja«, sagen Frau Rosanowski und ich zugleich, obwohl ich mir vorgenommen habe, nicht mehr zu antworten, wenn Olga die Wendung »unser Peter« benutzt.

»Er hat ihm nicht nur widersprochen.« Frau Rosanowski macht ein Seufzgeräusch in die Tasse und drückt ihre Zigarette aus.

Ich erkläre Olga die Situation, auf die Frau Rosanowski anspielt. Im Staatsbürgerkundeunterricht, als Herr Malitzki uns den demokratischen Zentralismus erläuterte und nachwies, dass das westliche System eine Scheindemokratie ist, weil außer der DKP alle Parteien von denselben Konzernen Geldspenden erhalten, und ihre Gesetze von deren eigens dafür bezahlten Vertretern beeinflusst werden, und es im Parlament völlig gleichgültig ist, was dort gesagt wird, weil die sowieso beschließen, was die Regierungspartei will, es darüber hinaus also gleichgültig ist, welche Partei man außer der DKP wählt, weil sie alle weder die Eigentumsverhältnisse ändern noch den Profit der Konzerne schmälern wollen, habe ich Wolfgang gefragt, ob er immer noch behaupten wolle, im Westen gebe es Demokratie und bei uns nicht.

»Du hast das weitergequatscht?«, fragt Olga.

»Wenn jemand Probleme hat, muss man die ansprechen, um ihm zu helfen!«

»Lasst uns mal den Kuchen kosten«, sagt Frau Rosanowski und macht sich an dem Päckchen zu schaffen. »Dürfte ich noch mal Kaffee haben?«

Olga kommt mir zuvor. Sie schenkt auch sich eine halbe Tasse ein und verteilt Teller und Kuchengabeln.

»Guten Appetit«, sagt Frau Rosanowski.

»Danke, gleichfalls«, sage ich.

Frau Rosanowski und Olga beugen sich über die Teller und beißen von ihrem Kuchen ab. Je länger man den Streuselkuchen kaut, umso süßer wird er, desto mehr klebt er aber auch an Gaumen und Zähnen.

»Staubtrocken«, sagt Olga mit vollem Mund und trinkt einfach aus meinem Wasserglas. »Du bist wirklich ein Idiot«, flüstert sie, ohne mich dabei anzusehen, als sagte sie mir heimlich vor.

»Warum behauptest du so etwas?« Ich versuche, den süßen Kuchenbrei herunterzuschlucken. Olga und Frau Rosanowski konzentrieren sich weiterhin auf ihren Streuselkuchen. »Antworte mir, bitte«, beharre ich.

»Und was passiert jetzt?«, fragt Olga.

»Was soll denn passieren?«, frage ich.

»Mit dir red ich nicht!«

Eigentlich ist es doch an mir, verärgert zu sein. Immer wieder gelingt es Olga, mich grundlos einzuschüchtern.

»Wolfgang versichert«, Frau Rosanowskis Zunge fährt über ihre Vorderzähne, »er habe das gar nicht gesagt.«

»Er lügt«, sage ich.

»Halt doch mal die Klappe!«, sagt Olga.

»Na ja«, sagt Frau Rosanowski. »Ich bin ja nicht dabei gewesen.«

»Wissen Sie«, wendet sich Olga an meine Klassenlehrerin, »Peter hat diese Art von Diskussion nie gelernt. Er hat da irgendwie Scheuklappen! Es will einfach nicht in seinen Kopf, dass einer die Argumente des Gegners wiederholt, um die Überzeugungskraft seiner Mitschüler zu fördern und zu schärfen. Die Dialektik und die Lehre von der Einheit und dem Kampf der Gegensätze haben sie noch nicht behandelt, daran kann's auch liegen. Oder hattet ihr das schon?«, fragt Olga und dreht sich zu mir. »Dein Mitschüler hat das Argument des Gegners wiederholt, um dir Gelegenheit zu geben, dagegen zu argumentieren. Du aber hast es mit seiner eigenen Meinung verwechselt.«

Ich bin sprachlos.

»Das ist so, als würdest du einen Wettkampf beim Sportschießen für Krieg halten.«

»Frau Rosanowski hat doch gerade selbst gesagt, dass Wolfgang dummes Zeug erzählt hat! Stimmt's?«

Frau Rosanowski beißt in ein zweites Stück Streuselkuchen.

»Frau Rosanowski hat ja auch recht«, sagt Olga. »Nur hat dein Mitschüler Wolfgang zu viel bei dir vorausgesetzt. Wie gesagt, das ist kein Vorwurf, Dialektik ist bei euch eben noch nicht dran gewesen.«

»Du bist doch gar nicht dabei gewesen!«, sage ich.

»Peter«, sagt Olga, »kannst du dir jemanden vorstellen, der bei uns aufgewachsen ist, der alle Vorteile des Sozialismus genossen hat und der dann so etwas behauptet? Denkst du so schlecht von deinem Mitschüler?«

»Er hat gesagt, er habe es von seinem Vater!«

»Wolfgang hat nur seinen Vater. Seine Mutter lebt schon lange nicht mehr«, sagt Frau Rosanowski.

»Wie bei mir«, sagt Olga. »Nur dass mein Vater wieder geheiratet hat.«

»Ach, das wusste ich nicht«, sagt Frau Rosanowski und klingt dabei, als würde sie Olga bewundern. »Aber dafür hast du jetzt noch einen Bruder.«

»Er ist nicht mein Bruder!«

»Ich bin nur so lange bei den Grohmanns«, sage ich, »bis wir Paul Löschau wiedergefunden haben. Dann gehe ich zu ihm.«

»Gib doch 'ne Annonce auf!«, sagt Olga.

»Das hat doch gar nichts mit Wolfgangs falschen Ansichten zu tun!«

»Begreifst du denn immer noch nicht?«, fragt Olga. »Stell dir nur mal vor, Wolfgang würde behaupten, er habe es aus dem Westfernsehen. Dann würde niemand mehr darüber diskutieren, dann wäre es ja von vornherein als Lüge entlarvt! Dein Klassenkamerad wird dir genau das sagen, stimmt's, Frau Rosanowski?«

Frau Rosanowski kaut weiter und nickt dabei.

»Wolfgang hat mich beschimpft«, sage ich und weiß nicht recht weiter. Sollte ich mich derart irren?

»Mein Papa macht das genauso. Er trägt ein Argument vor, damit du deinen Grips anstrengst. Man muss die Argumente des Gegners kennen, um richtig argumentieren zu können. Wir müssen mit Leidenschaft diskutieren, mit Herzblut!«

»Genau so habe ich das verstanden«, sagt Frau Rosanowski und hält mir ihre Tasse hin.

»Da hörst du's«, sagt Olga und schenkt ihr nach. »Nur unser Peter hat mal wieder nicht hingehört, weil er glaubt, überall lauere der Klassenfeind unterm Sofa.«

»Das tue ich nicht«, widerspreche ich. »Wolfgang hat eine ganz falsche und schädliche Haltung vertreten …«

»Siehst du!«, ruft Olga. »Das sagen wir doch! Damit du deine Argumente hervorholen kannst, damit du dich übst und in einer Diskussion zu behaupten lernst!«

»So hat es mir gegenüber auch Wolfgang dargestellt, genau so.«

»Sie haben doch eben gesagt, dass er behauptet …«

»Ja, aber wir sind unterbrochen worden, nicht wahr? Ich wollte fortfahren und sagen …«

»Ich bin da reingeplatzt«, sagt Olga.

»Reingeplatzt!«, wiederholt Frau Rosanowski.

»Trink mal 'nen Schluck«, sagt Olga. »Nur keine Angst. Da ist viel Milch drin.«

Mit lauwarmem Kaffee angereichert, schmeckt der Streuselkuchen besser. So löst er sich auch leichter von Gaumen und Zähnen.

»Wenn ich da etwas falsch verstanden haben sollte«, sage ich, »ist das noch lange kein Grund, mich zu beschimpfen!«

»Es ist doch nicht zum ersten Mal, Peter! Wie soll da jemals eine freimütige Diskussion entstehen? Dabei behauptest du immer, dir liege an einer kritischen Diskussion!«

»Natürlich liegt mir daran!«

»Trink noch 'nen Schluck«, sagt sie.

»Du kommst morgen in der Hofpause am besten zum Lehrerzimmer«, sagt Frau Rosanowski, »dann bringen wir das in Ordnung, einverstanden?«

»Einverstanden«, sage ich und wundere mich abermals, wieso Olga schon wieder recht behält. Sie reicht die Tüte mit den Kuchenrändern Frau Rosanowski.

»Die schmecken besser, als Sie denken. – Darf ich?«

Ohne eine Antwort abzuwarten, zieht Olga eine von Frau Rosanowskis Zigaretten aus der Schachtel. Den rechten Ellbogen auf den Tisch gestützt, die Zigarette zwischen den

Fingern, wartet Olga. Schließlich nimmt meine Klassenlehrerin die Streichhölzer zur Hand, gibt Olga Feuer und wedelt mit dem Streichholz so lange in der Luft herum, bis es endlich erlischt.

ZWEITES KAPITEL

In dem Peter eine Party geschenkt wird. Mitschüler als Helden. Peter möchte niveauvoll mitreden. Was führt Olga im Schilde?

Hermann ist zur Kur, Beate hat am Wochenende eine Fortbildung ihrer Sparkasse, Frau Schöntag besucht ihre jüngere Schwester, und Olga hat beschlossen, meinen Geburtstag nachzufeiern. Ein vierzehnter Geburtstag müsse notwendigerweise mit einer Party begangen werden. Bei dem Wort »Party« sehe ich Frauen in gewagten Abendkleidern mit Sektkelchen in der Hand, umworben von zweifelhaften Männern in schwarzen Anzügen. Zu einer Party, so Olga, sei die Abwesenheit der Eltern Voraussetzung. Des Weiteren brauche es Gäste. Dafür will sie sorgen, aber zumindest einen Gast sollte auch ich beisteuern.

Das ist schwierig. Obwohl ich gern in die POS Ernst Schneller in der Kiefholzstrasse gehe, fallen mir nur Lehrer ein, die ich einladen könnte, Herrn Malitzki, Herrn Beuchel, auch Frau Rosanowski, wenn sie noch an unserer Schule wäre. Andreas Lefèvre, mein Banknachbar – sein Vater und Hermann sind befreundet –, ist der Einzige, der noch mit mir redet, nachdem Wolfgang von der Schule verwiesen worden ist. Leider spricht er ausschließlich über E-Pianos, Keyboards und Synthesizer. Bereits im Jahr 2000 wird es in den Orchestern nur noch Synthesizer geben. Mit vier oder fünf Synthesizern lasse sich alles aufführen, wirklich alles. Andreas wundert sich jeden Tag aufs Neue über jene, die sich heutzutage noch damit abplagen, Trompete oder Geige oder Schlagzeug zu erlernen, also ein Instrument, das keine Tasten hat. Ich fordere ihn auf, selbst Freunde mitzubringen – »Das ist bei einer Party so üblich«, erkläre ich. Ermutigt von Andreas' Einverständnis, spreche ich auch Ulf Brandt an. Ulf ist zweimal sitzengeblieben und viel größer als ich und die anderen Jungen. Er hat abgeknaupelte Fingernägel und stottert, wenn er im Unterricht drangenommen wird. Zudem riecht es in seiner Nähe immer nach Schuhcreme. In den Pausen bleibt er an seinem Platz stehen. Dann ist Ulf wie eine Insel, die von niemandem angesteuert wird.

»Ich gebe eine Party«, sage ich. »Du bist eingeladen.«

Erst als ich nachfrage, ob er weiß, was eine Party ist, nimmt er den Daumen aus dem Mund und beginnt zu nicken. Damit habe ich mein Soll übererfüllt. Alle anderen Planungen liegen in Olgas Händen.

Am Freitagnachmittag schleppen wir gemeinsam einen Kasten Vita-Cola und zwei Beutel voller Kartoffeln nach Hause. Wir gehen gleich noch einmal los, weil Frau Thiessen in dem kleinen Laden Ecke Moosdorfer Olga ein paar Flaschen Bier versprochen hat. Woher Olga das Geld nimmt, weiß ich nicht.

Die fünf Schulstunden am Sonnabend vergehen schnell. Andreas teilt mir mit, er habe beschlossen, auf meiner Party sein erstes Konzert zu geben. Er werde spielen, was sich meine Gäste wünschen.

Bereits gegen vier Uhr klingelt es. Es sind Ulf und seine Eltern. Wie lächelnde Weihnachtsfiguren stehen sie da, nur dass sie statt Kerzen Schüsseln in Händen halten, die von blau- und rotkarierten Geschirrtüchern bedeckt sind. Es duftet nach gebratenem Fleisch und Schuhcreme.

»Stopp!«, sagt der Vater, als ich einen Schritt auf ihn zu

machen will. – Weitere Schüsseln bilden einen Halbkreis um ihre Schuhspitzen herum.

Ulf ist gekleidet wie ein Kellner, mit schwarzen Lackschuhen und weißem Hemd. Er ähnelt seinen Eltern. Aber auch Vater und Mutter wirken, als entstammten sie derselben Familie. Bei allen dreien ist die Oberlippe leicht vorgeschoben, was ihren Mündern etwas Schnabelartiges verleiht. Kaum hereingekommen, treten die drei sich selbst auf die Fersen, bis sie in Strümpfen dastehen.

»Brandt«, sagt der Vater in einem Tonfall, als hätte er gerade etwas beschlossen. »Brandt«, wiederholt die Mutter freundlich. Ich nehme ihr eine Schüssel ab, damit wir einander die Hand geben können.

»Wir wollen uns bei deinen Eltern bedanken«, sagt Frau Brandt.

»Die sind noch nicht da, das wird später«, sagt Olga und wischt sich die Hände an ihrer Hose ab. Ich kann sehen, wie das Lächeln in den Mundwinkeln der Brandt-Eltern versickert.

»Also ist anfangs gar kein Erwachsener anwesend?«, fasst Herr Brandt die Situation zusammen.

»Dann ist ja gut, dass wir das – gemacht haben!« Ulf zeigt auf die Schüsseln. »Alles Gute nochmals«, sagt er, ergreift meine Rechte, schüttelt sie und überreicht mir ein Päckchen.

»Rasierzeug!«, jubelt Olga, als ich es ausgepackt habe. Mit dem Pinsel streichelt sie mein Kinn.

»Bis zehn, Großer! Und keine Minute länger!«, sagt Herr Brandt.

Frau Brandt küsst ihren Sohn. Als sie sich im Treppenhaus umdreht, glaube ich, Tränen in ihren Augen zu erkennen.

Olga erklärt Ulf umgehend zum Büfett-Beauftragten und erläutert uns, was ein Büfett ist. Ulf darf es aufbauen.

Wenige Stunden später bin ich verzweifelt. Ich weiß nicht, wie eine Party, hat sie erst mal begonnen, wieder beendet werden kann. Mit dem Eintreffen der ersten Gäste scheint Olga vergessen zu haben, wer ich bin. Ich langweile mich unendlich.

Andreas hingegen genießt die Aufmerksamkeit, die ihm entgegengebracht wird. Mit Ernst und Skepsis blickt er auf sein Keyboard der Marke *Weltmeister*, als wäre etwas dabei kaputtzugehen oder als verursachte ihm der Klang eines Tones Schmerzen. Gerade die Lehrlinge, insbesondere die bärtigen, bleiben bei ihm stehen, wiegen den Kopf und sprechen nah an seinem Ohr. Ich weiß nie, ob Andreas nickt oder nur im Takt den Kopf bewegt. Seine dicke Nase und sein schmales Gesicht scheinen zu unterschiedlichen Menschen zu gehören.

Ulf findet meine Party schau. Er hat das Öffnen der Weinflaschen, die meine Gäste mitbringen, erlernt. Zudem ist er mit dem Feuerzeug, das ihm Olga geborgt hat, allgegenwärtig. Es braucht nur jemand eine Zigarette in der Hand zu halten, schon steht Ulf da. Er sammelt benutzte Teller ein, wäscht ab, trocknet ab, bringt neue und gibt Auskunft über die Zubereitung der Salate. Unentwegt fährt er sich mit dem Unterarm über die Stirn. Er sieht aus, als schwitzte er vor Glück.

Ich hingegen frage mich, was eigentlich meine Aufgabe ist, außer nach jedem Klingeln die Tür zu öffnen. Ich wäre gern von innen heraus so fröhlich wie die anderen und würde mir wünschen, ganz selbstverständlich in die Diskussionen mit einbezogen zu werden. Allerdings sind die Themen der Gespräche erschreckend belanglos. Einer, der ganz in westliche Jeans-Sachen gekleidet ist, erzählt davon, in wie vielen Geschäften er gewesen sei, um eine Zylinderkopfdichtung für seine MZ zu bekommen. Ich frage ihn, warum er denn nicht in eine Werkstatt gefahren ist, die sind doch für Reparaturen zuständig! Ich kann ihm unser *Wer macht was?*

für den Stadtbezirk Treptow borgen, da findet er mehrere Reparaturwerkstätten verzeichnet.

»Was bist du denn für einer?«, fragt er.

»Peter Holtz«, sage ich, »wir haben uns vorhin schon begrüßt.« Ein paar von den anderen lachen. Die langen Haare hängen an ihnen herab, und keiner weiß etwas zu sagen. Deshalb ergreife ich erneut das Wort. Ob er seine alte, runde Brille zu Ehren von Liselotte Herrmann trägt, frage ich einen der bärtigen Männer, denn Liselotte Herrmann habe ja genau so eine Brille gehabt.

»Lise – lotte – wie? Wer?«, fragt er.

»Liselotte Herrmann«, wiederhole ich.

»Denn sie wusste um unsere Sache!«, sagt das Mädchen neben ihm so feierlich, wie die Sprecherin auf der Schallplatte, die wir im Musikunterricht gehört haben.

»Sie war die erste Mutter«, sage ich, »die von den Faschisten hingerichtet worden ist, weil sie die faschistische Aufrüstung öffentlich gemacht hat. Sie ist standhafter gewesen als Galileo Galilei.«

»Und was kann meine Brille dafür?«, fragt der Bärtige.

»Dafür interessierst du dich?«, fragt mich die Frau neben ihm. Wie bei Miriam Makeba ist ihr Haar zu vielen kleinen Zöpfen geflochten, nur blond. Alle sehen mich an, das Eis scheint gebrochen.

»Ich interessiere mich eigentlich für alles, was zum gesellschaftlichen Fortschritt beiträgt.«

»Wolke, Baby, echt Wolke!«, ruft ein anderer Bärtiger. Er fasst mich an der Schulter und bewegt seine Finger, als wollte er mich massieren.

Die blonde Miriam Makeba stützt ihre Hände in die Hüften, ihre Strickjacke öffnet sich wie ein Vorhang. Der Ansatz ihres Busens ist von dem weißen Nicki nicht bedeckt. Doch im Stoff zeichnet sich sowieso alles deutlich ab, beinah so, als wäre sie nackt.

»Ich glaube, der meint das ernst«, sagt sie und zieht ihre Strickjacke wieder zu. Die Hand des Bärtigen verschwindet von meiner Schulter.

Damit sie nicht wieder in Schweigen verfallen, frage ich die blonde Miriam Makeba nach ihrem Namen. Ich will schon meinen nennen, da antwortet sie schroff: »Betty, mit Ypsilon«, und verlässt das Zimmer.

»Was willst du denn mal werden?«, fragt der mit der Liselotte-Herrmann-Brille.

»Berufsunteroffizier«, sage ich. Es wird still. Zwei junge Männer drehen sich weg, als hätten sie sich gerade von mir verabschiedet.

»Bist du dir sicher?«, fragt schließlich der mit der Brille.

»Ich gehe dorthin, wohin mich die Gesellschaft schickt.«

»Meinst du nicht, dass dir ein Beruf, in dem man richtig arbeitet, besser gefällt?«

»Wir sollten nicht fragen, was die Gesellschaft für uns tun kann, sondern fragen, was wir für die Gesellschaft tun können«, erkläre ich.

»Und wenn keine Berufssoldaten benötigt werden, was dann?«, fragt er.

»Maurer«, sage ich.

»Maurer ist gut«, sagt er freudig. »Maurer ist ein anständiger Beruf.«

»Berufsunteroffizier auch«, sage ich und wende mich ab. Mich macht es wütend, dass Berufsunteroffizier, ja sogar Offizier, derart schlecht angesehene Berufe bei uns sind. Dabei werden gerade die so dringend gebraucht!

»Hör mal!«, ruft er mir nach. »Bist du beleidigt?«

Ich suche Olga und entdecke sie in der guten Stube, Betty steht neben dem Sofa, auf dessen Rückenlehne Olga hockt. Ein großer Junge mit langen, glatten Haaren sitzt zwischen ihren Beinen, seine Unterarme baumeln von ihren Oberschenkeln herab.

»Da ist er!«, sagt Betty und flüstert ihr etwas ins Ohr. Olga blinzelt mich durch den Rauch ihrer Zigarette an und trinkt einen Schluck. Olga nickt Betty zu, Betty nimmt ihr das Glas ab, während sich Olga schon langsam vorbeugt und den Kopf des Jungen an dessen Haaren zurückzieht. Sie küssen sich. Ich will mich abwenden, muss dann aber mit ansehen, wie zwischen den Lippen der beiden Wein hervorblubbert und ihm über Kinn und Hals in den Hemdausschnitt rinnt, ohne dass er sich dagegen wehrt.

DRITTES KAPITEL

In dem Peter einen Busen bewundern soll. Ein nächtlicher Ausflug samt Anruf in der eigenen Wohnung. Schließlich beweist Peter Mut, um Olga doch noch zu retten.

»Hier also bist du!« Betty stützt sich mir gegenüber auf die Lehne des Küchenstuhls. »Was willst du von mir?«

»Was meinen Sie?«, frage ich und stehe auf.

»Ich bin Olgas beste Freundin, und du bist ihr kleiner Tugendbold, der immer weiß, was richtig ist.«

»Ich sage nur, was ich denke.«

»Was du denkst, ist mir egal!« Betty öffnet den Vorhang ihrer Strickjacke. »Na bitte, schon wieder!« Sie ergreift ihre linke Brust. »Ein Blick wie deiner tut richtig weh! Ich bin eine Frau, kein Objekt!«

»Weil Sie nichts druntertragen …«, sage ich.

»Werd nicht unverschämt!«

Ich weiß nicht, welche Entschuldigung sich Betty wünscht. Mit beiden Händen rafft sie ihr Nicki hoch.

»Zufrieden? Ist es das, was du sehen wolltest?«

»Ich bin doch nicht unzufrieden gewesen …«

»Raus!«, ruft Betty über die Schulter, als Ulf in die Küche kommt.

Er lässt Besteck in die Spüle fallen und eilt hinaus.

»Ich habe doch gewusst, was drunter ist«, sage ich.

»Aber berührt? Hast du so was schon mal berührt?«

»Wir lieben uns doch gar nicht«, sage ich. Warum spricht Betty von »so was«? Wir beide wollen ja ihren Busen nicht als Gegenstand betrachten.

»Noch nie am Nippel gezogen?«

»Ich will Ihnen doch nicht weh tun!«

»Los, fass an!«

»So was mache ich nicht«, sage ich, spüre aber im selben Moment Bettys Hand zwischen meinen Beinen.

»Ein Vertrauensbeweis darf nie einseitig bleiben«, sagt sie.

»Sie können mir vertrauen«, sage ich und lasse es geschehen, obwohl ich nicht weiß, was das soll. Immerhin lächelt Betty jetzt. Wenn sie noch näher kommt, wird mich ihr Busen berühren.

»Und? Wie fühlt sich das an?«

Endlich begreife ich, worum es ihr geht. Betty will mir praktisch veranschaulichen, wie es ist, wenn man als Gegenstand behandelt wird.

»Schrecklich! Unangenehm! Erniedrigend!«, sage ich. Etwas knallt mir ins Gesicht. Betty hat mir eine verpasst.

»Idiot!«, sagt sie, zieht ihr Nicki herunter und stopft es, schon an der Küchentür, in die Hose.

Ich habe genug von der Party. Ich will in mein Zimmer, um mich zu föhnen. Olga hat einen Arm um Bettys Hals gelegt, als hätte Betty Trost nötig. Mich bemerkt sie nicht einmal.

Mein Zimmer ist abgeschlossen, der Schlüssel steckt außen. Als ich die Tür öffne, springt mich Wanka an, den Olga hier eingesperrt haben muss. Obwohl er nun frei ist, wuselt er um mich herum und winselt.

Kurz entschlossen nehme ich die Hundeleine. Auch Wanka scheint froh zu sein, endlich hier wegzukommen! Die Luft ist kühl und frisch. Auf nichts habe ich mehr Lust, als einen Fuß vor den anderen zu setzen, so lange mich die Erde trägt.

Wir sind fast allein auf der Straße. Nur manchmal höre ich ein Auto. Alles scheint zu schlafen, auch der Asphalt mit seinen Ausbesserungen, die großen Platanen und die schiefen Papierkörbe. Ich gehe schnell, das Tempo erschöpft mich nicht. Meine Füße federn wie von selbst vom Boden ab, eine Eigenschaft, die sich offenbar erst im Dunkeln einstellt. Wanka schnuppert überall und läuft hin und her, ohne sich zu weit zu entfernen.

Vor einer Telefonzelle bleibe ich stehen, als wäre sie mein Ziel gewesen. Der Apparat funktioniert. Unter dem Wechselgeld des gestrigen Einkaufs finde ich auch einen Zwanziger in meiner Hosentasche. Das Rufzeichen tutet beruhigend. Dann fährt mir der Krach ins Ohr. Eine Männerstimme.

»Wer ist da?«, frage ich.

»Brandt bei Grohmann!«, verstehe ich dann.

»Beenden Sie die Party!«, sage ich.

»Was?«

»Beenden Sie die Party!«, schreie ich und lege auf. Der Zwanziger fällt im Kasten nieder, meine Stimme hallt noch nach. Ich wähle die 110. Der Frau, die sich mit ruhiger Stimme meldet, nenne ich meinen Namen und meine Adresse. Ich teile ihr mit, dass es hier unerträglich laut sei, unerträglich, wiederhole ich und bitte sie, etwas zu unternehmen. Ich gebe ihr auch die Grohmann'sche Nummer und wiederhole, bevor ich auflege, nochmals meinen Vor- und Zunamen. Ich bin zufrieden und erleichtert, das Notwendige getan zu haben. Schon nach wenigen Schritten hat sich die Müdigkeit im ganzen Körper verbreitet.

Als ich mit Wanka wieder vor unserem Haus stehe,

herrscht Ruhe. Auch im Treppenhaus ist nichts zu hören. Ich schließe auf. Es riecht stark nach Zigaretten, und es sieht furchtbar aus – als hätten sie fliehen müssen. Auf dem Klo gibt's kein Klopapier mehr, und das Handtuch liegt am Boden. Wanka winselt. Als ich zu ihm gehe, kommt er mir schwanzwedelnd entgegen. Von seiner Schnauze tropft Wasser. Was ich für Winseln gehalten habe, ist ein Gewimmere. Jemand hat Schmerzen, jemand weint – Olga! Vor ihrer Zimmertür ist alles deutlich zu hören: Schmerzen. So schlimme Schmerzen, dass es nicht zum Aushalten ist!

Ich öffne – im nächsten Augenblick stürzen Wanka und ich uns auf einen Langhaarigen, der Olga quält. Zusammen mit ihm krache ich auf der anderen Seite des Bettes zu Boden. Erlöst schreit Olga auf. Auch wenn der nackte Kerl stärker ist als ich, auch wenn er schreit, flucht, schimpft und mir weh tut, ich lasse seine Haare nicht los! Ermutigt von Wankas Bellen, kralle ich mich in seinen Arm, meine Beine umklammern seine Waden – Olga bleibt genügend Zeit, sich in Sicherheit zu bringen und die 110 zu wählen.

VIERTES KAPITEL

In dem Peter auf einen Christen trifft. Anorak oder Parka. Peter sorgt für klare Verhältnisse.

Obwohl Ulfs Eltern uns angedroht haben, Beate und Hermann wegen Vernachlässigung ihrer Aufsichtspflicht zur Rechenschaft zu ziehen – Ulf hat sich auf der Rückfahrt mehrmals in die leeren Schüsseln übergeben –, möchten sie der Freundschaft zwischen Ulf und mir nicht im Wege stehen. Andreas ist zuerst verzweifelt gewesen. Einer der Bärtigen hat Bier über den Tasten seines *Weltmeister*-Keyboards verschüttet. Der langhaarige Freund von Olga aber, Holger, hat Andreas einer Gruppe vorgestellt, in der er jetzt spielt.

»Diese Chance verdanke ich dir!«, sagt Andreas oft.

Holger macht eine Ausbildung zum Werkzeugmacher mit Abitur und steht täglich vor unserer Tür.

Holger trägt einen Anorak, den Olga »Parka« nennt. Parka und Party klingen verwandt, was mich nicht weiter stören würde. Schließlich klingt ja auch Partei so ähnlich. Doch auf dem linken Ärmel ist ein Zeichen in den Farben Schwarz-Rot-Gold. Auf meine Frage, ob die Abbildung für unser DDR-Emblem zu klein gewesen sei, antwortet Holger zuerst nicht. Olga jedoch gibt mir recht.

Ein paar Tage später will ich meinen Anorak über Holgers Parka hängen, doch Anorak und Parka rutschen vom Haken. Ich hebe sie auf – da fällt mir ein schmales rotes Abzeichen auf. Mir stockt der Atem. Am linken Kragen, ungefähr dort, wo man das Parteiabzeichen trägt, steht: »Jesus lebt!«

»Bist du ein Christ?!«, stelle ich Holger zur Rede. Er und Olga heben die Köpfe von Olgas Schularbeiten. Wie anders erscheint mir jetzt sein Lächeln, als er laut und deutlich »Ja!« sagt.

»Meinst du das ernst? Weißt du nicht, was Christen überall auf der Welt angerichtet haben?«

Endlich kapiere ich, was hier gespielt wird! Christen tragen Parka mit einer BRD-Fahne drauf. Das erklärt alles.

»Dass ihr euch nicht schämt, mich anzulügen. Ich denke, Christen dürfen nicht lügen?«

Olga verdreht die Augen, Holger streicht sich eine Haarsträhne hinters Ohr.

»Wenn ich dir eine runterhaue«, frage ich Holger, »hältst du mir dann auch deine andere Backe hin?«

»Wange«, verbessert mich Olga, »es heißt ›Wange‹!«

»Hältst du mir dann deine andere Wange hin?«

»Das haben Christen immer wieder getan«, sagt Holger. »Hast du denn einen Grund, mich zu schlagen?« Er fragt das ruhig, als hätte er schon öfter solche Diskussionen geführt.

»Wovor hast du denn Angst?«, fragt Holger und lächelt weiter sein scheinheiliges Christenlächeln, als müsste er mir beweisen, dass Christen niemandem böse sind, auch denen nicht, die sie beschimpfen.

»Angst habe ich keine, aber Klassenbewusstsein!«

Holger sieht mit schief gelegtem Kopf zu Olga.

»Er meint das ernst«, sagt sie.

Warum nur denkt Olga nicht so wie ich? Warum will sie sich nicht zu unserem Sozialismus bekennen?

»Was hast du denn gegen Jesus? Er war für die Armen und hat auch so gelebt.«

»Aber er lebt nicht mehr.«

»Sein Wort ist unter uns. Auf den Transparenten steht doch auch: Lenin lebt! Marx lebt! Oder? Allerdings ist Jesus der Einzige, der auferstanden ist.«

Ich kann mein Lachen kaum unterdrücken.

»Olga«, sage ich, »hast du das gehört?« Ich bin selbst überrascht, wie schnell ich als Sieger aus unserem Streitgespräch hervorgehe. »Hast du gehört, Olga? Auf-er-stan-den! Glaubt er das wirklich?!«

»Ja«, sagt Holger, »daran glaube ich. Und an das ewige Leben. Ich glaube nicht, dass der Tod das Letzte ist. Ich glaube, es gibt mehr in dieser Welt, als wir mit unseren fünf Sinnen erfassen können.«

Olga dreht ihren Hefter ein Stück zu Holger. »Ist das richtig?«, fragt sie.

»Du glaubst also wirklich«, frage ich, »dass sich Jesus nach dem Tod wieder berappelt hat und in den Himmel geflogen ist?«

»Lass uns bitte arbeiten«, sagt Olga.

»Ja oder nein?«

»Ja«, sagt Holger, »auch wenn man sich das nicht so einfach vorstellen darf, wie du dir das ausmalst.«

»Wie denn dann?«, frage ich.

»Mach die Tür zu, Peter! Von draußen«, ruft Olga.

Ich werfe ihnen die Kutte mit der BRD-Fahne vor die Füße und gehe hinaus. Olga kommt mir nach. Sie gebraucht Schimpfworte. Sie verhält sich wie immer. Das beruhigt mich. Holgers Einfluss auf sie geht nicht so weit wie befürchtet, jedenfalls scheint sie noch keine Christin zu sein.

FÜNFTES KAPITEL

In dem Peter unter Christen gerät und seinen Sinnen nicht traut. Ein Schiff, das sich Gemeinde nennt. Peter wird seekrank und gelangt schwankend zum Ausgang.

»Also gut«, sage ich, »dann sehen wir uns diese Christen mal an.« Obwohl ich weiterhin auf Olgas Vernunft und Verstand setze, scheint es mir angebracht, auch selbst Holgers Einladung zu folgen und Olga bei dieser Christenversammlung zur Seite zu stehen.

Das christliche Haus ist alt, mit Weinbewuchs an der Schmalseite bis zum Giebel und einem Garten voller Sträucher und Obstbäume. Eine Hecke verläuft entlang des Maschendrahtzauns, so dass man von draußen nicht sehen kann, was sie drinnen treiben.

Durch ein Spalier von Jugendlichen steigen wir eine Treppe hinauf zu einer überdachten Veranda. Anders als in der Schule nicken uns die Jugendlichen zu und sagen als Erste »Hallo!«.

Kampfeslust keimt in mir auf. Ich erkenne einige aus meiner Schule wieder und begreife nicht, wie Jugendliche zu Christen werden können. Unsere Erziehung sollte sie eigentlich vor Rückfällen in den Aberglauben bewahren.

Im Haus riecht es nach Küche, Holz und Bohnerwachs, ein bisschen wie im Käthe-Kollwitz. Mehrere Stapel schwarzer Bücher türmen sich auf einem Tisch neben dem Eingang. An den Wänden hängen Plakate. Was ich darauf lese, klingt märchenhaft: »Siehe, ich bin bei euch alle Tage bis an der Welt Ende.«

»Was meinen die mit ›bis an der Welt Ende‹?«, frage ich Olga. »Fürchten sie sich vor einem Atomkrieg?«

Sie zuckt mit den Schultern. Hinter uns höre ich, wie jemand »Kortschagin« flüstert.

»Hi!«, sagt Holger. Er reicht Olga und mir die Hand. Hinter ihm steht ein Hüne mit Vollbart und Halbglatze.

»Willkommen, Pawel«, sagt der Hüne und drückt mir fest die Hand.

»Peter! Er heißt Peter!«, korrigiert Holger schnell.

»Meine Freunde nennen mich Pawel«, erwidere ich und ärgere mich sofort über meine Lüge. »Pawel Kortschagin ist mein Vorbild.«

»Dann habe ich dich und dein Vorbild verwechselt, entschuldige bitte«, sagt der Hüne.

»Unser Pawka«, sagt Olga und sieht mich an, als wäre ich gerade gelobt worden. »Fehlt nur noch die Mütze mit dem roten Stern.«

Ich lache nicht mit. Stattdessen frage ich den Hünen: »Macht Ihnen das nichts aus, dass wir Atheisten sind, Olga und ich?« Mir gefällt es, mit Holgers Vorgesetztem zu sprechen statt mit ihm selbst.

»Bei uns ist jeder willkommen«, sagt der Hüne. »Zu mir kommen sogar Parteisekretäre, wenn sie nicht weiterwissen. Wir sind für alle da.«

»Sind Sie eine Beratungsstelle?«

»Auch das.«

»Aber Haus und Garten gehören dem Staat?«

»Nein, der Kirche.«

»Hat die Kirche Besitz?«

»Das ist alles Eigentum der Kirche. Warum fragst du?«

»Darf sie denn etwas besitzen?«

»Warum nicht?« Er strahlt mich an, als würde ich ihn fortwährend loben.

»Und jetzt zeige ich euch was!« Holger geht uns voran eine schmale Treppe hinunter. »Das war mal ’ne Waschküche, die haben wir uns umgebaut!«

Die schmalen Kellerfenster liegen hoch. Selbst bei schönstem Sonnenschein wird es hier drin finster bleiben. Die Tische haben sie zu einem großen Viereck zusammengeschoben. Wir hängen unsere Sachen an die Garderobe.

Ich setze mich neben Olga und ziehe eines der abgegriffenen Hefte heran, die verstreut auf den Tischen liegen. *Lob des Herrn* ist der Titel über der Abbildung eines alten Glasfensters, auf dem ein Mann mit einem Schaf über der Schulter zu sehen ist. »Nur für den innerkirchlichen Dienstgebrauch« steht darunter.

»Hier ist es üblich«, sagt Holger leise, der neben mir in die Hocke gegangen ist, »dass alles, was wir besprechen, in diesem Raum bleibt.«

»Warum?«, frage ich. »Ist das ein heimliches Treffen?«

»Nein«, sagt Holger und sieht Olga an, obwohl er ja mir antwortet. »Das ist kein heimliches Treffen.«

Bevor ich ihm eine weitere Frage stellen kann, hat er sich erhoben. Der Hüne sagt, wir sollen Seite 25 aufschlagen. Ein rothaariger Jugendlicher streicht über die Saiten seiner Gitarre.

»Ein Schiff, das sich Gemeinde nennt, fährt durch das Meer der Zeit. Das Ziel, das ihm die Richtung weist, heißt Gottes Ewigkeit.« Das ist der Refrain, dazwischen geht es darum, dass sie von Angst, Not, Verzweiflung und Gefahr bedroht sind. Was sie konkret meinen, wird nicht gesagt. Woher nur rührt ihre Angst? Nie hätte ich geglaubt, dass es einen Ort in unserer Republik gibt, an dem ich mich so fremd fühle.

Holger ist ganz in seinem Element. Ihm macht es wohl Freude, vor Olga zu singen, er sieht sie ununterbrochen an.

Am Ende läuft das Schiff nach langer Fahrt in Gottes Hafen ein, aber trotzdem singen sie angstvoll: »Bleibe bei uns, Herr!«

Das Ganze stimmt hinten und vorn nicht. Und als sie dann über das Lied sprechen, ist es Holger, der sagt: »Eigentlich sind wir Matrosen Gottes.« Damit löst er Begeisterung aus: Matrosen Gottes! Ich möchte Holger fragen, ob er den Thälmannfilm gesehen hat und was er von den Roten Matrosen hält und wie sich Gottes Matrosen zu den Roten Matrosen verhalten und auf welcher Seite sie zum Beispiel während des Kapp-Putsches gestanden haben, als die Sozialdemokraten … So wie ich mich hier fühle, muss man sich fühlen, wenn man im Westen lebt und für den Kommunismus eintritt.

Ich rücke meinen Stuhl näher an den Tisch heran, stütze die Ellbogen auf, sehe in die Runde und warte auf eine Gelegenheit, das Wort zu ergreifen. Als ich schon Luft hole, um zu beginnen, senken alle die Köpfe. Sie sacken regelrecht in sich zusammen und schließen die Augen. Nur der Hüne hebt das Kinn und starrt an die Decke.

»Herr, wir beten zu dir«, sagt er laut. Sein Tonfall erschreckt mich. Niemand muckst sich. Mir ist unklar, nach welchem Schema sie ihre Beschwörung abhalten. Offenbar darf jeder sprechen, wann er will. Der rothaarige Sänger sagt: »Wir bitten dich für unsere Lehrer und Erzieher, schenke ihnen Einsicht und Barmherzigkeit.« Und ein Mädchen, das rechts von Olga sitzt, sagt: »Ich habe viel Angst vor der Zeit, die vor mir liegt. Herr, bitte stärke mich und verleihe mir Zuversicht.«

Wo leben diese Jugendlichen? Glauben sie wirklich, da säße oder schwebte irgendwo eine Art Bewusstsein, Millionen von Lichtjahren entfernt, das ihnen zuhört, jedem von ihnen, und darauf eingeht, was sie sich in der Waschküche ihres Kirchenhauses in Berlin-Treptow auf dem Planeten Erde mit geschlossenen Augen und gesenktem Kopf erbitten? Holger hat sich nach vorn gebeugt, die Ellbogen auf den Knien und die gefalteten Hände über der Nasenwurzel gegen die Stirn gepresst. Er beginnt zu sprechen, jedoch zeitgleich mit einem Mädchen. Zuerst merken sie es nicht, dann verstummen beide, bis schließlich Holger wiederholt: »Herr, wir bitten dich für all jene, die ohne dein Wort aufwachsen mussten. Lass sie nicht verlorengehen. Öffne ihnen Ohren und Augen, ihr Herz und ihren Verstand, komm du zu ihnen in deiner unendlichen Weisheit und Gnade.«

Schleim doch nicht so rum, möchte ich ihm am liebsten zurufen. Ich stoße Olga an, sie reagiert nicht. Natürlich meint Holger uns beide. Ich werde ihm sagen, wie anmaßend das ist, so zu reden, geradezu beleidigend. Außerdem müssen sie doch sehen, dass gar nichts passiert auf ihre Bitten hin, nichts ändert sich!

Ich fühle mich tatsächlich wie Pawel Kortschagin, als er zum ersten Mal Tonja besucht und außer ihm nur Gymnasiasten und andere feine Pinkel anwesend sind. Wie aktuell das noch immer ist, was Nikolai Ostrowski so meisterhaft beschrieben hat.

»Amen«, sagt der Hüne, und einer nach dem anderen spricht es ihm nach, ein vielstimmiges AmenAmenAmen. Holger hebt als einer der Letzten den Kopf.

Mich überfällt Traurigkeit. Wieso gibt es immer noch so viele Menschen, die an einen Gott glauben? Und wie lang wird es brauchen, bis jeder von ihnen seine Ängste ablegt und sich vom Glauben befreit? Aber wie soll man sie überzeugen? Was gibt es da überhaupt zu argumentieren? Es ist doch alles ganz offensichtlich! Stellt dieser Aberglaube nicht eine Gefahr dar für den Aufbau des Kommunismus? Für einen Moment denke ich, mir wird übel. Der Kommunismus braucht offene, lebensfrohe, gebildete, großherzige Menschen, die füreinander da sind, die sich aus freien Stücken, weil es ihnen ein Bedürfnis ist, solidarisch verhalten, und nicht aus Berechnung, um sich nach dem Tod irgendeinen Vorteil zu sichern! Nie hätte ich geglaubt, dass noch so viel Arbeit vor uns liegt! Ich hole tief Luft und atme langsam aus.

Als ich wieder zuhöre, begreife ich nicht, wovon die Rede ist, weil ich zuerst »Bauernsoldaten« verstehe, aber auch das Wort »Bausoldaten« sagt mir nichts. Dann ist von Beratung die Rede, davon, wie man Bausoldat werden kann. Dies hier zu hören wundert mich, findet aber meine Zustimmung. Die NVA sollte viel mehr zum Aufbau unseres Landes herangezogen werden. Das wäre genau der richtige Beruf für mich, der den Aufbau und den Schutz des Aufgebauten vereint. Warum aber reden sie davon, den Dienst an der Waffe zu verweigern? Sie verbünden sich mit Wehrpflichtigen, die nicht bereit sind, ihr Vaterland zu verteidigen?

»So was unterstützt ihr?«, rufe ich mitten in die Diskussion hinein.

»Wenn dich das nicht interessiert«, sagt Holger, »musst du dir das nicht anhören.«

»Ich diskutiere sehr gern, das weißt du«, sage ich. »Und mein Wunsch, Berufssoldat zu werden, ist dir bekannt. Ich jedenfalls will meinen Beitrag dazu leisten, dass wir alle auch weiterhin in Frieden leben können.«

Das Schweigen, das auf meine Worte folgt, ist beeindruckend. Jeder scheint sich zu fragen, wie es um den eigenen

Beitrag bestellt ist. Insofern bin ich nun doch froh, hierhergekommen zu sein.

»Am besten, du gehst jetzt«, sagt Holger und blickt mich starr an. Das verstehe ich nun überhaupt nicht. Da auch der Hüne schweigt, erhebe ich mich.

»Komm«, sage ich zu Olga, »dann gehen wir eben.«

»Ich komme nach«, sagt Olga.

Auf der Suche nach meinem Anorak muss ich gleich mehrere dieser Parkas zur Seite schieben. Hinter meinem Rücken bleibt es still, so still, dass es einem schwindelig werden kann, und ich fürchte, in diesem Keller seekrank zu werden und zu schwanken, noch bevor ich meinen Anorak und den Ausgang finde.

SECHSTES KAPITEL

In dem Peter zu singen beginnt. Olga in der Unterwelt. Die Erfindung von Peter Punk.

»Peter!« Vor mir steht Andreas. Wir starren uns an, als hätten wir einander zehn Jahre nicht gesehen.

»Bist du Christ?«

»Eher nicht«, sagt Andreas, »nur meine Eltern.« Er fährt mit den Handflächen über die Schenkel hinab und mit den Handrücken wieder hinauf, um sich abzutrocknen. »Was machst du hier?«

»Olga hat mich hergeschleppt. Sie hockt da unten bei den Christen.«

»Ich hör die immer nur singen«, sagt Andreas und stapft die Holztreppe hinauf, woher der Schlagzeuglärm kommt. »Meine Band!« Er winkt mich heran und öffnet eine Doppeltür. Der Krach ist ohrenbetäubend.

Dem Schlagzeuger ist das Haar vors Gesicht gefallen. Als er aufsieht, nickt sein Kopf unentwegt auf und ab, so dass ich ihn mehrmals grüße. Der an der Gitarre hat noch gar nicht aufgeblickt. Im Regal liegen mehrere Stapel von Mosaik-Heften ordentlich nebeneinander, aus einer der Kisten im darüberliegenden Fach reckt sich der Arm einer Indianerfigur, ein Tomahawk schwenkend. Auf dem Plakat über der Liege erkenne ich den dunkelhäutigen Gitarristen und Sänger Jimi Hendrix, daneben eine schwarzweiße Abbildung von Che Guevara. Am Keyboard nimmt Andreas sofort wieder diesen misstrauischen und gequälten Ausdruck an wie auf meiner Party. Mit einem Finger drückt er eine Taste, danach eine andere Taste mit demselben Finger und so immer weiter, wie ein Kind.

Ich setze mich auf die Liege, weiß aber nicht, was ich hier soll. Was die drei da produzieren, hat nichts mit Musik zu tun. Der Krach aber gefällt mir, weil er die Christen im Waschhaus stören könnte. Selbst wenn ich schriee, hörte mich niemand. Ich nehme mir das Kinderlexikon *Von Anton bis Zylinder* aus dem Regal und blättere darin.

»Hallo!!?« – alle drei sehen mich an. »Wir haben dich was gefragt. Welches Lied?«, fragt der Gitarrist.

»Welches Lied?«

»Dein Lieblingslied!« Er streicht sich über die Stirn, als würde er schwitzen.

»Das Lied von den Moorsoldaten«, antworte ich. Sie lachen. Es wird immer gelacht, wenn ich das sage.

Der Gitarrist starrt mich eine Weile an. Er lacht nicht. »Du«, sagt er und beginnt zu nicken, wobei sein Blick die Runde macht. »Du, das ist gar nicht schlecht. Gar keine schlechte Idee. Du hast Köpfchen, Mann, wirklich Köpfchen.« Für einen Moment wirbelt der Schlagzeuger auf seinen Trommeln herum. »Hast du den Text? Kannst du das singen?«

»Singen? Rezitieren kann ich.«

Andreas spielt die Melodie auf dem Keyboard. Der Schlagzeuger verfällt wieder in sein Nicken. Der Gitarrist macht sich an seinem Lautsprecher, oder was das ist, zu schaffen. Er hält mir ein Mikrofon hin.

»Funktioniert!«, ruft er. »So musst du es halten, ganz dicht an den Lippen, wie Manfred Krug, so …«

Wieder sehen mich alle drei an. Das Schlagzeug hämmert den Rhythmus, Andreas spielt die Melodie, die Gitarre hängt sich dran. Der Schlagzeuger singt schon die erste Strophe.

»Wohin auch das Auge blicket, Moor und Heide nur ringsum.« Ich stimme ein: »Vogelsang uns nie erquicket, Eichen stehen kahl und krumm …« Den Refrain singe ich schon laut, vielleicht sogar am lautesten von uns: »Wir sind die Moorsoldaten und ziehen mit dem Spaten ins Moor.«

Mir steht Paul Löschau vor Augen, wie er als KZ-Häftling durch das Lagertor mit der Aufschrift »Jedem das Seine« marschieren muss. Jedes Mal steigen mir vor Wut und Empörung die Tränen in die Augen.

Wir sind schon in der zweiten Strophe, da merke ich: Ich singe allein! Die anderen sind ganz auf ihre Instrumente konzentriert. Es ist gefährlich, zu sehr auf sie zu hören, denn ich bin es, der die Melodie hält, nicht sie.

Als ich auch die letzte Strophe gesungen habe, spielt die Band noch etwas weiter, um dann mit einem Mal abzubrechen.

»Was kannst 'n noch?«, fragt der Gitarrist.

»*Sag mir, wo du stehst?*«, sage ich. Mit dem Mikrofon in der Hand finde ich mich ziemlich angeberisch. Ich will mich wieder auf die Liege setzen, da spielen sie es schon. Ein paar Töne sind falsch, aber ich komme schnell rein. Ich bin es ja gewohnt, für mich allein zu singen. Ich muss laut sein, um mich gegen die Instrumente zu behaupten. Da der Refrain am Anfang wiederholt wird, macht beim zweiten Mal Andreas mit.

Mit dieser Melodie haben sie merkwürdigerweise Schwierigkeiten. Dafür bin ich umso sicherer. »Zurück oder vorwärts, du musst dich entschließen. Wir bringen die Zeit nach vorn Stück um Stück. Du kannst nicht bei uns und bei ihnen genießen, denn wenn du im Kreis gehst, dann bleibst du zurück.« Als der Refrain kommt, singe ich so laut ich kann: »Sag mir, wo du stehst, sag mir, wo du stehst, sag mir, wo du stehst und welchen Weg du gehst!«

Ich weiß, dass ich das singen muss, dass ich es herausschreien muss, noch bevor ich verstehe, warum das so ist. Ich singe um Olga! Ja, ich singe um Olga. Die zweite Strophe trifft nicht weniger auf sie zu:

»Du gibst, wenn du redest, vielleicht dir die Blöße, noch nie überlegt zu haben, wohin. Du schmälerst durch Schweigen die eigene Größe – ich sag dir, dann fehlt deinem Leben der Sinn!«

Olga darf dort unten nicht einfach nur schweigen und dasitzen und zuhören. Sie muss protestieren!

Als stünde sie vor mir, singe ich ihr den Refrain ins Gesicht. Und dann die dritte Strophe – ich bekomme eine Gänsehaut bei den Worten: »Wir haben ein Recht darauf, dich zu erkennen. Auch nickende Masken nützen uns nichts – ich will beim richtigen Namen dich nennen, und darum zeig mir dein wahres Gesicht!«

Das zielt auf Holger. Wir haben ein Recht darauf, dich zu erkennen, Holger, lass deine Maske fallen! Und schon schreien wir zu viert den Schluss hinaus: »Sag mir, wo du stehst, sag mir, wo du stehst, sag mir, wo du stehst und welchen Weg du gehst!«

Kaum sind wir fertig, steigt der Langhaarige hinter seinem Schlagzeug hervor und reicht mir die Hand. »Du bist unser Sänger. Wie heißt du?«

»Peter«, sage ich, »oder Pawka.«

»Das war ziemlich gut, Pawka«, sagt er. »Wirklich gut. Aber vergiss mal den *Oktoberklub*. Du musst ausdrucksstärker werden, als würdest du denjenigen, dem du die Fragen stellst, anschreien und die Maske vom Gesicht reißen.«

»Gut«, sage ich. Kann er Gedanken lesen?

»*Du hast den Farbfilm vergessen* – kennste das?«

»Ja.« Ich habe die Sängerin letztes Jahr mal in *Ein Kessel Buntes* gesehen.

»So 'n bisschen wie Nina Hagen, das wäre gut.«

»In Ordnung«, sage ich.

Da geht die Tür auf, und eine schwangere Frau in einer Küchenschürze kommt herein.

»Willst du mitessen?« fragt sie mich und rafft ihre Haare mit beiden Händen zum Pferdeschwanz zusammen, ein grünes Bändchen zwischen den Lippen. Ihre Stirn ist von roten Pickeln übersät.

»Ja«, sage ich. Und nun, da sie sich den Pferdeschwanz festbindet und beide Türen weit geöffnet sind, legen wir so richtig los.

SIEBENTES KAPITEL

Befragung nach dem ersten Konzert. Arbeiterkampflieder zum Mitgrölen. Für wen macht man Kunst?

»Beruhige dich, Siegfried, beruhige dich!«

»Beruhigen? Bei dem da? Wie viele Stunden diskutieren wir schon? Du verstehst also immer noch nicht«, wendet sich Herr Malitzki, unser Direktor, wieder an mich, »warum ich dir das Mikrofon entrissen habe? Warum ich es dir entreißen – musste!«

Ich habe nicht mitgezählt, wie oft er mich das schon gefragt hat. Ich antworte wie all die anderen Male mit »Nein«. Und wie all die anderen Male bitte ich: »Erklären Sie es mir!«

»Du hast mir dein Verhalten zu erklären, so rum geht das hier!« Seine rechte Hand mit dem ausgestreckten Zeigefinger ahmt ein Rädchen nach. »So rum! Und nicht anders.«

»Ihre Vorwürfe sind ungerecht«, sage ich, weiterhin bemüht, höflich und sachlich zu bleiben. »Wir sind keineswegs Verräter ... Ich bin gar kein Christ. Wir haben nie etwas anderes gespielt als unsere Kampf...«

»Mich interessiert nicht, was du bist ...«

»Ich bin Kommunist!«

»Du? Du bist ein Statist! Ein Statist oder Aktivist, ein Aktivist bei dem hinterhältigen Versuch, uns und unser Erbe, uns alle in den Dreck zu ziehen! Und du weißt, was solchen Elementen bei uns blüht!«

»Denk mal nach, Peter«, beginnt Herr Beuchel, unser Musiklehrer, und fährt mit Daumen und Zeigefinger der Rechten an den Nasenflügeln empor, bis die Kuppen in den inneren Augenwinkeln stecken und seine Brille auf die Stirn schieben. »Hattest du nie den Eindruck«, fragt er, ohne seine Finger von den Augen zu nehmen, »dass es etwas merkwürdig klingt, wie du singst?«

»Ich bin im Stimmbruch.«

Es fällt schwer, Herrn Beuchel anzusehen, weil er noch die Finger vor den Augen hat. Gegenüber von dem Erich-Honecker-Porträt hängt das Bild *Peter im Tierpark*, das ich aus dem Käthe-Kollwitz kenne. Immer wenn ich zu Paul Löschau ins Direktorenzimmer ging, kam ich daran vorbei.

»Hast du dich denn nie gewundert, dass man ausgerechnet dich als Sänger wollte?« Endlich nimmt er die Finger von der Nasenwurzel. Seine Brille fällt ihm vor die weitgeöffneten Augen.

»Ich kann die Texte auswendig bis zum Schluss.«

»Hm«, macht Herr Beuchel. »Ich glaube dir.«

»Ich kein Wort!«, fährt Herr Malitzki auf.

»Alle haben geklatscht und mitgesungen«, sage ich, »die *Partisanen vom Amur*, das *Hans-Beimler-Lied*, *Bella ciao*, das *Einheitsfrontlied*, die *Moorsoldaten*, *Oktoberklub* – alles zeitgemäß.«

»Ihr habt da ziemlichen Mist gebaut, Peter, vor allem du, du, von dem das keiner erwartet hat. Und ausgerechnet du willst es nicht einsehen. Die anderen haben es längst zugegeben. Nur du nicht«, sagt Herr Beuchel traurig.

»Was denn?«

»Sie haben dich angestiftet. Sie haben dich instrumentalisiert!«

»Aber sie mussten mich doch instrumentalisieren, weil ich leider kein Instrument spielen kann. Ich singe nur!«

»Ich sag's doch«, platzt Herr Malitzki dazwischen. »Der macht sich nur lustig!« Herr Malitzki haut auf den Schreibtisch. »Der versteht nur die Sprache von harten Fakten!« Wieder saust seine Hand nieder.

»Dein Freund Andreas hat gestanden. Er hat gesagt, dass es ihm leidtut, dich da reingezogen zu haben. Aber selbst ihn trifft nicht die Hauptschuld«, sagt Herr Beuchel.

»Warum haben Sie mich nicht dazugeholt? Wir hätten das besser alle miteinander beredet und nicht immer nur einzeln. Zwei Stunden haben sie mich eingesperrt!«

»Niemand hat dich eingesperrt«, widerspricht Herr Beuchel schnell.

»Doch, ich war im Chemiezimmer eingesperrt!«

»Eingesperrt?«, fragt Herr Beuchel drohend, wobei ich nicht weiß, ob das mir oder Herrn Malitzki gilt.

»Die Tür vom Chemiezimmer war abgesperrt, ich hab die Klinke gedrückt, weil ich mal musste, und da war …«

»Niemand sperrt dich hier ein«, sagt Herr Beuchel und sieht zu Herrn Malitzki.

»Du hast unsere Kampflieder verunglimpft«, sagt Herr Beuchel sehr entschieden. »Wenn du ein Erwachsener wärst, würdest du dafür ins Gefängnis wandern, nur dass du's weißt.«

»Wieso verunglimpft?«

»Immer ta!ta!ta!ta!ta!ta!ta!ta!« Herrn Malitzkis Faust pocht in die Luft. »Das Gitarrengedröhn, das Trommelgedröhn!«, er fuchtelt herum, »dieses verrückte elektrische Klavier! So schnell und so mechanisch und so eintönig!« Sein Kopf schaukelt schnell hin und her. »Dein Gejaule! Vor allem dein Gejaule! Dein Gejaule hat dem Ganzen die Krone aufgesetzt!«

»Ich habe meinen Gefühlen Ausdruck verliehen«, beharre ich.

Herr Malitzki lacht auf, und auch Herr Beuchel grinst. Ihr Verhalten bewirkt etwas sehr Unangenehmes, etwas, das ich gar nicht will.

»Heul hier nicht rum!«, sagt Herr Malitzki. Herr Beuchel macht eine besänftigende Geste. Ich versuche, nicht mehr an Paul Löschau zu denken, doch ein zweites Schluchzen kommt. Es ist wie ein Schluckauf.

»Darf ich mich setzen?«

Herr Beuchel rückt mit seinem Stuhl zu mir heran.

»Und? Können wir nun vernünftig miteinander reden?«

»Ich bin doch schon die ganze Zeit vernünftig.«

»Nein, bist du nicht!«, schreit Herr Beuchel. »Bist du nicht!«

Ich kann nicht mehr antworten, mir fehlt die Kraft zum Sprechen.

»Du willst uns also nichts Neues erzählen?«, fragt Herr Beuchel.

»Was denn bloß? Fragen Sie mich!«

»Ich werde dich nichts mehr fragen, Peter«, sagt Herr Beuchel, schnaubt durch die Nase und richtet sich auf seinem Stuhl auf. »Das hast du nicht verdient, dass wir uns so lange mit dir rumquälen. Andere hätten kurzen Prozess gemacht.« Und nach einer Pause, in der auch Herr Malitzki ihn ansieht, fährt er fort. »Objektiv betrachtet, spielst du dem Klassenfeind in die Hände. Und das werden wir nicht dulden. Das lässt die Arbeiterklasse nicht zu, dass jemand sie verspottet und verhöhnt, noch dazu einer, für den sie vom ersten Tag an gesorgt hat.«

»Ich schäme mich für dich«, sagt Herr Malitzki, bevor ich antworten kann.

»Ich verstehe nicht …«

»Pack deinen Krempel und hau ab!«, sagt Herr Malitzki.

Ich weiß nicht, was er mit Krempel meint. Ich habe nur eine Windjacke dabei. Beate hat darauf bestanden.

»Wenn mein Gesang für Sie quälend war«, sage ich, »dann möchte ich mich hiermit bei Ihnen entschuldigen.« Das habe ich schon vor dreieinhalb Stunden gesagt.

»Halt den Mund!«, ruft Herr Malitzki. »Du hörst noch von uns. Und sei froh, wenn du nur von uns hörst, hörst du?«

»Auf Wiedersehen«, sage ich und weiß nicht, ob ich ihnen die Hand geben darf. Ich sehe wieder zu dem Tierpark-Bild.

»Raus!«, ruft Herr Malitzki.

Damit ist die Sache entschieden.

ACHTES KAPITEL

In dem Peter schon wieder Besuch erhält. Eine glückliche Aussprache. Verabredung mit den Garanten der Weltrevolution.

Es ist die letzte Stunde am Donnerstag, also Russisch, wir wiederholen die Deklinationen. Ich habe geübt und melde mich. Frau Gössel, unsere neue Klassenlehrerin, wartet, ob sich noch andere melden. Es ist still, denn wer schwatzt, kommt dran. Es klopft – und schon steht sie im Klassenzimmer, die Sekretärin des Direktors.

»Holtz, Peter?«, ruft sie, ohne Frau Gössel zu grüßen oder anzusehen. Ich bin immer noch der Einzige, der die Hand oben hat. Die Sekretärin jedoch beachtet mich nicht und ruft unwillig nochmals: »Holtz, Peter!«

Ich recke meinen Arm höher. Die Klasse lacht leise. Die Sekretärin hat die gleiche Bluse an wie Frau Gössel, hellblau mit weißen Punkten, nur dass die von der Sekretärin viel größer ist.

»Das ist Peter Holtz!«, sagt Frau Gössel.

»Zum Direktor!«, sagt die Sekretärin. Das Gekicher der Klasse verstummt.

»Darf ich mit?«, fragt Ulf und schiebt sich schon aus der Bank.

»Setz dich, nur Peter«, sagt Frau Gössel.

Ich bin froh, dass Herr Malitzki Wort gehalten hat. Da ich Unterricht versäume, muss die Sache wichtig sein.

Die Sekretärin geht eilig vor mir her. Immer wenn es unter ihren Füßen »klack« macht, sieht sie sich erschrocken um, als wären die lockeren Fliesen für sie neu. Im Sekretariat verharrt sie kurz und tastet mit beiden Händen über ihre aufgebauschten dünnen Haare. Sie legt einen Finger auf den Mund und hält ein Ohr an die Tür des Direktors. Dann klopft sie behutsam an, wartet, klopft erneut. Das kurze »Ja« kommt von Herrn Malitzki.

»Der Schüler Holtz, Peter«, flüstert sie durch den Türspalt. Ungeduldig wedelt sie mit der Hand wie eine Verkehrspolizistin, die das letzte Auto über die Kreuzung winkt.

Der Raum ist voller Zigarettenrauch. Herr Malitzki steht an die Vorderseite seines Schreibtischs gelehnt und sieht mich an, als erinnerte er sich gerade nicht, woher er mich kennt. An einem kleinen runden Tisch vor dem Fenster sitzen zurückgelehnt eine Frau und ein Mann, beide deutlich jünger als Herr Malitzki. Beide rauchen und reden leise miteinander.

»Guten Tag, Peter«, sagt Herr Malitzki. »Wir haben Gäste, hohen Besuch.« Ich gehe zu der Frau und dem Mann, um ihnen die Hand zu geben. Sie sehen nicht unfreundlich aus.

»Die beiden Genossen«, sagt Herr Malitzki, »die sind deinetwegen hier. Extra deinetwegen sind sie gekommen.« Herr Malitzki stützt sich mit durchgedrückten Armen auf seinem Schreibtisch ab. »Das ist eine Auszeichnung für dich!«, sagt er und sieht dabei zu Boden. Der Mann am Tisch zwinkert mir zu, die Frau zieht nur ihre Augenbrauen hoch und nickt. Da die beiden Besucher keine Anstalten machen, etwas zu sagen, und auch Herr Malitzki schweigt, bin wohl ich an der Reihe.

»Sind Sie Sänger?«, frage ich nach kurzer Überlegung die beiden.

»Peter!« Herr Malitzki steht kerzengerade im Raum. »Wart doch mal ab, was dir die Genossen zu sagen haben.«

»Nicht schlecht, nicht schlecht«, sagt der Mann, »gute Frage. Leider sind wir keine Sänger.« Er zeigt auf den freien Stuhl. »Trotzdem können wir dir vielleicht behilflich sein.«

»Wir wollen uns mit dir unterhalten«, sagt die Frau, deren Stimme ziemlich piepsig ist.

Ich sehe mich nach einem weiteren Stuhl um, weil ich mich nicht auf den von Herrn Malitzki setzen will.

»Ja, natürlich«, sagt Herr Malitzki, ohne dass ihn jemand gefragt hat. Er schiebt die Papiere auf seinem Schreibtisch zusammen und drückt mit dem Ellbogen die Klinke. Nach einer Weile wird die Tür von draußen geschlossen.

»Ich fand's gut, euer Konzert am Kindertag«, sagt der Genosse. »Mir hat's gefallen.«

»Waren Sie da?«

»Kann man so sagen«, sagt die Genossin, deren Stimme

mir ins Ohr sticht. »Wir sind überall auf der Erde … Setz dich!«

»Sie mögen den *Oktoberklub*!«, sage ich, weil ich ihre Anspielung auf das Lied *Wir sind überall* sofort verstanden habe.

»Wer mag den nicht«, sagt sie.

»Es tut mir leid, dass wir missverständlich gewesen sind«, sage ich. »Ich werde nicht mehr singen.«

»Warum?«, sagt der Genosse. »Muss ja nicht gleich jeder Ton sitzen.«

»Herr Malitzki und Herr Beuchel sehen das anders …«

»Ach, Peter …« Der Genosse zündet sich schon die nächste Zigarette an, er schmeißt das Streichholz in den Aschenbecher. Es brennt noch einen Moment, bevor es sich zusammenkrümmt und verlischt. »Die in der Schule übertreiben immer«, sagt er und bläst den Rauch hinauf zur Gardinenstange. »Es ist ja richtig, wachsam zu sein. Aber bei euch hier wittern die auf Schritt und Tritt gleich den Klassenfeind, das bremst die Eigeninitiative!«

»Das ist nicht gut«, sagt sie Genossin. »Das hat die Partei erkannt.«

»Will denn die Partei, dass ich weitersinge?«

»Klar, bisschen mehr üben, bisschen mehr Schulung, warum denn nicht?«

»Lernen, lernen und nochmals lernen«, sage ich.

»Eure Band – also ich fand die gut!«, sagt die Genossin.

Endlich begreife ich, dass mir die Partei zwei Experten geschickt hat, die sich mit Musik auskennen. Das ist wirklich eine Auszeichnung!

»Wie kam's denn zum Auftritt eurer Kirchenband?«, fragt die Genossin.

»Wir sind keine Kirchenband. Wir üben nur dort. Ich bin kein Christ, Andreas auch nicht und Ulf ganz sicher nicht. Wie es …«

»Welcher Ulf?«

»Ulf Brandt, unser Techniker. Wir sind fünf.«

»Ulf Brandt«, sagt die Genossin und notiert sich den Namen auf dem kleinen Block vor ihr.

»Das war mein Vorschlag, dass wir uns für das Nachmittagsprogramm des Kindertages melden. Herr Beuchel hat es genehmigt. Er hat sich gefreut über die Musikliste. ›Das passt zu dir‹, hat er gesagt. Das kam gut an, die meisten haben mitgesungen …«

»›Mitgegrölt‹, sagt euer Direktor …«

»Das hat nur so geklungen, weil alle mitgesungen haben.«

»Und dann hat er dir …« Der Genosse macht mit der freien Hand eine Bewegung, als schnappte er nach irgendwas.

»Er hat mir das Mikrofon entrissen.«

»Nun bist du ein Held, der Held der Schule, stimmt's?«

»Wieso?«

»Komm, Sportsfreund, stell dich nicht dümmer … Eure Mädels! Die stehen jetzt auf dich! War doch an eurer Tafel zu lesen!«

»Das habe ich nicht verstanden.«

»Es ehrt dich, dass du es immerhin abgewischt hast.«

»Du weißt nicht, was ›Peter Punk lebt!‹ bedeutet?«

»Das ergibt keinen sinnvollen Satz! Ulf hat mir erklärt, es wird englisch ausgesprochen, mit a. Punks sind in England ganz links, aber dann wären wir hier ja alle Punks. Ulf hat gesagt, dass es ein progressiver Musikstil ist, den wir pflegen.«

»Und ihr versteht euch gut, so in der Band?«

»Ja, es herrscht ein kameradschaftliches Verhältnis.«

»Sehr gut! Viele Bands gehen auseinander, nur weil es am inneren Zusammenhalt mangelt«, sagt die Genossin.

»Warum hast du gesagt, die anderen Bandmitglieder hätten dich instrumentalisiert?«, fragt der Genosse.

»Ich meinte instrumentiert, weil sie Instrumente spielen …«

»Wie sich eure Band entwickelt – daran liegt uns, die Musik geht schließlich alle an, die ganze Gesellschaft«, sagt er.

»Wir wollen ja für alle spielen!«, sage ich, froh, auf so viel Verständnis zu treffen.

»Du hältst uns einfach auf dem Laufenden, was ihr plant, du und deine Band, was ihr für Ideen habt, was euch gefällt und was euch missfällt, wofür ihr euch begeistert und was es zu kritisieren gilt, damit die Partei, die Schule, die Eltern, wir alle zusammen eben noch besser auf die Bedürfnisse unserer Jugendlichen reagieren können.«

»Wir geben dir eine neue Chance, nutze sie, mach was draus!«, sagt die Genossin, deren Stimme gar nicht mehr so hoch klingt, eigentlich eine ganz normale Frauenstimme.

»Wie aber«, fragt der Genosse und beugt sich über den Tisch, »kann das konkret durchgeführt werden? Hast du einen Vorschlag, Peter?«

Ich will nicht leichtfertig antworten. Mir fällt aber auch nicht sofort etwas ein.

»Nun?«, fragt die Genossin. »Wer mit uns arbeitet, muss sich selbst genau beobachten. Schreibst du Tagebuch? Tagebuch ist eine gute Form der Selbstkontrolle.«

»Ich habe eine Schreib- und Leseschwäche.«

»Ah, und deshalb …« Sie sieht den Genossen an.

»Ich brauche dafür viel Zeit«, erkläre ich.

»Und Stichpunkte? Wie wär's mit Stichpunkten?«

»Könnten wir uns nicht ab und zu treffen? Im mündlichen Ausdruck hab ich immer 'ne Eins!«

»Gute Idee«, sagt die Genossin.

»Na ja«, sagt der Genosse an sie gewandt, »du weißt ja selbst, wie lange es gedauert hat, bis wir Zeit für Peter gefunden haben. Wir wären dir gern früher zu Hilfe gekommen.«

»Wenn Peters mündlicher Ausdruck so gut ist, sollten wir uns die Zeit nehmen.«

Der Genosse seufzt. »Wir können nicht jedem eine Extrawurst braten, Peter. Aber wenn meine Genossin meint, für dich sollten wir eine Extrawurst braten, dann braten wir eben eine Extrawurst für dich, einverstanden?«

»Sie kommen mich besuchen?«

»Besser, wir treffen uns irgendwo. Wir müssen die Wege kurz halten«, sagt die Genossin. »Es braucht auch niemand zu wissen, dass du uns hilfst.«

»Und dass wir dir helfen!«, sagt der Genosse. Und nachdem er tief Luft geholt hat, fügt er hinzu: »Mach dir nichts vor, Peter! Es gibt viele, die sehr neidisch auf dich werden könnten.«

Das verstehe ich sofort.

»Außerdem brauchen wir noch einen Kampfnamen für dich.«

»Tragen Sie auch einen?«

»Jeder unserer Kämpfer trägt einen. Denk an Lenin!«

»Ist denn ›Pawel‹ noch frei? Pawel Kortschagin?«

»Da nimmt er sich aber viel vor!«, sagt der Genosse. »Was meinst du? Eigentlich ist das ein Ehrentitel!«

»Ich vertraue unserem Pawel Kortschagin«, sagt die Genossin.

»Na, dann, Pawel Kortschagin, willkommen in unseren Reihen!«

»Vielen Dank!«, sage ich und will aufstehen, um ihnen die Hand zu reichen. Der Genosse aber schlägt sein Notizbuch auf, fährt mit dem Daumen in der Mitte einmal auf und ab und notiert sich meinen Kampfnamen. Diese schriftliche Beglaubigung, das weiß jeder, ist natürlich viel mehr wert, als wenn man nur so darüber spricht.

NEUNTES KAPITEL

In dem Peter wieder in eine Konfrontation mit dem Klassenfeind gerät. Kaugummi und Autowäsche.

Der Kaugummi, den mir Andreas auf dem Heimweg von der Schule anbietet, ist ein Geschenk seines Großcousins aus dem Westen. Um mir ein Urteil über das westliche Produkt zu bilden, wickle ich ihn aus. Er riecht medizinisch und sieht angeschimmelt aus. Ich muss mich überwinden. Kaum im Mund, spucke ich ihn wieder aus. »Was ist das?«

Andreas starrt auf mich, dann auf den Kaugummi vor unseren Füßen. Schon mit dem ersten Biss ist Gift herausgespritzt und hat mir die Mundhöhle verätzt.

»Das sind die echten!«, sagt Andreas und bückt sich danach. »Echte amerikanische Kaugummis!«

Ich spucke mehrmals aus, ohne den abscheulichen Geschmack loszuwerden. Andreas betrachtet das hellgrün-weißliche Ding in seiner Hand, als interessierte ihn der Abdruck meiner Zähne.

»Solche sind selbst im Westen rar.«

»Die ziehen dem Volk wirklich mit allen Mitteln das Geld aus der Tasche!«, sage ich.

Andreas pult mit dem Daumennagel an dem amerikanischen Kaugummi herum, schließt die Augen und hat ihn im Mund. Er kaut, als gelte es sein Leben.

»Ich hab nur vier bekommen«, sagt er, nachdem er die Augen wieder geöffnet hat. Oliver benutzt die auch öfter.«

»Ist der für oder gegen uns?«

»Oliver? Weiß nicht, der will die Band hören, der glaubt mir nicht. Der denkt, das gibt's nur in England.«

»Was denn?«

»Na, Punk! Das haben die in Ludwigshafen nicht.«

»Du meinst das, was Ulf ›unseren Stil‹ nennt?«

Andreas nickt und macht eine riesige Kaugummiblase.

»Was Linkes lassen die im Westen auch gar nicht zu«, sage ich.

Er holt die Kaugummiblase irgendwie zurück in den Mund. »Aber in England gibt's das wirklich«, sagt er weiterkauend.

»Bestimmt nicht lange. Das wird immer gleich unterdrückt.«

»Dann wären wir die Einzigen, die das spielen!«

»Darauf kommt es nicht an«, sage ich, »sondern darauf, dass wir uns weiterentwickeln und die Richtigen ansprechen.«

»Ich geh dann mal!«, sagt Andreas. »Sonst putzt er das Auto allein.«

»Ich denk, wir gehen zur Probe?«

»Ich komm nach.«

»Ich helfe mit, dann geht's schneller«, sage ich und laufe ihm hinterher. Andreas bleibt stehen.

»Lass nur.« Seine Augen betrachten mich irgendwo am Schlüsselbein und an der Schulter. »Wir haben nur zwei Eimer.«

»Dann nehmen wir beide einen zusammen.«

»Der Cousin von meinem Vater lässt niemanden an seinen Wagen. Eigentlich darf nicht mal ich ran, nur zusammen mit Oliver ...«

»Du putzt einen Westwagen?«

»Das is 'n Opel Diplomat, 240 aufm Tacho.«

»Mich kann er ja auch anleiten«, sage ich und spucke noch mal aus, so ekelhaft hartnäckig hält sich der Kaugummigeschmack. Andreas zuckt mit den Schultern. Ich habe noch nie mit Westdeutschen gesprochen, nur einmal habe ich einer Schwester von Frau Schöntag die Hand gegeben, ohne zu wissen, dass sie aus dem Westen war. Besonders glücklich hat sie nicht ausgesehen.

»Was habt ihr eigentlich für eine Zeitung zu Hause?«, frage

ich Andreas, nachdem wir eine Weile wortlos nebeneinanderher gegangen sind. Wieder zuckt er mit den Schultern.

»Habt ihr keine Zeitung?«, frage ich.

»Mein Vater hat die alle auf Arbeit.«

Ich mache kehrt und kaufe am Kiosk das *Neue Deutschland*.

»Eure Verwandten werden froh sein, mal ordentlich informiert zu werden.«

»Das ist er«, sagt Andreas und zeigt auf ein breites Westauto. Er lässt mich vor der Gartentür stehen und geht allein hinein. Der Wagen ist überhaupt nicht dreckig, er glänzt sogar.

Nach zehn Minuten klingle ich. Es dauert noch mal zehn Minuten, bis die beiden mit zwei Plasteeimern herunterkommen.

»Ich bin Peter«, sage ich und reiche Oliver die Hand. Er stutzt, als wollte er mich nicht begrüßen. Fast muss ich seine herabhängende Hand selbst ergreifen. Dementsprechend lasch ist sein Händedruck.

»Peter will sich mal euer Auto ansehen«, sagt Andreas. Ich tue so, als hätte ich das nicht gehört. Aus Olivers Mund kommt eine Kaugummiblase, die er wieder einzieht und zerkaut. Er sieht mich von oben bis unten an.

»Ich hab mir dich ganz anders vorgestellt«, sagt er.

»Wie denn?«, frage ich. »Du dachtest wohl, wir laufen hier mit kaputten Hosen und Löchern im Hemd herum?«

»So ähnlich«, sagt er in seinem merkwürdigen Dialekt. »Auch die Haare, so wie Punks eben.«

»Wir sind nicht so arm wie die in England.«

»Das hat doch nichts mit Armut zu tun«, sagt Oliver.

»Wie gut, dass ihr zu uns gekommen seid. Da könnt ihr euch mit eigenen Augen davon überzeugen, wie es uns geht.«

»Wir kommen jedes Jahr«, sagt Oliver, »stimmt's?«

Andreas nickt. Oliver tritt vom Fußweg her an den Wagen heran, drückt seinen Lappen in der Mitte des Daches aus und beginnt, hin und her zu wischen.

»Wir haben nur zwei Lappen«, sagt Andreas und wringt von der Straßenseite her den Lappen über dem Wagen aus. Mir ist es unangenehm, neben zwei Gleichaltrigen zu stehen, die arbeiten müssen, ohne ihnen zu helfen.

»Ich hab dir und deinen Eltern etwas mitgebracht«, sage ich und halte das *Neue Deutschland* hoch. »Da bekommst du ein realistisches Bild von unserem Leben vermittelt. Bei uns muss niemand in zerlöcherten Hosen rumlaufen.«

»Er ist euer Sänger?«, fragt Oliver über das Dach hinweg. Andreas nickt und macht dieselben ausladenden Armbewegungen wie sein Großcousin.

»Das Auto ist doch gar nicht schmutzig«, sage ich. »Machst du das gern?«

»Nicht unbedingt«, sagt Oliver und grinst.

»Warum machst du's dann?«

»Du kannst echt Fragen stellen ...« Er lacht auf und streicht sich sein Haar hinters Ohr. »Du siehst aus wie Heintje, nicht wie 'n Punker. Ist alles ziemlich komisch bei euch.«

»Immer schön viel Wasser«, sagt eine Männerstimme hinter mir. »Und nicht so aufdrücken.« Der Mann sieht mich an. »Du bist der kämpferische Freund?«

»Ich heiße Peter«, sage ich.

»Lefèvre, angenehm«, sagt er. Sein Händedruck ist fest. Er duftet stark.

Ich überreiche ihm das *Neue Deutschland*. »Das habe ich Ihrer Familie mitgebracht.«

»Für ... Das schenkst du uns?« Er ist völlig überrascht.

»Das wird Sie interessieren. Gehören Sie der Arbeiterklasse an?«

Oliver lässt den Lappen auf dem Autodach liegen, kommt zu seinem Vater, der das *ND* sofort aufschlägt.

»Man muss nicht alles lesen«, sage ich, weil Herr Lefèvre schnell umblättert. Auf Seite fünf sehe ich in einer Überschrift »BRD«. Ich weise ihn darauf hin. »Immer mehr Jugendliche in der BRD ohne Berufschance«, liest Oliver leise vor.

»Wussten Sie das?«, frage ich.

»Bis 1985 für 1,4 Millionen keine Aussicht auf eine Ausbildung«, liest Oliver. »Stimmt das?«

»Hier stehen keine Lügen«, sage ich. Oliver sieht mich an. »Das muss furchtbar sein«, sage ich, »wenn einem nach Abschluss der Schule keine Lehrstelle garantiert wird.«

Herr Lefèvre will schon weiterblättern. Aber ich zeige auf einen Artikel, in dessen Überschrift »UNO« steht: »Brutale Folterpraktiken der Forster-Rassisten angeklagt, Gewerkschaftsführer sagte vor UNO-Gremium in Daressalam aus ... Scharfe Anklage gegen die Folterpraktiken der Rassistenpolizei Pretorias«, liest Oliver vor.

»Und die BRD-Regierung«, ergänze ich, »unterhält immer noch diplomatische Beziehungen zu Südafrika, und ihre Konzerne beteiligen sich nach wie vor an der Ausbeutung der schwarzen Bevölkerungsmehrheit.«

»So pauschal kann man das nicht sagen«, spielt Herr Lefèvre die Sache herunter.

»Wir können euch besuchen, aber ihr uns nicht«, sagt Oliver plötzlich und sieht mich böse an.

»Olli«, sagt sein Vater in beschwichtigendem Tonfall.

»Wenn ich will, kann ich euch besuchen«, sage ich.

»Andreas würde uns auch gern mal besuchen kommen ...«, sagt Oliver.

»Und warum machst du es nicht?«, frage ich Andreas, der immer noch auf der Straße steht und seinen Schwamm auf dem Wagendach ausdrückt.

»Junge, du bist gut«, sagt Herr Lefèvre. »Das geht eben nicht, leider!«

»Ich wette, Andreas hat es nicht mal versucht, oder?«

»Was soll er denn versuchen, wenn es nicht geht?!«

»Wer es nicht versucht hat, soll auch nicht sagen, dass es nicht geht.«

»Warst du schon mal im Westen?«, fragt mich Oliver.

»Ich will nicht in den Westen. Ich würde gern mal in die Sowjetunion, an den Baikalsee oder nach Moskau oder in den Kaukasus oder nach Sotschi. Das mache ich, wenn ich besser Russisch spreche.«

»Dann weißt du wahrscheinlich auch nicht, dass wir bei uns für eine Mark eine richtig gute Schokolade kriegen, hier bei euch nützt dir dein ganzes Alu-Geld nichts. Da bekommst du nirgends gute Schokolade, nirgends!«

»Ich habe aber gerade welche gekauft«, widerlege ich ihn ganz ruhig.

»Vollmilchschokolade?«, fragt Oliver.

»Vollmilchschokolade schmeckt eklig«, sage ich. »Ich meine echte Schokolade, Zartbitter.«

»Versuch nur mal, da an die Mauer zu gehen! Nur dreihundert Meter …« Er zeigt in Richtung unseres antifaschistischen Schutzwalls, der hinter der S-Bahn liegt und von hier aus gar nicht zu sehen ist. »Ihr habt da Stacheldraht, Minen, Selbstschussanlagen …«

»Olli, lass gut sein«, sagt Herr Lefèvre.

»Klar!«, sage ich. »Das ärgert die Imperialisten. Das haben die nicht erwartet. Wir sind gegen Angriffe gewappnet!«

»Dafür ist das nicht, das ist, um nicht rauszukommen!«

»Was geht es dich an, wie wir unsere Grenze sichern?«

»Weil da Menschen sterben, die werden von Minen zerfetzt!«

Ich muss lachen. »Bei dir hat die Westpresse ganze Arbeit geleistet.«

»Werd nicht frech!«, sagt Herr Lefèvre barsch.

»Nichts von dem, was in unserem *ND* steht, wissen Sie!«, erwidere ich.

Oliver reißt zwei Seiten aus der Zeitung, knüllt sie zusammen und beginnt, die nassen Scheiben des Autos zu polieren.

»Lass liegen«, sagt sein Vater, als ich das restliche *ND* aufheben will. »Du hast uns die Zeitung geschenkt.«

»Ein Geschenk behandelt man anders«, sage ich.

»Jungs, wir streichen die Segel!«, sagt Herr Lefèvre. »Wegen erschwerter Bedingungen gibt's heute für jeden zehn!«

Oliver und Andreas hören sofort auf zu putzen. Andreas kommt um den Wagen herum. Herr Lefèvre hat sein Portemonnaie herausgezogen und teilt Geldscheine aus.

»Dir will ich nichts schuldig bleiben, Kommissar, hier, für deine Zeitung.« Er drückt mir eine Münze in die Hand. Oliver und Andreas schütten die Eimer im Rinnstein aus. Herr Lefèvre grüßt und geht zwischen Oliver und Andreas, die Arme um ihre Schultern gelegt, in Richtung Haustür.

»Kommst du zur Probe?«, rufe ich Andreas nach. Er antwortet nicht, er dreht sich nicht mal um. Auch gut. Ich muss mir schleunigst Stichworte notieren. Nichts darf ich vergessen. Vor mir hält ein weißer Wartburg Kombi.

»Peter?« Es ist Joachim Lefèvre, der Vater von Andreas. Er steigt aus und schließt den Wagen ab. Ich gehe zu ihm zurück, um ihn zu begrüßen. Immer, wenn ich ihn sehe, hält er eine Zigarette in der rechten Hand, den Arm angewinkelt, als wollte er auf die Stelle deuten, an der sein Nabel ist. Ich warte, bis er zweimal hastig an der Zigarette gezogen und sie weggeworfen hat. Als wir uns dann die Hand geben, fällt mir die BRD-Mark herunter.

»Willst du zu uns?«, fragt er.

»Nein«, sage ich.

»Suchst du irgendwas?«

Die BRD-Mark ist wie vom Erdboden verschluckt.

»Wenn die wieder Probleme machen, wegen der Band, dann sag Bescheid, ja? Aber sofort! Grüß zu Hause.«

»Soll ich Ihr Auto putzen?«, frage ich. Der weiße Wartburg brauchte tatsächlich eine Wäsche. Er soll genauso glänzen wie der Westwagen.

Joachim Lefèvre fährt mir über den Kopf, was ich nicht leiden kann. »Das soll mal schön Andreas machen«, sagt er und lässt die Autoschlüssel um einen Finger seiner erhobenen Hand kreisen.

Nachdem er gegangen ist, suche ich weiter nach der BRD-Mark, als wäre sie verantwortlich für den Giftgeschmack in meinem Mund.

ZEHNTES KAPITEL

In dem Peter schlechte Nachrichten vermeiden will. Ein zartbitteres Geschenk und Staub. Peters Lügen haben kurze Beine und verderben alles.

Kurz nach halb vier stecke ich die Tafel Zartbitterschokolade, die ich von meinem Taschengeld gekauft habe, und meine zusammengefalteten Stichwortseiten in einen Einkaufsbeutel.

Schon nach zwanzig Minuten bin ich da, obwohl ich zuerst an der Hausnummer 32 in der Jacobi-Straße vorbeilaufe, weil ich nach einer kulturellen Einrichtung suche, statt nach einem Wohnhaus. Dann zögere ich, die Klingel unter dem Schild »Fam. Schmidt« zu drücken, auf meinem Zettel steht nur »Schmidt«. Kaum ist das Dingdong verstummt, öffnet mir die Genossin. Sie erwidert meinen Gruß erst, nachdem ich die Tür hinter mir geschlossen habe. In Straßenschuhen geht sie vor mir her, vorbei an der leeren Garderobe, ins Wohnzimmer, das nach Zigarettenrauch riecht. Sie rückt einen der drei Stühle zurück, die in der Mitte des Raumes an einem Tisch ohne Tischdecke stehen. Eine grüne Couch mit deutlichen dunklen Flecken und eine beinah leere Schrankwand stellen bereits die gesamte Einrichtung dar. An einer Schublade ist die Hälfte des Griffs abgebrochen. Weiter oben lehnen ein paar Bände der Marx-Engels-Ausgabe in dem sonst leeren Fach. Selbst die Tischplatte ist staubig.

»Frau Genossin Schmidt«, sage ich endlich. »Hätten Sie etwas zu trinken für mich?« Sie starrt mich an.

»Ich heiße nicht Schmidt«, sagt sie und bringt mir dabei ihre hohe Stimme in Erinnerung. »Du bist viel zu früh!«

»Entschuldigung«, sage ich. »Aber am Türschild, da steht ›Familie Schmidt‹.«

»Damit du weißt, wo du klingeln musst. Im Übrigen ist es völlig gleichgültig, wie ich heiße, Kortschagin. – Ja was? So wolltest du doch heißen«, sagt sie. »Gedulde dich, wir sind noch nicht vollzählig.«

Sie geht hinaus und schließt die Tür hinter sich. Ich versuche, die Marx-Engels-Ausgaben gerade hinzustellen. Doch sobald ich sie senkrecht habe, kippen sie von allein wieder zur Seite.

Ich setze mich an den Tisch und rücke wegen des Staubs auf der Tischplatte ein Stück ab. Ich habe mir ihre Wohnung gemütlicher vorgestellt.

»Na, großartig, Pawel!«, ruft der Genosse. »Hast dich ja ordentlich vorbereitet, wie ich sehe.« Er zeigt auf die Blätter, die ich in Händen halte. »Gut, sehr gut! Weißt du, wie Adolf Hennecke seine Normübererfüllung geschafft hat? Durch Arbeitsvorbereitung. Auf die Vorbereitung kommt es an!«

Jetzt lächelt auch die Genossin wieder. Sie setzen sich.

»Rück ran!«, sagt der Genosse, dessen gute Laune und Zuversicht ansteckend wirken, und stemmt seine Ellbogen in den Staub.

»Ich habe ein Geschenk für Sie«, sage ich und überreiche der Genossin die eingepackte Schokolade.

»Wir sind im Dienst, Peter«, sagt sie, zieht dann aber doch an der Schlaufe des blauen Bandes. »Da haben Geschenke nichts verloren.«

»Hm!«, ruft der Genosse dann. »*Rotstern*, Zartbitter! Wo hast du die denn her?«

»Ich möchte mich bei Ihnen dafür bedanken, dass Sie zu mir gekommen sind. Vielen Dank!«

Ich mache es wie die beiden Genossen und missachte den Staub, lege meine Seiten auf den Tisch und meine Hände daneben.

»Ich hab's kaum erwarten können, hierherzukommen«, sage ich.

»Hast viel erlebt?«, fragt der Genosse.

»Kann man wohl sagen«, erwidere ich.

Der Genosse klopft von unten gegen seine Schachtel f6, schnappt sich einen Filter mit den Lippen und zieht die Zigarette heraus, während seine andere Hand eine Streichholzschachtel auf den Tisch drückt, ein Streichholz hervorzaubert, es senkrecht auf die Reibefläche stellt und durch eine kurze Bewegung entzündet – alles nur mit einer Hand!

»Aschenbecher«, murmelt er. Die Genossin schließt die Tür hinter sich und öffnet sie sofort wieder, als hätte sie die Klinke gar nicht losgelassen. »Bin neugierig, Kortschagin«, sagt der Genosse. »Sehr neugierig.« Seine Augen leuchten vor Herzlichkeit. »Was macht die Band? Habt ihr fleißig geprobt?«

»Nur einmal«, sage ich. »Die zweite Probe fiel ins Wasser, wegen des Autoputzens.« Ich muss schlucken, mein Hals ist eng und trocken. »Wegen des Westbesuchs ...«

»Westbesuch? Ganz ruhig, Kortschagin, hier tut dir niemand was. Du warst nur ein einziges Mal bei der Band?«

»Ich wollte ...«

»Mir ist es lieber, Kortschagin, du antwortest mit Ja oder Nein, klar?«

»Ja«, sage ich.

»Du warst also ein Mal bei der Band?«

»Ja, weil ich mit Andreas hin will – also wollte«, verhasple ich mich. Ich weiß überhaupt nicht, warum ich so aufgeregt bin.

»Konzentrier dich«, sagt die Genossin.

»Lass mal, Schmidti!«, sagt der Genosse.

»Ich denk, Sie heißen nicht Schmidt?«, frage ich.

»Schmidti heißt nicht Schmidt«, sagt der Genosse und lacht. »Über Namen reden wir ein andermal. ›Weiter!‹, wie der Genosse Stalin sagt.«

»Wer ist Stalin?«, frage ich.

»Stalin? Du kennst nicht … Schmidti, was sagst du dazu. Der Held des Großen Vaterländischen Krieges. Unsere Schulen leisten ganze Arbeit, das muss man mal sagen, was?«

Die Genossin, die inzwischen ihren Notizblock aufgeschlagen hat, sieht nicht auf.

»Also weiter, Kortschagin!«

»Wir wollten zur Probe, Andreas und ich, aber er musste Autowaschen. Da dachte ich, ich helfe ihm, dann geht's schneller. Autowaschen für den Westbesuch statt Probe, das hat ihm ganz und gar nicht gefallen. Deshalb kam's zur Auseinandersetzung …«

»Weil dein Freund Andi – er will doch, dass er Andi genannt wird?«

»Das passt gar nicht zu ihm.«

»Dein Freund Andreas hat dagegen protestiert, dass er dem Westbesuch das Auto waschen soll?«

»Ja. Er wollte natürlich lieber zur Band-Probe. Und dann gab's Streit um mein *ND*.«

»Wie kommt unser *ND* zum Westbesuch?«

»Ich hab's unterwegs gekauft, das war mir schon klar, dass die unsere Lage ganz falsch einschätzen.«

»Wer sind ›die‹?«

»Herr Lefèvre und Oliver.«

»Der Cousin vom Rechtsanwalt?«, fragt er seine Genossin. Sie nickt.

»Oliver dachte wirklich, wir würden in dreckigen Sachen rumlaufen, mit Löchern in den Hosen. Der hat sich gewundert, wie ordentlich und sauber wir sind.« Ich mache eine Pause, weil die Genossin mitschreibt. Aber selbst wenn ich nicht rede, schreibt sie weiter.

»Sind die denn zum ersten Mal bei uns?«

»Das ist es ja!«, sage ich. »Der kommt jedes Jahr zu Besuch! Ich verstehe das auch nicht. Andreas und seine Eltern sind nicht schuld dran. Andreas ist immer sauber und ordentlich gekleidet. Andreas ist in der FDJ …«

»Wer hat ihn denn gezwungen, das Auto zu putzen?«

»Sein Vater, also der von Oliver. Der wollte verhindern, dass Oliver mit zur Probe kommt. Dabei ist es gar nicht dreckig gewesen. Damit hat er sich verraten. Das Auto hat überall noch geglänzt.«

»Weißt du, was für ein Auto?«

»Ein Opel, Opel Präsident.«

»Und dagegen hast du protestiert? – Du musst das nicht alles mitschreiben, Schmidti«, sagt der Genosse. »Kortschagin hat doch schon alles notiert.« Er nimmt meine Blätter vom Tisch. »Red weiter, Kortschagin. Merkst du was, Kortschagin? Ich sag gern ›Kortschagin‹, also weiter, Kortschagin.«

»Als ich sie ermunterte, das *Neue Deutschland* zu lesen, hat er es mit der Angst zu tun bekommen, weil er sich nicht mehr rausreden konnte, jetzt musste er schwarz auf weiß lesen, wie es wirklich ist …«

»Und wie ist es wirklich?« Der Genosse sieht mich unverwandt an. Er schlingt seine Hände umeinander, als cremte er sie sich ein.

»Über die Jugendarbeitslosigkeit in der BRD, über die Berufsverbote, über die Kooperation der westdeutschen Konzerne mit Südafrika, über Pinochet, all das eben.«

»Und das, Kortschagin, hat ihm nicht gefallen?« Er lacht und klatscht, bevor er weiter seine Hände reibt.

»Oliver hat ganz ängstlich seinen Vater gefragt, ob das stimmt. Und weil er nun gemerkt hat, wie er die ganze Zeit belogen worden ist, hat er behauptet, bei uns an der Grenze würden unsere Bürger, wenn sie in den Westen wollten, von Minen zerfetzt, und solche Schauermärchen. Andreas stand ganz auf meiner Seite, also auf unserer, obwohl er ja mit ihm in einer Wohnung schlafen muss.«

»Was hat er denn gesagt, dein Andreas?«

»Na ja, dass er das *ND* immer liest und sich dadurch informiert und ihm das hilft, einen parteilichen Standpunkt ...«

»Und klassenbewussten ...«, ergänzt der Genosse.

»Ja, das hilft ihm, einen parteilichen und klassenbewussten Standpunkt zu finden.«

»Das ist großartig von deinem Andreas.«

»Finde ich auch. Ich habe Oliver vorgeschlagen, hierzubleiben. Seine Familie kann ja zurück in die BRD fahren, wenn sie das unbedingt wollen. Und Andreas hat gesagt, dass er das auch gut fände und dass es Oliver bei uns in der Schule und bei unseren außerschulischen Aktivitäten gefallen würde. Er ist ja noch jung, er erholt sich bestimmt schnell vom Westen.«

»Und der Vater?«

»Für den wäre es ja auch eine Befreiung, eine Befreiung von der Ausbeutung, wenn er bei uns bliebe.«

»Ich meine, wie hat er reagiert?«

»Der will sich das auch noch mal überlegen.«

»Und was meinst du, Kortschagin, warum braucht der noch Bedenkzeit? Hatte er vielleicht Angst, dass es hier keine Ersatzteile für seinen Opel Präsident gibt?«

»Ja, davon hat er gesprochen. Die Ersatzteile wären das Problem, den Opel Präsident führen wir ja nicht. Aber da haben wir ihm vorgeschlagen, sich vorher welche zu holen.«

Die Genossin hat aufgehört zu schreiben. Sie sieht vor sich hin.

»Weißt du, was mir Sorgen bereitet, Kortschagin?« Der Genosse wird plötzlich ganz ernst. »Sorgen bereitet mir, dass du mich anlügst. Du belügst nicht nur mich, sondern die Partei und die gesamte Arbeiterklasse.« Seine Augen sind unerbittlich auf mich gerichtet. Ja, er hat sogar die Fähigkeit, auch meinen Blick festzuhalten.

»Wir haben darüber gesprochen«, sage ich.

»Willst du weiterlügen?«

Ich schüttle den Kopf. Ich habe noch nie gelogen, und ich weiß auch nicht, warum ich ausgerechnet diesen Genossen angelogen habe. Obwohl ich jetzt als Lügner dastehe, freue ich mich zugleich über seinen Scharfsinn. Ich weiß zwar nicht, wie es ihm gelungen ist, mich so schnell zu durchschauen, aber ich finde es beruhigend zu wissen, dass die Genossen jede Unehrlichkeit sofort erkennen. Sie werden also sehr bald wissen, dass ich doch kein Lügner bin.

»Reiß dich zusammen«, sagt er. »Feindaufklärung ist nicht deine Aufgabe.«

»Warum nicht?«

»Weil ich dir keinen Auftrag erteilt habe!«, sagt er. »Und weil du keine Ahnung davon hast und weil man von Dingen, von denen man keine Ahnung hat, die Finger lässt! Stimmt's, Schmidti? Da lässt man die Finger davon!«

»Wir haben schon einen Kundschafter in der Familie, Klaus, Beates Bruder, der ist in den Westen, der arbeitet dort für uns ...«

»Erzähl keinen Stuss!«

»Das stimmt aber! Zuerst dachte ich, Klaus wäre ein Klassenfeind, weil er so schlecht über die DDR gesprochen hat. Das war aber nur Tarnung. Klaus ist in die ČSSR mit seiner Frau und den Zwillingen und von dort ins kapitalistische Ausland.« Ich bin erleichtert, weil die Genossin wieder mitschreibt. »Klaus ist sogar schon mal da gewesen, in Leipzig, bei der Messe! Da hat er sich mit Beate getroffen.«

»Darf die überhaupt Westkontakte haben?«

»Klaus ist ja Kundschafter.«

»Wer sagt das?«

»Wir reden zu Hause ganz offen darüber. Ich lüge nicht!«

»Kortschagin! Du sollst dich um deine Freunde kümmern, in Schule, Kirche und Band Augen und Ohren offen halten. Das sollst du! Vor allem aber sollst du uns die Wahrheit sagen! Verstanden?«

»Ja«, sage ich und stehe auf. Ich will ihm die BRD-Mark aus meiner Hosentasche geben, bevor er mich danach fragt. »Das habe ich vergessen.« Ich bin zu ungestüm. Die BRD-Mark springt auf den Tisch und rollt ein Stück. Die Genossin haut mit der Hand drauf.

»Das hat er mir für unser *ND* gegeben«, sage ich. »Ich spende das.«

»Hast du noch mehr davon?«, fragt die Genossin.

»Gib sie ihm, Schmidti, gib sie ihm wieder.«

Die Genossin drückt einen Zeigefinger auf die BRD-Mark und schiebt sie quer auf mich zu, als spielten wir Dame.

»Und die Band?«

»Wir haben geprobt und nochmals die Diskussion ausgewertet«, sage ich. Die Genossin schlägt ein neues Blatt in ihrem Block auf, schreibt etwas und unterstreicht es.

»Wir haben über unseren Stil gesprochen. Wir wollen ja bei den richtigen Leuten anecken, nicht bei den falschen.«

»Und deine Freunde? Die waren begeistert?«

»Ja, die sind begeistert! Und als ich ihnen dann sagte, dass sich zwei Experten von der Partei bei mir gemeldet haben, die uns unterstützen wollen, da wollten sie alles wissen, wie wir uns kennengelernt haben und wie das gehen soll. Das hat sie sehr ermutigt, weil …«

Der Genosse schlägt vor Staunen mit der Faust auf den Tisch, so dass die BRD-Mark hochspringt.

»Sie wollen auch ein paar Tipps«, fahre ich fort, ermutigt von seiner Geste. »Ohne Sie beide gäbe es ja die Band gar nicht mehr! Das ist doch klar. Ich soll Sie von allen grüßen! Sie sind herzlich eingeladen, jederzeit …«

»Stopp, Kortschagin, stopp!«, sagt der Genosse. Er lehnt sich zurück, wobei er mit den Ärmeln seiner Lederjacke über den Tisch wischt. »Was habe ich gesagt?« Er betont jedes Wort, als wollte er mir drohen.

»Was Sie gesagt haben? Wir haben über vieles gesprochen. Darüber, dass wir unsere Persönlichkeit …«

Wieder schlägt er auf den Tisch, wieder springt die BRD-Mark hoch.

»Weißt du, was du da redest?«

»Sie waren überhaupt nicht neidisch …«, sage ich.

»Er hat uns verraten«, sagt die Genossin, klappt den Block zu und lehnt sich ruckartig zurück. »Du hast uns verraten!«, wiederholt sie in noch höherer Tonlage.

»Kortschagin«, sagt der Genosse, ohne sie zu beachten. »Das ist kein Spaß mehr, Kortschagin. Du hast geplappert?«

»Es ist doch eine Auszeichnung …«

»Ja oder nein!«, schreit er.

»Ja! Sie haben mich zu meinem Kampfnamen beglückwünscht und mir Erfolg gewünscht! Keiner war neidisch, keiner!«

Der Genosse stützt die Ellbogen auf den Tisch, schlägt beide Hände vors Gesicht und reibt darüber, als wollte er den Staub darauf verteilen.

»Idiot«, sagt er. »Du bist so ein kleiner, blöder, beschissener Idiot, Kortschagin!«

Als er die Hände vom Gesicht nimmt, sieht er anders aus, fremd, wie ein Schauspieler, obwohl der Staub auf seiner Haut gar nicht zu sehen ist. Plötzlich saust seine Hand über den Tisch – ein Geschoss knallt gegen die Schrankwand. Die BRD-Mark ist weg. Der Genosse erhebt sich und verlässt das Zimmer. Er sieht sich nicht um, er sagt auch nichts mehr. Dann scheppert die Wohnungstür.

»Alles deine Schuld«, sagt die Genossin. »Alles deine Schuld.«

»Was habe ich denn falsch gemacht?«, krächze ich. Ein Kloß mit einer Reißzwecke drin steckt mir im Hals.

»Ist übrigens staubtrocken«, sagt die Genossin. Erst jetzt sehe ich, dass sie die Schokoladentafel aufgerissen hat. Die Genossin verlagert ihr Gewicht auf den Daumen, unter dem krachend ein zartbitteres Stück absplittert. Sie bricht ein zweites Stück ab und schiebt es mir in den Mund. Beide lutschen wir die Schokolade wie eine Tablette, die gegen Halsschmerzen hilft und unsere Lippen verschließt.

BUCH III

ERSTES KAPITEL

In dem Peter fünf Jahre später auf seinen Freund Ulf trifft. Zufall oder Fügung? Altes und neues Leben im Gemeindehaus.

»Das ist kein Zufall!«, ruft Ulf. »Glaub nicht, dass das ein Zufall ist!« Ich kann gerade noch einen Schritt zurück machen, sonst hätte er mich umarmt.

Ulf hat einen dünnen Bart und lange Haare, seine Pausbacken sind weg. Wir steigen am Treptower Park aus der S-Bahn. Mitten im Gewusel des Bahnsteigs setzt er Aktentasche, Rucksack und zwei Einkaufsnetze mit Milchflaschen und Kartoffeln zwischen den Füßen ab.

»Ich wollte dich besuchen, ehrlich, auch Angelika sagt, um Freunde muss man sich kümmern!«

»Welche Angelika?«

»Unsere Angelika, die immer Hawaiitoast gemacht hat für die Band, die Frau von Jürgen, vom Diakon. Der ist bei den Bausoldaten. Ich helfe ihr, sie hat drei Kinder.«

»Ich bin mal bei dir gewesen«, sage ich. »Deine Eltern wussten nicht, wo du wohnst.«

»Das wissen die ganz genau. Die wollen's nur nicht wahrhaben!«

Eine Viertelstunde später sind wir im Gemeindehaus. Ich sitze zwischen Ulf und der älteren Tochter von Angelika am Tisch. Angelika kommt mir jünger vor, als ich sie in Erinnerung habe. Ihre Haare sind kurz. Kein einziger Pickel findet sich mehr auf ihrer Stirn.

»Wie lang ist das jetzt her?«, fragt sie mich.

»Fünf Jahre«, sage ich. »Das Konzert am Kindertag war 1976.«

»Dass Gott ausgerechnet dich zu seinem Werkzeug erwählt hat …«, sagt Ulf.

»Warum nicht?«, sagt Angelika, die auf den Tellern ihrer drei Kinder Wiener Würstchen kleinschneidet. »Wer ist heute dran?« Sie hält der älteren Tochter ein Kästchen hin, das mich an die Los-Lotterie im Tierpark erinnert. Das Mädchen zieht eine Karte heraus und liest vor, was daraufsteht.

»Amen«, sagt sie dann.

»Amen«, sagen alle. Die Karte kommt zurück in den Kasten. Angelika schenkt Suppe aus, die Kinder halten ihre Teller hoch.

»Hast du nicht gebetet?«, fragt die jüngere Tochter.

»Ich bin nicht gläubig«, sage ich.

»Willst du dich nicht taufen lassen?«, fragt der Junge.

»Nein«, sage ich.

»Aber dann kommst du in die Hölle«, sagt die jüngere Tochter.

»Ist das so?«, frage ich.

»Ja«, rufen sie wie im Kasperletheater. »Stimmt's Mama?«

»Man spricht nicht mit vollem Mund«, sagt Angelika.

»Mir hat die Taufe ein neues Leben beschert«, sagt Ulf.

Angelika legt eine Hand auf die von Ulf. Weil Ulf Linkshänder ist, könnten sie beide weiteressen, ohne sich loszulassen.

»Wir haben zusammen gebetet«, sagt Angelika. »Zuerst hat Ulf beim Beten aufgehört zu stottern.«

»Ohne Gott ist jeder ein Stotterer«, sagt er. »Jeder hat was, was er nicht so einfach über die Lippen bringt, auch du.«

»Was denn?«, frage ich.

Beim Nachtisch – es gibt Pfirsiche aus der Dose, auch der Saft wird gerecht aufgeteilt – erzähle ich, dass ich Baufacharbeiter im zweiten Lehrjahr bin und die Lehre vorzeitig beenden werde, um Anfang Mai als Berufssoldat einzurücken.

»Ihr dürft aufstehen«, sagt Angelika zu den Kindern, wischt mit dem Finger den Rest Kartoffelsuppe aus einem Teller und leckt den Finger ab.

»Na ja«, sagt sie dann, »das ist vielleicht ein bisschen heikel, aber du hast selbst gesagt, dass du stolz darauf bist, mit der Staatssicherheit zusammenarbeiten zu dürfen.«

»Mit deinen Musikexperten«, sagt Ulf. »Das hat alles kaputtgemacht, die ganze Band.«

»Viel mehr als die Band«, sagt Angelika, »viel mehr!« Sie langt hinter sich, hebt den Deckel eines Tontopfes an und holt eine Schachtel Zigaretten heraus.

»Sie wollten nicht mehr mit mir zusammenarbeiten«, bekenne ich. »Schon beim zweiten Treffen war Schluss. Mir ist das sehr peinlich gewesen.«

»Wie? Du hast uns belogen?«, fragt Angelika. »Du hattest gar nicht mehr mit ihnen zu tun?«

»Ich war so stolz drauf. Ich hab's nicht fertiggebracht, ich hab mich geschämt!«

»Geschämt?«, fragt Ulf. »Weil sie dich rausgeworfen haben?«

»Ja«, sage ich.

»Du hast nichts über uns erzählt?«

»Nein.«

»Aber wer dann?« Angelika und Ulf sehen einander an.

»Konspiration ist das Letzte, was der Sozialismus braucht. Wir müssen alle viel offener und kritischer sein, viel ehrlicher, zu uns selbst und zueinander.«

»Früher bist du ein Holzkopf gewesen«, sagt Angelika, »aber trotzdem so munter und kämpferisch. Nicht mal wegen dieser Stasisache konnte man dir böse sein. Hast du Liebeskummer?«

»Ich hab gar keine Freundin.«

»Du wirkst so traurig.«

»Stimmt«, sagt Ulf. »Als läge dir was auf der Seele.«

»Mir liegt nichts auf der Seele.«

»Aber?«

»Was meinst du?«

Angelika dreht ihre Zigarette auf einer Untertasse, bis die Asche abfällt.

»Wir leben zwar alle im Sozialismus, aber keiner scheint das zu begreifen, keiner kapiert, was für ein Glück das eigentlich ist. Manchmal denke ich, es liegt an mir, als wäre ich blind oder taub oder müsste einfach nur aufwachen. Es ist wirklich verhext – als gäbe es die, die so denken wie ich, überall, nur nicht dort, wo ich gerade bin!«

»Wie geht's denn Olga?«, fragt Angelika und bläst den Rauch unter den Lampenschirm. Auch Ulf sieht sie verwundert an. Aber warum sollte ausgerechnet Angelika eine Lösung für mein Problem wissen.

»Olga hat eine Fachschule besucht«, sage ich, »im Erzgebirge, in Schneeberg, Handweberin. Jetzt ist sie in Dresden und verdient Geld als Aktmodell für die Studenten und Künstler. Ich hoffe, sie findet bald einen richtigen Beruf.«

»Die soll sich mal austoben. Dann hat sie später nicht das Gefühl, was verpasst zu haben.«

»Was denn verpassen?«, frage ich.

Angelika lächelt und bläst wieder den Rauch unter den Lampenschirm.

»Das Leben als Kind Gottes«, sagt Ulf.

ZWEITES KAPITEL

In dem Peter zuerst eine Stimme aus der Vergangenheit vernimmt, dann jene des christlichen Gottes.

»Einer muss ja bei den Kindern bleiben«, sagt Angelika. »Morgen bin ich dran.«

Ich habe mir vorgenommen, den Jugendgottesdienst zu beobachten. Nimm's als Erfahrung, sagt Hermann oft. Aber auch als Beobachter deprimiert mich die Ansammlung Hunderter Christen. Selbst der Mittelgang füllt sich mit Gläubigen, die sich, als wäre das selbstverständlich, auf dem kalten Fußboden niederlassen.

Angelika hat begonnen, von Jürgen zu erzählen. Mit achtzehn hat sie ihr erstes Kind bekommen, als sie neunzehn war, haben sie geheiratet. Sie habe unendlich viel von Jürgen gelernt, sagt sie mehrmals, ohne zu verraten, was sie von ihm gelernt hat. Wir müssen immer enger zusammenrücken. Zuerst sind es unsere Knie, die sich zufällig berühren, dann sitzen wir Hüfte an Hüfte, Schenkel an Schenkel. Immer nur einer von uns beiden kann sich anlehnen.

»Der ist ein Spitzel!«, sagt hinter mir ein Mann. Etwas Spitzes berührt mich zwischen den Schulterblättern. »Ich behalt dich im Auge!«, sagt er, als ich mich umdrehe.

»Nimm die Finger weg!«, sagt Angelika.

»Ich kann's beweisen«, sagt er. Die Adern auf seinem Handrücken, ja noch am Handgelenk treten überdeutlich hervor, was ich mir schmerzhaft vorstelle.

»Hör nicht hin«, sagt Angelika zu mir. »Kennst du den?«

»Klar kennt der mich!«, ruft er von hinten und beugt sich weit vor. Sein Atem riecht nach Zigarette.

»Lass uns in Frieden!«, sagt Angelika.

»Wir waren mal in einer Klasse«, sage ich. Mich wundert

es nicht, dass Wolfgang kirchlich ist. »Der hetzt überall gegen mich!«

Weil die Gläubigen anfangen, zu klatschen oder auf das Holzgestühl zu klopfen, verstehe ich Angelika nicht mehr. Ein Mann mit Gitarre hantiert am Mikrofon. Es knallt und surrt durch die Lautsprecher. Die Gläubigen lachen, niemand schimpft.

Als sie alle zu singen beginnen, erschauere ich unwillkürlich. Die meisten Gläubigen sind so jung wie ich! Warum kommen sie nicht freiwillig zu uns? Genauso viele freiwillige, klassenbewusste FDJler! Was wir da alles erreichen könnten! Was für ein Beispiel das gäbe!

Die Menge jubelt, applaudiert, johlt. Manche klopfen auf die Holzbank, was wohl ein alter kirchlicher Brauch ist. Statt des Sängers steht ein Mann da, strähniges schwarzes Haar bis zu den Schultern, Vollbart, eine silbern funkelnde Metallbrille vor den finster blickenden Augen. Er wartet den Applaus ab wie andere das Rot einer Ampel. Er weiß, was er sagen wird und wie er es sagen wird. Ein Rechthaber – das sehe ich auf den ersten Blick. Angelika flüstert mir etwas ins Ohr.

»Der ist echt witzig!«, verstehe ich endlich.

Der sächsische Dialekt des Mannes ist tatsächlich ausgeprägt. Aber darüber lacht niemand.

»Ein Professor fragt in der Philosophieprüfung den Studenten: ›Können Sie mir sagen: Was ist Konsequenz?‹ Der Student antwortet: ›Heute so, morgen so.‹ ›Gut‹, sagt der Professor. ›Können Sie mir aber auch sagen: Was ist Inkonsequenz?‹ Antwort: ›Heute so, morgen so.‹ So was nennt man Mitläufertum.«

Die Menge klatscht. Es stimmt. Er hat recht. So müssen wir über das Mitläufertum sprechen. Das ist genau das, was mich wurmt.

»Opportunisten gibt es überall in Massen«, sagt er, »und

deshalb ist das Lied *Sag mir, wo du stehst und welchen Weg du gehst* nicht nur ein gutes Lied, sondern vor allem eins, das wir auch in der Kirche singen müssten.«

Ich sehe Angelika an, doch sie sitzt vorgebeugt und lauscht.

»Wir haben ein Recht darauf, dich zu erkennen, auch nickende Masken nützen uns nichts. Ich will beim richtigen Namen dich nennen, und darum zeig mir dein wahres Gesicht.«

Zum ersten Mal klatsche ich mit den anderen. Der Prediger erzählt die Geschichte vom ersten Mitläufer, den seine Bibel erwähnt, ein Mann namens Lot, der sich an seinen Onkel Abraham angehängt habe. »Wenn Gott dich ruft – und er ruft dich in diesem Augenblick –«, sagt der Prediger und sieht dabei mich an, »und du ihm folgen willst, dann musst du wissen: Du musst dich von manchen Dingen radikal trennen. Mit manchen Dingen musst du ohne Rücksicht auf Verluste Schluss machen. Du musst dich als Christ von manchen Dingen dieser Welt distanzieren: der Jagd nach dem eigenen Vorteil, dem Hass gegen Andersdenkende, dem Krieg. Oder wenn es auf sexuellem Gebiet zugeht wie in Sodom und Gomorra, wenn es heute üblich ist, dass jeder mit jedem schläft – dann kannst du als Christ da eben nicht mitmachen.«

Und als Kommunist auch nicht, möchte ich ihm am liebsten laut zurufen.

Der Prediger zählt die Toten aus den Kriegen auf. Er habe kapiert, sagt er, dass wir uns mit rasender Geschwindigkeit einer unvorstellbaren Katastrophe nähern, jährlich würden fünfzig Millionen Menschen am Hunger sterben, während ein kleiner Teil der Weltbevölkerung Fettlebe mache. Wer das verharmlose, sei sträflich naiv. Wer nichts dagegen tue, sei ein asoziales Element!

Wie die anderen klopfe ich auf die Lehne vor mir, sogar länger als die meisten. Er wisse nicht, wann das Ende komme, aber es komme ein Gericht. »Deshalb sage ich dir«, fährt er fort, »komm zu Jesus und gib dich ihm ganz! Ich kenne euer Tun. Ich weiß, dass ihr weder warm noch kalt seid. Wenn ihr wenigstens eins von beiden wärt! Aber ihr seid weder warm noch kalt, ihr seid lauwarm. Darum werde ich euch aus meinem Munde ausspucken«, ruft er und erhebt wieder die Faust. »Ich bin nicht lauwarm!«, möchte ich ihm zurufen! »Wer sich nicht als Teil der Bewegung begreift, lebt falsch.«

Angelika lehnt ihren Kopf an meine Schulter.

So wie der Prediger hat auch stets Paul Löschau gehandelt. Was man denkt, soll man offen und ehrlich aussprechen.

Der Prediger lädt mich im Auftrag Gottes ein, mich zu bekehren. Gott, sagt er, möchte mir eine Freude machen. »Wenn du die Einladung ablehnst – was hast du für Gründe vorzubringen?« Erst jetzt wird mir bewusst, dass mich der Prediger ununterbrochen ansieht, dass wir einander ansehen, dass er zu *mir* spricht.

Er erzählt mir die Geschichte von einem gewissen Naeman, nicht Lehmann, sondern Naeman, einem syrischen General, der vor dreitausend Jahren gelebt haben soll. »Naemann hatte Aussatz, was damals genauso unheilbar war wie heute der Krebs. Er betet zu dem Götzen Ramon. Aber Ramon hilft nicht, wie auch, er ist ja ein Götze. Der General hat eine Sklavin, eine Jüdin aus Israel, die immer leise vor sich hin sagt: ›Ach, wenn doch der General den Propheten Elischa kennen würde, der könnte ihm helfen.‹ Das sagt sie so oft, bis es der General hört. Der bricht also nach Israel auf, geht dort zum König, aber der Prophet Elischa wohnt nicht im Palast, sondern in einer Hütte. Als der General dort ankommt, aber nicht von seinem hohen Ross heruntersteigen mag, schickt Elischa einen seiner Freunde hinaus zu ihm, der dem General ausrichtet, Elischa, unser Prophet, hat gesagt, du sollst siebenmal im Flüsschen Jordan untertauchen, dann wirst du geheilt sein. General Naeman ist empört. Aber Freunde überreden ihn, es wenigstens mal zu versuchen. Also springt er in den Jordan, taucht unter und auf, nichts, unter und auf, alles wie gehabt, er macht sich hier nur zum Affen, unter und auf, immer noch nichts, nichts, wie sollte auch, dieser Hochstapler, und der Sklavin wird er was husten, taucht unter und auf, noch zweimal, untertauchen, auftauchen, und noch einmal und dann nach Hause, nach Hause und sterben, untertauchen, auftauchen ... Was ist das? Der Aussatz ist weg! Er traut seinen Augen nicht. Der Aussatz, weg, nichts mehr zu sehen. Gesund, Leben! Leben! Elischa, der Prophet, zurück zu ihm, zurück zu seiner Hütte, runter vom Pferd, auf die Knie! ›Jetzt weiß ich‹, ruft Naeman, ›dass kein Gott ist in allen Ländern außer in Israel.‹ Zu dieser Erkenntnis aber ist General Neaman nicht durch Nachdenken oder Philosophieren oder Diskutieren oder Studieren gekommen. Die Rettung, die innerliche und äußerliche Rettung dieses Menschenkindes beginnt in dem Moment, in dem er Gott gehorcht. Und es gibt keinen anderen Weg der Rettung. Gehorche Gott!«, sagt mir der Prediger. »Tu, was er sagt! Was im alten Syrien möglich war, das ist in unserer modernen Gesellschaft genauso möglich. Gott holt seine Leute heute überall aus allen Lagern der Religionen und Weltanschauungen heraus und bildet sich ein Volk. An jedem Tag bekehren sich 55000 Menschen. Und zu den 55000 des heutigen Tages werden bestimmt auch einige dazugehören, die hier in dieser Kirche sitzen. Nämlich alle die, die bereit sind zu sagen: ›Herr Jesus, ich will immer das Beste, für andere und für die Gesellschaft, aber ich allein bin schwach. Ich möchte ein neues Leben anfangen.‹ Wer meint, als gebildeter und moderner Mensch nicht einen anreden zu können, der vor 2000 Jahren an einem Kreuz gestorben ist, dem will ich mal was sagen. Der Naeman hat sich doch nicht aus Vernunftgründen gegen das Untertauchen im Jordan gewehrt, sondern der Stolz hat ihn daran gehindert. Denn der Glaube, lieber Freund«, sagt er mir, »fängt nicht dort an, wo mein Verstand aufhört, sondern der fängt dort an, wo mein verdammter Stolz und meine verdammte Sturheit aufhören.«

Ob ich denn meinen würde, fragt er mich, dass das alles Zufälle wären, die mich heute hierher in diese Kirche geführt hätten? Ich solle einmal überlegen, was alles habe passieren müssen, um mein Ohr für Gottes Wort zu öffnen. Wem habe ich alles über den Weg laufen müssen? Hätte nicht meine Abneigung gegen alles Christliche ein unüberwindbares Hemmnis sein müssen, hierherzukommen? Oder anders gefragt: Ob ich meine, Gott wisse nicht, wie sehr ich einen mich liebenden Vater suche, jemanden, der mich versteht, der jeden Schritt mit mir gemeinsam geht, mit dem ich nie mehr im Leben allein sein werde? »Wenn dem so ist«, sagt er, »dann hab den Mut, es hier und jetzt zu versuchen!«

Der Gesang beginnt, es ist, als würden die Gläubigen erhoben wie Boote von einer Sandbank, es sind die Stimmen, die mir entgegenströmen und mich tatsächlich emporheben und mich vorantragen hin zu ihm …

DRITTES KAPITEL

In dem Peter erste Schritte als Christ unternimmt. Hoffnung auf Hoffnung. Das Prosit auf den furchtlosen Christen bleibt im letzten Moment aus.

Als ich am nächsten Tag das Abendbrot zubereite, fällt es mir leicht, Beate und Hermann mit Dankbarkeit und Freundlichkeit zu begegnen. In letzter Zeit habe ich sie oft kritisiert und ihnen Vorhaltungen gemacht.

»Du hast so gute Laune«, sagt Hermann, legt Messer und Gabel beiseite, streut noch einmal Zucker auf den Rest des Butterbrotes und verschlingt das letzte Stück seiner Vorspeise. Knirschend kaut er und tupft sich mit der Serviette über die Lippen.

»Ich gehe noch weg, zum Jugendgottesdienst«, sage ich.

»Wohin?«, fragt Beate.

»Jugendgottesdienst, in der Apostel-Paulus-Kirche. Das geht die ganze Woche.«

»Agitierst du dort?«

»Und ich dachte, du wärst verliebt!«, sagt Hermann.

»Ich habe zum Glauben gefunden.«

»Zu welchem?«, fragt Hermann.

»Na, was wohl, wenn er in eine Kirche geht …«, sagt Beate.

Es entsteht eine Pause, in der ich die Rühreier auf die vorbereiteten Leberwurstbrote platziere.

»Kommt jetzt das Tischgebet?«, fragt Hermann, als ich mich setze.

»Spotte nicht!«, sagt Beate. »Guten Appetit.«

»Guten Appetit«, sage ich.

»Dann brauchen wir uns also keine Sorgen mehr zu machen?«, fragt Hermann und sieht Beate an.

»Nein, das braucht ihr nicht«, sage ich und bin froh, wie verständnisvoll sie reagieren.

»Und wie ist das passiert?«, fragt Hermann. »Ich würde das wirklich gern wissen«, fügt er hinzu, weil Beate ihn ansieht.

»Der Glaube ist keine Sache der Logik. Man muss nur bereit sein, ›Ja‹ zu sagen, um ihn zu erlangen, also von dem hohen Ross des Stolzes heruntersteigen und im Jordan untertauchen.«

»Du meinst, man steigt nie zweimal in denselben Fluss?«

»Das hat doch nichts damit zu tun!«, sagt Beate. »Er meint das als Gleichnis.«

»Ich auch«, sagt er. »Und wann ist es passiert?«

»Gestern, so gegen einundzwanzig Uhr.«

»Willst du damit sagen, dass du um zwanzig Uhr noch kein Christ gewesen bist, es um zweiundzwanzig Uhr aber bereits warst?«

»Ja, wir sind dort getauft worden …«

»So ratzfatz?«, fragt Hermann.

»Der Kampf für eine bessere Welt ist ernüchternd! Jetzt weiß ich endlich, dass ich nicht mehr allein bin, dass wir alle denselben Vater haben, dass alles tatsächlich einen Sinn hat!«, sage ich.

»Und was für eine Art Christ bist du geworden?«, fragt Hermann.

Ich verstehe seine Frage nicht.

»Protestantisch oder katholisch oder baptistisch oder orthodox?«

»Da muss ich nachfragen«, sage ich. »Ist ja egal.«

»Egal ist das keineswegs!«, sagt Hermann.

»Hätte Gott mich zu einer anderen Art des Christentums bekehren wollen, wäre das für ihn leicht zu bewerkstelligen gewesen.«

»Na ja, trotzdem sollten wir anstoßen«, sagt Hermann.

Beate ist schon am Kühlschrank. »Sekt? Der steht seit Ewigkeiten hier.«

»Sekt!«, ruft Hermann und hebt den Arm, als bestellte er bei einem Kellner.

»So eine schöne Überraschung«, sagt Beate. »Ich kann's noch gar nicht glauben!«

»Und was sagst du jetzt denen?«, fragt Hermann.

»Wem?«, frage ich.

»Na, den Militaristen an eurer Berufsschule.« Er hat das Papier entfernt und dreht an dem Draht über dem Plastekorken.

»Welche Militaristen denn?«

»Na die, die dich zum Berufssoldaten pressen wollten!«

»Dürfen Christen keine Soldaten sein?«

Hermann hält inne.

»Wie?«, fragt er gedehnt, ohne seine leicht gebückte Haltung aufzugeben. »Was is 'n das für 'n Quatsch?«

»Christen sind sogar die besseren Soldaten, weil sie keine Angst vor dem Tod haben müssen«, sage ich.

»Du willst immer noch Unteroffizier werden?« Beate steht ganz still.

»Was ist? Stoßen wir nicht darauf an, dass ich Christ geworden bin?«

Hermann richtet sich auf, zuckt aber zusammen, als der Korken kracht. Alle drei sehen wir nun zu, wie uns der Sekt vor die Füße sprudelt.

VIERTES KAPITEL

In dem Peter eine Reise unternimmt. Eine alte Bekannte wird zu ernsthafter Unterhaltung gezwungen. Peter als Wunder Gottes. Vom Zwang zu trinken.

Auch zwei Wochen nach meiner Taufe fällt es mir schwer, eine klare Unterscheidung zu treffen, welche Gedanken mir Gott eingibt, welche von mir stammen oder welche des Teufels sind, auch wenn ich natürlich nicht direkt an den Teufel glaube. Deshalb kann ich nicht mit Bestimmtheit sagen, ob die Idee, nach Dresden zu fahren, tatsächlich mein Wunsch gewesen ist oder einer Eingebung Gottes folgt oder auf Hermann zurückgeht.

Das Viertel, in dem Olga wohnt, ist von dunklen Altbauten geprägt, Asphaltbelag ist selten, und sogar der Geruch des Hausflurs scheint historisch überwundenen Zeiten anzugehören. Die Treppe von der vierten Etage hinauf zu Olgas Wohnung im Dach ist aus Holz und glänzt, als wären die Stufen gerade poliert worden. Ich trete vorsichtig auf, damit sie mich nicht kommen hört. Nach dem Klingeln drücke ich einen Finger auf den Spion. Es bleibt still. Schläft sie?

Ich weiß nicht, wie oft ich klingele. Ich setze mich vor Olgas Tür auf die Treppe. Ich habe Durst. Und müde bin ich auch. Nach einer halben Stunde lege ich mich auf den Treppenabsatz, den Kopf auf meiner Tasche – und schrecke auf, als das Holz knarzt.

»Guten Abend!«, sage ich laut zu der alten Frau, die auf dem Treppenabsatz unter mir stehen geblieben ist. Ich schildere ihr kurz meine Lage. Sie antwortet nicht. Eine Hand am Geländer, zieht sie sich Stufe um Stufe herauf.

»Gucken Se ma drundr«, sagt sie oben angekommen. »Na, drundrguckn!« Sie macht eine Geste, als wollte sie mich verscheuchen. Schließlich fährt sie mit dem rechten Fuß schwungvoll unter Olgas Abtreter, der gleich wieder nach unten schlappt. »Hier drundr«, wiederholt sie unwillig. Ich bücke mich und ziehe einen Schlüssel hervor.

Olgas Wohnung riecht gut. So sehr es mich danach verlangt, alles zu sehen, zögere ich, als hinterließen meine Schritte dreckige Tapsen. Ihr Arbeitszimmer ist vollkommen aufgeräumt, alle Bücher stehen im Regal, das Bett ist gemacht. Darüber hängt ein großes Bild von ihr, auf dem noch größeren Gemälde gegenüber kommt sie nackt aus dem Meer. Ich setze mich an ihren Schreibtisch, vor mir der Katalog der Dresdner Gemäldegalerie wie ein zurückgelassenes Geschenk. Der Blick geht auf das Dachgeschoss gegenüber. Auf dem Fensterbrett stehen Stifte in einer Tasse, ein Füller steckt mit dem Ende in einem Hühnergott. Ein Packen Briefkuverts wird von einem schwarzen Holzelefanten gegen die rechte Fensterleibung gedrückt.

In dem vorderen Zimmer, das als Küche dient, mache ich mir in einem verbeulten Blechtopf mit dem Tauchsieder Wasser heiß, leere das Tee-Ei, fülle es neu und hänge es in die Kanne. Ich lege den übriggebliebenen Reiseproviant – ein Brötchen und ein halber Camembert – auf den Tisch, daneben meine *Gute Nachricht*, das Neue Testament, das Angelika und Ulf mir zur Taufe geschenkt haben.

Es klingelt – im nächsten Moment bin ich an der Tür. Wir erschrecken voreinander.

»Ist Olga da?«, fragt die Frau.

»Nein«, sage ich und will es nicht wahrhaben, dass die Frau vor mir nicht Olga ist.

»Wieso bist du hier?«, fragt sie und wirft ihre große, leere Reisetasche auf Olgas Schuhe. Ohne ihren Mantel auszuziehen – ein fast knöchellanger blauer Mantel mit einem Schlitz hinten –, durchstöbert sie das Küchenregal, öffnet die Brotdose und sucht in der Hocke weiter. »Woher kommt das?«, fragt sie, als sie meinen Proviant entdeckt.

»Das können Sie gern haben.«

Im Stehen dreht sie sich ein Stück von dem Camembert ab und teilt das Brötchen in zwei Hälften.

»Erkennst du mich nicht?«, fragt sie. »Ich bin Bettina, Olgas beste Freundin.«

»Betty?« Aus ihrem langen rabenschwarzen Haar – über der Stirn ist es zum Pony gestutzt – hängt eine rote Strähne.

»Aus dir ist ja ein Mann geworden«, sagt sie und setzt sich seitlich auf den Stuhl, als wollte sie gleich wieder los. Sie nimmt auch die andere Hälfte und zieht den Camembert heran.

»Und Olga?«, frage ich und setze mich zu ihr.

»Hast du ihr nicht geschrieben? Und der Schlüssel?«

»Lag unterm Abtreter.«

»Der war für mich«, sagt Betty und steht wieder auf. »Wenn man sich mal klarmacht, was die Dinge im Grunde bedeuten … Schlüssel sind auch Phallussymbole.« Aus dem alten Küchenschrank nimmt sie eine aufgerissene Packung Knäckebrot und Senf.

»Das ist doch gar nicht mein Schlüssel!«

»Du bist goldig! Das auf der Party damals, das war ziemlich gemein von uns …«

»Wieso von euch?«

»Das war Olgas Idee! Ihr zuliebe habe ich das gemacht. Weißt du das denn nicht?« Betty kratzt mit dem Messer das Senfglas aus. »Du bist wirklich unerträglich gewesen, eine Plage, der reinste Tugendbold! Olga hätte es am liebsten gehabt, dass ich dir die Unschuld raube. Sie wollte dich besudelt sehen, hat sie gesagt, besudelt. Na ja, sie übertreibt immer. Aber so ’n paar Fleckchen hätt ich schon gern an deiner Hose gesehen. Das war mir nur dann etwas zu anstrengend.«

»Weißt du, wo Olga ist?«

»Natürlich weiß ich das, wir leben doch zusammen, Olga und ich, wenn du weißt, was ich meine. Sie kommt morgen oder übermorgen.« Betty streicht Senf auf das Knäckebrot. »In der Not frisst der Teufel Fliegen.«

»In der Not isst der Teufel die Wurst auch ohne Brot. So kenne ich das.«

»Irgendwo muss noch Wein sein.« Betty springt schon wieder auf und stiefelt in der Küche umher. »Ha, wer sagt's denn!«

Mit einer Hand fischt sie zwei Gläser aus dem Geschirrhaufen neben der Spüle und stellt sie auf den Tisch.

»Ich möchte nicht«, sage ich und bedecke, wie ich das mal bei Beate gesehen habe, mein Glas mit der flachen Hand. Betty schenkt sich ein.

»Was arbeitest du denn?«

»Alles Mögliche – Prost«, sagt sie und trinkt. »Ich male, ich schreibe, ich tanze, Aktionen auf Ausstellungseröffnungen, alles Mögliche.«

»Das ist dein Beruf?«

»Meine Berufung«, sagt sie und beißt ins Knäckebrot.

»Bist du gläubig?«, frage ich.

»Ich?« Sie zeigt mit dem Knäckebrot auf sich.

»Glaubst du an Gott?«

»Bist du nicht Kommunist?«

»Das gehört zusammen. Der Kommunismus ist nur die andere Seite des Christentums. Mit dem Glauben verfüge ich über ein zweites Standbein.«

Betty trinkt den Rotwein in kleinen Schlucken und sieht mich dabei unverwandt an.

»Bist du's nun oder nicht?«, hake ich nach.

»Wieso willst du das wissen?«

»Weil es wichtig ist! Wir sollten viel mehr über wichtige Dinge sprechen.«

»Und was treibt dich her?«

»Hermann hat mir geraten, mit Olga über meine neue Situation zu reden.«

»Und die wäre?«

»In der Berufsschule haben sie mich völlig missverstanden. Sie glauben mir nicht, dass ich nach wie vor aus Überzeugung Berufsunteroffizier werden will.«

»Verstehe ich nicht.«

»Ich auch nicht. Das hängt irgendwie mit Wolfgang zusammen. Für den bin ich ein Zeichen Gottes.«

»Du?«

»Wir waren mal Klassenkameraden. Er ist von der Schule geflogen, weil ich im Unterricht wiederholt habe, was er mir gesagt hat. Ich habe darüber reden und ihm helfen wollen. Auch meine Klassenleiterin wurde versetzt. In der Berufsschule stand er wieder vor mir. Wolfgang wird auch Maurer, nur mit Abitur. Er hat immer auf mich gezeigt und mich ›Spitzel‹ genannt und gegen mich gehetzt, sogar beim Jugendgottesdienst, als ich das erste Mal dort gewesen bin. Beim zweiten Mal saß er wieder da. Als Christ habe ich dann den ersten Schritt gemacht und gesagt, dass ich dagegen gewesen bin, ihn von der Schule zu schmeißen, denn das verunmöglicht jede weiterführende Diskussion. Ich habe auch gesagt, dass mir das leidgetan hat und leidtut.«

»Und was ist daran Besonderes?«

»Wolfgang sieht darin das Wunder, das er verlangt hat.«

»Er hat ein Wunder verlangt? Und das soll's gewesen sein?«

»Ich bin vor seinen Augen Christ geworden und habe ihn angesprochen, das reicht ihm.«

»Wunder stelle ich mir aber anders vor!«

»Wolfgang kam auf die Idee, weil Theo Lehmann, der Pfarrer, die Geschichte von General Naeman erzählt hat, der vom Aussatz befreit wurde.«

»Wer ist Naeman?«

»Das ist ’ne Bibelgeschichte. Wolfgang hat sich taufen lassen wie er.«

»Na und? Ist doch nicht verboten!«

»Wolfgang hat sich entschieden, Bausoldat zu werden. Und mir geben sie die Schuld daran, das sei mein Werk. Dabei bin ich dagegen! Ich finde es überhaupt nicht richtig, Bausoldat zu werden. Naeman war sogar General. Wir werden doch ganz objektiv bedroht. Aber nicht mal beim Wehrkreiskommando glauben sie mir!«

»Die haben die Hosen voll!«, sagt Betty. »Bei denen liegen die Nerven blank – wegen Polen. Da wollen sie ja demnächst einmarschieren.«

»In Polen? Einmarschieren?«

Betty füllt ihr Glas erneut, hält es dann aber mir hin.

»Wer hier übernachten will, muss mit mir trinken!«

»Ich lasse mich nicht erpressen.«

»Manno! Allein zu trinken macht depressiv!«

»Hast du denn nun eigene Erfahrungen mit dem Glauben?«, frage ich, nehme einen Schluck aus ihrem Glas und atme mit offenem Mund aus. »Wer es nämlich nicht selbst erfahren hat …«

»Wie in der Liebe!«, sagt Betty. »Wer nie geliebt hat, weiß nicht, was Leiden heißt.«

»Leidest du?«

»Manchmal hilft schon ein Glas Rotwein, komm, halbe halbe!« Betty leert die Flasche. »Prost«, sagt sie.

»Prost«, sage ich, erhebe das Glas und entrichte meinen Tribut für die Nacht.

FÜNFTES KAPITEL

In dem Peter um göttliche Hilfe bitten muss. Seine Sinne werden erneut verwirrt, doch diesmal rettet er sich selbst.

»Herr, nur du kannst noch helfen!«, bete ich auf dem Weg zum Bäcker. Schlagartig wird mir klar, wie wunderschön mein Leben bis gestern Abend gewesen ist. Ausgerechnet jetzt, da ich gläubig geworden bin, vermag ich meine Triebe nicht unter Kontrolle zu halten und verbaue mir – und womöglich nicht nur mir – die Zukunft!

»Du weißt, Herr, dass ich das nicht gewollt habe, dass es nicht meine Absicht gewesen ist, Geschlechtsverkehr zu haben mit jemandem, den ich nicht liebe und nicht heiraten will. Ich will nicht mein Leben zusammen mit Betty verbringen!«

Die Frau, die mich überholt hat, trägt weiße Hosen, die viel zu dünn sind, um die Bewegungen ihres Pos zu bändigen. Besonders unterhalb des sich abzeichnenden und nach oben gerutschten Schlüpfersaums erzittern ihre Pobacken bei jedem Schritt.

»Bitte lass Betty nicht schwanger werden! Zukünftig will ich achtsamer sein und mir auch regelmäßig selbst Entspannung von dem Trieb verschaffen, sollte das ohne weibliche Gesellschaft auf jene Art und Weise möglich sein, die mir Betty gezeigt hat. Fortan will ich meine Begierde bereits im Keim ersticken!«

Die Frau mit dem wackelnden Po bleibt in der Schlange beim Bäcker stehen. Sie hat ältliches Haar und deutliche Anzeichen eines Schnurrbarts.

»Herr, ich schiebe die Schuld nicht auf Betty. Ich weiß selbst, dass Christen da nicht mitmachen dürfen, wenn jeder mit jedem schläft. Betty meinte aber, wenn du uns anders hättest haben wollen, hättest du uns auch anders geschaffen. Und so danke ich dir für die enorme Lust, die du deine Kinder empfinden lässt, wenn sie Geschlechtsverkehr miteinander haben. Das ist ein großes Geschenk, das du uns bereitest. Und ich hoffe, du bescherst es mir bald wieder. Ich muss jedoch zu unterscheiden erlernen, was meiner Natur entspricht, also was du bist und was du willst, und dem, wozu mich mein Egoismus treibt.«

Die Frau mit dem Wackelpo wippt unentwegt auf den Zehenspitzen und stöhnt auf, als kurz vor uns die Brötchen ausgehen. Zehn Minuten später gibt es ganz frische.

»Herr, bitte, ich will nicht der Vater von Bettys Kind werden! Aber nicht mein Wille geschehe, sondern deiner. Herr, hilf, ich bitte dich so sehr darum!«

Zurück in der Küche schalte ich das Kofferradio ein. Es steht auf Mittelwelle, ein Westsender. Ich drücke die UKW-Taste und drehe solange, bis der Empfang gut ist. Ich kenne das Lied, Frank Schöbel und Mireille Mathieu im Duett.

»Guten Morgen«, sagt Betty. In der einen Hand hält sie ihre halbhohen Stiefel, in der anderen Bücher.

»Ich will nichts«, sagt sie, schmeißt die Schuhe vor den freien Stuhl und packt die Bücher in ihre Reisetasche.

»Betty ...«

»Was is 'n das für 'n Gedudel?«

»Nimmst du die Antibabypille?« Je länger Betty mich ansieht, desto unerträglicher wird der Druck auf meine weitgeöffneten Ohren.

»Wenn man Frauen liebt, braucht man keine Pille.«

»Du hast aber mit mir eine Ausnahme gemacht ...«

»Na und? Willst du jetzt hören, wie unwiderstehlich du bist? – Wie spät?«

»Und wenn du schwanger wirst? Bitte antworte ehrlich!«

Betty setzt sich, um ihre Stiefel anzuziehen.

»So schnell werde ich schon nicht schwanger. Was is 'n

das?«, fragt sie und zeigt auf das weichgekochte Ei, dem ich einen gehäkelten Eierwärmer übergezogen habe.

»Das lag im Besteckkasten. Es ist gleich neun.«

»Alle bewundern sie, alle wollen sie zur Muse. Aber ich sage dir, alle fürchten sich vor ihrem Spott und ihrer Gemeinheit!« Betty richtet sich auf, nachdem sie den ersten Stiefel anhat. »Du findest sie wahrscheinlich auch zauberhaft und bekommst gar nicht ihren Hochmut mit, den Hochmut eurer ganzen Familie! Verglichen mit Olga sind deine Höflichkeitsversuche Stümperei. Überhaupt bist du ein Stümper, aber wenigstens ein harmloser Stümper. Olga ist nicht harmlos. Erst erobert sie dich, dann tritt sie dich in den Staub. Das ist zwanghaft bei ihr, wirklich, zwanghaft!« Nun hat Betty auch den anderen Stiefel an.

»Hast du ihr das gesagt?«, frage ich.

»Sie selbst ist immun, im Stahlmantel gebacken. Als ich –« Betty reißt den Stecker heraus und nimmt das Kofferradio vom Fensterbrett. »Das gehört auch mir«, sagt sie. »Kannst du mir zehn oder zwanzig Mark schenken?«

Ich hole mein Portemonnaie und halte es ihr geöffnet hin.

Sie nimmt einen Zwanziger und zupft noch einen Fünfer hervor. Beide Scheine verschwinden in ihrer Manteltasche.

»Immerhin bin ich deine Erste gewesen«, sagt Betty und beißt nun doch in ein Brötchen.

Ich hebe die schwere Reisetasche hoch, damit sie den Riemen über den Kopf bekommt, und reiche ihr das Kofferradio.

»Zumindest du wirst mich nicht vergessen«, sagt sie und hebt ihr Kinn kurz zum Abschied, bevor sie abermals ins Brötchen beißt und die Stufen hinunterstapft.

Statt mich zu föhnen, will ich ausprobieren, was Betty mir geraten hat. Mit offener Hose liege ich auf dem Bett und wiederhole ihre Bewegungen an meinem Glied. Dabei starre ich auf Olgas gemalte Brüste, ich starre auf ihre Hüfte und benutze, weil ich Rechtshänder bin, die rechte Hand. Wie befürchtet, funktioniert es nicht. Ich drehe mich auf den Rücken, ich stelle mir Bettys Po vor … Dann aber ist es nicht mehr Bettys Po, sondern der Po auf der Straße, der Po unter der dünnen Hose. An diesem völlig fremden Po bleibt mein Blick haften. Ich folge ihm. Immer schneller folge ich ihm. So vernarrt bin ich in den Wackelpo, dass ich dann für einen Augenblick tatsächlich glaube – »Herr, hab Dank!« –, ich befleckte ihre dünne weiße Hose.

SECHSTES KAPITEL

In dem Peter zum zweiten Mal lügt. Kunst und Arbeit. Ein alter Bekannter taucht in einer neuen Rolle auf.

Olga trägt Trauerkleidung, Pullover, Rock, Strümpfe, alles schwarz. Wir packen ihre Einkäufe aus. Sie scheint nicht besonders glücklich zu sein, mich hier vorzufinden, obwohl ich das Bettzeug gewaschen und aufgeräumt habe. Auch in Olgas Augen widerspricht mein Wunsch, Berufsunteroffizier zu werden, einer christlichen Lebensführung.

»Werde doch Bausoldat! Schon weil du Maurer bist!«, sagt sie. »Dir können sie doch nichts anhaben. Tiefer als Baugrube geht sowieso nicht!«

»Wer verdient am Krieg? Wer hat Hitler ausgerüstet?«, frage ich betont ruhig. »Alle diese Konzerne gibt's im Westen immer noch! Krupp, Flick, Thyssen, Siemens, BASF, Bayer, Mercedes, Messerschmitt, die Dresdner Bank, die Deutsche Bank und wie sie alle heißen … Die Liste ist so lang! Du kennst doch die Namen! Ohne ihre Profitgier hätte es den millionenfachen Mord nicht gegeben. Kaum einer wurde verurteilt, keiner enteignet oder verstaatlicht. Noch heute bezahlen sie Mörderbanden und Putschisten. Denkst du, die verzichten freiwillig auf Macht und Profit? Denkst du, die würden sich unsere Betriebe nicht wieder einverleiben, wenn sie nur könnten? Fidel hat Salvador Allende nicht umsonst eine Kalaschnikow geschenkt! Er hat sie gebrauchen müssen, leider.«

»Lass gut sein«, sagt Olga.

»Wem nützt denn das Wettrüsten? Uns doch nicht! Nur denen, die daran verdienen! Gerade weil ich ein Christ bin, greife ich zur Waffe, um uns zu schützen!«

»Hilfst du mir? Ich muss noch was backen, für Otto, der ist Opernsänger, ein richtig berühmter, der kommt heute aus den USA zurück.«

»Haben die überhaupt Opernhäuser?«

»Und was für welche!«

»Und der kommt hierher?«

»Wir holen ihn vom Bahnhof ab. Er ist die ganze Nacht geflogen, und dann mit dem Zug.« Olga hat sich eine Schürze umgebunden. Das hab ich noch nie an ihr gesehen. Sie lässt ein Stück Butter in die Schüssel plumpsen und gibt mir das Papier, um die Backform für den Gugelhupf damit einzufetten.

»Ist eine Trennung zwischen zwei Frauen genauso schlimm wie zwischen Mann und Frau?«, frage ich Olga, die das Gas in der Backröhre anzündet.

»Was?«

»Trauerst du, weil Betty ausgezogen ist? Oder wegen jemand anderem?«

»Ich trauere doch nicht, wie kommst du darauf? Außerdem kann niemand ausziehen, der nie eingezogen ist.« Olga schließt die kleine Klappe über den Gasflämmchen und dann die Backröhre.

»Sogar das Kofferradio war ihrs!«

»Hatte sie alles hier untergestellt.«

»Auch die Bücher?«

»Das war ihr Spleen! Sie wollte ihre Bücher unbedingt zwischen meine schieben. Mit Betty ist immer Theater, immer!« Olga schlägt ein Ei auf und kippt das Eigelb von einer Hälfte in die andere und wieder zurück, bis das ganze Eiweiß in die Tasse darunter geflossen ist.

»Hat Betty keine Wohnung?«

»Wenn du nett zu Betty bist, hält sie das gleich für 'ne Liebeserklärung, und wenn du dann nicht mit ihr ins Bett hüpfst, wirft sie dir vor, falsche Versprechungen zu machen. Melde ich mich nicht, wirft sie mir vor, ich sei kalt und würde sie nicht sehen …«

»Wieso nicht sehen?«

»Sie nicht wahrnehmen, nicht würdigen, ihre Begabung, ihren Körper, was weiß ich …«

»Dann seid ihr gar kein Paar gewesen?«

»Sie soll ihre Sachen woanders unterstellen! Ich hab diesen Zirkus satt.« Olga schlägt das letzte Ei auf.

»Mir hat sie gesagt, ihr würdet alles teilen, Miete, Handtücher, Bett … Heute hat sie …«

»Ist sie noch mal da gewesen?« Olga dreht sich herum, Eiweiß tropft zu Boden.

»Pass auf!«, sage ich. »Betty ist gestern Abend gekommen.«

»Was denn nun? Hat sie übernachtet? Hier? Mit dir?«

»Nicht mit mir. Sie hier, und ich bei dir! Sie hat in der Küche geschlafen. Olga …« Erst als ich mit dem Lappen vor ihren Zehenspitze wische, bemerkt sie ihre Kleckerei.

»Warum sagst du das nicht? Wieso übernachtet die hier?«

»Weiß ich nicht.«

»Sie hat wirklich die ganze Nacht in der Küche verbracht?«

»Ja.«

»Betty ist da ziemlich …« Olga schmeißt die Eierschalen in den Müll und tritt ans Waschbecken. »Du bist wahrscheinlich der Einzige, der 'ne Nacht allein mit ihr heil überstanden hat.«

»Meinst du Geschlechtskrankheiten?«

»Mehr allgemein ... Hätte ich mir denken können, dass sie bei dir nicht landet – Kommunist und Christ, die geballte Tugend! Die hat bestimmt Augen gemacht.«

Ich soll die Butter schaumig rühren. Angeblich brauche ich nur zu rühren und zu rühren, je länger und stärker, desto besser. Wenn Olga etwas in die Schüssel schüttet, halte ich kurz inne, Zucker, Vanillezucker, Eigelb, Mehl, Backpulver, immer mal Milch. Zwischendurch schlägt sie das Eiweiß. Ich weiß nicht, warum ich Olga angelogen habe. Ich begreife mich selbst nicht. Zu lügen ist wie eine Selbstvernichtung, als müsste ich nun alle meine Überzeugungen ablegen, weil ich nach einer Lüge unwürdig bin, sie weiter zu tragen, so wie Offiziere ihren Rang und ihre Auszeichnungen zurückgeben müssen, wenn sie degradiert werden. Genau das ist es: Ich habe mich selbst degradiert.

Wie gut wäre es gewesen, wenn Olga mich auf der Stelle durchschaut hätte, so wie mich damals die Genossen durchschaut haben. Denn nun scheint jedes neue Wort, das ich ausspreche, meine Lüge nur noch zu vergrößern.

Drei Stunden später stehe ich neben Olga und ihren Freunden auf dem Neustädter Bahnhof, Bahnsteig 5. Olga hält den verpackten Gugelhupf mit beiden Händen vor sich. Wir sind zu früh, was ich umso mehr bedauere, weil es jetzt mit unserer Zweisamkeit vorbei ist. Schon auf dem Weg hat Olga nur von ihren Freunden gesprochen – keiner von ihnen ist Arbeiter oder Bauer, keiner hat einen richtigen Beruf! Sie sind Maler, Bildhauer, Dichter oder Schauspieler und natürlich Sänger. Unter ihnen sind offenbar auch viele Möchtegernkünstler, die vom Essenaustragen bei der Volkssolidarität leben oder Nachtwächter sind oder Gräber auf dem Friedhof ausheben.

»Jeder Künstler«, sage ich, »sollte einen qualifizierten Beruf haben. Denn wenn es mit der Kunst nicht klappt, liegt er der Gesellschaft nicht auf der Tasche und kann sich anderweitig nützlich machen. Die Arbeiter und Bauern können ja nicht unbegrenzt viele mit durchfüttern.«

Ich erschrecke. Es ist tatsächlich Betty, die die Treppe zum Bahnsteig heraufstapft.

»Ich habe dich belogen, Olga, bitte verzeih mir! Ich hatte Geschlechtsverkehr mit Betty.« Mein Geständnis liegt fix und fertig in meinem Kopf bereit, um Betty noch zuvorzukommen. Ein paar Augenblicke bleiben mir.

»Na, großer Held«, sagt Betty, als ich ihr zunicke. Olga, die mit ihrem Gugelhupf vor dem Bauch ein wenig schwerfällig wirkt, fast wie eine Schwangere, wird von Betty übersehen.

»Dumme Kuh«, sagt Olga, als Betty vorüber ist. Bekäme Betty ein Kind, wäre Olga dessen Tante.

Wie sich herausstellt, ist Betty gar nicht wegen Otto hier, sondern wegen eines Malers, den sie Kazimir nennen. Dieser Kazimir hat Telegramme aus dem Westen geschickt, um seine Ankunft zu verkünden. Kazimir, der zum ersten Mal ins kapitalistische Ausland gereist ist, um seine Bilder in einer Ausstellung zu zeigen, hat es offenbar fertiggebracht, sich erst nach drei Wochen zur Rückkehr zu bequemen, obwohl sein Visum nur vier Tage gültig gewesen ist. Ohne darüber zu diskutieren, sind sich alle einig, dass vier Tage für ein Visum zu kurz sind, viel zu kurz, selbst Olga und Betty stimmen darin überein. Ich möchte sie fragen, ob Ausstellungseröffnungen im Westen so lange dauern. Oder ob sie mal darüber nachgedacht haben, warum die Bilder von Kazimir im Westen Anklang finden. An seiner Stelle würde ich mich fragen, was ich falsch gemacht habe, wenn die mich mögen. Bin ich nicht parteiisch genug gewesen? Bin ich beliebig und kann für ganz andere Interessen eingespannt und missbraucht werden? Auch im Fall von Kazimir bewahrheitet sich die Feststellung des Oktoberklubs: »Du kannst nicht bei uns und bei ihnen genießen, denn wenn du im Kreis gehst, dann bleibst du zurück.«

»Es ist wichtig, dass wir hier sind und dass wir viele sind«, sagt einer, der Eugen heißt und im Empfangskomitee das Wort führt. »Unsere Präsenz kann verhindern, dass sie Kazimir verhaften!«

»Das haben sie vielleicht schon«, sagt Betty.

»Wir werden nicht schweigen«, sagt Eugen, dessen Oberlippe leicht versetzt auf der Unterlippe liegt, weshalb es so aussieht, als dehnte er beim Sprechen seinen Mund wie ein rotes Einweckgummi, das im Ruhezustand erschlafft.

Wenn Olga mich vorstellt und sich dabei mit dem Kuchen vor dem Bauch hin und her dreht, warte ich ab, ob mir jemand die Hand reicht. Von mir aus unternehme ich nichts.

Plötzlich steht Karl da, das heißt, er sieht aus wie Karl aus dem Käthe-Kollwitz. Seinetwegen balanciert Olga den Kuchen auf einer Hand, um ihm sein glattes blondes Haar zu kraulen, während sie einander ausgiebig küssen.

»Heißt du Karl?«, frage ich, als sie damit fertig sind.

Er verzieht seinen Mund zu einem schiefen Lachen und macht eine Kopfbewegung, die seine Haarsträhnen aus der Stirn befördert.

»Wir waren zusammen im Käthe-Kollwitz. Ich bin Peter, Peter Holtz, eine Gruppe unter dir.«

Karl nickt. »Pawel Kortschagin«, sagt er.

»Du bist im Kinderheim gewesen?«, fragt Olga.

»Nur kurz, bis zur Adoption«, sagt er.

»Dann waren das gar nicht deine richtigen Eltern, die in Meißen?« Olga beugt sich vor, als müsste sie den Kuchen mit ihrem Körper beschützen.

»Karl hat nie mitgemacht, wenn sie mich verkloppt haben«, sage ich. »Er hat mich sogar mal gewarnt, da konnte ich fliehen.«

»Warum hast du nichts gesagt?«, fährt Olga ihn an.

»Dein Bruder ist ja auch nicht dein Bruder, oder?«

Eine ganze Gruppe kommt auf uns zu. Alle reden über Kazimir. Sie bewundern seine eigenmächtige Verlängerung der Reise. Sein Kollege Eugen scheint enttäuscht, dass Kazimir überhaupt zurückkehrt.

»So ein Idiot, der Karl!«, flüstert Olga. »Und geholfen hat er dir auch nicht!«

»Ich bin früher recht engstirnig gewesen. Kein Wunder, dass sich da niemand mit mir abgeben wollte«, sage ich. Doch Olga hat sich bereits dem verspätet einfahrenden D-Zug zugewandt.

SIEBENTES KAPITEL

In dem Peter zu schleppen hat und nicht einsieht, warum das so sein muss. Über den Zusammenhang von Lüge und Angst. Streit in der Villa von Otto Gärtner. Was ist kriminell? Der richtige Ton am Tisch.

Otto Gärtner ist am Ende des Zuges ausgestiegen – aus der ersten Klasse. Umstellt von drei gewaltigen Koffern, winkt er, als hätte er eine Panne. Als wir uns ihm nähern, stülpt sich aus seinem Vollbart heraus ein feuchter Mund, der Olgas Gesicht findet. Mir reicht er kurz die Hand und beordert gleichzeitig jemanden heran. Olga will, dass ich einen seiner Koffer nehme. Ich erwische den schwersten, als hätte Otto Gärtner seine Bühnenrüstung mitgebracht! Mit beiden Händen gelingt es mir schließlich, ihn anzuheben. Auch Karl krümmt sich über dem ihm zugewiesenen Koffer. Otto Gärtner schiebt seine große Umhängetasche auf den Rücken und breitet die Arme aus. Jeder kennt jeden. Alle küssen sich. Schließlich gehen auch noch Otto Gärtner und der Maler Kazimir aufeinander zu. Sie fassen einander mit ausgestreckten Armen an den Schultern und neigen ihre Köpfe, als sollte Stirn zu Stirn kommen.

Ich bitte Otto Gärtner, seinen Koffer selbst zu tragen, aber er hört mich gar nicht. Mit aufgerissenen Augen schüttelt Olga den Kopf. Wenigstens eines seiner Gepäckstücke sollte er selbst übernehmen!

Otto Gärtner tritt aus dem Neustädter Bahnhof und hebt den Arm. Als demonstrierte er uns einen Zaubertrick, nähern sich zwei Taxen und stoppen vor ihm.

»Bestellt«, ruft er hinüber zu der Schlange am Taxistand, »bestellt!« Mir ist diese ungerechtfertigte Bevorzugung unangenehm. Zugleich bin ich froh, den Koffer los zu sein.

Wir fahren über die Elbe und dann an den weitläufigen Wiesen entlang flussaufwärts. Otto Gärtner sitzt vorn und unterhält sich mit dem Fahrer. Er spricht gar nicht laut, aber man versteht jedes Wort.

Ich mache Karl darauf aufmerksam, dass die Straße »Käthe-Kollwitz-Ufer« heißt, aber er knutscht schon wieder mit Olga, die zwischen uns sitzt und den Gugelhupf auf dem Schoß hat.

Angekommen, muss Otto Gärtner nun doch einen der Koffer, die mit dem zweiten Taxi angeliefert werden, selbst übernehmen. Er bricht in Lachen aus, als er Karl sieht, dessen Gesicht sich unter der Last zu einer bitterernsten und hochroten Fratze verzerrt.

Otto Gärtner und seine Frau Greta begrüßen sich flüchtig. Laut Olga sind sie die einzigen Bewohner des alten Hauses. Die Eingangshalle reicht bis hinauf zur holzgetäfelten Decke des zweiten Stockwerks, in das sich eine breite Holztreppe windet. Stufe um Stufe hieven wir jeden der

Koffer nach oben. Als der Verschluss des von mir transportierten Koffers geöffnet wird, platzt er auf und schüttet uns das Sortiment eines Kaufmannsladens vor die Füße. Es duftet. Es gibt Konfektschachteln aller Art, bunte Lakritze, Schnaps- und Likörflaschen, vier Gläser bitterer Orangenmarmelade, Tüten über Tüten mit Nüssen und ähnlichem Zeug, und ich weiß nicht, was noch alles. Die Kaffeepakete haben Ziegelsteingröße und sind auch so hart wie diese. Zwei unscheinbare Konservenbüchsen, von denen eine allein angeblich teurer sein soll als alles andere zusammen, steckt sich Otto Gärtner links und rechts in die Hosentaschen. Kaffee und Tee werden gekocht, Glaskrüge werden mit Wasser gefüllt. Greta zerschneidet unreife Zitronen – diese kleinen Dinger kullern überall herum. In den Krügen sinken die grünen Scheibchen langsam zu Boden.

Immer neue Besucher treffen ein. Olga bestäubt den Gugelhupf abermals mit Puderzucker. Greta nennt ihn einen Prachtkuchen, ich schneide ihn auf.

Als Betty erscheint, möchte ich mich am liebsten verkriechen. Ich habe hier sowieso nichts zu suchen. Zum Glück ist Olga verschwunden. Nach Betty treten Kazimir, Eugen und andere ein. Sofort sind sie umringt. Sie reden durcheinander, zwei Korken knallen gegen die Decke und springen wie Bälle über die Fliesen.

»Dieser Staat ist kriminell!«, ruft der Maler Eugen. »Dieser Staat ist kriminell!« Der Einweckgummi in seinem Gesicht spannt sich und erschlafft wieder. Eugen sieht umher, als erwarte er von jedem Einzelnen Zustimmung.

»Lauf ihnen nicht ins Messer!«, sagt ein anderer mit kurzen schwarzen Haaren und einer Brille, die seine Augen vergrößert. »Lauf ihnen nicht ins Messer!«

Wer aber soll denn das Messer halten, vor dem er warnt?

»Ja-a-a«, wiehert Eugen. »Das machen die nur, weil sie es

können, weil's zu viele Schafe gibt, brave Schäfchen wir alle miteinander! Was willst du dir denn noch alles gefallen lassen?«

»Die warten nur darauf, dass Kazimir ihnen eine Handhabe liefert«, sagt der andere.

»Kazimir hat sich wie ein freier Mensch benommen. Gefällt dir das nicht, Martin?«

»Du musst listig sein!«, sagt Martin.

»Und was heißt das, du Schlaumeier?«

»Du musst sie mit ihren eigenen Waffen schlagen, ihre Dummheit befolgen, bis die Dummheit monströs wird. Ich hätte das Siegel an meiner Wohnungstür nicht erbrochen. Ich hätte eine Aktion daraus gemacht.«

»Was denn für eine Aktion?« Es ist Kazimir, der das gefragt hat.

»Denk nach, erfinde was, du bist Künstler!«, sagt Martin. »Schlage ein Zelt auf vor deinem Haus! Und wer dich fragt, dem erzählst du deine Geschichte. Ich hätte sie gezwungen, von selbst zu kommen und mir zu öffnen.«

Ich bin beschämt, weil ich schweige, statt dazwischenzufahren.

»Pistazien!«, ruft eine Frau. Von den Früchten, die Otto und Greta Gärtner aufhäufen, sind mir die meisten unbekannt. Der Name klingt so, als wären das diese grünlichen, haarigen Eier.

»Und wie lange hätte ich deiner Meinung nach auf der Straße vegetieren sollen?«

»Wir hätten dir schon einen Schlafsack verschafft!«, sagt Martin. »Wir hätten mitgemacht, wir hätten uns mit dir solidarisiert!«

Im selben Augenblick trifft mich die Erleuchtung: Der Lüge folgt die Angst auf dem Fuß! Gott hat meine Lüge mit Angst bestraft. Die Wahl, vor die er mich stellt, ist einfach: Entweder unterwerfe ich mich der Angst und akzeptiere die Lüge und meine Degradierung! Oder ich besiege meine Angst und damit auch die Lüge.

»Dieser Staat ist kriminell!« Die Wörter schnellen von Eugens Lippen. »Dieser Staat ist ein Verbrechen!«

»Was sind Sie nur für ein Mensch!«, rufe ich laut von hinten. »Was seid ihr alle nur für Menschen! Woher sollen unsere Organe denn wissen, wann der Herr Kazimir gedenkt zurückzukehren? Und wenn während seiner Dienstreise bei ihm eingebrochen worden wäre? Unser Staat hat Ihr Atelier und Ihre Wohnung geschützt, Herr Kazimir! Er hat klargemacht: Wer sich daran vergreift, vergreift sich nicht nur an Ihrem persönlichen Eigentum, der vergreift sich auch an der Staatsmacht! Danken sollten Sie unserem Staat, statt hier zu meckern und zu hetzen! Sag mir, wo du stehst!«

»Finito!«, dröhnt Otto Gärtner, als dulde er, der ja die westliche Welt aus eigener Anschauung kennt, keinen Widerspruch auf meine Argumente. »Zu Tisch, zu Tisch«, ruft er und klatscht in die Hände.

Jetzt werde ich Olga meine Lüge gestehen. Der betreffende Satz liegt in mir bereit. Doch sie und Karl bleiben verschwunden. Ich trete mit den anderen zum Tisch und ergreife eines der Weingläser. Ich erhebe es und nicke in alle Richtungen, wie es mich Hermann gelehrt hat. Nur mir will niemand in die Augen sehen.

»Prosit, Betty!«, rufe ich ihr über den Tisch zu und lehne mich schon vor, um mit ihr anzustoßen. Doch Betty hat gerade noch Zeit, sich ein Glas zu nehmen, dann zieht sie sich eilig zurück.

»Peter?« Erst als Gretas Glas das meinige schon fast berührt, begreife ich ihre Absicht. Greta und mir gelingt ein volles, lautes, reines »Klong«, das in alle Ohren dringt und darin nachhallt, wie ein von Angst und Lüge befreites Wort.

ACHTES KAPITEL

In dem Peter einiges über das Christentum erfährt. Glaube und Wissen. Er wünscht sich eine ganz andere Erzählung.

»Sie langweilen sich?«, fragt Greta und mustert mich von einem alten grünen Sitzmöbel aus. In ihrer Rechten, die über die Seitenlehne herabhängt, hält sie eine Zigarette, auf ihrem Schoß liegt ein Buch. Eine Stehlampe reckt sich über sie wie eine Giraffe.

»Ich habe mir hier keine Freunde gemacht«, antworte ich, froh, sie unverhofft auf meinem Streifzug durchs Haus entdeckt zu haben.

»Auf jeden Fall haben Sie Eindruck gemacht.«

»Darf man so ein Museumsstück überhaupt benutzen?« Um die Rückenlehne ranken sich vergoldete Schnitzereien.

»Kommen Sie, Peter, erzählen Sie mir was!« Greta streicht mit ihrer Linken, an der sie einen großen dunkelroten Ring trägt, über die Sitzfläche, als wollte sie das Polster für mich glätten. Ich folge ihrer Einladung. »Sie müssen nicht so vorsichtig sein. Alles in diesem Haushalt ist zum Gebrauch da, auch wenn's Barock ist. Bequem, nicht?«

»Lebten wir zu der Zeit, als das gefertigt wurde«, sage ich, »hätte ich bestimmt nicht darauf sitzen dürfen.«

»Und eine wie ich erst recht nicht«, sagt sie und zieht an ihrer Zigarette, von deren Spitze die Asche wie ein grauweißer Rüssel herabhängt. Noch im selben Moment hält sie eine halbgeöffnete Dose darunter. Darin drückt sie die Zigarette aus, klappt die Dose zu und stellt sie neben ihre Füße aufs Parkett.

»Unsere Künstler sind es gewohnt, jederzeit Eindruck zu machen«, sagt Greta. Jetzt, da ihre Finger aneinanderliegen, wirkt der dunkelrote Stein wie ein Siegel. »Sie hingegen bleiben unbefangen, das gefällt mir.«

»Ich weiß ja, dass Kunst und Kultur zu einer allseitig entwickelten Persönlichkeit gehören. Aber die heutige Malerei bereitet mir Schwierigkeiten.«

»Sehen Sie sich nicht gern Bilder an?«

»Wenn sie schön sind. Wenn nicht, sehe ich mir lieber die Menschen selbst an.«

»Es kommt aber auf das ›Wie‹ an, ›wie‹ ein Gesicht, ein Baum, ein Haus gemalt sind. Darin liegt doch das Glück!«

Ich warte darauf, dass Greta weiterspricht.

»Ich möchte das Besondere unserer historischen Situation in den Bildern entdecken«, sage ich dann, »etwas, das mich angeht, das mich ermutigt und motiviert, so was wie *Die Freiheit führt das Volk auf die Barrikaden.*«

»Das ermutigt Sie? Erinnern Sie sich des zaudernden Herrn im Zylinder?«

»Auf den hat unser Zeichenlehrer hingewiesen und gesagt, das müsse so sein, es ist ja nur eine bürgerliche Revolution. Aber der Junge, der gefällt mir! Mein Lieblingsbuch ist *Wie der Stahl gehärtet wurde* und unter den Filmen ist es *Ernst Thälmann, Anführer seiner Klasse*. Ich mag auch die Arbeiterkampflieder! Alles das finde ich schön, weil es mir Mut macht, daraus schöpfe ich Kraft – und aus meinem Glauben natürlich.«

»Da habe ich vorhin doch richtig gehört: Sie sind Christ? Und Kommunist?«

»Alle Menschen sind meine Schwestern und Brüder. Und diejenigen, die bereit sind, für eine bessere Welt zu kämpfen, sind meine Genossinnen und Genossen.«

»Haben Sie schon welche gefunden?«

»Es gibt sie, es muss sie ja geben! Sonst herrschte überall Barbarei.«

»Interessant!«

»Ich bin erst seit zwei Wochen christlich.«

»Oh! Dann ist jeder Tag für Sie voller Entdeckungen!«

»Ich muss mich noch daran gewöhnen, dass Gott alle meine Gedanken kennt, jede Lüge, jede Unaufrichtigkeit.«

»Man ist aber nicht für Gedanken, für Wünsche oder Begierden, für irgendwelche Absichten verantwortlich, nur für das, was man tut.«

»Gott legt da einen höheren Maßstab an. Er lässt einen ja nie allein. Wenn ich nicht gedankenlos bin, kann ich seine Gegenwart spüren.«

»Interessant.«

»Warum sagen Sie immer ›interessant‹?«

»Ich beschäftige mich beruflich auch mit Religionen, wie sie entstehen, was sie bewirken.«

»Bisher habe ich erst ein Evangelium gelesen und die Apostelgeschichte. Jetzt bin ich gerade bei den Paulus-Briefen. Leider lese ich langsam.«

Greta zündet sich eine neue Zigarette an. Nachdem sie zum ersten Mal den Rauch hinausgeblasen hat, fragt sie: »Woran denken Sie?«

»Sie sind keine Christin?«

»Wundert Sie das?«

»Wahrscheinlich wissen Sie viel mehr über Jesus und seine Zeit als ich. Sie müssten viel gläubiger sein als ich.«

»Aber wenn ich mich einer anderen Religion zuwende, muss ich dann auch an diese glauben?«

»Das lässt sich nicht vergleichen.«

»Warum nicht?«

»Gottes Wort ist lebendig. Jesus hat nicht nur Wunder getan, er ist auch auferstanden. Der Glaube an ihn wirkt.«

»Wirken tun sie alle!«

»Götzen können einem nicht helfen.«

»Wie unterscheiden Sie das?«

»Na, ganz einfach: Sie brauchen nur zu beten. Entweder Sie erhalten eine Antwort oder nicht.«

»Und Ihnen, Peter, wird geantwortet?«

»Ja! Ich habe es gerade vorhin wieder erfahren. Ich habe gelogen. Ich hatte Angst, dass meine Lüge rauskommt. Das hat mich gelähmt. Am liebsten hätte ich mich verkrochen. Gott aber hat mir klargemacht, dass ich meine Angst besiegen muss, wenn ich mich von der Lüge befreien will. Es ist etwas komplizierter gewesen, aber ungefähr so müssen Sie sich das vorstellen.«

»Dann war Ihre kleine Rede vorhin …«

»Ein Werk Gottes!«, ergänze ich sie. »Zumindest hat er mich dazu ermutigt.«

»Interessant. Lügen Sie oft?«

»Nein, erst zum zweiten oder dritten Mal. Jetzt muss ich noch Olga sagen, dass ich Geschlechtsverkehr mit Betty hatte. Aber das ist kein Problem mehr für mich.«

»Wenn das so ist …« Greta bückt sich nach ihrem Aschenbecher. »Geht das Olga überhaupt etwas an?«, fragt sie, als sie wieder hochkommt und die Dose aufklappt. »Das war nicht als Frage gemeint, ich will das nicht wissen. Was ich sagen will …« Greta reibt sich mit dem Handballen ihrer Zigarettenhand das rechte Auge. »Dann brauche ich Ihnen nicht von meiner Arbeit zu erzählen, also mit Historischem zu kommen, mit Unstimmigkeiten, unsicherer Quellenlage, hanebüchenen Eingriffen. Jeder Richter würde aufgrund der Indizienlage und der widersprüchlichen Zeugenaussagen gegen die Auferstehung entscheiden.« Sie lehnt sich zurück, so dass ich mich noch weiter zu ihr hin drehen muss.

»Warum reden Sie dann davon?«, frage ich.

»Mich interessiert, wie sich die Jesus-Geschichte erzählen lässt. Und nun denke ich, man müsste sie von Johannes dem Täufer her aufdröseln, dem Konkurrenten von Jesus, von dessen Askese er sich absetzen muss. Und vom Ende her natürlich«, sagt Greta. Unentwegt gestikuliert ihre versiegelte Hand, während sie mit der anderen die angerauchte

Zigarette ganz still hält. »Jesus versprach seinen Jüngern das Himmelreich. Stattdessen wurde er gefoltert und getötet. Für seine Jünger ist das ein Schock, sie rennen weg. Das aber ist das Allerschlimmste, das eigene Versagen, das ist der zweite, der noch größere Schock. Alles zu Ende! Alles kaputt! Wer sich nicht aufgeben will, muss umkehren, muss handeln, muss anfangen, eine andere Geschichte zu erzählen …«, sagt Greta und spreizt plötzlich, als bräche sie das Siegel, alle Finger ab. Da erst erkenne ich, in welche Falle mich Greta mit ihrem Gerede locken will.

BUCH IV

ERSTES KAPITEL

In dem Peter sich genötigt sieht, statt Spanisch wieder Russisch zu lernen. Warum es schön ist, Maurer zu sein. Und warum nicht. Kalter und warmer Regen.

»Wegen Nicaragua?« Sie hebt das Spanischlehrbuch *Estudiamos español 1* hoch und lässt es auf den Lehrertisch klatschen.

»Das ist bereits die zweite Ablehnung! Die lassen uns nie nach Nicaragua!«, sagt Wolfgang. Jetzt, da er eine Brille trägt, wirkt sein Kopf auf dem dünnen Hals noch größer. »Peter will einen Ausreiseantrag in die Sowjetunion stellen.«

»Ist das ernst gemeint?«, fragt Petra.

Wolfgang nickt.

»Auch wenn es dir schwerfällt, Peter, aber du machst doch Fortschritte! Gib nicht auf!« Petra geht zum Fenster. Sie hat kurze schwarze Haare, die ihren Hinterkopf zur Geltung bringen. Auch tagsüber benutzt sie Lippenstift. Weil sie klein ist und das Fensterbrett tief, muss sie sich strecken, um den Fensterknauf zu erreichen.

Für einen Moment rührt sich keiner von uns, als würden wir gleichzeitig von dem Duft betäubt, der von draußen hereinweht.

Seit wir Petra auf dem Konzert von Andreas und seiner Band getroffen haben, duzen wir unsere Spanischlehrerin an der Volkshochschule Treptow. Petra ist als Kind mit ihren Eltern aus Polen nach Berlin gezogen. Ihr Freund heißt Carlo, ein Chilene im Exil, der Lebensmitteltechnologie studiert. Carlos Eltern waren mit Victor Jara befreundet. Als Petra davon erzählte und sagte, Carlo habe Victor Jara oft die Hand gegeben, verstand ich sofort, worauf sie hinauswollte. Carlo hat die Hände des Gitarristen berührt, die ihm die Putschisten gebrochen haben, bevor sie ihn ermordeten. »Und vier Jahre später hat dieser Strauß Pinochet besucht und zu ihm gesagt: ›Sorgen Sie dafür, dass die Freiheit in ihrem Land erhalten bleibt!‹«

Petra hat das mit dem Westpolitiker Strauß einfach so angefügt, ohne einen Zusammenhang. Das hat mich sehr für sie eingenommen. Ich kenne tatsächlich keine andere Frau, die so attraktiv und parteilich ist wie Petra. Wolfgang findet das auch. Und obwohl sie Carlo hat, ist er in sie verliebt.

»Also noch mal!«, sagt Petra, als sie zurück an den Lehrertisch tritt. »Ihr seid wirklich zu eurer Kaderleitung spaziert und habt gesagt: ›Liebe Genossen …‹«

»Sie ist eine Genossin«, sage ich.

»›Liebe Genossin, wir wollen nicht länger Beton in Hellersdorf stampfen, wir …‹«

»In Neu-Hohenschönhausen«, korrigiere ich.

»›… wir wollen lieber am revolutionären Kampf der Sandinisten in Nicaragua teilnehmen!‹ Das habt ihr gesagt?«

Petra sieht mich an, dann Wolfgang. Ich will ihm den Vortritt lassen. So oft hat er nicht die Gelegenheit, mit ihr zu reden. Aber er nickt nur.

»Wir können alles, vom Fundament bis zum letzten Stockwerk!«, sage ich schließlich. »In Nicaragua würden wir unentgeltlich arbeiten, nur für Unterkunft und Verpflegung.«

Petra packt Fülleretui und *Estudiamos español* in ihre Aktentasche und setzt sich.

»Statt mit Ernesto Cardenal zu reden, willst du jetzt Russisch lernen?«

»Was bleibt mir denn anderes übrig?«, frage ich.

»Mir verzeihen sie den Bausoldaten nicht«, sagt Wolfgang. Seine Fingerkuppen berühren den Lehrertisch, als wollte er Petra seine schönen Hände vorführen.

»Du bist bei der Spatentruppe gewesen?«

»Ich hatte Glück. Die haben mich schon mit zwanzig eingezogen.«

»Glauben die, du würdest die Nicaraguaner auffordern, die Waffen niederzulegen?« Petra nimmt ihre Aktentasche auf den Schoß. »Du warst schon bei der Armee?«, fragt sie mich.

»Ich wollte, aber mich haben sie nicht genommen.«

»Die nehmen doch jeden! – Entschuldige …«

»Der Armeearzt hat mich untauglich geschrieben, wegen meines Herzens. Dabei hab ich gar nichts am Herzen. Ich war bei einem anderen Arzt, der hat mir das bestätigt, ich hab zwei Eingaben geschrieben, zwecklos.«

»Nach Nicaragua …«, sagt Petra lächelnd und umschlingt mit beiden Armen ihre Tasche.

»Die Kubaner sind solidarisch! Die entsenden sogar Soldaten und Ärzte, wir nicht mal Maurer! Kein Wunder, wenn sich das Bewusstsein unserer Bevölkerung nicht entwickelt«, erkläre ich. »Kommunismus ist in den Pausengesprächen bei uns nie ein Thema! Wie soll das jemals anders werden, wenn wir so weitermachen?!«

»Solange der Plan erfüllt ist«, sagt Wolfgang, »finden die alles prima. Als wäre Kommunismus eine Frage der Technik! Diese Sesselfurzer haben keine Ahnung!«

»Sie werfen uns vor, wir würden vor den Schwierigkeiten davonlaufen, die Mühen der Ebene scheuen. Dabei gibt es nichts Schöneres, als in einer Baugrube zu stehen und zu wissen, wir werden Tag für Tag schuften und erst weggehen, wenn der Block steht und zwölf Familien einziehen, die alles haben werden, was sie brauchen, von der Fernheizung bis zur Badewanne und dem Herd und niemand muss fragen: Kann ich das auch bezahlen?«

»Wir haben überhaupt nichts dagegen«, unterbricht mich Wolfgang, »all unsere Kraft auf Baustellen zu lassen, stimmt's Peter? Das ist die schönste Arbeit, die es gibt!«

»Ja! Aber nur, wenn das Ganze stimmt, wenn es überall im Land vorangeht, wenn die Arbeit aller Beschäftigten eine Seele umgibt, die die Taten der Einzelnen zusammenfügt und wir uns in Richtung Kommunismus bewegen!«

»Es geht um Erfahrungsaustausch! Um gegenseitige Solidarität!«

»Wolfgang und ich überweisen jeden Monat ein Viertel vom Nettolohn auf das Soli-Konto.«

»Peter hat sogar sein Sparbuch, auf das seine Mutter monatlich hundert Mark gezahlt hat, für ›Solidarität mit Nicaragua‹ geopfert. Dafür wäre er fast zu Hause rausgeflogen.«

»Leider habe ich die Stelle bei den Klassikern nicht parat gehabt, in der das übertriebene Familiendenken als ein Muttermal der alten Gesellschaft gebrandmarkt wird«, sage ich.

»Sie arbeitet bei der Staatsbank«, erklärt Wolfgang. »Und wer Geld für wichtig halten muss, der vergöttert es irgendwann.«

»Ich halte dieses Misstrauen gegenüber Fragen und Vorschlägen nicht aus«, sage ich. »Und auf der anderen Seite überall Schönfärberei! Wir schaden uns selbst viel mehr, als das der Klassengegner überhaupt könnte!«

»Da ist die Kaderleiterin rausgerannt«, sagt Wolfgang und lacht. »Das lasse sie sich nicht bieten! Unsere Diskussionen dauern nie lang.«

»Es braucht viel mehr Menschen, die sich nicht damit abfinden«, sage ich.

»Der von der Gewerkschaft, der mit dabeisaß, der Neumann, der behauptet, Peter und ich würden immer nur provozieren und könnten uns nicht unterordnen.«

»Ich verstehe überhaupt nicht, was das mit Unterordnung zu tun haben soll? Was ist das überhaupt für ein Kriterium, Unterordnung?«

»Jemand wie Neumann hat es aufgegeben, die Welt zu verändern. ›Was gibt Ihrem Leben einen Sinn?‹, habe ich ihn gefragt, ›wenn Sie nicht mehr bereit sind zu kämpfen?‹ Da ist er dann auch rausgerannt. Da saßen wir plötzlich allein vor dem Schreibtisch. Nur der Erich Honecker an der Wand dahinter lächelte uns noch zu.«

»Aus der BRD fahren viele Jugendliche nach Nicaragua, progressive Jugendliche. Denen müsste man sagen: Bleibt zu Hause, von solchen wie euch gibt es viel zu wenige, schafft erst mal im eigenen Land die Ausbeutung ab! Bei uns …«

»Petra!« In der Tür steht ein kleiner, schwarzhaariger Mann. »Ist etwas passiert?« Seine Stimme klingt angenehm.

Petra ist aufgesprungen. Aber sowohl Wolfgang als auch ich brauchen einen Moment, bis wir beiseitetreten. Schließlich gibt es noch sehr viel, was wir Petra zu erzählen haben. Doch dann gehen auch wir zu Carlo und reichen ihm die Hand.

Auf dem Heimweg geraten Wolfgang und ich in einen Platzregen. Bevor wir uns unterstellen können, sind wir pitschnass. In Nicaragua soll der Regen angenehm sein, als würde man unter einer warmen Dusche stehen. Obwohl bald darauf wieder die Sonne durchkommt, beginne ich zu frieren. In der Sowjetunion wird das nicht anders sein, ein Gedanke, an den ich mich erst wieder gewöhnen muss.

ZWEITES KAPITEL

In dem Peter Frau Schöntags Rede zu ihrem 65. Geburtstag hört. Ein Trabant kommt selten allein. Zuckerbrot und Parteibuch.

»Liebe Freunde, liebe Gäste«, beginnt Frau Schöntag ihre Rede, für die sie auf den Eckstein des Kräuterbeets gestiegen ist. Das afrikanische Hemd, das ihr Carlo und Petra geschenkt haben, hängt an ihr herab wie eine offene Kittelschürze, die Ärmel sind aufgekrempelt bis zu den Ellbogen.

»Wer fünfundsechzig wird, also am 26. April 1921 geboren worden ist, sollte allmählich beginnen, Bilanz zu ziehen und zu ordnen, was ihm zu ordnen bleibt.« Frau Schöntag räuspert sich. »Auch wenn meine Eltern mit Krieg und Revolution, mit Putsch und Inflation zu kämpfen hatten, waren sie bestrebt, ihre drei Töchter vor den Nöten der Zeit zu bewahren. Behütet und gelenkt vom katholischen Glauben, erhielten wir drei eine hervorragende Schulbildung. Unsere Lehrer waren in ihrem Fach Kapazitäten, die wir verehrten. So erinnere ich mich vor allem an Herrn Doktor Wegwarth, der nicht nur unseren Chor leitete und uns die Musik lieben lehrte, er erklärte uns auch, wie Musik gemacht ist, und ermunterte uns, selbst zu komponieren. Mein geliebter und über alles geschätzter Vater – die Ehe mit meiner Mutter war seine zweite, die erste war kinderlos geblieben – widmete mir nach seiner anstrengenden Tätigkeit in der Kanzlei, die er gemeinsam mit Doktor Hubert Osterfeld betrieb, etwas Zeit …« Frau Schöntag hat noch kein einziges Mal von ihrem Blatt aufgesehen. Ihre Stimme hört sich fremd an.

»Doch damit, und das war an allen Ecken und Enden unseres Lebens zu spüren, war die schöne Zeit vorbei. Als ich im April 1933 gemeinsam mit meiner Mutter zu meinem Vater in die Kanzlei ging, standen zwei SA-Männer vor dem

Eingang des Hauses. Sie wollten uns nicht einlassen, doch dem energischen Auftreten meiner Mutter war es zu danken, dass wir zu meinem Vater gelangten. Mein armer Vater war bleich und wie erstarrt. Er wollte nicht, dass wir das sehen. Im Nebenzimmer wurde Herr Doktor Osterfeld verhört. Ich werde das …«, Frau Schöntag muss zur nächsten Seite wechseln, wendet aber eine zu viel – »Himmel!« –, leckt kurz am Zeigefinger und hat endlich die nächste Seite, »… nie vergessen«, fährt sie fort. »Wenige Tage später wurde er in ein Konzentrationslager gebracht. Mein Vater hat sich geweigert, den Namen von Doktor Osterfeld von seinem Kanzleischild zu entfernen.«

Beate reicht ihr ein Glas Wasser. Als Frau Schöntag weiterlesen will, findet sie nicht gleich die richtige Stelle.

»Eigentlich möchte ich gar nicht von mir reden«, sagt sie plötzlich und sieht auf. Ihre Hände – die gelesene Seite in ihrer Linken, die anderen in der Rechten – sinken herab. Ihr Blick geht hin und her. »Peter, wo bist du?« Die anderen lachen, weil ich zwei Schritte von ihr entfernt stehe.

»Da bist du ja!« Frau Schöntag nimmt die Brille ab, dabei fallen ihr die Seiten aus der rechten Hand.

»Ach, lass doch!«, sagt sie, als ich sie aufhebe. »Hör mal her. Nun hört mal her, meine Lieben«, sagt sie und klingt nun wieder wie jene Frau Schöntag, die ich kenne. »Auch du, Wolfgang, komm mal näher, jaja, komm mal ran hier! Also«, beginnt sie und lächelt vielsagend. »Diese beiden jungen Männer hier haben etwas gemacht, nein, sie haben etwas vollbracht, das ich ganz großartig finde, groß-artig! Sie haben nämlich dieses Haus, in dem wir wohnen, wieder in Ordnung gebracht. Ihr seht ja, dass es ein Schmuckstück geworden ist. Und das haben sie getan, nicht um Geld zu verdienen, sondern weil sie es notwendig fanden und weil sie selbst hier wohnen, jedenfalls Peter. So. Und nun kommt etwas, das hoffentlich nicht unanständig ist, kein unanständiges Angebot einer alten Frau. Der Peter hat so viel ins Haus gesteckt, Zeit, Kraft, Geld, Verstand, ohne zu fragen, dass auch ich ihm, ohne zu fragen, etwas schenken will. Das heißt, ich will ihm zwei Dinge schenken. Er kann aber auch das eine nehmen und das andere lassen. Vor dreizehn Jahren habe ich ein Auto angemeldet, einen Trabant. Und vor einem Monat kam die Benachrichtigung, dass ich ihn abholen kann. Und wer aufmerksam war, der hat gesehen, dass vor unserem Haus ein hellblauer Trabant steht, Trabant deluxe sogar. Und den, lieber Peter, schenke ich dir hiermit …«

Applaus und Jubel unterbrechen sie. Ich kann gar nicht reagieren, weil mich Beate umarmt.

»Mit der Fahrschule habe ich schon alles geregelt«, fährt Frau Schöntag fort, »da hat mir ein alter Freund geholfen, damit kann's in drei Wochen losgehen.«

Wieder Applaus. Ich weiß nicht, warum Frau Schöntag das macht. Sie kennt mich doch! Im Auto schaffe ich es kaum bis Waldau, ohne mich zu übergeben.

»Und hier« – sie sieht auf, Beate reicht ihr etwas –, »hier sind die Schlüssel, zweifache Ausfertigung, zwei Türschlüssel, zwei Zündschlüssel. So.« Frau Schöntag lässt die Schlüssel in der Brusttasche des Hemdes verschwinden, was einige Gäste lachen lässt, von ihr selbst aber nicht bemerkt wird.

»Für dich, lieber Wolfgang, der du das alles so bereitwillig mitgemacht hast, aus Freundschaft, aus Menschenfreundlichkeit und weil es dir, wie du mir verraten hast, auch Spaß macht … für dich habe ich keinen Trabant – aber so was Ähnliches im Kuvert.« Beate reicht ihr ein Briefkuvert und applaudiert wie die anderen. »Hier, bitte sehr!« Sie wedelt mit dem Kuvert herum. »Und wenn du magst, kannst du gemeinsam mit Peter zur Fahrschule gehen. Na, komm, nimm's.«

Wolfgang starrt mich durch seine Brille an. Der Stängel seines Halses wirkt wie eine Lanze, auf die ein Kopf gespießt ist. Als er zu Petra sieht, hebt sie ihre Hände und applaudiert abermals, nur unhörbar.

»Und jetzt, lieber Peter, kommt das andere, wie man so sagt. Und mancher wird meinen, aha, jetzt kommt der Pferdefuß!« Sie dehnt die letzte Silbe und macht eine Pause. »Ich sagte ja bereits, dass ich die Dinge ordne. Und ich will dich hier vor deiner Familie und deinen Freunden fragen, ob du bereit wärst, mein Haus, das auch das Haus ist, in dem du und Beate und Hermann und eines Tages hoffentlich auch wieder Olga wohnen, ob du bereit bist, mein Haus als Geschenk anzunehmen.«

Niemand rührt sich.

»Wir müssen nicht sofort darüber reden«, sagt Frau Schöntag, als würde nur ich ihr zuhören. »Ich kann mir niemanden vorstellen, bei dem es besser aufgehoben wäre. Gäbe es mehr von deiner Sorte ...«

»Ich übernehme es«, unterbreche ich sie.

Frau Schöntag sieht mich skeptisch an. »Nun pass mal auf! Ich weiß recht gut, welche Belastung das darstellt. Du musst hier immerzu reinbuttern! Aber unser lieber Hermann, dem ich ja donnerstags und freitags weiterhin in der Praxis helfen werde, wird schon noch ein bisschen Miete beisteuern, und überhaupt werden dir deine Eltern mit Rat und Tat zur Seite stehen. Und wenn es gar nicht mehr geht, liege ich hoffentlich schon unter der Erde, und ihr könnt es der Stadt schenken. Und falls du nur den Trabant willst, wäre das ebenfalls vollkommen in Ordnung!«

»Auf unser Geburtstagskind!«, ruft Hermann und hält sein Glas hoch.

»Lang lebe das Geburtstagskind!«, ruft Wolfgang.

Beate hält uns ein Tablett mit Gläsern hin. Auch Wolfgang und mir wird zugeprostet.

»Ich danke dir, mein Junge«, sagt Frau Schöntag, als sie an meiner Hand von dem Eckstein heruntersteigt.

»Wer Würste will, hierher!«, ruft Hermann. Er hat die Ärmel hochgekrempelt, schüttelt die von seinem Daumen verschlossene Bierflasche und sprüht damit über den Rost.

»Sei nicht leichtsinnig, Peter!«, flüstert Beate. »Überleg dir das zweimal! So ein Haus, das ist ein Fass ohne Boden!«

»Was gemacht werden muss, muss gemacht werden«, sage ich. »Da beißt die Maus keinen Faden ab.«

»Auf jeden Fall machst du die Fahrschule! Und den Trabi verschenkst du nicht! Denk endlich mal an dich!«

»Was soll ich damit?«

»Und das Haus? Mit der Jahresmiete kannst du nicht mal die Klingelanlage erneuern – falls du eine bekommst.«

»Was zahlen wir denn?«

»106 Mark für 165 Quadratmeter«, sagt Beate.

»Das könnte nicht jeder zahlen! Und dazu noch die Praxis!«

»Außerdem hat Schönchen was verschwiegen, da gibt's noch 'nen Kredit auf's Dach, der ist längst nicht abbezahlt.«

»Ich verdien doch gut!«

»Willst du dein Leben lang für ein Haus schaffen? Wenn Schönchen das an die Stadt gibt – die müssen das nehmen, die sind dazu verpflichtet!«

»Gratuliere«, sagt Joachim Lefèvre, der Vater von Andreas, der neuerdings einen gestutzten Vollbart trägt. »Ganz hervorragend!« Er schiebt die Bratwurst, die in einem aufgeschnittenen Brötchen klemmt, weiter heraus und beißt ab. Seine Stirn sitzt ihm wie ein zu tief gerutschter Helm im Gesicht. »Wo habt ihr nur diese Würschte her?«

»Hermann ist extra nach Waldau gefahren! – Sag du ihm mal, dass er die Finger von dem Haus lassen soll!« Beate deutet mit ihrem Glas auf mich.

»Solange ihr hier wohnt ... Peter macht doch sowieso alles. Ich hätte auch Arbeit für dich.«

»Da ist noch ein Dachkredit drauf.«

»Ein Dach braucht es halt.«

»Finde ich auch«, sage ich. Aus Frau Schöntags Wohnung kommt Klavierspiel. Zuerst hört es sich wie Geklimper an, dann aber entsteht daraus eine Melodie.

»Ist das Andreas?«

»Kaum zu glauben, was?« Joachim Lefèvre lacht. »Sonst macht er immer nur Krach!«

Kaum ist eine Melodie entstanden, verliert sie sich bereits in den nächsten Takten. Joachim Lefèvre verschlingt den Rest der Bratwurst und wischt mit der Unterseite des Brötchens über seine glänzenden Lippen, eine Bewegung, die er gleich darauf mit der zusammengeknüllten Papierserviette wiederholt. Sein Jackett hängt ihm über den Schultern.

»Ich danke dir noch mal, was du für Olga getan hast«, sagt Beate.

»Hat ja leider nichts gebracht«, sagt er kauend. »Noch nicht! Aber ewig können sie ihr den Ausweis nicht vorenthalten. Steter Tropfen höhlt den Stein.«

»Einer Berlinerin zu verbieten, nach Berlin zu kommen, ist das Letzte, das Allerletzte!«, sagt Beate.

Hermann betrachtet Petra ohne Scheu. Er hält ihr den rechten Ellbogen zur Begrüßung hin und steckt Carlo mit der langen Grillzange eine neue Bratwurst ins halbgegessene Brötchen.

»Bist du eigentlich schon vergeben?«, fragt mich Joachim Lefèvre. Ich verstehe nicht, was er meint. »Hat er sich schon irgendwo gebunden?«, wendet er sich an Beate.

»Ich weiß ja nicht, ob ich das sagen darf«, antwortet sie mit einem kurzen Blick auf mich. »Chancen hätte er, wenn er wollte.«

»Ich meinte eher im gesellschaftlichen Bereich«, sagt Joachim Lefèvre grinsend und wischt Fingerkuppe für Fingerkuppe mit der Knüllserviette ab.

»Er ist ja schon alle Nase lang auf irgendwelchen Kirchentagen und solchen Sachen, sogar Delegierter ist er gewesen, in Prag.«

»Das meine ich«, sagt Joachim Lefèvre. »Du bist wirklich engagiert. Du brauchst eine Partei – oder die Partei dich!«

»Da habe ich keine Chance«, sage ich. »Nicht mal Kandidat der Partei durfte ich werden, obwohl ich zwei Bürgen hatte.«

»Gibt ja nicht nur eine Partei!«

»Reicht schon, wenn ich in so 'nem Verein bin«, sagt Beate.

»Vielleicht will ja Peter?«

»Wer nicht muss, sollte's lassen!«

»Bürgerbewegung, Friedensbewegung, Umweltgrüppchen, alles gut und schön, aber das ist die Spreu im Wind. Solche Bewegungen … mal hier, mal da …« Seine flache Hand schlängelt sich auf mich zu. »Nur das, was gewachsen ist, was es schon lange gibt, unsere Kirche, die Partei, der Staat, das bleibt, das zählt, da fällt die Entscheidung!«

»Essen Sie das Brötchen nicht?«, frage ich.

»Wie oft soll ich dir denn noch sagen …« Seine Querfalte an der Nasenwurzel vertieft sich. »Wenn du mich siezt, muss ich dich auch siezen.«

»Du musst das Brötchen nicht essen«, sagt Beate und nimmt es ihm aus der Hand. »Für die Schweine in Waldau …«

»Versteh mich nicht falsch«, sagt Joachim Lefèvre und drückt das Serviettenklümpchen auf die Mundwinkel. »Außerhalb der Strukturen erreichst du nichts! Gorbatschow als Dissident wäre Quatsch. Wir brauchen mutige Kerle wie dich, um etwas zu verändern.«

Ich bin froh, dass es mal nicht an mir hängenbleibt, Optimismus zu verbreiten.

»Komm in die CDU!«, sagt Joachim Lefèvre. Er steckt sich eine Zigarette an.

»Peter ist Kommunist«, sagt Beate.

»Und Christ«, sagt Joachim Lefèvre. »Mein Vater ist aus dem Westen hierhergezogen, weil der Sozialismus näher am Christentum ist.«

»Na ja«, sagt Beate. »Blockpartei ist weder Fisch noch Fleisch, entschuldige, wenn ich das so sage.«

»Das lässt sich ändern.« Genüsslich bläst uns Joachim Lefèvre den Rauch auf die Füße, die Zigarette wieder in der angewinkelten Rechten. Mit der Linken zupft er sein Jackett zurecht. »Und jemand wie Peter, ein Arbeiter, der seine Meinung sagt, der sich engagiert, seine Verankerung in der Kirche, seine grundsätzlich positive Einstellung zur DDR …«

»Zum Trabi gleich noch ein Parteibuch?«

»Ein blaues Parteibuch! Denk drüber nach«, sagt Joachim Lefèvre und steckt die Zigarette in den Mund. Sein Händedruck ist fest. Ich bin nur überrascht, wie klein seine Hand geworden ist, fast so, als fehlten ihr ein oder zwei Finger.

DRITTES KAPITEL

In dem Peter an einer Probefahrt teilnimmt, auf der über Historisches diskutiert wird. Später wird ihm ein weiteres Angebot gemacht. Ein anderer Körper – ganz für sich allein.

Frau Schöntag lenkt den Wagen aus unserer Straße hinaus.

»Meine Mutter sagt, bei Hitler sei wenigstens klar gewesen, warum man eingesperrt wurde, entweder war man Kommunist oder Jude oder eben jemand, der Widerstand geleistet hat. Aber bei Stalin, da konnte es jeden treffen, jede und jeden jederzeit, auch die, die dafür waren, vor allem die!«

Ich drehe mich zu Petra um. »Was sagst du denn da? Hitler besser als Stalin?«

»Nicht besser, nur berechenbarer.«

»Sie hat recht«, sagt Frau Schöntag.

»Kommunisten umgebracht? In der Sowjetunion? Das ist doch Quatsch!«, sage ich.

»Das ist so«, sagt Petra, »als wüsstest du nicht, wie Kinder gemacht werden.«

»Willst du damit behaupten, alle wissen darüber Bescheid, nur ich nicht? Alle Menschen, mit denen ich je in meinem Leben gesprochen habe – alle wussten es, nur mir hat niemand etwas gesagt?«

»Ich hab das schon immer gewusst«, sagt Petra.

»Für uns war das die große Hoffnung«, sagt Frau Schöntag. »1956 dachten wir, endlich wird ernst gemacht mit Offenheit, Freiheit und Sozialismus. Da wurden die Verbrechen beim Namen genannt!«

»Welche Verbrechen denn?«

»Längst nicht alle Verbrechen«, sagt Petra. »Und dann haben sie die ungarische Revolution niedergewalzt.«

»Welche ungarische Revolution jetzt schon wieder?«

»Haben dir Beate und Hermann nie davon erzählt?«

»Und warum werden dann bei uns im Ehrenmal nicht die Inschriften entfernt? Die sind alle von Stalin!«

Wir fahren in Richtung Adlergestell und kehren erst am Bahnhof Schöneweide um.

»Darf ich mal?«, fragt Petra. Frau Schöntag fährt rechts ran und steigt aus. Sie tauschen die Plätze.

Der Motor erstirbt beim Anfahren.

»Handbremse!«, ruft Frau Schöntag von hinten. »Kannst ja gleich mal aufpassen, Peter, auch ohne Fahrerlaubnis.«

»Ich hab auch keine«, sagt Petra.

»Das kannst du doch nicht machen!«, sage ich. »Ohne Fahrerlaubnis!«

»Ich bin ja angemeldet, das dauert nur so lang!«

»Aber fahren kannst du?«, fragt Frau Schöntag. Sie klingt

belustigt. Der Motor erstirbt erneut. »Ruhig, Mädchen. Ganz ruhig.«

Der Sicherheitsgurt lässt Petras Brüste wie stumpfe Hörner hervortreten. Das Anfahren gelingt. Ich sehe wieder nach vorn.

»Die Schaltung ist klasse«, sagt Petra. »Der Knüppel hier oben ist viel bequemer. Hast du Angst?«

»Ich finde es nicht richtig.«

»Carlo hat sich vorhin sehr herzlich verabschiedet«, sagt Frau Schöntag.

»Ist er schon gegangen?«, frage ich.

»Carlo fliegt morgen zurück nach Chile.«

»Wieso nach Chile? Verhaften sie ihn da nicht?«

»Seine Frau und seine Kinder leben ja dort.« Petra sagt das, ohne Erregung oder gar Wut in der Stimme.

»Seit wann weißt du das?«, frage ich vorsichtig.

»Dass er zurückfliegt?«

»Dass er dich betrügt.«

»Carlo hat mich doch nicht betrogen!«

»Aber, ich denke, er ist … dein Freund?«

»War doch klar, dass er nicht ewig bleibt.«

»Verabschiedet ihr euch nicht?«

»Haben wir bereits hinter uns, kein Drama.«

Petra biegt ab in den Plänterwald. Ich kenne die Strecke vom Radfahren und den sonntäglichen Spaziergängen mit Beate und Hermann.

»Unglaublich, so ein Auto zu verschenken!« Petra sieht in den Rückspiegel.

»Ihr dürft mich auch immer mal einladen!«, sagt Frau Schöntag.

»Stell dir vor, wir können jederzeit überall hinfahren, ohne jemanden fragen zu müssen. Einfach ins Auto und los. Wir müssen nicht mal wissen, wohin!«

»Ich fahr nicht gern weg.«

Bei unserer Rückkehr ist außer Hermann, der den Grillrost mit einer Drahtbürste bearbeitet, niemand mehr im Garten. Nur das Klavierspiel von Andreas ist zu hören. Eine Reihe von Kerzen führt zum Haus und durch den Flur in Frau Schöntags Wohnung. Dem Stimmengewirr nach sind die meisten noch da. Wolfgangs Jacke hängt an der Garderobe.

»Ist alles so schön bei euch«, sagt Petra, als sie von unserer Toilette zurückkommt, »und riesengroß!« Ihre Lippen glänzen dunkelrot. Auch ihre Augen sind irgendwie anders. »Und wo ist dein Zimmer?«

Ich gehe voran, drücke die Tür auf und knipse das Licht an.

»Das gibt's ja nicht!« Petra lässt sich auf das Bett fallen, das ich von Olga übernommen habe. »Bist du ein Sultan?«

»Ich verstehe das nicht«, sage ich. »Warum soll einer Millionen Menschen, die nichts verbrochen haben, in Lager sperren oder gar umbringen lassen? Warum?«

»Die Frau von einem Dichter, der in so einem Lager verhungert ist, schreibt in ihrem Buch, genau diese Frage nach dem ›Warum‹ sei unsinnig. Es gibt keinen Grund. Schon nach einem Grund zu fragen, schreibt sie, sei völlig abwegig und falsch.«

»Es gibt für alles einen Grund, auch wenn wir ihn nicht gleich erkennen. Schrittweise können wir uns der Wahrheit annähern.«

»Es gibt tausend Gründe, weil Stalin …«

»Wieso jetzt tausend?«

»Stalin war krank, ein Psychopath, machthungrig, Verfolgungswahn, was weiß ich. Sie haben die da schuften lassen, bis zum Umfallen schuften lassen. Stalin war ein grausamer Pharao. Ach, lass, das stimmt alles nicht. Ich erklär's dir ein andermal.«

»Wenn das stimmen sollte – was stimmt dann überhaupt noch?«

»Hier ist's schöner als da unten«, sagt Petra. Sie hat Schuhe und Socken abgestreift. Ihre Zehen winken mir mehrmals zu.

»Was ist?«, frage ich.

»Was soll sein?« Einen Moment später hat sie ihre Hose aufgeknöpft und zieht sie – als wäre das alles nur eine Bewegung – ohne aufzustehen aus. Der Versuch, mir die Hose mit den Füßen zuzuwerfen, missglückt. Ich hebe sie auf, ihr Schlüpfer steckt darin.

»Suchst du Ablenkung?«, frage ich.

»Von Stalin?«

»Wegen Carlo.«

»Ablenkung würde ich das nicht nennen.«

»Willst du dich für mich entscheiden?«

»Hab ich doch schon.«

»So plitzplautz? – Liebst du mich denn?«

»Liebst du mich denn?«

»Ich denke oft an dich, sehr oft sogar.«

»Wie oft? Und wann?«

»Wenn ich mich selbst befriedige.«

»Da denkst du an mich?«

»In der Volkshochschule geht das den meisten so.«

»Wie kommst du darauf?«

»Du kleidest dich vorteilhaft. Mir fällt es schwer, dich nicht anzusehen. Wolfgang geht das auch so.«

»Sprecht ihr darüber?«

»Nein, aber das merkt man doch.«

Petra fasst ihre Bluse an der Knopfleiste und pustet sich in den Ausschnitt, als würde sie schwitzen.

»Du bist aber kein Objekt für mich«, sage ich.

Petra kreuzt die Arme und entledigt sich ihrer Bluse.

»Willst du nicht mal abschließen?« Ich bin überrascht, wie leicht sich der Schlüssel im Schloss drehen lässt. Die Bluse liegt wie ein kleines Handtuch über ihrem Schoß.

»Soll ich mich auch ausziehen?«, frage ich.

Petra streckt einen Arm nach mir aus.

Später leitet sie mich so geschickt, dass ich mein Glied nur noch in sie hineindrücken muss. Damit es nicht so schnell vorbei ist, versuche ich, an etwas anderes zu denken, weiß aber nicht sofort, woran. Es ist leichter, von Nicaragua zu träumen als von der Sowjetunion oder der CDU.

»Was ist?«, fragt Petra.

»Nichts«, will ich antworten. »Wir passen gut zusammen«, sage ich schließlich und werde bei dieser Antwort ganz glücklich.

VIERTES KAPITEL

Eine Karriere kommt selten allein. Fast alle Wünsche werden erfüllt.

Auf der Baustelle in der Erich-Correns-Straße in Neu-Hohenschönhausen, wo ich seit fast einem Jahr eine Jugendbrigade leite, vertrödeln wir den Vormittag mit Aufräumarbeiten. Kurz vor der Mittagspause kommt endlich der Beton, gleich darauf noch eine zweite Ladung. Wir ackern wie blöd. Sechzehn Uhr habe ich meinen Termin im Otto-Nuschke-Haus am Platz der Akademie. Ich bin schlecht vorbereitet. Joachim Lefèvre hat vergessen, mir das Buch über Otto Nuschke zu geben. Sollte mich die CDU-Aufnahmekommission nach ihm fragen, weiß ich nicht mal seine Lebensdaten. Otto Nuschke ist ein Anhänger jener Offiziere gewesen, die am 20. Juli 1944 gegen Hitler aufbegehrt haben. Am 17. Juni 1953 wurde er nach Westberlin entführt und dort der Polizei übergeben. Allerdings ist er wohlbehalten wieder zurückgekehrt, ohne die DDR verleugnet zu haben.

Ich versuche, mir ein paar Sätze zurechtzulegen, um auf das Warum und Weshalb meines Wunsches nach Aufnahme in die CDU antworten zu können. Ich werde freimütig bekennen, von der CDU nicht viel zu wissen. Meine vergeblichen Versuche, in die SED einzutreten, werde ich nicht verschweigen.

Weil ein paar Verschalungen nicht so sind, wie sie sein müssten, kommt alles ins Stocken. Ich übergebe die Leitung an Wolfgang, wasche mich notdürftig, ziehe mich um und renne zur S-Bahn. Am Alex steige ich um in die U-Bahn und fahre bis Hausvogteiplatz. Unmittelbar neben der Station ist eine Baustelle. Von der Berufsschule aus müssen wir mal hier gewesen sein. Das ist die Kirche, vor der die Märzgefallenen von 1848 aufgebahrt gewesen sind und der König gezwungen wurde, seinen Hut abzunehmen.

Obwohl das Otto-Nuschke-Haus ganz neu ist, sieht es überhaupt nicht aus wie ein Neubau, sondern wie die Nachahmung eines alten Hauses mit Säulen und Rundbögen, alles in Plattenbauweise. Etwas Zukunftsweisendes stelle ich mir anders vor.

Plötzlich taucht Petra hinter einem Säulenpaar auf.

Sie lacht. »Hab dich rennen sehen!« Ihr Mund ist knallrot geschminkt, ein Schneidezahn hat etwas abbekommen. Ihr Kleid ist bis zum Ansatz des Busens ausgeschnitten. Sie fällt mir um den Hals.

»Ich denke, du hast Unterricht?«

»Leider darf ich dich nicht küssen – oder nur dort, wo man es nicht sieht.«

»Was machst du denn hier?«

»Er hat uns doch beide eingeladen.«

»Die CDU ist nichts für dich!«, sage ich und befreie mich aus ihrer Umarmung.

»Nehmen die keine Frauen?«

»Bist du denn gläubig? Betest du?«

»Du betest ja auch nicht«, sagt sie.

»Doch, still für mich«, sage ich. »Außerdem hast du einen roten Zahn.«

»Welcher?«, fragt sie und rubbelt mit der Fingerkuppe über die Schneidezähne.

»Weg? – Joachim sitzt dort«, sagt sie und weist mit einer Kopfbewegung hinter sich. »Gegenüber, im Café.«

Wir gehen quer über den Platz der Akademie. Unter ihrem Kleid zeichnet sich ihr Po deutlich ab. Petra wird von Frauen nicht weniger angestarrt als von Männern.

Als wir eintreten, erhebt sich Joachim Lefèvre von seinem Platz. Es ist ein Tisch am Fenster. Mit der Zigarette zwischen den Lippen fasst er den Stuhl neben sich an der Lehne, zieht ihn zurück und bleibt dahinter stehen. Petra streicht ihr Kleid glatt, Joachim Lefèvre schiebt den Stuhl unter sie.

Ich setze mich neben ihn, ihr gegenüber. Drei Kännchen Kaffee werden auf versilberten Tabletts serviert.

»Du siehst ja, früher hättest du gar nicht zu kommen brauchen«, sagt er auf meine Entschuldigung hin. Joachim Lefèvre muss gerade beim Friseur gewesen sein. Sein Vollbart ist perfekt rasiert, als wäre er nur angeklebt.

»Werden wir denn nicht erwartet?«

»Hier ist's viel angenehmer«, sagt er und sieht dabei Petra an. »Mit den Apparatschiks da drüben hab ich nichts am Hut, ich hab nur die Anträge geholt.«

»Joachim sagt, wir könnten sie gleich ausfüllen!« Ich überlege, ob Petra Joachim Lefèvre schon auf der Geburtstagsfeier von Frau Schöntag geduzt hat.

»Du bist keine Christin!«

»Sei doch froh, wenn ich trotzdem mitmache!«, sagt sie.

»Ich bin froh darüber«, sagt Joachim Lefèvre, der die Anträge aus seiner hellen Aktentasche zieht.

»Warum willst du denn lügen, grundlos lügen?«, halte ich dagegen. »Es gibt noch mehr Parteien!«

»Peter, ich bitte dich …« Mit der halbgerauchten Zigarette fährt er zwischen den Kippen im Aschenbecher herum, zieht dann aber doch noch mal daran, bevor er sie ausdrückt. »Ihr könnt das auch später ausfüllen und mir schicken.«

»Religion ist Privatsache«, sagt Petra. »Und außerdem wird hier nicht mal danach gefragt.«

»Du hast es doch gar nicht gelesen«, sage ich. Petra schreibt in Großbuchstaben ihren Namen ins Formular.

»In eine Partei einzutreten ist keine Privatsache«, sage ich.

Joachim Lefèvre schenkt Petra aus ihrem Kännchen ein.

»Kaffee komplett?«, fragt er und greift mit der Linken gleichzeitig zum Milchkännchen.

»Schwarz«, sagt Petra, ohne aufzusehen.

»Schwarz und ohne Zucker«, wiederholt Joachim Lefèvre und gießt das halbe Milchkännchen in seine Tasse.

»Wir kommen in dieselbe Ortsgruppe wie Joachim«, sagt sie.

»Das könnt ihr machen, wie ihr wollt. Das hätte den Vorteil, dass wir einander regelmäßig sehen.«

»Was müssen wir denn beim Aufnahmegespräch beachten?«

»Alles geregelt«, sagt er und reicht mir einen Stift. »Nur ausfüllen und unterschreiben.«

»Ich würde gern Abgeordneter werden … wenn ich gewählt werde. Meine Brigade würde das unterstützen.«

»Sehr gut!«, sagt Joachim Lefèvre. »Es gibt viel zu wenige Arbeiter unter den Abgeordneten.«

»Ich verstehe nur nicht, warum die CDU die führende Rolle der SED anerkennt. Das klingt, als hielte sie sich selbst für minderwertig. Dabei ist es doch gerade der christliche Glaube, der uns ihnen überlegen macht! Erst der Glaube an Christus macht den Kommunisten zu einer runden Persönlichkeit. Umgekehrt zwingt der Kommunismus den Christen zum Handeln. Das sollten wir immer wieder betonen.«

»Jetzt schreib erst mal«, sagt Joachim Lefèvre ernst.

»Unterschrift – und fertig!«, sagt Petra und überreicht ihm den Stift samt Aufnahmeantrag.

»Außerdem müssen wir offen über die Vergangenheit reden, über die Verbrechen, die unter Stalin begangen wurden. Als Abgeordneter wäre das eine meiner Hauptaufgaben!«

»Wollt ihr was essen? Der Kuchen ist hervorragend.«

»Mir gefällt es auch nicht, dass wir so heißen wie die Partei der Reichen in der BRD. Das demotiviert und verprellt viele. ›Christliche Sozialistische Union‹ fände ich besser.«

Joachim Lefèvre verzieht das Gesicht. »Eine CSU gibt es aber schon.«

»Stimmt, daran habe ich gar nicht gedacht«, sage ich. »Sozialist kann man sich im Westen sogar nennen, ohne die Großindustrie zu verstaatlichen.«

»Die nennen sich nicht ›sozialistisch‹, sondern ›sozial‹.«

»Und wie wäre ›Christliche Sozialistische Demokraten‹?«, fragt Petra.

»Sozialistisch trifft es nicht«, sage ich. »Das klingt dann wie ›Sozialistische Einheitspartei‹. Besser ›Christlich Kommunistische Demokraten‹, das wäre eindeutig. Das trifft's!«

»Christlich Kommunistische Demokraten«, wiederholt Petra feierlich und zieht ihr Kleid am Dekolleté etwas höher. Im selben Moment spüre ich ihren Fuß unterm Tisch.

Joachim Lefèvre streicht über seine Krawatte. »Halten wir mal fest: Peter will Abgeordneter werden.«

»Die Hauptsache ist«, sage ich, wobei ich merke, dass ich wider Willen in einen leicht feierlichen Ton verfalle, »dass wir uns in Kritik und Selbstkritik weiterentwickeln …«

Während ich rede, fährt mir Petras Schuhspitze über den Spann und ein Stück das Schienbein hinauf, wieder hinab, wieder hinauf. Das ist angenehm, bringt mich aber aus dem Konzept.

»Wir brauchen neue Formen der Mitbestimmung. Gerade auf Arbeit! Wir müssen über Arbeiterräte nachdenken und das Absterben des Staates vorantreiben, und wir müssen sagen, wie das konkret gehen soll!«

»Hm«, sagt Joachim Lefèvre. »Ihr werdet staunen, was für eine offene Atmosphäre in unserer Ortsgruppe herrscht.«

»Wir brauchen Öffentlichkeit! Es wäre an der Zeit, die Genossen der Staatssicherheit aufzufordern, das offene Gespräch zu suchen.« Petras Fuß fährt meinen Schenkel entlang und drückt gegen mein Glied. »Konspiration bringt uns nicht weiter«, sage ich. »Und wenn sie nicht darauf eingehen, sollten wir uns weigern, fortan mit ihnen zusammenzuarbeiten.«

»Hast du mit denen zu tun?«, fragt Joachim Lefèvre.

»Mal als Jugendlicher und letztes Jahr.«

»Davon weiß ich nichts«, sagt Joachim Lefèvre.

»War nur kurz. Wolfgang und ich wollten einen Arbeiterrat auf der Baustelle gründen, weil nichts geklappt hat. Jedenfalls haben wir es versucht.«

»Und?«

Petras Fuß tippt unentwegt auf mein Glied.

»Sie haben uns eine Woche in die Mangel genommen, ein Riesentheater, sie dachten, wir zwei wären der Kopf von irgendwas. Am Ende hab ich sie überzeugen können. So sind Wolfgang und ich in die Jugendtaktstraße ›Fritz Heckert‹ nach Neu-Hohenschönhausen gekommen. Die meisten da sind vom Rostocker Wohnungsbaukombinat, paar Berliner gibt's auch. Mich haben sie sogar zum Brigadier der Jugendbrigade gewählt.«

Petras Fuß hört nicht auf, mich zu bearbeiten.

»Jetzt unterschreib mal!« Joachim Lefèvre winkt unserer Kellnerin zu.

»Heißt das bei euch auch ›Genosse‹?«, fragt Petra.

»›Unionsfreunde‹, wir nennen einander ›Unionsfreunde‹.«

Er überfliegt meinen Antrag, lächelt, hebt seine Kaffeetasse und prostet erst ihr, dann mir zu.

»Unionsfreundin und Unionsfreund«, sagt Petra.

Joachim Lefèvre steckt der Kellnerin einen Zehner in die Hand. »Stimmt so«, sagt er. Sie bedankt sich und knickst kurz.

»Unionsfreund klingt besser als Genosse«, sagt Petra. »Genosse klingt wie Bonze.« Endlich verschwindet ihr Fuß.

»Christliche Genossen, das sind wir!« Da beide nicht widersprechen, hebe ich ebenfalls meine Kaffeetasse, sage »Prosit« und nehme einen Schluck.

»Ich muss los«, sagt Joachim Lefèvre und schiebt den Ärmel von seiner Armbanduhr zurück. »Höchste Zeit!« Er reicht uns die Hand zum Abschied. Beim Aufstehen muss ich mir meine Arbeitstasche vor den Schritt halten.

»Bleibt sitzen, liebe Unionsfreunde«, sagt Joachim Lefèvre.

Wir sehen ihm nach, der sich noch im Café eine neue Zigarette ansteckt.

»Nimm mal die Tasche weg«, flüstert Petra. »Geht's dir gut?«

Kaum ist Joachim Lefèvre draußen, brechen auch wir auf. Die Kellnerin kreuzt erschrocken die Hände vor der Brust, weil wir so eilig an ihr vorüberlaufen. Sie ruft uns etwas nach, etwas mit »Herr Lefèvre« und »vergessen haben«, aber im selben Augenblick drücke ich auch schon die Klinke.

FÜNFTES KAPITEL

In dem Peter mit Petra an einem Familienausflug nach Waldau teilnimmt. Am Tiefen See geraten zwei Frauen in einen Streit miteinander. Häuser und Kunst. Harmonie im Abendlicht.

Beate sitzt im Bikini am Stegrand, die Füße im Wasser, Frau Schöntag neben ihr im Liegestuhl. Ihre weiße Hose hat eine Bügelfalte. Die kurzen Ärmel ihrer roten Bluse mit dem grünen Blumenmuster hat sie auf die Schultern geschoben. Bis heute Nachmittag habe ich nicht gewusst, dass Petra ein paar Jahre Leistungsschwimmerin gewesen ist. Selbst Delphin ist für sie keine Schwierigkeit. Im Vergleich zu ihr bin ich wie ein Hund, der gerade mal seine Schnauze über Wasser zu halten vermag.

Als wir winken, hebt nur Hermann kurz die Hand mit der Bierflasche.

»Beate hat wirklich 'ne Traumfigur«, flüstert Petra.

Als wir an der Stegleiter aus dem Wasser kommen, sagt niemand etwas. Jeder sieht woanders hin.

»Habt ihr gestritten?«, frage ich.

»Es ist so schade, dass Olga nicht da sein kann«, sagt Frau Schöntag.

»Lenk doch nicht ab, Schönchen!«, erwidert Beate und fährt mit den Zehen durchs Wasser.

»Ich denke sehr oft an Olga. Und ich finde es empörend, dass man ihr den Ausweis abnimmt, als wäre sie kriminell!«

»Eine Galerie zu betreiben, Julia, ist in diesem Staat kriminell«, sagt Hermann.

»Olga liebt die Schönheit! Und dafür bestraft man sie.«

»Lass gut sein, Joachim kümmert sich drum.«

»Wie lang macht er das schon? Was nützt es denn, Rechtsanwalt zu sein, wenn man nicht helfen kann?«

»Ihr habt über die Häuser gesprochen?«, frage ich.

»Ha! Worüber sonst?«, sagt Hermann.

»Schönchen hat mir gebeichtet, dass sie dir noch zwei Paläste aufgehalst hat. Und ich habe ihr gesagt, dass das unanständig ist, sie vermasselt dir deine ganze Zukunft – und dass du mir nichts gesagt hast, ist auch nicht in Ordnung. Unser Haus, das verstehe ich ja, aber dann noch eins und jetzt noch zwei! Vier Häuser? Wer soll denn das bezahlen?«

»Ich teile sie mir ja mit Wolfgang.«

»Der hat doch auch keine müde Mark!«

»Sobald es den beiden zu viel wird, können sie die der Stadt schenken«, sagt Frau Schöntag.

»Du weißt doch, wie er ist! Er kann nicht Nein sagen. Und du nutzt das aus. Er endet als Haussklave!«

»Veränderungen sind nur Veränderungen, wenn sich vor Ort was ändert. Und wenn sich Peter um die Häuser kümmert, ist das die beste Art, was für den Sozialismus zu tun.«

»Er hat den Witz nicht verstanden, Schönchen. Er versteht keine Witze!«

»Julia hat das nicht als Witz gemeint«, sagt Hermann. Er stopft das Unterhemd in seine alte blaue Turnhose.

»Sei nicht beleidigt, Schönchen. Ich sehe nur, dass er auf Arbeit schuftet und zu Hause schuftet und sein bisschen Geld für den Soli verschleudert oder fremde Dächer damit flickt. Euch beiden tut das auch nicht gut. Wie findest du das denn?«, fragt Beate Petra.

»Vielleicht fragst du erst mal mich?«, sage ich.

»Was du sagst, weiß ich doch, immer dasselbe: Verantwortung, Sozialismus, Weltrevolution und Jesus Christus.«

»Was getan werden muss, muss getan werden. Petra hat den Garten von Frau Hauschild in Ordnung gebracht.«

»Guter Ausgleichssport«, sagt Petra. »Vielleicht können wir da ja mal einziehen.«

»Einziehen?« Beate und ich fragen das wie aus einem Mund.

»Warum nicht«, sagt Hermann.

»Du hast doch eine Wohnung«, sage ich zu Petra.

»So 'ne Villa ist was ganz anderes. Du machst das Haus und ich den Garten …«

»Das ist das erste Vernünftige, das ich hier zu hören krieg«, sagt Beate. »Dann kümmert euch um die Villa und seht zu, dass ihr den Rest wieder loswerdet.«

»Ich möchte zu bedenken geben, dass sich meine Freundin Eleonore gottlob bester Gesundheit erfreut!«, sagt Frau Schöntag. »Und unterm Dach wohnen junge Leute, die ihr helfen.«

»Und deshalb keine Miete zahlen!«, ruft Beate. »Das meine ich ja! Peter schuftet, und die anderen dürfen sich daran erfreuen. Genau das meine ich!«

»Ist allemal besser, wenn Peter arbeitet, statt uns wegen deines Bruders die Staatssicherheit auf den Hals zu hetzen«, sagt Hermann.

»Hör auf, das ist hundert Jahre her!«, sagt Beate.

»Wir machen das gern«, sagt Petra, die sich hinter dem Rücken von Hermann den Bikini auszieht und sich abtrocknet. »Und solange Peter das Gefühl hat, dem Staat auf der Tasche zu liegen …«

»Was soll das jetzt wieder?«, fragt Beate. »Krieg ich ein Bier?«

»Wenn er sich nicht auf Arbeit ausruhen könnte, wenn er tatsächlich acht dreiviertel Stunden arbeiten müsste, würde er das gar nicht durchhalten. Das sind ja dann noch mal drei oder vier Stunden jeden Tag.«

»Unser Land verschläft die Revolution«, sage ich. »Vielleicht sollten wir doch in die Sowjetunion auswandern!«

»Hör bloß auf!«, ruft Hermann.

»Himmel«, sagt Frau Schöntag, »schrei nicht so.«

»Ist doch so! Wir saßen da hübsch im Garten und hatten keine Ahnung, dass denen ihr Reaktor um die Ohren geflogen ist. Die kannste vergessen! Die reinste Menschenverachtung ist das!«

»Bezahlt werde ich für acht dreiviertel Stunden«, beharre ich.

»Das ist der helle Wahnsinn!« Beate pflügt ein paarmal hintereinander mit den Füßen durchs Wasser. »Du kannst diese Gesellschaft nicht durch Privatinitiative retten!«

»Wer ist denn hier in der Partei?«, fragt Hermann und nimmt wieder einen Schluck.

»Du bist unfair, und das weißt du auch.«

»Du selbst bist schlimmer als Peter! Du arbeitest elf, zwölf Stunden und muckst dich nicht! Peter macht das wenigstens freiwillig! Du schinderst nur für deinen Chef. Und als Dank haut er dir auf den Hintern.«

»Du siehst Gespenster«, sagt Beate. »Krieg ich jetzt mein Bier?«

»Julia, auch 'ne Pulle? Und ihr?« Hermann, der einen Flaschenöffner am Schlüsselbund hat, nimmt vier Flaschen aus dem Gummieimer. Das Geklingel der Schlüssel ist für einige Zeit das einzige Geräusch.

»Ich trinke auf Olga!«, sagt Frau Schöntag.

»Prosit!« sagt Hermann. Wir stoßen an.

Petra setzt sich neben mich auf den Steg. Mit ihrem rechten Fuß fährt sie unter meinen linken. Ihrer ist angenehm warm. Ab und zu springt ein Fisch an der Wasseroberfläche. Ich schiebe auch noch den rechten Fuß auf den von Petra. Sie hält sich mit beiden Händen an meinem Arm fest.

»Früher hätten wir an so einem Abend gesungen«, sagt Frau Schöntag. Gleich darauf glaube ich, sie summen zu hören. Doch entweder täusche ich mich, oder sie ist schon wieder verstummt, weil niemand mitgemacht hat. Allmählich kommen die Mücken.

SECHSTES KAPITEL

In dem Peter dazu angehalten wird, Fahrpraxis zu sammeln. Überraschende Entlohnung seines Mutes.

Auf der Rückfahrt bringen wir Frau Schöntag nach Treptow und fahren dann weiter in Richtung Prenzlauer Berg. Kurz vor dem Strausberger Platz hält Petra an, sie steigt aus und öffnet die Beifahrertür.

»Rutsch rüber! Bisschen Fahrpraxis tut dir gut!«

»Ich hab keine Fahrerlaubnis und getrunken«, sage ich. »Ein Bier vor drei Stunden. Rutsch rüber.«

Ich weigere mich.

»Ein Revolutionär muss sich darin üben, gegen Gesetze zu verstoßen. Los!«

»Für die DDR gilt das nicht«, sage ich. »Und wenn was passiert?«

»Ist alles meine Schuld«, sagt Petra. »Außerdem haben wir da ein großes A dran.«

Die größte Schwierigkeit bereitet mir noch immer das Anfahren. Beim zweiten Versuch machen wir einen Satz nach vorn, aber wir fahren. Das Höherschalten beherrsche ich, den Schleifpunkt finde ich ohne Probleme.

Ich fahre die Karl-Marx-Allee hinauf und wende erst an der Kreuzung hinter der S-Bahn-Brücke. Zum Glück muss ich nicht anhalten.

»Routiniert«, sagt Petra. »Das mit deiner Schwester hab ich noch nicht kapiert. Warum darf die nicht nach Berlin?«

»Sie haben ihr den Ausweis abgenommen. Jetzt hat sie nur so ein Provisorium. Damit kommt sie auch nicht nach Prag«, sage ich.

»Und das nur, weil sie diese Galerie bei sich zu Hause betreibt?«

»Olga will immer mit dem Kopf durch die Wand. Sie hätte

sich beim Staatlichen Kunsthandel bewerben können ... Die Maler sind ja auch alle im Verband Bildender Künstler. Nur sie betreibt mal wieder Anarchismus!«

Ich fahre die Karl-Marx-Allee in Richtung Alexanderplatz hinunter.

»Und was meinte Hermann mit der Stasi, mit Beates Bruder?«

»Klaus? Ich hab ihn noch kennengelernt, 1974. Und plötzlich war er weg. Ende August sind sie nach Prag gefahren, und ein paar Wochen später waren sie im Westen, Klaus, Brigitte und die Zwillinge. Und im Frühjahr haben Beate und er sich in Leipzig getroffen, auf der Messe.«

»Und wie hat er das gemacht?«

»Darüber darf er nicht reden, sagt er.«

»Auch nicht mit Beate?«

»Mit niemandem, sagt er. Er sei verpflichtet zu schweigen, sonst gehe die Hölle los, für alle, überall.«

»Komisch.«

»Olga hält ihn für einen Spion, also für einen Kundschafter. Das macht Beate immer wütend, aber erklären kann sie das auch nicht.«

»Und du?«

»Ich glaube nicht, dass er jemand ist, der für unsere Sache sein Leben aufgibt, um es im Westen zu riskieren.«

Am Strausberger Platz, der mich selbst bei Nacht an die Fernsehbilder von der *Friedensfahrt* erinnert, fällt das Wenden wegen des Kreisverkehrs leicht.

»Rechte Spur«, dirigiert mich Petra wieder auf die Karl-Marx-Allee. Ich versuche, etwas Geschmeidigkeit in den Ablauf meiner Bewegungen zu bekommen.

»Halt, halt mal!«, ruft sie mitten in die Beschleunigungsphase. »Halt an!« Sie kurbelt das Fenster herunter.

»Ein Unfall?«, frage ich. Aber außer den beiden Männern, die uns nachgelaufen kommen, ist niemand zu sehen.

»Fahrt ihr uns? Schöneweide?«

Statt zu antworten, steigt Petra aus, klappt den Sitz vor und lässt die beiden nach hinten.

»Der riecht ja noch nagelneu«, sagt der, der als Zweiter einsteigt. Er sagt es nicht zu mir, sondern zu dem anderen. Die beiden, das merke ich gleich, reden über Tschernobyl.

»Fahr du«, flüstere ich. »Fahr du!«

Petra hantiert mit dem Sicherheitsgurt. »Ist ’ne gute Übung mit einem vollen Auto. Musst etwas mehr Gas geben …«

Wir starten schon wieder mit einem Ruck. Der hinter mir ruft: »O-ha!« Dann setzen sie ihr Gespräch fort, ohne sich um uns zu scheren.

Wie zuvor gibt mir Petra Hinweise, nur leiser. Die beiden wollen sogar noch ein ganzes Stück über Schöneweide hinaus in Richtung Köpenick. Kurz bevor wir halten, beginnen sie etwas zu suchen. Zwei Hände reichen drei Scheine nach vorn, die eine einen Zwanziger und einen Zehner, die andere einen Zwanziger.

Petra nimmt das Geld, steigt aus und lässt die beiden Männer hinaus, die ein kurzes »Danke« murmeln.

»Wieso geben die uns Geld?«

»Dein Lohn als Berufskraftfahrer«, sagt sie und stopft mir die Scheine in die Brusttasche meines kurzärmeligen Hemds.

SIEBENTES KAPITEL

In dem Peter sich gezwungen sieht, zusätzliche Arbeit für Geld zu übernehmen. Dreckiges Geld und verschiedene Umtauschkurse. Was man mit Geld auch tun kann.

Ein Gewitter hat Anfang Oktober mehrere Ziegel von dem großen Haus in der Moosdorfstraße abgedeckt – unserem mittlerweile fünften und größten Objekt. Zum Glück ist nichts passiert. Einige Dachziegel sind direkt vor der Haustür zerschellt, zwei ragen wie kleine Gedenksteine aus dem Rasen des Vorgartens. Wie sich herausstellt, haben irgendwelche Pfuscher das Dach ausgebessert und marode Latten auf die Sparrung genagelt. Im Keller finden wir noch einige Dachziegel aus neuerer Produktion, aber die reichen nicht. Alles müsste neu gemacht werden, das ganze Dach. Auf dem Haus aber liegt eine Resthypothek von knapp dreizehntausend Mark aus der Zeit, als die Elektrik erneuert und unter Putz gelegt worden ist.

»Du könntest doch fahren«, sagt Wolfgang.

»Wohin?«

»Du hast doch jetzt die Fahrerlaubnis, da kannst du fahren – Trabi-Taxi. Du schaffst das Geld ran, und ich mache hier, was sich allein machen lässt.«

Die Vorstellung, etwas tun zu müssen, nur um Geld zu verdienen, also nicht zu arbeiten, weil es notwendig ist, missfällt mir sehr.

»Anders kriegen wir das hier nicht hin«, sagt Wolfgang. »Das sind wir der alten Kröger schuldig.«

»Das ist nicht unser einziges Haus«, sage ich.

»Aber das muss jetzt sein.«

»Ich würde lieber was Sinnvolles tun.«

»Was denn, Nachtportier?«

»Was wirklich Sinnvolles.«

»Wir brauchen ein paar Tausend Mark, und das möglichst schnell, also vor dem Winter. Hast du was auf dem Konto?«

Ich verneine.

»Alles gespendet? Wenn uns die Häuser hier kaputtgehen, haben sie woanders bald auch nichts mehr von uns zu erwarten.«

Petra stellt mir drei Schecks über jeweils vierhundert Mark aus. Damit sind ihre Ersparnisse erschöpft.

»Wieso bist du überrascht?«, fragt sie. »Wenn da erst mal der Schwamm drin ist, oder wie sich das nennt, dann kannst du es vergessen.« Petra bestimmt Freitag- und Sonnabendnacht für die Fahrten. Zudem will sie herausfinden, wo montags, wenn überall Ruhetag ist, die Kellner ausgehen. »Die haben genug Knete!«

Am Freitag steigen wir um dreiundzwanzig Uhr ins Auto. Petra hat es vollgetankt. »Ostbahnhof«, sagt sie.

Ich fahre langsam am Eingang vorbei. Am Taxistand wartet wie immer eine kleine Schlange, alle mit Koffer. Petra lässt mich umkehren. Ein paar der Wartenden sehen uns an, und wir sehen sie an. Doch auch als ich nur ein paar Schritte entfernt von ihnen anhalte, kommt niemand zu uns.

»Bei zwei Leuten denkt keiner an ein Schwarztaxi«, sage ich.

»Wart's ab«, sagt Petra.

Eine Dreiviertelstunde verfahren wir nur Benzin, bis jemand in der Georgi-Dimitroff-Straße uns fast vor den Wagen läuft.

»Friedrichstraße?« Er kann kaum reden, so ist er gerannt. »Können Sie Friedrichstraße?«

Petra ist schon aus dem Wagen gesprungen. Mir kommt das vor, als würden wir jemanden hinter uns verstecken. Er riecht nach Alkohol und Parfüm.

»Friedrichstraße«, keucht er, nimmt die Brille ab und streicht mit beiden Händen über Nase und Augen.

»Fahr bisschen schneller«, sagt Petra.

»Noch schneller?«

»Danke«, sagt der Mann. Zuerst denke ich, er hat seine Nachtschicht verpasst. Aber er sieht nicht aus wie ein Arbeiter und hat auch gar nichts dabei, keine Tasche, keinen Beutel.

»Und wohin in der Friedrichstraße?«, frage ich, als wir in die Wilhelm-Pieck-Straße biegen.

»Tränenpalast«, sagt er.

Petra kurbelt das Fenster herunter, weil die Scheiben beschlagen, so sehr schwitzt der Mann hinter uns.

Gegenüber dem neuen Friedrichstadt-Palast halte ich. Die Bezeichnung ›Tränenpalast‹ ist gar nicht so unpassend, wie ich erst dachte.

»Was ist? Fahr doch!«, ruft Petra, und der von hinten ruft ebenfalls irgendwas. »Weiter!«, befiehlt Petra.

»Wohin denn?«

»Über die Brücke.«

Als ich stoppe, hat es der Mann eilig. Es sieht aus, als schiebe er mit der Sitzlehne Petra aus dem Wagen. Schon ist sie wieder drin.

»Fahr!«, ruft sie und knallt die Tür zu. »Fahr, fahr, fahr!«

»Was ist denn los?«, frage ich.

Petra öffnet ihre linke Hand, zwei gefaltete Geldscheine kommen zum Vorschein und ein paar Münzen.

»Wie viel?«, frage ich.

»Zwanzig Ost und zwanzig West. Und Kleingeld.«

»War der von drüben?«

»Der musste weg, ganz schnell, gleich vierundzwanzig Uhr. Der hätte auch hundert bezahlt.«

Obwohl vierzig Mark für die kurze Strecke eigentlich viel sind, ernüchtert mich das Ergebnis.

»Noch zweihundertneunundvierzig solcher Fahrten«, sage ich, als wir in die Oranienburger biegen.

»Die zwanzig West können wir eintauschen. Oder wir gehen in den Intershop.«

»Intershop ist zum Kotzen.«

»Wir brauchen halt Devisen. Das machen wir ja nicht aus Jux und Gaudi! Medikamente zum Beispiel, seltene Medikamente …«

»Das ist doch absurd, Medikamente kaufen zu müssen«, sage ich.

»Als normaler Bürger vielleicht, aber als Staat musst du das für die Bevölkerung erst mal ranschaffen.«

»Denkst du, wir verkaufen Medikamente nach Angola oder Mosambik?«

»Keine Ahnung.«

»Wir sollten kein dreckiges Geld annehmen.«

»Wieso denn dreckig?«

»Es stammt aus ausbeuterischen Verhältnissen.«

»Ich tausche das eins zu fünf oder eins zu acht!«

»Wer macht denn so was?«

»Ich kenne eine, die spart auf Jeans – Stop!«

Ich halte an. Wir sind kurz vor der Kreuzung zu Unter den Linden.

»Wo fahrt ihr hin?«

»Wohin ihr wollt«, sagt Petra.

»Gleimstraße? Geht das?«

Die beiden Langhaarigen sind aufgekratzt. Sie wohnen in Wismar und waren in der *Möwe*. Sie zählen auf, wen sie alles in dem Künstlerclub gesehen haben. Die Namen der Schauspieler sagen mir nichts. Petra nennt ein paar Filmtitel. Ich kenne nur *Der Soldat und das Feuerzeug*.

Wir bringen sie direkt vor die Haustür, beide klopfen mir auf die Schulter. Sie danken uns überschwänglich und entschuldigen sich, uns nicht mit nach oben nehmen zu können, sie kennen die Leute selbst nicht, bei denen sie übernachten.

»Die haben's nicht geschnallt«, sagt Petra. »Aber die zwanzig Westmark reißen's raus.«

»Aber wieso? Bei uns ist doch alles billiger: Essen, Kleidung, Wohnen, Zug, Bus – alles! Du musst umgekehrt rechnen, für eine Ostmark vier Westmark oder fünf Westmark!«

»Aber wenn du etwas unbedingt willst, ein Buch oder 'ne Schallplatte oder eben Jeans.«

»Dann tausche das doch gegen ein anderes Buch oder eine andere Platte.«

»Blieben immer noch die Jeans.«

»Zu dem Preis? Möchte nicht wissen, was mit dem Geld schon alles bezahlt wurde. Man müsste ihnen das Geld wegnehmen.«

»Das Geld wegnehmen? Wem?«

»Ja, wegnehmen! Dem Westen! Schluss, aus!« Plötzlich weiß ich, was ich tun muss. »Ich fahr dich nach Haus.«

In Petras Wohnung lasse ich mir den West-Zwanziger geben. Er besteht aus stärkerem Papier. Ich zünde ein Streichholz an und halte es an eine Ecke des Scheins. Er brennt nicht gleich.

»Was soll das denn?«

»Ich nehm's ihnen weg«, sage ich und drehe den Schein hin und her, bis er richtig Feuer gefangen hat. Dann lasse ich ihn ins Waschbecken fallen, in dem er sich zusammenrollt und bis auf eine winzige Ecke verbrennt. Aber auch die verschwindet wie ein weißes Segelschiffchen inmitten der schwarzen Reste im Abfluss.

»Du bist vielleicht bescheuert«, sagt Petra, doch weder klingt sie enttäuscht noch aufgebracht. Ganz im Gegenteil. »Wirklich bescheuert!«, wiederholt sie und küsst mich.

BUCH V

ERSTES KAPITEL

In dem Peter Anfang September 1989 eine Rede im Otto-Nuschke-Haus hält. Zwiespältige Erfahrungen mit den Zuhörern, vorzeitiges Ende der Rede und ein rätselhafter Händedruck.

»Dein Wille geschehe!«, bete ich stumm, bevor ich mich umdrehe. Meine Hände finden wie von selbst Halt an den Außenkanten des Rednerpults. »Sehr geehrter Vorsitzender der Christlich-Demokratischen Union Deutschlands Gerald Götting«, beginne ich wie besprochen korrekt und förmlich. »Sehr geehrter erster Sekretär des Zentralrates der FDJ Eberhard Aurich, liebe Unionsfreundinnen und Unionsfreunde, liebe Gäste!«, sage ich. »Da es viel zu viel gibt, worüber wir dringend sprechen müssen«, hebe ich an, »will ich nicht über Symptome reden, sondern über Ursachen. Ich will nicht davon sprechen, dass Tausende Bürgerinnen und Bürger unseres Landes, ja Zehntausende, vor allem junge Menschen, die meisten von ihnen Angehörige der FDJ, in den Westen wollen und unter unwürdigen Bedingungen in Ungarn oder in den Botschaften der BRD kampieren. Nicht reden will ich über die Fälschungen bei den Kommunalwahlen, weshalb mein Freund Wolfgang Schneider, ein gewählter Kandidat der *Nationalen Front*, sein Mandat für Treptow wieder abgegeben hat. Nicht reden kann ich darüber, dass wir nicht nur im Fahrwasser von Michail Gorbatschow abrüsten sollten, sondern selbst konkrete Abrüstung betreiben, indem wir unser Denken verändern.« Die Mikrofonanlage funktioniert hervorragend, weshalb mir die Unruhe im Saal keine Probleme bereitet. Ich bin der Kapitän auf der Kommandobrücke.

»Nicht reden will ich darüber, dass unsere Zeitungen, unsere Radiosender, unser Fernsehen von Tag zu Tag uninteressanter werden, die Luft, die wir atmen müssen, dafür immer dreckiger. Auch werde ich die Gelegenheit ungenutzt lassen müssen, mit Ihnen, lieber Unionsfreund Gerald Götting, und Ihnen, lieber Eberhard Aurich, darüber zu streiten, ob Sie selbst nicht durch zu viel Nachsichtigkeit Lobhudelei und Speichelleckerei befördert haben.«

Der Lärm im Saal schwillt an, ich muss meine Stimme heben. Einige hält es schon nicht mehr auf ihren Plätzen.

»Worüber ich sprechen möchte«, rufe ich ins Mikrofon, »ist die untrennbare Verwandtschaft von Marxismus und Christentum! Denn meiner Meinung nach kann ein Marxist nur dann ein charakterfester Kommunist werden, wenn er Christus an seiner Seite weiß.« Nun habe ich offenbar den richtigen Ton gefunden. Gerald Götting legt eine Hand hinter sein rechtes Ohr.

»Ich selbst verstehe mich als einen christlichen Kommunisten und einen kommunistischen Christen«, sage ich an ihn gewandt. »Klassenkampf und Nächstenliebe sind zwei Seiten einer Medaille. Insofern möchte ich grundsätzlich darüber hinausgehen, was Sie, lieber Eberhard Aurich, gesagt haben. Es geht nicht darum, hier und da Berührungspunkte zwischen Marxisten und Christen zu finden, sondern sich der unverbrüchlichen brüderlichen Bindung bewusst zu werden, die Christen und Kommunisten eint. Was ich in den Gedanken von Ernesto Cardenal finde, was ich auch in den Überlegungen von Michail Gorbatschow sehe, vermisse ich bei uns auf Schritt und Tritt, nämlich eine Kritik, die unsere Gesellschaft als eine zum Kommunismus hin offene und sich wandelnde begreift.«

Während ich spreche, suche ich nach freundlichen, aufmerksamen Gesichtern. Von diesen gibt es einige. Nur leider machen sie sich weder durch Klatschen noch Zurufe bemerkbar. Eberhard Aurich sieht überallhin, nur nicht zu mir.

»Es ist an der Zeit«, sage ich mit Nachdruck, »sich von der führenden Rolle der SED zu verabschieden.«

Mitten im letzten Wort gibt das Mikrofon seinen Geist auf.

»Zu verabschieden!«, rufe ich, so laut ich kann, in den Saal. Doch muss ich gestehen, die Situation falsch eingeschätzt zu haben. Ich ernte ausschließlich Widerspruch – und das auf die unflätigste Art und Weise.

Von meinem Parteivorsitzenden Gerald Götting, der sich zurückgelehnt hat und auf seine Knie starrt, während Eberhard Aurich in sein linkes Ohr spricht, habe ich wohl keine Hilfe zu erwarten.

Zwei große Männer in FDJ-Hemden stehen vor mir. Der eine will mich am Oberarm fassen.

»Ich bin noch nicht am Ende!«, sage ich. »Hände weg!«

Jetzt zerren beide an mir. Als ich meine Schritte in Richtung Gerald Götting lenke, reißen mich die beiden FDJler seitlich davon.

»Weg mit dir!«, sagt es neben mir. »Weg mit dir!«

Warum rührt sich keine Hand für mich, da doch zu sehen ist, wie dringend ich Zuspruch und Unterstützung brauche? Warum tut mein Parteivorsitzender so, als ginge ihn das nichts an? Die Tür, zu der ich gedrängt werde, liegt nur ein paar Meter weiter rechts. Ich bemühe mich, so langsam wie möglich über diesen merkwürdigen Glasboden zu gehen, durch den Licht kommt. Nur Sekunden bleiben meinen Unionsfreundinnen und -freunden noch, um für mich Partei zu ergreifen – und ich bin draußen. Im Vorraum, der ebenso fensterlos ist wie der Saal, schütteln die beiden mich ab und treten zurück.

»Kannst dich auf was gefasst machen, Verräter, das Nachspiel wird lustig!« Sie bleiben vor der Tür stehen. Mit ihnen zu diskutieren ist sinnlos. In der Garderobe lasse ich mir meine Jacke geben.

Im Treppenhaus holt mich ein Mann ein. Wie ein Sack hängt ihm der Bauch über den Gürtel. Schweiß auf Stirn und Oberlippe, schniefend und mit feuchten Augen ergreift er meine Rechte. Er drückt und tätschelt sie ausgiebig, gleich, denke ich, wird er sie wenden und kneten wie ein Bäcker den Teig, gleich wird er mir sagen, dass er mir zustimmt, dass er goldrichtig findet, was ich gesagt habe, und nicht nur er, die Mehrheit im Saal unterstützt mich. Er öffnet den Mund – allmählich beruhigt sich seine Atmung. Er lässt meine Hand fahren, mit dem Ärmel wischt er sich von links unten nach rechts oben übers Gesicht, macht kehrt und strebt zurück in den Saal, dessen Mikrofon offenbar wieder funktioniert.

ZWEITES KAPITEL

In dem Peter Rat und Trost sucht. Die Freundin und der Freund, eine Missdeutung. Ein neuer Held namens Peter.

Im Arbeitszimmer von Joachim Lefèvre brennt Licht. Die Gartentür ist offen, die Haustür nicht abgeschlossen. Im Flur duftet es angenehm nach Kürbissuppe. Ich gehe hinauf in den ersten Stock und drehe die Ratsche-Klingel an der Wohnungstür.

»Peter«, sagt Gudrun Lefèvre überrascht. Ihr Gesicht ist so flach und groß und ihr Mund so klein, dass er mir immer wie ein einsames Wölkchen am Himmel erscheint.

»Ich bin da«, sie nickt in Richtung der Wohnzimmertür, »falls die da noch zu tun haben«, und lässt mich allein zurück. In ihrer Wohnung riecht es nicht mehr nach Essen.

Hier scheint ein sauberer Duft dem glänzenden Parkett und den Gardinen zu entströmen. Ich klopfe an die Tür des Arbeitszimmers – das Parkett knarrt bei der kleinsten Bewegung –, klopfe abermals und öffne sie dann vorsichtig. Die Luft ist zum Schneiden.

»Petra?«

Sie steht neben dem Schreibtisch und reißt die Augen auf, dreht sich aber sofort wieder weg und wischt mit den Händen die Tränen von ihren Wangen. Ich habe Petra noch nie weinen sehen. Joachim Lefèvre betrachtet sie unverwandt, als warte er auf etwas.

»Peter sollte es auch wissen«, sagt er dann.

Petra blickt zu Boden. Schüttelt sie den Kopf? Im selben Moment begreife ich, was hier gespielt wird: Eine ›Affäre‹ würde Beate das nennen, die beiden haben eine Affäre miteinander. Augenblicklich stelle ich mir die kleinen Hände von Joachim Lefèvre auf Petras Körper vor.

»Und wie lange schon?«, frage ich und lasse mich in den kleinen Sessel vor dem Schreibtisch fallen. Ich wundere mich, wie ruhig ich bleibe. Stehe ich unter Schock?

»Woher weißt du das?«, fragt Petra.

»Ich hab halt Augen im Kopf«, erwidere ich. Wie von selbst sehe ich Joachim Lefèvre in all den Stellungen, die Petra und ich im Laufe der Zeit erprobt haben. Dass sie ihn mir vorzieht, wundert mich ehrlich gesagt.

»Es tut mir leid, es tut mir wirklich leid«, bricht es aus ihr hervor. »Ich hatte nicht mal ein schlechtes Gewissen, ich dachte, Joachim zu schützen.«

»Zu schützen?«, frage ich, komme aber nicht weiter, weil das Telefon auf seinem Schreibtisch klingelt. Wir schweigen alle drei, während es weiterklingelt. Schließlich nimmt er doch ab. Sein »Hallo?« klingt immer ein wenig überrascht, als tauchte er von irgendwo auf, bevor er die Fanfare seines Namens schmettert: »Lefèvre!«

Ab und an sagt er nun »ja« oder »hm« und zündet sich eine Zigarette an. Petra und ich vermeiden es, einander anzusehen. Sie rührt sich nicht, während ich die Beine übereinanderschlage, die Unterarme auf den Seitenlehnen. Erst jubelt Joachim Lefèvre den Unionsfreunden im Otto-Nuschke-Haus eine seiner uralten Reden als meinen Diskussionsbeitrag unter, damit sie mich überhaupt einladen, schickt mich als Delegierten der Ortsgruppe zu diesem Treffen mit der FDJ und vergnügt sich dann mit meiner Freundin. Er dreht sich zu mir.

»Der sitzt sogar hier, hier bei mir! – Nein. Kein Witz. Wir sind noch gar nicht dazu gekommen – Nein. Nichts! – Besonders glücklich schaut er nicht drein.«

Wie leicht es ihm fällt, unsere Situation zu überspielen.

»Mach ich, mach ich«, sagt er und klingt tatsächlich erfreut, »ja, mach ich, bis dann, wiederhören.« Er legt auf und lächelt mich an. »Die CDU hat einen Helden, gratuliere! Peter Holtz muss großartig gewesen sein, ganz großartig, das hat er eben gesagt!«

»Wer denn?«

»Einer, der dabei gewesen ist, der dich gehört hat. Der ruft hier alle an, hat er gesagt, das sollen alle erfahren!«

»Peter ist ein Held, und ich mach so was …« Petra kommen erneut die Tränen

»Das ist auch heldenhaft, dass du redest. Hab keine Angst.«

Schiebt er *ihr* die ganze Schuld zu?

»Peter wird es auch verstehen …«

»Warum hast du mich nicht danach gefragt, wenn du es geahnt hast?«, fährt Petra mich an. »Warum nicht?«

»Was hätte ich denn fragen sollen?« Mit beiden Händen halte ich mich am Sessel fest.

»Ob ich ein Spitzel bin, ob ich berichte – wenn du schon so scharfe Augen hast und so schlau bist, warum nicht?«

»Das wäre mir egal gewesen«, sage ich und verstehe endlich, was los ist.

»Wieso wäre? Hast du es nun geglaubt oder nicht?

»Mir ist es egal, ob über mich berichtet wird! Ich hätte es sogar ganz gern, dass die Staatssicherheit weiß, wie ich denke.«

»Darum geht's denen doch nicht«, sagt Petra.

»Hast du denn nicht gefragt, wofür sie deine Informationen überhaupt brauchen?«

Petra starrt mich an. »Du hast keine Ahnung!«, sagt sie. »Wirklich, keine Ahnung!« Sie geht zu dem Sessel mir gegenüber und lässt sich hineinfallen.

»Ich bin siebzehn gewesen, als das losging. Ich fühlte mich ernst genommen, wichtig, als sie mich ansprachen. Ich wollte auch nicht unhöflich sein. Wenn sie dich so bitten ... Später hatte ich nur noch Angst.«

»Wovor denn Angst?«, frage ich.

»Wenn du mit denen allein in einer Wohnung bist ...«

»Hast du dich bedroht gefühlt?«

»Bedroht? Sie haben mich erpresst. Ich hatte was mit einem Vietnamesen. Nichts Ernstes, keine Beziehung, nur ab und zu Sex. Das durften die angeblich nicht. Ho wollte mir immer was dafür geben, ich wollte das nicht, aber er bestand darauf, mal zehn Mark, mal zwanzig Mark, er brauchte das irgendwie. Ich nahm es seinetwegen, wie ein Geschenk halt. Ich war auch neugierig, wie die so sind. Mit Vietnamesen wollte ja keine. Sie haben gesagt, dass er eingesperrt wird oder zurückgeschickt, um dann in Vietnam eingesperrt zu werden. Für zehn Mark würden sie auch mal ... Außerdem würden alle erfahren, wozu ich bereit sei, für zehn Mark.«

»Und?«

»Ich habe sie dann angezeigt. Sie haben es geleugnet.«

»Was geleugnet?«

»Was sie mit mir gemacht haben.«

»Was haben sie denn mit dir gemacht?«

»Peter!«, sagt Joachim Lefèvre, als dürfte ich nicht danach fragen.

»Sie haben beide einen strengen Verweis bekommen.«

»Nur?«, fragt Joachim Lefèvre.

»Sie sind auch irgendwie herabgestuft worden ...«

»Degradiert?«

»Ja, so was. Ich hab sie ja nie in Uniform zu Gesicht bekommen. Danach kriegte ich eine Frau zugeteilt. Das war aber das Gleiche in Grün. Es ging immer um die ausländischen Studenten, dass denen hier nichts passiert, weil das auch fürs diplomatische Parkett, wie die immer gesagt hat, schlimm wäre. Und dann fragten sie plötzlich, was ich über dich wüsste ...« Petra sieht kurz zu Joachim Lefèvre hinüber.

»Olga hat es genau richtig gemacht«, sagt Petra. »Einfach nur weg hier, raus aus dem ganzen Schlamassel! Und neu anfangen, egal wo, einfach nur weg!«

»Es können nicht alle nach Frankreich heiraten«, sagt Joachim Lefèvre.

»Das war dumm von Olga!«, sage ich. »Ausgerechnet jetzt, da wir alles verändern können!«

»Ach, hör auf! Sag mir lieber, woran du es gemerkt hast«, fragt Petra.

Joachim Lefèvre stochert mit seiner Zigarette im Aschenbecher herum. »Man darf unseren Peter eben nicht unterschätzen«, sagt er und lächelt mich aus seinem angeklebten Bart an.

DRITTES KAPITEL

In dem Peter einen Leserbrief diktiert. Die Revolution rückt näher. Briefmarken und ein zwischenmenschliches Problem.

Petra weckt mich. »Ich glaub, die Ungarn haben die Grenze geöffnet!« Ich muss wieder eingeschlafen sein und springe nun so, wie ich bin, aus dem Bett.

Nackt sitze ich neben Petra vor dem Fernseher. Der Westsender bringt Interviews mit DDR-Bürgern, die über die Grenze nach Österreich gerannt sind. Auf den anderen Kanälen läuft nichts dergleichen, auch in den westlichen Radionachrichten ist davon keine Rede. In Leipzig hat es eine Demonstration gegeben von Ausreisewilligen. Auf einer Gipfelkonferenz in Belgrad erheben die Blockfreien Vorwürfe gegen die für die Entwicklungsländer ruinöse Finanzpolitik der Industriestaaten. In der BRD soll es heute im Parlament um den Anspruch von Witwern auf Hinterbliebenenrente gehen. Walesa, der Anführer der polnischen Solidarność, reist zu einem viertägigen Besuch in die BRD.

Offenbar ist das, was wir gesehen haben, nur eine Aufzeichnung aus dem August gewesen, auf dem Bildschirm stand aber »live«. Vor zwei Wochen hat mich diese Nachricht schockiert. Jetzt finde ich es gut, dass jene, die unzufrieden mit der DDR sind, die Möglichkeit erhalten, den Westen kennenzulernen. Wenn sie zurückkehren, werden sie unser Land mit ganz anderen Augen sehen. Deshalb sollten ihre Wohnungen und Arbeitsplätze ein oder zwei Jahre für sie freigehalten werden. Ich ärgere mich, gestern nicht konkret geworden zu sein. Vielleicht hätte das Publikum im Otto-Nuschke-Haus dann anders reagiert. Öffentlich zu diskutieren müssen wir alle noch lernen. Das bringt mich auf eine Idee. Ich werde einen Leserbrief schreiben!

Obwohl ich für heute die Erneuerung der Gehwegplatten auf dem Grundstück unseres Objektes Gebrüder-Geiger-Straße 3 geplant habe, halte ich es für besser, den Vormittag über Petra Gesellschaft zu leisten. Ihr Gemütszustand ist ziemlich wackelig. Mal schämt sie sich in Grund und Boden, mal bereut sie es, überhaupt darüber gesprochen zu haben. Und immer wieder will sie wissen, woran ich es gemerkt hätte.

Trotzdem darf ich ihr meinen Leserbrief in die Schreibmaschine diktieren. Jedem, der das liest, und wäre er noch so ein Sturkopf, soll die Notwendigkeit, die Grenzübergänge zur BRD und nach Westberlin sofort zu öffnen, einleuchten.

Ich beginne mit der allgemeinen Feststellung: »Unser Ziel ist Gerechtigkeit im eigenen Land und auf der Welt. Auch wenn eine Erweiterung des Warenangebots wünschenswert wäre, besonders eine Erweiterung des Obst- und Gemüseangebots, kann und darf das Bestreben unserer Gesellschaft nicht darin bestehen, den Westen nachzuahmen. Es darf kein Produkt geben, das in ausbeuterischen Verhältnissen hergestellt wird. Deshalb ist es der völlig falsche Weg zum Kommunismus, an erster Stelle materiellen Wohlstand zu propagieren. Natürlich brauchen wir einen größeren Spielraum für wirtschaftliche Initiative!«

Ich will beispielhaft von mir berichten, also von einem, der bei seinem Betrieb gekündigt hat, um sich besser um verfallende Häuser zu kümmern – allerdings lasse ich das, weil ich dann auch schreiben müsste, dass mich Hermann pro forma in seiner Z-Stelle, der Donnerstag-Freitag-Praxis im Haus angestellt hat, während ich mit Trabi-Taxi das Mehrfache meines früheren Lohns verdiene.

Deshalb springe ich von dem Freiraum für wirtschaftliche Initiative gleich zu der Forderung: »Wir wollen keine Ellbogengesellschaft! Wir wollen das Bewährte unserer sozialen Errungenschaften erhalten und gleichzeitig Platz für Erneuerung schaffen, um sparsamer und weniger naturfeindlich zu leben. Wir wollen geordnete Verhältnisse, aber keine Bevormundung durch Mitbürger, die sich als unsere Vertreter ausgeben. Wir wollen Wahlen, in denen es etwas zu entscheiden gibt und die Ergebnisse nicht geschönt werden. Gerechtigkeit ist die Voraussetzung dafür, dass freie und selbstbewusste Menschen gemeinschaftsbewusst handeln. Wir wollen vor Gewalt geschützt sein und doch unserem Nächsten vertrauen dürfen, dass er uns nicht aushorcht. Faulpelze und Maulhelden sollen nicht länger mit durchgefüttert werden müssen, sondern das Glück der Mitarbeit erfahren. Nachteile für Kranke, Schwache und Wehrlose dürfen nicht geduldet werden. Wir wollen ein wirksames Gesundheitswesen für jeden, aber niemand soll auf Kosten anderer krankfeiern dürfen. Wir wollen an Export und Welthandel gemäß unseren Möglichkeiten teilhaben, aber weder zu Schuldner und Diener anderer Staaten noch zum Ausbeuter der wirtschaftlich schwachen Länder werden. Alle Bürger dieses Landes müssen am gesellschaftlichen Reformprozess teilnehmen, einem Reformprozess, wie er wegweisend in der Sowjetunion begonnen worden ist. Unsere Medien müssen zu einer Plattform werden, in der alle Fragen kontrovers diskutiert werden können. Wir als Christen haben die verdammte Pflicht, das Salz dieser Erde zu sein, also auch das Salz in der Suppe des real existierenden Sozialismus! Christen haben keine Angst! Die Zeit ist reif!«

Petra zieht das Blatt samt den beiden Durchschlägen heraus. Ich unterschreibe. Bei den Marken habe ich die Wahl zwischen der Zwanziger zur Internationalen Buchkunstausstellung in Leipzig und den Fünfern und Zwanzigern zum zweihundertsten Jahrestag der Französischen Revolution. Ich ärgere mich, in meinem Brief nicht auf die Französische Revolution verwiesen zu haben, in deren Tradition wir doch stehen, ohne ihre Fehler zu wiederholen. Wenigstens als Briefmarke wähle ich den *Fahnenträger der Sansculot-*

ten – und finde, als er klebt, dass viermal die Fünfer *Sturm auf die Bastille* geeigneter wären. Da würden sie in der Leserbriefabteilung der *Neuen Zeit* schon vor dem Öffnen des Kuverts aufmerken. Ich bitte Petra um ein neues Kuvert.

»Willst du das wirklich abschicken?«, fragt sie.

»Soll ich es hinbringen?«

»Das ist so utopisch … Das drucken die nie. Vielleicht erlaubt dir Joachim, es in der Ortsgruppe vorzulesen.«

»Ich glaube an die Kraft der Argumente!«

»Ich nicht.«

»Warum hast du's dann abgetippt?«

»Weil ich was für dich tun wollte.«

»Du musst doch nichts tun, was du nicht richtig findest!«

»Wenn sich schon einer von uns zurückzieht, muss wenigstens die andere was tun.«

»Ich ziehe mich doch nicht zurück?«

»Du weißt, was ich meine«, sagt Petra und stellt ihre geöffnete Handtasche auf den Tisch.

»Das weiß ich nicht«, sage ich.

»Heute früh. Du bist so lustlos gewesen!«

»Im Bett? Ich war hundemüde!«

»Ist ja egal, wie du das nennst.« Petra steckt eine knisternde Packung Tabletten in die Tasche, ihren Lippenstift, ein Taschentuch. »Gehen wir?«

Obwohl ich weiß, dass es falsch ist auseinanderzugehen, ohne das Missverständnis aus der Welt geräumt zu haben, sehne ich mich danach, meinen Leserbrief auf den Weg zu bringen, um danach die Gehwegplatten zu erneuern und so meinen heutigen Beitrag zur Verschönerung und Verbesserung unserer Welt zu leisten. Deshalb bejahe ich Petras Frage.

VIERTES KAPITEL

In dem Peter einem Bischof die Hand gibt. Nur einer hat keine Angst. Alte Ehebetten, Kopfsteinpflaster und Milchkannen. Ein soufflierter Wunsch.

»Das ist er, unser Held, Peter Holtz!«, sagt Joachim Lefèvre schnell. Der Bischof wendet sich mir zu.

»Freut mich, Sie kennenzulernen.« Sein Händedruck ist lasch. »Von jemandem wie Ihnen zu hören, lieber Herr Holtz, ist eine Freude. Haben Sie keine Angst?«

»Nein, warum?« Ich lasse die Hand des Bischofs los.

»Entwaffnend!«, sagt Joachim Lefèvre, »absolut entwaffnend!«

»Uns ist nicht verheißen, dass uns das Kreuz erspart bleibt«, sagt der Bischof. »Sie kennen sich?«

Petra nickt.

»Wir leben zusammen«, sage ich. »Wir teilen Tisch und Bett.«

»Ah-so«, sagt der Bischof. »Dann passen Sie nur gut auf – auf diesen jungen Mann!«

»Das tun wir«, sagt Joachim Lefèvre.

Der Bischof reicht uns schon wieder die Hand, obwohl wir noch gar nicht miteinander gesprochen haben, und wendet sich einer Gruppe von Männern zu, die hinter ihm gewartet hat.

»Und deswegen sind wir hierhergefahren?«, frage ich Joachim Leféfvre.

»Wir müssen arbeiten!« Joachim Lefèvre führt uns über eine Wendeltreppe in den ersten Stock und dort in einen Raum, dessen Tür offen steht, ein Fernseher läuft ohne Ton.

»Die Bibliothek«, sagt er. »Setzt euch.« Er rückt zwei Stühle zurecht.

»Die ganze Sache wird ziemlich kompliziert«, sagt Joachim Lefèvre. »Und euch das im Detail zu erklären ist vielleicht noch schwieriger …«

»Warum?«, fragt Petra.

»Weil ihr die Partei nicht kennt und weil ihr die Synode und die Kirchenoberen nicht kennt. Und jeder von denen glaubt, die Universalgeschichte zu sein. Und in gewisser Weise stimmt das auch.«

»Ich versteh kein Wort«, sagt Petra.

»Das kann man auch nicht so schnell verstehen.«

»Aber bei politischen Forderungen muss jeder mitreden können.«

»Finde ich auch«, sage ich. Petra ist wieder ganz die, die ich kenne.

»Das werden zwei Erklärungen, und schon jede für sich genommen … Keiner weiß, was dann passiert. Wir riskieren hier alle Kopf und Kragen!«

»Wovor haben denn hier alle Angst?«

»Peter, wenn du hier der Einzige bist, der keine Angst hat, der sich nicht vorstellen kann, dass hier was gewaltig schieflaufen kann, dem es an Vorstellungskraft fehlt, dass morgen oder übermorgen oder nächste Woche in diesen Straßen geschossen wird – dann tut's mir leid, einfach nur leid.«

»Kommt«, sagt Petra, die sich vor die Schreibmaschine gesetzt hat, »wir fangen jetzt an.«

Um zwei Uhr nachts fährt uns Joachim Lefèvre zurück nach Eisenach. Wir müssen Frau Otte, in deren Pension wir übernachten, herausklingeln. Sie erscheint in einem Morgenrock mit Rosenmuster und wirrem Haar. Noch bevor wir uns entschuldigen können, ist sie bereits wieder in ihrem Schlafzimmer verschwunden.

Wir waschen uns in der Küche. Auf der Konsole unter dem kleinen Spiegel steht ein volles Wasserglas mit dem Gebiss von Frau Otte. Ihre Handtücher duften. Obwohl das

Bett ein Ehebett ist, liegt jeder von uns allein, eingesunken in seine Matratze. Ich fühle mich wie ein Insekt im Schaukasten. Jede Bewegung, selbst das Anziehen und Strecken der Beine, bewirkt ein Knarren oder Quietschen.

»Hier vergeht einem die Lust«, sagt Petra. Obwohl sie kurz darauf bereits eingeschlafen ist, erscheint mir ihre Feststellung wie eine Liebeserklärung.

Am nächsten Tag haben wir nichts zu tun. Draußen ist es sonnig. Beim Anblick der Milchkästen, der dunkelgrünen Essenskübel und der beiden großen silbrig glänzenden Milchkannen vor dem Eingang der Schule gegenüber scheint keine Zeit vergangen zu sein, seit ich das Käthe-Kollwitz verlassen habe. Alles ist wie damals in Gradow an der Elbe: das Kopfsteinpflaster im Vormittagslicht, das Grün, das am Bordstein zwischen den Steinen wächst, der Hydrant, der wie ein Männchen mit zu kurzen Armen am Straßenrand steht und dem ich immer die Hand gegeben habe, die schwarzen Hartgummideckel der Milchkannen, die ich anfassen, ja in die ich am liebsten reinbeißen wollte. Ich glaube, das Leder meines Ranzens zu riechen, vermischt mit dem Geruch von Leberwurstschnitten.

»Ich liebe dich«, sage ich zu Petra und ergreife ihre Hand, um sie am Weitergehen zu hindern. »Ich liebe dich«, wiederhole ich leise, als brauchte ich ihr nur die richtige Antwort zu soufflieren.

FÜNFTES KAPITEL

In dem Peter eine revolutionäre Situation konstatiert und sich als Einziger entsprechend verhält.

»Nein, ich meine diese CDU-Parteileute. Die wollen alle selbst Chef werden. Der Bischof macht sein eigenes Ding. Der verachtet die …«

»Und was soll Peter dabei?«, fragt Beate.

»Peter ist ihr Held, der Einzige, den sie haben.«

»Das hättest du wohl gern«, sage ich.

»›Unser Held‹, hat Joachim gesagt. Das denke ich mir ja nicht aus! Jung, Arbeiter, in der Kirche verankert, wie er das nennt, Unionsfreund seit drei Jahren, ohne Scheu, sich kritisch zu äußern, bringt Aurich und Götting ins Schwitzen, hilfsbereit, sich für nichts zu schade, ohne eigene Ambitionen. Und Geld interessiert ihn nicht die Bohne!«

Ich muss lachen, weil Petra das mit dem Geld sagt – als spielte das irgendwo eine Rolle!

»Peter als Königsmacher?«, fragt Hermann.

»Oder als heiße Kartoffel.« Petra streift ihre Schlappen ab, schlägt die Beine unter und schmiegt sich an die Seitenlehne des Sofas.

»Ich spiele da überhaupt keine Rolle«, sage ich. »Nur müsst ihr zugeben, dass plötzlich eine revolutionäre Situation entstanden ist, ganz genau so, wie ich es immer gesagt habe!«

»Nur weil die Ungarn ihre Grenze öffnen, rührt sich hier noch lange nichts«, sagt Hermann. »Wenn sie's überhaupt tun!«

»Wenn die Ungarn das eher machten als wir – das wäre eine Blamage!«

»Sie werden es tun, fragt sich nur, für wie lange«, sagt Beate.

»Es wird gefährlich, Kinder!«, sagt Hermann. »In die Enge getrieben, werden sie bissig!«

»Immer nur Angst! Immer nur Angst! Ich kann's nicht mehr hören!«, sage ich.

»Nur wer dumm ist, hat keine Angst«, sagt Petra.

»Was denn? Jetzt bin ich wieder der Dumme?«

»Manchmal bist du wie ein Komsomolze aus dem Schulbuch«, sagt Petra.

»Jedenfalls solltet ihr bis auf Weiteres mal anderen den Vortritt lassen!«, sagt Beate. »Solche, die einen Namen haben, der sie schützt!«

»Wir sollten jetzt zum nächstgelegenen Grenzübergang gehen und sie darüber informieren, dass die Ungarn um Mitternacht die Grenze öffnen, und sie auffordern, das auch zu tun«, sage ich.

»Denkst du, die Grenzer entscheiden das? Komm her.« Petra klopft mit der flachen Hand aufs Sofa. »Bitte«, sagt sie.

»Jetzt musst du nur noch ›Sitz‹ rufen«, sage ich und stehe auf. Eigentlich will ich mir etwas zu trinken holen. Aber so schlecht ist meine Idee gar nicht. Wenn das mehrere tun würden, Hunderte, Tausende, dann hätte das auf jeden Fall Einfluss auf die Entscheidung des Politbüros. Auch wenn es anfangs nur wenige wären, selbst wenn ich der Erste wäre …

»Kommt ihr nun mit?«, frage ich. Da mir niemand antwortet, gehe ich hinaus.

»Viel Spaß!« ruft Hermann mir nach. »Viel Spaß! Und nimm deine Zahnbürste mit, hörst du, deine Zahnbürste!«

SECHSTES KAPITEL

In dem Peter sich freut, inhaftiert zu sein, aber keinen Grund für seine Freude findet. Im falschen Gefängnis oder im richtigen? Gestank und kristallenes Klirren.

11. September 1989, 6.23 Uhr. Ein kristallenes Klirren, das ich im Traum vernehme – es entsteht bei den Bewegungen einer Elster –, hat mich aus dem Schlaf geholt. Die Tür wird aufgeschlossen, ein älterer Mann in Uniform. Vor mir ein Plasteteller mit zwei Graubrotschnitten samt Butterecke und Marmeladenklecks.

»Nein, danke, ich möchte nicht«, sage ich. Der Alte schüttelt den Kopf. Sein Kinn hat an der Spitze noch eine zusätzliche Rundung, als trüge er einen Tischtennisball unter der Haut.

»Ich habe wirklich keinen Hunger.«

»Iss was«, sagt er barsch. »Sonst gibt's Ärger, für alle!«

»Lassen Sie es stehen«, sage ich. Er hält es mir weiter hin, bis ich es ihm abnehme. »Bin ich hier der Einzige?«

»Der Einzige?«

»Der einzige Häftling«, erkläre ich.

»Häftling?«, fragt er, als hätte er noch nie dieses Wort gehört. Unwillkürlich erwarte ich, dass er den Tischtennisball ausspuckt. Grußlos verschwindet er. Sein Schlüsselbund erzeugt ein helles, beinah heiteres Geläute.

Ich werde in meiner Eingabe schreiben, dass ich nach meiner unbegründeten Verhaftung korrekt behandelt worden bin, auch wenn ich noch nicht weiß, an wen ich die Eingabe richten werde.

8.23 Uhr. Ein Festtag für die westliche Propaganda. Tausende unserer Bürger gehen wohl gerade über die ungarisch-österreichische Grenze. Furchtbar!

12.09 Uhr gibt es eine dünne Scheibe Schweinefleisch in

brauner Sauce und fünf Kartoffeln, dazu Rohkost aus Weißkraut und Möhren. Ich esse mit Appetit. Keinen Augenblick langweile ich mich hier. Zu viel gibt es, was ich durchdenken muss. Die Zelle inspiriert mich. Hier könnte ich jeden Tag einen Leserbrief schreiben und in Ruhe die Klassiker studieren, um meine Ansichten auch theoretisch zu begründen. Es reicht ja nicht, immer nur mit meinen eigenen Erfahrungen und Erlebnissen zu argumentieren. Vater unser, der du bist im Himmel, schenke mir die richtige Einsicht in die Lage, verleihe mir Kraft, den besten Weg zu einem Sozialismus zu finden, der willens und in der Lage ist, sich zum Kommunismus weiterzuentwickeln. Lass uns in allen Parteien und Organisationen, an allen Orten unserer Gesellschaft zusammenfinden, um gemeinsam eine Gesellschaft zu gestalten, in der die freie Entwicklung eines jeden die Bedingung für die freie Entwicklung aller ist …

12.52 Uhr. Mit jeder Minute fühle ich mich mehr am rechten Platz – als wäre es mir endlich gelungen, ins Gefängnis zu kommen, als schlüge ich jenen Weg ein, den uns die christlichen und kommunistischen Märtyrer gewiesen haben. Im Gefängnis landet, wer alles richtig macht, wer Grenzen überschreitet und ignoriert und die weltgeschichtliche Entwicklung um das, was ein Einzelner vermag, vorantreibt. Vor Aufregung scheue ich nicht mal mehr davor zurück, mich auf die Kloschüssel zu setzen und mich furzend zu entleeren. Nun bin immerhin ich die Ursache des Gestanks!

13.16 Uhr. Nicht, dass ich an meiner Tat zweifle. Mein Vorschlag erscheint mir nach wie vor richtig. Doch reicht schon ein Vergleich mit Paul Löschau aus, um zu begreifen, wie lächerlich diese ganze Geschichte ist! Wie soll ich das Richtige im falschen Gefängnis erleben? Heroismus in einem Gefängnis der DDR ist schon in sich ein Widerspruch. Gibt es etwas Schlimmeres, als von den eigenen Leuten zum Gegner erklärt zu werden? Die Auszeichnung, die mir durch diesen Zellenaufenthalt zuteilwird, ist eine Verhöhnung.

13.45 Uhr. In Gedanken schreibe ich unaufhörlich Leserbriefe. Zum Beispiel darüber, dass sich das Bewusstsein unserer Bevölkerung nicht entwickelt, ja gar nicht entwickeln kann – nicht kann? Kommt ein Echo von der Zellenwand? »Nicht kann?«, sage ich laut und rufe es noch einmal gegen die Wand. Kein Echo. Was denke ich da – »nicht kann«? Weil unsere Staats- und Parteiführung die Bevölkerung wie Kinder behandelt, also benehmen sie sich irgendwann wie Kinder, wie Halbstarke, unreif und pubertär. Ist das ein antagonistischer Widerspruch? Welche Klasse, welche Schicht muss weichen und untergehen, damit die freie Entwicklung eines jeden zur Voraussetzung der freien Entwicklung aller wird? Wer aber kann sich dem in den Weg stellen wollen? Bin ich nun im richtigen oder im falschen Gefängnis? Ausgerechnet jetzt höre ich wieder das kristallene Klirren an meiner Tür, diese Elster.

SIEBENTES KAPITEL

In dem im Familienkreis darüber verhandelt wird, ob ein Blutbad bevorsteht oder der Beginn einer kommunistischen Revolution.

»Am liebsten würde ich dich einschließen«, fährt Hermann fort. »Joachim hätte dich besser im Knast gelassen. Da brauchte ich mir weniger Gedanken zu machen.«

Hermann reibt sich mit beiden Händen die Knie und erhebt sich, allerdings so langsam, als hätte die Schwerkraft im Laufe des Tages zugenommen. Er tritt an die Couch heran, nimmt den feuchten Waschlappen von Petras Stirn, taucht ihn in den Eimer mit kaltem Wasser, wringt ihn aus und legt ihn wieder behutsam auf ihre Stirn.

»Was soll denn noch passieren, Peter?«, fragt Beate. »Die Dinge entscheiden sich sowieso woanders.«

»Und wo?«, frage ich. »Bei euch in der Bank?«

»Jedenfalls nicht auf der Straße. Offene Konfrontation bringt gar nichts. Das ist einfach kindisch – entschuldige, wenn ich dir das so sagen muss. Das hat vor hundert Jahren vielleicht mal geholfen. Heute ist das komplizierter, viel komplizierter.«

»Und wie verändern wir dann die Welt?«, frage ich. »Sollen wir den Kommunismus vergessen?«

»Der Kommunismus kommt als ökonomische Notwendigkeit«, sagt Beate, »oder er kommt gar nicht.«

»Die Maschinen machen keine Revolution, das müssen wir schon selbst tun. – Was denn?«

Hermann lächelt spöttisch. Er trocknet die feuchten Hände an den Ärmeln seiner Strickjacke ab.

»Mir fiel das nur gerade ein, das mit der Revolution, dass die der Griff der Menschheit nach der Handbremse ist. Das hab ich mal gelesen.«

»Nach der Handbremse?«, frage ich.

»Na, auf dem Weg in den Abgrund, die Revolutionen eben nicht als Lokomotiven der Weltgeschichte, sondern als Handbremse … Oder Notbremse.«

»Ist doch egal«, sagt Beate. »Jedenfalls passiert es nicht so, wie du denkst. Mein Chef zum Beispiel, der ist viel revolutionärer als ihr. Der bewirkt mehr als ihr alle zusammen.«

Hermann holt hörbar Luft, sagt aber nichts.

»Endlich sind die Menschen aufgewacht!«, sage ich.

»Dann schau dir mal deine Freundin an«, sagt Hermann. »Wie kann man Frauen schlagen?! Wie kann man überhaupt Menschen schlagen, sie an die Wand stellen, treten, beschimpfen und auch noch zwingen, auf ihren eigenen Händen zu knien ...«

»Scht ...«, macht Beate.

»Deshalb ja!«, flüstere ich. »Genau deshalb dürfen wir uns nicht verkriechen! Wenn wir jetzt nicht weitermachen, war alles umsonst ...«

»Umsonst!«, sagt Hermann. »Merkst du nicht, wie zynisch du bist? ›Opfer, na gut, die gehören dazu, wir stürmen weiter!‹ – Merkst du nicht, Junge, was du da sagst?«

»Wir müssen das aufklären, die Schuldigen bestrafen ...«

»Und wer soll das machen?«

»Wir alle zusammen!«

»Könntet ihr ...«, Petra muss sich räuspern, »... mal still sein?« Sie dreht sich zur Wand. Der Waschlappen fällt von ihrer Stirn. Das Nachthemd klebt ihr am Rücken, Beate hat zu viel Franzbranntwein genommen. Sie macht uns Zeichen, dass wir verschwinden sollen. Ich ziehe die Decke über Petras Schultern und folge Hermann, der bereits an der Tür wartet.

Im Kühlschrank finde ich eine Flasche Bier. Ich fülle zwei Gläser damit und schiebe das, in dem ein bisschen mehr ist, auf Hermanns Platz. Hermann aber schenkt sich Rotwein ein. Er schlürft ab, so voll ist sein Glas. Dann trinkt er, als müsste er seinen Durst löschen.

An der Wohnungstür klopft es.

»Ist sie da?«, fragt Frau Schöntag.

»Ja«, sage ich. »Beate ist bei ihr.«

»Sie ist gefoltert worden«, sagt Hermann.

»Sie haben Petra auf den Rücken geschlagen und auf den Kopf. Sie stand ein paar Stunden an einer Wand. Aber dann konnte sie gehen«, sage ich.

»Wenn's nur das gewesen wäre«, sagt Hermann.

»Ihr brummt der Schädel«, sage ich.

»Wie du redest! – ›Ihr brummt der Schädel‹ – eine Gehirnerschütterung ist das! Sie hat eine Gehirnerschütterung! Und rechts eine Prellung, da, die Rippen«, Hermann tippt sich ungelenk mit der rechten Hand auf die rechte Seite.

»Und wie und wann?«, fragt Frau Schöntag und setzt sich, ohne ihren Regenmantel auszuziehen.

»So sieht Sozialismus aus!« Hermann leert sein Weinglas ganz.

»Wart ihr denn nicht zusammen?«

»Petra wollte nach Hause. Sie ist da durch Zufall reingeraten.«

»Spiel das doch nicht herunter«, ruft Hermann, der aufgestanden ist und mit einer neuen Flasche Cabernet aus der Speisekammer kommt. »Warum spielst du das immer runter? Das gefällt mir nicht, Junge!«

»Ist doch viel schlimmer, wenn es zufällig passiert! Bei mir hätte ich es noch verstanden ...«

»Was verstanden?«, fragt Frau Schöntag.

»Dass sie mir eins draufgeben, weil sie nicht kapieren, wer wir sind. Deshalb prügeln sie ja!«

»Sie kapieren nicht, wer demonstriert?«

»Ja, sie kapieren es nicht. Es sind auch wirklich Idioten dabei, mit denen ich nichts zu tun haben will, und Leute, die nur rauswollen, aber die meisten sind in Ordnung.«

»Peter, auch Polizisten haben Augen im Kopf. Und taub sind sie auch nicht, oder?«, sagt Frau Schöntag.

»Ich versuche nur zu verstehen, warum sie das machen. Du musst sie sehen, sie haben auch Angst.«

»Und warum, wenn man fragen darf, hast du deine Freundin allein gehen lassen?«, fragt Hermann.

»Ich kann doch nicht einfach abhauen. Ich kann nicht dazu aufrufen zu bleiben und mich dann verdrücken. Es ist wichtig, dass wir geblieben sind, in Sichtweite vom Palast, dass sie uns von drinnen sehen konnten, Gorbatschow und die anderen, die konnten uns sehen und hören.«

»Dann beantworte mir bitte eine Frage: Wie viele müssen sie noch zusammenschlagen und treten und misshandeln, um zu merken, dass sie keine Angst haben müssen?« Hermann stellt die Weinflasche vor mich hin, als sollte ich sie für ihn öffnen. »Dein Denken ist zynisch, Junge!«

»Wir haben nur eine Chance, das zu ändern …«

»Ich höre …«, sagt Hermann.

»Indem wir ihnen ständig vor Augen führen: Falsch gedacht! Eure Vorstellung stimmt nicht.«

»Das hat schon Sokrates versucht! Und Jesus! Weißt ja, was passiert ist.« Hermann hat die Flasche zwischen die Schenkel geklemmt und schraubt den Korkenzieher hinein. »Morgen, wenn die alle abgereist sind«, sagt er ächzend, »wenn euer Gorbi und die anderen weg sind, dann geht's zur Sache. War erst der Anfang! So ein paar Spinner wie ihr interessieren niemanden! Wenn es um die Macht geht, geht's um die Macht …«

Frau Schöntag zuckt zusammen, so laut ploppt der Korken.

»Nein«, sage ich ruhig und gelassen. »Morgen passiert nichts! Wir müssen so viele sein, dass sie es kapieren! Und vor allem müssen wir aufpassen, dass niemand von uns provoziert.«

»Dass ich nicht lache! Wie viele dürfen es denn sein? Zehntausend? Zwanzigtausend? Oder lieber dreißigtausend? Weißt du, wie viele es in Peking waren? Ich weiß nur, dass es viel mehr waren und dass es nun so Pi mal Daumen um die dreitausend weniger sind. Dreitausend Chinesen weniger. Das spielt natürlich überhaupt keine Rolle, dreitausend weniger …«

Er lässt den Rotwein in sein Glas gluckern, bis es wieder randvoll ist.

»Hermann!«, sagt Frau Schöntag tadelnd.

Er sieht sie an, hebt das Glas vorsichtig an den Mund und

trinkt und trinkt. Als kaum noch was übrig ist, setzt er es ab und schiebt es auf dem Tisch von sich.

»Schenkst du mir nach?«, fragt er und sieht mich an, als forderte er eine Mutprobe von mir.

Frau Schöntag klopft die Taschen ihres Mantels ab. Ihr Schlüsselbund klirrt. Aus der anderen Tasche zieht sie eine Schachtel *Duett* und Streichhölzer und legt beides vor sich auf den Tisch. Hermann schenkt sich selbst nach. Frau Schöntag hält das Streichholz zwischen Daumen und Zeigefinger, als wollte sie damit an ein Triangel schlagen. Trotzdem gelingt es ihr, das Streichholz zu entzünden. Ich helfe ihr, eine Zigarette aus der Schachtel zu klopfen. Ihre Lippen ziehen sich in Form eines Gugelhupfes um den Zigarettenfilter zusammen, die Zigarettenspitze nähert sich dem kleiner werdenden Flämmchen. Dann lehnt sich Frau Schöntag zurück, atmet den Rauch aus und schlägt die Beine übereinander.

»Wenn ich könnte«, sagt Hermann, »würde ich dich einschließen – aber das sagte ich ja bereits.«

Seine Augen, sein ganzes Gesicht haben einen fremden Ausdruck angenommen, als sähe er meinem Adoptivvater Hermann Grohmann nur ähnlich. Ich schiebe eine Untertasse vor Frau Schöntag.

Während ich den beiden dabei zusehe, wie sie ungewohnte Dinge tun, vergesse ich für einen Augenblick, wo sich jener Raum befindet, in dem wir gerade gemeinsam sitzen.

ACHTES KAPITEL

In dem Peter das neue Leben praktiziert und die Revolution legalisieren will. Wie er das Bewusstsein von Theaterschaffenden verändert, seine eigentliche Aufgabe jedoch vergisst.

Als ich aus den Kulissen hinaus auf die Bühne des Deutschen Theaters trete, begreife ich auf der Stelle, dass die Zeit der Rednerpulte ein für alle Mal vorüber ist. Ungeschützt stehe ich vor Hunderten von Menschen, unzählige Lampen beleuchten mich. Den Applaus an diesem 15. Oktober verdanke ich den gewagten Formulierungen des Moderators. Er hat meine Inhaftierung aufgebauscht. Wer ihm zuhört, muss glauben, die Forderung nach der Öffnung der Grenze sei von mir ausgegangen und den *Brief aus Weimar* – der ja eigentlich ein Brief aus Eisenach ist – wie auch der Brief der Evangelischen Synode seien von mir allein verfasst worden – passagenweise stimmen sie tatsächlich mit meinem noch immer unveröffentlichten Leserbrief überein. In seinen Augen scheint es etwas Besonderes zu sein, dass ich Maurer bin. Meine Mitgliedschaft in der CDU unterschlägt er allerdings. »Heute aber«, so endet er, »geht es allein um das Gedächtnisprotokoll, das Peter Holtz aufgrund der Aussagen seiner Verlobten angefertigt hat. Darin hat er festgehalten, was ihr in der Nacht vom 7. auf den 8. Oktober widerfahren ist. Peter wird dies nun an ihrer statt vorlesen, denn sie selbst ist gesundheitlich noch nicht dazu in der Lage.«

»Vielen Dank für den herzlichen Empfang«, beginne ich noch in den Beifall hinein. »Vielen Dank«, wiederhole ich. »Am letzten Montag bin ich nach Leipzig gefahren. Ich war darauf vorbereitet, mit den Bereitschaftspolizisten zu sprechen, mit den Angehörigen der Kampfgruppen, vor allem auch mit jenen Mitarbeitern der Staatssicherheit, die immer noch glauben, ohne Uniform würde sie niemand erkennen.« Ich kann nicht weiterreden, weil der Saal wieder applaudiert und lacht, als hätte ich einen Witz gerissen. Im Folgenden versuche ich zu schildern, wie freudvoll und höflich die Atmosphäre trotz aller Ängste gewesen ist und welche Befreiung es für jede und jeden bedeutet, den aufrechten Gang zu praktizieren. Ich will den Anwesenden Mut machen!

»In diesen Wochen fällt es der Bevölkerung der Deutschen Demokratischen Republik zu, die historische Avantgarde Europas zu sein, die alle anderen daran erinnert, was in den Mühen der Ebene verlorengegangen ist. Wir glaubten, diszipliniert zu sein, und waren doch nur gehorsam. Aber gegen den eigenen Verstand, gegen das eigene Gefühl zu handeln deformiert den Menschen. Worum geht es denn, wenn nicht um uns selbst, um jeden Einzelnen von uns! Der Wettbewerb mit dem Kapitalismus entscheidet sich nicht an der Frage, wer mehr und schneller produziert, sondern an den Bedingungen, die es jedem bei uns ermöglichen müssen, eine sinnvolle Arbeit zu tun und notwendige, qualitativ hochwertige und langlebige Waren herzustellen und ein glückliches und erfülltes Leben zu führen, frei von allen sozialen Ängsten und Nöten. Für nichts weniger als für diese Freiheit kämpfen wir!«

Ich mache eine Pause, aber niemand klatscht. So weit sind die Theaterleute offenbar noch nicht. Mein Blick fällt auf den Moderator. Seine Lippenbewegungen irritieren mich, bis ich verstehe: »Pro-to-koll! Pro-to-koll!«

»Wir haben vorhin alle die Frage von Dr. Gregor gehört, warum wir denn keine Demonstration angemeldet hätten«, fahre ich fort und blicke dabei zu dem kleinen Mann, der ganz links sitzt. »Warum haben Sie darüber gelacht? Kam Ihnen dieser Vorschlag weltfremd vor? Ist das, was unser Recht ist, schon so unvorstellbar geworden, schon derart fern gerückt, dass wir es nicht einmal mehr zu denken wagen? Ihre Reaktion ist verständlich. Nein! Es muss heißen: Ihre Reaktion war verständlich! Wir leben bereits in einer neuen Welt. Sie ist neu, weil wir sie für veränderbar halten und deshalb begonnen haben, uns selbst zu ändern, uns gegenseitig zu verändern. In uns und mit uns und unter uns ist diese neue Welt entstanden. Was uns gestern noch fremd oder unerreichbar vorkam, ist heute naheliegend und notwendig und wird morgen selbstverständlich und alltäglich sein. Ja! Morgen, am Montag in Leipzig auf die Straße zu gehen ist bereits selbstverständlich!« Meine Augen haben sich mittlerweile an die Lichtverhältnisse gewöhnt. Ich erkenne die Menschen im Saal nun besser.

»Deshalb will ich die Frage von Dr. Gregor aufgreifen und Ihnen, die Sie aus allen Teilen unseres Landes, aus allen Theatern der Republik angereist sind, vorschlagen, dass jeder von Ihnen in seiner Stadt eine Demonstration anmeldet, alle am selben Tag, alle zur selben Stunde. Wir demonstrieren für die Rechte und Freiheiten, die in unserer Verfassung stehen, nicht mehr und nicht weniger. Wir fordern ein, was nicht nur für uns, sondern was für alle gut, ja lebensnotwendig ist.«

Getuschel und Gemurmel erfasst die Reihen, Einzelne beginnen zu klatschen, ein Klatschen, das einen Atemzug später bereits alle verbindet. Mein Vorschlag ergreift die Masse! Eine Idee wird zur materiellen Gewalt! Der Applaus steigert sich von Augenblick zu Augenblick, er schwingt sich als Jubel empor, wie ihn kein Theater kennt.

Dr. Gregor schnellt aus seinem Sessel hoch und kommt zu mir geeilt.

»Tja«, sagt er mit einem fast schmatzenden Laut, »manchmal fällt der Groschen langsam, aber er fällt. Vielen Dank, Peter Holtz!«

Applaus und Buh-Rufe. Dr. Gregor zieht das Mikro aus der Halterung und beginnt zu sprechen. Man müsse sich auf einen Termin verständigen, er selbst schlage den 4. November vor, der nicht mehr allzu fern liegt, aber doch noch für alle Seiten die Möglichkeit bietet, die Dinge, die dafür notwendig sind, umsichtig vorzubereiten.

Dr. Gregor wandert die Bühne auf und ab, als könnte er nur sprechen, wenn er sich dabei bewegt. Die Schnur, die ihm gestattet, die gesamte Bühnenbreite zu nutzen, handhabt er dabei so elegant, als hätte er sich das von Schlagersängern abgeschaut.

»Lassen Sie sich nicht auf juristische Fachgespräche ein! Sie wollen für die Presse- und Meinungsfreiheit demonstrieren, für das Recht, den Wohnort frei zu wählen, das Recht auf Arbeit! Besorgen Sie sich unsere Verfassung aus der Bibliothek, das ist nicht immer einfach. Fordern Sie sie ein, und wenn es heißt, sie sei ausgeliehen, dann bleiben Sie hartnäckig und bestehen Sie darauf, das Exemplar aus dem Lesesaal einsehen zu können. Und wenn das nicht hilft, wollen Sie den Bibliotheksleiter sprechen …«

Jetzt folgt Zuruf auf Zuruf. Presse und Fernsehen sollten aufgefordert werden, die Kundgebung bekanntzumachen! Nicht nur bekanntmachen, sie sollen darüber berichten! Nein, sie sollen sie dokumentieren! Sie sollen die Demos live übertragen! Es soll sprechen können, wen wir einladen. Keine Zensur!

Ich überlasse Dr. Gregor die Bühne und verziehe mich in die Kulissen. Die legalen Demonstrationen sind auf den Weg gebracht. Unsere Revolution ist nicht mehr aufzuhalten!

Im Zuschauerraum bricht wieder Applaus los. Es wird laut, die Stühle klappen nach oben. Plötzlich steht der Moderator vor mir. »Wenn du schon eigenmächtig agierst«, fährt er mich an, »hättest du wenigstens noch das Protokoll vorlesen können. Das ist pietätlos, so über die Opfer hinwegzugehen, du hast sie verraten! Nicht nur deine Verlobte, sie alle hast du verraten!«

Wie betäubt sehe ich ihm nach. Er geht zu Dr. Gregor und spricht mit ihm, als wäre alles in Ordnung. Ich halte Petras Protokoll noch immer in der Hand. Hermann wird dieselbe Formulierung benutzen wie der Moderator, und Petra wird wissen wollen, warum ich sie mit Fragen und Nachfragen traktiert habe, wenn ich das ihr Widerfahrene letztlich doch nicht für wichtig genug halte, um es vorzulesen, obwohl ich allein wegen des Protokolls auf die Bühne gebeten worden sei, obwohl ich ihr Protokoll die ganze Zeit in der Hand gehalten habe, obwohl der Moderator mich wiederholt gemahnt habe, endlich ihr Protokoll zu verlesen. Und so falle ich vom höchsten Gipfel des Menschseins hinab in seine tiefste Niederung.

NEUNTES KAPITEL

In dem Peter einer Zeitung gegenüber freimütig sein Gewissen erleichtert.

»Nein!«, sage ich und wende mich ab, um möglichst schnell dem Theater zu entkommen.

»Fünf Minuten!«, erwidert fast flehentlich der junge Mann, der noch jünger ist als ich und sich mir an die Fersen heftet. »Ich finde das so großartig! Ich bin Journalist, ich möchte Ihnen helfen! Das war historisch, wirklich historisch!«

»Wollen Sie etwas von mir in der Zeitung veröffentlichen?«, frage ich und bleibe stehen.

»Aber ja! Ich bin ganz neu, Volontär bei der *Zeit.*«

»Ach, jetzt plötzlich wollen Sie mit mir reden, aber mein Leserbrief, der interessiert Sie nicht!«

»Davon weiß ich nichts«, sagt er und greift mit der freien Hand an seine Brille, als müsste er sie richten. »Ich erkundige mich, das krieg ich raus. Ich heiße Schmidt, Sebastian Schmidt.« Unter dem hellen Mantel, der über seinem rechten Arm hängt, kommt eine Hand hervor. Sein breites Lächeln erzeugt überraschend viele Fältchen um die Mundwinkel.

»Wenn Sie das hier veröffentlichen, dann können Sie mit mir reden.«

»Das Gedächtnisprotokoll Ihrer Verlobten?«, fragt er, als hätte er schon die ganze Zeit nichts anderes im Sinn gehabt. »Wie viele Wörter?«

»Wie bitte?«

»Oder Zeichen? Wie viele Anschläge?«

»Zählen Sie die Wörter?«

Ich gebe ihm Petras Protokoll. Sebastian Schmidt wirft sich den Regenmantel über die Schulter und überfliegt Seite für Seite.

»Sie müssen viel offener und kritischer werden!«, sage ich. »Unsere Gesellschaft braucht die Presse mehr denn je!« Ich bin mir nicht sicher, ob Sebastian Schmidt mir überhaupt zuhört, der Text nimmt ihn gefangen.

»Unsäglich«, sagt er. »Ganz unsäglich.«

»Polizisten wurden eingesetzt, die hatten länger als achtundvierzig Stunden nicht geschlafen …«

»Was wollen Sie damit sagen?«, fragt er.

»Es gab viele, die wollten das gar nicht machen. Vor allem die von der Bereitschaftspolizei.«

»Sie nehmen die in Schutz?«

»Es gab die Scharfmacher, die sogar eine Mutter mit ihrem zwölfjährigen Jungen stundenlang an der Wand stehen ließen. Der Junge musste mit ansehen, wie Frauen und Männer geschlagen und beleidigt wurden. Und es gab einen, der die beiden sofort nach Hause geschickt hat.«

»Und woher wissen Sie das?«

»Weil ich es erlebt habe.«

»Das müssen Sie aufschreiben!«

»Es ist so viel Schlimmes passiert ... da braucht's meins nicht auch noch.«

»Aber wenn es doch passiert ist?!«

»Es geht darum, dass wir endlich die Epoche des real existierenden Sozialismus beenden und die Tür zum Kommunismus aufstoßen. So schätze ich unsere historische Situation ein, die eine revolutionäre ist.«

Meine verkürzte Darstellung befördert bei Sebastian Schmidt offenbar nicht das Verständnis der Zusammenhänge.

»Sie sind doch Mitglied der CDU?«, versuche ich es anders. Sebastian Schmidt lächelt unsicher inmitten seiner Fältchen. »Sie sind doch eine CDU-Zeitung!«

»Ich bin ganz frei! Ich bin parteilos, völlig unabhängig! Mir schreibt niemand was vor!«

»Und wo in der Gesellschaft engagieren Sie sich? Ich gehöre der CDU seit 1986 an.«

»Bewerben Sie sich um eine Führungsposition?«

»Die Funktionen verlieren mehr und mehr an Bedeutung. Jeder kann mitreden.«

»Die anderen sind alt und belastet. Wenn Sie für den Parteivorsitz kandidierten ...«

»Ich?«

»Wer sonst?«

»Wie wär's mit Dr. Gregor?«

»Der ist SED.«

»Und Stolpe?«

»Der wird Bischof.« Sebastian Schmidt lacht, wobei ich seine Zähne sehe, die klein und sehr weiß sind, weshalb ich an Milchzähne denken muss. »War ein Witz«, sagt er.

»Joachim Lefèvre wäre ein guter Kandidat«, sage ich.

Sebastian Schmidt fährt mit der Linken in eine Manteltasche. »Können Sie mir den Namen buchstabieren?« Er klappt einen Block auf und schreibt, wobei er den Stift ziemlich verkrampft in der Hand hält.

Er zeigt mir das Geschriebene, ich setze das Häkchen aufs »e«.

»Joachim Lefèvre kann gut reden, er weiß viel und kennt sich mit Gesetzen aus, ist in der Kirche verankert, ein guter Vater und Ehemann.«

»Darf ich Sie zitieren?«, fragt Sebastian Schmidt, während er mitschreibt.

»Das können Sie«, sage ich und bemerke erst jetzt, dass er Linkshänder ist.

ZEHNTES KAPITEL

In dem Peter als Berufsrevolutionär eingestuft wird. Er und Joachim Lefèvre werden zensiert – und sollen dankbar dafür sein.

Hermann schiebt mir seine Variante vom Bauernfrühstück aus der Pfanne auf den Teller. Seit Petra zu ihrer Mutter nach Halle gefahren ist, wohne ich wieder bei Beate und Hermann. Beate kommt wochentags nur noch zum Schlafen nach Hause. Ihr Chef dringt auf diverse Übersichten und Abschlüsse, die üblicherweise erst im Januar fällig sind. Hermann und ich sprechen nicht viel miteinander. Nur wenn ich abends weggehe, fragt er: »Wohin des Wegs?« Ich versuche jedes Mal, ihm von meinen Aktivitäten zu berichten, von den Demonstrationen und den vielen Versammlungen. Aber schon nach den ersten Sätzen hebt er die Hände, als wollte er davon nichts hören.

»Du bist wohl das, was man früher einen Berufsrevolutionär genannt hat?« Hermann nimmt die *Neue Zeit* vom Büfett, die er so gefaltet hat, als wäre die Rubrik Leserbriefe die Titelseite – Mittwoch, 18. Oktober –, und reicht sie mir.

Sebastian Schmidt hat Wort gehalten! Ich wundere mich nur, dass mein Brief so wenig Platz beansprucht. Ich lese – ein kümmerlicher Rest ist das, nicht mal ein kümmerlicher Rest! Und bei dem, was dasteht, bin ich mir nicht mal mehr sicher, ob diese Sätze tatsächlich von mir stammen. Selbst das Datum meines Briefes fehlt!

»Jetzt iss doch erst mal was«, ruft Hermann mir nach.

Obwohl ich der Pförtnerin im Haus der *Neuen Zeit* alles erkläre, will sie mich nicht einlassen. Leserbesuche seien unüblich. Als ich um einen sofortigen Termin beim Chefredakteur bitte, greift sie tatsächlich zum Hörer. Doch noch bevor sie jemanden erreicht, kommt der Briefträger heraus – und ich schlüpfe hinein.

Im Treppenhaus laufe ich nach ganz oben und stehe – meine Vermutung bestätigt sich – vor dem Sekretariat des Chefredakteurs. Ich klopfe an und trete ein. Im ersten Moment denke ich, am Schreibtisch säße Diana Loeser, die Englischlehrerin aus dem Fernsehkurs *English for you* mit Tom und Peggy.

»Sie sind ja einer!«, sagt sie auf Deutsch und klingt dabei nicht unfreundlich, was auch an ihrem Thüringer Dialekt liegen kann.

»So etwas können Sie doch nicht machen! Mein Brief ist vollkommen entstellt!«, sage ich. Im selben Moment öffnet sich hinter ihr eine Tür. Joachim Lefèvre dreht sich heraus. Er hat ein gerötetes Gesicht, die Querfalte an der Nasenwurzel ist eine Furche. Er bemerkt mich nicht, derart aufgebracht ist er.

»Ich finde das höchst unfair, dass Sie den Fehler auf andere schieben! Höchst unfair!«

»Warten Sie doch«, sagt eine Männerstimme und räuspert sich.

»Auch das Datum hätten Sie drucken müssen!«, ereifert sich Joachim Lefèvre. »Das war am 17. September, heute haben wir den 18. Oktober!«

»Meinen Leserbrief haben sie auch verhunzt«, sage ich, um auf mich aufmerksam zu machen.

In der Tür erscheint ein älterer Herr, der mit der Sekretärin einen Blick wechselt.

»Guten Tag«, sage ich. »Ich bin Peter Holtz, ich bin wegen meines Leserbriefes hier.«

Der Mann, offenbar der Chefredakteur, nickt mir zu.

»Wie soll sich denn unsere Gesellschaft ändern, wenn Zeitung und Fernsehen nicht mitmachen?«

»Sie vergreifen sich im Ton«, sagt die Sekretärin ruhig.

Niemand rührt sich, als würden wir alle darüber nachdenken.

»Wissen Sie, Herr Holtz«, sagt endlich der ältere Herr mitten in das Läuten des Telefons hinein, »ich hänge nicht an diesem Posten. Ich war mit siebzehn Mitglied einer verbrecherischen Partei und habe unter Einsatz meines Lebens auf der falschen Seite gekämpft. Erst nach Kriegsende wurde ich achtzehn. Ich weiß, was es heißt, sich zu irren. Nicht nur einmal habe ich mich korrigieren müssen …«

»Tut mir leid, ist sehr dringend!«, unterbricht ihn die Sekretärin und hält den Hörer hoch. »Dringend!«, wiederholt sie.

»Eberle«, meldet er sich und sagt dann erst mal nichts mehr. Die Sekretärin blickt vor sich auf den Tisch.

»Ja, gut – gut, ich danke für die Information«, sagt Herr Eberle und legt auf. Er strafft sich und sieht uns an: »Egon Krenz ist neuer Generalsekretär der SED.« Und nach einer kurzen Pause sagt er. »Es ist wohl für alle das Beste, wenn sie nun nach Hause fahren und das Radio anschalten.«

»Oder den Fernseher«, ergänzt die Sekretärin leise.

»Auf Wiedersehen«, sagt der Chefredakteur, geht in sein Zimmer und schließt die Tür hinter sich.

»Ich glaube«, sagt die Sekretärin, »Sie sind uns jetzt dankbar, dass wir alles so gedruckt haben, wie wir das für richtig hielten, ge?«

»Nein!«, sage ich. »Wie kommen Sie darauf?«

ELFTES KAPITEL

In dem Peter versucht, Joachim Lefèvre zu trösten. Eine Wohnung mit Wellensittich und einem abgebrochenen Lied. Vorbereitungen für den Untergrund.

Im Auto schiebt sich Joachim Lefèvre einen Kaugummi in den Mund und versucht, mir klarzumachen, was seiner Meinung nach die Entscheidung für Egon Krenz bedeutet. Er fährt tatsächlich so vorsichtig, als würde jeden Augenblick ein Panzer aus einer Nebenstraße hervorbrechen. Ihm zu widersprechen ist sinnlos – als lebte jeder von uns in einer anderen Zeit.

»Ich schlafe heute bei meinen Schwiegereltern«, sagt er leise.

Ich gehe nicht darauf ein und bitte ihn stattdessen, mich in der Moosdorfstraße abzusetzen. Wolfgang und ich haben uns bei Familie Heinrich angekündigt.

»Die haben seit drei Monaten keine Miete mehr bezahlt«, sage ich. Wolfgang steht bereits vor dem Haus.

»Gute Idee«, sagt er, als ich aussteige. »Jemand mit Krawatte wirkt manchmal Wunder!«

»Er hat mich nur hergebracht«, sage ich.

»Könnten Sie uns nicht begleiten?«, fragt Wolfgang und

beugt sich zu dem offenen Fenster herunter. »Die wohnen im Erdgeschoss.«

»Eure Probleme möchte ich haben«, sagt Joachim Lefèvre, fährt aber an den Bordstein heran und steigt aus. Selbst nachdem ich geklingelt habe, katscht er weiter auf seinem Kaugummi herum und wälzt ihn von einer Mundhälfte in die andere.

Ich klingle mehrmals, zuletzt Sturm. Die Tür hinter uns wird aufgeschlossen.

»Da sind Sie ja endlich! Mir dachten schon, Sie hättn ooch weggemacht! Hier, das hammse dagelassen.«

Frau Engelhardt, Mitte siebzig oder älter, schwenkt einen Vogelbauer mit zwei Wellensittichen. »Die hamm mir den Schlüssel gegäbn. Und da habsch se rausgeholt. Die wärn sonst verdurschdet und verhungert ooch.«

»Rechtsanwalt Lefèvre – Frau Engelhardt«, sage ich. Die beiden nicken einander zu.

»Seit wann haben Sie denn die Vögel?«

»Na, seit die weggemacht hamm, im Juli, mitdn Ferien, da hamm die weggemacht.«

»Und haben Ihnen den Wohnungsschlüssel gegeben?«

»Das machen die immer so, Wohnungsschlüssel, Briefkasten, Keller, Boden, falls doch ma was iss. Aber zurück sind se ni, werdn ja ni die ganze Zeit Urlaub machn, ni wahrr? Und nu steh ich da mit dn Vöcheln.«

Joachim Lefèvre nickt mehrmals.

»Wolln Se das jetzt versiecheln? Rechtsanwälte dürfen das, ni wahrr?«

»Es wäre sehr freundlich, wenn Sie uns die Schlüssel aushändigen würden«, sagt Joachim Lefèvre, wobei er kurz auf den Zehen wippt, als würde er eine Verbeugung andeuten. Sein Kaugummi scheint irgendwo im Mund zu kleben.

Frau Engelhardt holt einen Schlüsselbund, an den ein

rotes Geschenkband geknüpft ist, aus ihrer Kittelschürze hervor.

»Wolln Se das versiecheln?«

Es ist nicht mal abgeschlossen. Auch der Strom funktioniert noch. Im Wohnzimmer ziehe ich die Vorhänge zurück und öffne das Fenster. Die Wellensittiche, die mit Frau Engelhardt nachgekommen sind, beginnen zu zwitschern. Joachim Lefèvre nimmt ihr den Vogelbauer ab und stellt ihn auf den Tisch.

»Sähn Se, ni ma richtig abgewischt hamm se den Tisch. Überall Grüml.«

»Sagen die was?«, erkundigt sich Wolfgang und beugt sich zu den Sittichen.

»Huu la Paloma«, stimmt Frau Engelhart an und bricht auch schon wieder ab. »Mehr könn die ni. Hörn Se? ›Huu la Paloma‹. Ich kann denen doch ni den Hals umdrähn. Aber bezahln will ich das ooch ni de ganze Zeit.«

Vor unseren Augen öffnet Frau Engelhart eine Schublade nach der anderen.

»Sehn Se mal. Alles dagelassen, Fotoalben, Besteck, Tischdecken, Nähzeug, Lametta, echtes Westlametta, alles da. Könn Se was davon brauchen?«

»Machen Sie die mal wieder zu. Die Heinrichs kommen bald wieder«, sage ich.

»Was?« Sie fährt herum. »Das gloobsch ni. Die hamm weggemacht, die sehn mir ni mehr!«

»Die Grenze wird bald geöffnet, und dann kommen sie wieder«, sage ich.

»Wolln Se 'ne alte Frau verarschn?« Sie hat einen Koffer zwischen Wand und Glasvitrine hervorgezogen. »Wissen Se was hier drin is? Wolln Se das ma sehn?« Das erste Schloss springt auf. Wolfgang nimmt ihr den Koffer weg.

»Lieber nicht, Frau Engelhardt. Wenn die Heinrichs später reklamieren ...«

Er schiebt den Koffer zurück.

»Warum denn ni? Wenn Se das ni gesehn ham, glooben Se's mir ni. Muss man gesehn ham.«

»Bitte auch die Schubladen. Sie dürfen hier nichts anrühren.« Wolfgang schließt die Schubladen.

»Spätestens nächsten Sommer ziehen die wieder ein«, sage ich. »Insofern müssen wir Sie bitten, die Wohnung nicht mehr zu betreten.«

»Sie redn ja wie der AhBeVau. Die ham aber mir di Schlüssel gegäbn.«

»Wollen Sie für die Heinrichs die Miete nachzahlen?«, fragt Joachim Lefèvre. Der Kaugummi erscheint wie ein schiefer Zahn zwischen seinen Lippen.

Sie macht einen Schritt zurück, streckt ihren Kopf wieder vor, ihr breiter Mund arbeitet.

»Das werdsch ni, nie und nimmer werdsch das!«, sagt sie.

»Und die Post?«, frage ich. »Wo haben Sie die Post?«

»In der Küche«, sagt sie.

»Frau Engelhardt, Frau Engelhardt!«, ruft Joachim Lefèvre, »Sie hatten doch Auslagen für Vogelfutter …« Er hält ihr einen Zwanzig-Mark-Schein hin. »Und Sie werden auch weiterhin Ausgaben haben, oder?« Ein zweiter Zwanzig-Mark-Schein wechselt in ihre Hand. »Und die Post, die stecken sie immer hier rein, in den Schlitz der Wohnungstür. Jeden Tag, abgemacht?« Ein dritter Zwanziger befindet sich nun in ihrer Hand.

»Sind ooch ganz nett, die Piepser, ni wahrr?« Sie kommt zurück ins Wohnzimmer und nimmt den Vogelbauer vom Tisch.

»Die Heinrichs werden Ihre Nachbarschaftshilfe zu schätzen wissen«, sage ich und reiche ihr die Hand.

»Wir werden ab und zu mal nach dem Rechten sehen«, sagt Joachim Lefèvre. Auch er und Wolfgang verabschieden sich von ihr.

»Besonders anheimelnd ist das alles nicht«, sagt Joachim Lefèvre, als wir uns zu dritt auch die anderen Zimmer ansehen. Er steckt sich noch einen Kaugummi in den Mund. »Für heute Nacht aber geradezu perfekt.«

ZWÖLFTES KAPITEL

In dem Peter vieles nicht versteht, aber schließlich die richtigen Schlussfolgerungen zieht.

Joachim Lefèvre dirigiert mich ins Wohnzimmer. Seine Frau sitzt am anderen Ende des ovalen Tisches und lugt über den oberen Rand einer großen Zeitung, die sie mit ausgebreiteten Armen vor sich hinhält.

»Du Ärmster«, sagt sie, ohne ihre Position zu verändern. »Und das am Samstag!«

Ich will ihr die Hand geben, begreife jedoch nach dem ersten Schritt, welche Unannehmlichkeiten ich damit verursachen würde.

»Noch nicht gefrühstückt?«, fragt Joachim Lefèvre, rückt einen Stuhl zurück und schenkt mir Kaffee ein, noch bevor ich nach der Untertasse greifen kann.

Es ist eine festliche Tafel, mit weißer Tischdecke und weißem Geschirr, die Ränder der Teller sind mit einem Blumen- und Früchtemuster verziert.

»Sind das Geburtstagsblumen?«, frage ich und deute auf den Strauß vor mir. Das dicke, bläulich schimmernde Glas der Vase funkelt von dem Licht der Kerzen.

»Nur so«, sagt Joachim Lefèvre und zieht die grüne Häkelmütze von dem Ei vor mir. »Nimm 'ne Schrippe!«

»Worum geht's denn?«, frage ich. Statt zu antworten, beißt Joachim Lefèvre in ein Brötchen.

»Hat er dich also aus dem Bett gescheucht«, sagt seine Frau. »Er konnte es gar nicht erwarten …«

»Mein Artikel ist zum Glück nochmals abgedruckt worden, ungekürzt, gleich mehrfach, von Rostock bis Suhl«, sagt er. »Schnee von gestern, dachte ich, aber du glaubst es nicht: Leserbriefe noch und nöcher, alles Zustimmung! Selbst der Berliner Rundfunk hat es erwähnt.«

»Sie haben ihn einen ›kirchlichen Würdenträger‹ genannt«, sagt seine Frau hinter der Zeitung.

»Ich weiß ja, dass du den Artikel kritisch siehst …«

»Viel zu defensiv!«, sage ich.

»Du kannst nicht immer mit dem Kopf durch die Tür, Peter …«

»Wieso Tür?«, fragt Gudrun.

»Wieso Tür?«, fragt er.

»Du hast Tür gesagt.« Sie raschelt mit der Zeitung.

»Schon im September war die Frage der führenden Rolle …«

»Die Mehrheit der Unionsfreunde«, unterbricht er mich, »würde das nie öffentlich in Frage stellen.« Joachim Lefèvre beißt wieder von seinem Brötchen ab. Aus der anderen Richtung verstärkt sich das Rascheln. Das Papiergebilde sackt rauschend herunter, wird im nächsten Moment in der Mitte geschnappt, halbiert, geviertelt – den Packen reicht mir Gudrun mit einer Hand über den Tisch, während sie mit der anderen den Bademantel über ihrem Dekolleté zuhält.

»Das soll ich lesen?«, frage ich und habe bereits die Überschrift erfasst: »Unruhe bei den ›Blockflöten‹«.

Obwohl ich alles verstehe, verstehe ich eigentlich gar nichts. Dass ich nicht die *Neue Zeit* von heute in der Hand halte, ist mir klar. Die Zeitung wiederholt, was der Moderator im Deutschen Theater über mich gesagt hat, nur bin ich bei ihnen zusätzlich auch Dissident und »Revolutionär mit Sinn fürs Machbare«. Das Machbare aber heißt: Joachim Lefèvre!

»Die Zeitung haben uns Freunde aus Westberlin gebracht«, erklärt er.

»Woher wissen die Zeitungsleute das?«

»Ich dachte, *du* kannst mir das erklären. Da steht ein Kürzel am Ende – sagt dir das nichts?«

»Sesch«, lese ich. »Ich kenne niemanden, der ›Sesch‹ heißt«, sage ich.

»Das sind Initialen, Vorname beginnt mit ›Se‹, Nachname mit ›Sch‹. Überleg mal!«

Während Joachim Lefèvre mir alle möglichen Fragen stellt, blättere ich die Zeitung von vorn nach hinten durch. Ich bin erleichtert, dass Petras Erlebnisprotokoll nicht zuerst im Westen erschienen ist. Andererseits kränkt es mich, dass Sebastian Schmidt nicht Wort gehalten hat. Für alles gibt es Platz, sogar für Werbeannoncen stehen unzählige Seiten zur Verfügung, aber keine für Petras Bericht! Dabei muss es ihnen doch in den Kram passen, was da bei uns passiert ist.

Joachim Lefèvre will wissen, wie ich auf die Idee gekommen sei, ihn zum Parteivorsitzenden vorzuschlagen. Das dürfe ich doch nicht so einfach in die Welt setzen, ohne vorher mit ihm gesprochen zu haben.

»Das Komische daran ist, dass mich das gestern auch jemand aus dem Hauptvorstand der Partei gefragt hat«, sagt er. »Der Kandidat müsse hinlänglich intelligent sein, den Kirchen erkennbar nahestehen und zudem ein gewisses organisatorisches Geschick besitzen. Außerdem dürfe er für die bisher in der CDU betriebene Politik nicht haftbar gemacht werden können. Fünftens erwarte er, dass dieser Kandidat auch auf große Menschengruppen zuzugehen und diese anzusprechen und zu motivieren vermag.«

»Und dann gab es heute früh noch einen Anruf«, sagt Gudrun.

»Ja, da gab es noch einen Anruf«, sagt Joachim Lefèvre und beißt wieder ins Brötchen.

»Der hat gefragt«, sagt Gudrun, »was denn an dem Artikel dran sei, wer aus dem Westen Joachim unterstützen würde …«

»Aus dem Westen?«

»Das frag ich dich! Oben denkt man, das sei lanciert und du derjenige, der die Strippen zieht. Oder dicht dran an denen.«

»Wer soll das sein?«, frage ich.

»Wie hast du das denn gemacht?«

»Ich verstehe nur«, sage ich, »dass es anscheinend eine Möglichkeit gibt, meinen Ortsvorsitzenden zum Vorsitzenden der CDU zu machen. Ich müsste das nur noch mal laut und deutlich und an der richtigen Stelle sagen, oder?«

DREIZEHNTES KAPITEL

In dem Peter ein Alpenveilchen verschenkt und eine Rede vernimmt, deren Sinn sich ihm nicht erschließt. Wer herrscht über die Wirklichkeit?

Am Morgen haben wir in der *Neuen Zeit* den *Brief aus Weimar* entdeckt und ihn mit dem Manuskript verglichen – nichts fehlt.

»Das ist ein Meilenstein!«, sagt Joachim Lefèvre, »ein Meilenstein.«

Auf dem Weg nach Burgscheidungen zum Treffen von CDU-Funktionären und Kulturschaffenden erreichen wir Halle, ohne dass ich die geringste Übelkeit verspüre. Seit Petra zu ihrer Mutter nach Halle gefahren ist, habe ich von ihr nichts mehr gehört. Mein Alpenveilchen ist das größte, das sie hatten. Joachim Lefèvre findet die Carl-von-Ossietzky-Straße schnell. Vor der Haustür steht unser hellblauer Trabi. Aber außer einer verwirrten Nachbarin, die glaubt, das Alpenveilchen wäre für sie, treffen wir niemanden an.

Kurz vor Burgscheidungen halte ich es für einen Scherz, dass jenes Schlösschen da oben auf dem Berg die Schulungsstätte der CDU sein soll.

»Das ist ja fast Sanssouci!«

»Freu dich doch!«, sagt Joachim Lefèvre.

Wie recht er hat! Früher mussten Revolutionen immer die Frage nach den Besitzverhältnissen stellen. Diese Etappe liegt hinter uns. Über das Eigentum brauchen wir uns keine Gedanken zu machen. Wir müssen niemanden mehr enteignen, wir haben keine vom Kapital finanzierten Armeen zu fürchten. Eigentlich haben wir alle nur zu gewinnen!

Die Tagung hat bereits begonnen. Das Publikum ist unruhig. Viele wenden sich nach uns um. Da alle Plätze am Rand besetzt sind, müssen wir stehen bleiben. Eine ganze Reihe großer Alpenveilchen säumt in regelmäßiger Abfolge von Rot und Weiß die Kante des Podestes, auf dem das Rednerpult steht. Ein Unionsfreund spricht über die Beziehung der CDU zur *Gesellschaft für Deutsch-Sowjetische Freundschaft*. Ihm zuzuhören fällt schwer. Jemand lacht mehrmals laut auf, ein höhnisches, ja bitteres Lachen. Einige klatschen grundlos. Das Klatschen wird lauter. Der Redner haspelt weiter seine Sätze dahin, als hätte er gar nicht die Absicht, verstanden zu werden. Plötzlich bricht er ab – und strebt zur nächstgelegenen Tür. Sie lässt sich nicht öffnen. Er rüttelt daran – und fährt herum, als würde er erst in diesem Moment des Publikums gewahr, dessen Augen auf ihn gerichtet sind. Noch bevor er zu einem anderen Ausgang gelangt, ertönt eine Mikrofonstimme.

»Meine Damen und Herren!«, wiederholt sehr laut und mit fester Stimme der Mann hinter dem Rednerpult.

»Auf die Frage: ›Was würden Sie tun, wenn Ihnen die Macht übergeben würde?‹, lässt der Schriftsteller Robert Musil seinen Helden antworten: ›Es bliebe mir nichts anderes übrig, als die Wirklichkeit abzuschaffen.‹ Ich muss gestehen, dass ich diesen Satz lange Jahre für ein Bonmot gehalten und herzlich über ihn gelacht habe. Das Lachen ist mir vergangen. Denn ich musste sehen, dass hier Kunst, wie so oft, wieder eine Antizipation der Wirklichkeit war.«

Applaus unterbricht ihn. Ich verstehe seinen Gedankengang nicht – oder besser gesagt den Gedanken des Mannes, den er zitiert und bei dessen Nennung er ihn oder zumindest jemanden in der ersten Reihe angeblickt hat. Der Redner wartet, bis es wieder still geworden ist, eine Stille, die mir vorkommt wie ein ausgerollter Teppich, um den Worten einen gebührenden Empfang zu bereiten.

»Dieses Land«, hebt er an, »wurde bis vor zwei Wochen von einem Mann regiert, der die Wirklichkeit abgeschafft hatte. Die Folge davon war, dass viele seiner Unterregenten der Wirklichkeit ebenfalls keinen Dank schuldeten und ihren Besitz so behandelten, als wäre er ihr Privateigentum.« Schon wieder Applaus, störender Applaus, weil er die Erläuterung des Gesagten hinauszögert.

»Was meint er mit der abgeschafften Wirklichkeit?«, frage ich laut ins Ohr von Joachim Lefèvre. Der winkt ab, als wollte er es mir später sagen, und verschränkt die Arme.

»Ich war immer erstaunt, wie leicht es ist, die Wirklichkeit abzuschaffen«, fährt der Redner fort, den seine eigene Rede zu amüsieren scheint. »Wenn der Plan nicht erfüllt wurde, so änderte man den Plan, wenn die Wahl nicht nach Wunsch verlief, die Wahlzettel, und wem man in der Untersuchungshaft oder im Strafvollzug ein wenig zu nahe trat, den ließ man unterschreiben, dass all das nicht stattgefunden hat.«

Für mich geht das zu schnell. Der Redner wirft mehr Fragen auf, als er Antworten gibt. Eigentlich hat er gar keine Antworten. Dabei ist mir seine Art und Weise des Sprechens, bei der er das Publikum ansieht, vertraut. Vielleicht ist auch er ein Legastheniker.

»Geheimhaltung ist ein wichtiges Mittel zur Abschaffung der Wirklichkeit: die Umweltdaten sind Staatsgeheimnis, Militär- und Strafvollzug sind Staatsgeheimnis, und es gab eine Zeit, wo alles und jedes in den Betrieben Geheimnis war.« Einzelne rufen in kindischer Weise dazwischen: »Richtig!«, »Bravo!«, »Endlich!«, »Jawoll!« Diesmal aber lässt er sich nicht unterbrechen, sondern spannt seine Redestimme immer weiter und höher, um das anschwellende Geräusch zu bändigen. Es ist, als würde er die Zustimmung in einem Netz fangen, als wendete er alle Kraft auf, die Explosion hinauszuzögern, die unmittelbar bevorsteht, um jede und jeden im Saal vom Stuhl zu schleudern. »Sagen wir es frei heraus!«, ruft er in die aufschäumende Woge, »die Abschaffung der Gewaltenteilung war die Zurücknahme nicht eines bürgerlichen, sondern eines Menschenrechtes. Es führt uns zum aufgeklärten Absolutismus zurück, und den haben wir in unserem Lande gehabt, und der wird gegenwärtig praktiziert: Alles, was uns gewährt wird, ist ein Gnadenerlass des Politbüros.« Der Applaus ist wie eine unerwartet starke Welle, die mich von den Beinen holt. Am liebsten würde ich mir die Ohren zuhalten, so laut ist es im Saal.

»Wenn die Demonstrationen aufhören, beginnt auf allen unteren und mittleren Ebenen erneut die Abschaffung der Wirklichkeit!«, ruft er in den Saal und verlässt im selben Moment das Rednerpult. Mich befremdet das alles. Wieso tut er so, als lebten wir in einer falschen Wirklichkeit? Als er sich setzt, erhebt sich um ihn herum einer nach dem anderen, als könnte nur im Stehen richtig applaudiert werden.

»Ich bitte um das Wort!«, rufe ich, als das Getöse abflaut.

Es gibt aber niemanden mehr, der sich für die Versammlungsleitung verantwortlich fühlt. Wenn die Situation da ist, ist sie da. Also stehe ich auf, gehe nach vorn und erteile mir selbst das Wort.

VIERZEHNTES KAPITEL

In dem Peter fürchtet, sich zu verflüchtigen. Das schwierige Verhältnis von Beifall und Kritik. Er kann sich wieder riechen.

Eine Wirkung meiner Rede besteht darin, dass plötzlich jeder etwas sagen will. Der erste Redner, ein kleiner, bärtiger Unionsfreund aus Dresden, preist allerdings die Rede des Schriftstellers Grüning überschwänglich. Er nennt die Rede historisch. Bei jedem neuen Satz erwarte ich, dass er auf mich eingeht und seine eigene Rolle selbstkritisch befragt. Sind wir Unionsfreunde tatsächlich das Salz der Erde gewesen?

Ich habe mich zuallererst selbst an den Pranger gestellt, mich der Leichtgläubigkeit angeklagt und geschildert, wie lieb und teuer mir die Welt gewesen ist, die uns die *Aktuelle Kamera* gezeigt hat. Ich habe eingestanden, die Parole »Mein Arbeitsplatz, mein Kampfplatz für den Frieden« immer wörtlich genommen zu haben, weshalb es mir unverständlich blieb, warum andere schluderten. Wie kann ein Redner, der nach mir spricht, den eigenen Anteil unter den Tisch fallenlassen?

Die Hoffnungen, die ich mit der Frau verbinde, die als Nächste zum Rednerpult emporsteigt, zerschlagen sich schnell. Auch sie, die aus Ilmenau kommt, lobt wieder den Schriftsteller Grüning und hat nichts Besseres zu verkünden, als dass die Daten in ihrem Betrieb Jahr für Jahr geschönt worden seien. Was aber ist ihre Rolle dabei gewesen? Und wie geht es weiter? Habe ich nicht eben vorgeschlagen, nach Mitteln und Wegen zu suchen, wie die Beteiligung aller Arbeiter und Angestellten an der Leitung eines Betriebes gewährleistet werden kann?

Ohne Demokratie, habe ich gesagt, würde sich auch der wirtschaftliche Erfolg niemals einstellen können, weil es den Arbeitenden dann an Motivation fehle. Und ich habe hinzugefügt, dass der Luxus unserer revolutionären Bewegung darin besteht, dass wir irgendwelchen Kapitalisten die Produktionsmittel gar nicht erst aus der Hand reißen müssen. Die Demokratisierung muss als Prozess begriffen werden, im Laufe dessen sich die beste Möglichkeit der Mitbestimmung und Zusammenarbeit herausbildet. Das ist eine Frage der Praxis, nicht des Schreibtischs. Das setze aber die Souveränität des Einzelnen voraus, Mitbestimmung nicht nur in der Politik, sondern auch am Arbeitsplatz! Die ökonomische und die politische Demokratisierung müssen Hand in Hand gehen.

Auch ich habe dem Schriftsteller Grüning gedankt. Aber ich habe ihn auch kritisiert. Er und der von ihm Angesprochene, den er zitiert hat, habe ich gesagt, sehen die Welt eben aus der Sicht von Menschen, deren tägliche Praxis das Schreiben von Gedichten sei. Da erkläre man schnell mal Papier und Schreibtisch zur eigentlichen Realität, weil es ihm selbst tatsächlich so erscheint. Aber die Realität lasse sich nun mal nicht durch Stift und Papier abschaffen oder ändern, sie ist da, für jeden erfahrbar, auch ganz ohne Worte. Diesen Gedanken habe ich noch weitergetrieben und die These gewagt, dass jene, die am wenigsten mit Wörtern zu tun haben, sich womöglich den besten Sinn für unsere Wirklichkeit bewahrt hätten. Und unser Schriftsteller müsse sich schon die Frage gefallen lassen, inwieweit seine Gedichte, die ich leider noch nicht kenne, unsere

Wirklichkeit als eine veränderbare, zum Kommunismus hin offene dargestellt hätten. Kritik üben könne sogar der Westen, habe ich gesagt, eine Sentenz, die keinen Beifall gefunden hat, doch meiner Meinung nach den Nagel auf den Kopf trifft.

Aber niemand spricht davon. Halluziniere ich denn? Bilde ich mir nur ein, vor den hier sitzenden CDU-Funktionären und Kulturschaffenden gesprochen und Vorschläge gemacht zu haben? Spielt es denn eine Rolle, ob ich über eine Einladung verfüge oder nicht? Gilt denn nicht das gesprochene Wort?!

Ich warte darauf, meinen Namen von einem dieser Redner zu hören, ich warte darauf, dass jemand auf meine Vorschläge eingeht, und sei es kritisch. Ja, es wäre mir tausendmal lieber, jemand wünschte mich zum Teufel, statt dass alles, was ich gesagt habe, ungeschehen gemacht wird. Oder bin ich tatsächlich einem Tagtraum erlegen? Habe ich in Wirklichkeit nie meinen Platz verlassen? Hat mir Joachim Lefèvre nie ermutigend zugenickt? Ich starre auf den nächsten Redner, wie die alte Frau in Halle auf das Alpenveilchen in meinen Händen gestarrt hat.

»Bin ich gut zu verstehen gewesen?«, frage ich schließlich meinen Nachbarn, der von mir ein Stück abgerückt ist.

Er nickt! Er nickt mir tatsächlich zu, er lächelt sogar.

»Ich habe Sie gut verstanden«, sagt er, ohne seine von mir wegstrebende Haltung aufzugeben. Im selben Moment höre ich meinen Namen!

»… vorgeschlagen, sollten wir Kandidaten für die Wahl eines neuen Vorsitzenden unserer Partei benennen«, sagt der Mann am Rednerpult. »Ich schließe mich Unionsfreund Holtz auch in diesem Punkt an und schlage ebenfalls Joachim Lefèvre als Kandidaten für den Parteivorsitz vor.«

Nur wenige klatschen. Aber was macht das schon! Ich kann es warm und satt unter meinem Jackett riechen, wie unmäßig ich in den letzten Minuten geschwitzt habe. Mir ist, als würde ich mich erst jetzt auf meinem Stuhl materialisieren. Ja, endlich gibt es mich wieder!

FÜNFZEHNTES KAPITEL

In dem es Peter schwerfällt, sich auf die Gegenwart zu konzentrieren. Es passiert zu viel für jeden einzelnen Tag. Und das Entscheidende steht noch bevor.

Als Joachim Lefèvre gegen acht Uhr abends endlich das Otto-Nuschke-Haus verlässt, sich von anderen mit Handschlag verabschiedet und auf mich zukommt, muss er gar nichts mehr sagen. Der Sieg steht ihm ins Gesicht geschrieben. Gerald Götting ist zurückgetreten, sein Stellvertreter führt die Geschäfte, Joachim Lefèvre ist vom Hauptvorstand zum Kandidaten für den Vorsitz unserer Partei gewählt worden.

»Ein Mensch, wie stolz das klingt«, zitiere ich Maxim Gorki zur Begrüßung. Um zu verstehen, was Gorki meint, muss man ein Teil der Revolution sein.

Joachim Lefèvre hat unbändigen Hunger. Wir gehen in den Palast der Republik. Ich versuche gerade, die Rolle unserer Partei zu bestimmen, da überrascht mich Joachim Lefèvre mit der Nachricht, seinem Freund Dr. Gregor sei der Vorsitz der SED angetragen worden. »Und unser Freund Stolpe scheint was bei den Sozialdemokraten zu werden«, sagt er.

»Das heißt«, resümiere ich, »jetzt gestalten wir unser Land!«

Diese Aussichten trösten mich darüber hinweg, für die Demonstration und die Kundgebung am 4. November auf dem Alex nicht als Redner eingeladen worden zu sein. Bis zuletzt habe ich gehofft, die Schauspieler würden sich meiner erinnern.

»Demonstrieren und Reden halten sollen andere!«, tröstet mich Joachim Lefèvre. »Wir haben Wichtigeres zu tun!«

Beate hat sich mit zwei Kolleginnen für den 4. November verabredet. Statt der zwei stehen sieben Kolleginnen vor der Tür. Sie sind aufgekratzt, als machten sie einen Frauentagsausflug. Hermann bleibt zu Hause. Ich helfe ihm bei den Abrechnungen für den Oktober. Er glaubt mir nicht, dass die Demonstration im Fernsehen direkt übertragen wird.

Schließlich sitzen wir beide von Beginn an vor dem Fernseher. Die Tatsache der Direktübertragung erscheint mir noch wichtiger als die Demonstration selbst. Sogar als die SED-Redner ausgebuht werden, bleibt der Kommentator ruhig. Doch bis auf einen Theaterschriftsteller, der etwas zu den Gewerkschaften sagt, ist von Arbeit und Mitbestimmung keine Rede. Es fällt sogar Hermann auf, dass kein einziger Arbeiter oder Bauer spricht! »Sind ja Schauspieler, die das organisieren«, sagt er. »Eine Theaterdemonstration!«

Als Beate abends zurückkehrt, will sie als Erstes wissen, ob wir sie im Fernsehen gesehen hätten, mehrmals habe sie in die Kamera gewinkt.

Fünf Tage später, am Abend des 9. November, sitze ich neben Joachim Lefèvre im Französischen Dom am Platz der Akademie. Obwohl es zwischen Otto-Nuschke-Haus und Dom keine hundert Meter sind, bin ich zum ersten Mal hier. Die Oppositionsparteien stellen sich auf Einladung von Manfred Stolpe vor. Wir brauchen nicht lange zu warten, weil es nach dem Alphabet geht.

Einer von der *Initiative Frieden und Menschenrechte* sagt gut hörbar für alle »Blockflöte«, als Joachim Lefèvre nach vorn geht. Ich versuche, mir die Anwesenden mit Name und Gesicht einzuprägen, denn letztlich sind hier all jene versammelt, die die Geschicke unseres Landes in den nächsten Jahren, wenn nicht Jahrzehnten prägen werden.

Obwohl alle dasselbe wollen, haben Eppelmann vom *Demokratischen Aufbruch*, Konsistorialrat Stolpe und Joachim Lefèvre bisher die beste Figur gemacht. Sie wissen halt, wie man sich auf einer Kanzel hält und von da oben herab spricht. Die Akustik ist miserabel, der Kirchenraum ist breiter als lang. Eigentlich muss man wissen, wovon die Rede ist, wenn man ihnen folgen will.

Der Vertreter der *Initiative Frieden und Menschenrechte* ist schon auf dem Weg zur Kanzel, als plötzlich eine junge Frau im Mittelgang steht und ruft: »Die Mauer ist offen! Kein Witz! Die Mauer ist offen!«

Da erhebt sich Joachim Lefèvre und ruft: »Wir sollten aus Fairness gegenüber jenen, die sich noch nicht vorstellen konnten, weiter anhand unserer Tagesordnung vorgehen.«

Manfred Stolpe entschuldigt sich bei dem Vertreter der *Initiative Frieden und Menschenrechte* für die Unterbrechung und erteilt ihm das Wort.

»Wir müssen Maßnahmen vorschlagen«, flüstere ich Joachim Lefèvre zu, »falls Verfolgte, Arme und Obdachlose zu uns kommen wollen!«

Joachim Lefèvre nickt. Doch es ist ihm anzusehen, dass auch er hier keine Zeit vertrödeln will. Beide wollen wir möglichst schnell wieder nach Treptow, um weiter an seiner Rede zu feilen. Schließlich entscheidet sich morgen, wer der neue Vorsitzende unserer CDU werden wird.

SECHZEHNTES KAPITEL

In dem Peter zu einer Exkursion durch Berlin (West) aufbricht. Logisch begründete Ausführungen über den Wechselkurs der Mark (Ost) zur Mark (West). Solidarität mit einem Opfer des kapitalistischen Systems.

Nach der Wahl von Joachim Lefèvre zum Parteivorsitzenden der CDU ist ein wichtiges Etappenziel erreicht. Jetzt gilt es, im Otto-Nuschke-Haus aufzuräumen. Alles müssen wir gleichzeitig verändern. Schon allein die Finanzen sind ein Desaster. Und die festbestallten Funktionäre des Hauptvorstandes glauben immer noch, mit der Neuwahl sei für sie das Schlimmste überstanden.

Am Montag, dem 20. November, hat Joachim Lefèvre seinen vorerst letzten Gerichtstermin als Rechtsanwalt. Danach ist er freigestellt. Deshalb wähle ich diesen Tag für eine Exkursion nach Berlin West, obwohl es nicht gerade das ist, wonach mir der Sinn steht. Ich kann nur schlecht von anderen verlangen, sich mit eigenen Augen ein Bild vom Kapitalismus zu machen, und ich selbst drücke mich dann davor.

Auf dem Volkspolizeikreisamt in Treptow erhalte ich gegen eine Gebühr den Stempel für die Ausreise in meinen Personalausweis. Wie jeden Morgen mache ich mir zwei Doppelschnitten mit Bierschinken. Außer meiner Trinkflasche packe ich nur Regenzeug in den Rucksack und fahre mit der S-Bahn in den Prenzlauer Berg. Ich will an der Bornholmer beginnen und von da aus im Halbkreis nach Südwesten gehen.

Von den Grenzsoldaten, die ich im September kennengelernt habe, hat keiner Dienst. Ich muss nicht warten, ein Blick in meinen Personalausweis, ein Blick in meine Augen, ein freundliches Nicken, und ich befinde mich bereits im

Niemandsland. Ich wünschte, sie kontrollierten strenger. Wer weiß, was in diesen Tagen alles gewissenlos über die Grenze geschmuggelt wird!

Ich nehme mir vor, gegenüber den westlichen Uniformierten selbstbewusst aufzutreten und nicht zu lächeln. Ich werde von anderen Touristen überholt. Bis zu den beiden Mercedes-Taxen sind es nur noch ein paar Schritte. Ich erwarte, gerufen und zurückbeordert zu werden. Ich bleibe stehen. Schließlich kehre ich um, aber auch das hilft mir nicht weiter. Weit und breit sehe ich niemanden, dem ich meinen Personalausweis zeigen könnte.

Ich habe ihn noch in der Hand, als ich das erste Geschäft besichtige. Es bietet Zeitungen und Zeitschriften an. Die Regale sind völlig überladen. Die Verkäuferin hat blassblonde Haare und ist gebräunt, als käme sie gerade von einem Strandurlaub. Ich frage nach der *Neuen Zeit*.

»Ganz neu ist sie nicht mehr«, sagt die Verkäuferin, zieht an ihrer Zigarette und deutet auf jene Zeitung im Riesenformat, die ich bereits vom Frühstückstisch der Lefèvres kenne.

»Mit der habe ich keine guten Erfahrungen gemacht«, sage ich und korrigiere die Verkäuferin, die sich mir gegenüber auffallend freundlich verhält. Wahrscheinlich hat man sie geschult, um uns DDR-Bürger für sich einzunehmen.

Während sie nach der *Neuen Zeit* sucht, klemmt sie ihre Zigarette in die Kerbe eines durchsichtigen und ziemlich vollen Aschenbechers. Nicht nur, dass sie die *Neue Zeit* nicht findet, sie gibt auch ehrlich zu, den Namen noch nie gehört zu haben. Meine zweite Testfrage gilt dem *Neuen Deutschland*, das sie ebenfalls nicht führt, womit sich meine Erwartung bestätigt. Im selben Moment fällt mir eine farbige Aktfotografie ins Auge, die die gesamte Titelseite einer Zeitschrift füllt. Der Verkäuferin entgeht mein Blick nicht.

»Möchten Sie mal reinschauen?«, fragt sie und streckt schon die Hand danach aus.

»Nein, danke«, sage ich schnell. »So was haben wir auch.«

»Wirklich?« Trotz ihrer Raucherei hat sie auffallend weiße Zähne.

»Ja, wer sich dafür interessiert, findet im Magazin auch Aktfotografie, allerdings künstlerische, künstlerisch hochwertige.«

Sie zieht an ihrer Zigarette, drückt sie aus und bläst den Rauch auf den Ladentisch. Ich danke der Verkäuferin und verabschiede mich.

»Tschüss!«, sagt sie, als käme ich hier täglich vorbei. Diese Freundlichkeit haben sie den Geschäftsleuten in Grenznähe erfolgreich eingetrichtert. Auch das hat man bei uns versäumt.

Mir gefallen die Gemüseläden, die offensichtlich ausnahmslos von ausländischen Händlern betrieben werden. Es ist wirklich erstaunlich, mit welch breiter Angebotspalette sie zu dieser Jahreszeit noch aufwarten können.

Wenigstens etwas Vorbereitung hätte meiner Exkursion gut getan. Mehrmals muss ich Passanten ansprechen, um nach dem Weg ins Zentrum zu fragen. Einmal gerate ich dabei sogar an welche von uns, die hier angeblich Freunde besuchen. Fast zwei Stunden brauche ich, bis ich das erste historisch interessante Gebäude erreiche, ein kleines, U-förmiges Schloss, an dessen Besichtigung mich aber ein Stahlzaun hindert.

Danach komme ich zu einem großen Platz, der von einem mehrspurigen Kreisverkehr mit Ampeln beherrscht wird. In der Mitte hat man auf einem pompösen Podest eine Säule errichtet, ein vergoldeter Engel bekrönt sie. Ich halte die ebenfalls goldglänzenden senkrechten Stäbe an der Säule für Zierrat. Bei näherer Betrachtung erweisen sie sich jedoch als Kanonenrohre, vergoldete Kanonenrohre! Hoffentlich sehen sich das möglichst viele von unseren Leuten an! Danach erübrigt sich jedes Wort über preußischen Militarismus und den Umgang von Berlin West mit diesem unseligen Erbe. Im Weitergehen entdecke ich am Ende der Straße unseren Schutzwall und dahinter das Brandenburger Tor. Augenblicklich erfüllt mich Heimweh. Ich finde es ziemlich sinnlos, hier herumzulaufen, wo ich niemanden kenne, zumal zu Hause genug Arbeit auf mich wartet. Ich brauche eine Weile, um das Gebiet des Tiergartens, wie sich der westliche Stadtpark nennt, zu durchqueren.

Als ich auf dem breiten Mittelstreifen zwischen zweispurigen Fahrbahnen einige Sitzbänke sehe, entschließe ich mich zu einer Rast. Die Pause habe ich mir verdient. Neben einem älteren Mann, der ein Rollwägelchen voller Altstoffe bei sich hat, ist noch Platz. Den Rucksack auf den Knien, beginne ich mit Appetit zu essen. Da mich mein Nachbar aus den Augenwinkeln beobachtet, ohne auf mein mehrmaliges Nicken zu reagieren, halte ich ihm die offene Brotkapsel hin.

»Bitte«, sage ich. Er zögert. Auch ich würde nicht gleich etwas von Fremden annehmen. Doch meine Beharrlichkeit wird belohnt. Langsam greift seine Hand – sie hat schwarze Fingernägel und ist überhaupt dunkel vor Dreck und noch dazu geschwollen, als wäre sie erfroren – nach der anderen halben Doppelschnitte. Mit dem Daumen hebt er die obere Brotscheibe ab und beißt in die untere, in die mit dem Bierschinken. Sein Unterkiefer bewegt sich seitlich hin und her, als rutschte er beim Zubeißen immer wieder ab.

»Schmeckt's?«, frage ich, um nicht so stumm neben ihm zu sitzen. Er wendet sich mir zu. Statt zu antworten, mustert er mich eingehend und ohne Scheu. Nicht nur sein Mund, seine ganze untere Gesichtshälfte zittert beim Essen.

»Ist etwas Verwunderliches an mir?«, frage ich schließlich. Er tut, als hätte er meine Frage nicht gehört. Gern würde ich etwas trinken. Allerdings müsste ich ihm dann auch etwas anbieten, wovor ich mich angesichts des eingedickten Speichels in seinen Mundwinkeln scheue.

»Wo kommst ’n her?«, will er dann unvermittelt wissen, während ich bereits zusammenpacke.

»Aus Berlin«, sage ich. Aber natürlich reicht das in Berlin West als Erklärung nicht aus. »Aus der Hauptstadt der DDR«, füge ich hinzu.

Ohne eine Regung zu zeigen, starrt er mich an. Ich will es gerade lauter wiederholen, als er langsam und genüsslich, als lutschte er jede Silbe wie ein Bonbon, »aus der Hauptstadt der DDR« wiederholt. »Aus der Hauptstadt ...« Und nach einer kurzen Pause, in der er weiterkaut und zugleich mit dem Mund nach Luft schnappt: »Er kommt aus der Hauptstadt!«

Ich nicke. »Aus Berlin-Treptow.«

Irgendeine Erinnerung scheint ihn zu überwältigen. Hat er Tränen in den Augen? Lacht er? – Es ist tatsächlich ein Lachen, das von ihm Besitz ergreift.

»Nicht mehr viel los mit deiner Hauptstadt, was?«, brüllt er und lacht lauthals, als sollte ich auch noch den letzten der schwarzen Stummel in seinem Mund sehen und den Brotmatsch mit Bierschinken dazwischen. Eine Träne sucht sich ihren Weg über seine Wange.

»Nichts los! Is aus mit der schönen De-de-er!« Er muss furchtbar husten, Brotkrümel fliegen umher.

Ich bleibe ruhig. Auf Provokationen bin ich vorbereitet, obwohl sie mich von jemandem wie ihm, der offensichtlich ein Proletarier ist, enttäuschen. Doch das kapitalistische System hat ihn bereits derart erniedrigt, dass er zum Lumpenproletarier herabgesunken ist, der sich für alles hergibt, auch wenn er damit seine eigenen Interessen verrät. Aber ich will nicht voreingenommen sein und ihn als Gegner abstempeln. Ich muss ihn historisch begreifen, als Produkt dieser Gesellschaft, und ihm klarmachen, wer seine wahren

Feinde sind. Deshalb bleibe ich sitzen. Er schiebt sich den Rest der Bierschinkenhälfte in den Mund und wischt sich mit dem Rücken der freien Pranke über die Lippen.

»Was hast 'n dir gekauft für dein' Begrüßungshunni, hm?«

»Ich habe mir nichts gekauft«, sage ich.

»Nix gekauft? Gibt's nich! Kaufen alle hier!«

»Was soll ich denn kaufen?«, frage ich.

»Bei euch gibt's ja nix. Deshalb komm'se ja alle.«

»Bei uns gibt's genug«, sage ich. »Immerhin haben Sie gerade ein Brot mit Butter und Bierschinken gegessen. Das ist ja wohl nicht ›nix‹, wie Sie sagen.«

»Oh, hoho, biste sauer? Soll ich fein ›danke‹ sagen, Pfötchen geben, willst'se wieder?« Er hält mir die obere Hälfte hin.

»Nein, ich habe Ihnen mein Brot gern gegeben. Ich sage nur, dass das nicht nix ist, wie Sie behaupten.«

Er sieht mich wieder an. »Wenn du nix kaufst, kannste's ja mir geben.«

»Was soll ich Ihnen geben?«

»Den Begrüßungshunni! So was Feines hätt ich auch gern mal.«

»Tut mir leid. Aber Ihre Landeswährung will ich nicht.«

»Nicht abgeholt?«

»Da können die lange drauf warten, dass ich das abhole.«

Eine Weile schweigen wir. Ihm fehlen die Schnürsenkel an den Schuhen. Und Strümpfe sehe ich auch keine.

»Wollt dich nicht beleidigen«, sagt er dann beinah freundlich und beißt in die dünn mit Butter bestrichene Hälfte. »Schön' Dank auch für die Stulle. Wenn du das nicht machst, kannste's ja für mich machen, so 'n feiner Hunni.«

»Können Sie von Ihrer Rente nicht leben?«

»Was 'n für 'ne Rente?«, fragt er und glotzt mich an.

Welch dummer Fehler von mir! Offenbar sieht er wesentlich älter aus, als er tatsächlich ist. Ich will ihn schon nach seiner Arbeit fragen, beherrsche mich aber gerade noch rechtzeitig, als mir einfällt, dass es hier ja Arbeitslosigkeit gibt und ich ihn damit ein weiteres Mal beschämen würde.

»Was?«, fragt er, obwohl ich gar nichts gesagt habe.

»Wie viel gibt's denn hier für das Kilo Altpapier?« Ich deute auf seinen Karren, an dessen Rand etliche Zeitungen stecken. Versteht er meine Frage nicht? Ich erkläre ihm, dass bei uns das Kilo Zeitungen fünfzehn Pfennige bringt, für Flaschen und Gläser jeweils fünf. »Am meisten«, fahre ich fort, »bringt Schrott. Aber den gibt's kaum noch. Der ist immer schnell weg. Zeitungen und Gläser gibt's überall.«

»Kannste mir nicht den Hunni holen?«, fragt er.

»Nein«, sage ich. »Das darf man nicht machen. Das ist ein Trick. Es wird von Ihren Steuergeldern bezahlt, kommt aber nur den Geschäftsleuten zugute und soll unseren Bürgern den Kopf verdrehen. Dreimal nein, muss jeder da sagen!«

»Was bist 'n du für 'n Vochel«, sagt er vor sich hin.

Meine Argumentation hat ihn nicht überzeugt. Die jahrzehntelange Kopfwäsche durch die Presse seines Landes hat ihm offenbar jeden klaren Gedanken ausgetrieben. Doch statt enttäuscht oder beleidigt zu sein, sollte ich einfach besser argumentieren. Ihm von unseren revolutionären Umgestaltungen zu erzählen, davon, dass wir die Macht, die uns auf dem Papier schon gehörte, uns jetzt tatsächlich nehmen, hieße, den zweiten Schritt vor dem ersten zu gehen.

»Wissen Sie, was wir machen?«, sage ich. »Ich werde Ihnen jetzt zwanzig Mark schenken, zwanzig Mark der Deutschen Demokratischen Republik.«

Ich hole mein Portemonnaie hervor, froh, so schnell eine überzeugende Lösung gefunden zu haben. Tatsächlich stecken noch zwei Zehner drin. Ich reiche sie ihm.

»Soll ich 'n damit?«, fragt er.

»Damit können Sie in der DDR einkaufen gehen. Sie werden staunen, was Sie dafür alles bekommen! Auf diese Art und Weise lernen Sie ganz praktisch, dass es bei uns nicht nur nicht nix gibt, sondern dass das, was sie nix nennen, ganz schön viel mehr ist als hier, wo zwanzig Mark Ihrer Landeswährung im Vergleich dazu nix sind.«

Er begreift immer noch nicht, obwohl ich mich doch in seiner Sprache klar ausgedrückt habe.

»Bitte«, dränge ich ihn. »Probieren Sie es! Ich garantiere Ihnen, für zwanzig Mark unserer Republik erhalten sie dreimal so viele Lebensmittel wie für denselben Betrag Ihrer Landeswährung.«

Langsam streckt er seine Hand aus und greift nach den Zehnern.

»Das ist Clara Zetkin«, erkläre ich, während er die Scheine betrachtet. Er reicht sie mir zurück, aber nun nehme ich sie nicht mehr.

»Machen Sie sich keine Gedanken«, sage ich und winke ab. »Ich bin Maurer und verdiene mehr als genug. Wenn Sie bei uns bleiben wollen, weil wir das Recht auf Arbeit verwirklicht haben und auf kostenlose medizinische Versorgung, wenn also Ihre Zähne in Ordnung gebracht sein werden und Sie eine Arbeitsstelle gefunden haben, dann erinnern Sie sich vielleicht daran, dass es diese zwanzig Mark gewesen sind, die Ihr Leben verändert haben. Bei uns wird jeder gebraucht! Auf Wiedersehen.«

Ich stehe auf und halte ihm zum Abschied die Hand hin. Er braucht eine Weile, bis er seine Rechte erhoben und zu meiner bugsiert hat. Sie ist klebrig. Trotzdem drücke ich sie fest und lange. Er soll wissen, wer seine wahren Verbündeten sind.

SIEBZEHNTES KAPITEL

In dem Peter erleben muss, wie die eigene Familie den Maßgaben der Revolution nicht gerecht wird. Verzweifelter Appell an das politische Bewusstsein der Bewohner der aktuell besten aller Welten.

Welch langen und steinigen Weg die Arbeitenden im Westen noch vor sich haben, bis sie die Macht in die eigenen Hände nehmen können, kann ich erst jetzt wirklich ermessen! Insofern ist meine Exkursion nach Berlin West doch kein verlorener Tag gewesen!

Im Licht der Laterne sehe ich vor unserem Haus zwei Gestalten. Sie biegen sich vor Lachen.

»Wohin des Wegs?«, ruft der Mann, als ich mich ihnen nähere. »Peterchen!«, ruft die Frau. Mein Erstaunen ist Anlass zu neuem Gelächter.

»Was ist denn mit euch los?«, frage ich.

»Wir haben uns was gegönnt«, sagt Beate. »Da!« Sie hebt eine große Papiertasche hoch. »Und da.«

»Einkaufsbummel«, sagt Hermann, der nach ihrem Vorbild eine dritte Tasche hochhält.

»Shopping!«, sagt Beate. »Staunste, wa?«

»Weihnachtseinkäufe?«, frage ich und drücke die Gartenpforte auf. Im Gehen geraten Beate die Papiertüten zwischen die Knie, so dass sie stolpert, aber auf den Beinen bleibt. Beide kichern erneut.

Ich bin froh, Beate und Hermann gemeinsam in so ausgelassener Stimmung zu erleben, auch wenn sie mit Alkohol nachgeholfen haben.

Ich will ins Bett, aber die beiden bestehen darauf, dass ich mich zu ihnen in die Küche setze. Hermann holt seinen Cabernet aus der Speisekammer.

»Riechst du was?« Beate reckt ihr Kinn hoch.

»Duftet«, sage ich.

»Duftet? Hermann, er sagt, es duftet!«

»Es duftet sehr gut!«, sage ich.

»Peter, Peter, du hast keine Ahnung«, sagt Beate und erhebt sich wieder, was ihr sichtlich schwerfällt. »Das ist … das hast du noch nie in deinem Leben gerochen, noch nie! Und du sagst ›duftet‹.«

»Wir waren im Palast, da ist jetzt überall Platz, sind ja alle drüben«, sagt Hermann.

»Essen und Trinken tun wir hier, sind ja nicht blöd«, sagt Beate.

»Sind ja nicht bescheuert«, sagt Hermann.

»Richtig«, sagt Beate, »nur betrunken.«

Allmählich dämmert mir, woher die Tüten stammen.

»Ihr wart im Westen?«

»Denkste, das gibt's hier?«

»Und das Geld?«

»Kannste dir doch abholn.«

»Julia hat uns was dazugegeben, fast vierhundert summa summarum!«

»Ihr habt das Geld von denen angenommen?«, frage ich.

»Wer unser Geld für den Soli verschenkt … Jetzt haben wir auch mal was geschenkt bekommen!«

»›Ich möchte bitte bitte hundert Westmark, ich komme aus der DDR‹ – so habt ihr gebettelt?«

»Du musst da nichts sagen«, sagt Hermann. »Du wartest, und wenn du dran bist, schiebst du deinen Ausweis rüber und bekommst die Mäuse. Du brauchst nicht mal danke zu sagen, Ausweis, zack, Geld und weg.«

»Bist auch noch stolz darauf?«

»Peterchen, verdirb uns nicht die Laune. Ist geschenkt, ohne Bedingung, vom Staat. Wenn unser Staat das nicht kann …«

Ich weiß nicht, was ich sagen soll.

»Was passt dir denn daran nicht?«, fragt Beate und kramt in einer der Tüten.

»Das ist erniedrigend! Ich würde mir von keiner Westbank was in meinen Ausweis stempeln lassen! Ihr habt eure Ehre verkauft!«

»Komm mal runter von deinem hohen Ross«, sagt Hermann. »Da stehen überall die Kämpfer für Sozialismus und Frieden an und warten ganz brav! Äußerst brav, sag ich dir!«

»In so 'ner Schlange muckst sich keiner mehr!« Beate kichert wieder.

Ich weiß nicht, woher plötzlich diese Traurigkeit kommt. Einen Augenblick später begreife ich plötzlich die Gefahr, die unserer Revolution von diesen läppischen hundert Westmark droht.

»Hier, für dich! Aus dem Kah-Deh-Weh!« Beate hält mir ein verpacktes Schächtelchen hin.

»Ich will nichts von denen«, sage ich.

»Das ist von uns«, sagt Hermann. »Wir haben für dich ein Geschenk ausgesucht. Pack's wenigstens aus.«

Der durchsichtige Klebestreifen ist kaum abzulösen, ohne das Papier zu beschädigen.

»Zerreiß es doch«, sagt Hermann.

»Ja, zerreiß es«, sagt Beate.

Beide sehen mich an, als wären sie es, die etwas geschenkt bekommen.

»Na, freust du dich?«, fragt Beate.

»Ein Taschenmesser?«

»Aber was für eins, ein Schweizer Taschenmesser!«, verkündet sie und will es mir aus der Hand nehmen, noch bevor ich es aus der Verpackung habe. »Das ist wirklich etwas Besonderes. Und das brauchst du überall, wirklich, immer und überall. Und kaputt geht's auch nicht.«

»Ich hatte noch nie ein Taschenmesser«, sage ich.

»Deshalb ja, deshalb ja!«, jubelt Beate.

»Lass gut sein«, sagt Hermann.

»Was hast du denn gegen ein Taschenmesser? Klapp mal auf, zwei Klingen, pass auf, Korkenzieher, Dosenöffner – ich weiß nicht, wie der funktioniert, aber dran ist er, für Dosen.«

»Korkenzieher, Dosenöffner«, sage ich und versuche, mich zu beherrschen.

»Lass gut sein, lass gut sein«, sagt Hermann.

ACHTZEHNTES KAPITEL

In dem Peter die Konterrevolution am Schafspelz erkennt.

»Kennst du das?« Joachim Lefèvre schiebt mir ein Papier zu, ohne den Kopf zu heben. Aktenstudium ist seine Sache.

»Was soll das heißen, ›Für unser Land‹?«

»Das kommt von der Humboldt-Uni, nicht von mir.«

»Was soll das?«, frage ich. Joachim Lefèvre sieht stur in seine Akten. »›Noch haben wir die Chance, in gleichberechtigter Nachbarschaft zu den Staaten Europas eine sozialistische Alternative zur Bundesrepublik zu entwickeln‹«, lese ich vor. »Was heißt denn hier ›noch‹? Das ist doch selbstverständlich! Und hier: ›Noch können wir uns besinnen auf die antifaschistischen und humanistischen Ideale, von denen wir einst ausgegangen sind.‹ Was soll das?«

»Du nimmst immer alles so ernst! Die machen sich halt Sorgen …«

»Na und?«, unterbreche ich ihn. »Ich mache ja auch keinen Aufruf: ›Haltet die Gesetze!‹ Du musst das verhindern!«

»Wieso ich?«

»Das ist die Konterrevolution im Schafspelz!«

Joachim Lefèvre lächelt. »Kannst ja deine Adresse angeben. Dann gehen die Zuschriften an dich. Und dann lässt du sie verschwinden.«

»Was ist denn das für eine Logik?«

»Die suchen händeringend jemanden, an den das geschickt werden kann.«

»Und dann?«

»Dann bist du der Herr der Dinge«, sagt er, lacht auf und versenkt sich wieder in seine Akten.

NEUNZEHNTES KAPITEL

In dem Peter Säcke voller Zustimmung zuteilwerden. Rückkehr der Geliebten. Ein unerwarteter Wutausbruch.

»Aber mich da mit reinziehen, das geht einfach nicht. Wie soll ich denn jetzt arbeiten?«

»Lass endlich den Sack los«, sagt Frau Schöntag.

»Da steckt irgendwo meine ganze Abrechnung drin!« Hermann schleift den Postsack von der Haustür weg und lehnt ihn neben den gestrigen an die Wand. »Ich brauche meine Abrechnung!«

»Entschuldige bitte! Ich hab nicht gedacht, dass die auch deine Post da mit reinstecken!«

»Hier steht Holtz, Schrägstrich, Dr. Grohmann, überall!«

»Ich wollte auf Nummer Sicher gehen, weil ich dachte, Holtz allein …«

»Gar nichts hast du gedacht, gar nichts!«

»Vielleicht hast du ja morgen deine Post wieder im Kasten«, sagt Frau Schöntag.

»Ich hab mit dem neuen Briefträger gesprochen, Julia. Die sind stinksauer, die kommen selbst nicht nach. Stinksauer, hat er gesagt, schon wegen des Autos! Jetzt muss uns ihr Paketwagen Kärtchen und Briefe bringen.«

»Ich seh das für dich durch«, sagt Frau Schöntag.

»Willst du jeden Tag so 'nen Sack durchwühln? Jeden Tag?«

»Ich mach mit«, sage ich.

»Jeden Tag hunderttausend Briefe?!«

»Ich bin auch erst dagegen gewesen«, erkläre ich. »Prinzipiell dagegen. Aber dann ging alles so schnell. Ich hätte das nicht gemacht, wirklich. Aber als Kohl dann von seinem Plan zur Einheit faselte …«

»Denkst du, du kommst dagegen an?«, fragt Hermann.

»Weil sie immer noch keine Adresse hatten, dachte ich, springe ich erst mal ein.«

»Oh!«, ruft Frau Schöntag. Tageslicht fällt auf sie. Jemand kommt zur Haustür herein.

»Petra?!«, sagt Hermann und geht auf sie zu.

»Was ist denn das?«, fragt sie.

»Peters Postsäcke«, sagt er. »Sein jüngster Streich.«

»Fanpost?« Petra umarmt mich kurz.

»So ungefähr«, sagt Frau Schöntag.

»Und warum lasst ihr die draußen stehen?«

»Wieso draußen?«, frage ich.

»Am Tor«, sagt sie.

»›Für unser Land!‹«, sagt Hermann ironisch.

»Das landet hier?«

Hermann zeigt auf mich. »Unsere Adresse war sogar in der *Aktuellen Kamera* und im *ND*!«

»Ich wollt auch mitmachen«, sagt Petra. »Aber seit Krenz und Schabowski unterschrieben haben …«

»Himmel!«, sagt Frau Schöntag. »Dann brauchst du dir keine Gedanken mehr zu machen, Hermann. Übermorgen ist das vorbei …«

»Diese Arschgeigen!« Hermann schlägt sich klatschend gegen die Stirn. »Erst den Karren in den Dreck fahren, unfähig, mit Anstand abzutreten, zu blöd, eine Grenze zu öffnen! Wie 'ne heiße Kartoffel lassen die das Land fallen!« Hermanns Kopf ist rot, bis auf die Narbe. »Und jetzt … Diese Schmeißfliegen!« Seine Fußspitze trifft den Postsack.

»Himmel! Ich dachte, du bist gegen den Aufruf?«, sagt Frau Schöntag.

»Ich will meine Post!« Hermann reißt die Haustür auf. Wir gehen ihm nach. Er greift sich einen der Säcke und schleift ihn hinter sich her über die nassen Fliesen. Petra und ich machen es ihm nach. Frau Schöntag schließt unsere Gartenpforte und bleibt inmitten der restlichen Säcke stehen.

ZWANZIGSTES KAPITEL

In dem Peter sich wundert, warum seine Freundin mit ihm und seinem Körper unzufrieden ist. Wer oder was sagt die Wahrheit?

Als wir nachmittags in Petras Wohnung kommen, ist der Ofen im Wohnzimmer noch warm. Petra hängt ihre Sachen an die Garderobe, zieht die Schuhe aus und auch den Pullover. Zweimal pro Woche bin ich in die Hans-Otto-Straße gefahren, um in den Briefkasten zu sehen und die Blumen zu gießen. Der Baum im Hinterhof ist kahl bis auf ein paar orangefarbene Blätter an seiner Spitze. Als ich mich umdrehe, steht Petra in Unterwäsche vor mir.

»Und? Erkennst du mich wieder?«, fragt sie. »Ich hab das Bett frisch bezogen.« Sie gibt mir einen Kuss. Ich überlege, wann ich das letzte Mal geduscht habe. Vorsichtshalber wasche ich mich noch mal unten herum. Hose und Unterhose ziehe ich nicht wieder an.

»Das sieht ja aufregend aus«, sagt Petra, als ich vor ihr erscheine. Ich entkleide mich schnell und schlüpfe zu ihr unter die Decke. Sie schiebt ihre kalten Füße zwischen meine Waden. Ihre Hände tasten nach meinem Glied.

Ich habe noch nicht gewagt, Petra zu fragen, warum sie sich kein einziges Mal gemeldet hat, obwohl ich ihr wöchentlich ein paar Zeilen geschrieben habe, anfangs sogar öfter. Ansonsten fallen mir nur noch die Fragen ein, die ich ihr bereits gestellt habe.

»Bist du sauer auf mich?«, fragt Petra nach einer Weile.

»Nein«, sage ich, »wieso?«

»Hattest du eine andere?«

»Wie kommst du denn darauf?«

Petra antwortet nicht. Ich streichele ihr die Knie und dann die Arme, den Hals.

»Willst du nicht?«

»Doch«, sage ich.

Petra hört auf, mein Glied zu massieren.

»Mach's dir mal bequem«, sagt sie, schiebt sich hinunter und nimmt mein Glied in den Mund. Ich stopfe mir auch das zweite Kopfkissen in den Nacken und sehe ihr dabei zu. Sie beginnt, leise zu stöhnen, was mich wundert, weil mein Glied völlig lasch bleibt. Ziemlich plötzlich hört sie dann auf, kommt wieder herauf, dreht mir den Rücken zu und drückt sich an mich.

»Was ist?«, fragt sie beinah tonlos.

»Ich habe da leider keinen Einfluss drauf«, sage ich.

»Das ist halt ehrlicher als das, was man will«, antwortet sie.

»Wieso ehrlicher?«

»Ach, lass«, sagt sie.

»Meinst du, ich belüge dich?«

»In ein paar Wochen kann viel passieren.«

Ich verstehe nicht, was sie mir vorwirft.

»Du argumentierst«, sage ich nach einigem Nachdenken, »als befänden wir uns auf dem Niveau von Tieren.«

Petra antwortet nicht. Ich habe sogar den Eindruck, sie versucht, den Atem anzuhalten. Aber wenn ich ein Auge zukneife und ganz genau hinsehe, wird offenbar, dass ich mich irre.

EINUNDZWANZIGSTES KAPITEL

In dem Peter bemerkt, das Beten vergessen zu haben. Sorgen um eine missverständliche Rede. Westliche Besucher. Endlich kann er sich mal zurücklehnen.

Am 15. Dezember 1989 findet in Berlin unser außerordentlicher Parteitag statt. Joachim Lefèvre hat darauf bestanden, vor der Eröffnung eine ökumenische Andacht abzuhalten. Weil ich verspätet in der Galiläakirche in der Rigaer Straße eintreffe, schiebe ich mich in die hinterste Bankreihe. Vor mir sitzen fast ausschließlich Männer. Sie halten ihre Köpfe gesenkt. Die meisten der von grauweißen Haarkränzen eingefassten Halbglatzen glänzen in dem schwachen Licht. Die Kirche ist nicht beheizt, auf meiner Bankreihe liegt Staub. Mir fällt es schwer, nicht an den Parteitag zu denken. Alles steht zur Debatte: Aufgaben, Arbeitsstruktur, Zusammensetzung der Leitungsgremien und Weichenstellungen für die zukünftige Politik. Als wir uns zum Gebet erheben, werde ich beim Falten der Hände gewahr, dass ich längere Zeit, wohl schon seit Wochen, nicht mehr gebetet habe. Das Vaterunser leise mitzusprechen tut gut. Am liebsten würde ich es sofort wiederholen.

Als Joachim Lefèvre eine Stunde später im Kino Kosmos in der Karl-Marx-Allee seine Grundsatzrede hält, wird mit jedem Satz deutlicher, wie missverständlich seine Formulierungen auf all diejenigen wirken müssen, die mit seinem Denken und Fühlen nicht so vertraut sind wie ich. Beinah jeder Satz ruft vehementen Applaus wie empörte Zwischenrufe gleichzeitig hervor. Je länger er spricht, desto unabweislicher scheint es mir, den eigentlichen Sinn seiner Rede den Delegierten erklären zu müssen.

Beunruhigend ist, dass der schräg vor mir in der ersten Reihe sitzende ehemalige Bürgermeister von Berlin West, Diepgen, unablässig Beifall spendet. Vielleicht liegt es nur daran, wie Diepgen klatscht, nämlich mit erhobenen Ellbogen, gut sichtbar also, als wäre er jemand, der vorgibt, wann applaudiert werden soll und wann nicht.

Als etliche Unionsfreunde mit steinerner Miene nach vorn kommen, ihr Parteibuch auf den Tisch des Präsidiums legen oder schmeißen und hinausstreben, muss doch auch Joachim Lefèvre begreifen, wie dringend es einer Klarstellung bedarf.

»In einer Partei, die sich vom Sozialismus verabschiedet, will und kann ich nicht mehr Mitglied sein«, ruft einer in den Saal. Diepgen tuschelt mit seinem Nebenmann und winkt mehrmals ab. Obwohl ich mich sofort melde, ja aufstehe, um bemerkt zu werden, muss ich mich gedulden. Einer nach dem anderen tritt ans Rednerpult vor unser CDU-Emblem, das oben von dem Wort »Erneuerung«, unten von dem Wort »Zukunft« gerahmt wird.

Wenn Joachim Lefèvre von einer sozialen Marktwirtschaft spricht, so geht es nicht um Privatisierung, sondern um die Demokratisierung der Produktionsverhältnisse im deutlichen Gegensatz zu den willkürlichen Plänen einzelner Geronten, die Mensch und Umwelt unseres Landes ruiniert haben. Doch gerade jetzt, da unsere Partei zu sich selbst findet, dürfen wir doch nicht diejenigen aus dem Saal laufen lassen, die es mit dem Sozialismus ernst meinen! ›Sozialismus‹ ist zu einer Worthülse verkommen, die in unserer Bevölkerung nur negative Reaktionen auslöst. Deshalb legt uns Joachim Lefèvre nahe, auf diesen Begriff zu verzichten. Wenn er von einem klaren Bekenntnis zum Ziel der Herstellung der nationalen Einheit spricht, dann bedeutet das, dass wir uns ändern müssen, ja! Aber noch mehr wird sich die BRD ändern müssen! Der Gedanke der nationalen Einheit bietet uns die Möglichkeit, die Errungenschaften unserer Revolution in den Westen zu tragen und dort fruchtbar zu machen.

In der Pause will ich unbedingt mit Joachim Lefèvre sprechen, der aber zu Diepgen eilt, um sich für dessen Kommen zu bedanken – als Gastgeber ist das auch seine Pflicht. Ein Begleiter von Diepgen spricht mich an. Ob wir uns überhaupt bewusst seien, dass sein Chef für seinen Besuch hier einen hohen Preis zahlen werde. Denn in Bonn habe man mit uns nichts am Hut. Seine Äußerung beruhigt mich, ich drücke ihm fest die Hand.

Noch ein anderer westlicher Politiker ist angereist, aus Bayern. Jedem, der in seine Nähe gerät, reicht er die Hand wie ein Mitbringsel und sagt: »Huber, Erwin.« Viele wollen ihn begrüßen. Obwohl sein Gesicht etwas Füchsisches hat, wirkt seine offene, einfache und herzliche Art gewinnend auf mich.

Nach der Pause erhält er viel Applaus. Joachim Lefèvre stellt ihn vor. Jetzt kommt heraus, dass er der Generalsekretär jener Partei ist, die den Pinochet-Freund Franz-Josef Strauß zum Vorsitzenden hatte. Ich bin nicht der Einzige, der das befremdlich findet. Joachim Lefèvre aber bleibt seiner Maxime treu: Jeder darf reden. Und wenn es notwendig wird, sollte man ihm antworten. Verbieten bringt nichts!

Huber, Erwin will eine kurze Rede halten. Als wäre es das Selbstverständlichste von der Welt, spricht er von der deutschen Einheit. Immer wieder: »deutsche Einheit« und

»meine Damen und Herren«. »Im Zuge der deutschen Einheit«, ruft er und streckt sich dabei, »werden auch Schlesien und andere Gebiete wieder zu Deutschland kommen, meine Damen und Herren.« Danach wird er wieder kleiner.

Der Saal gerät in Aufruhr. Huber, Erwin redet weiter. Nie hätte ich es für möglich gehalten, jemals Zeuge einer solchen Äußerung zu werden. Und ihm habe ich eben noch die Hand geschüttelt! Joachim Lefèvre behält aber auch diesmal recht. Ja, man braucht die Leute nur reden zu lassen. Nach Huber, Erwin ergreift er selbst das Wort. Ich höre gar nicht mehr zu, was er ihm antwortet, weil ich es genieße, mich endlich mal auf meinem Sitz zurücklehnen zu können und die anderen machen zu lassen, ohne dabei irgendeine Befürchtung hegen zu müssen.

ZWEIUNDZWANZIGSTES KAPITEL

In dem Peter die Revolution auf einem guten Weg sieht und eine Zugfahrt in das vorweihnachtliche Dresden unternimmt. Eine Begegnung mit Vertretern der Arbeiterklasse. Gutes Brot und eine befremdliche Fahne.

Es ist mir zur zweiten Natur geworden, all das, was Joachim Lefèvre sagt, auf meine Art und Weise zu deuten und dementsprechend zu handeln. Ich finde es mittlerweile richtig, sich an die Spitze derer zu setzen, die auf eine nationale Einheit drängen. Es ist falsch von mir gewesen, auch zukünftig auf der Existenz von zwei deutschen Staaten zu beharren. Gerade das bedeutete ja eine Absage an gesellschaftliche Veränderungen! Wir werden den Schwung unserer Revolution nutzen und im Zuge der Annäherung einen grundlegenden Wandel in der BRD bewirken. Bei uns wählen die Werktätigen in den Betrieben ihre Leiter und Direktoren selbst, die Lehrer die Schuldirektoren, die Universitäten ihr Führungspersonal, die Kliniken ihre Chefärzte. Aus diesem Grund bedauere ich es auch, nicht mehr im Baukombinat zu arbeiten. Mein Freund Wolfgang gehört zu dem Gremium, das den Betriebsleiter abgewählt, den SED-Parteisekretär entmachtet und eine Diplomingenieurin zur Leiterin gemacht hat. Der Leistungslohn, der vorher nur in einzelnen Bereichen zur Anwendung kam, wird nun überall eingeführt. Wolfgang sieht darin eine Vorstufe zur sozialistischen Marktwirtschaft und zu Arbeiterräten. Kein Wunder, dass führende BRD-Politiker verunsichert sind und allmählich kalte Füße kriegen. Als Volker Rühe, der Generalsekretär der westlichen CDU, im Otto-Nuschke-Haus zu einer Stippvisite erscheint, bleibt ihm nichts anderes übrig, als auf der Vergangenheit herumzureiten. Obwohl Joachim Lefèvre demokratisch gewählt ist und nur ehrenamtlich Ortsvorsitzender in Treptow war, examiniert er ihn wie einen Prüfling, um uns am Ende alle anzublaffen, dass wir uns noch zu rechtfertigen hätten. Der BRD-Kanzler ist nicht besser. Als er durchs Brandenburger Tor eilt, ignoriert er Joachim Lefèvre geflissentlich. Kohl tut so, als hätte *er* die Grenze geöffnet. Dabei wäre es doch an uns gewesen, zuerst hindurchzugehen und diejenigen, die auf der anderen Seite warten, einzuladen, mit uns gemeinsam das Tor zu durchschreiten.

»Kein Sterbenswörtchen«, lamentiert Joachim Lefèvre beinah täglich über die ausbleibenden Signale aus Bonn.

»Die haben Angst vor Veränderungen!«, sage ich. »Wie oft habe ich in den letzten Tagen von Besuchern aus dem Westen gehört: ›So offen wie bei euch diskutiert bei uns schon lange keiner mehr!‹ Und dabei unterschlagen sie geflissentlich die Unterschiede in den Besitzverhältnissen. Geld hat bei uns in der Politik nichts zu suchen!«

Ich schlage Joachim Lefèvre vor, in seinem Auftrag nach

Dresden zu fahren, wohin Hans Modrow den BRD-Kanzler eingeladen hat. Vielleicht ist der BRD-Kanzler ja froh, noch in diesem Jahr einen Abgesandten des anderen CDU-Vorsitzenden, der inzwischen auch stellvertretender Ministerpräsident der DDR ist, zu treffen.

»Übertreib's nicht«, sagt Joachim Lefèvre. »Soll ich dich fahren lassen?«

Über das Büro des Ministerpräsidenten habe ich den Zeitplan des Besuches vom BRD-Kanzler erhalten. Ich nehme einen frühen Zug. In Elsterwerda kommen vier Männer und eine Frau in mein Abteil. Sie haben eine eingerollte DDR-Fahne dabei und außer einem alten Rucksack, dessen Lederriemen glänzen, kein Gepäck. Kaum sitzen sie, öffnet die Frau auch schon die Riemen des Rucksacks. Zuerst scheint es, als verteilte sie Präsente, so sorgfältig ist alles in Butterbrotpapier verpackt, fehlt nur das Geschenkband. Kurz darauf duftet das Abteil nach frischem Brot und Wurst. So stark die Brotscheiben auch sind, der Wurstbelag ist doppelt so dick. Ohne weiteren Kommentar hält sie auch mir solch ein Päckchen hin.

»Nun nimm«, sagt sie, als gehörte ich dazu. Da ich zögere, ergreift der Mann neben mir das Päckchen, zieht den kleinen Tisch vor mir unter dem Fenster heraus, kippt ihn in die Waagerechte und legt es darauf. Niemand sagt etwas. Sie sehen mich nicht mal an. Jeder ist mit Kauen beschäftigt. Als ich mich daranmache, das Butterbrotpapier zu entfalten, lachen sie alle los. Der Mann mir gegenüber, der eine verbeulte Brotkapsel mit Apfelschnitzen herumreicht, hat Finger, aus deren Fältchen sich der Dreck nicht mehr auswaschen lässt, vielleicht ist er Kfz-Mechaniker oder Traktorist. Während sich der Geschmack des Apfels mit dem der Leberwurst in meinem Mund angenehm vermengt, bringt die Frau zwei Tassen mit Kaffee in Umlauf. Ich wische einen Brotkrümel vom Rand und nippe ebenfalls davon.

»Schmeckt's?«, fragt sie.

»Und wie!«, antworte ich, was sie als Aufforderung missdeutet, mir ein zweites Päckchen zuzuteilen.

»Seht ihr, seht ihr!«, ruft die Frau, als ich das Butterbrotpapier zusammenfalte. »Der junge Mann weiß das zu schätzen!«

Wie ich ihren Reden entnehme, wollen sie in Dresden einen Freund vom Flughafen abholen. Als ich frage, woher ihr Freund denn zurückkehre, sorge ich erneut für Heiterkeit.

»Von ganz weit her!«, ruft der neben mir, der dick ist und nicht weiß, wohin mit seinen Armen. Immer wieder verschränkt er sie vor der Brust, sein Bauch dient als Ablage für die Unterarme. »Helmut kommt aus dem Westen!«

»Helmut ist hoffentlich auch dein Freund, oder?«, fragt der mir gegenüber und erhebt drohend die Hand, als wollte er mich ohrfeigen.

»Diesen Helmut kennst du«, sagt die Frau. »Na, Kohl!«

Nun kapiere ich, wovon sie reden.

»Zu dem will ich auch«, sage ich. »Ich werde ihm Grüße unseres Parteivorsitzenden Joachim Lefèvre überbringen.«

Wieder lachen sie los.

»Bist du 'ne Blockflöte?«, fragt mein dicker Nachbar und dreht sich, soweit ihm das überhaupt möglich ist, zu mir.

»Parteien sind eigentlich schon heute ein überholtes Modell«, sage ich.

»Richtig!«, sagt ernst mein Gegenüber. »Gebt uns das Geld lieber gleich, hier, bar auf die Kralle!« Er klatscht den Handrücken seiner Rechten auf die flache Linke, eine Bewegung, die er mit großem Ernst wiederholt.

»Wenn wir Werktätigen unmittelbar über die Produktionsmittel verfügen, werden die Parteien von selbst absterben.«

Ich komme ins Erzählen und Argumentieren. Meine Reisegesellschaft stimmt mir unentwegt lachend zu. Erst als wir in Dresden-Neustadt einfahren, habe ich auch die zweite Portion aufgegessen.

»Komm nur gleich mit zum Helmut«, sagt der Dicke. »Dann haste deinen Auftrag erledigt.«

Gemeinsam steigen wir in Dresden-Neustadt aus. Der Traktorist trägt die Fahne über der Schulter. Wir gehen in Richtung der Treppen – langsam entrollt er die Fahne. Unser Emblem fehlt! Als hätte die Fahne ihr Gesicht verloren! Die Stelle ist mit einem anderen Gelb, einem anderen Rot, einem anderen Schwarz ausgebessert.

»Warum haben Sie unsere Fahne verstümmelt?«, frage ich und bleibe stehen. »Sie sind doch auch Arbeiter!«, rufe ich. Sie aber gehen davon, ohne zu antworten und ohne sich weiter um mich zu kümmern.

DREIUNDZWANZIGSTES KAPITEL

In dem Peter verwirrend viele Fahnen sieht. Sprechchöre vor der Ruine der Dresdner Frauenkirche. Erinnerungen an den Tierpark. Ein Kinderhandschuh, noch einer – Schluss!

Ich fahre zum Hotel *Bellevue*, um dort auf den BRD-Kanzler zu warten. Allerdings komme ich nicht mal bis an die Auffahrt heran. Obwohl ich den Polizisten erkläre, im Auftrag des stellvertretenden Ministerpräsidenten, dem Minister für Kirchenfragen und Parteivorsitzenden der CDU unterwegs zu sein, werde ich abgewiesen. Nun ärgere ich mich, nicht den Dienstwagen genommen zu haben.

Beim Anblick der vielen Schaulustigen, die in der Nähe des Hotels ausharren, frage ich mich, wie viele Touristen aus der BRD eigens angereist sind, um mit ihren Fahnen hier herumzuwedeln – darunter mir auch unbekannte grünweiße und schwarz-gelbe Fahnen –, und wie viele davon Einheimische sind, die sie nachäffen. Hier zu warten, um dann bestenfalls Modrow und dem BRD-Kanzler beim Aussteigen zuzusehen, wäre lächerlich.

Ich gehe über die Georgi-Dimitroff-Brücke zur Hofkirche, sehe mir die restaurierte Semper-Oper von außen an, durchquere den Zwinger und gelange, indem ich der roten Leuchtschrift »Der Sozialismus siegt!« auf einem Hochhaus folge, zum Altmarkt. Ich habe noch keine Weihnachtsgeschenke, finde aber weder in den Buden des Striezelmarktes noch später im Centrum-Warenhaus etwas, das wir brauchten. Und um Schmuck oder Kleidung für Frauen zu kaufen, bin ich mir geschmacklich zu unsicher.

Der Entschluss, mit dem nächsten Zug nach Berlin zurückzufahren, stimmt mich heiter. Plötzlich regt sich sogar Unternehmungslust. Ich will noch auf die Brühl'sche Terrasse, die ich zuletzt mit Olga besichtigt habe, um meinen Daumen in die Vertiefung des Geländers zu drücken, die der Legende nach von August dem Starken stammen soll.

Vor der Ruine der Frauenkirche errichten Arbeiter ein Podest. Von hier, das wissen bereits die Herumstehenden, sollen entgegen dem offiziellen Terminplan Hans Modrow und der BRD-Kanzler sprechen. Fotografen und Kameraleute beziehen auf einer zweiten Tribüne Posten. Wüsste ich nicht, dass die hier herumstehenden Fahnenträger auf Politiker warteten, hielte ich sie für Fußballfans. So grölen sie auch. Obwohl ich keinerlei Lust verspüre, unter ihnen auszuharren, muss ich jetzt meinen selbstgewählten Auftrag erfüllen. Mir ist, als wäre ich in eine Falle getappt. Zudem ist mir kalt, und nasse Schuhe habe ich auch.

Ein Mann mit Vollbart und Schal und Schiebermütze wird immer wieder angesprochen. Seine Jacke aus schwarzem Wildleder ist dick gefüttert, seine Arme stehen kurz und hilflos ab, die Fäustlinge wirken wie Pfoten. Wenn er den rechten abzieht, um andere zu begrüßen, wirkt die Hand wie amputiert.

»Sind Sie Otto Gärtner?«, frage ich, als er für einen Moment allein dasteht.

Sein Blick streift mich kurz. »Schau dir das an! Die drängeln jetzt schon!« Er deutet auf die Fotografen und Kameraleute auf der Tribüne.

»Ich bin mal bei Ihnen zu Gast gewesen, vor vielen Jahren.«

»Und, hat es dir bei mir gefallen?«

»Sie kamen mit schweren Koffern von einer Reise zurück …«

»Soso …«

»Meine Schwester hatte Ihnen einen Kuchen gebacken.«

»Olgalein?« Zum ersten Mal sieht er mich richtig an. »Du bist der rote Clown gewesen?« Derb haut er mir gegen den Oberarm und lacht knatternd. Er lockert seinen Schal, als hinderte der ihn am Weiterlachen, und nimmt die Schiebermütze ab. Wie eine große Spinne sitzt ein dunkles verschwitztes Haarbüschel über seiner Stirn.

»Mit Ihrer Frau habe ich mich den ganzen Abend unterhalten.«

»Dich zu erleben – das war 'ne Messe! Bei den Frauen hat's dir nicht geschadet! Ganz im Gegenteil!«

»Bei den Frauen?«, frage ich aufrichtig überrascht.

»Wer hätte das gedacht, was?!«, ruft er und fährt sich mit dem Fäustling über die Haare. »Dass wir das erleben dürfen!«

»Ich möcht mal wissen, woher die alle mit den BRD-Fahnen kommen«, sage ich.

»Das ist wie Weihnachten, was?!«, sagt er. »Wir warten auf den Weihnachtsmann!«, prustet er hervor, während ein »Deutsch-land ei-nig Va-ter-land«-Sprechchor beginnt. Er hat denselben Rhythmus wie »Neu-es Fo-rum zu-las-sen!«. Als ihr Ruf abebbt, ist abermals im selben Rhythmus »De-De-Er, mein Va-ter-land!« zu hören. Es wird gepfiffen und gejohlt, und dann ertönt im Sprechchor: »Wir sind das Volk!« Otto Gärtner übertönt alle! Ich halte mir ein Ohr zu. Bei der zweiten oder dritten Wiederholung bemerke ich den Unterschied. »Wir sind ein Volk!«, rufen er und die anderen, statt »Wir sind das Volk«, was ich ebenfalls irreführend oder einfach überflüssig finde. Wer in der DDR gehört denn nicht dazu?

Als sie sich wieder beruhigt haben, frage ich ihn nach der Bedeutung des Sprechchors.

Otto Gärtner blickt mich erstaunt an.

»Einheit!«, sagt ein Mann mit einer Fahne ohne Emblem über der Schulter. »Uns hilfd sonst gor nüschde mähr, nur noch die Einheit! Nüschd weider!«

»Wie stellen Sie sich das denn mit dem einigen Vaterland vor?«

»Rädsd du mid mir?«, fragt er.

»Ja«, sage ich.

»Nu mid de Einheit äbm!«, sagt er und streckt Otto Gärtner die Hand hin. Gemeinsam stimmen sie in den anschwellenden Sprechchor »Deutsch-land ein-ig Va-ter-land!« ein.

Als der Sprechchor wieder abklingt, ruft jemand laut und hoch: »Helmut, rette uns!« Es folgen Lachen und Applaus. Und dann wieder »De-De-Er, mein Va-ter-land!«

Otto Gärtner hat sich abgewandt. Von hinten sehen seine abstehenden Arme noch kürzer aus.

Um mich aufzuwärmen, gehe ich zum Kulturpalast und von da in Richtung Zwinger. Plötzlich kommen mir meine Reisegefährten entgegen. Sie eilen an mir vorüber, als folgten sie ihrer Fahne. Sie bemerken mich in der Dunkelheit nicht. Am Ende der Straße, an der großen Selbstbedienungsgaststätte, kehre ich um. Ein paar Jugendliche mit

Fahnen kommen angerannt, sie rennen schnell, und hinter ihnen her kommen andere, ein ganzer Haufen, auch mit Fahnen, die sie wie Lanzen unterm Arm halten. Als sie alle vorüber sind, liegt eine Fahne auf dem feuchten Gehsteig. Ich erkenne unser Emblem darauf, hebe sie auf und warte, dass ihr Besitzer zurückkehrt.

Nach ein paar Minuten gehe ich mit ihr in Richtung Kirchenruine zurück. Die Sprechchöre sind selbst durch den Autolärm zu hören.

Am Brunnen vor dem Kulturpalast liegt ein Kinderhandschuh auf dem Bordstein. Vor mir verkündet die Leuchtschrift »Der Sozialismus siegt!«. Ein Kind ist nirgendwo zu sehen. Ich hebe den Kinderfäustling auf und sehe im selben Moment den zweiten, dazugehörigen Fäustling, den offenbar der Wind über den Bordstein geweht hat. Ich gehe die drei Schritte hinüber, ich strecke den rechten Arm aus. Diesen Kinderfäustling muss doch einer aufheben. Vor allem im Tierpark habe ich oft Handschuhe gefunden. Ich bin Peter im Tierpark. Ich höre die Weihnachtsmusik und die Sprechchöre und den Autolärm und das Stimmengekreisch und wundere mich, was mich so übermäßig streift, hart und unbezähmbar, der Schmerz, der aufschießt, ich höre, den Kopf auf dem Boden, das Sirren der Schienen, an denen zu lauschen verboten ist, und weiß nicht, ob das noch in den Tierpark gehört oder schon nicht mehr.

BUCH VI

ERSTES KAPITEL

Das erste Erwachen des Peter Holtz.

Wir sollen dich aus dem Koma rausreden. ›Sprechen Sie mit ihm, sprechen Sie‹, sagt Oberarzt Reinhardy immer, das sei das Beste, was wir tun könnten. Du hast bestimmt nichts mitbekommen? Oder nur Stimmen, wie ein Baby im Bauch – nichts, woran du dich erinnerst, stimmt's? Ich musste mich nur hier hersetzen, deine Hand nehmen, so wie jetzt – und schon hörte ich mich reden. Dazu brauche ich keinen Oberarzt. Entweder hast du das Bedürfnis zu sprechen, oder eben nicht. Aber nur, wenn ich allein bin, allein mit dir. Hermann hat es mal versucht, während wir dabeistanden, Schönchen und ich – aber das geht nicht, das geht überhaupt nicht. Ich hab dich auf dem Laufenden gehalten, damit du keinen Schock kriegst. Sechs Monate – heute ist ein halbes Jahr eine Ewigkeit, nicht mehr so wie früher, als das völlig egal war. Schwester Sabine sagt, sie habe noch nie bei einem Bewusstlosen so viele Besucher erlebt. Selbst Joachim ist zweimal da gewesen, im Dezember und Januar. Als Ministerpräsident, das ist er nämlich, fehlt ihm die Zeit dazu. Dein Freund ist zu einer historischen Figur aufgestiegen. Wenn du gesund bist, gehst du zu ihm. Der hat Verwendung für deine Talente. Zweimal hat er an deinem Bett gebetet, wie ein König aus dem Morgenland. Es ist alles anders gekommen, als du dir das vorgestellt hast. Aber das war sowieso utopisch. Ich hab ihn auch gewählt. Und bei Petra, da ist es so – da kannst du ihr auch keinen Vorwurf machen. Sie hat einen guten Charakter, glaub mir, auf Petra ist Verlass, aber ihr seid zu verschieden. Sie hat was ganz Verrücktes gemacht. Wenn du mich fragst, wollte der Spanier Petra beeindrucken, um es mal zurückhaltend zu sagen. Ja, da gibt es einen Spanier. Gesehen hab ich den nie, aber den lieben Gott sieht man ja auch nicht. Du hättest das wahrscheinlich gar nicht gut gefunden, meint sie. Aber dir hätte er das Angebot auch nicht gemacht. Und Petra hat vollkommen recht, wenn du den behalten hättest, deinen Trabi, dann hättest du halt den ollen Trabi, und das wär's gewesen, den bekommst du erst wieder als Oldtimer los, vorher will den niemand, nicht mal geschenkt. Wenn du was hast, was niemand will, hat es eben keinen Wert mehr, auch wenn es noch fährt, so ist das jetzt. Bei der Bank wissen wir das eigentlich schon immer. Ihm, dem Spanier … der Spanier braucht einen Wagen mit ostdeutschem Nummernschild, mit dem er überall rumkutschen kann, wie unsereiner eben. Er denkt wohl, im Westwagen würde er überall angehalten und kontrolliert und bestohlen. Er interessiert sich für Fleischkombinate. Petra fährt mit, als Dolmetscherin. Sie hat ihm das Trabifahren beigebracht. Frag mich nicht, was das werden soll, aber was soll das schon werden. Erst dachte ich, was heute alle machen wollen, ein Joint Venture, neunundvierzig Prozent er, einundfünfzig volkseigen. Aber der macht nur ganz oder gar nicht. Die alten Chefs sind zu allem bereit, wenn nur sie selbst ein Pöstchen abkriegen. Kapitäne retten sich zuerst, so in der Art. Die erwarten große Schlitten, Mercedes, BMW, jedenfalls was mit Westkennzeichen. Schon am Werkstor machen die Männchen. Und wenn Petra und der Spanier dann rüberkommen vom Parkplatz – da sind sie baff, der Generaldirektor und seine Leute, einfach nur baff, sagt Petra. Das lässt sich der Spanier was kosten, achttausend hat er bezahlt, ohne zu feilschen, achttausend Westmark, keinen Pfennig weniger, genau das, was Petra für den Trabi verlangt hat. Achttausend D-Mark bar auf die Hand. Ein Spanier im Trabi, der Fleischkombinate kauft. Letztlich geht's nur darum, ob ihm das gelingt oder nicht. Und es gelingt. Du hast bestimmt Fragen. Aber besser, du hörst zu bis zum Schluss. Petra also hat das Geld von dem Spanier genommen und ist nach Westberlin und hat es umgetauscht. Das ist der heikle Punkt. Du wirst das missbilligen, ganz sicher missbilligst du das, aber eins zu elf oder elf zu eins, je nachdem, von welcher Seite du das ansiehst, war das mal. Wenn man mal so viel Westgeld hat, dann ist das umgerechnet echt sensationell, sie hat es nur noch für eins zu neun umgetauscht gekriegt, also zweiundsiebzigtausend Ost, zweiundsiebzigtausend Mark der DDR für einen Trabi! Für 'nen gebrauchten Trabi! Ist doch ein Meisterstück! Und nur weil der Spanier mit 'nem Trabi rumfahren und Petra beeindrucken will. Du hast jetzt also keinen Trabi mehr, aber dafür zu den hundertsechzig Mark, die auf deinem Konto waren, fast siebzigtausend Mark dazubekommen – Petra hat zweitausend behalten, weil sie Klamotten braucht, sie stellt dem Spanier nur das Dolmetschen in Rechnung, auch wenn der ihr alles kaufen würde, aber sie nimmt nix, reine Arbeitsbeziehung, sagt Petra. Für das Geld kriegst du so viele Trabis, wie du willst. Hermann und ich haben schon überlegt, ob man nicht Trabis exportieren könnte, die Ägypter sollen sich dafür interessieren. Plötzlich hat man solche Ideen! Die tauchen einfach so auf. Man macht sich selbst meschugge. Und in ein paar Tagen, wenn das alles umgerubelt wird, bekommst du viertausend eins zu eins getauscht und den Rest eins zu zwei, in D-Mark. Das heißt also, siebzig minus vier macht sechsundsechzig durch zwei bedeutet dreiunddreißigtausend Westmark plus viertausend macht also siebenunddreißigtausend Westmark, die du erst mal auf dem Konto hast. Siebenunddreißigtausend für deinen Trabi. Das ist die erste gute Nachricht. Die zweite sind die Mietkonten, also deine ganzen Häuser. Red ich zu viel? Petra und du … Du musst da ehrlich mit dir sein.

Besonders viel hast du dich nicht mehr um sie gekümmert. Manchmal kommt einem eben die Liebe abhanden, so was gibt's ja. Sie sagt, sie habe um dich gekämpft, mit sich um dich gekämpft. Ich habe ihr gesagt, dass sie warten soll. Es gibt eben so Täler, durch die man durchmuss. Eine Liebe hält das aus. Aber heutzutage ist es schwer zu warten, das muss ich zugeben. Niemand will mehr warten! Jedenfalls kannst du ihr nicht vorwerfen, sie würde aufs Materielle schielen. Ich glaube auch nicht, dass es der Spanier ist. Mit dem Spanier hat sie nichts. Und wenn, dann nicht wegen der Fleischkombinate. Mit dir, sagt Petra, verzichtet sie schließlich auch auf ihren ersten Millionär, auf ihren ersten Multimillionär. Sie hat das sofort kapiert. Ich weiß auch nicht, warum wir da nicht selbst draufgekommen sind, ist ja nicht über Nacht passiert. Aber irgendwie dann doch über Nacht. Peng – und unser Peter ist Häuser-Millionär. Ich hab's erst abends beim Zähneputzen verstanden. Wie Schuppen fiel's mir von den Augen: Peters Häuser! Alle rechtmäßig überschrieben! Jedes so Pi mal Daumen zwischen zweihunderttausend und einer Million. Der Preis steigt sowieso nur, der explodiert. Tag für Tag seh ich das. An unseren Betrieben sind die Grundstücke und Gebäude das Einzige, was die Westler interessiert, was die wirklich interessiert. Du hast fünfzehn Häuser – oder vierzehn? Selbst die Hälften von deinem Freund Wolfgang – der hat dich auch besucht, mehrmals hat er das. Alles ordnungsgemäß überschrieben. Ich dachte, der fragt mich jetzt, ob du ihm nicht doch wieder ein Haus schenkst. Aber ihm ist es gleich, hat er gesagt, ob er mit Ost- oder mit Westmark seine Brötchen bezahlt. Die Menschen sind halt verschieden, wie Schönchen immer sagt. Das mit ihr, das ist so traurig! Dass es sie derart erwischen musste, ausgerechnet jetzt, das ist wirklich gemein. Trotzdem, so ungefähr fünf bis fünfzehn Millionen D-Mark, wenn man sich traut, das mal auszusprechen. Das kann sich keiner vorstellen, oder? Weder du noch ich. Du bist so ein Peter im Glück, Peter, nur umgekehrt, vielleicht noch nicht glücklich, aber den Goldklumpen hast du schon mal!

ZWEITES KAPITEL

Das zweite Erwachen des Peter Holtz.

Du bist unser aller Kind, von Anfang an ist das so gewesen. Ich habe dich gleich gemocht mit deiner Altklugheit, und die Art, wie du mich anredest. Wenn du nicht zu genau hinschaust, könnte mein Tuch auch was Modisches sein, ein Accessoire, sieht doch flott aus? Ich würde gern noch ein Jahr haben, wenigstens eins, auch wenn das keinen Unterschied macht. Entweder hat man das Seine getan oder nicht. Ich habe Olgas Mutter versprochen, dass ich mich um ihren Mann und um ihre Tochter kümmere. Wahrscheinlich hätte sie nicht mal was dagegen gehabt, wenn ich an ihre Stelle getreten wäre. Ich hatte sogar mal was mit Hermann, bevor er sich mit Olgas Mutter verlobt hat. Danach war die Sache für mich entschieden, obwohl er immer noch an mir, na ja, sagen wir mal interessiert war. Beate weiß das nicht. Er hat immer mal 'ne Freundin gehabt. Deshalb ist er auch so eifersüchtig, weil er denkt, alle seien wie er, und sobald es nur eine Gelegenheit gibt, schlüpft man miteinander ins Bett, zumal mit dem Chef. – Warum das nichts geworden ist zwischen ihm und mir? Sieben Jahre Unterschied sind viel, wenn es die Frau betrifft. Zumal, wenn er eine zwanzig Jahre jüngere haben kann. Olga hat sich nie mit Beate abgefunden. Du bist für Beate das Kind, das sie offenbar nicht haben konnte. Und du warst aus dem Gröbsten raus, für Beate genau das Richtige, und dabei ordentlich und sogar im Betragen eine Eins, als hätte Beate dich irgendwo bestellt. Deinetwegen ist sie sogar in die Partei eingetreten, nachdem du ihr die Stasi auf den Hals gehetzt hattest mit deinem Geplappere, Klaus als Kundschafter! Olga hat dich bekämpft – ›Wir brauchen kein Holtz, wir haben Fernwärme‹, hat sie immer gesagt, weißt du noch? Und als sie merkte, dass sie dich nicht mehr loswird, hat sie versucht, dich Beate wegzunehmen, dich auf ihre Seite zu ziehen. – Meine wilde Olga und mein braver Peter … Dass ich jetzt nicht mehr sehen werde, wie es mit euch weitergeht … Olga ist der einzige Mensch, den ich kenne, der sich selbst Blumen kauft, sogar jetzt noch, da sie überhaupt kein Geld hat. Olga ist abhängig von Schönheit. Das hab ich früh begriffen. Als Wanka starb, weißt du noch? Olga hat ihren Hund doch über alles geliebt. Sie war eifersüchtig, sie hat dir verboten, mit ihm rauszugehen. Aber als er begann, unter sich zu machen, und das ganze Drama, da war es aus. So etwas erträgt Olga nicht, das ist nicht mehr schön. Wenn du mich fragst, dann ist sie wegen der Hässlichkeit ausgereist. Sie hat die Hässlichkeit im Osten nicht mehr ertragen. Wie herrlich, wenn man glauben kann, der Hässlichkeit zu entkommen! Für Olga wird's jetzt schwer, schwerer noch als für dich. Auch wenn du das vielleicht noch nicht verstehst, denk dran! Olga weiß nun, dass es keine Flucht gibt. Um dich habe ich weniger Angst. Vielleicht, weil du gläubig bist. Jeder braucht so was. Dein Freund Andreas hat die Musik, der Ulf seine Frau und die Kinder, Wolfgang die Kirche. Ich kann nur sagen, die Menschen sind verschieden und sterblich. Wenn man das wirklich mal begriffen hat … Das ist leider keine Weisheit, muss es ja auch nicht sein. Vielleicht ist die Weisheit, dass es gar keine Weisheit gibt. Oder die Weisheit ist so einfach, dass keiner sie bemerkt, weil man sie übersieht. Es gibt Zeiten, die holen das Gute aus den Menschen heraus. Und dann gibt's Zeiten, die fördern das Schlechte zutage. Die Außergewöhnlichen sind die, die immer gut sind. Es ist halt nur so schwer zu sagen, was das Gute ist und was es nicht ist. Darüber habe ich mit deinem Freund Wolfgang gesprochen. Wenn er schon konvertiert, dann soll er doch gleich orthodox werden, hab ich ihm gesagt. Außerdem dürfen die auch eine Frau haben. Aber gerade das will er nicht, das hab ich jetzt verstanden. Dein Wolfgang hat sich immer falsch verliebt, zuletzt in diese Afrikanerin, vorher in Petra. Priester ist für ihn eine Erlösung, in jeder Beziehung, du brauchst ihn dir nur anzusehen. Und dass er dir ausgerechnet jetzt alle Häuser überschrieben hat … Er hat mir von den Vietnamesen erzählt, die du in der leeren Wohnung in der Moosdorfstraße untergebracht hattest. Die mussten da wieder raus, als die Mieter wiederkamen, die letzten August weg sind, über Ungarn. Mehr als zwanzig Vietnamesen hielten sich da versteckt, weil sie nicht zurück nach Vietnam wollen. Wolfgang hat sie woanders untergebracht. Jetzt haben sich diese Heinrichs, deine Mieter, bei dir beschwert. Sie sind stinksauer, schreiben sie, weil ihre Wellensittiche jetzt vietnamesisch reden, statt *La Paloma* zu singen, oder sie singen es auf Vietnamesisch. Bei mir fangen sie jetzt mit der zweiten Therapie an. Du weißt ja, was das heißt, Kosmonautennahrung, Übelkeit, Erbrechen, die Haare sind ja schon weg. Ich bin so froh, dass du aufgewacht bist, dass wir uns wenigstens verabschieden können. Auch wenn ich dir nichts sagen kann, was dir nicht auch andere sagen könnten. Wer mein Jahrgang ist, ist froh, überhaupt am Leben geblieben zu sein. Ich hab ein paar Sachen gesehen, die ich lieber nicht gesehen hätte. Mir ist auch das eine oder andere passiert. Aber ich fand immer anderes schlimm als das, was andere schlimm fanden, meistens jedenfalls. Und wenn ich vergleiche und darüber nachdenke, meine ich, bin ich ganz gut weggekommen. Noch ein bisschen Zeit wäre nicht schlecht. Wenn jetzt das große Glück anbricht, habe ich es immerhin noch gesehen, so wie Moses das gelobte Land. Vor allem kann uns Olga besuchen. Schon deshalb bin ich mit allem einverstanden. Sie ist zu Weihnachten da gewesen und dann noch mal, kurz nach Ostern. Am wichtigsten ist, kein Krieg! Es gibt keinen Grund mehr für Kriege, weder im Großen noch im Kleinen. Überall wird es friedlich sein, nicht nur hier bei uns. Und nicht mehr lang, dann muss niemand mehr hungern oder durstig bleiben, und alle Kinder haben Schulunterricht. Hat irgendeiner gedacht, den Kalten Krieg auf diese Art und Weise zu beenden, ohne einen Schuss – gut, in Rumänien, das weißt du noch nicht. Den haben sie gleich erschossen, den Ceauşescu, ihn und seine Frau gleich mit. Schön ist das nicht. Aber sonst? Vielleicht steht uns ja eine Zeit bevor, die in jedem das Gute befördert. Das hilft mir irgendwie. Womöglich ist das gar kein schlechter Weg zum Kommunismus, so wie es jetzt ist. Daran solltest du denken. Ich habe mal von einem Polen gehört, der viele Schriftsteller kannte, persönlich kannte. Und von denen, sagte er, hat einer behauptet, er sei für den Kapitalismus, weil der besser ist für die Arbeiter. Jedenfalls für die Arbeiter in unseren Breiten hier. Und wenn sich die Technik immer weiter und weiter entwickelt und das Kapital immer mehr zusammenballt – dann ist es doch auch leichter, das auf Kommunismus umzustellen. Vielleicht ist Lenin einfach zu früh gewesen. Du musst dir die neue Welt gut ansehen. Kein Grund zu verzweifeln. Such dir eine gute Frau, so eine wie Hilfsschwester Sabine, eine von hier. Das wünsche ich dir. Petra ist patent, sehr patent sogar und natürlich schön, eine gepflegte Frau. Aber so ganz schlau bin ich aus ihr nie geworden … So wie sie sich auf dich gestürzt hat, damals. Zuerst dachte ich, die will den Trabi. Dafür habe ich mich später geschämt. Wenn du mich fragst, warum sie das mit dem Geld gemacht hat, würde ich sagen, sie wollte sich verabschieden. Ich kann mich natürlich irren, die Menschen sind halt verschieden, sehr sogar.

DRITTES KAPITEL

Das dritte Erwachen des Peter Holtz.

Tu es als Spinnerei ab, aber wenn du nicht vor dieses Auto gerannt wärst oder der dich nicht so blöd aufgegabelt hätte, also wenn du dich weiter an Joachims Seite gehalten hättest – vielleicht wäre alles anders gekommen! Nicht gleich die ganze Weltgeschichte – obwohl, warum nicht? Joachim hatte es doch schon aufgegeben, Kohl auf seine Seite zu ziehen. Der wollte partout nicht, woran auch der Rühe schuld war, die wollten nichts von den Blockflöten wissen. Und wenn du im richtigen Augenblick dazwischengefahren wärst mit deinem christlichen kommunistischen Furor, das hätte gereicht, die hätten abgewinkt. Dann hätte die CDU West keine CDU Ost gehabt, dann wäre nix geworden aus ihrer Allianz für Deutschland, das Wahlergebnis ein ganz anderes, keine Währungsunion – das stand alles Hacke auf Spitze … Das hing am seidenen Faden. Und du – denk was du willst – hättest den Faden kappen können! Und wenn nicht, säßest du jetzt eine Tür neben dem Büro vom Ministerpräsidenten. Dein Vertrag liegt hier, unterschrieben. Nur du musst noch unterschreiben, schon wegen der Rente musst du das unterschreiben. Vielleicht zahlen die dein Gehalt rückwirkend. War ja 'n Betriebsunfall, ganz offiziell. Du solltest eigentlich überall mit dabei sein, mit Gorbatschow und Schewardnadse, Mitterrand und Bush und Thatcher, Zwei-plus-Vier-Gespräche, und du überall auf 'm Foto, bisschen am Rand, aber drauf. Ich kenn Joachim ja. Ich weiß doch, wie er denkt! Und dann sage ich mir, oje, so einer lenkt jetzt unsere Geschicke! Wenn Joachim dem Kohl nicht durch die Hintertür auf den Schoß gekrochen wäre – das kann ich dir später mal erzählen. Er hat sich mit einem gewissen Willy Wimmer angefreundet, Direktkandidat aus dem Rheinland, siebenundzwanzigtausend CDU-Mitglieder im Verband, ein Schwergewicht. Und als Joachim endlich beim Kohl aufm Schoß saß, hat er gesagt: Wir haben in jeder Kreisstadt ein Haus und Personal … Quatsch! Zwei Häuser, die Bauernpartei ist ja zur CDU übergelaufen, also zwei Häuser pro Kreisstadt und hauptamtliche Wahlkämpfer, eben das, was sie Infrastruktur nennen und wovon wir Sozialdemokraten überhaupt nichts haben. Und dazu die ganzen Mitgliedsbeiträge, die da monatlich zusammenströmen von CDU und Bauernpartei. Die Westparteien sind doch alle pleite! Da hat Kohl zugeschlagen. Das war's dann! Wäre Joachim vor das Auto gelaufen, oder hättest du mal den Rühe in Bonn angerufen und gefragt, was er anzubieten hätte, um hier überhaupt einen Fuß auf den Boden zu kriegen – der wäre doch geplatzt, und der Kohl gleich mit! Peter als Partisan … Das Komische ist nur – ich weiß nicht, ob ich das wünschen soll. Auf Ehre und Gewissen, ich weiß es nicht. Ich weiß ja nicht mal, ob das, was unser Joachim da veranstaltet, wirklich entscheidend ist oder sogar gut oder ob das, was Beates Chef da macht … Davon weißt du gar nichts. Oder hat sie's erzählt? Sicher nicht. Das wird sie dir nicht auf die Nase binden. Ihr Chef, dieser Schumann, hat nämlich eine Bank gegründet. Du hast richtig gehört. Schon im Januar, das musst du dir mal vorstellen. Der hat die Leute von der Staatsbank abstimmen lassen, ob sie bei ihm arbeiten wollen oder bei der Staatsbank bleiben wollen. Dreizehntausend von vierzehntausend haben für ihn gestimmt, für seine Deutsche Kredit-Bank, sehr origineller Name, Deutsche Kredit-Bank. Du musst nur das überflüssige Wort »Kredit« streichen – worum geht's denn bei einer Bank, wenn nicht um Kredite? –, und schon hast du des Rätsels Lösung. So einfach geht das. Und Beate kam nach Hause und sagte, ihr Karl-Heinz habe heute etwas unterschrieben. Jetzt steht er für zweihundertneunundachtzig Milliarden Mark gerade. Und dann setzen wir uns hin und trinken Kaffee und besprechen, was wir am Wochenende kochen und wann wir zu dir fahren und warum sie gleich wieder in die Bank muss zu ihren zweihundertneunundachtzig Milliarden. Sie macht das, und Joachim macht das, und ich weiß nicht mal, wie ich das finden soll. Und sie selbst wissen es auch nicht! Da gehe ich jede Wette ein! Die wissen letztlich alle nicht, was sie da tun. Sie machen es halt. Sie könnten auch was anderes machen. Aber Beate wird nun was Bedeutsames bei der Deutschen Bank, weil ihr Karl-Heinz was ganz ganz Bedeutsames bei der Deutschen Bank wird, weil er mit Beates Unterstützung ihnen unsere Staatsbank in die Tasche verschoben hat, ihnen und der Dresdner Bank. Allein an Immobilien! Vor einem Jahr hätten sie dafür die Todesstrafe wieder eingeführt. Wäre ich immer noch dafür, wenn ich was zu melden hätte. De facto bin ich nämlich schon Rentner. Mir fehlen zwar noch drei Jahre. Aber Betriebszahnärzte gibt's nicht mehr. Die ganze Glühlampenbude weiß nicht, ob und wie und mit wem es weitergeht. Osram sagt der ganzen Welt, wir kaufen die, aber das tun die nicht, und wenn, dann nur, um uns stillzulegen. Die besten Leute haben sie schon, die ganze Entwicklung ist schon übergelaufen mitsamt ihrer Forschung, die wir bezahlt haben. Patentreif übergelaufen! Und dort bauen sie ihnen goldene Käfige. Und hier, unsere kleine Z-Stelle, wie soll ich da weitermachen ohne Julia? Eine neue anstellen? Für zwei Tage in der Woche? Und mit meiner Technik? Versteh mich nicht falsch, aber manchmal – manchmal hätte ich gern mit dir getauscht. Na ja. Eigentlich geht's mir wie dir.

Kann einem schon manchmal die Sprache verschlagen. Wer über gewisse Dinge nicht die Sprache verliert, hat keine zu verlieren – oder so ähnlich. Hattet ihr das in der Schule? Ich glaube Lessing. Dass ausgerechnet du jetzt Millionär sein sollst, ist noch am leichtesten zu verstehen, auch wenn es eigentlich nicht zu verstehen ist. Oder?

VIERTES KAPITEL

Das vierte Erwachen des Peter Holtz mit vier Gästen.

»Kann doch nicht sein! Immer wenn ich komme, schläft er!«

»Nicht so laut! – Du kannst ja ...«

»Peter? Peter?!«

»Olgalein, bitte!«

»Du kannst mit ihm reden, trotzdem. Das haben wir alle gemacht.«

»Wenn er schläft?«

»Ja.«

»Ihr habt hier gesessen und mit einem Schlafenden geredet?«

»Es hat sich so angefühlt, als hätte er uns zugehört, als hätten wir uns unterhalten. Verstanden hat er schon.«

»Ist doch kein Wunder, dass es dem Jungen die Sprache verschlagen hat.«

»Das meinst du nicht im Ernst?«

»Wieso? Du kennst ihn doch! Der Junge hat geglaubt, die Revolution stößt das Tor zum Kommunismus auf!«

»Wie kann man so bescheuert sein!«

»Eine Weile sah das schon so aus, das musst du zugeben ...«

»Die ganze Zeit mit so ’nem Brett vorm Kopf rumlaufen!«

»Entschuldige, Olgalein, aber das sagst du jetzt!«
»Sieben Monate sind in diesen Zeiten eine Ewigkeit!«
»Er hat einen mehrfachen Schock zu verarbeiten!«
»Für ihn war immer alles ein Schock!«
»Hermann meint das medizinisch, oder?«
»Wir wissen alle nicht, wie es in seinem Kopf aussieht.«
»Du meinst, er hat Schaden genommen?«
»Die Ärzte meinen nein. Für Peter ist es doch so, als wären wir ausgewandert und hätten ihn im Koffer mitgenommen.«
»Du hast gesagt, Peter sehe das als Konterrevolution an! – Konterrevolution! Da gibt's nichts zu grinsen, Papa.«
»Wie soll man das denn sonst nennen, wenn einer die Staatsbank privatisieren darf?«
»Er will es nicht kapieren. Das geht nur gegen mich. Ich habe ihm tausendmal erklärt, dass es überall eine Trennung von Staatsbank und Geschäftsbank geben muss, überall! Das war selbst bei uns früher so, bis in die Sechziger! Nichts anderes haben wir gemacht!«
»Und verscherbelt sie meistbietend weiter!«
»Hermann, ich habe dir …«
»Himmel! Seid froh und dankbar, dass wir Peter überhaupt noch haben.«
»Und wenn er Amok läuft? Er war doch ganz eng bei Joachim.«
»Ich weiß ja nicht, was er alles von Joachim weiß …«
»Was soll er denn von ihm wissen? Frauengeschichten?«
»Quatsch! Joachim und Frauengeschichten … Da gibt's andere.«
»Da gibt's andere, ganz recht! Da gibt's andere!«
»Hört doch mal auf mit dem Unsinn!«
»Peter dachte, nationale Einheit bedeute, die BRD zu revolutionieren, Demokratie ohne den Einfluss des Geldes …«
»Sag nicht immer BRD! Das klingt wie *Aktuelle Kamera*!«
»Dann sag auch nicht DDR!«

»Wir müssen Peter klarmachen, dass er das Falsche unterstützt hat, dass er – wenn auch vielleicht mit guten Absichten – auf der falschen, auf der verbrecherischen Seite gekämpft hat …«

»Olga! Nimm Rücksicht auf deinen Vater.«

»Nein, lass sie doch … Was mich betrifft – hab ich irgendwann was anderes gesagt? Aber der Vergleich, also was ich getan habe oder tun musste – das sind zwei Paar Schuh. Das sind bitte schön wirklich zwei Paar Schuhe!«

»Trotzdem …«

»Kein ›trotzdem‹! Ich war zu feige! Ich hab zum zweiten Mal in meinem Leben versagt! Das erwähnt netterweise niemand, obwohl alle außer mir Widerstandskämpfer gewesen sind … Ich bin zum zweiten Mal zu feige gewesen! Aber mir ging's nicht um mich, nicht in erster Linie um mich!«

»Nicht so laut, Hermann, bitte …«

»Damit muss ich zurechtkommen. Ich hab andere Erfahrungen gemacht als ihr. Ich hatte Schiss. Ich habe gesehen, wie mein Vater gezittert hat, als es früh um vier bei uns klingelte. So lag er im Bett und hat gezittert. Und später, als das vorbei war und er nun die herrschende Klasse – da hat er gewusst … da sind wieder welche abgeholt worden und verschwunden.«

»Was hat das mit Peter zu tun?«

»Wer hier nicht auf der Straße war, soll verdammt nochmal den Mund halten, so wie ich meinen Mund halte. Und ob Peter den Kommunismus oder Feudalismus oder Kapitalismus gewollt hat, ist mir scheißegal.«

»Ist es nicht!«

»Er hat tausendmal mehr dafür getan, dass sich hier was ändert, als du!«

»Ohne die, die weg sind, die einfach nur weg wollten, hätte sich hier gar nichts getan! Gar nichts!«

»O ja! Weil jeden Montag in Paris und Hamburg Zehntausende auf die Straße sind und die Internationale gesungen haben und das *Neue Forum* wollten – deshalb ist die DDR zusammengebrochen!«

»Schreit nicht so!«

»Papa schreit. Und wer schreit, hat unrecht.«

»Lieber Gott, verschone uns vor ihren Einsichten!«

»Peter? –«

»Hat er was gesagt?«

»Er träumt. Ich glaub, er träumt.«

»Peter?«

»Lasst ihn doch.«

»Ich bin aber nur noch zwei Tage hier!«

»Dann musst du halt wiederkommen.«

»Ich will wissen, ob Peter für die Staatssicherheit gearbeitet hat oder ob er nicht für sie gearbeitet hat. – Jetzt schaut nicht so! Ich will es wissen, und ich will es von Peter wissen. Und von deinem Bruder Klaus will ich es auch wissen. Dem glaube ich nämlich seine Geschichte nicht, die mit der Botschaft. Da hat er ziemlich lange gebraucht, um sich 'ne Lüge auszudenken.«

»Du spinnst!«

»Die haben Peter doch gleich wieder rausgeworfen – er hat doch überall rumerzählt …«

»Und du glaubst ernsthaft, das war ihr letzter Versuch?«

»Ist das nicht egal?«

»Wieso soll denn das egal sein?«

»Wenn Peter was gemacht hat, dann hat er es aus Überzeugung getan, weil er das Beste für die anderen wollte!«

»Genau wie Mielke! Wie überhaupt alle Tschekisten! Was ist denn bloß mit euch los?! Versteht ihr mich denn nicht?«

»Trinken«, sage ich und staune, wie problemlos alle meine Sprechorgane dieses schöne Wort hinausarbeiten. »Trinken!«

FÜNFTES KAPITEL

In dem Peter seinen Aufenthalt im Krankenhaus resümiert. Hilfsschwester Sabine und Oberarzt Reinhardy. Das eine und das andere Lachen. Gut und Böse und rollende Köpfe.

Meistens schlafe ich. Es fällt mir nicht schwer, ruhig im Bett zu liegen. Im Gegenteil. Mir ist es rätselhaft, wie es anderen gelingt, so lange auf den Beinen zu sein. Wie schaffen sie das? Was treibt sie dazu?

Was ich von der veränderten Lage weiß, weiß ich von Hilfsschwester Sabine. In jeder freien Minute, vor allem im Nachtdienst, liest sie mir aus Zeitungen und Zeitschriften vor und erklärt mir, was ich nicht verstehe. Zur Visite muss ich stets geweckt werden. Ein ehemaliger Komapatient ist schwer einzuschätzen, das weiß jeder Arzt. Nur Oberarzt Reinhardy dringt darauf, dass alle mit mir reden und von den großartigen Veränderungen berichten. Er will mich hier raus haben, weil ihm jemand, der sich täglich föhnt, auch wenn er keine nassen Haare hat, unheimlich ist. Seine Augen liegen so weit auseinander, als könnte er in zwei verschiedene Richtungen blicken. Aber einen ansehen kann er damit nicht. Dass er mich bei jeder Oberarztvisite auf die Waage stellt, ist reine Schikane, seine Retourkutsche auf die Bitte von »ganz oben«, wie sich Sabine ausdrückt, mich auch weiterhin im Einzelzimmer zu belassen. Unausgesetzt fragt er mich aus. Doch ich kann antworten, was ich will – er lacht. Nur ist es kein Lachen, in das ich einstimmen möchte.

Während meiner unfallbedingten Abwesenheit, erkläre ich ihm, hat sich die Konterrevolution der Revolution bemächtigt, und das Volk hat sich selbst verraten und verkauft an den Klassenfeind, an die Konzernherren, an die Imperialisten, an die Banker und Spekulanten, an Geschäftemacher und Ganoven jeder Art. Die Menschen, die aufgerufen sind, ihr Schicksal selbst in die Hand zu nehmen, übereigneten aus Furcht vor ihrer eigenen Courage den Machthabern in Bonn ihr Eigentum und ihre Souveränität, sie krümmen ihre Rücken wieder und beugen sich wie seit alters her unter die Vorgaben der Obrigkeit und sind ihren Herren dankbar für Brot und Spiele. Von nun an geht es für jede und jeden nur noch darum, besser als der andere zu sein, zu fressen statt gefressen zu werden. Und wofür? Um mehr und noch mehr Geld und Besitz anzuhäufen! Geld und Besitz sind der Schlüssel für alles, für Macht und Luxus, Bildung und Unterhaltung, für Ruhm und einen Platz in den Geschichtsbüchern der Reichen. Diejenigen, die viel haben, werden noch mehr bekommen, während diejenigen, die wenig haben, auch das wenige noch verlieren werden. Als überflüssige Menschen werden sie keine Subjekte der Geschichte mehr sein und verschwinden. Das Rad der Geschichte wird zurückgedreht, die gesellschaftliche Entwicklung um Jahrzehnte zurückgeworfen. Doch was auch immer ich sage, es dient allein dazu, Oberarzt Reinhardy zu erheitern.

Hilfsschwester Sabine bewundert Oberarzt Reinhardy, weil er unter der kommunistischen Diktatur, wie Sabine die DDR meistens nennt, gelitten hat. So wie man ihr den Studienplatz für Medizin verweigert hat, durfte er als Parteiloser nicht Chefarzt werden. Nun aber wollen ihn alle als Chef, sagt Hilfsschwester Sabine. Oberarzt Reinhardy ist nicht gut auf Kommunisten wie mich zu sprechen, auch wenn sie der CDU angehören. Bei einer Revolution müssen Köpfe rollen, sagt er. Sabine versichert mir, Oberarzt Reinhardy meine das symbolisch.

Hilfsschwester Sabine lacht ebenfalls viel. Doch sie hat ein glückliches Lachen, eines, das viel Platz um den Mund braucht. Die Welt da draußen schickt sie glücklich zu mir ins Zimmer. Ihr zuliebe stelle ich mich ans Fenster und sehe über Berlin, über ihr Berlin, wie sie sagt, auch wenn wir von meinem Zimmer aus hauptsächlich über Westberlin blicken. Für sie zählt, dass es in Berlin jetzt Blumen auch am Sonntag zu kaufen gibt – sie hat mir vorhin frische Lilien gebracht, für Hermann, er hat Geburtstag – und sie jeden Kontinent bereisen kann. Mal will sie mit ihrem Freund nach Amsterdam, dann wieder nach Marokko oder Bali, schließlich doch lieber nach Ägypten. Ständig kauft sie Reiseführer. Und wenn ich frage, warum sie dort hinwill, fällt ihr nichts Besseres ein, als zu sagen, dass sie die Welt sehen wolle. Und ich frage mich, warum, wieso, aus welchem Grund ist Schwester Sabine glücklich? Statt in der D-Mark die fremde Besatzungsarmee zu erkennen, küsst sie die Geldscheine. Gegen eine westliche Armee könnte ich kämpfen, aber gegen das Geld? Hilfsschwester Sabine sagt, ich brauche nicht mehr zu kämpfen, der Kampf sei gewonnen. Da sei niemand gewesen, dessen Augen angesichts der D-Mark nicht geleuchtet hätten. Liest sie mir Artikel vor, in denen Kommunisten verunglimpft werden, sage ich ihr stets: Die meinen mich!

»Die meinen nicht Sie!«, verteidigt sie mich. »Einer, für den unser Ministerpräsident betet, kann kein Kommunist sein!«

»Ich bin aber einer«, erwidere ich. »Ich habe etwas vollkommen anderes gewollt als Sie und als diejenigen, die nun vorgeben, glücklich zu sein.« Aber Sabine glaubt mir nicht. Solche wie ich, erkläre ich ihr, haben das bewirkt, was sie das Gute nennt, ohne es zu wollen. Wir wollten, sage ich zu Schwester Sabine, eigentlich das, was die Zeitungen als das Böse bezeichnen. Unsere Hoffnung war wie eine Falle.

»Und was«, frage ich Schwester Sabine dann, »soll einer wie ich, ein Kommunist, jetzt tun?«

»Gehen Sie hinaus und tun Sie Gutes!«, sagt Sabine. »Was anderes haben Sie vorher doch auch nicht gemacht.« Sie will mich einfach nicht verstehen.

Die Tür geht auf. Ich greife nach Hermanns Blumen. Doch statt des Jubilars tritt Oberarzt Reinhardy ein.

»Was treiben Sie denn noch hier?«, fragt er und lacht mich böse an. Ich halte mir den Blumenstrauß vors Gesicht, so hat er mich wieder erschreckt.

»Für mich?« Oberarzt Reinhardy will danach greifen, ich ziehe sie ihm weg. Er macht kehrt und eilt hinaus. Der Stationsflur verstärkt das Lachen von Oberarzt Reinhardy. Ich weiß mir nicht anders zu helfen, als den Blumenstrauß auf die Tischkante zu schlagen, einmal, ein zweites Mal, die abgeschlagenen Blütenkelche rollen davon. Beim dritten Schlag bereue ich es bereits ... Doch da begreife ich: Nichts anderes hat Oberarzt Reinhardy gewollt, genau das ist seine Absicht gewesen. Und wieder hat er seinen Willen bekommen.

SECHSTES KAPITEL

In dem Peter eine Frau erscheint, die behauptet, viel mit ihm zu tun zu haben. Kontoauszüge als Tagebuch. Wer ist Paul Löschau?

»Kommst du bitte mal, Peter«, sagt Beate, die auf der Schwelle meines Zimmers stehen bleibt. »Besuch für dich.«

»Wer denn?«

»Komm bitte mal.«

Meine Rückkehr hat sich schnell unter den Mietern herumgesprochen. Fortwährend verlangen sie irgendwas – eine neue Therme oder neue Fenster oder die Generalsanierung des Hauses. Andere wollen mir das Versprechen abnötigen, in den nächsten Jahren nichts, überhaupt nichts an dem Haus zu machen, es sei tadellos und Mieterhöhungen ohnehin indiskutabel. Die einen wie die anderen drohen. Sie hätten Rechtsanwälte »an der Hand« und sind offenbar bestens über die Mietgesetze der BRD informiert, die bald auch über uns Geltung erlangen werden.

Eine fremde Frau mit halblangen dunklen Haaren und älter als Beate erhebt sich von ihrem Stuhl. Sie sieht mich kurz an, senkt aber sofort wieder den Blick und wendet sich ab, um ein Stofftaschentuch unter ihre Nase zu drücken. Beate lehnt mit verschränkten Armen am Waschbecken. Auf dem Küchentisch vor Hermann – seine Augenringe werden von Tag zu Tag dunkler – liegt die *Berliner Zeitung*. Die Handtasche daneben gehört offenbar der Besucherin.

»Guten Tag«, sage ich. Ich höre die Küchenuhr ticken.

»Sie müssen es ihm schon selbst mitteilen«, sagt Beate.

Wieder presst die Besucherin ihr Taschentuch unter die Nase.

»Also, Peter, vor dir steht Karin Holtz«, sagt Hermann. »Du hast richtig gehört, Karin Holtz.«

»Mit t-z?«, frage ich.

»Ja«, antwortet sie.

»Dann haben wir ja denselben Nachnamen.« Sie wendet mir Kopf und Oberkörper zu. Ihr Blick ist mir unangenehm. Ihre Gesichtszüge sind verschwommen.

»Ich habe dich …«, sie stockt, als wäre ihr die Luft ausgegangen, »… geboren.« Dann atmet sie hörbar aus. Ihr Taschentuch fällt zu Boden. Blitzschnell geht sie in die Hocke und hebt es auf. Dann setzt sie sich, als wäre nun alles gesagt.

»Das kommt für uns alle sehr überraschend«, sagt Beate.

»Weiß Gott«, sagt Hermann.

»Ich habe Ihre Adresse erst seit drei Tagen«, wendet sie sich an Hermann. »Ich habe versucht, einen Brief an Peter zu verfassen. Heute früh bin ich einfach zum Bahnhof gegangen und habe mich in den Zug gesetzt.«

»Ja, so ist das dann wohl«, sagt Hermann.

»Und woher kommen Sie?«, frage ich.

»Ich glaube nicht, dass du deine Mutter siezen musst«, sagt Beate.

»Aus Osnabrück. Das ist so Richtung Holland, von hier aus.«

»Wieso gibt es Sie denn?«, frage ich.

»Peter meint, warum Sie jetzt erscheinen, also ausgerechnet jetzt«, sagt Hermann.

»Ich habe an das Käthe-Kollwitz-Heim geschrieben, mehrmals. Ich wusste ja, dass Peter in Gradow an der Elbe ist. Und später wusste ich auch, dass er nicht mehr dort ist. Letzten Dezember bin ich nach Gradow gefahren. Aber im Heim haben sie nichts rausgerückt. Dann schrieb mir jemand, dass er was hat, was mich interessieren könnte.«

»Und?«, fragt Hermann.

»Ich sollte zahlen. Aber ich dachte, dass sei illegal, fünftausend Mark Bearbeitungsgebühr.«

»Heiliger Strohsack!«, sagt Hermann.

»Fünftausend sei nichts, gar nichts für einen Ernährer im Alter, hat er geschrieben.«

»Und Sie haben tatsächlich …«, fragt Hermann.

»Ich hätte es sonst nie erfahren. Die Beamten dürfen das nicht rausrücken. Da hab ich wieder geschrieben, und dann haben wir uns geeinigt.«

»Heiliger Strohsack!«

»Und der Unfall?«, frage ich. »Ich denke, Sie sind tödlich verunglückt, Sie und mein Vater.«

»Welcher Unfall?«

»Meine Eltern sind bei einem Unfall ums Leben gekommen«, sage ich.

»Ja«, sagt Beate. »Das hat man uns auch gesagt!«

»Ich weiß nicht, was über uns erzählt worden ist«, sagt Karin Holtz.

»Mir haben sie gesagt, dass sie nichts sagen können«, sagt Hermann.

»Wie? Dir hat man gesagt, dass sie nichts sagen können?« Beate stößt sich vom Spülbecken ab.

»Das hat man mir beim Gericht gesagt. Und dann kam das mit dem Unfall.«

»Du hast die ganze Zeit gewusst …«, Beate ist kurz davor zu schreien, »dass da was faul ist?«

»Ich habe gar nichts gewusst! Was hätte ich denn sagen sollen? Es spielt gar keine Rolle, dass ich das wusste.«

»Da siehst du ja, was gar keine Rolle spielt!« Beate deutet mit ausgestreckten Armen auf die Frau an unserem Küchentisch.

»Und warum – was war denn mit Ihnen?«, fragt Hermann.

»Das kann ich gern erzählen. Aber …« Sie blickt zu mir und wendet sich dann an Beate. »Vielleicht mag sich Peter erst mal setzen … Auf der Fahrt hierher habe ich gar nicht glauben können, dass das jetzt mein Leben sein soll. Ich hab mir das immer vorgestellt, so, wie wir hier zusammen sind …«

Plötzlich scharrt ein Stuhl unter dem Tisch hervor. Karin Holtz erschrickt.

»Setz dich doch mal«, sagt Hermann, der mit dem Fuß gegen das Stuhlbein getreten hat. Ich bleibe stehen.

»Sie sollten wissen, dass Peter erst vor kurzem …«, sagt Hermann, wird aber von ihr unterbrochen.

»Es ist so merkwürdig, ich wüsste sehr gern, wie du bist, Peter, was du machst, was dich interessiert!«

»Von mir gibt's gerade nicht viel zu vermelden«, sage ich.

»Peter hatte …«

»Wenn Peters leibliche Eltern nicht verunglückt sind«, unterbricht Hermann Beate, »wieso kam er dann ins Käthe-Kollwitz? Wo waren Sie denn die ganze Zeit? Und Peters Vater? Wo springt der jetzt rum?«

»Hermann!«

»Sigmund wollte Mathematik studieren, durfte aber nicht.

Seine Eltern hatten einen großen Eisenwarenladen. Und plötzlich war die Mauer da. Ich war ehrlich gesagt froh, weil ich nicht weg wollte. Ich war eben so erzogen. Meine Mutter war Kommunistin, mein Vater Spanienkämpfer, Internierung, Dachau. Und dann, im Juni '62, wurde Peter geboren.«

»Im Juli, am 14. Juli, falls Sie das vergessen haben«, sagt Hermann.

»Am 12. Juni! Peter wurde am 12. Juni 1962 um 16.30 Uhr im Kreiskrankenhaus von Gradow an der Elbe geboren. Mit neunundzwanzig galt ich schon als Spätgebärende.«

»Prima«, sagt Beate. »Nun wissen wir auch das!«

»Wegen Peter haben wir geheiratet, obwohl Sigmund ein paar Jahre jünger ist. Sigmund hat gesagt, wenn ich nicht mit in den Westen gehe, geht er allein.« Sie sieht mich unverwandt an und nimmt einen Schluck aus dem Glas. »In Thüringen gab es noch Stellen, wer sich auskannte, konnte damals noch durchschlüpfen.«

»Sie sind in den Westen? Ohne Peter?«, fragt Beate.

»Nein! – Doch, ja, aber ich wollte das nicht! Nie! Mein Vater«, sagt sie und zeigt auf sich. »Mein Vater –« Sie scheint vergessen zu haben, was sie sagen will. »Ich weiß auch nicht. Je mehr mir Sigmund erzählt hat ... Ich sah ja selbst, was aus ihm geworden war. ›Der Herr Kreisschulrat‹, hat Sigmund ihn immer nur genannt, wenn wir allein waren. Dabei hätte mein Vater Karriere machen können, wenn er gewollt hätte. Aber er wollte Kreisschulrat sein, das und nichts anderes, um an der Basis zu bleiben. Die Basis, immer die Basis, die Basis war sein Gott. Er war sehr beliebt, mein Vater.« Sie nickt übertrieben. »Wir wohnten zusammen in einem Haus, er und meine Mutter unten, wir in den beiden Zimmern oben. Meine Mutter war schon krank, als Peter geboren wurde. Deshalb kam mein Vater manchmal vormittags nach Hause, um ihr eine Spritze zu geben. Und dann hat er herumspioniert, wenn ich mit Peter spazieren war.

Er hat Sigmund misstraut. In der Nacht, bevor wir flüchten wollten, steht mein Vater plötzlich im Schlafzimmer und schreit: ›Abhaun wollt ihr! Abhauen!‹ Er hat uns gedroht. Entweder bringe er uns hinter Gitter, dazu sei er verpflichtet, oder wir würden verschwinden – aber ohne Peter, ohne seinen Enkel Peter. Für Peter sei das sowieso das Beste, von Eltern wie uns befreit zu werden, deshalb sollten wir auf der Stelle abhauen, sofort.«

Sie macht eine Pause und drückt wieder ihr Taschentuch unter die Nase. »Mein Vater wollte Peter für sich, also für seinen Staat! Peter komme ins Heim, so oder so.«

»Warum sind Sie denn mit?«, fragt Beate.

»Ich wollte nicht ins Gefängnis, ich weiß, ich hätte nicht …«

»Und sein Erzeuger? Warum wollte der unbedingt weg?«

»Na, weil er doch nicht studieren durfte, wegen seiner Eltern. Er ist wirklich sehr intelligent! Und hat reiche Verwandte, die haben ihm erst mal alles bezahlt.«

»Und wo ist dieser intelligente Mensch jetzt?«

»Wir haben uns schnell getrennt. Er hat behauptet, er wäre gezwungen worden, mich zu heiraten.«

»Es gibt ihn also noch«, fragt Hermann, »den Herrn Holtz?«

»Ja, Sigmund Holtz, Professor in Bielefeld. Ich hab Peter alles aufgeschrieben. Peter hat auch Geschwister, also Halbgeschwister, falls ihn das interessiert.«

»Und Ihr Vater hat Peter dann ins Heim verfrachtet?«

»Ja. Er hat sozusagen das ganze Heim zu seiner Familie erklärt.«

»Aha, nennt man das so, wenn man ein Kind in ein Heim steckt?«

»Er hat erst Peter und dann gleich das ganze Heim adoptiert. Er ist noch näher an die Basis gerückt, vom Kreisschulrat zum Heimleiter. Das haben uns Sigmunds Eltern geschrieben.«

»Heimleiter in Gradow an der Elbe?«, frage ich. »Dann kannte er ja Paul Löschau?«

Karin Holtz sieht mich an. »Das ist doch mein Vater, dein – Großvater ...«

»Großer Gott!«, sagt Hermann und starrt mich an. Beate legt die Hände vors Gesicht.

»Wo lebt er denn? Haben Sie Kontakt zu Paul Löschau?«

»Paul Löschau«, sagt sie, als müsste sie sich an diesen Namen erinnern. »Er ist hier beigesetzt, in Berlin-Friedrichsfelde, ein Urnengrab. Ich bin mal dort gewesen, von Westberlin aus.

»Er ist tot?«

»Er war Jahrgang 1900, er ist mit dreiundsiebzig gestorben, Lungenkrebs, obwohl er gar nicht geraucht hat.«

»Wo ist er denn gestorben?«

»In Bad Kösen.«

Ich setze mich, Beate und Hermann stehen vor mir.

»Wenn die Politik nicht gewesen wäre«, sagt Karin Holtz. »Er war doch gut zu dir? – Er konnte sehr liebevoll sein, gerade zu Kindern. Die Kinder sind unser ...«, sie drückt den Taschentuchklumpen an die Augen, »größter Schatz«, sagt sie noch.

»Ich könnte einen Schnaps gebrauchen«, sagt Hermann, setzt sich aber wieder. Auch Beate kehrt an das Waschbecken zurück.

»Sie platzen hier so rein ...«, sagt sie.

»Peter sollte nicht suchen müssen. Wenigstens das Suchen wollte ich ihm ersparen.«

»Warum hätte ich denn suchen sollen?«, frage ich.

»Ich habe nicht gewusst, dass wir für tot erklärt worden sind. Hatten wir denn Gräber? Grabsteine? Dass rein gar nichts von uns übrig geblieben sein soll – das kann doch niemand geglaubt haben, oder?« Sie sieht von einem zum anderen. »Bist du denn später nie nach Gradow gefahren?«

»Ich habe niemanden vermisst«, sage ich, »nur Paul Löschau.«

Karin Holtz öffnet ihre Handtasche, entnimmt ihr ein längliches Briefkuvert und beginnt, ein paar Fotos wie Spielkarten vor sich abzulegen.

»Willst du sie dir mal ansehen?«, sagt sie, ohne das Kartenlegen zu unterbrechen. »Da sind wir zu dritt, du, dein Vater und ich. Die lasse ich hier. Hab sie lang genug angesehen. – Ich bin Ihnen so dankbar, liebe Familie Grohmann … Ich gehe gleich. Ich hab meine Adresse aufgeschrieben.« Sie legt einen Zettel auf den Tisch. »Und das hier«, sie hält eine kleine Papiertüte hoch, »ist dein Sparbuch. Ich habe da immer eingezahlt und war immer glücklich, wenn ich es tun konnte. Das hast du nun von mir«, sagt sie. »Daran kannst du sehen, dass ich immer an dich gedacht habe. Jeden Monat, manchmal nur zwanzig Mark oder fünfzig, manchmal auch tausend, im Dezember, das dreizehnte Gehalt. Das war ja alles, was ich für dich tun konnte. Das Datum ist vermerkt, da fehlt kein Monat, kein einziger! Nur die fünftausend«, sagt sie. Ihre Handtasche schnippt zu. »Darf ich?«

Ich denke erst, sie will mir die Hand reichen, aber sie hält ihre Rechte zu hoch – sie streicht mir mit deren Rückseite über die Wange, umarmt mich dann vorsichtig, ihr Kopf an meinem. Ich spüre die Berührung, ein Kuss wahrscheinlich, fast aufs Ohr.

»Vielen Dank!« Sie reicht Hermann die Hand. Beate begleitet sie hinaus.

»Heiliger Strohsack«, sagt Hermann, als Beate zurückkehrt.

Beate bleibt vor den Fotos stehen. Sie nimmt eines nach dem anderen in die Hand. Hermann rutscht herum.

»Weißt du, wem du ähnelst, Peter? Schau doch mal, Hermann, verrückt, oder? – Olga! Du siehst aus wie Olga als Baby.«

»Willst du nicht mal reinsehen?« Hermann schiebt mir das Sparbuch zu.

»Deutsche Bank«, sagt Beate. »So sahen die also früher aus.«

»Das gehört euch«, sage ich.

»Peter, das hat deine Mutter für dich gespart, vom Mund abgespart wahrscheinlich«, sagt Beate.

»Es gehört euch! Ihr habt mich großgezogen!«

»Kommt gar nicht in Frage!«, sagt Beate.

»Ist das der Löschau, du und er?« Hermann zeigt mir ein kleines schwarzweißes Bild, auf dem ein Mann in einem kurzärmeligen weißen Hemd ein Baby auf dem Arm hält und mit gerunzelter Stirn in die Kamera blickt. Das Baby ist eingepackt, als wäre es Winter. Auf einem anderen Bild hält mich der Mann mit beiden Armen hoch in die Luft, er lacht, und das Baby schaut irgendwohin.

Nun habe ich also einen Großvater, wie ich ihn mir immer gewünscht habe. Nur dass ich plötzlich überhaupt nicht mehr weiß, was ich mir wünschen soll.

SIEBENTES KAPITEL

In dem Peter lernt, was der Mensch alles für Geld macht.

Kaum habe ich ejakuliert, spüre ich ihre Hand an meinem Glied. Langsam hebt sie ihr Becken – und schon ist sie von mir herunter. Vom Nachttisch angelt sie eine Papierrolle.

»Was ist?«

»Was soll sein?« Sie kniet sich zwischen meine Beine.

»Hast du's eilig?«

Statt zu antworten, beginnt sie, mir das Kondom abzustreifen oder abzurollen. Sie ist so geschickt, dass ich, als ich den Kopf hebe, nur noch sehe, wie sie es ins Papier einpackt, es noch mal umwickelt und das Päckchen unters Waschbecken wirft. Mit einem neuen Papier tupft sie mein Glied ab, als behandelte sie eine Wunde.

»Willst du duschen, oder reicht dir das hier?«

»Können wir nicht noch liegen bleiben?«

Lilly reißt ein weiteres Stück von der Rolle ab und hält es mir hin. »Willst du selber?«

»Lieber du«, sage ich und sehe ihr dabei zu, wie sie mit ihrer Behandlung fortfährt. Ihre langen Fingernägel spüre ich gar nicht.

»Fertig«, sagt sie, faltet das Papier zusammen, wirft es zu dem anderen und steht auf. »Wir haben vorher so lange gebraucht.«

»Entschuldige, das tut mir leid.«

»Alles gut! Bin ja dafür da.« Nackt und ohne Absatzschuhe wirken ihre Beine regelrecht kurz. »Du vögelst nicht oft? – Brauchst du noch was?« Sie hält die Papierrolle hoch.

»Nein, danke. – Das war sehr schön, jedenfalls für mich.«

»Mach dir mal keine Gedanken. Das will eigentlich jeder, dass ihm bisschen auf die Stange geholfen wird.«

»Du hast aber überhaupt nicht deinen Höhepunkt erleben können!«, sage ich. »Das tut mir leid.«

»Hier komm ich sowieso nie, muss ja auch nicht sein. Das Davor ist auch schön – oder kann schön sein.«

»War es denn schön?«

»Klar, sag ich doch. Und obendrein gut verdient.« Sie hebt ihre Sachen neben dem Bett auf.

»Gut verdient …«, sage ich und weiß nicht, wie ich die Frage stellen soll.

»Ja, gut verdient!«

»Du hast das alles nur wegen der zweihundert Mark gemacht?«

»Hundert sind fürs Zimmer.«

»Was? Hundert? Für die paar Minuten?«

»Die Handtücher, die Ausstattung. Geht schon in Ordnung. Und wenn einer nicht zahlt oder mir irgendwie blöd kommt, muss ich nur klopfen.«

»Du hast dich mir für hundert Mark hingegeben? Ohne mich zu kennen?«

»Ich würde das mit niemandem machen, den ich kenne.«

»Und ohne Geld?«

»Nein, wieso?« Sie hat ein herzförmiges Gesicht und einen kurzen Pony, weshalb ich zuerst dachte, sie trage eine Perücke.

»Du warst so – liebevoll. Und leidenschaftlich …«

»Hier«, unterbricht sie mich. Sie hat auch meine Sachen aufgesammelt und hält sie mir hin. »Reicht dir das Waschbecken?«

Ich stehe auf und hebe die Papierpäckchen auf. Als ich auf das Pedal des kleinen Mülleimers trete, entströmt dem ein säuerlicher Geruch. Er ist ziemlich voll. Ich halte die Luft an, weil ich die Papierpäckchen hineindrücken muss.

»Lass das!«, ruft Lilly. »Was machst du denn!?«

Ich beginne, mein Glied abzuspülen. Das Wasser ist angenehm lauwarm.

»Du wirkst so anständig«, sagt Lilly. »Bist du in ’ner Sekte?«

»Sekte würde ich das nicht nennen. Ist auch vorbei jetzt.«

»Was ist vorbei?«

»Glaube, Liebe, Kommunismus, alles eben.«

»Wie geht ’n das?« Lilly faltet das große Handtuch zusammen, auf dem wir gelegen haben, und ordnet die Kissen. Wenn ich mich auf die Zehenspitzen stelle, trifft der Wasserstrahl direkt auf die Eichel.

»Entweder glaubt man, oder man glaubt nicht. Ich habe dran geglaubt. Ich war in der Kirche und sogar in der Partei!«

»Ein gläubiger Genosse?«

»Nein, Unionsfreund, CDU.«

»Da bist du ja fein raus!«, sagt sie und zieht das Laken straff. »Dann gehörst du ja jetzt zur herrschenden Klasse.«

»Ziehst du dich denn nicht an?«, frage ich und setze mich in Unterhose neben sie aufs Bett.

»Ich geh duschen.«

»Darf ich dich zum Essen einladen?«

»Nee, ich mach weiter. Außerdem geht das nicht gut mit vollem Magen.«

»Der Geschlechtsverkehr? Hab ich dir auf den Bauch gedrückt?«

»Quatsch. Du bist echt schräg.«

Ich ziehe meine Socken an. »Sehen wir uns mal wieder?«

»Wer solche Geständnisse macht, kommt meistens nicht wieder.«

»Und morgen, finde ich dich an derselben Stelle?«

»Wenn dir niemand zuvorkommt …«

»Ich gebe dir zweihundert Mark, und dann bist du wieder für mich da?«

»Warum nicht?«

»Das ist wirklich absonderlich, findest du nicht?«

»Wieso ›absonderlich‹? Was hast du denn gedacht?«

»Du hast mich angesprochen.«

»Na und? Du hast gezahlt!«

»Weil du es verlangt hast.«

»Du gibst mir doch kein Geld, weil ich es verlange?«

»Natürlich weiß ich, dass es im Kapitalismus Prostitution gibt, aber nicht … ich weiß auch nicht. Du warst so … persönlich.«

»Das nehm ich mal als Kompliment.«

»Ich hab mir das anders vorgestellt.«

»Wie denn?«

»Findest du das nicht absonderlich, dass ich dir Geld gebe, und du bist bereit, mit mir sofort intim zu werden?«

»Bist doch auch gleich ›intim‹ mit mir geworden.«

»Na ja, aber sich so hinzugeben. Macht dir das Spaß?«

»Früher, in meinem Beruf, hab ich immer zwei Schichten gemacht. Aber das bringt hier echt mehr als kellnern.«

»Und wenn jemand kommt, der dir unsympathisch ist?«

»Kann mir die Leute ja aussuchen. Zu Kanaken steige ich sowieso nie ins Auto.«

»Kanaken?«

»Türken und so. Die machen nur Ärger oder wollen dir zeigen, wie lange sie's können ...«

»Aber dich zwingt niemand dazu?«

»Nee. Ich bin nur faul. Wenn ich nicht hierherkomme, komme ich auf blöde Gedanken. – Kannst du dich bitte anziehen.«

Ich stehe auf.

»Conny sagt immer, hier wird der Nachtdienst viel besser bezahlt als auf Station. Ist eigentlich 'ne gute Sache, wenn's läuft.«

»Und wenn ich dir noch mal zweihundert gebe, jetzt gleich, was passiert dann?«

»Dann kannst du Socken und Unterhose wieder ausziehen. Musst du wissen. Wenn du so schnell wieder kannst – ist nur für 'ne halbe Stunde.«

»Und wenn du dich anziehst und mit mir spazieren gehst? Würdest du das für zweihundert machen?«

»Ist nicht besonders schön für dich. Und für mich auch nicht.«

»Ich fände es schön!«

»Ich sehe nicht gerade aus wie deine Freundin.«

»Wer sagt das?«

»Das hier?« Sie hebt ihren Lackrock hoch. »Denkst du, ich geh so ins Kino? Mit so was?« Sie stößt mit dem Fuß gegen einen der Stiefel.

»Mir gefällt das.«

»Willst du angeben? Vor deinen Kumpels?«

»Und wenn du aufhörst, wie gehst du weg von hier?«

»Ich hab die Sachen im Auto. Aber ich hab jetzt echt keinen Bock, mich umzuziehen … Müsstest dich mal entscheiden. Ich kann dir dann einen blasen, oder du steckst ihn noch mal rein, wenn du kannst.«

»Ich habe sechshundert dabei. Für wie lang ist das?«

»Na, rechne mal! Anderthalb Stunden, aber ohne Extras.«

»Was für Extras?«

»Extras eben. Gibt ja noch mehr als Reinraus.«

»Und was?«

»Geilt dich das auf, darüber zu reden?«

Ich gebe ihr die Fünfzig-Westmark-Scheine aus meiner Hosentasche. Lilly zählt nach, faltet sie zweimal zusammen und stopft sie in ihre Handtasche.

»Jetzt kümmern wir uns um dich«, sage ich.

»Um mich muss sich keiner kümmern.« Sie steigt in ihren Slip.

»Ich meine, dass du den Höhepunkt erlebst …«

»Das sind aber Extras!«, sagt Lilly, zieht sich den BH verkehrt herum an, schließt ihn vor der Brust und dreht die Körbchen nach vorn.

»Warum ziehst du dich an?«

Lilly stülpt die Körbchen über ihren Busen. »Ich geh mich waschen und das Zimmer verlängern, sonst steht hier gleich einer.«

»Gibt es was, das dir gefällt und das nicht unter Extras fällt?«

»Du kannst mir den Rücken streicheln«, sagt sie, ergreift ihre Handtasche und verlässt barfuß das Zimmer.

Ich entfalte das große Handtuch, bin mir aber nicht mehr sicher, welche Seite unten war. Ich lege es wieder zusammen und ziehe Unterhose und Socken aus. Es gibt nur einen Stuhl. Ich ordne meine Sachen darauf und hänge die von Lilly über die Lehne. Mir bleibt nichts weiter übrig, als stehen zu bleiben. So allein fröstelt mich. Aber das geht vorüber. Im Paradies waren die Menschen ja auch nackt.

ACHTES KAPITEL

In dem Peter einkaufen geht. Die Fleischtheke sorgt für Verwirrung. Eine Frau spricht sich für Glauben und Ordnung aus und lebt auch danach.

Beate und Hermann haben ein altes Portemonnaie hervorgekramt, in das wir drei jeweils hundert Mark stecken. Mich überrascht immer, wie schnell das Geld aufgebraucht ist und wir erneut einzahlen müssen. Für beide scheint das Einkaufen zu einer Art Hobby geworden zu sein.

Obwohl die Kaufhalle am Karpfenteich noch dasselbe Gebäude ist, hat sich der Innenraum vollkommen gewandelt. Wo die Kassen waren, ist jetzt der Eingang, die Regale sind wesentlich höher und stehen längs statt quer. Die neuen Lebensmittelverpackungen kenne ich als Einzelstücke, jedoch nicht in dieser ungeheuren Menge und Dichte – zwischen den Produkten existiert kein Abstand, ja ich sehe überhaupt keinen leeren Platz mehr, als würde jeder Artikel augenblicklich nachwachsen. Die Farben flirren.

Schnell gebe ich es auf, meinen Einkaufszettel abzuarbeiten. Stattdessen beginne ich, die Regale systematisch abzufahren. Zugleich versuche ich, mir die neue Ordnung einzuprägen, um beim nächsten Besuch gezielter vorgehen zu können.

In der Ecke, in der sich bisher die Kästen für das Leergut

befanden, hat eine Fleischabteilung eröffnet mit einer riesigen gläsernen Theke. Ich bezweifle, dass sie ihr Angebot auch nur ansatzweise heute noch loswerden.

Während ich meinen Zettel durchgehe, weist mich die Verkäuferin auf »das Angebot der Woche« hin, bayerische Sülzwurst, und zählt noch anderes auf, so dass ich mir unhöflich vorkomme, als ich schließlich nach Bockwürsten frage, die gar nicht zu ihren Empfehlungen gehören.

»Warm?«, fragt sie.

Ich verstehe die Frage nicht.

»Zum Hieressen, der Herr?« Ihr Blick lenkt meine Aufmerksamkeit auf zwei Stehtische. »Dazu Kartoffelsalat aus eigener Produktion?«

»Und wie lang dauert das?«

»Alles fertig.«

»Ja, dann«, sage ich und verlange, als müsste auch ich meinen Beitrag dazu leisten, ihr übertriebenes Angebot nicht verkommen zu lassen, zwei Bockwürste.

»Mit Kartoffelsalat?«

»Ja, bitte.«

»Ketchup, Senf, Mayo? Oder beides? Oder alles?«

»Senf«, sage ich.

»Noch 'ne halbe Gurke, der Herr? Ist umsonst. Ne halbe ist umsonst.«

»Können Sie das bitte mal mit dem ›Herrn‹ lassen«, sage ich so wenig vorwurfsvoll wie möglich.

Dann geht es um die Menge des Kartoffelsalates. Das Besteck ist aus Plaste und kostet nichts. Ich bin zu unkonzentriert und bemerke erst, als sie die Bockwürste auf die Pappe legt, dass diese fast doppelt so lang sind wie normale Bockwürste.

»Ein Mann wie Sie!«, beschwichtigt mich die Verkäuferin und legt den Kassenzettel auf die Theke. Als ich bezahlen will, fragt sie bereits den Nächsten nach seinen Wünschen.

»Peter!«, ruft eine Frau. In dem Sportwagen, den sie vor sich herschiebt, schläft ein Kind.

Es ist Angelika, die frühere Frau des hünenhaften Diakons, die mit Ulf zusammenlebt. Ich kann sie gar nicht begrüßen, weil ich die Hände voll habe. »Willst du 'ne Bockwurst?«

»Wenn's weiter nichts ist …« Angelika schiebt den Sportwagen halb unter den Tisch. »Irre! Wie geht's dir denn? Du hattest 'nen schweren Unfall?«

»Bin noch mal davongekommen«, sage ich und hebe die Pappe ein Stück an. Angelika bricht eine Wurst entzwei und legt die Hälfte zurück.

»'ne Ganze schaffe ich nicht. Darf ich?« Sie tunkt ihre Hälfte in den Senfklecks. »Ist ja irre. Da treffe ich den berühmten Peter Holtz am Bockwurststand«, sagt Angelika, als redete sie mit sich selbst.

»Ist das Sonja?« Sie nickt.

»Und Ludwig, wo ist der?«

»Du meinst Konrad? Kindergarten, große Gruppe. Und drei Teenager in der Pubertät.«

Wir beißen beide zugleich ab.

»Wie geht's euch denn?«, frage ich.

»Hat sich's noch nicht rumgesprochen? Ulf und ich haben uns getrennt, bin zurück zu Jürgen, ist besser so.«

Wir kauen.

»Wegen der Kinder und überhaupt«, sagt Angelika. »Ist besser so.«

»Und Ulf?«

Sie schüttelt den Kopf. »Frag nicht, schlimm.«

»Für ihn schlimm?«

»Wie er sich aufführt. Der reinste Rambo. Er greift uns sogar tätlich an, er hat Jürgen geschlagen. Ich hab die Polizei rufen müssen.«

»Ulf?«

»Ja, Ulf!«, sagt sie streng. »Sprich mal mit ihm. Du bist wohl der Einzige, von dem er sich was sagen lässt.«

»Was soll ich ihm denn sagen?«

»Er bewundert dich. Warst ja oft genug in der Zeitung.« Angelika nimmt die andere Hälfte ihrer Wurst. »Ulf hat Jürgen getreten, als er ihn nicht reinlassen wollte. Er kann ja nicht einfach kommen, wann es ihm passt. Wir haben feste Tage und Zeiten vereinbart, er darf die Kinder sehen. Aber er hat kein Recht darauf, also gesetzlich. Ich will ihnen nicht den Vater wegnehmen. Doch vom Gesetz her …«

Sie nimmt den letzten Zipfel ihrer Bockwurst und wischt durch den Senf. »Ich find's gut, wenn die Sachen in Ordnung kommen. Überhaupt, so was wie 'ne Ordnung, das macht alles übersichtlich, leichter. An irgendwas muss der Mensch ja glauben! – Oh Gott, bin ich voll!« Mit der Serviette fährt sie über ihre linke Handfläche. »Das war 'ne gute Idee, danke! Und was machst du?«

»Ich hab einen Gewerbeschein beantragt, selbständiger Hausmeister.«

»Wo bist du denn Hausmeister?«

»Selbständig«, sage ich.

»Und du hast Arbeit?«

»Zwölf Mietshäuser, eine Villa und zwei Buden in Mitte.«

»So schnell hast du das alles gefunden?«

»Ich weiß gar nicht, wo ich anfangen soll. Die Dächer sind Flickwerk. In vier Häusern liegt die Elektrik über Putz. In fünf Häusern gibt es Ofenheizung … Ich bin froh, wenn ich den Kopf voll habe – mit Arbeit, meine ich.«

»Das ist 'ne gute Einstellung! Kann sich Ulf 'ne Scheibe abschneiden.« Angelika nimmt die Pappe mit dem Senffleck und dem Besteck – der große Mülleimer hat eine hin und her schwingende Klappe. Sie muss die Pappe nicht mal knicken. Vorsichtig rangiert sie den Sportwagen unter dem Tisch hervor.

»Moment!«, ruft die Verkäuferin und wedelt mit dem Kassenzettel.

Während ich zahle, wacht Sonja auf. Als sie mich erblickt, verzieht sich ihr Gesicht.

»Hallo, Sonja, ich bin Peter«, sage ich und will mich hinhocken, damit sie mir leichter in die Augen sehen kann. Sonja jedoch beginnt zu weinen, ja zu schreien. Sie wirft Kopf und Oberkörper gegen die Rückenlehne des Sportwagens. Angelika wendet den Wagen erneut. Als Sonja mich nach ein paar Schritten wieder neben dem Wagen erblickt, gebärdet sie sich, als wäre ich der Leibhaftige.

Ich bleibe stehen. Angelika läuft weiter in Richtung Kasse. Sie ruft mir noch etwas zu. Im Vorübergehen zieht sie eine große Packung Klopapierrollen aus dem Regal. Ich wage es nicht, ihnen zu folgen. Und obwohl ich genau weiß, dass Sonjas Gebrüll nichts mit mir zu tun hat, jedenfalls nichts, was mich persönlich betrifft, fühle ich mich doch entdeckt, erkannt und überführt.

NEUNTES KAPITEL

In dem Peter eine Abgesandte seines Parteifreundes Joachim Lefèvre empfängt. Gurken, Politik und Biologie.

Hermann und ich warten mit dem Abendbrot auf Beate. Als sie auch nach der *Tagesschau* noch nicht da ist, beginnen wir zu essen. Kurz nach neun klingelt es.

»Hoffentlich ist nichts passiert«, sagt Hermann, die Hände im Abwaschwasser.

»Was soll denn passiert sein?« Ich gehe hinunter zur Haustür. Manchmal klingelt Beate, wenn sie eingekauft hat oder den Schlüssel nicht findet.

»Guten Abend.« Die Frau lächelt liebenswürdig.

»Ich kenne Sie«, sage ich, ohne zu wissen woher.

»Ministerpräsident Lefèvre schickt mich, Dahlmann, ich bin seine stellvertretende Pressesprecherin, Christina Dahlmann.« Beide Hände umschließen den Riemen ihrer Handtasche. »Komme ich ungelegen?«

Sie hat kurze, offenbar selbstgeschnittene Haare. Die Treppenstufen nimmt sie schnell, der Rocksaum wedelt um ihre Waden.

»Ich habe versucht anzurufen, bei Ihnen ist immer besetzt.«

»Wir haben nur einen Anschluss. Und wenn unter uns telefoniert wird …« Ich nehme ihr den Sommermantel ab.

»Ist was passiert?«, fragt Hermann, der sich die Hände am Geschirrtuch abtrocknet.

»Christina Dahlmann, eine Abgesandte von Joachim Lefèvre«, sage ich.

»Von Joachim? Warum kommt er nicht selbst?«

»Das hatte er vor, ist nur alles gerade sehr hektisch. Ministerpräsident Lefèvre ist jetzt auch noch Außenminister«, sagt sie und reicht ihm die Hand.

»Doch nicht in der Küche!«, sagt Hermann, als ich ihr einen Stuhl anbiete.

»Keine Umstände! Küche ist wunderbar«, sagt Christina Dahlmann und hat sich schon gesetzt.

»Darf ich raten? Es ist wegen des Interviews von gestern, ist es deswegen?« Hermann und ich stehen vor Christina Dahlmann. »Ich hab dir ja gesagt, dass das Folgen haben wird! Mit einem von *Springer* redet man nicht!«

»Ministerpräsident Lefèvre wollte sich längst gemeldet haben«, sagt sie.

»Ich hab Peter immer wieder gesagt, dass er den alten Quark nicht noch mal quirlen muss, nicht noch mal!«

»Das Interview ist nicht meine Idee gewesen«, sage ich.

»Das glaube ich! Das glaube ich Ihnen. Ich hab da auch meine Erfahrungen machen dürfen!« Wenn sie lächelt, wird sie plötzlich hübsch.

»Wollen Sie was trinken? Oder essen?«, frage ich.

»Ein Bier?«, fragt Hermann und hält schon die Flasche hoch.

Sie schiebt ihre Unterlippe vor und nickt. »Gern. Wenn eins übrig ist.«

»Und 'ne Stulle?« Hermann öffnet die Flasche.

»Nein, bitte nicht.«

»Nehmen Sie gleich den Teller da, und das Besteck. Meine Frau hat auch noch nicht gegessen.« Hermann schiebt die Butterdose und den Wurstteller näher an sie heran, sie aber befördert alles umgehend zurück.

»Ich will Ihnen unsere Hilfe anbieten«, sagt sie zu mir.

Ich weiß nicht, was sie damit meint. Ich setze mich ihr gegenüber. Sie hält das Glas fast waagerecht, als sie sich langsam das Bier einschenkt.

»Wie geht's denn Joachim Lefèvre?«, frage ich.

»Ohne Peter wäre Joachim nie und nimmer CDU-Vorsitzender geworden! Das muss man mal festhalten!«

»Wie gesagt, Ministerpräsident Lefèvre bedauert, nicht selbst kommen zu können. Aber Presse, Medien, das ist sowieso mein Ressort ... Na, prost, danke nochmals«, sagt Christina Dahlmann, die ihr Glas erhebt und einen großen Schluck nimmt.

»Wusste ich's doch! Wegen des Interviews! Wofür sich Peter alles rechtfertigen sollte! Man schlägt den Esel, wenn man – Unsinn! Man schlägt den Sack, wenn man den Esel meint, symbolisch gesprochen. Peter ist ja nur wegen Joachim interessant. Nur seinetwegen!«

»Niemand will und kann Ihnen verbieten, Interviews zu geben. Der Ministerpräsident hat mich nur gebeten, Ihnen unsere Hilfe anzubieten.« Sie fährt sich mit dem Handrücken der Linken schnell über den Mund, als wäre ihr diese Geste peinlich.

»Ist es wegen der SED?«, frage ich. »Ich wäre wirklich lieber in die SED eingetreten …«

»Das muss heute keiner mehr sagen, Peter!«

»Was ich eigentlich meine …«

»Ich weiß ja, dass ich das falsch eingeschätzt habe«, unterbreche ich sie. »Aber wenn mich jemand danach fragt, kann ich ja nicht lügen! Ich bin tatsächlich stolz gewesen, als mich die von der Staatssicherheit sprechen wollten, damals …«

»Das macht uns ziemliche Probleme, was Sie da über die Staatssicherheit gesagt haben.«

»Peter war vierzehn! Er hat es gleich überall rumposaunt!«

»Aha, interessant … Das stand da anders. Es kommt …«

»Peter ist überzeugt gewesen! Mit vierzehn!«

»Auch als Erwachsener«, sage ich, »hätte ich jederzeit mit ihnen gesprochen, aber offen und ehrlich. Konspiration war der falsche Weg!«

»Das solltest du mal für dich behalten, Peter! Du siehst ja, sogar der Ministerpräsident ist beunruhigt! – Wissen Sie, dieser Herr Journalist, so was von anmaßend! Unglaublich! Er hat mir gegenüber von einem Unrechtsstaat gesprochen. Stellen Sie sich das mal vor! Unrechtsstaat! Wer keinen Widerstand geleistet hat, hat unrecht getan. Die glatte Erpressung! Und was heißt überhaupt Widerstand? Ich ärgere mich so, den Kerl nicht rausgeschmissen zu haben!«

»Sie haben hier mit ihm gesprochen, hier zu Hause?«, fragt sie überrascht.

»Der hat doch geschrieben, wie piefig und kleinbürgerlich hier alles sein soll. Dabei haben wir Hellerauer Möbel! Die würde ich jederzeit wieder kaufen.«

»Hätte ich auch gern gehabt, Hellerauer Möbel«, sagt sie.

»Wie? Sind Sie aus dem Osten?«

»Hört man das nicht?« Ein bisschen Schaum ist über ihrer Oberlippe zurückgeblieben.

»Ich dachte, die Sprecher, die sind … wegen der Redegewandtheit … Peter hat dem Kerl auch noch Kaffee angeboten – ah, Beate! Meine Frau.« Hermann steht auf und geht in den Flur.

»Joachim Lefèvre liegt viel an Ihnen«, beginnt Christina Dahlmann, als wir allein sind. »Vieles wird in der Öffentlichkeit völlig anders wahrgenommen oder dargestellt. Das ist ein Problem. Das müssen wir alle lernen, auch Joachim Lefèvre, auch ich. Ich habe schon Interviews mit ihm unterbrochen, weil er einfach so drauflosredet.«

»Hat er nicht die Wahrheit gesagt?«

»Es kommt auf den Zeitpunkt an, wann man was sagt und wem und wie. Das Richtige zum falschen Zeitpunkt oder am falschen Ort ist das Falsche!«

»Ich verstehe das alles nicht, was hier geschieht.«

»Was finden Sie denn nicht richtig an dem, was wir jetzt machen?«

»Alles.«

»Freiheit? Demokratie? Wohlstand?« Sie trinkt, und wieder bleibt Schaum über der Oberlippe zurück.

»Wir wollten doch eine ganz andere Gesellschaft! Ich verstehe nicht, was am Sozialismus …«

»Guten Abend! Tut mir leid …« Beate reicht ihr die Hand.

Christina Dahlmann steht auf. Beate und sie sind gleich groß.

»Ich platze hier in Ihren Feierabend …«, sagt Christina Dahlmann.

»Kein Problem! Im Gegenteil! Wir dachten manchmal, Joachim hätte Peter schon vergessen! – Setzen Sie sich.« Beate gibt mir einen Kuss. Sie ist festlich gekleidet, weshalb sie es ist, die zwischen uns wie ein Gast wirkt.

»Furchtbar, immer das späte Essen. Wollen Sie was mitessen?« Beate öffnet den Kühlschrank.

»Ich verstehe nicht, warum alle über den Kommunismus schimpfen«, sage ich. »Letztlich will doch jeder, dass sich niemand etwas aneignet, was er sich nicht erarbeitet hat. Wir haben eine ganz falsche Richtung eingeschlagen!«

»Willst du dem Volk vorschreiben, wie es leben soll?«, fragt Beate und setzt sich mit dem Gurkenglas.

»Aber wenn das Volk gegen seine eigenen Interessen handelt?«

»Wer bist du denn, das zu entscheiden«, sagt Hermann. »Selbst wenn du recht hättest!«

»Ihr redet über Sachen, die ihr gar nicht beurteilen könnt«, sagt Beate.

»Doch. Ich soll jetzt Geld verdienen mit Zähneziehen. Also ziehe ich so viele Zähne, wie nur irgend geht, oder rette, obwohl da eigentlich gar nichts mehr zu retten ist.«

»Dann suche ich mir eben einen anderen Arzt«, sagt Beate. »Was sind Sie eigentlich von Beruf?«

»Biologin.«

»Und was genau?«

»Molekularbiologie. Wir haben bei Fadenwürmern …«

»Und da werden Sie Pressesprecherin? Ist das nicht ein Abstieg?«, fragt Hermann.

»Ich wollte mithelfen, ich bin zum *Demokratischen Aufbruch* gegangen …«

»Keine Blockflöte? Bravo!«

»Hermann!«

»Nullkommaneun Prozent! Aber das lag an Ihrem Chef, dem Schnur. Denke sowieso langsam, dass die Stasi die Opposition gegründet hat, damit alles bleiben kann, wie es ist.«

»Du solltest erst mal nachdenken, bevor du redest.«

»Ich hab nachgedacht! Ich habe jetzt viel Zeit zum Nachdenken.«

»Es geht um Peter! Deshalb ist Frau Dahlmann hier, nicht um deine Ansichten zu hören!«

»Ich verstehe nicht«, sage ich, »warum Joachim Lefèvre zugestimmt hat, dass wir in die NATO kommen, statt uns zu entmilitarisieren! Und warum jeder Betrieb privatisiert werden muss und die D-Mark alles kaputtmachen darf. Wenn Beate erzählt, wie unsere gesamte Wirtschaft zusammenbricht …«

»Lass mal, Peter, das ist weder der richtige Ort noch die richtige Zeit dafür. Außerdem ist Frau Dahlmann Pressesprecherin.«

»Auch wenn wir vielleicht nicht alles so entscheiden können, wie wir immer wollen«, sagt Christina Dahlmann. »Meine Meinung ist: entweder oder. Deutschland gehört zum freiheitlichen Westen, also in die NATO.«

»Da haben die Amerikaner den Daumen drauf! Das entscheiden doch nicht wir!«, sagt Hermann.

»Wie soll es denn Demokratie geben, wenn einige das Hundertfache oder Tausendfache oder Zehntausendfache von dem besitzen, was andere besitzen?«, frage ich.

»Wenn Sie sich bei diesen Dingen unsicher sind«, antwortet mir Christina Dahlmann, »wäre es ratsam, erst mal keine Interviews mehr zu geben … Sie sind ja ein bekanntes CDU-Mitglied im Osten.«

»Ich werde austreten«, sage ich.

»Warum?«

»Wenn man nicht mehr gläubig ist, sollte man …«

»Blödsinn!«, ruft Hermann. »Wenn alle austreten würden, die nicht mehr an den lieben Gott glauben …«

»Das ist ja schade«, sagt sie. »Und als Grund darf ich dem Ministerpräsidenten Ihren verlorenen Glauben nennen?« Sie trinkt ihr Glas aus.

»Sie können ja berichten, worüber wir gesprochen haben.«

»Niemand hat das Recht, Sie zu irgendwelchen Aussagen zu nötigen. Sie können mich jederzeit anrufen, wenn Sie Fragen haben …« Christina Dahlmann ist schon aufgestanden. »Vielen Dank!«

»Sie kommen auch immer spät nach Hause«, sagt Beate.

»Es wäre doch schön«, sagt Hermann, »wenn Sie mal mit Joachim vorbeikämen, zum Kaffeetrinken, hier bei uns?«

Christina Dahlmann reicht zuerst Beate, dann Hermann die Hand. Ich helfe ihr in den leichten Mantel und begleite sie hinunter zur Haustür. Den Riemen der Handtasche legt sie wieder über die Schulter. Wir geben einander die Hand. Wenn sie lächelt, zieht sie die Schultern etwas hoch. Der Bierschaum über der Oberlippe ist verschwunden. Gleichzeitig sagen wir »Tschüss«.

ZEHNTES KAPITEL

In dem Peter seine Eltern nach Waldau begleitet. Die Brotkapsel der Vergangenheit. Mutmaßungen über die Zukunft einzelner Familienmitglieder. Licht und Schatten.

Während Beate und Hermann den Wagen aufs Grundstück manövrieren, gehe ich mit zwei Plastebeuteln voller Einkäufe zum Bungalow und schließe auf. Ich rieche es, bevor ich die Geweihe sehe, die leuchtenden Augen von Fuchs, Hase und Marder, den schwarzen Schlitz im grünen Linoleum … Alles scheint durchtränkt von Kiefern und Moos und Moder, alles ist mir vertraut und Ewigkeiten entfernt, als beträte ich eine vergessene Raumstation.

Ich schalte die Sicherungen ein – der Kühlschrank rumpelt und beginnt zu summen, auch die Pumpe springt an und schaltet sich nach ein paar Sekunden wieder aus. Ich öffne Fenster und Fensterläden und packe die Einkäufe aus, die wie buntes Spielzeug neben der Spüle liegen.

Es ist noch einmal so warm geworden wie im August. Da Hermann jedes Wochenende nach Waldau fährt, liegen kaum Zweige oder Kiefernzapfen auf dem Moos. Als hätte er damit auf uns gewartet, holt er ein paar neue Latten aus dem Schuppen und macht sich am Zaun zu schaffen. Beate kehrt die Terrasse. Ich nehme mir einen Lappen und wische Tisch und Stühle ab.

»Ist das ein Wetterchen!«, sagt Beate. Im Auto ist sie so übermütig gewesen, als ginge es in die großen Ferien. »Du und ich, wir sollten uns das öfter leisten, das beste Mittel gegen Panik.«

»Ich bin nicht in Panik.«

»Du hast mit deinen Häusern genug zu tun. Lass dir Zeit, lass dich von niemandem drängen.« Sie lacht auf. »Häuser sind sowieso besser als Rente, viel besser!«

»Ich bin nicht in Panik«, wiederhole ich.

»Aber?«, fragt sie, hält im Kehren inne und sieht mich an.

»Ich denke die ganze Zeit daran, was ich falsch gemacht habe.«

»Du hast doch niemandem geschadet!«

»So meinte ich das gar nicht«, sage ich.

Die Wurzeln einer Kiefer haben zwei Wegplatten emporgehoben. Und auch dort, wo keine Platten sind, treten die Wurzeln hervor, so wie die Adern auf Wolfgangs Handrücken.

»Nur nicht unter Druck setzen lassen, von nichts und niemandem«, sagt Beate. Und dann, fast flüsternd: »Siehst ja, was dabei rauskommt.« Sie nickt in Richtung Hermann.

»Immerhin hat er Lust zu arbeiten.«

»Ob das Lust ist. Wenn's wirklich ans Aufhören geht … Ich hab keine Zeit, und er … Ich weiß nicht, das wird noch schwierig, ganz schwierig wird das.«

Ich trage die Liegestühle aus dem Schuppen und klappe sie am Rand des Rechtecks aus Sonnenlicht auf, das bis zum frühen Nachmittag über das Grundstück wandern wird. Beate stellt den Besen hinter die geöffnete Tür.

»Ich mach uns erst mal 'nen Kaffee«, sagt sie und geht hinein.

Ich suche nach der Tonschale, der Vogeltränke, und finde sie genau dort, wo sie immer gewesen ist. Als ich sie hochhebe, reiße ich sie förmlich vom Moos ab. Unter ihr wimmelt es von weißem Gewürm, grauen Käfern und hin und her flitzenden Ameisen. Ich stehe da und begreife, was ich angerichtet habe. Plötzlich wird mir klar: Genauso geht es mir. Es fehlt nicht nur das Dach, ohne das alles, was sie da an Gängen und Lagern angelegt haben, sinnlos ist. Es fehlt eine Dimension. Ohne diese Tonschale ist das, was ich sehe, völlig unverständlich.

Als ich die gefüllte Schale zurückbringe, ist bereits das meiste Gewürm verschwunden. Nur die Ameisen rennen noch mit ihren Eiern hin und her.

Beate ruft nach Hermann. Aber statt zu antworten, hämmert er los.

»Soll ich ihm nicht helfen?«, frage ich.

»Bloß nicht! Das ist seins.«

Wir rücken uns die Liegestühle zurecht.

»Es gibt nichts Schöneres«, sagt Beate.

Ich knöpfe mein Hemd auf. Das Moos leuchtet hellgrün.

»Ich muss dir nicht erklären, wie ich zu Olga stehe«, sagt Beate. »Aber es ist gut, dass du zu ihr fährst.« Als das Hämmern aufhört, sagt sie: »Du musst lernen, zu genießen und an dich zu denken und dich selbst wie einen Freund zu behandeln und nicht immer als Fahnenträger oder Geisel.«

»Aber mein Glück hängt doch mit allen zusammen!«

»Ich wünschte, du würdest dir was wünschen, ein schönes Auto, eine große helle Wohnung, eine Küche mit Spülmaschine und Mikrowelle, Stereoanlage samt CD-Spieler, einen großen Fernseher mit Videorecorder …« Beate verstummt, weil Hermann wieder hämmert. »Und einen Urlaub in der Karibik«, fügt sie kurz darauf noch hinzu.

»Ich mach doch schon eine Reise! In Frankfurt am Main sehe ich vielleicht Wolfgang.«

»Wie? Ich denke, du fliegst?«

»Ich habe eine Zwischenlandung.«

Beate drückt sich aus ihrem Stuhl hoch und sieht mich an. »Willst du auch Mönch werden?«

»Er wird Priester.«

»Bei den Katholiken ist da kein großer Unterschied. Er hat doch alles verschenkt, hast du gesagt …«

»Bis auf ein paar Anziehsachen hat er alles dagelassen.«

»Und das haben die Afrikaner übernommen?«

»Die haben sie doch hinausexpediert.«

»Und was ist jetzt damit?«

»Das wissen sie nicht mal selbst. Sie wurden nach Windhoek geflogen, nach Namibia. Die Kinder kommen dort in ihre alten Familien – sofern es die noch gibt.«

»Ach, du liebe Zeit! – Eigentlich meinte ich Wolfgangs Sachen.«

»Weiß ich nicht.«

»Seine kleine Freundin wird sich schon wieder melden«, sagt Beate.

»Die hatte sich schon vorher von ihm getrennt.«

»Und trotzdem hat er ihr alles geschenkt? – Ich verstehe diese jungen Frauen nicht! Wolfgang ist doch ein stattlicher Mann, hat schöne Hände, kann arbeiten, und ein intellektueller Kopf ist er allemal!«

»Er hat halt Pech gehabt«, sage ich. Ein Schmetterling

fliegt über meine Füße und bleibt auf dem Moos sitzen. Hier in Waldau merke ich erst, wie seltsam es ist, wenn man nicht weiß, wie in diesem Jahr das Frühjahr gewesen ist.

Beate schnarcht. Ihr Mund ist halb geöffnet. Sie hat ihre Bluse ausgezogen, ihr BH ist schwarz, ihre weiße Hose hat sie bis über die Knie hochgekrempelt.

Das Hupen eines Autos holt mich aus dem Halbschlaf. Es ist der Wagen der Bank, der Fahrer von Karl-Heinz Schumann.

In der Eile hat Beate ihre Bluse falsch geknöpft. Sie wendet sich ab und knöpft hastig alles neu. Hermann unterhält sich mit dem Fahrer. Beate zieht die Strickjacke über, greift nach der Handtasche – und weg ist sie. Ich kehre in meinen Liegestuhl zurück, Hermann kommt mit der Zeitung zu mir und legt sich in Beates Stuhl. Als er sich ruckartig nach vorn beugt und zur Seite lehnt, erwarte ich, von ihm angesprochen zu werden. Stattdessen greift er nach Beates Tasse, trinkt, stellt sie zurück auf den Waldboden und widmet sich wieder dem Kreuzworträtsel. Ich knöpfe mein Hemd zu. Im Schatten wird es jetzt schnell kühl.

ELFTES KAPITEL

In dem Peter die Arbeitsbedingungen verbessert. Lilly will keine Geschenke. Die Guten und das Geld.

»Lilly! Lilly? Steig ein!« Ich öffne die Beifahrertür von innen. Sie drückt sie wieder zu und beugt sich zum Fenster herab. Ich kurbele es weiter nach unten.

»Was darf's denn sein?«, fragt sie und stützt sich auf.

»Ich will dir was zeigen, ich hab ein Angebot, für dich, ein gutes.« Ich knipse das Licht im Wagen an, damit sie mich besser sieht.

»Was willst du?«

»Erkennst du mich? Ich bin's, Peter, wir waren zusammen, vor vier Wochen.«

Lilly verzieht einen Mundwinkel. »Zimmer oder Auto?«

»Ich will dir was zeigen, ich fahr dich hin.«

»Was denn?«

»Soll 'ne Überraschung sein.« Wieder versuche ich, die Tür zu öffnen.

»Hab keinen Bock auf solche Spielchen.«

»Ich will dir ein Haus zeigen, in das du gehen kannst, wenn du willst. Da musst du nichts zahlen.«

»Kein Interesse.«

»Schau's dir einfach mal an. Wenigstens ansehen.«

Lilly verschwindet aus dem Fenster, ich erwarte, dass sie die Tür öffnet, stattdessen tritt sie zurück auf den Fußweg und blickt die Oranienburger hinauf.

»Ich geb dir zweihundert!«, rufe ich und hab schon das Portemonnaie in der Hand. »Zweihundert fürs Ansehen!« Ich halte die Fünfziger ins offene Fenster – und merke im selben Augenblick, wie furchtbar das ist, als hielte ich einem Pferd Grasbüschel hin.

Lilly faltet die Scheine zweimal und verstaut sie in ihrer winzigen Handtasche.

»Hallo, Lilly«, sage ich, als sie einsteigt.

»Mit wem habe ich das Vergnügen?«

»Peter! Erkennst du mich denn nicht?«

»Wo fahrn wir hin?«

»Gleich um die Ecke, Auguststraße, eine Minute. Ich dachte, fahren wär dir lieber.«

»Steigst du ins Geschäft ein?«

»In welches?«

»Hast du Mädels zu laufen?«

»Ich denk, hier gibt's keine Zuhälter?«

»Ich hab keinen. Jedenfalls nicht so, wie du denkst.«

»Ich will dir nur helfen«, sage ich.

»Und was willste dafür?«

»Nichts. Ich kann dir nur keinen langfristigen Mietvertrag geben.«

»Ich will keinen Mietvertrag.«

Auf einmal zweifle ich daran, dass Lilly jene Frau sein soll, die sich bei unserem Zusammensein so umstandslos entkleidet hat und so zärtlich und so leidenschaftlich gewesen ist.

»Hast du was Schlimmes erlebt?«

»Du bietest mir ein Geschäft an, um das ich dich nicht gebeten hab. Denkste, das is 'n Zuckerschlecken hier?«

»Dann hör doch auf!«

»Also zeig mir die Bude, und gut is.«

»Du hast ja einen Beruf.«

»Was hab ich?«

»Du arbeitest doch in einem Kleiderladen – hast du gesagt.«

Lilly schweigt.

»Da sind wir schon«, sage ich.

»Muss 'ne ganze Geschichte sein«, sagt Lilly. »Nur dass ich sie nicht kenne. Ist ja auch egal.« Sie blickt auf das Armaturenbrett von Hermanns Wartburg. »Jemand hat mich verpfiffen. Da kam so 'ne Kuh in' Laden, sieht mich von oben bis unten an und sagt: ›Du bist doch 'ne Nutte, stimmt's?‹ Meine Chefin macht große Augen und fragt, ob das stimmt. Und noch bevor ich was sagen kann, sagt die Kuh: ›Klar ist sie das!‹ Und als ich sage, dass sie lügt, holt die doch Fotos raus. Ich habe keine Ahnung, warum sie das gemacht hat.«

»Ja, und? Soll sie doch fotografieren.«

»Das kann sich keine leisten, 'ne Hure im Laden, das geht nicht.«

»Aber sie ist doch zufrieden gewesen mit dir?«

»Was willste mir zeigen?«

»Das hier, das ist das Haus.«

»Ist ja 'ne Bruchbude.«

»Innen ist's besser. In zwei Wochen ist's fertig. Ich müsste wissen, ob du das willst. Jetzt ist's noch ungemütlich. Wir machen nur das Nötigste, gibt Ansprüche drauf, Alteigentümer.«

»Die wollen das zurück?«

»Ich hab's nur übernommen, damit's nicht zusammenbricht. Weißt ja, wie das war. Wollte doch keiner, Schneeschippen, Dachreparatur, dreißig Mark Miete …«

»Wer kriegt das jetzt?«

»Das sagen die einem nicht.« Ich schließe auf und mache das Licht an. Ulf hat alles aufgeräumt und sogar gewischt. Nur zwei Paar Schuhe von ihm stehen im Flur, es riecht nach Schuhcreme. »Die Scheuerleisten fehlen noch. Wenn hier ein großes Bett hinkommt und hier, gleich um die Ecke eine Dusche und da das Klo. Wäre das was?«

»Du willst das für mich einrichten?«

»Deshalb sind wir ja da. Ich kann dir nur nicht sagen, für wie lange.«

»Aber wenn du das zurückgeben musst, warum investierst du dann noch?«

»Bei deinen Preisen – da lohnt sich das.«

»Wie viel willst du dafür?«

»Du brauchst nichts zu zahlen! Das kriegst du schriftlich.«

Lilly geht herum. »Und hier? Was kommt hierhin?«

»Könnten wir auch einrichten. Und oben schläft Ulf, ein Freund von mir, noch aus der Schulzeit. Der sucht gerade 'ne neue Bleibe. Wenn mal was ist, kann der helfen, ist schon abgesprochen. Der ist kräftig, bisschen schüchtern.«

»So wie du?«

»Kraftsportler, Aufbauphase. Du müsstest nur selbst aufräumen, die Kondome und das alles.«

Lilly lächelt zum ersten Mal. »Nullo problemo«, sagt sie und macht eine Kaugummiblase, die schnell zerplatzt. »Hier könnte doch 'ne Freundin mitmachen, oder?«

»Wenn dir das lieber ist.«

»Und dieser – Kraftsportler? Ist der eher so wie du? Nur mit Muckis?«

»Für Ulf leg ich meine Hand ins Feuer. Und wenn was ist, kann der die Polizei rufen.«

»Polizei is nicht. Das muss dein Ulf schon selbst hinkriegen.«

»Willst du die Möbel aussuchen? Wir wollen morgen nach Spandau, schwedische Holzmöbel, Ikea heißt das.«

»Fahrt nur.«

»Am Ende gefällt's dir nicht.«

»Könnte gemütlich werden«, sagt Lilly und macht wieder eine Kaugummiblase. »Und weiter?«

»Wir müssen uns verabreden.«

»Du hast mir zweihundert gegeben. Ich will nichts geschenkt.«

»Warum nicht?«

»Im Stehen ginge.«

»Hier?«

»Willst du dich hinlegen?« Ihre Stiefelspitze tippt auf den Estrich. »Ziemlich hart.«

»Du bist zu nichts verpflichtet. Die zweihundert …«

»Behalt ich auch. Kann dir einen blasen, ohne Gummi.«

»Ich wollte nur, dass du es siehst.«

»Tu nicht so! Ich kenn dich besser.«

»Du kennst mich doch gar nicht.«

»Ich weiß ganz gut, wie Männer funktionieren. Und du bist ja einer.«

»Das muss jetzt nicht sein.«

»Ihr könnt vielleicht nicht immer, aber ihr wollt immer.« Sie nimmt den Kaugummi aus dem Mund und klebt ihn ans Fensterbrett. »Geschäftlich korrekt muss es sein. Ist doch gut, wenn die Guten Geld haben.« Im selben Moment kniet sich Lilly auch schon hin und greift nach meiner Gürtelschnalle. Ich halte ihre Hand fest.

»Wenn du nicht aufstehst, knie ich mich auch hin.« Da Lilly nichts dergleichen tut, gehe ich auf die Knie.

»Sei nicht blöd«, sagt sie. »Was ist denn?«

»Und küssen? Kostet das mehr?«

»Wenn dir das lieber ist.«

»Es muss überhaupt nicht sein«, sage ich. »Nur weil du auf dem Geschäftlichen bestehst.«

»Für zweihundert wird das aber 'ne ziemlich lange Knutscherei.«

»Wollen wir lieber aufstehen?«, frage ich.

»Musst du sagen. So 'nen Fall hatte ich noch nicht.«

»Darf ich zurückküssen?«

»Geht ja nicht anders.«

Lilly schiebt ihre kleine rote Tasche zur Seite und wirft erst mit der einen, dann mit der anderen Hand ihr Haar über die Schulter.

»Na dann«, sage ich und rutsche auf den Knien noch ein Stück näher an Lilly heran.

ZWÖLFTES KAPITEL

In dem Peter auf dem Flughafen von Frankfurt am Main telefoniert. Über Gott und Paul Löschau. Kurze Einführung in Babel. Trost und Triebwerk.

»Am liebsten würde ich mit dir gemeinsam beten.«

»Am Telefon? Hier ist's ziemlich laut.«

Zwei indisch aussehende Männer stehen mit einem Wagen voller Putzmittel und Eimer vor der Toilette gegenüber, zwischen Damen- und Herrenklo. Der beim Eingang des Damenklos hält den Stiel des Schrubbers wie eine Waffe in der Hand. Sobald jemand hineinwill, sagt einer von ihnen etwas, der mit dem Schrubber den Frauen, der mit der Zigarette den Männern. Die meisten müssen nachfragen. Mit ihrer freien Hand wischen die Inder dann durch die Luft. Der für die Männer ist immer etwas schneller.

»Und wie ist das passiert?«

»Ich weiß auch nicht … Als ich es gemerkt habe, war's schon passiert. Ich hab ihn irgendwie vergessen.«

»Vergessen? Wie kann man denn den Glauben vergessen?«

»Es war so viel zu tun …«

»Peter! Der Glaube … Das ist doch, als reiße man mir die Seele bei lebendigem Leibe aus dem Körper – und das Herz gleich dazu. Und du sagst ›vergessen‹ …«

»Plötzlich war er weg. Ich hab ihn verloren.«

»Das kann dann nicht der richtige Glaube gewesen sein.«

»Warum?«

»Gott hat dir jetzt eine Pause verschafft.«

»Und was soll der richtige Glauben sein?«

»Ach, Peter, denk einfach mal nach!«

Ein Pulk von Stewardessen, jede mit einem Rollköfferchen im Schlepptau, zieht vorüber. Für einen Moment sind sie im Gleichschritt. Die beiden indischen Putzleute verfolgen die kleine Parade aufmerksam, als warteten sie auf einen Anlass, ihnen zu winken.

»Wie willst du denn ohne Glauben leben?«, fragt Wolfgang.

»Wenn er erst mal weg ist …«, sage ich. »Ich kann das nicht erzwingen.«

»Du hast doch die Anwesenheit des lebendigen Gottes erlebt! Du selbst hast davon gesprochen!«

»Ich hab auch die Gegenwart von Paul Löschau erlebt, nur in Gedanken natürlich!«

»Willst du das vergleichen?«

»Ich bin mir ganz sicher gewesen, Paul Löschau eines Tages wiederzusehen! Und obwohl er die ganze Zeit tot gewesen ist, habe ich ihn lebendig bei mir gespürt!«

»Was willst du damit sagen?«

Ich antworte nicht. Ich höre Wolfgang ausatmen. Ich weiß, wie er seinen großen Kopf jetzt schief hält auf dem Hals, der nie einen Hemdkragen zu berühren scheint. Ich weiß, wie Wolfgang blickt, wenn er enttäuscht ist. Auf seiner Stirn bilden sich Schatten wie von einer Jalousie.

»Was willst du damit sagen? Dass du überhaupt keinen Trost mehr hast?«

»Ich hab mir einen neuen Föhn gekauft, der ist kleiner, aber viel leistungsstärker als mein LD 65.«

»Als wer?«

»Du weißt doch, mein hellblauer Föhn!«

»Ich will dich nicht missionieren«, sagt Wolfgang. »Ich hab nur Angst um dich! Du hast immer vor mir gehandelt. Eigentlich bist du immer stärker gewesen als ich, obwohl mir die Schule und der ganze Kram leichter fielen. Aber jetzt … Und auch noch ohne Glauben! – Du bist doch mein Bruder!«

Ein Mann tritt aus der Toilette und gibt dem Putzmann,

der inzwischen aufgeraucht hat, eine Münze in die Hand. Der lässt das Geld in der Kitteltasche verschwinden, legt seine Handflächen vor der Brust zusammen und deutet eine Verbeugung an, als spielte er in einem Märchenfilm.

»Willst du nicht wenigstens eines der Häuser? Oder zwei?«, frage ich.

»Ach, Peter! In den nächsten Jahren werde ich sowieso nicht in Berlin wohnen, vielleicht nie mehr.«

»Du brauchst dich um nichts zu kümmern!«

»Wenn es dir zu viel wird, verschenke sie doch.«

»Soll ich es für dich verkaufen?«

»Geld nützt mir nichts.«

»Nimm es für deine Freunde, für Namibia!«

»Geld nützt nichts, das weißt du doch! Ich muss das lernen, du musst das lernen, die in Namibia müssen es lernen. Deshalb ist ja der Glaube so wichtig! Hier kapierst du das schnell!«

»In Frankfurt am Main?«

»Komm mal her, dann gehen wir durch Babel …« Zum ersten Mal klingt Wolfgang, als würde er lachen. »Zuerst essen wir was auf dem Bahnhof. Da wirst du sehen, wer dich alles um Geld bittet. Und wenn dir dann noch Zeit zum Essen bleibt, siehst du zu, wie alle zwei Minuten einer angehetzt kommt und in den Müllkästen wühlt. Und wenn wir gegessen haben, gehen wir raus, zu denen, die da mit ihren Spritzen liegen oder hocken oder wanken. Die sind unser Alter und sehen aus wie unsere Eltern. Und noch ein paar Schritte die Straße hinauf, da kannst du alles kaufen, Apfelsinen, Heroin, Honig, Eis, Messer, Pistolen, Döner, Frauen, alles auf der Straße. Du siehst aber nur die Frauen, die sie nicht eingesperrt haben. Und darüber die Hochhäuser, die an den Wolken kratzen, damit es regnet. Aber es regnet immer nur Geld, tagein, tagaus regnet es Geld …«

Während Wolfgang spricht, bepacken die beiden Putzmänner ihren Wagen und machen sich auf den Weg in die Richtung, in der die Stewardessen verschwunden sind.

»Aber wehe, du hebst das Geld auf und steckst es dir in die Taschen. Dann wirst du verrückt, früher oder später wirst du verrückt! Denn wie willst du Geld in den Taschen haben und ein Haus und gehst an all dem vorüber? Das werde ich dich fragen, wenn wir uns im Karmeliterkloster die Fresken von Jerg Ratgeb ansehen. Dort werde ich dich das fragen. Und dann sagst du mir, wie du bestehen willst, ob mit oder ohne Glauben, du sagst mir das …«

Je länger Wolfgang spricht, desto stärker presse ich den Hörer an mein linkes Ohr, desto schwerer fällt es mir, ihn zu verstehen. Denn direkt vor oder hinter mir, verdeckt von einer Wand, hat ein Flugzeug seine Triebwerke gestartet. Eine Weile füllt mir Wolfgang das linke und das Triebwerk das rechte Ohr. Aber das Triebwerk wird immer lauter. »Ich verstehe dich kaum noch!«, rufe ich ins Telefon und wechsle den Hörer, weil mir das Ohr schon weh tut. »Ich verstehe nichts mehr!«, rufe ich und lasse den Hörer sinken, so dass nun beide Ohren ganz und gar dem Triebwerkskrach lauschen, der mich umhüllt und beruhigt wie ein ungeheurer Föhn.

BUCH VII

ERSTES KAPITEL

In dem Peter seine Flugreise fortsetzt. Über eine physiognomische Auswirkung der französischen Sprache. Heiterkeit und Fremdsprachenunkenntnis.

Als die Maschine auf ihrer Fahrt über die Rollbahn immer lauter wird, erwarte ich jeden Augenblick eine Explosion, zumindest irgendeinen Knall. Je schneller wir werden, je höher wir steigen, desto weniger, davon bin ich überzeugt, würde mir das etwas ausmachen – mit dieser Einsicht überfällt mich eine Schläfrigkeit, als hätte man mir eine Narkose verpasst. Das erste Mal erwache ich, als die Stewardessen Becher und Tabletts mit Essensresten einsammeln. Beim zweiten Mal weckt mich das Aufsetzen der Maschine in Marseille.

Mit meinem DDR-Ausweis in der Hand werde ich durch die Kontrolle gewinkt. Alle anderen finden sofort jemanden, der sie abholt. In dem Gewirr von Schildern entdecke ich meinen Namen auf einem Blatt Papier, das ein Mann in Händen hält. Er muss afrikanische Wurzeln haben.

»Ist etwas passiert?«, frage ich ihn, der eine Art Uniform trägt. Statt zu antworten, will er mir meinen Koffer abnehmen. Aber das lehne ich natürlich ab. Er spricht kein Deutsch. Erst als ich »Hotel?« frage, nickt er ausgiebig und lacht. Mich nennt er »Monsieur« und redet in fließendem Französisch auf mich ein. Die Laute springen klangvoll von seinen Lippen. Ich komme mir kümmerlich vor, als ich mich sagen höre: »Ich verstehe leider kein Französisch.«

Wie gern würde ich ihm Fragen stellen. Denn was er, seine Familie und seine Vorfahren erlebt haben müssen, interessiert mich brennend. Ich selbst hatte noch nie persönlich Kontakt mit Menschen, die Kolonialismus am eigenen Leib erfahren haben.

Bis nach Aix-en-Provence fahren wir eine halbe Stunde. Von der Landschaft, die hier sehr schön sein soll, sehe ich nicht viel. Als wir an einer Ampel halten, erblicke ich zum ersten Mal eine Palme in freier Natur. Mein Fahrer betrachtet mich unentwegt im Rückspiegel. Leider habe ich nichts dabei, was ich ihm schenken könnte. Im selben Augenblick wird mir bewusst: Ich habe überhaupt kein französisches Geld! Als ich aussteige und ihm mein offenes Portemonnaie mit den D-Mark-Scheinen hinhalte, schüttelt er heftig den Kopf, schnappt mir meinen Koffer weg und geht voran ins Hotel, das ziemlich nobel ist. Schon im Eingangsbereich liegen Teppiche, über die der Fahrer sorglos spaziert. Ein großer Spiegel mit Goldrand lehnt an der Wand, links und rechts davon hängen Bilder mit Landschaftsdarstellungen oder Porträts in alten Rahmen. Die kleine ältere Dame an der Rezeption studiert mich, während der Fahrer mit ihr spricht – wie ich ihn um seine französische Stimme beneide! Dann redet sie sehr langsam und betont auf mich ein, als sollte ich mitschreiben. Nähert sie sich einem Satzende, hebt sie den Kopf und sieht mir eindringlich in die Augen, doch immer nur kurz. Der ständige Gebrauch des Französischen hat ihren Mund, ja ihr ganzes Gesicht, fein und zart werden lassen. Gegen Ende ihrer Begrüßungsrede pflückt sie bedachtsam einen der Schlüssel vom Haken und streckt mir ihren Arm wie ein Zweiglein entgegen, an dem noch eine Frucht hängt.

Vom dem dunkelhäutigen Fahrer verabschiede ich mich mit einem herzlichen: »Merci!« Ich will ihn zum Ausgang begleiten, stattdessen trägt er meinen Koffer bis zum Fuß der Treppe.

Mein Zimmer befindet sich in der dritten Etage. Obwohl

ich mich vorsehe, knalle ich mit Hermanns Koffer mehrmals gegen das Geländer. Mein Zimmer ist schmal, jedoch mit allem ausgestattet, was man braucht, sogar ein Waschbecken gibt es. Die Toilette befindet sich gleich gegenüber auf der anderen Seite des Gangs. Als ich die Fensterläden öffne, blicke ich im Abendlicht über alte Dachziegel hinweg in einen Park mit Pappeln und Platanen, in der Ferne Berge.

Ich trinke ein Glas Wasser. Nicht zu wissen, wie lange ich auf Olga warten muss, macht mir nichts aus. Im Gegenteil. Ich bin so gut gelaunt wie schon lange nicht mehr, ohne zu wissen warum. Womöglich, weil es mir in Frankreich gut begründet erscheint, dass mich niemand versteht und ich niemanden verstehe. Diese Vermutung ist der letzte klare Gedanke, bevor ich einschlafe – und erst wieder von dem Krähen eines Hahns erwache.

ZWEITES KAPITEL

In dem Peter einen Ausflug in die Umgebung von Aix-en-Provence unternimmt. Die Entdeckung eines interessanten Museums. Präparierte Gesichter.

Nach dem Zähneputzen trinke ich ein Glas Wasser und steige die schmale Treppe hinab. Die kleine Dame ist schon wieder an ihrem Platz. Sie winkt mich heran. In dem, was sie sagt, taucht mehrmals der Name von Olga auf, den sie auf der zweiten Silbe betont. Schließlich führt sie den Zeigefinger an die Lippen und zieht einen Zettel unter dem Tresen hervor. In großen geschwungenen Zahlen schreibt sie »13 h« darauf, unterstreicht es doppelt und ruft: »Olga!«, wobei ihre befeuchtete Fingerkuppe aufs Papier niederstößt.

Ich nicke und tippe meinerseits auf die geschwungene Dreizehn und sage: »Merci.«

Bis ein Uhr sind es noch viereinhalb Stunden. Es ist wärmer als in Berlin und irgendwie auch heller. Obwohl Dienstag ist, bin ich nicht der einzige Müßiggänger. Die Stadt scheint vollkommen unzerstört geblieben zu sein. Ganz gleich, durch welche Straße oder Gasse ich gehe, immer sind die Häuser sehr alt und bewohnt. Als ich an eine mehrspurige Straße komme, will ich schon umkehren. Aber schließlich sollte ich mir auch die proletarischen Viertel ansehen, die ich außerhalb des Zentrums vermute. Der Asphalt hat eine andere Tönung als zu Hause. Offenbar ist es nicht vorgesehen, dass Fußgänger diese Straße überqueren.

Auf der anderen Seite sind die Fußwege schmal, die Häuser zweistöckig und modern. Außer einem Lebensmittelladen und einem Friseur gibt es hier keine Geschäfte. Nach Autowerkstätten und Autozubehörläden samt Tankstellen, einem Möbelhaus und einer Kaufhalle mit riesigem Parkplatz gelange ich schließlich auf eine breite, leicht abschüssige Landstraße, gesäumt von Bäumen und Gärten, in denen Villen thronen. Ich gehe unter Apfelsinenbäumen weiter. Wenn ich wollte, könnte ich sogar eine Apfelsine pflücken. Auf der gepflasterten Straße scheint noch nie ein Auto gefahren zu sein. Ich atme die laue, fremdartig duftende Luft ein. Meine Augen weiden sich an den verschiedenen Grüntönen. In der Ferne schimmert es violett, Farben rundum, die der Sonnenschein sonderbar vertieft. Ich weiß nicht mal, ob es der Sonnenschein ist. Im Grunde verfälscht meine Beschreibung das, was ich wahrnehme. Eigentlich habe ich gar keine Namen für diese Farben und für diesen Geruch und letztlich auch nicht für diese Art von Baum und Zaun und Haus und Stein und Vogel. Ich sehe die Dinge und Wesen dieser Welt an, als würde ich zum ersten Mal ihrer Körperlichkeit gewahr. Ich möchte wissen, wie sie heißen und welche Bedeutung sie haben, um sie mir wie Vokabeln einzuprägen. Und jedes Geräusch – das Quietschen einer Tür, das Kreischen einer Säge, das Rumoren der Autos, das Hacken von Holz, Vogelrufe, der leichte Wind – dringt zu mir, als weihte es mich in seine eigene Sprache ein. Plötzlich erschreckt mich die Idee: Es muss sich gar nichts ändern! Alles soll bleiben, wie es ist!

Ich merke nicht mehr, wie ich einen Fuß vor den anderen setze. So könnte ich immer weiterlaufen bis an die Küste des Mittelmeeres. Wahrscheinlich tue ich gerade das, wozu Beate mich ermahnt hat, nämlich: gut zu mir zu sein! Es geht sich so angenehm, als führte ich mich spazieren, nein, als trüge ich mich selbst durch die Landschaft, als säße ich wie ein Jockey auf meiner Hüfte.

Ein offener Sportwagen überholt mich. Er rollt aus, um etwas weiter, auf der gegenüberliegenden Straßenseite, anzuhalten. Das Haus auf dem angrenzenden Grundstück überragt alle anderen sowohl an Größe wie an Pracht. Es ist dreistöckig mit hohen Fenstern und einer Vielzahl von hübschen Schornsteinen auf dem schieferfarbenen Giebeldach. Das schmiedeeiserne Tor steht weit offen. Riesige Exemplare einer mir unbekannten Kiefernart ragen in den Himmel und beschirmen die Auffahrt. In die Mauer ist eine kleine polierte Metallplatte eingelassen, auf der steht, um welche Art von Museum es sich handelt, doch leider nur auf Französisch.

Der Garten des kleinen Schlosses ist weitläufig. Auf einer Bank sitzen zwei Frauen und rauchen. Als ich »Bonjour« sage, antworten beide: »Bonjour, Monsieur.« Ich gehe bis zu einem altertümlichen Gewächshaus, in dem einige Kübel mit Zitronenbäumen stehen – ich zweifle nicht an ihrer Echtheit –, und kehre wieder um, weil mich das Schloss mehr interessiert.

Das Eingangsportal steht offen, niemand verlangt eine

Eintrittskarte. Schon auf den ersten Blick wird mir klar: Der Feudalherr, der dieses Gebäude errichten ließ, muss ein besonders verschwenderischer gewesen sein. Allein der Fußboden des großen Saals im Erdgeschoss erinnert an eine riesige, kostbare Tischplatte. Die dunklen Körper von Tieren, vornehmlich Hirsche und Hirschkühe, knarzen unter meinen Sohlen. Offenbar ist es erlaubt, auch ohne Filzlatschen darüberzugehen. Höflinge und Hofdamen lugen hinter Büschen und Bäumen hervor.

Auf der Treppe zur ersten Etage kommt mir eine Aufsichtskraft in einer altertümlichen Uniform entgegen. Ich erwarte eine Zurechtweisung. Stattdessen drückt er sich mit dem Rücken an die Wand, deutet eine kurze Verbeugung an und wartet, bis ich vorüber bin. Ich höre Frauenstimmen und Gelächter. Neben alter Malerei hängen auf dieser Etage auch sehr moderne Bilder, zwei stellen, wenn ich das richtig sehe, eine Gitarre dar, andere zeigen lauter Kreise und geometrische Formen, obwohl die Rahmen ebenfalls alt und reich verziert sind. In einer kostbaren Porzellanvase stehen langstielige, weiße Blumen. Eine angelehnte Tür lässt sich problemlos aufdrücken und gibt den Blick frei auf ein perfekt gemachtes Ehebett. An einem Garderobenständer hängen zwei Morgenmäntel, und die beiden Nachttische sind mit allem Möglichen belegt, Bücher, Medikamentenschachteln, ein Wecker. Es duftet nach Parfüm. Der Toilettentisch ist extravagant, der Spiegel rundum mit Glühbirnen bestückt, davor kosmetischer Krimskrams, als wäre hier tatsächlich noch alles im Gebrauch.

Ich gehe in Richtung der Stimmen. Auf dem Flur dreht sich eine junge Frau nach mir um. Sie hat eine schneeweiße Servierschürze vor ihr schwarzes Kleid gebunden. Das Tablett mit Gläsern bestückt, kommt sie mir entgegen. Durst habe ich schon, aber kein Geld. Ich lehne ab. Hinter ihr taucht eine zweite Frau auf, ebenso gekleidet, nur größer und älter, die mir üppig belegte Weißbrote unter die Nase hält. Ich lehne ab.

Der Raum ist prächtig. An der Führung nehmen ausschließlich Frauen teil. Allerdings sind es gar nicht so viele, wie es auf den ersten Blick schien, weil die Spiegel an den gegenüberliegenden Wänden mich getäuscht haben. Das Parkett knarrt auch hier, so dass sich einige nach mir umdrehen. Ich konzentriere mich auf die Besichtigung der gemalten Porträts, wende mich aber bald ab, weil ich das Gefühl habe, die Runde zu stören. Noch vor der Tür spricht mich eine der Frauen an.

»Entschuldigung«, sage ich, »leider spreche ich kein Französisch«, und will meinen Weg fortsetzen. Nun sind es zwei Frauen, die gleichzeitig und energisch, ja beinah aufgebracht auf mich einreden. Ich bin von ihren Gesichtern fasziniert, die, obwohl schon älter, in einem Maße geschminkt und zurechtgemacht sind, dass sie wie präpariert erscheinen.

»Ich verstehe Sie wirklich nicht«, bedauere ich abermals.

»Sind Sie Deutscher?« Jedes Wort klingt wie eine eigene Frage. Sie hat die Haare nach hinten frisiert, was ihre hohe Stirn betont.

»Ich komme aus der DDR«, sage ich.

»Woher kommen Sie?«, fragt sie abgehackt, doch ihr Akzent klingt schön.

»Aus der Deutschen Demokratischen Republik«, sage ich, »aus Berlin-Treptow.«

Sie übersetzt. Ich verstehe »Berläng-Treptohh«. Die Frauen wirken übertrieben interessiert.

»Wie kommen Sie hierher?«

»Mit dem Flugzeug nach Frankfurt am Main, dann mit dem Flugzeug nach Marseille. Dort wurde ich von einem Taxi abgeholt.«

Sie übersetzt und fragt noch im gleichen Atemzug: »Aber wer hat Sie eingelassen?«

»Ich interessiere mich für vergangene Lebensformen. Ich finde die Räumlichkeiten originell und lehrreich eingerichtet. Ein paar Erklärungen hier und da wären allerdings hilfreich.«

Für eine Übersetzung spricht sie zu lang. Da erst wird mir bewusst, dass sie womöglich noch nie Besucher aus der DDR hiergehabt haben. Vielleicht bin ich überhaupt der erste DDR-Bürger, den sie zu Gesicht bekommen.

»Ich heiße Peter Holtz, ich bin Maurer«, stelle ich mich vor und will schon einer der älteren Frauen die Hand geben. Doch sie weicht zurück. Auf einmal hat jede der Frauen etwas zu bemerken, es wird laut, als hielte ich eine leise sirrende Stimmgabel an die Gitarre.

DRITTES KAPITEL

In dem Peter ein Teufelskerl ist. Aufregung um eine Einladung. Diener und Geldumtausch.

Auf dem Rückweg verlaufe ich mich in Aix-en-Provence. Plötzlich taucht Olga vor mir auf.

»Wo willst du denn hin?« Wir stehen direkt vor meinem Hotel.

»Tut mir leid wegen gestern, ein Vorstellungsgespräch, superkurzfristig! – Das ist Michel, dein Schwager.«

Michel tritt näher und tut, als küsste er mich rechts und links, wobei mich seine unrasierte Wange streift. Er ist mager und etwas kleiner als Olga. Ein Zipfel seines weißen Hemds ist ihm aus der Hose gerutscht. Sein Jackett trägt er offen, aber um den Hals hat er sich einen Schal gewickelt.

»Wie geht's?«, fragt Michel.

»Danke der Nachfrage«, antworte ich angenehm überrascht. »Mal bin ich völlig verzweifelt, als hätte mich jemand auf dem Mond ausgesetzt, dann wieder denke ich, wir müssen uns zusammenschließen und handeln, wir dürfen uns das nicht …«

»Peter«, unterbricht mich Olga.

»… gefallen lassen«, vervollständige ich meinen Satz.

»Michel hat dich einfach nur begrüßt. Er kann kein Deutsch!«

»Er hat doch gefragt, wie es mir geht!«

Olga spricht bereits wieder mit ihm. Es klingt, als entschuldigte sie sich für irgendwas. Michel nickt vor sich hin und sieht dann mich an, wobei sein Blick an mir hinabgleitet bis hinunter zu den Schuhen, wo er verweilt, weshalb ich schließlich selbst auf meine Schuhe sehe, aber nichts Besonderes entdecken kann.

»Michel fragt, ob dir das Hotel gefällt.«

»Sehr schön, wirklich sehr schön, merci!«

»Das Frühstück auf der Dachterrasse ist doch toll, oder?«

»Ich habe noch kein Geld getauscht, sonst wäre ich da hingegangen«, sage ich, obwohl mir die Existenz dieser Frühstücksterrasse neu ist.

»Das ist doch im Preis drin, im Zimmerpreis!«

»Merci, Michel«, sage ich.

Er antwortet und nestelt dabei an seinem Schal herum.

»Wir wollen heute Abend gemeinsam essen gehen«, übersetzt Olga.

»Ich bin leider schon eingeladen«, sage ich. »Für zwanzig Uhr. Ihr könnt aber gern mitkommen, wenn ihr wollt …«

»Du? Hier? Von wem?«

»Ich kann mir die französischen Namen nicht merken. Ich hab einen Spaziergang gemacht …« Ich suche nach der kleinen Visitenkarte. Ich bin mir sicher, sie in die Hosentasche gesteckt zu haben. »Das war sehr schön, da hinauszugehen. Hoffentlich finde ich es wieder – Da!« Das Kärtchen steckte in meiner Brusttasche. Olga wirft einen Blick darauf und reicht es weiter an Michel.

Einen Augenblick später juchzt er auf. Oder ist es ein Stöhnen? Michel scheint ein sehr temperamentvoller Mensch zu sein. Er gestikuliert mit dem Kärtchen herum, als führte er einen Taktstock und redet auf Olga ein. Sie sieht zwischen ihm und mir hin und her und kann sich wohl auch keinen Reim auf sein Verhalten machen.

»Er nennt dich einen Teufelskerl«, sagt sie.

Michel redet ununterbrochen. Er versucht, uns etwas zu erklären.

»Die Baronesse«, sagt Olga, »gehört zu einer der wichtigsten Familien Frankreichs. Zu ihr nach Hause eingeladen zu werden bedeutet eine große Ehre und so weiter und so fort. Wie bist du denn an die geraten?«

»Er kennt sie?«, frage ich.

Michel antwortet ausführlich.

»Also«, unterbricht Olga ihn. »Michel kennt sie natürlich, jedoch nicht persönlich.«

»Passt euch das überhaupt?«, frage ich. »Sonst könnten wir drei ja auch morgen …«

»Non, non, non, non!«, antwortet Michel.

Während ich von meinem Spaziergang berichte, starrt er mich an, als könnte er mir von den Lippen ablesen.

»Und du meinst, Michel und ich dürfen da mit?«

»Ich hab von dir erzählt. Und Platz haben die wirklich genug!«

Michel und Olga wollen mir die Stadt zeigen. Nach ein paar Hundert Metern, auf denen die beiden sich offenkundig streiten, steigt Michel unversehens in ein Taxi, das am Straßenrand parkt. Er ruft mir etwas zu und macht mit der Hand eine elegante Bewegung, bevor er die Tür zuzieht. Olga reißt sie wieder auf. Michel greift in die Innentasche seines Jacketts und hält ihr zwei Geldscheine hin. Als das

Taxi anfährt, unterhält sich Michel bereits mit dem Fahrer, so dass er mein Winken gar nicht sieht.

»Wenn wir ausgehen, nehme ich nie Geld mit. Das muss ich mir abgewöhnen«, sagt Olga. Sie hakt sich bei mir ein. »Er will dir ein Jackett mitbringen. Ich hab versucht, ihm das auszureden, das ist sowieso zu klein für dich.«

Ich hindere Olga daran weiterzugehen, weil es mir so vorkommt, als hätten wir einander noch gar nicht richtig angesehen.

»Wir müssen da nicht hin«, sage ich.

»Natürlich gehen wir hin!«

»Mir ist es unangenehm, von Dienern bedient zu werden.«

»Warum? Wer oft Gesellschaft hat wie die Villebois, braucht selbstverständlich jemanden, der ihnen zur Hand geht. Sieh's mal unter dem Aspekt der Arbeitsteilung.«

»Man könnte das doch in aller Ruhe vorbereiten«, sage ich, »und dann nimmt sich jeder, was er will. Denk an unsere Büfetts!«

»Im Restaurant lässt du dich ja auch bedienen.«

»Aber da zahle ich dafür.«

»Natürlich werden die bezahlt. Niemand zwingt sie! Das ist sogar ein begehrter Job.«

»Du meinst, eine Gelegenheitsarbeit?«

»Wieso?«

»›Job‹ sagt man doch, wenn man keinen richtigen Beruf hat.«

»Mach dir mal keine Gedanken! Und wen die Bediensteten alles zu sehen bekommen, uns zum Beispiel!«

»Nicht mal anstoßen durften sie mit mir.«

»Du stößt ja auch nicht mit dem Kellner an.«

Unter Platanen gehen wir über eine breite Allee. Ständig kommt man hier an Brunnen vorbei. Die Geschäfte und Restaurants sind erleuchtet. Ich kann mich des Eindrucks nicht erwehren, als wäre das alles für Kinder hergerichtet, es erinnert an einen Weihnachtsmarkt, obwohl die Bäume noch grün sind und die Leute vor den Gaststätten im Freien sitzen.

Zu meiner Freude steuert Olga eine davon an. Kaum sitzen wir, schon steht ein Kellner da. Olga verhandelt mit ihm. Sie lacht, offenbar ist es lustig, was der Kellner erwidert.

Als er gegangen ist, scheint es mir, als hätten Olga und ich einander schon alles gesagt.

»Im Osten«, beginnt Olga unvermittelt, »gab es nur Richtig oder Falsch, entweder – oder. Hier ist das nicht so. Hier gibt es viele Möglichkeiten. Hier musst du deine eigene Vorstellung vom Leben entwickeln. Und indem jeder tut, was er für das Richtige hält, und sich dafür einsetzt, bringt er auch die Gesellschaft voran, das macht sie vielgestaltiger, interessanter. Ich finde das eindeutig besser.«

Ich bin mir unschlüssig, was ich darauf erwidern soll.

»Ich weiß«, sage ich schließlich, »dass ich viele Vorurteile habe. Aber dieser Frau, die mich eingeladen hat …«

»Du musst sie mit Baronesse, Baronesse de Villebois anreden!«

»Der gehört das ganze Hause und der Garten, und trotzdem hat sie mir zugestimmt, als ich Kritik geübt habe an dem Beitritt der DDR. Die Französinnen, die ich dort getroffen habe, sahen das alle genau wie ich. Die haben sich mit der DDR solidarisiert.«

»Das meint die Baronesse de Villebois aber anders als du«, sagt Olga.

»Die Baronesse ist sehr energisch. Mich hat sie gleich gefragt, ob ich ihr den Kopf abschlagen wolle, nur weil ich mich darüber gewundert habe, dass es in Frankreich noch Adelige gibt. Ihre Vorfahren sind während der Französischen Revolution nach Deutschland geflüchtet. Angeblich hat Napoleon persönlich ihnen die Rückkehr gestattet, behauptet sie jedenfalls. Und als ich gesagt habe, dass die Kunst dem Volk zugänglich sein müsse, also auch ein Haus, das so viele Kunstschätze beherbergt, hat sie mir sehr selbstbewusst widersprochen. Darüber haben wir uns nicht einigen können.«

»Ich bitte dich sehr«, sagt Olga, »dich heute Abend mit solchen Ansichten zurückzuhalten.«

»Sie wollte meine Meinung wissen!«

»Trotzdem«, sagt Olga. Sie wendet sich nach dem Kellner um und reckt einen Arm empor. Der Kellner aber entschwindet ins Haus. Olga sieht auf die Uhr.

»Wir haben genügend Zeit«, sage ich.

»Gefällt's dir hier?«, fragt sie.

»Ja, sehr!«, sage ich. »Die alten Häuser, die schöne Landschaft, Apfelsinenbäume, Palmen und diese hohen, kräftigen Kiefern.«

»Das sind Pinien. Wie geht's denn Schönchen?«

»Sie musste noch mal ins Krankenhaus. Zu Hause, wenn sie ihr Tuch abmacht, sieht sie viel jünger aus.«

Olga verzieht das Gesicht. »Wie ein Häftling! Ich ertrag das nicht!«

»Ich kümmere mich um sie.«

»Ich dachte Hermann?«

»Ja, der auch.«

»Aber?«

»Kein ›Aber‹. Es gibt nur Dinge …«

»Also doch ein ›Aber‹!«, beharrt Olga.

»Es gibt Dinge, da will sie nicht, dass er es macht.«

»Kann Beate nicht mal was tun?«

»Dazu brauchst du Kraft. Außerdem ist Beate kaum da, Schulungen, Frankfurt am Main, irgendwelche Veranstaltungen. Sie kommt immer spät.«

»Die macht Karriere, und Hermann weiß nicht, wie er seine Zeit totschlagen soll.«

»Sag das nicht.«

»Ist aber so!«

»Sag nicht ›die‹. Beate hat dich immer verteidigt.«

»Unsere Genossin. – Und dir gehört jetzt unser Haus.«

»Für Frau Schöntag bist du wie eine Tochter.«

»Du bist geblieben und hast dich gekümmert. Ich will nichts geschenkt!«, sagt Olga so barsch, dass sie sich danach räuspern muss. Als der Kellner den Kaffee bringt, reicht sie ihm einen Schein.

»Wolltest du nicht was bestellen?«, frage ich.

»Erst hier hab ich begriffen, was Schönchen für uns alle bedeutet. Sie ist immer da gewesen, so wie der Gummipfropfen hinter der Küchentür.« Olga lacht leise auf. »Schönchen hat bleibende Schäden verhindert, zumindest ein paar … Weiß sie, dass sie bald sterben wird?«

»Sie hat mich gefragt, ob ich auf ihrer Beerdigung sprechen würde.«

»Kein Pfarrer?«

»Weiß nicht, der vielleicht auch.«

»Du bist ja 'ne Art Pfarrer!«

»Ich bin nicht mehr gläubig.«

»Wie? Nicht mehr?«

»Bist du's denn?«

»Dafür hab ich keine Veranlagung! Hat sie überhaupt noch was vom Leben?«

»Wenn sie sich übergeben muss, sagt sie immer: ›Wenn's hilft!‹«

»Und worüber sprecht ihr?«

»Nichts Besonderes. – Ist hier immer so wenig in den Tassen?«

»Wenig, aber gut, nimm Zucker, sehr belebend«, sagt sie und rührt in ihrer Kaffeepfütze.

»Und wie geht's mit Michel?«

»Gut, sehr gut. Er hat 'ne Stelle hier an der Uni. Vielleicht klappt's ja mit 'ner Festanstellung. Er ist ein sehr guter Kunsthistoriker.«

»Und wie kommst du sonst zurecht?«

»Bestens, bestens. Ich fühle mich hier frei und äußerst wohl.«

Der Kellner kehrt mit einem Kassenzettel und einer Untertasse voller Münzen zurück. Olga klaubt sich zwei davon heraus und lässt die anderen liegen. Aus ihrer Hosentasche zieht sie einen Geldschein hervor.

»Hast du gesehen, da ist Cézanne drauf.« Sie reicht ihn mir. »Cézanne hat hier gelebt, hier in Aix. Und das hier ist sein Stammcafé gewesen, seins und das von Zola.«

»Die Namen sagen mir leider nichts«, sage ich, sehe mir aber den Geldschein an.

»Hast du überhaupt kein Geld?«, fragt Olga.

»Ich muss nur tauschen«, sage ich und betrachte dann auch eine der zwanzig Franc-Münzen.

»Liberté, Egalité, Fraternité«, sagt Olga. »Eigentlich müsste jede dieser Münzen deiner Baronesse einen Stich geben!« Sie steht auf, obwohl der Kellner das Geld noch gar nicht an sich genommen hat. Wir gehen zu einer Wechselstube, die sich am unteren Ende der breiten Straße mit den Platanen befindet. Olga wartet davor. Ich schiebe fünf Tausender durch die kleine Öffnung. Die Frau auf der anderen Seite knipst eine Schreibtischlampe an. Es dauert eine Weile, bis sie mit dem Abzählen der Franc-Scheine beginnt, zuerst für sich selbst, dann auf das Brettchen hinter der Scheibe, so dass ich es sehen kann. Es sind dreißig Fünfhunderter, der Rest in Zweihundert- und Hundert-Francs-Scheinen und ein paar Münzen.

Die Fünfhunderter gebe ich Olga, den Rest stecke ich ein.

»Was ist das?«

»Getauscht.«

»Wie – für mich?«

»Sag mir, wenn du was brauchst. Ich hab mehr als genug.«

Olga scheint für einen Moment nicht zu wissen, was sie tun soll.

»Fraternité«, sagt sie dann, verstaut das Geld in ihrer Handtasche und hakt sich wieder bei mir unter.

VIERTES KAPITEL

In dem Peter seine Schwester Olga zwei Wochen später nach Dresden fährt. Über Sprechchöre und das Verhältnis von Liebe zu Geld und Mauer.

»Und zu wem fahren wir zuerst?«, frage ich Olga, als wir das Schönefelder Kreuz passieren. Nach Waldau müssten wir hier den Abzweig in Richtung Frankfurt an der Oder nehmen.

»Zu Otto Gärtner, wenn er da ist. Erinnerst du dich?«

»Den hab ich kurz vor dem Unfall gesehen. Da hat er mit herumgebrüllt, diese Deutschlandsprüche.«

»Ich hätte auch herumgebrüllt, wie du es nennst.«

»Das glaube ich nicht!«

»Wenn ich mir vorstelle, dass all die strammen Blauhemden, all diese jungen feisten Bonzen, diese Apparatschiks und Ja-Sager und Mitläufer und Stasispitzel sich nun die Aufträge zuschieben und sich's so richtig gemütlich mit der D-Mark machen und schon wieder die große Klappe haben … denen könnte ich so was von in die Fresse schlagen, richtig reinhauen könnte ich da!«

»Meinst du solche wie mich?«

»Mit dir ist's noch mal was anderes.«

»Ich bin auch ein Ja-Sager gewesen.«

»Musst du mir nicht erklären. Du faselst ja immer noch

vom Kommunismus, als wäre hier nur bisschen was schiefgelaufen. Du bist mitschuldig an dem ganzen Schlamassel.«

»Ich weiß manchmal nicht mehr, was richtig ist.«

»Ich will ja nur sagen, dass ich Otto verstehen kann. Natürlich hätte ich nicht mitgebrüllt. Sprechchöre sind überall peinlich!«

»Da gab es welche, die haben die mit unseren Fahnen vor sich hergejagt. Ich hab's selbst gesehen. Darüber spricht keiner!«

»Ich hab 'ne Schwäche für Otto. Wir hatten auch mal was miteinander, als er noch nicht ganz so dick war.«

»Obwohl er verheiratet ist?«

»Otto wird sich nie von Greta trennen.«

»Und was findest du an ihm?«

»Da war ich neunzehn, zwanzig. Mit Otto war's immer witzig, er bekam für alles Karten, Geld spielte keine Rolle. Seinetwegen hat sogar mal am Ruhetag eine Kneipe aufgemacht und gekocht.«

Ich muss langsam fahren, weil die Autobahn einspurig wird. Olga zündet sich eine Zigarette an und kurbelt das Fenster nach unten.

»War das noch vor Karl?«

»Du stellst Fragen!«

»Und mit wem warst du dann zusammen?«

»Das mit Otto war eher eine Affäre, Karl war ein Irrtum, der springt mit jeder ins Bett. Mit Holger war's gut, aber ich hab ihn nicht geliebt, nicht so richtig. Er hat einen fürchterlichen Geschmack, fast so schlimm wie du. Und er hatte Angst vor Künstlern, er kam mit ihnen grundsätzlich nicht klar. Du weißt, dass sie ihn eingesperrt haben letztes Frühjahr? Holger hat ein halbes Jahr gesessen.«

»Und warum?«

»Für nichts natürlich!«

»Irgendwas müssen sie ihm doch vorgeworfen haben.«

»Ich weiß nicht mehr … Und wie sieht's bei dir mit Frauen aus?«

»Ich bin mit einer Prostituierten befreundet.«

»Willst du sie retten?«

»Wieso retten?«

»Na, dass sie damit aufhört!«

»Ich helfe ihr, und dann reden wir manchmal und sind halt miteinander zusammen.«

»Ihr vögelt, und du zahlst dafür? Prima!«

»Ich hab zwei Häuser in der Auguststraße. Das eine hab ich notdürftig renoviert, zwei Zimmer mit Waschgelegenheit.«

»Lässt du dich ausnehmen?«

»Sie zahlen die Selbstkosten. Ulf wohnt oben, der …«

»*Dein* Ulf, der aus der Jungen Gemeinde?« Olga lacht auf. »Heilige Barmherzigkeit! Und warum machst du das?«

Das einspurige Stück ist vorbei. Olga wirft die Kippe hinaus und kurbelt das Fenster wieder hoch.

»Für die zwei ist es eine Hilfe«, sage ich.

Auf der Gegenspur betätigen etliche die Lichthupe. Ich fahre langsamer und ordne mich rechts ein. Die Radarfalle steht hinter einem großen Busch.

»Gut gemacht!«, sagt Olga. »Auch wenn ich dir eine andere Freundin wünsche … Vielleicht ist so 'ne klare Beziehung gar nicht schlecht. Wäre wahrscheinlich besser gegangen, wenn Michel mich fürs Bett bezahlt hätte. Da hätte ich dann noch weniger Geld gehabt, aber es wäre wenigstens 'ne klare Sache gewesen.«

»Liebst du ihn denn nicht mehr?«

»Eigentlich war's vorbei, als die Mauer fiel.«

»Heißt das, du bleibst?«

Olga zündet sich die nächste Zigarette an und kurbelt das Fenster runter. Ich vergrößere den Sicherheitsabstand zu dem Wagen vor uns.

»Ich kann ihm nicht mal einen Vorwurf machen«, sagt Olga. »Da war diese scheiß Mauer, und er hat mich da rausgeholt, als ich die Hosen voll hatte. Michel hat Wort gehalten. Ich hab gedacht, dass es mehr ist als Sehnsucht und Angst und so was. Ich meine, bei mir. Auch bei ihm natürlich. Aber dann war der Witz weg. Ohne Mauer war das alles irgendwie lächerlich.«

»Ich fand ihn ziemlich eingebildet.«

»Du hast ihm die Show gestohlen. Die Baronesse hat keine einzige Frage an ihn gerichtet! Und du als die rechte Hand des Ministerpräsidenten – das ist die Welt der Villebois! Da helfen Doktortitel und Manieren und guter Anzug gar nichts. Ich mag Michel, er tut mir leid, für ihn ist's ja auch blöd.«

»Und wenn's die Mauer noch gäbe?«

»Keine Ahnung. Mit einem Mal war ich die Deutsche, und Deutsche versteckt man in Frankreich lieber, jedenfalls taugen sie nicht zum Vorzeigen.«

»Was warst du denn vorher?«

»Da war ich die wilde, fremde, unternehmungslustige Olga aus dem kommunistischen Osten, die Französisch spricht und mit Messer und Gabel essen und dabei über Kunst parlieren kann und der alle erzählen dürfen, wie revolutionär sie mal gewesen sind und im Grunde ihres Herzens immer noch sind, sozusagen Kommunisten mit Geschmack und Landsitz. Wenn ich dann sagte, dass ich mit dem Kommunismus nichts am Hut hätte, dass ich froh sei, da raus zu sein, waren sie beleidigt.«

»Das sind ja auch keine Kommunisten gewesen, die wir hatten.«

»Ach, lassen wir das.«

»Und Michel?«

»Der ist Royalist, wie du inzwischen weißt. Er vergaß nur immer, mir Geld zu geben. Und wenn er nicht umhinkam, was rauszurücken, nahm er alle Scheine aus der Brieftasche und hielt sie mir hin, um zu zeigen, wie restlos ich ihn ausnehme. Er zählte nie nach, wie viel es war, aber es war nie so viel, wie ich dachte – und vor allem, wie er dachte. Er fing an, mir Vorwürfe zu machen, weil ich keine Arbeit hatte! Dabei hätte ich Modell stehen können, aber das machte ihn eifersüchtig. In Dresden hat er das noch ganz ›extraordinaire‹ gefunden.«

»Du meinst ordinär?«

»In seiner Verzweiflung hat er sogar versucht, mich als Russin auszugeben. Jedenfalls hat er gesagt, dass ich Russisch sprechen soll, und war sauer, weil ich nichts mehr kann. Ich hätte schon 'ne Arbeit gefunden, auch irgendwas, das ich gern mache. Aber jetzt steh ich beschissen da, mit nichts, absolut nichts, nicht mal Abitur.«

»Du hast doch einen Facharbeiter!«

»Sogar Fachschule, aber wer braucht heute noch 'ne Handweberin!«

»Hol das Abitur nach und studiere!«

»Peter, ich bin fast dreißig!«

»Na und! Wenn ich so intelligent und begabt wäre wie du, ich würde das machen.«

»Und wie bezahle ich das?«

»Wovon lebst du denn?«

Olga stöhnt auf.

»Darf ich das nicht fragen?«

»Ich hab nichts, gar nichts! Nur das, was du mir gegeben hast. Und die Bilder!«

»Das ist doch kein Problem! Du wohnst bei uns, mein Lohn reicht für zwei!«

»Entschuldige, aber das geht nicht.«

»Warum?«

»Du willst deine Häuser den Mietern schenken, also hast du auch nichts. Ich finde das zwar bekloppt, die zu verschenken, aber das geht mich nichts an. Du hast mir sehr geholfen mit dem Geld. Einmal geht das …«

»Was ist denn bloß so Besonderes am Geld? Warum darf man kein Geld schenken?«

»Hat das Ding hier auch ein Radio?«, fragt Olga.

Ich schalte es ein. Olga geht die Sender durch, bis etwas mit Orchester kommt.

»Ich hoffe nicht, dass es Probleme mit den Bildern gibt …« Olga zündet sich eine neue Zigarette an. Da sie von sich aus nicht weiterspricht, nicht mal, nachdem sie zu Ende geraucht und das Fenster wieder geschlossen hat, stelle auch ich keine Fragen. Obwohl ich mich zwinge, auf den Verkehr zu achten, verpasse ich den Abzweig nach Dresden und fahre in Richtung Cottbus geradeaus weiter. Als dann die Kiefern links und rechts der Autobahn höher werden, erscheinen sie mir wie Pinien, ja es ist, als wären Olga und ich gemeinsam unterwegs auf jener Landstraße bei Aix-en-Provence geradewegs hinunter zum Meer.

FÜNFTES KAPITEL

In dem Peter wieder die verwunschene Villa betritt. Im Banne des Zauberers.

»Das Märchenschloss«, sagt Olga. Ich beuge mich über das Lenkrad und sehe hinauf zu den Erkern und dem von Zinnen bekrönten Türmchen, alles aus gelben Ziegelsteinen. Die Spitzbogenfenster sind so hoch, als verbärge sich dahinter eine Kapelle. Ich bin noch Lehrling gewesen, als wir hier waren, neun Jahre muss das also her sein.

»Ich versuch's erst mal allein«, sagt Olga, als ich aussteige. »Werd nicht ungeduldig.«

Große Nadelbäume verdunkeln den Garten. Es hat zu nieseln begonnen. Olga greift zwischen den Torstäben hindurch, das Schloss klackt, sie tritt ein. Mit der Schuhsohle zieht sie einen halben Ziegelstein heran und schiebt ihn vor das geöffnete Gartentor. Die Klingel rasselt markerschütternd. Eine Frau mit zwei Plastetüten läuft am Zaun entlang in Richtung Elbe. Sie sieht zwischen Olga und mir hin und her. Als sie ein Stück weiter ist, dreht sie sich um und starrt auf das Autokennzeichen unseres gemieteten Kleintransporters.

Olga lässt die Klingel zum zweiten Mal rasseln. Danach erscheint die Stille noch größer als zuvor. Wie versiegelt, denke ich noch. Da kracht die Klinke. Die Haustür geht auf – doch nur einen Spaltbreit. Sie knallt wieder zu. Dann erscheint eine Frau im Morgenmantel, sie streicht sich das Haar zurück. Olga spricht mit ihr und tritt ein, ohne mir ein Zeichen zu geben.

Ich sehe mich um, ob ich irgendwo unbeobachtet pinkeln kann. Das Grundstück reicht bis zur nächsten Querstraße. An der Ecke wird der schmiedeeiserne Zaun von einer Mauer abgelöst. Das Haus, wie es da im Regen hockt, hat etwas Dräuendes. Plötzlich höre ich meinen Namen. Olga winkt aus einem Fenster heraus.

»Er schläft«, sagt sie, als sie mir die Tür öffnet. »Wir müssen leise sein.«

»Ach«, ruft Greta, »kennen wir uns nicht?«

»Sie haben mir die Jesusgeschichte damals ganz anders erzählt«, sage ich.

»Und Sie haben mir nicht geglaubt! Kommen Sie!«, sagt Greta.

Im Haus ist es noch kühler als draußen. Durch die bunten Scheiben über der Treppe dringt kaum Licht. Es riecht etwas abgestanden und aufdringlich, wie alte Nüsse und Möbelpolitur.

Ich folge den Frauen in die Küche. Greta schiebt die Streichholzschachtel erst nach der einen Seite auf, dann nach der anderen, schüttet die Hölzer in ihre Linke und fingert zwei mit roter Kuppe heraus. Die anderen wirft sie auf die Kehrschaufel, die über dem Kohleeimer liegt.

Olga lässt sich auf einen der weißgestrichenen Küchenstühle fallen und fährt aus den Ärmeln ihres Mantels, der sich zwischen Rücken und Lehne zusammenknautscht. Greta hat Wasser aufgesetzt und klaubt die leeren Flaschen vom Tisch, die sie neben den Herd in einen Korb stellt. Dann wischt sie über die rotkarierte Igelit-Decke. Olga hebt die Gläser hoch und verzieht plötzlich das Gesicht.

»Der stinkt«, sagt sie. Greta riecht am Lappen, wischt dann aber weiter Bahn um Bahn Krümel und Zigarettenasche vom Tisch in ihre Hand. »Frauenüberschuss«, sagt Olga und stellt Glas für Glas auf die feuchte Tischdecke zurück.

»Wie kommst du darauf?«

»Scheint immerhin guter Lippenstift zu sein.« Olga dreht ein Glas in der Hand. »Etwas schmallippig«, sagt sie und schnippt mit dem Fingernagel dagegen.

»Schmallippig?« Greta schmeißt den Lappen in den Mülleimer und wäscht sich die Hände.

»Ja, eindeutig.«

»Oben oder unten?«

»Waren sie auch untenrum geschminkt?«

»Olgalein! Sei bitte nicht noch schweinischer, als du bist! – Weißt du denn, welche Bilder es sind?«

»Ja, na klar. Du bist doch auch dabei gewesen!«

Greta zündet das zweite Streichholz an der Gasflamme des Herds an und hält es an ihre Zigarette. Ihre Wangen vertiefen sich zu kleinen Kratern und glätten sich erst wieder, als sie den Rauch ausstößt. Sie wirft das Streichholz in eine große Muschel und stellt diese auf den Tisch. »Am besten, du siehst gleich mal nach.«

»Wo stehen sie denn?«

»Geh rein, im Wohnzimmer, wirst schon sehen.«

Ich verteile das Geschirr, das sie mir reicht, auf dem Tisch. Sie legt ein Brett vor mich hin und ein halbes Brot samt Messer. Das Brot ist erstaunlich frisch. Greta nimmt gleich die erste Scheibe, die ich abschneide, und bestreicht sie dick mit Butter.

»Wie lang ist das her?«, fragt sie. »Eigentlich ist doch gar nichts anders geworden. Sagen Sie mir, was anders geworden ist? Überall noch dieselben Schwätzer, dieselben selbstsüchtigen Künstler und dieselben egomanischen Sänger …«

Olga erscheint in der Tür und sieht uns an, als wäre sie einem Geist begegnet. »Das könnt ihr doch nicht machen!«

»Vom Rumstehen werden sie auch nicht besser! Wusste doch keiner, ob du je wiederkommst.«

»Ich hab sie dir und Otto anvertraut. Das hatten wir besprochen.«

»Was regst du dich denn auf? Sind doch alle noch da!«

»Ihr habt sie rahmen lassen!«

»Na und? Sie haben Menschen erfreut, statt in der Ecke zu verstauben. Ist doch 'ne Wertsteigerung, 'ne doppelte Wertsteigerung!«

»Das sind meine Bilder!«

»Natürlich sind das deine Bilder, Olgalein, mach doch kein Theater!« Greta nimmt das kochende Wasser vom Herd, streicht ein großes Stück Butter an der Bratpfanne ab und stellt diese nun über die Gasflamme.

»Wie schnell man sich daran gewöhnt – Tomaten im November!« Greta viertelt die Tomaten in Windeseile.

»Du warst doch dabei, als ich sie gebracht habe!« Olga wirkt mutlos.

»Du musst sie nur abhängen, inzwischen ist das Frühstück fertig.«

Greta schlägt ein Ei nach dem anderen in eine große Tasse und verrührt sie mit einer Gabel.

»Und Otto?«

»Schläft tief und fest. Und – as you know, sweetheart – man lässt ihn dann besser unbefragt.«

»Es fehlen aber zwei!«

»Zwei?« Greta stellt das Gas unter der Pfanne ab und gießt Wasser in den Kaffeefilter. Sie kommt zum Tisch und drückt ihre Zigarette in der Muschel aus.

»Dann sind das die im Schlafzimmer. Vielleicht hab ich ja Glück.« Sie steigt die eiserne Wendeltreppe hinauf, die ganz hinten in der Küche im Dunkeln liegt.

Ich folge Olga ins Wohnzimmer. In Strümpfen springt sie auf das Sofa und nimmt das große Landschaftsbild vom Haken.

»So 'n Hundsfott!«, sagt Olga, als sie mir das zweite Bild übergibt.

Ich trage beide Bilder zur Tür und lehne sie nebeneinander an das Bücherregal. Olga wartet mit dem dritten Bild – da beginnt der Aufruhr. Ich höre Ottos Stimme. Es poltert über unseren Köpfen – dann dröhnt die Wendeltreppe.

»Das sind meine Bilder!«, sagt Olga ruhig. »Er kann uns nichts, gar nichts!«

Ich suche nach einem geeigneten Platz, um das dritte Bild abzustellen. Aus dem Volkshochschulkurs zum Mietrecht weiß ich, dass die Befugnisse eines Bewohners ziemlich weit gehen. Schnell lehne ich das Bild gegen die Rahmen der ersten beiden, um Olga, die noch immer auf einem Stuhl steht, das vierte abzunehmen. Otto füllt den Türrahmen aus. Eine Weile glotzt er uns an. Als er sich langsam abwendet, öffnet sich für einen Moment sein Bademantel, so dass ich sein Gemächt sehen muss, kurz und dick inmitten eines grauen Nestes, und seinen Wanst, eine Kugel auf Streichholzbeinen. Ich halte das Bild noch immer wie einen Schild vor uns.

»In Amerika«, sagt Otto, als wir ohne Bilder die Küche

betreten, »wärt ihr jetzt beide tot.« Er sitzt am Tisch, die nackten Füße hinter die vorderen Stuhlbeine geklemmt. »Da hätte ich 'ne Flinte oder 'nen Revolver, den hat man da nämlich. Anständige Leute haben dort so was, um sich zu schützen, um sich vor« – er sieht Olga an – »vor Dieben zu schützen. Du hast richtig gehört … Alle tot, einer wie der andere« – er streckt seinen rechten Arm aus und tut, als zielte er auf mich. »Bamm«, macht er und knickt seinen Daumen ab. Dann ist Olga an der Reihe, »bamm – fertig!«. Sein Arm sinkt herab.

»Guten Morgen, Otto«, sagt Olga.

Greta schiebt die kleingeschnittenen Tomaten in der Pfanne hin und her. Otto hat sich aufgestützt und sein Gewicht auf die rechte Seite verlagert. Er hält inne. Er furzt laut und setzt sich wieder gerade.

»Du kannst sie mir nicht einfach wegnehmen und hinaustragen!«, sagt er trotzig.

»Warum nicht?«, frage ich ohne zu atmen.

»Weil es schifft! Es schifft! Weltuntergang!«

Es scheint tatsächlich zu stürmen. Otto lacht.

»Jetzt kommen schon die Geliebten und klauen. Alle raffen, alle raffen, was seid ihr bloß für Menschen, hä? Sag mal, was seid ihr für Menschen?«

Olga steht da wie gelähmt. Es stinkt. Greta schüttet die Eier in die Pfanne.

»Kein Danke, dass wir sie für dich aufbewahrt haben, kein Danke dafür, dass ich Tausende aufgewendet habe, um sie rahmen zu lassen. Und was glaubst du, wer sie inzwischen alles gesehen hat. Schon weil sie hier bei mir hängen, sind die Preise deiner Freunde …« Otto hebt seine Rechte mit dem aufgestellten Daumen hoch. »Und dann schleichst du dich ein und ziehst mir die Sachen unterm Hintern weg.« Er stützt die Ellbogen auf den Tisch und verbirgt das Gesicht in den Händen. »Raffen, raffen, raffen. Was willst du damit?«

Otto hat Olga verhext. Es ist an mir, seinen Bann zu brechen.

»Zehntausende hab ich in das Haus gesteckt«, fährt er fort, »schon allein das Dach! Zehntausende, die Fenster, die Heizung, die Bäder, und immer die Denkmalpflege im Nacken. Fliesen aus dem Westen. Was ich hier reingesteckt hab. Und Gretas Stelle an der Uni wackelt! Wir stehen vor dem Nichts, Olgalein, vor dem Nichts!«

»Unser Heldenbariton hat nämlich vor einem Jahr die pfiffige Idee gehabt, sich nach bald fünfundzwanzig Jahren aus dem Ensemble zu verabschieden, um ungestört in den Westen reisen zu können«, sagt Greta. »Der Kasten hier verschlingt Unsummen. Zum Glück gibt's Ansprüche drauf, Rückübertragung, mehrfach, die ersten von 1934, und dann munter weiter, die alten Eigentümer stehen Schlange. Zum Glück, sonst müssten wir von uns aus die Koffer packen.«

Otto will etwas erwidern, aber Greta leert die gesamte Pfanne auf seinen Teller.

»Ketchup«, sagt er. Greta geht zum Kühlschrank.

»Setzt euch doch, setzt euch«, sagt Otto und beginnt zu essen.

»Du auch«, sagt er und winkt mich heran. »Wie heißt du noch mal?«

»Peter«, antworte ich.

»Also, Peter, setz dich.«

Greta stellt auf unsere leeren Teller zwei volle Kaffeetassen und in die Mitte des Tisches einen blauweiß gestreiften Milchkrug. Dann zündet sie sich eine neue Zigarette an und schiebt sich auf die Bank uns gegenüber, die Ellbogen aufgestützt. Olga und ich halten die Henkel unserer Tassen fest, ohne zu trinken oder uns Milch einzuschenken. Wir sitzen gerade und sehen Otto dabei zu, wie er Rührei und Tomaten mit einem angebissenen Stück Brot auf die Gabel schiebt, den Kopf bis fast zum Tellerrand senkt, den Mund aufreißt, das Rührei mit Tomaten verschlingt und während des Kauens noch einmal hastig ins Brot beißt. So isst er weiter, nur von kurzen Schnaufern unterbrochen. Und ich frage mich, worauf er sich bei seinem Appetit als Nächstes stürzen wird, wenn sein Teller leer gefressen ist, und wie viel Zeit uns bis dahin überhaupt noch bleibt.

SECHSTES KAPITEL

In dem Peter und Olga einen weiteren Besuch absolvieren. Ein ehemaliger Held und seine neue Helferin. Solche und solche Vorwürfe. Wer ist die schönere Frau?

»Olga!« Das Gesicht des Mannes, der die Tür öffnet, verrutscht vor Schreck oder Freude. »Was hast du?«

»Dein Schopf!«

Holger fährt sich durch seine dichten grauweißen Haare. »Das ist halt so.«

Olga macht einen Schritt auf ihn zu und umarmt ihn vorsichtig wie einen Kranken. Seine Arme berühren ihre Hüften, als wollte er sie fernhalten.

»Ihr zwei kennt euch ja«, sagt Olga.

»Und ob!«, sagt Holger. »So hat mich nie wieder jemand aus dem Bett gezerrt.«

»Hast du noch dein rotes Jesus-lebt-Abzeichen?«, frage ich. Holger sieht mich an, als wüsste er nicht, worauf ich anspiele.

»Das sind Olga und Peter«, sagt er zu der Frau, die durch den Flur kommt. »Das ist Susanne.« Sie lächelt, ohne das Fältchen zwischen ihren Augenbrauen zu verlieren.

»Bist du die Pariser Olga? Dann kenne ich dich.« Ich kann ihren Dialekt nicht einordnen, aber von hier ist sie nicht.

»Dann kennst du mich, und ich kenne dich nicht«, sagt Olga und dreht sich seitlich, so dass Holger nicht umhinkann, ihr den Mantel abzunehmen.

Auch hier ist die Küche sehr groß. Um den alten Ausziehtisch passen zehn oder mehr Stühle.

Ich bin stolz, weil Olga zu mir gehört und schöner als Susanne ist, eine Regung, die mir noch vor einem Jahr sündhaft erschienen wäre.

»Kaffee oder Tee?«, fragt Susanne.

»Alles so wie früher«, sagt Olga, »fast alles.«

»Kaffee?«, fragt Holger.

»Ich hätte gern einen Tee«, sage ich.

»Kaffee!«, ruft Olga. »War man nicht gut zu dir?« Sie will ihm über den Kopf streichen. Holger weicht ihr aus, steckt die Hände in die Taschen seiner Jeans, zieht sie aber gleich wieder heraus und umfasst eine Stuhllehne. Olga stützt sich wie eine Turnerin mit beiden Händen auf die Sitzfläche eines hohen Schemels und drückt sich nach oben. »Weißt du, wie ich das alles hier vermisst habe?«

»Warum bist du denn weg?«, fragt Susanne.

»Ich denk, du weißt alles über mich?«, sagt Olga. »Ich hatte Schiss. Ich dachte, die lochen mich ein.«

»Versteh mich nicht falsch«, sagt Susanne und stellt vier Tassen auf den Tisch, »aber das wäre auch nicht das Ende gewesen.«

»Für so was bin ich nicht geschaffen!«

»Wer ist schon dafür geschaffen«, sagt Susanne.

»Ich dachte, irgendwann schießen die uns zusammen …«

»Hast du das wirklich gedacht?«, frage ich.

»Du nicht?«, fragt Holger.

»Peter stand auf der anderen Seite, zumindest damals, ein Unionsfreund.«

»Ich weiß«, sagt Holger. »Bin ja jetzt auch bei dem Verein.«

»Du?«

»Der ganze *Demokratische Aufbruch* ist der CDU beigetreten.«

»Peter war auch mal im Gefängnis«, sagt Olga. »Er wollte, dass sie die Grenze noch vor den Ungarn öffnen, stimmt's?«

Weder Holger noch Susanne lachen. Sie haben das gleiche blauweiß gestreifte Kännchen, das ich schon bei Greta und Otto gesehen habe, nur ist bei ihrem die Tülle angeschlagen.

»Ich glaub, ich wäre geblieben«, sagt Susanne.

»Man hat nur ein Leben«, sagt Olga.

»Deshalb ja! Du hattest die Chance – ich nicht!«, sagt Susanne.

»Was für eine Chance?«

»Was zu verändern, von Grund auf zu verändern!«

»Susanne ist aus Bochum, aus dem Ruhrgebiet.«

»Und seit wann bist du hier?«, frage ich.

»Seit Februar.«

»Sag mal, könnten wir 'ne Nacht bei dir bleiben?« Olga sieht zu Holger. »Wir haben heute noch ein Treffen, das hat sich vorhin erst ergeben, aber das kann sehr spät werden.«

»Warum?«, frage ich, denn davon war bisher keine Rede. »Ich kann auch nachts fahren!«

»Ich will nicht, dass Peter nach Mitternacht über die Autobahn gondelt … Wir sind ziemlich früh los.«

»Habt ihr Schlafsäcke?«

»Nein, das war ja nicht geplant.«

»Irgendwie wird's schon gehen«, sagt Holger.

»Bist ein Schatz!«, sagt Olga.

»Holger? – Würdest du mich vielleicht auch mal fragen? Wir können nicht aus den Augen sehen vor Arbeit …«

»Was soll ich dich denn fragen?«

»Auch ich wohne hier – dachte ich!«

»Willst du die beiden wegschicken?«

»Ich möchte gefragt werden!«

Der Wassertopf beginnt zu pfeifen.

»Hast du was dagegen, wenn Olga und Peter hier schlafen?«

»Ich möchte *vorher* gefragt werden«, sagt Susanne.

»Das tut mir leid«, sage ich. »Wir wollten nur schnell Olgas Bilder holen.«

»Ihr könnt bleiben, aber wir haben ziemlich viel zu tun«, sagt Holger. Susanne wirft den Topflappen, den sie gerade genommen hat, neben den Herd und geht hinaus. Dann kracht eine Zimmertür. Das Pfeifen des Wassertopfs ist unglaublich laut.

Ohne Eile dreht Holger das Gas aus und schließt die Küchentür.

»Südliches Temperament!«, sagt Olga und dreht sich von ihrem Hocker herunter. Holger gibt in jede Schale einen gehäuften Esslöffel Kaffee. Ich verpasse den Moment, ihn an meinen Tee zu erinnern.

»Seid ihr zusammen?«, fragt Olga.

»Ich muss morgen 'ne Rede halten im Landtag, und wir …«

»Ihr schreibt Reden zusammen?«

Während Holger das heiße Wasser auf den Kaffee gießt, rührt er mit dem Löffel darin. Er lässt sich Zeit mit dem Einschenken. Plötzlich richtet er sich auf. »Warum hast du dich nicht gemeldet?«

»Ich wollte kein Telegramm schicken.«

»Ich meine damals, und überhaupt!«

»Wann?«

»Als sie mich eingelocht haben! Da kam nichts, gar nichts, kein Brief, kein Besuch, Schweigen, Flucht, fertig!«

»Wohin hätte ich denn schreiben sollen?!«

»Alle haben geschrieben. Aber der Brief, auf den ich gewartet habe, der einzige, den ich wollte – nichts!«

»Aber zwischen uns … du weißt doch, was du mir bedeutest.«

»Was denn? Sag! Was denn? Was bedeute ich dir?«

»Was soll das?« Olga setzt sich an den Tisch.

»Du hast damals nichts kapiert und kapierst heute erst recht nichts!«

»Was kapiere ich nicht?«

»Dass ohne dich das alles – alles unerträglich war! Ich habe an nichts anderes gedacht, die ganze Zeit nichts!« Er stößt gegen den Tisch, der Kaffee in den Schälchen schwappt hin und her.

Olga sieht zu mir. Soll ich hinausgehen?

»Das ist ungerecht, Holger«, sagt sie. »Ich habe dir nie versprochen …«

»Aber getan! Wie du es getan hast – wofür sollte ich das denn halten? Wofür denn?«

Olga zieht ein Papiertaschentuch hervor und säubert eingehend den Rand ihrer Schale.

»Als sie mich verhaftet haben – sie haben mir alles Mögliche angedroht, mit meinen Eltern, meinem Bruder, aber nichts mit dir! Für die existiertest du gar nicht. Das hat mich nervös gemacht, richtig nervös.«

»Vielleicht haben sie's einfach nicht mitbekommen, das mit uns.«

»Ich hab es abgelehnt zu glauben, dass du mit diesem spinnerten Franzosen zusammen bist. Ich konnte es nicht glauben …«

»Ich hab ihn geliebt.«

»Ach? Plötzlich konntest du lieben?«

»Ja«, sagt Olga. »Und ich wollte raus, ich hab's hier einfach nicht mehr ausgehalten, diese ganze Hässlichkeit …«

»Und wie schnell das alles bei dir ging! So schnell hat das noch niemand geschafft! Niemand!« Holger rückt den Stuhl neben mir vom Tisch ab und setzt sich. Eine Weile ist es ruhig.

Olga streckt ihre Arme über den Tisch und greift nach seinen Händen.

»Wie 'ne heiße Kartoffel hast du mich fallenlassen, wie 'ne heiße Kartoffel.«

Olga zieht ihre Hand zurück.

»Lass sie da!«

»Warum sagst du so was? Warum ...«

»Deine Hand!«

»Du kannst mich nicht beschimpfen ...«

»Deine Hand.«

Holger erhascht ihre Finger und hält sie fest.

»Ich würd gern eine rauchen«, sagt Olga. Er lässt sie los, sie kramt die Zigaretten und das Feuerzeug aus ihrer Tasche. »Gibt's hier keine Aschenbecher mehr?«

»Wäre dir dankbar, wenn es bei einer bliebe«, sagt er. »Und warum ein Franzose?«

»Warum, warum. Warum Susanne?« Olga stellt sich neben die Spüle.

»Ich hab dich zuerst gefragt!«

»Ich war schwanger, wenn du es genau wissen willst – von ihm! Beruhige dich!«

»Einfach mal schwanger?«

»Das war keine Absicht! Ich dachte nur, vielleicht ist es ein Ausweg. Ich wollte auch mal an mich denken!«

»Auch mal an dich denken? Alle denken andauernd an dich! Hast du ein Kind?«

»Immer soll ich allen gerecht werden!«

»Du sollst nicht allen gerecht werden!«

»Nein, natürlich nicht, immer nur dem und dem und dem und dem und dann auch noch dem!«

Aus dem Flur kommen Geräusche. Kleiderbügel werden auf der Garderobenstange hin und her geschoben.

»Du hast also ein Kind?«

»Das geht dich nichts an.«

Holger steht auf.

»Ich hab kein Kind.«

Holger zögert, dann öffnet er die Tür.

»Komm bitte mal«, sagt er. Susanne zieht ihren Mantel an.

»Bist du verrückt!«, ruft sie. Holger hat Susanne am Handgelenk gefasst und zerrt sie ein paar Schritte in Richtung Küchentür.

»Diese Frau da – ich habe sie geliebt! Hat sie mich sitzenlassen? Ja, sie hat mich sitzenlassen! Soll ich sie deshalb vor die Tür jagen?«

Susanne hat sich losgerissen.

»Ihr habt sie ja nicht mehr alle«, ruft sie. »Spinner!«

»Ich mache mich an die Rede«, sagt Holger und nimmt seine Kaffeeschale. An der Tür bleibt er stehen. »Entschuldige, Peter.« Dann geht er.

»Ihr seid wirklich unglaublich!«, sagt Susanne. »Ihr seid da – und fertig. Und vor lauter Freude muss einem gleich alles aus der Hand fallen.«

Olga betrachtet die großen grauen Schalen, auf die in Schwarz und Rot Köpfe mit Punkfrisuren und Tiere gemalt sind.

»Ich hatte auch mal solche«, sagt sie.

»Das ist wie eine Jugendherberge hier!«, sagt Susanne. »Ständig klingelt's. Holger kennt die nicht mal! Die hat nur irgendwer geschickt, der einen kennt, der Holger kennt.«

»Und woher kennt ihr euch?«

»Ich war mal bei den Grünen, bin da aber ausgetreten letztes Jahr. Ich dachte, ihr macht hier wirklich Revolution. Ich wollte dabei sein. Hier hatten sie ja keine Ahnung von Wahlkampf, von Medien, von gar nix hatten sie eine Ahnung. Und haben sich so was von einwickeln lassen!« Im Mantel setzt sie sich an den Tisch.

»Und jetzt?«

»Seit Mai bin ich bei Holger angestellt, dem CDU-Landtagsabgeordneten Bartel. Aber wirklich nur angestellt. Ich schau mir das genau an, ich schreibe das Tagebuch der Kolonisation und der Selbstkolonisierung. Und du? Du genießt Paris?«

»Weiß nicht, geht alles so schnell.«

»Wahnsinnig schnell! Die Reaktion marschiert. Überall auf der Welt!«

»Welche Reaktion?«

»Na, die Reaktion. Habt ihr das schon vergessen?«

»Du meinst – wen meinst du denn?«

»Wie habt ihr das denn genannt? Die Konzerne? Die Imperialisten? Ihr hattet das doch in der Schule! Das große Rollback hat begonnen! Und unsere Vorjahreshelden hier kümmern sich ausschließlich um die eigene Vergangenheit! Damit sind sie derart beschäftigt, dass sie nicht mal merken, wie sie zum Steigbügelhalter der Reaktionären werden. Noch nie habe ich so viele korrumpierte, wehleidige, eitle, anspruchsvolle Oppositionelle erlebt wie bei euch hier. Alles vergessen, was sie gestern noch gewollt haben. Sie regen sich über die Kleinbürgerbunker in Wandlitz auf, während gerade das ganze Volkseigentum enteignet und verschoben wird!«

»Vielleicht, vielleicht auch nicht«, sagt Olga. »Ich mag es nur nicht, wenn sich jemand über die Ostler und ihre Bananen lustig macht, der immer schon Bananen hatte.«

»Wir tun alle so, als wüchsen die Bananen an der Mosel und im Rheinland. Ihr musstet euch beim Einkaufen wenigstens nicht immer fragen, ob ihr gerade wieder eine Schweinerei begeht – oder wenigstens nicht so oft. Verstehst du? Es war nicht so doppelbödig wie heute.«

Im Flur hat das Telefon zu klingeln begonnen.

»Du meinst«, sagt Olga, »wir sollten uns weiter von Kartoffeln und Äpfeln ernähren?«

»Ich finde das nicht lächerlich. Ihr habt wenigstens noch eure eigene Umwelt ruiniert, und nicht dort gewütet, wo es keiner von uns sieht«, sagt sie im Hinausgehen.

»Lass uns heute Nacht fahren«, flüstere ich Olga zu.

»Bei Bartel«, sagt Susanne im Flur. Und nach einer Weile: »Einen Moment bitte.«

»Meinst du wirklich, es wäre ein Vorteil, wenn man den eigenen Dreck selbst schlucken muss?«, fragt Olga, als Susanne wieder eintritt.

»Für dich«, sagt sie.

Nachdem Olga die Küchentür hinter sich geschlossen hat, zieht Susanne endlich ihren Mantel aus und setzt sich mir gegenüber.

Sie nimmt die Kaffeeschale in beide Hände und nippt davon. Wenn ich sie so ansehe, bin ich mir plötzlich unsicher, welche von beiden Frauen die schönere ist.

»Was ist?«, fragt Susanne nach einer Weile.

Obwohl ich nun ausreichend Zeit hätte, ihr zu sagen, dass es nahezu unmöglich für mich geworden ist, den eigenen Platz in der Gesellschaft zu finden, weil die Kämpfe unserer Zeit so verwirrend widersprüchlich verlaufen – weshalb ich andauernd schweige, statt eine eigene Meinung zu vertreten –, und dass ich bis eben geglaubt habe, ich allein stünde unserer Entwicklung kritisch gegenüber, und dass mich auch die Frage, wie das große Rollback aufzuhalten wäre, brennend interessiert, erkundige ich mich bei Susanne lieber danach, wo ich die Büchse mit dem Tee oder eine Schachtel mit den Teebeuteln finden kann.

SIEBENTES KAPITEL

In dem Peter und Olga einen Kaputtmacher treffen.

Es ist schon nach einundzwanzig Uhr, als Olga und ich im Stadtteil Pieschen in einer Hofdurchfahrt warten, in deren Boden zwei Stahlschienen für Fahrzeuge eingelassen sind.

Links geht es über ein paar Stufen zu einer Metalltür hinauf. Olga klopft zum dritten Mal, was fast nicht zu hören ist, eine Klingel existiert nicht.

Im nächsten Moment schon sind wir geblendet, als hätte das Licht selbst die Tür gesprengt. Was ich dann zuerst erkenne, ist die Silhouette eines Menschen. Ein kahlköpfiger Mann steht vor uns. Er ist gekleidet wie ein Dirigent.

»Da sind wir«, sagt Olga, weil sich der Mann nicht rührt. Als wäre das die Parole gewesen, macht er einen Diener, noch viel tiefer als die Bediensteten der Baronesse, tritt zurück und lässt uns ein. Sein Gesicht wirkt wächsern. Nur seine Nasenflügel beben.

Der Vorraum ist grell erleuchtet, die Wände und die Stuckdecke sind weiß gestrichen. Allein das Parkett ist stumpf und fast schwarz vor Dreck. Es riecht ölig. Der kahlköpfige Herr nimmt Olga den Mantel ab. Weil ich nicht schnell genug bin, hilft er auch mir aus dem Anorak. Die Garderobe ist überfüllt, unsere Sachen verschwinden zwischen denen der anderen. Ich erschrecke. Etwas zersplittert hinter der Saaltür – Johlen, Gelächter, Applaus.

»Was ist das?«, fragt Olga.

Statt zu antworten, geht er auf die Saaltür zu und öffnet einen Flügel.

»Und die Garderobenmarken?«, frage ich. Doch Olga strebt bereits voran.

Der Raum ist groß und hoch wie eine Fabrikhalle. Die vielen Gäste, die in kleinen Gruppen zusammenstehen, verlieren sich darin. Es riecht nach Zigaretten und warmem Essen. Niemand beachtet uns.

Die Fenstergriffe sind abgeschraubt und nur mit einem Vierkant zu öffnen. Alle sind betont festlich gekleidet. Selbst Olga fällt dagegen ab. Ich komme mir vor wie der Betriebsklempner.

Die Einrichtung hingegen ist lieblos, als stünde alles am

falschen Ort. Alt sind die Möbel nicht, auch wenn den Stühlen und Sesseln, den Nachtschränkchen, Regalen und Liegen ihr Gebrauch anzusehen ist. Sie wirken herrenlos. Die Fächer der Schrankwand sind leer.

»Kennst du jemanden?«, frage ich.

»Angeblich soll die ganze Bande da sein und dieser Wolkow auch.«

Seinetwegen sind wir hier. Herr Wolkow will ein Bild kaufen, das er bei Otto Gärtner gesehen hat und das Olga gehört.

»Worüber habt ihr eigentlich gesprochen, Susanne und du?«, fragt Olga.

»Ich hab ihr von Wolfgang erzählt und den Namibiern, die sie wieder zurückgeschickt haben. Susanne meint, wenn es die sozialistische Staatengemeinschaft noch gäbe, würden sie in Südafrika und Namibia die Bergwerke enteignen und nationalisieren.«

»Ich glaub, die beiden hätten am liebsten die Mauer zurück«, sagt Olga.

Ein hagerer Mann in unserem Alter, der braunweiße, spitz zulaufende Schuhe trägt, stolziert von Gruppe zu Gruppe. Er lacht viel dabei und versteht es, die anderen wie zufällig zu berühren. Als er auf uns zukommt, hat er noch das Lachen des vorigen Gesprächs im Gesicht.

»Darf ich Sie bitten, Olga.« Er bietet ihr seinen Arm an und macht einen Schritt in der Gewissheit, sie folge ihm. Olga dreht sich weg, als fürchtete sie seine Berührung.

»Folgen Sie mir, bitte«, sagt er in verbindlichem Tonfall und geht davon.

»Woher kennt der dich?«

»Ein richtiges Gruselkabinett ist das«, sagt Olga.

Wir sehen nur noch Rücken, die Gespräche verebben. Plötzlich geht wieder etwas in die Brüche, Gelächter, Johlen, Applaus.

»Wissen Sie, ob Herr Wolkow hier ist?«, fragt Olga eine Frau, die an uns vorübergeht. Sie bleibt abrupt stehen und sieht uns an.

»Ich suche Herrn Wolkow«, wiederholt Olga.

»Was ist mit Wolkow?«

»Ich würde ihn gern sprechen.«

»Dann tun Sie es doch!«

»Er ist hier?«

»Mein Kind, wir sind in seinem Haus, da wird er wohl anwesend sein«, erwidert die Frau und setzt ihren Weg zur Tür fort.

Im selben Moment streben nahezu im Gleichschritt drei Männer auf Olga zu – Kazimir, Martin und einer, den ich nicht kenne, ihre Malerbande. Sie umarmen Olga, zweimal wird sie dabei ein paar Zentimeter hochgehoben.

Neben mir tauchen die braunweißen Schuhe auf. »Wir haben uns noch gar nicht miteinander bekanntgemacht«, sagt er. »Ich bin hier der Maître de Plaisier.« Er hat seine Haare, die auffällig fettig sind, zurückgekämmt. »Kommen Sie, ich führe Sie herum. Wie gefällt Ihnen Mihai? Er gehört zum Künstlerduo *Nicolai und Mihai*, zwei Rumänen«, fährt er fort. »Kommen Sie, hier haben wir nichts zu bestellen«, sagt er mit Blick auf Olga und ihre Maler. »Ich heiße Serge.«

»Peter Holtz«, sage ich und will ihm die Hand geben, doch Serge ist mir schon zwei Schritte enteilt.

»Sind Sie Franzose?«, frage ich.

»Nein, da muss ich Sie enttäuschen. Ich heiße auch nicht Serge, aber alle nennen mich so …«

Der Name passt zu seinem affektierten Auftreten. Er scheint sehr selbstverliebt zu sein. Seine Länge und Schlankheit betont er noch durch die röhrenartige weiße Hose. Über einem dunkelvioletten Hemd ohne Krawatte trägt er ein Jackett aus Schlangenhaut, das um ihn steht wie eine Rüstung.

»Nicolai und Mihai, wie gesagt, zwei Rumänen«, fährt er fort, »nur dass Nicolai bedauerlicherweise kein Visum erhalten hat, so dass es nun an mir ist, den Part Nicolais zu spielen – entschuldigen Sie bitte«, sagt er zu einem Mann, zwängt sich zwischen ihm und anderen hindurch und winkt mir zu, ihm zu folgen.

»Mihai! Avanti! – Na, habe ich Ihnen zu viel versprochen? Zwei Meter und siebzehn Zentimeter, falls Sie es genau wissen wollen.«

Mihai lächelt auf uns herab. Er hat bereits etliche Goldzähne.

»Guten Abend«, sage ich. »Ich heiße Peter Holtz.«

»Nicht doch!«, ruft Serge und drückt lachend meinen Arm nach unten. »Der zerquetscht Ihnen alles!«

Mihai streckt mir nun seinerseits die Hand hin. Ich bin überrascht, wie sanft und trocken sich seine Pranke um meine Hand legt.

»Gerade noch mal gutgegangen«, sagt Serge. »Sie können alles zu ihm sagen, er versteht kein Wort. Aber ein Idiot ist er nicht, keinesfalls! – Mihai, avanti!« Serge deutet auf einen Couchtisch, dessen dünne runde Beine schräg abstehen. Serge zieht noch zwei ähnlich wacklige Tische heran. »Attention!«, ruft er.

Mihai geht rückwärts, langsam senkt er seinen Hintern, als würde er sich aufs Klo setzen – im nächsten Augenblick brechen die Tischbeine weg, die Tischplatte knallt herunter. Mihai hält inne und richtet sich wieder auf. Applaus, dann der nächste Tisch.

Als Mihai den dritten Tisch unter sich zertrümmert hat, wird ihm ein Sektglas gereicht. Er hält es zwischen Daumen und Zeigefinger, prostet uns zu und trinkt es, unterbrochen von einigen Schnalzern, in kleinen Schlucken aus.

»Was soll das?«, frage ich. »Geht das den ganzen Abend?«

»Wenn sich das so simpel in Worte kleiden ließe, brauchte

es ja die Performance nicht«, sagt Serge und scheint nur mühsam ein Lachen zu unterdrücken. »Sie sollten es auf sich wirken lassen, einfach wirken lassen. Ihnen fehlt der Vorlauf. Von nun an sollten Sie Mihais Parcours verfolgen …«

Ich möchte weg von hier, kann aber Olga nirgendwo entdecken.

»Machen Sie sich keine Gedanken um Ihre Schwester. Ich gehe jede Wette ein, dass sie bald zu uns stößt.«

»Woher kennen Sie Olga?«

»Aus Erzählungen, leider nur aus Erzählungen, so wie ich auch Sie bisher nur aus Erzählungen kannte. Ich schätze mich glücklich, Sie und Ihre Schwester persönlich kennenlernen zu dürfen.«

»Und wie haben Sie uns erkannt?«

»Mein Lieber! Nennen Sie mir jemanden, der häufiger auf den Bildern dieser Maler erscheint als Ihre Schwester! Aber wenn Sie gestatten – mir kommt es auf das Prinzip der Wiederholung, der Reihung, der Einübung, wie auch immer Sie das nennen wollen, an.« Er nimmt mich am Arm und führt mich weiter. »Es geht um den Vollzug, den eingeübten, den antrainierten und mit der Zeit zur Perfektion gesteigerten Vollzug, den der Betrachter auf seine ganz eigene Weise wiederholen, eben nach-voll-zie-hen kann und soll. Das ist es, was ich Ihnen ans Herz lege!«

Ich weiß nicht, ob er sich einen Spaß mit mir erlaubt. Er grinst immerzu, wobei ich mir unsicher bin, ob das Grinsen nicht in sein Gesicht eingewachsen ist, also gar kein Grinsen ist, sondern seinen natürlichen Gesichtsausdruck darstellt.

»Was soll denn am Kaputtmachen der Möbel Gutes sein?«

»Erlauben Sie mir, anstelle von ›Kaputtmachen‹ von Zerstörung zu sprechen. Und schon wird Ihr Blick frei! Denn: Soll was Neues entstehen, muss Altes weichen. Kreative Zerstörung ist die Basis allen Fortschritts.«

»Aber in diesen Möbeln steckt viel Arbeit, und andere würden sich darüber freuen!«

»Eben nicht!«, ruft Serge. »Eben nicht! Sie haben den Punkt getroffen! Gratuliere! Das hier, dieses Gerümpel, will niemand mehr haben. Das ist der Punkt! Niemand!«

»Woher wissen Sie das?«

»Ganz einfach! Alles hier hat uns keine müde Mark gekostet. Das haben uns die hiesigen Einwohner kostenlos überlassen.«

»Aber doch nicht, um daraus Kleinholz zu machen!«

»Sie kennen den Unterschied von Gebrauchswert und Tauschwert, diese Unterscheidung ist Ihnen geläufig?«

»Selbstverständlich«, sage ich.

»Na, wunderbar, sehen Sie! Über den Gebrauchswert der Waren müssen wir in einer Gesellschaft, in der Wettbewerb herrscht, in der nur das beste Produkt auf Dauer Erfolg hat, nicht weiter reden. Den Gebrauchswert dürfen wir heute als gegeben voraussetzen, und können uns nun ganz auf den Tauschwert konzentrieren …« Serge spricht die ganze Zeit mit einem Lachen in der Stimme, das immer dann, wenn er zu schnell wird, über sein Gerede schwappt, so wie Suppe beim Austeilen über den Tellerrand. Er scheint sich seiner Sache vollkommen sicher zu sein. »Im Lichte des Tauschwertes sind diese Einrichtungsgegenstände Gerümpel. Oder sagen Sie mir, was Sie dafür geben würden?«

»Hängt davon ab, was ich brauche. Und wie viel Geld ich habe.«

»Um die Sache zu vereinfachen«, sagt er und drückt nebenbei die Hand eines älteren Mannes, dessen Gesicht sich dabei süßlich verzieht. »Um es zu vereinfachen: Der Tauschwert bewegt sich gegen null. Da sind wir uns einig. In diesem Land hätte sich doch nichts getan, wenn die Menschen nicht schlicht und einfach ein besseres Leben gewollt und darauf bestanden hätten, statt sich weiter auf den kommunistischen Sanktnimmerleinstag vertrösten zu lassen!«

Das Sein bestimmt das Bewusstsein, schießt es mir durch den Kopf. Aber so simpel ist es nicht, denke ich.

»Die höchste Form der Ware ist …? Na, was ist die höchste Form der Ware?«, fragt er und ruft, ohne mir Zeit zum Nachdenken zu lassen: »Die Kunst! Es ist die Kunst! Ihre Schwester hat das intuitiv sehr früh begriffen. Mit ihrer Begabung, ihrem Gespür, mit ihrem Wissen und ihrem Talent, auf Menschen zuzugehen, wird sie schnell ganz groß rauskommen.«

»Olga?«

»Olga Grohmann!«

»Aber wie denn?«

»Mit einer Galerie! So wie sie es hier früher gemacht hat! Wer die neue Kunst sehen wollte, ging in die Abrissbude zu Olga Grohmann. Das sagen alle.« Er berührt mich mit einer Hand leicht an der Schulter. »Sagen Sie bloß, lieber Freund, ich erzähle Ihnen da was Neues?«

»Olga hat keine derartigen Pläne. Außerdem hat sie kein Geld und auch gar keine Räume.«

Serge stemmt theatralisch die Hände in die Hüften, während hinter ihm wieder etwas zerkracht.

»Sie mit Ihren Häusern! Wollen Sie mir sagen, Sie seien nicht in der Lage, für Ihre Schwester angemessene Räume in guter Lage zu finden? Sie enttäuschen mich.«

»Von mir nimmt Olga nichts!«

»Braucht sie auch nicht. Sie leiht es sich von der Bank, und Sie bürgen dafür. Oder soll ich meinen Vater als Bürgen beibringen? Alle Wege führen nach Rom! Sie müssen nur den Wunsch, den Willen und den Glauben haben. Courage, mein Freund, Courage! Sie halten alle Trümpfe in Ihren Händen! Wir sollten Ihrer Schwester nur ein paar Gedanken vorschießen, dann kommt sie von ganz allein drauf!«

»Olga!« Mit den Malern im Schlepptau steuert Olga auf Serge zu und streckt ihm die Hand hin.

»Sie also sind Herr Wolkow?«

»Eigentlich bin ich das«, ertönt eine tiefe, kraftvolle Stimme hinter uns. Serge macht sofort einen Satz zur Seite, wobei er eine Frau im schulterfreien Kleid anrempelt.

»Lieber Vater, darf ich dir vorstellen – das ist Olga Grohmann, die Galeristin der besten hiesigen Künstler, soeben aus Paris eingetroffen. Liebe Olga Grohmann, das ist Alexander Wolkow, dem wir diese Party zu verdanken haben. Und hier« – ich sehe, wie ein Arm von Serge über mich fliegt, sogleich spüre ich seine Hand auf meinem Rücken, der Druck ist so stark, dass ich nachgebe und einen Schritt auf seinen Vater zumache –, »darf ich dir Peter Holtz vorstellen, Olga Grohmanns Bruder, der eine zentrale Rolle bei den Umwälzungen im Land gespielt hat und über hochinteressante Ansichten verfügt. Lieber Peter Holtz, mein Vater Alexander Wolkow.«

»Freut mich, dass Sie gekommen sind, Sie beide«, sagt Alexander Wolkow. Statt uns die Hand zu reichen, nickt er uns zu. Noch nie stand ich einem alten Mann mit so vollen Lippen gegenüber, rotblauen Lippen, und großen Augen mit dicken Tränensäcken darunter. »Tut mir leid, Sie unterbrochen zu haben«, sagt er. »Mein Sohn hat natürlich dasselbe Anrecht auf diesen Namen wie ich. Glauben Sie nicht, es wäre mein Größenwahn gewesen, ihn nach mir zu nennen. Ich war nur gerade am Abkratzen, als er geboren wurde. Seine Mutter wollte wenigstens den Namen retten, wenn sie schon mich hergeben muss. Aber ich bin noch mal auferstanden.« Seine Linke schraubt sich nach oben und findet Halt am Oberarm seines Sohnes. »Ihn hier rufen wir Serge, und zu mir sagen meine Freunde Sascha.« Ich betrachte den Ring an seiner Hand, der sich auf dem Jackett wie ein großer Käfer ausnimmt. Deshalb werde ich erst durch das verdruckste Gelächter gewahr, dass Sascha mir seine Rechte entgegenstreckt hat.

»Sehr angenehm, Peter«, sage ich und schlage schnell ein. Das Lachen der anderen geht in dem Lärm unter, den Mihai mit einer erneuten Zerstörung anrichtet.

ACHTES KAPITEL

In dem Peter erfährt, wie es sich mit der Kunst und der Natur des Menschen verhält. Das Füllhorn von Mutter Erde und der sanfte Zwang des besseren Arguments.

»Warum haben Sie Olga nichts von der Galerie gesagt?«, frage ich, als Sascha Wolkow mit ihr zusammen auf die Bar zusteuert.

»Wir hatten doch vereinbart, dass Olga selbst auf diese Idee kommen soll. Außerdem hat der Abend gerade erst begonnen.«

»Ist Ihr Vater reich?«

»Wolkow-Immobilien, Wien, München, Frankfurt, Chicago, neuerdings Budapest. Und in Berlin ist er auch schon, allerdings inkognito.«

»Und Sie haben mit Kunst zu tun?«

»Oh, nichts lieber als das! Aber meine Selbsteinschätzung bescheinigt mir leider mangelnde Begabung. Mir fehlt der gewisse Kunstsinn, eben das, was Ihre Schwester im Übermaß auszeichnet.«

»Warum bieten Sie Olga dann so viel Geld für ein Bild, wenn Sie selbst es gar nicht beurteilen können?«

»Zehntausend Mark für ein Gemälde sind wenig, eigentlich lächerlich wenig. Außerdem gibt es jemanden, der es mir für das Doppelte abkauft.«

»Das Doppelte? Sie hauen Olga übers Ohr?«

Serge lacht, ein hohes kicherndes Lachen. Er drückt sich den Handrücken vor den Mund. »Sie meinen, ich sei ein Betrüger?«

»Warum tun Sie das?«

»Seien Sie beruhigt, ich betrüge niemanden! Ich bin offen und ehrlich, eine rare Eigenschaft, wie Sie noch früh genug bemerken werden.«

»Ich weiß zu wenig über den Charakter der Menschen, die im Kapitalismus aufgewachsen sind …«

»Lieber, bitte, verwenden Sie nicht solche Begriffe. Das klingt ja wie Eisenbahn! Kapitalismus! Heute wissen ja nicht mal mehr die Gewerkschaften, was das sein soll! Von meiner Partei ganz zu schweigen.«

»Wie nennen Sie denn das auf dem Besitz privater Produktionsmittel und Ausbeutung beruhende Wirtschaftssystem?«

»Ausbeutung? Glauben Sie immer noch, in der sozialen Marktwirtschaft würden die Arbeitnehmer aus-ge-beu-tet? Rennen die Leute nun von West nach Ost oder von Ost nach West? Freiheit! Rechtsstaat! Demokratie! Unser Westen!«

Obwohl ich an Serge keine Alkoholfahne bemerke, bin ich mir unsicher, ob er nicht vielleicht doch angetrunken ist.

»Das spräche ja nicht gerade für den Westen, wenn die meisten Menschen nicht offen und ehrlich miteinander umgingen – also nicht so wie Sie!«

»Das gehört zum Geschäft, das ist Wettbewerb!«

»Wettbewerb ist, wenn man jemanden austrickst? Und das gehört zur Demokratie?«

»Ein weites Feld! Theoretisch nicht ganz einfach zu fassen. Fest steht jedenfalls, dass nur diejenige Gesellschaft überlebt, die sich dem Wettbewerb stellt. Nur Wettbewerb bringt die Menschheit voran! Sonst könnten wir ja gleich alle wieder auf die Bäume krabbeln. Und das wollen wir doch nicht. Allerdings müssen wir auch bereit sein, den Preis dafür zu zahlen!«

»Und wenn ich nun Ihr Vertrauen enttäuschte und mit Olga darüber spräche …«

»Nullo Problemo! Das ist kein Geheimnis. Niemand kann Ihre Schwester zwingen zu verkaufen. Schließlich leben wir in einem freiheitlichen Rechtsstaat. Überreden Sie Olga, nicht zu verkaufen! Hochinteressant, was dann geschieht! Hochinteressant!«

»Dann verkauft eben Olga das Bild für das Doppelte.«

»Und an wen, wenn ich fragen darf?«

»An den, der das Doppelte bietet.«

»Ja, aber wer ist das?«

»Na der, an den Sie es verkaufen!«

»Ja, richtig, aber wer ist das?«

»Sie wollen Olga verheimlichen, an wen sie es für das Doppelte verkaufen kann?«

»Wunderbar! Sie sind großartig, Peter! Allmählich kommen wir vorwärts! – Schauen Sie nur!«

Mihai schlägt mit der Faust auf ein Regalbrett – es bricht rechts aus der Verankerung. Er haut auf die linke Seite, das Brett klatscht auf das darunterliegende. Mihai faltet die Hände und holt aus, als hätte er ein Beil in der Hand – alles kracht auseinander.

»Mein Verdienst ist es«, fährt Serge fort, »sowohl Olga zu kennen als auch jenen Käufer.«

»Und Sie behalten es weiter für sich?«

»Sie müssen doch aber erst mal die Tatsache würdigen, dass ich die beiden kenne! Zugespitzt gesagt: Nur ich kenne *beide*! Verstehen Sie? Die einen sind mit reichen Leuten bekannt, die anderen mit Künstlern. Ich verkehre in der einen wie in der anderen Welt. Sie denken wahrscheinlich, ich verdiene durch Zufall zehntausend Mark. Überlegen Sie aber mal, wie viele Stunden ich mit diesen Malern da zugebracht habe, wie lange es gebraucht hat, bis ich in das Haus von Herrn Gärtner Einlass fand und die Bilder betrachten durfte, wie viele Erzählungen ich mir über Olga Grohmann angehört habe. Und schon schmilzt mein Stundenlohn zusammen. Dazu kommen die Spesen, die nicht unerheblich sind. Und – nur das noch ...«, sagt er auf meinen Versuch hin, ihn zu unterbrechen. »Ihre Schwester hat die Sachen geschenkt bekommen, völlig zu Recht! Aber gemäß Ihrer Logik könnte ich genauso gegen Olga polemisieren: Darf man etwas Geschenktes überhaupt verkaufen? Und wieso für zehntausend und nicht für eintausend? Und wie steht es um das Verdienst von Otto Gärtner? Oder gar des Künstlers? Warum gehen die leer aus?«

»Das weiß ich alles nicht. Ich habe noch nie ein Bild gekauft.«

»Jetzt kneifen Sie, lieber Herr Holtz!«

»Stimmt, da haben Sie recht. Ich dachte nur, Sie kaufen das Bild, weil es Ihnen gefällt?«

»Tja, eigentlich kann ich mir das nicht leisten, jedenfalls nicht zur Zeit – Aber wir schweifen ab.«

»Wovon?«

»Spielen wir es mal durch. Unser Problem ist der Käufer, Ihr Problem ist, pardon, war der Produzent.«

»Ich bin kein guter Käufer«, sage ich, obwohl ich noch nie darüber nachgedacht habe. Ja, ich erschrecke, wie schlecht ich vorbereitet bin auf so ein grundsätzliches Gespräch, das bisher immer meine Stärke gewesen ist.

»Das Wunder ist doch – Sie haben es sich bloß noch nicht bewusstgemacht –, wie großzügig Mutter Erde ihr Füllhorn unter den Bedingungen der Marktwirtschaft über ihre Kinder ausschüttet. Ich verspreche Ihnen, in Nullkommanix wird es auch hier alles geben, alles, was Ihr Herz begehrt! Man wird Sie ununterbrochen auf Dinge aufmerksam machen, von deren Existenz Sie nicht einmal geträumt haben!

Sie wussten gar nicht, dass Sie sich diese Dinge wünschen. Ihre verdienstvolle friedliche Revolution hat Mutter Erde wieder in Einklang mit ihren Kindern gebracht. Die Rückeroberung der mütterlichen Fruchtbarkeit!« Er sieht mich erwartungsvoll an. Ich konzentriere mich darauf, seinem Blick standzuhalten, als wäre das ein Argument. »Die Kommunisten mussten strampeln und strampeln, oder besser gesagt, strampeln lassen und strampeln lassen, damit es überhaupt etwas gab«, frohlockt er. »Konkurrenz bestand nur unter den Käufern! Und woran liegt das? Sie ahnen es, lieber Herr Holtz?«

»Nein«, sage ich.

»Natürlich am Eigentum! Das Eigentum ist der Schlüssel zum Segen! Wenn uns die Entwicklung der Menschheit eine Erfahrung gelehrt hat, dann diese: Ohne Eigentum ist alles nichts! Und gut für die Menschheit ist einer, der etwas unternimmt, etwas tut, etwas voranbringt, ein Mensch, den wir Unternehmer zu nennen gelernt haben. Gut für die Menschheit ist einer, der sein Leben genießt, der etwas kauft, weil er sich selbst liebt und andere liebt und in einer besseren und schöneren Welt leben will als in jener, die er vorgefunden hat. Worum geht es, wenn nicht darum, unser Zusammenleben dergestalt zu organisieren, dass es im Einklang mit der Natur des Menschen steht. Diese grandiose Umwandlung erleben Sie gerade! Und Sie, Peter Holtz, dürfen Sie mitgestalten. Und darum beneide ich Sie von ganzem Herzen. Sie erleben die Verwandlung Ihrer Welt wie eine zweite Geburt, während wir das Glück hatten, sie schon mit der Muttermilch eingesogen zu haben. Uns ist sie bereits zur zweiten Natur geworden!«, ruft Serge beseligt aus.

»Wieso zur zweiten?«, frage ich, aber da springt Serge schon zu Mihai, der sich mit rudernden Armen rückwärts auf einen Tisch voller Gläser fallen lässt – oder ist er gestolpert? Es scherbelt und splittert. Mihai lächelt, seine Zunge leckt über die Mundwinkel, als hätte er gerade etwas Köstliches verspeist. Serge zerrt an ihm herum, die Scherben knirschen unter seinen Schuhen.

Ich bin froh über die Atempause. Käme doch jemand, der einfach nur plaudern wollte. Serge argumentiert auf eine Art und Weise, die mir den Boden unter den Füßen entzieht. Bin ich zu müde? Oder hat er mich hypnotisiert? Oder sagt er einfach nur, was alle anderen um mich herum auch sagen, ohne es mir so eingängig wie Serge erklären zu können? Passen meine Erfahrungen nicht tatsächlich zu seiner Darstellung? Weigere ich mich, den sanften Zwang des besseren Arguments zu akzeptieren? Bin ich verärgert, neidisch, missgünstig, weil ich mich fragen muss, wieso ich nicht selbst zu denken vermag, was er mir nun vordenkt?

»Lassen Sie uns zum Ausgangspunkt zurückkehren!« Serge steht nach einer halben Drehung wieder vor mir. »Was passiert, wenn Olga sich weigert zu verkaufen?«

»Dann hat sie ein schönes Bild zu Hause, aber kein Geld«, sage ich erschöpft.

»Nein, das geht besser, strengen Sie sich an!«

»Sie kriegen Ärger?«

»Ach, nicht die Bohne!«

»Dann weiß ich es nicht.«

»Niemand weiß es! Aber welche Möglichkeiten gäbe es denn? Steigt der Preis? Schnell spricht sich herum, dass dieser XY nicht mehr für zehntausend zu haben ist, auch nicht für zwanzigtausend! Nun gelten fünfzigtausend als Schnäppchen!«

»Was bedeutet Schnäppschen in diesem Zusammenhang?«

»Schnäppchen, nicht Schnäppschen! – Oh, entschuldigen Sie, ich Unhold, ich lasse Sie verdursten!« Wieder fliegt einer seiner Arme über mich.

»Sie meinen, Olga sollte gar nicht verkaufen?«

»Machen Sie mit, einfaches Brainstorming …«

»Wie bitte?«

»Brainstorming! Wir lassen die Gedanken kreisen, um herauszufinden, was für Möglichkeiten in Frage kommen.«

»Bei mir kreist es sowieso schon«, bekenne ich. »Könnten wir uns setzen?«

»Kann also sein«, sagt Serge und nimmt mich am Arm, »dass die Preise steigen und dass mein Auftraggeber sagt: ›Bleiben Sie dran, Wolkow, steigende Preise bedeuten, Ihre Fährte ist richtig!‹ Also verdopple ich mein Angebot.«

»Aber dann haben Sie ja nichts davon …«

»Sieh einer an! Aus Ihnen wird was, Peter Holtz! Ja, ich hätte das Nachsehen. Oder mein Auftraggeber bleibt fairerweise bei der versprochenen Gewinnspanne von fünfzig Prozent. Dann habe auch ich meinen Gewinn verdoppelt und lade Sie zu Champagner und Kaviar ins *Kempinski* ein.«

»Unterm Strich wäre es also für Sie und Olga besser, wenn Olga noch nicht verkaufen würde?«, schlussfolgere ich, ermutigt von seinem Lob.

»Das kann nach hinten losgehen«, sagt Serge, presst die Lippen zusammen, stülpt sie vor, um gleich darauf die Mundwinkel zu verziehen. »Womöglich lohnt es sich nicht mehr zu investieren, weil die Preise schon durch die Decke sind.« Er hebt seinen Daumen. »Und wir müssen uns anderswo umsehen. Vielen Dank für Ihr Angebot und tschüss …« Abrupt wendet er sich ab, dreht sich aber nach einem Schritt gleich wieder zu mir herum.

»Wenn Ihrem Auftraggeber aber nun ausgerechnet das Bild, das Olga hat, so gefällt, wird er doch nicht einfach ein anderes nehmen!«

»Das ist ein Gesichtspunkt …«, sagt Serge und lacht, »bravo! Nur muss ich Sie leider darüber aufklären, dass mein Auftraggeber gar nicht weiß, wie die Bilder von Kazimir – um den geht's nämlich, aber behalten Sie es für sich – aussehen.«

»Und trotzdem gibt er so viel dafür aus?«

»Nehmen Sie doch Platz, lieber Herr Holtz, ich strapaziere Sie arg.«

Wir lassen uns in zwei alte Sessel fallen, die Mihai noch nicht unter seinem Hintern hatte. Zwei volle Gläser werden auf den wackligen Tisch vor uns gestellt.

»Das erfrischt, Campari Orange, etwas bessere Limonade! Prost!«

Das orangefarbene Getränk ist mit Eiswürfeln durchsetzt. Es schmeckt außerordentlich gut. Am liebsten würde ich mir das Glas gegen Stirn und Wange drücken. Serge atmet mit aufgerissenem Mund aus. Im Sitzen wirkt alles an ihm noch spitzer.

»Weiter!«, sagt er. »Manchmal ist es gut, wenn man nicht weiß, wie etwas aussieht und sich auf das Urteil von Experten verlässt. Sine ira et studio, ohne Zorn und Eifer, macht man die besten Geschäfte. Der Augenschein führt jemanden, der kein Spezialist ist, der keine Begabung und keine Schulung und keine Praxis hat, mit Sicherheit in die Irre! Das gilt für die Kunst, aber nicht nur für die Kunst. Wer erkennt schon im Frosch den Prinzen? Sie sehen in mir sicher einen Spinner, einen Snob, einen selbstverliebten Wichtigtuer. Die meisten stoßen sich an meinem Äußeren, sie halten meine Vorliebe für zweifarbiges Schuhwerk für affig, und Sie glauben bestimmt auch, ich kultivierte meine Magerkeit und mein spitzes Kinn und den stechenden Blick?«

»Ja«, sage ich, »das muss ich zugeben.«

»Doch ich sag Ihnen was. Es ist keinesfalls verkehrt, wenn man den Menschen nicht gleich gefällt. Ich liebe nun mal diese Schuhe, mexikanische Schuhe. Sie glauben mir sowieso nicht, wie viel die kosten. Auch das Jackett, secondhand, von einer Versteigerung, sonst hätte ich es nicht bezahlen können … Ich wage sogar zu behaupten, die überwältigende Mehrheit der Gäste findet meine Inszenierung albern oder gar abstoßend, als ginge es darum, die Minderwertigkeit der östlichen Produktion vorzuführen und solcher Käse. Aber vielleicht gibt es auch zwei oder drei, die begreifen, worum es eigentlich geht.«

»Um den Tauschwert?«

»Es geht um Befreiung!«

»Von alten Möbeln?«

»Von allem! Jetzt schreit jeder: ›Hilfe! Der Wagen bricht!‹ Sie kennen das Märchen?«

»Hab ich leider vergessen.«

Es klirrt erneut. Wieder muss Mihai Glas erwischt haben.

»Lassen Sie sich bitte nicht stören, Mihai hat zu viel getrunken, die Rechnung präsentiere ich ihm noch«, sagt Serge. »Der erlöste Prinz aus dem *Froschkönig* denkt immer, der Wagen bricht, und sein treuer Heinrich ruft: ›Nein, es ist der Wagen nicht, es ist ein Band von meinem Herzen, das lag in großen Schmerzen‹ – und so weiter.«

Serge tut, als dirigierte er mit der erhobenen Rechten. Und tatsächlich ist einen Augenblick später ein Klavier zu hören, ein Klavier und Gesang. Otto Gärtner!

NEUNTES KAPITEL

In dem Peter lernt, warum Behalten besser ist als Verschenken und was »Conditio sine qua non« bedeutet. In Liebe zur Welt leben.

»Was möchten Sie trinken, Herr Gärtner, und Sie, Herr Holtz?«

»Einen Lagavulin«, sagt Otto Gärtner, »aber einen Sechzehner, wenn ich so frei sein darf.«

»Sehr gute Wahl!«, sagt Serge. »Ich schließe mich an, sehr gut.«

Der Barmann wischt wie besessen über den Tresen, als wäre der dreckig gewesen.

»Würden Sie mir einen Moment Gehör schenken?«, fragt Sascha Wolkow. Er macht eine Bewegung mit dem Arm, als würde er mich näher heranwinken. Aber er hat nur Schwung geholt. Denn im nächsten Moment dreht er sich wie ein Kind auf seinem Barhocker um hundertachtzig Grad. Ich folge seiner Aufforderung und besteige den Barhocker links von ihm. Glücklicherweise finden meine Füße sofort Halt. Es sitzt sich weniger ungemütlich als gedacht.

»Es tut mir leid, das mit meinem Sohn – Sie haben ihn die ganze Zeit aushalten müssen … Was trinken Sie?«

»Es ist nicht einfach, mit Serge zu diskutieren. Sein Standpunkt ist der eines überzeugten Anhängers des kapitalistischen Systems!«

»Alles nur Wörter! Eigentlich macht er nur Unsinn. Sehen Sie sich diesen Quatsch an! Dieser debile Bulgare, der Ärmste …«

»Ein Rumäne«, sage ich.

»Von mir aus kann er aus Transsilvanien sein, wie der am Empfang.« Sascha Wolkow macht eine Pause, als müsste er niesen. »Überall macht er sich zum Affen, verbrannte Erde, wohin ich komme. Was trinken Sie?«

Wir drehen uns beide zum Tresen. Inmitten der Flaschen steht ein Kaffeeapparat, wie ich ihn aus Aix kenne.

»Ich muss heute noch fahren. Vielleicht ein Kaffee?«

»Espresso?«

»Es hat keine Eile! Bohnenkaffee, gefiltert, wenn möglich.«

Sascha Wolkow sagt etwas, das ich nicht verstehe, und zeigt dem Barmann zwei Finger.

»Ihre Schwester hat mir anvertraut, dass Sie Ihre Häuser

an die Mieter verschenken wollen, habe ich das richtig verstanden?«

»Nur die Häuser, in denen Mietwohnungen sind.«

»Und wie viele sind das?«

»Erst mal elf.«

»Sie besitzen weitere Häuser?«

»Das Haus, in dem wir wohnen, eine Villa mit Gartengrundstück und zwei kleinere Häuser im Scheunenviertel.«

»Scheunenviertel? In Mitte?«

»Zwischen Oranienburger und Wilhelm-Pieck-Straße.«

»Warum tun Sie das?«

»Niemand kann in zwei Häusern gleichzeitig wohnen. Aber falls mal Freunde was brauchen oder ein Obdachloser Unterkunft sucht. Ich will sie herrichten, da hab ich was zu tun.«

»Ich frage nicht, warum Sie die vier Häuser behalten, sondern warum Sie die anderen abstoßen?«

»Ich hab sie ja auch geschenkt bekommen. Ich habe getan, was in meinen Kräften stand. Nun sollen sich andere kümmern.«

»Ich finde das sehr ehrenwert, nur dass wir uns nicht missverstehen! Aber nachvollziehen kann ich Ihre Begründung nicht.«

»So werde ich hoffentlich meiner Verantwortung für den mir anvertrauten Besitz gerecht.«

»Ihnen geht es um Verantwortung?«

»Um Verantwortung, um Gerechtigkeit, um das Wohl des Einzelnen und das Wohl der Gesellschaft.«

Sascha Wolkow beugt sich weiter vor, den rechten Ellbogen auf den Tresen gestützt, den linken Arm auf dem Oberschenkel. Er sieht mich von unten an. Seine schweren Augenringe wirken bronzefarben, wie Schmuck, nur an der falschen Stelle.

»Darf ich Sie beim Wort nehmen?«, fragt er.

»Dazu brauchen Sie doch keine Erlaubnis!«

»Widerspruch ist immer heikel.« Sein rotblauer Mund lacht lautlos. »Die Liste ehemaliger Freunde, denen ich widersprochen habe, ist lang.«

Der Barmann stellt uns zwei winzige Kaffeetassen hin, noch kleiner als die in Aix.

»In beinah jedem Fall wäre es mir lieber gewesen, ich hätte meinen Mund gehalten, statt einen Freund zu verlieren.«

»Helfende Kritik ist immer willkommen! – Was ist das für Geschrei?«

Sascha winkt ab.

»Darum soll sich mein Herr Sohn kümmern. Konzentrieren wir uns.« Er nimmt sein Tässchen, bewegt es kreisförmig und trinkt den Fingerhut Kaffee, der da drin ist, auf einen Schluck, wie ich es nur bei Schnaps kenne. Ich mache es ihm nach, nur ohne vorher die Tasse kreisen zu lassen. Einen Genuss würde ich das nicht unbedingt nennen.

»Well«, sagt er, »ad eins« – er streicht mit der rechten Hand den kleinen Finger seiner Linken hervor: »Sie laufen vor Ihrer Verantwortung davon. Ad zwei« – nun kommt der Ringfinger an die Reihe: »Statt Gerechtigkeit auszuüben, überlassen Sie die Geschicke dem Zufall oder, um mich präziser auszudrücken, ad drei: Sie verstärken alte Privilegien durch neue. Und so könnte ich Ihnen weiter Punkt für Punkt darlegen, was gegen Ihre Entscheidung spricht.« Er zeigt mir vier Finger, schließlich die ganze Hand.

»Ihre Redeweise soll meine Neugier wecken?«, frage ich.

»Darf ich fortfahren?«

»Bitte.«

Seine Hände bewegen sich für einen Moment, als würde er sie waschen.

»Nun denn, ich mache es kurz«, sagt er, schiebt die leere Tasse zur Seite und stützt den Ellbogen wieder auf den Tresen. »Die Häuser wurden Ihnen anvertraut, weil diejenigen, denen sie gehörten, sowohl wegen der politisch-wirtschaftlichen Umstände als auch wegen ihres Alters den völligen Ruin ihrer Immobilie als sicher ansahen – und in den Händen der Stadt keine Verbesserung erwarten konnten. Sie, Peter, übernahmen diese Aufgabe, ohne Aussicht auf Gewinn. Im Gegenteil. Sie arbeiteten in ihrer Freizeit und steckten das Geld, das Sie anderweitig verdienten, in die Immobilien. So hat es mir zumindest Ihre außergewöhnliche Schwester geschildert.«

»Es gab Mieteinnahmen.«

»Die kaum die Hälfte der Reinvestitionen betrugen.«

»Das erscheint mir zu wenig.«

»Weil sie Ihre Arbeitskraft mit null ansetzen. Zudem mussten Sie auf eigenes Risiko zu illegalen Mitteln greifen.«

»Sie meinen das Trabi-Taxi?«

»Anders gefragt: Haben Sie die selbstgestellte Aufgabe gemeistert?«

»Ich hab getan, was ich konnte.«

»Also würden Sie sagen, dass Sie das Vertrauen der früheren Besitzer gerechtfertigt haben? – Geben Sie sich einen Ruck, Peter, sagen Sie ›ja‹. Hätte es denn jemand grundsätzlich besser machen können als Sie?«

»Grundsätzlich wahrscheinlich nicht.«

»›Grundsätzlich wahrscheinlich nicht.‹ Also gut. Ihre Bescheidenheit ehrt Sie, ist aber hier fehl am Platz, es geht ums Prinzip, um Logik.« Er lacht wieder lautlos. »Sie verstehen etwas vom Bau, Sie haben bewiesen, dass es Ihnen selbst unter unzumutbaren Konditionen um die Erhaltung der Substanz und damit, lassen Sie mich das sagen, um die Bewahrung von Kulturgut ging. Warum sollte das nun, unter grandios und radikal besseren Vorzeichen, anders sein? – Das ist eine rhetorische Frage, Sie müssen nicht antworten. Ich darf also feststellen, dass Sie ein sehr guter, ein durch und durch verantwortungsvoller Eigentümer sind. Jeder schätzt sich glücklich, einen Wohnungseigentümer wie Sie zu haben. Was aber, wenn der ideale Eigentümer sein Eigentum verschenkt?«

»Den Mietern wird ein Stück von jenem Volkseigentum, das ihnen zusteht, ausgehändigt. Sie selbst können über ihre Wohnung und gemeinsam über ihr Haus entscheiden und müssen niemanden fragen oder fürchten.«

»Volkseigentum? Was denn für Volkseigentum? Das Haus gehört Ihnen, und vorher gehörte es betagten Witwen.«

»Wohin gingen die Bauleute, als das siebentorige Theben stand? Ich habe die Häuser nie als mein alleiniges Eigentum angesehen. Wie auch unsere Betriebe. Die haben wir uns doch erarbeitet, das ist unser Geld, von dem sie gebaut und modernisiert worden sind. Sie gehören uns.«

»Derjenige, dem früher ein Haus gehört hat, soll es Ihrer Meinung nach nicht zurückerhalten?«

»Wenn es schon privaten Besitz geben muss, was ich nicht richtig finde, dann sollte er denjenigen gehören, die darin leben und arbeiten.«

»Leider muss ich Sie anklagen, einer haltlosen Fiktion nachzuhängen. Wenn vierzig Jahre Sowjetzone Sie nicht eines Besseren belehrt haben, sollten Sie sich fragen, mit welch perfekten Scheuklappen Sie herumlaufen und wie monströs der Balken vor Ihrem Kopf ist! – Bin ich zu hart?«

»Erklären Sie mir, was Sie meinen!«

»Ich muss mich doch nur umsehen, um zu erkennen, dass alles auf den Hund gekommen ist. Oder?« Er richtet sich auf seinem Hocker auf und blickt umher, als sprächen wir über diesen Saal. »Schauen Sie sich eine Stadt in Österreich an, in Italien, in Holland, fahren Sie nach Frankfurt, nach Hamburg, nach München! Ganz gleich wohin, nur in den Westen! Das reinste Paradies, verglichen mit jeder beliebigen Stadt im Osten. Und warum? Weil es Eigentümer gibt, tatsächliche Eigentümer! Nicht irgendwelche verblasenen Behauptungen, alles gehöre allen. Wenn allen alles gehört, gehört niemandem nichts, pardon, ich meine, alles niemandem! Schlafen Sie, oder haben Sie keine Augen im Kopf?«

»Wenn ich Ihren Gedanken aufgreife, dann müssten doch gerade Sie mir zustimmen, denn ich schaffe ja jene Eigentümer, von denen Sie so schwärmen.«

»Lieber Peter! Ihr vermeintliches Geschenk trifft Ihre Mieter wie ein Lottogewinn. Haben Sie je einen glücklichen Lottogewinner erlebt? Ihre Gabe wirkt desaströs, sie ist der goldene Apfel der Iris, also des Streites. Was glauben Sie denn, was passiert! Lebt eine Familie nicht im Frieden miteinander – und welche tut das schon –, beginnt ein Hauen und Stechen! Wem steht die goldene Kugel zu? Ihm? Ihr? Den Kindern? Oder den Großeltern, die früher dort wohnten, oder gar dem geschiedenen Mann, auf den noch der Mietvertrag läuft? Und wieso werden diejenigen belohnt, die schon jahrelang das Privileg genossen, in schönen, großzügigen Wohnungen zu leben? Wie sind die da überhaupt reingekommen? Durch welche Art von Beziehungen oder Leistungen? Die einen werden sofort verkaufen, weil sie dem Zaster nicht widerstehen können. Die anderen verkaufen und zigeunern fortan im Wohnmobil durchs Land. Sollen sie nur, sage ich, zum Glück leben wir in Freiheit! Der Kern des Problems ist: Was passiert mit den Häusern? Wer ist bereit, seinen Anteil am neuen Dach zu zahlen? Wer ist bereit, die Wasserleitungen aus dem letzten Jahrhundert zu erneuern oder endlich einen Fahrstuhl anzubauen? Die einen sagen: Wunderbar, lieber heute als morgen. Die anderen: Nie und nimmer, wir sind arbeitslos, woher sollen wir das Geld nehmen? Streit über Streit! Mord und Totschlag, und das Haus geht endgültig den Bach runter.«

»Was haben Sie nur für Ansichten über eine Hausgemeinschaft!«

»Ich habe lange genug unter solch paradiesischen Verhältnissen gelebt, ich brauche keine Nachhilfe. Ich weiß, wohin der Hase läuft. Schließlich werden die einen gezwungen, einen Kredit aufzunehmen – oder sie müssen schleunigst ausziehen!«

»Das ist ja meine Rede! Privatbesitz fördert das Schlechte im Menschen zu Tage!«

»Peter!«, ruft er so laut, dass sich selbst Serge nach uns umdreht. »Sie fangen schon wieder damit an! Diese Ansicht hatten wir doch bereits erledigt! Wollen Sie den totalen Verfall? Wollen Sie die jahrhundertealte Kultur Mitteleuropas zerbröckeln sehen? Das können Sie nicht wollen!«

Sascha Wolkow winkt dem Kellner. Er spricht mit ihm, aber nicht Deutsch, nicht Englisch, Französisch oder Russisch.

Olga steht zwischen Otto Gärtner und dem Maler Kazimir. Serge blickt auf die drei herab. Im Reden breitet er seine langen Arme aus, ein Riesenvogel, der von einem Bein aufs andere tritt, ja er hüpft sogar – und umarmt Olga. Otto Gärtner und der Maler Kazimir brechen in Gelächter aus.

»Und was sollte ich Ihrer Meinung nach tun?«, frage ich Sascha Wolkow.

»Gehen Sie verantwortlich mit den Ihnen anvertrauten Gütern um! Setzen Sie Ihre Häuser instand, machen Sie Schmuckstücke daraus! Leisten Sie Ihren Beitrag zum Aufbau des Landes, statt sich der Verantwortung zu entziehen! Dann vergeht Ihnen von selbst der Sinn, die Wohnungen zu verschenken. Dann müssen Sie den Kredit abbezahlen. Für ein gutes, für ein besseres Leben muss gearbeitet werden, dafür muss man sich auch mal krummlegen. Wer die Ärmel hochkrempelt und zupackt, wird belohnt. Sie müssen endlich die Erfahrung machen, dass sich Leistung auszahlt. Natürlich gibt es Menschen, denen wird ein Vermögen geschenkt, nur weil sie Monsieur Sohn oder Mademoiselle Tochter sind. Aber das ist nicht die Regel. Sie selbst sind doch ein Muster an Leistungswillen und Leistungsvermögen. Bekehren Sie sich endlich zu Ihren eigenen Prinzipien, Peter, anerkennen Sie die menschliche Natur! Handeln Sie nach dem Geschäftsprinzip!«

»Was meinen Sie mit Geschäftsprinzip? ›Leiste was, dann leiste dir was‹?«

»Genau, richtig! ›Do ut des‹, wie die alten Römer sagten. Ich gebe, damit du gibst. Wer miteinander handelt, führt keinen Krieg. Man muss sich nicht mögen, man muss nicht auf den Anstand, auf die Liebenswürdigkeit, den Idealismus des anderen hoffen, der einen sowieso irgendwann enttäuschen wird. Machen Sie Schluss mit solchen Kindereien, handeln Sie die Dinge zum gegenseitigen Vorteil aus! Ein besseres Prinzip gibt es nicht und hat es noch nie gegeben, nicht in dieser Welt. Denn es bedeutet Freiheit! Die uns Menschen mögliche Freiheit! Wenn Sie mich fragen, dann werden wir über die Römer eh nicht hinauskommen: Bürgerrechte! Die Achtung aller Nationen! Vor allem Gesetze, die das Eigentum schützen! Lieber Peter Holtz, denken Sie nach! Gestehen Sie Ihre Irrtümer ein! Bekennen Sie Ihre Schuld! Sie haben dem falschen System gedient! Sie standen der Entfaltung der Menschheit im Weg! Gott sei Dank sind Sie noch jung. Mit Eifer und Einsatz können Sie wieder wettmachen, was Sie versäumt haben. Erklären Sie die Geschäftsbeziehungen zur Grundlage Ihres Handelns! Nur so verteidigen Sie erfolgreich menschliche Werte. Denn nur unsere Marktwirtschaft beurteilt die Menschen nach ihrer Leistung, nicht nach ihrem Herkommen, ihrer Hautfarbe, ihren Neigungen.«

»In Südafrika klappt das aber nicht.« Ich zucke zusammen, ein Knall, als hätte jemand eine Flasche zerschlagen.

»Das ist nur eine Frage der Zeit«, sagt Sascha, ohne sich um das Geschehen, das sich hinter seinem Rücken abspielt, zu kümmern. Ich sehe nur, wie die Gäste zusammenströmen.

»Wenn sich Mandela nicht stur stellt, geht alles ganz

schnell. Wirtschaftliche Freiheit ist für die politische Freiheit eine Conditio sine qua non. Wirtschaftliche …«

»Entschuldigen Sie, das habe ich nicht verstanden …«

»Wirtschaftliche Freiheit ist eine Vorbedingung, darüber lässt sich nicht verhandeln, wenn Sie politische Freiheit anstreben. Allerdings ist wirtschaftliche Freiheit keine hinreichende Bedingung für politische Freiheit, denken Sie an das Zarenreich – aber ohne wirtschaftliche Freiheit geht nix. Zu den Dingen, die Marx übersehen hat, zählt das Gesetz, dass die individuelle Freiheit in wirtschaftlichen Dingen die politische Freiheit zwangsläufig in einem evolutionären Prozess nach sich zieht. An Menschen wie Ihnen, lieber Peter, ist es, die Fackel der Freiheit in die nächste Runde zu tragen. Sie haben einfach auf die falschen Triebkräfte gesetzt und sind nun dabei, melancholisch zu werden. Utopisches taugt nur dann etwas, wenn es bereits in der Gegenwart gelebt werden kann. Tun Sie es! Tun Sie es jetzt! Ergreifen Sie die Fackel des ökonomischen Denkens, der Freiheit und der Unabhängigkeit! Vor allem aber – noch so eine Conditio sine qua non – genießen Sie Ihr Leben! ›Enjoy! Have fun!‹, wie die Amerikaner sagen.«

»Das sind so viele Argumente auf einmal …«, gestehe ich.

»Ist Ihnen nicht gut, Peter?«

»Ich fürchte, ich habe diese alkoholische Limonade vorhin nicht vertragen …«

»Ihnen ist nicht vom Alkohol schwindelig, Peter, sondern weil Sie sich noch immer gegen das Offensichtliche sträuben. Es sind die alten Geister, die noch in Ihnen rumoren. Aber Sie schaffen das! Sie müssen Marx nur vom Kopf auf die Füße stellen. Sie müssen von den Bedürfnissen der Menschen ausgehen. Selbstverständlich braucht es Zwänge, Strafen, und es braucht Angebote. Mir müssen die Menschen doch nicht sympathisch sein, mit denen ich zu tun habe. Ich kann sie mir ja nicht backen. Aber die Geschäftsbeziehung zwingt zu gegenseitiger Freundlichkeit. Hier, trinken Sie einen Schluck Wasser! Cheers! Der Staat sollte die innere und äußere Sicherheit garantieren und ansonsten, da stimme ich Marx zu, an seiner Abschaffung arbeiten. Politik ist das Uninteressanteste, was es gibt. Sie werden sehen, wie schnell sie verschwinden wird. Die Politik wird verdampfen, weil mündige Menschen sie nicht mehr brauchen, weil sie selbst Verantwortung übernehmen. Sie können sich die Politik und die ganzen anderen Hokuspokus-Wissenschaften sparen, wenn Sie nur auf einen ordentlichen Wirtschaftswissenschaftler hören. Die Wirtschaftswissenschaften sind so wissenschaftlich wie die Physik. Sie sind nicht abhängig von normativen Entscheidungen, also nicht davon, was Sie oder ich oder Ihre Schwester oder mein Herr Sohn gut und richtig finden. Ökonomie ist objektiv. Man muss sie nur verstehen, dann gibt es keine Krisen mehr, keine Konjunktureinbrüche. Stattdessen können Sie sich stetigen, immerwährenden Wachstums erfreuen, eine schrittweise Verbesserung des Lebens aller Menschen – erst für die Tüchtigen, dann für alle! Der Osten hat dem falschen Ökonomen vertraut. Jedes Kind weiß doch, dass derjenige, der eine Belohnung erwarten kann, besser arbeitet als der, auf den keine wartet. Ist das so schwer zu verstehen?«

»Bisher hat mir die Bezahlung die Motivation eher verdorben.«

»Dann haben Sie das Atypische zum Allgemeinen erklärt – ein simpler, gravierender, dummer Fehler! Was ist so schlecht am Geld? Im Geld zeigt sich das Weltvertrauen des Menschen. Sie müssen den Schalter umlegen, lieber Peter, das Ruder rumreißen. Es ist noch kein besseres Mittel als Geld erfunden worden, um Gerechtigkeit herzustellen. Indem sie mir etwas abkaufen und ich Ihnen, respektieren wir einander. Wir haben gar keine andere Wahl, als einander im Glauben auf gegenseitigen Vorteil zu vertrauen. In gewisser

Weise machen wir einander zu Geiseln, verstehen Sie das? Jetzt brauche ich einen Whisky!«

Liegt es am Wasser oder daran, was Sascha Wolkow mir erklärt – allmählich wird es in mir wieder klar.

»Wissen Sie«, fährt er fort. »Ich hatte mal ein merkwürdiges Erlebnis. Auf einem Rückflug aus den Staaten wurde ich …«

»Woher kamen Sie?«

»Aus den Staaten, aus den USA, Chicago.«

»Sie waren mal in den USA?«

»Ein wunderbares Land, großartig. Von den USA haben wir alle viel zu lernen. Es ist das einzige Land, das bereit ist, mit Blut für die Freiheit anderer zu bezahlen.«

»Aber Vietnam? Chile!«

»Das war Kalter Krieg. Fragen Sie mal die Vietnamesen heute. Kein anderes Land lieben sie so sehr wie die USA, ich bin dort gewesen, glauben Sie mir. Chile war ein Irrtum, das hätte nicht passieren dürfen, obwohl … Was ich eigentlich erzählen will: Es war noch eine Stunde bis zur Landung in Paris, da fragt ein Steward, ob ich nicht Lust hätte, ins Cockpit zu kommen. Wie sich herausstellt, war das ein Geschenk von einem Kunden, der bei Air France arbeitet, dem hab ich ein Appartment verkauft, das ihn glücklich macht. Also ich das Treppchen im Jumbo nach oben und nach vorn. – Das können Sie sich nicht vorstellen, Peter, was sich da vor einem ausbreitet. Wie unser lieber Herrgott blicken Sie auf die Welt herab, wie Zeus vom Olymp! Kein Vergleich mit diesen lächerlichen Bullaugen. Ich sehe die Küsten der Bretagne und der Normandie, die südlichen Umrisse von England … Die Piloten scherzen herum, sie fragen dies und das, aber ich schaue und schaue – und mir laufen die Tränen übers Gesicht, so ergriffen bin ich. Eine unbändige Liebe zu unserer Erde erfasst mich in diesen Augenblicken und hat mich bis heute nicht mehr verlassen. Diese halbe Stunde im

Cockpit hat mich verwandelt, sie hat mir die Liebe zu unserem gemeinsamen Planeten eingepflanzt, sie prägt mein ganzes Tun und Handeln. Deshalb bin ich so, wie ich bin.«

Sascha Wolkow fährt mit Daumen und Zeigefinger von den äußeren Augenwinkeln zu den inneren und über die Nasenwurzel, wo sie sich berühren. Plötzlich sehe ich wieder Mihai inmitten der Gäste, die vor ihm zurückweichen. Er hält eine Flasche über den Kopf, eine Weinflasche. Am Hals gefasst, schwenkt Mihai sie drohend, und mit einer weit ausholenden Bewegung schlägt er sie sich selbst auf den Schädel und – verschwindet.

»Glauben Sie, ich könnte mit den Häusern für Olgas Kredit bürgen?«, frage ich Sascha Wolkow.

»Natürlich! Stellen Sie Olga eine Galerie hin. Kunst ist der höchste Ausdruck menschlichen Daseins. Bauen Sie der Kunst einen Tempel!«

Sascha Wolkow ergreift sein Glas und prostet mir zu.

»Auf Sie, Peter! Auf gute Geschäfte!«

Wie durch ein Wunder steht ein Glas mit dieser alkoholischen Limonade für mich bereit.

»Auf den Tempel«, sagt Sascha.

»Auf den Tempel«, antworte ich.

ZEHNTES KAPITEL

In dem Peter aus Dresden in die Zukunft aufbricht. In Berlin fehlt ein Mensch. Die erste Anwendung des neuen Wissens.

»Serge ist schwer drogenabhängig gewesen«, sagt Olga. »Jetzt kriegt er Taschengeld, wie ein Teenager.«

»Ich mag ihn, ich mag beide«, sage ich und schlage vor lauter Freude auf die Hupe.

Seit ich mit Sascha angestoßen habe, beschleicht mich die Ahnung, ich könnte wieder in Übereinstimmung mit der Welt leben, die mich umgibt. Ich bin voller Tatendrang und Unternehmungslust. Saschas Ermutigung, das Geschäftsdenken anzuwenden, hat umgehend Wunder gezeitigt. Olga ist bereit gewesen, mit mir einen Mietvertrag abzuschließen für das leerstehende Haus in der Auguststraße, das ich nach ihren Wünschen zum Galeriehaus umbauen werde. Im ersten Jahr kann sie mietfrei darüber verfügen, vom zweiten Jahr an soll es eine flexible Monatsmiete geben, die durchaus auch ansteigen kann.

Wegen der Bilder fahre ich längst nicht so schnell, wie ich könnte. Ich sehe schon das Galeriehaus vor mir, Ausstellungsfläche auf zwei Etagen, Büro und Gästezimmer, falls Künstler mal übernachten wollen. Ich will unbedingt ein Bad und eine Küche einbauen. Ich würde das so gern mit Olga besprechen, aber sie schläft.

Die Streitereien von Holger und Susanne, überhaupt die ganze Wichtigtuerei in Sachen Politik, erscheint mir plötzlich nur noch lächerlich. Es ist, als läge unser Besuch bei ihnen Jahre zurück.

Als ich in Treptow in unsere Straße einbiege, finde ich zuerst keinen Parkplatz. Vor unserem Haus stehen zwei Polizeiwagen, überhaupt parken hier mehr Autos als sonst.

Ich lasse Olga weiterschlafen. Die meisten Bilder kann ich auch allein tragen. Vor unserer Gartenpforte scheint jemand zu warten. Ein großer und ein kleiner Fotoapparat hängen um seinen Hals, einen dritten hält er auf mich gerichtet.

»Was wollen Sie?«, frage ich. Statt zu antworten, tritt er zur Seite und wendet sich ab.

»Himmel! Wo bleibt ihr denn!« Es ist Frau Schöntag, das Tuch um den Kopf gewickelt, als wollte sie einkaufen gehen. »Wo wart ihr so lange?«

»Ist was passiert?«

Frau Schöntag nickt und geht voraus ins Wohnzimmer. Dort sitzt Beate, und mit ihr am Tisch zwei Männer, die ich nicht kenne. Neben ihr steht einer in Uniform. Als er sich herumdreht erkenne ich ihn – unser ehemaliger ABV Ullrich.

»Wo ist Olga?«, fragt Beate und steht auf.

»Im Auto«, sage ich.

»Hol sie«, sagt Beate schroff.

Als ich zum ersten Mal wieder auf die Uhr sehe, ist es fünfzehn Uhr fünfzehn. Olga und Beate weinen fortwährend, allerdings abwechselnd, als wäre das immer nur einer von ihnen erlaubt.

Es klingelt kurz, Frau Schöntag lässt jemanden herein, wir drei schweigen wie auf Verabredung. In der Wohnzimmertür steht Beates Chef, der Oberbanker Karl-Heinz Schumann. Beate geht auf ihn zu. Sie umarmen einander. Er ist kleiner als sie. Es sieht aus, als würde sich Karl-Heinz Schumann von ihr trösten lassen.

»So blöd, so blöd!«, sagt Beate und kämpft gegen die Tränen. »Und ich hab ihn geschickt. Ich war's! So blöd!«

»Hör auf!«, sagt Olga. »Du hast ihn einkaufen geschickt, nicht in den Krieg!«

»Wir sind immer zusammen gefahren, immer. Ich dachte nur, es wäre gut, wenn er mal was allein schafft. Und ich koche inzwischen. Er wollte gar nicht, er wollte nur mit mir zum Einkaufen, wir sind immer zusammen gefahren.«

»Haben sie denn den … den – Täter?«, fragt Karl-Heinz Schumann.

»Bisher nicht«, sagt Olga. Sie zündet sich schon wieder eine Zigarette an. Auch Karl-Heinz Schumann holt seine Zigaretten heraus. Beide rauchen, als verrichteten sie damit eine Arbeit.

»Und – darf ich fragen …«, beginnt Karl-Heinz Schumann.

»Ich will das nicht wissen! Ich will's nicht!«, sagt Beate.

»Hermann kam gerade rein, als die zwei Gangster rausrannten«, sagt Olga. »Zwei oder drei Gangster. Die hatten Pistolen und das Geld aus den Kassen.«

»Ich will das nicht hören«, sagt Beate.

»Und als er kapiert, wer da rennt, wer da an ihm vorbeirennt, hat er sich auf den einen geschmissen und nicht mehr losgelassen. Er hat sich festgekrallt, wie ein Tier. ›Wie ein Tier‹, haben die Zeugen übereinstimmend gesagt. Und dann hat einer der Gangster zweimal geschossen …«

Olga sieht Beate an, die wiederum sie anstarrt.

Karl-Heinz Schumann und Olga rauchen weiter.

»Er war immer so verunsichert«, sagt Beate versonnen. »Vorgestern war er außer sich, weil er eine Qualle im Klo entdeckt hat. Er kommt in die Küche gestürmt. ›Eine Qualle!‹, ruft er, ›das ist doch ein Lebewesen! Das kann man doch nicht ins Klo werfen!‹ Mit der Schöpfkelle stürmt er wieder raus, er scheut sich, die Qualle mit der Hand herauszunehmen, nicht wegen der Hand, wegen der Qualle. Ich bin sprachlos. Eine Qualle im Klo? ›Das kann nicht sein‹, sage ich. ›Aber ich seh sie doch! Ich seh sie doch!‹, sagt er. Mein Gott, er hat recht, denke ich, als er sie rausfischt. Es sieht tatsächlich aus wie eine Qualle. Es ist die obere Schale der Küchenzwiebel, ich hab Heringssalat gemacht und hab das Stück Küchenzwiebel zusammen mit dem Rest aus dem Gurkenglas weggekippt. Warum ich denn eine Zwiebelschale ins Klo werfe statt in den Müll, fährt er mich an.« Beate schüttelt den Kopf.

Ich weiß nicht, warum mir ausgerechnet in diesem Augenblick die Tränen kommen. Als wäre nun endlich ich an der Reihe.

Beate reicht mir eines von ihren Taschentüchern. Der Spitzenrand fühlt sich unangenehm an, als ich mir damit die Nase abwische.

Frau Schöntag öffnet die Tür und nickt Beate zu. Sie hat

die Küchenschürze umgebunden und wirkt, als müsste sie sich für etwas entschuldigen.

»Mit seiner Tat wollte Hermann das Privateigentum schützen«, sage ich schließlich, »weil nur das Eigentum wirklich Fortschritt ermöglicht.«

Meine Schlussfolgerung kommt wohl für alle überraschend. Doch eine andere logische Erklärung für Hermanns Verhalten gibt es nicht. Mir widerspricht auch niemand. Und so bleibt meine Erkenntnis, da wir Frau Schöntag in die Küche folgen, als abschließendes Urteil im Raum stehen.

BUCH VIII

ERSTES KAPITEL

In dem Peter viele Freunde wiedersieht. Etwas fällt ins Grab. Eine Frau ist verzweifelt.

»Ich hätte geschworen, die Erste zu sein, die du begräbst«, flüstert Frau Schöntag. Sie bleibt rechts von mir stehen. Nur ein paar Schritte vom Grab entfernt bilden wir eine Vierer-Reihe: Beate, Olga, ich und Frau Schöntag. Hätte sie mir nicht erklärt, wie Beerdigungen ablaufen, würde ich jetzt die vielen Trauergäste begrüßen.

»Ganz ruhig, Peterchen«, sagt sie. »Petra läuft dir nicht weg. Sie wird dir kondolieren wie alle anderen auch.«

Ich bin nicht aufgeregt. Mich lenkt nur die Anwesenheit der Freunde und Bekannten ab. Am Grab bin ich unkonzentriert gewesen. Ich habe an nichts Besonderes gedacht, dann jedoch vergessen, Erde auf den Sarg zu werfen.

Die Lefèvres hingegen wissen, wie man sich von einem Toten verabschiedet. Sie halten ihre Hände gefaltet und harren vor dem Grab aus.

Als müsste Pfarrer Böhme die Zeit überbrücken, die sich das Ehepaar Lefèvre nimmt, schreitet er unsere kleine Reihe ab. »Danke!«, sage ich, als ich an der Reihe bin. »Für mich ist das wie die Eintragung in ein goldenes Buch gewesen.«

Pfarrer Böhme sieht mich verständnislos an.

»In Ihrer Predigt kam der Satz vor«, erinnere ich ihn, »›Schnell beschlossen Hermann, Beate und Olga Grohmann, sich des zwölfjährigen Peter Holtz anzunehmen.‹«

Pfarrer Böhme lächelt und wendet sich Frau Schöntag zu.

Nun kommt Joachim Lefèvre. Vorsichtig umarmt er Beate. Seit ich mich vor elf Monaten von ihm verabschiedet habe, um nach Dresden zu fahren, bin ich ihm nicht wieder begegnet. Beim Händedruck bin ich erneut überrascht, wie klein seine Hand ist. Allerdings drückt er fester zu als früher.

»Mein Beileid«, sagt er, wie er es schon zu Beate und Olga gesagt hat und nun auch zu Frau Schöntag sagt. Ein bisschen mehr hätte ich von ihm erwartet. Gudrun Lefèvre ergreift mit der linken Hand meinen rechten Unterarm. »Mein Beileid.« Auch ihr antworte ich mit »Danke!« und nicke.

Jetzt ist Klaus an der Reihe, der Klassenfeind. Er umarmt Beate und tut überhaupt so, als hätten wir heute nicht gemeinsam gefrühstückt. Olga hält ihm die Hand vor den Bauch wie ein Messer. Danach traut er sich nicht mehr, mich zu umarmen.

Die Nächste ist Hermanns medizinisch-technische Assistentin samt Ehemann. Von Frau Schöntag weiß ich, dass Hermann mal was mit ihr gehabt hat. Ihr Mann wollte sich scheiden lassen. Doch sie hat auch was bei ihm rausbekommen, weshalb alles beim Alten blieb. Mit Nachnamen heißt sie Herrmann, allerdings mit doppeltem R.

»Ihr Mann war wundervoll«, sagt Frau Herrmann zu Beate.

»Sie hatten einen großartigen Vater«, sagt sie zu Olga.

Ich frage mich, wo Hermann und Frau Herrmann es miteinander gemacht haben. Vielleicht auf dem Praxisstuhl?

»Du bist Peter«, sagt Frau Herrmann. Obwohl ich der Dritte bin, dem sie die Hand reicht, kleben immer noch Sandkrümel daran. Zu Frau Schöntag sagt sie nichts.

Die Lefèvres und Klaus sind nur ein paar Schritte weiter stehen geblieben. Klaus gibt Joachim Lefèvre Feuer und steckt sich dann selbst eine Zigarette an. Die drei wirken regelrecht heiter, als wäre die Beerdigung ein Theaterstück, das sie gerade verlassen haben.

Mir ist kalt. Der Mantel, den Olga aus Hermanns Schrank gezogen hat – ich besitze keine schwarze Kleidung und will mir nichts zulegen, was nur für Beerdigungen taugt –, ist ziemlich dünn. Und die Reihe der Wartenden ist lang. Dabei hat Hermann kaum Freunde gehabt, eigentlich gar keine. Das ist mir erst nach seinem Tod aufgefallen. Ich habe mindestens zwei, Ulf und Wolfgang. Auch Andreas Lefèvre ist gekommen. Für einen Moment bricht die Sonne hervor. Die Wolken sind groß und ziehen schnell.

Im selben Augenblick dröhnt etwas dumpf. Am Grab steht ein Paar, die Frau schluchzt. Ihr Oberkörper ist vorgebeugt, als krümmte sie sich vor Leid. Plötzlich scheint sie die Einzige zu sein, die Hermanns Tod schmerzt. Oder hat sie einen Anfall? Ihr Mann muss sie mit beiden Armen festhalten, derart schüttelt es sie. Er führt sie zur Seite, mit der Hüfte muss er sie vom Grab abdrängen. Kurz blickt er über die Schulter zu uns. Außer ihm weiß wohl niemand, was mit ihr ist und was sie auf den Sarg geworfen hat.

Ulf schiebt Lilly vor sich her. Sie deutet einen Knicks an, als sie Beate ihr Beileid bekundet.

Karl-Heinz Schumann erscheint mit etlichen Kolleginnen und Kollegen von Beate, die meisten kenne ich vom Sehen. Mitten unter ihnen tritt Kolja ans Grab und bekreuzigt sich mehrmals. Seine Lippen bewegen sich. Kolja aus Leningrad ist gestern aufgetaucht. Beate und Olga haben ihn sofort erkannt. Kolja ist Olgas sowjetischer Brieffreund aus Schulzeiten, der sie vor zehn Jahren besucht hat, weil sein Vater als Offizier in die DDR versetzt worden war.

»Gottes Beistand«, sagt er und überreicht Olga fünf rote Nelken. »Gottes Beistand«, sagt er auch zu mir. Dasselbe wünscht er Frau Schöntag.

»Ich hab in der *Bild*-Zeitung dein Foto gesehen«, sagt eine Frau – vor mir steht meine Mutter! »Es tut mir sehr leid für euch. Ich dachte, ich komme, um euch zu sagen, dass es mir leidtut. Das ist besser, als es nur zu schreiben.« Ich bin so überrascht, dass ich gar nichts erwidere.

»Das hätte nicht passieren dürfen«, sagt sie zu Frau Schöntag.

»Meine Mutter«, flüstere ich ihr zu.

»Wer bitte?«

»Das ist meine Mutter«, sage ich und sehe, wie sie auf Joachim Lefèvre und Klaus zusteuert. Sie begrüßt beide mit Handschlag und stellt sich vor.

Wer kondoliert hat, scheint Hermann von einem Moment auf den anderen zu vergessen. Sie schnattern und scherzen, als befänden sie sich auf einer Brigadefeier. Diejenigen hingegen, die noch vor dem Grab warten, verhalten sich still oder haben sogar mit Tränen zu kämpfen.

»Ist das da hinten nicht deine Carmen?«, flüstert Olga. »Scharfe Braut!« Petra ist ganz in Schwarz gekleidet, nur ihre Ohrklipps sind rot.

»Ruhe«, zische ich in Richtung von Joachim Lefèvre, der meine Mutter und Klaus zum Lachen gebracht hat.

»Lass sie«, sagt Frau Schöntag.

Beate zieht Petra an sich und hält sie fest. Danach hat Petra Tränen in den Augen.

»Ich bin Petra«, sagt sie zu Olga. »Ich hab Hermann sehr gemocht.«

»Ich bin Olga«, sagt Olga. Die beiden betrachten einander aufmerksam.

»Bist du mir bös?«, flüstert Petra, als wir uns umarmen.

»Nein«, sage ich.

»Wie schön, mein Mädchen«, sagt Frau Schöntag zu ihr und breitet die Arme aus.

Als nur noch wenige am Grab warten, kehrt der Mann zurück, der die schluchzende Frau weggeführt hat. Seine Mantelschöße fliegen abwechselnd bei jedem Schritt auf.

»Wie geht es Ihrer Frau?«, fragt Beate.

»Sie ist nicht meine Frau. Wir arbeiten nur beide in der Glühlampenbude.«

»Sie kannten meinen Mann?«

»Wir waren doch alle seine Patienten«, sagt er. »Sie hat ihm manchmal die Praxis geputzt.«

»Eine Reinigungskraft?«

Er nickt. Als er mir die Hand drückt, schließt er kurz die Augen.

»Dürfte ich Sie mal sprechen?«, flüstert er dann. »Eher was Persönliches.« Er kondoliert Frau Schöntag und bleibt zwei Schritte weiter stehen.

Da ich von jenen, die noch vor dem Grab warten, niemanden kenne, trete ich zu ihm.

»Hermann hat viel von Ihnen erzählt, er hat Sie bewundert«, sagt der Mann von der Glühlampenbude und sieht mich dabei an, als würde er Hermanns Aussage überprüfen.

»Lange Rede kurzer Sinn«, fährt er schnell fort, »Hermann glaubte, Sie würden das Herz am rechten Fleck tragen, und deshalb wende ich mich an Sie. Wir wollen unseren Betrieb von der Treuhand kaufen, und Hermann hat gesagt, dass er da mitmacht und sich beteiligt. Und jetzt wäre es schön, wenn Sie an seiner statt mitmachten. Eigentlich gehört der Betrieb ja bereits uns, er ist ja Volkseigentum. Aber wenn die Glühlampenbude schon jemand kaufen muss, dann wir. Und da brauchen wir jede müde Mark, um über die Runden zu kommen. Können wir auf Sie zählen, quasi als Erbe von Hermann?«

Mir ist es unangenehm, dass die anderen alles mithören müssen. Ich mache einen Schritt, er aber rührt sich nicht.

»Sie wollen so weiterwursteln wie bisher?«, frage ich ihn. »Alle sind verantwortlich, keiner ist verantwortlich? Halten Sie das für eine gute Idee?«

Er fixiert mich. »Sie sind ein Erbe von Hermann«, sagt er. »Und Hermann wollte sich beteiligen.«

»Wir haben uns lange genug selbst belogen«, sage ich und

reiche ihm zum Abschied die Hand. »Wir sollten endlich damit aufhören. Das sind wir auch Hermann schuldig.«

»Wollen Sie es sich nicht noch mal überlegen?«, sagt er leise, ohne meine Hand zu ergreifen.

»Nein«, sage ich. »Wir brauchen Eigentum, aber nicht jeder ein bisschen. Das Volk hat gewollt, dass es kein Volkseigentum mehr gibt.«

»Da wäre ich mir nicht so sicher«, sagt er feindselig.

Ich hauche mir in die Hände, die genauso kalt sind wie meine Füße.

»Hauen Sie endlich ab!«, ruft Olga.

»Das ist von 1966, von einem Leipziger Universitätsprofessor«, sagt er und hält mir ein zusammengefaltetes Papier hin. »Nehmen Sie, hier, von 1966!«, wiederholt er. Ohne Gruß geht er davon.

»Arschloch«, sagt Olga. Zum Schluss kommen zwei Frauen, von denen wir nicht wissen, wer sie sind.

»Geschafft«, sagt Beate.

Ich komme den uniformierten Männern des Bestattungsinstitutes zuvor, sie weichen mit ihren Schaufeln wieder zurück. Um mich zu konzentrieren, rezitiere ich leise den *Prometheus*. Dann falte ich den Zettel auseinander. Auf vier Schreibmaschinenzeilen verteilt lese ich langsam: »Der Sozialismus bleibt die einzige Lösung, trotz seiner Diskreditierung durch eine Praxis, die manche Ansprüche erfüllt, aber den Anspruch, der der Mensch ist, geflissentlich überhört und verleumdet.«

Ich zerreiße den Zettel und will ihn schon ins Grab werfen, was mir im letzten Moment aber unpassend erscheint.

»Du bist ein Held, Hermann«, sage ich leise, kehre den restlichen Sand zusammen und lasse ihn aus beiden Händen hinab auf seinen Sarg rieseln.

ZWEITES KAPITEL

In dem Peter der Bitte eines Anrufers erliegt und der Lektüre fremder Briefe verfällt. Dunkle Leuchtreklame.

Beate ist noch im Bad, als morgens das Telefon klingelt.

»Sattler«, sagt eine Männerstimme – und schweigt.

»Wer ist da?«

»Sattler«, wiederholt er im selben Tonfall.

»Ja, und?«, frage ich schließlich. »Was möchten Sie?«

»Ach, wenn es danach ginge, was ich möchte«, sagt er gespielt wehmütig. »Sie wissen doch, warum ich anrufe.«

»Nein, das weiß ich nicht.«

»Ich werde Sie nicht noch mal um Hilfe für unseren Betrieb bitten. Ihren Standpunkt kenne ich ja nun.«

Ich erwidere nichts, obwohl mir das schwerfällt.

»Es geht um die Briefe«, sagt er. »Elke will ihre Briefe an Hermann zurück.«

»Wollen Sie – seine Witwe sprechen?« Zum ersten Mal verwende ich diesen Ausdruck für Beate.

»Das sollten Sie ihr ersparen. Sie möchten doch ein guter Sohn sein, oder?«

»Ich weiß nicht, was Sie wollen«, sage ich.

Er schnauft. »Sie haben ja gesehen, wie Elke sich aufgeführt hat. Sie ist die Geliebte von Hermann Grohmann gewesen. Elke hat Grohmanns Briefe ins Grab geworfen. Und nun will Elke ihre Briefe an ihn zurück. Klaro?«

»Da sind Sie bei mir an der falschen Adresse«, sage ich.

»Für Elke ist's unerträglich, ihre Briefe in den Händen von Grohmanns Frau zu wissen.«

»Was haben Sie denn damit zu tun?«

»Nichts, gar nichts. Elke ist meine Schwägerin. Ich tu's für die Familie«, sagt er. »Für Elke ist das alles schlimm genug. Ein Schlussstrich, ein neuer Anfang – haben wir alle nötig.«

»Wie lange liegt die Sache denn zurück?«

»Gar nicht!«, sagt er. »Überhaupt nichts liegt zurück.«

»Wäre es nicht besser …«, sage ich. Beate kommt geschminkt aus dem Badezimmer und geht in die Küche. Der ganze Flur duftet nach ihr.

»Was denn?«, fragt er.

»Wäre es nicht besser … sie käme selbst?«

Sattler lacht auf. »Tun Sie einfach, was Sie können! Das hilft allen, wirklich allen!«

»Das geht nicht«, sage ich.

»Natürlich können Sie es!«

Beate streift mit der Hand über meine Schulter. »Tschüss!«, flüstert sie und legt den Zettel neben das Telefon.

»19.45 Uhr, Eis nach Kosmetik? Danach Verträge in Bank! Kuss, B.«

»Was gibt's da noch herumzugrübeln?«

Ich höre, wie Beate die Tür von außen zuzieht.

»Mensch, Junge! Bring die Sachen doch erst mal in Sicherheit. Dann kannste dir immer noch überlegen, was du tun willst, in Ordnung? Wiederhören.« Sattler legt auf, während ich noch »Wiederhören« sage.

In unserer Wohnung gibt es keine Schublade, kein Fach, das abzuschließen wäre. Ich nehme den Praxisschlüssel und gehe hinunter. Hermanns weiße, ausgetretene Schuhe stehen noch da, und auch der Kittel hängt wie immer an der Innenseite der Tür zum Behandlungszimmer. Der Schlüssel für den Schreibtisch steckt in der Schublade. Außer einer angebrochenen Packung französischen Konfekts – »Mon chéri« steht auf der roten Schachtel – kullern nur Stifte herum. Ganz hinten liegen alte Kalender. Mit demselben Schlüssel lassen sich auch die anderen Schreibtischtüren öffnen. Die dritte Schublade rechts ist voller Briefe, die Kuverts fehlen. Die Handschrift ist selbst für mich gut lesbar, obwohl sich alle Buchstaben zurücklehnen, als fürchteten sie den folgenden. Sie beginnen alle: »Mein lieber Hermann«, und enden: »Deine Dich liebende E.«, manchmal folgt ein PS, das nur mit Anfangsbuchstaben unterzeichnet ist, »D. D. l. E.«.

In der obersten Schublade finde ich eine weiße Plastetüte, darauf Abbildungen von Münzen. Ich nehme die Sparbücher, Hermanns SV-Buch, sämtliche Impfausweise der Familie und ein paar lose Papiere heraus und packe stattdessen die Briefe hinein.

Schon seit Tagen will ich das Laub im Garten der Villa zusammenrechen. Was ich an Unterlagen für die Kreditanträge gefunden habe, liegt bereit. Statt meine Arbeitsschuhe anzuziehen, nehme ich die Briefe wieder aus der Plastetüte. »Mein lieber Hermann! Der Hosenanzug ist sehr schön! Sehr! Aber trotzdem, ich muss mich immer noch überwinden, selbst wenn ich allein in der Wohnung bin. Ohne Dich, mein Glück, käme ich doch nie auf die Idee, so was zu tragen. Meine Beine und meinen Po betrachte ich erst wieder, seit Du sie liebst. Noch fünfmal schlafen, bis wieder Dienstag ist. Wenn mir jemand gesagt hätte, ich würde die Wochenenden verwünschen …« Zwei Seiten weiter, schon gegen Ende, schreibt Elke: »Du bist der Traum meines Lebens. Verzeih mir bitte, dass ich schon wieder geweint habe, statt unsere Stunde einfach nur zu genießen!« Ihr Ausrufezeichen ist ein Herz mit einem Punkt darunter. Und das »E« am Ende von »Deine Dich liebende E.« ist bis zur Unkenntlichkeit mit Schnörkeln versehen. Darüber steht: »Neu-Hohenschönhausen, den 9. Oktober 1987«.

Ich überlege, was ich am 9. Oktober 1987 gemacht habe. Ich kann mich nicht mal mehr an den 7. Oktober erinnern, den 38. Jahrestag der DDR. Das verstimmt mich, ja, es quält mich, als hätte ich die Gelegenheit verpasst, Hermann und Elke zu begegnen. Ich kann ihn mir mit dieser Frau nicht vorstellen. Ich sehe immer nur meinen Hermann.

Auf dem Teppich sitzend, sortiere ich Elkes Briefe nach Jahren, dann nach Monaten und Tagen. Der erste Brief ist vom 30. September 1985 auf verziertem Briefpapier, später dann karierte Blätter, zuletzt weiße.

Bis zum Abend habe ich alle Briefe gelocht und chronologisch in einen Leitz-Ordner geheftet. Serge hat mir diese Art der Aufbewahrung für alle meine Papiere empfohlen. Für jedes Haus habe ich bereits einen angelegt.

Erst auf der Straße merke ich, dass ich seit dem Frühstück nichts gegessen habe. In der Milchbar bestellen Beate und ich immer Schwedeneisbecher, Vanilleeis mit Eierlikör und Apfelmus, meistens mit einer zusätzlichen Portion Eierlikör. Doch die Milchbar ist dunkel, sie hat Ruhetag, das heißt, es gibt sie gar nicht mehr. Das Mobiliar fehlt, sogar der Putz ist von den Wänden abgeschlagen, eine Schubkarre mit Zementsäcken steht mitten im Raum, zerbrochene Ziegelsteine liegen herum. Ich drehe mich um, als hätte ich mich verlaufen. Die Neonröhren über dem Eingang, die in kleiner Schreibschrift den Namen »mocca milch eisbar« bilden, beruhigen mich, wie die vertraute Grußformel in einem Brief.

DRITTES KAPITEL

In dem Peter sich um einen Kredit bemüht. Betrachtungen über das Verleihen von Geld, über Kosmetik und Bierdeckel unter Regalen. Wie lange ein Geruch braucht, um zu verschwinden.

Beates neues Büro erscheint mir doppelt so groß wie das alte, dafür muss man ein Stockwerk höher steigen. Der Teppichfußboden ist neu und flauschig. Normalerweise würde ich die Schuhe ausziehen. Allerdings riecht er unangenehm scharf. Beate ist so schnell, dass ich nicht dazu komme, ihr den Mantel abzunehmen. Schon sitzt sie hinter ihrem neuen Schreibtisch und deutet auf einen der dunkelblauen Stühle davor – oder sind es Sessel? Die Längswand nehmen weiße Regale ein, die meisten Fächer sind leer. Offenbar ist der Fußboden so abschüssig, dass Pappstückchen – sind das Bierdeckel? – die Regale in der Waagerechten halten müssen. Hat man die Bierdeckel einmal entdeckt, stören sie, genau wie der Geruch.

»Hermann hat das hier schon gar nicht mehr gesehen«, sagt Beate. »Machen dir die Mieter zu schaffen?«

»Ein paar quengeln ganz schön.«

»Du musst die Fristen einhalten. Wenn erst mal Januar ist, ist's zu spät, geht alles ratzfatz.«

Ich lehne die Stirn gegen die Fensterscheibe, die Spitze des Fernsehturms glüht rot durch den nebligen Dunst.

»Komm, mir knurrt der Magen«, sagt Beate, »zeig mal dein Konzept, am besten gleich alles.«

Ihr Kostüm ist auch dunkelblau, zur Stewardess fehlt nur noch das Käppi.

»Mein Konzept besteht darin, mit Hilfe des Kredites Wohnungen und Häuser zu sanieren zur Freude der Mieter und von uns allen. Das erwirtschaftete Geld will ich wiederum möglichst schnell ausgeben, um noch mehr Häuser von Grund auf instand zu setzen.«

»Nimm mich nicht auf den Arm.« Beates Augen sind stark geschminkt, ihre Haut glänzt. Selbst ihr Lachen ist nach der Kosmetik verändert. Ich könnte nicht mal sagen, ob sie dadurch jünger oder älter wirkt.

»Wie stellst *du* dir denn eine florierende Wirtschaft vor?«

»Ist das deine Rechtfertigung dafür, was du mit Kolja gemacht hast? Jeder Banker, wirklich jeder, Peter, würde dich nach so einer Aktion für nicht geschäftsfähig erklären.«

»Auf jeden Fall besser, als das Geld in spätsozialistische Experimente zu stecken. Jemand, der was wagen will, aber ohne Starthilfe keine Chance hat, muss unterstützt werden!«

»Dafür gibt es Banken, Peter.«

»Wir haben gegenüber der Sowjetunion ziemlich viel gutzumachen, weshalb …«

»Stopp mal, Peter! Halt! So darfst du nicht denken …«

»Was nicht denken?«

»So frei nach dem Motto, jeder Deutsche schenkt jetzt jedem Russen was oder jedem Polen …«, Beate streift sich die Schuhe ab, »oder jedem Tschechen?!«

»Es ist ein Vertrag mit Zinsen. Kolja wollte gar nichts geschenkt, er wollte einen Kredit, eine geschäftliche Beziehung.«

»Erzähl mir bitte nichts von Krediten. Bis wir denen einen Kredit geben – ich weiß gar nicht, wer den Russen überhaupt noch was gibt.«

»Ich kann dir den Vertrag zeigen«, sage ich und öffne den Aktenordner mit meinen persönlichen Unterlagen, die nichts mit den Häusern zu tun haben. Koljas Kreditvertrag ist ganz oben abgeheftet. Beate nimmt ihre getönte, randlose Brille aus dem Etui. Beim Lesen zucken ihre Mundwinkel. Sie lässt den Ordner mit dem Vertrag sinken.

»Warum liest du nicht zu Ende?«, frage ich.

Beate nimmt die Brille ab, steht auf, geht zum Fenster und sieht hinaus, als interessierte sie das rote Licht des Fernsehturms.

»Das ist ein Witz, Peter, ein Witz!«, sagt sie leise.

»Wieso? Er hat mich um Geld gebeten, er hat mir alles erklärt, es geht um Farben, Anstreichfarben, die importiert er aus der estnischen Republik. Lies doch! Vollkommen logisch und nachvollziehbar.«

»Ich dachte achttausend, du hättest ihm achttausend gegeben. Hier steht – hunderttausend!«

»Er wollte zuerst acht, dann dreißigtausend, aber am Ende unserer Diskussion hat er gesagt, dass hunderttausend besser und auch sicherer seien, also sicherer, dass es dann klappt, was er vorhat. Ich finde das nach wie vor einleuchtend.«

»Du hast ihm hunderttausend D-Mark in die Hand gedrückt und dafür diesen … diesen Wisch, diesen Dreck hier bekommen? … Mir wird ganz schlecht.«

»Das ist seine Unterschrift! Kolja hat sogar den Notar bezahlt!«

»Für hunderttausend hätte ich das auch getan!« Sie zieht ihre Kostümjacke aus und hängt sie über den Fensterknauf. »Wirklich nicht geschäftsfähig.«

Beate geht zum Sessel, lehnt sich darin zurück, die Füße auf der Tischkante. Durch die Strümpfe schimmern ihre rotlackierten Fußnägel.

»Ist dir wirklich schlecht?«, frage ich.

Beate hat die Augen geschlossen und antwortet nicht.

»Ihr macht das doch andauernd, jeden Tag«, sage ich.

»Aber nicht mit Leningrad!« Beate bäumt sich beim letzten Wort auf, zieht jedoch nicht schnell genug die Füße vom Tisch, fast wäre sie vom Stuhl gefallen.

»Selbst wenn alles schiefläuft, kriegen wir immer noch rein, was wir ausgegeben haben – Immobilien, Lebensversicherungen, Bürgschaften. Das nennt man Sicherheiten!«

»Woher soll Kolja das haben? Er hat ein lächerliches Monatsgehalt! In Rubeln! Eigentlich dürfen die auch gar keine Geschäfte machen. Das ist verboten. Das geht nur unter der Hand.«

»Du hast hunderttausend D-Mark an einen Russen verschenkt, der damit illegale Dinger dreht und den du nicht mal kennst?«

»Kolja ist doch vor zehn Jahren hier gewesen, noch als Komsomolze!«

»Kennst du irgendjemanden, der so wie du handeln würde? Kennst du auch nur einen Menschen, der das tun würde?«

»Das ganze System funktioniert doch so!«, wiederhole ich.

»Nein, so funktioniert eben nicht das ganze System. Das muss endlich mal in deinen Kopf!«

»Bitte sprich nicht so mit mir«, sage ich ruhig. »Auch wenn du über mehr Erfahrung verfügst, das bestreite ich ja nicht, bin ich mir sicher, das Richtige getan zu haben!«

»Jetzt auch noch die beleidigte Leberwurst! Du kannst mit deinem Geld machen, was du willst! Von mir aus kannst du's auch gleich verbrennen! Aber jetzt bist du hier, weil du einen Kredit aufnehmen willst!«

»Den Kredit stecke ich in die Häuser, das weißt du doch.«

»Hat dich dieser Serge dazu angestiftet? Hat er was von ›Risikokapital‹ gesagt?«

»Ich habe mit niemandem darüber gesprochen. Eigentlich wollte ich dich fragen, ob tausend Prozent Zinsen für zehn Jahre statthaft sind. Kolja hat gesagt, in zehn Jahren wäre das eine Million D-Mark. Plus Inflationsrate, das hat der Notar vorgeschlagen. Mit der Inflationsrate wird die Million noch multipliziert.«

»Welche Million denn?«

»Ich hab prinzipiell begriffen, wie dieses System funktioniert.«

»Das gibt es nirgendwo auf der Welt, Peter. Tausend Prozent Zinsen sind … sind einfach lächerlich, auch für zehn Jahre. Der verspricht dir tausend Prozent, weil er genau weiß … Ach, jedes Wort ist zu viel.«

»Kolja weiß, dass Gesetze für die Privatisierung in Vorbereitung sind, das ganze Land wird privatisiert – Betriebe, Wohnungen, Banken, sogar die Bodenschätze. Er sagt, sie müssen die eigenen Leute reich machen, sie brauchen eigene Reiche …«

»Wie aufopferungsvoll! Kolja hat sich bereit erklärt, mit deiner Hilfe reich zu werden!«

»Mach dich doch nicht dauernd darüber lustig! Warum sollen sie nicht auch in der Sowjetunion einsehen, dass sie den einzelnen Unternehmer brauchen, der Verantwortung übernimmt und vorangeht? Kolja hat das Zeug dazu! Alle werden etwas davon haben. Sogar wir!«

»Wenn du dich hören könntest! ›Sogar wir!‹«

Beate setzt sich aufrecht vor den Schreibtisch und krempelt die Ärmel ihrer Bluse wieder herunter, die sie eben erst aufgekrempelt hat. »Im Ernst, Peter. Ich zweifle, ob ich unseren Leuten empfehlen soll, dir Kredite zu geben. Du kannst nicht mit deinen kommunistischen Idealen Kapitalismus betreiben.«

»Es geht doch darum, unser aller Leben zu verbessern. Und das gelingt nun mal nur mit Privateigentum an Produktionsmitteln! A rising tide lifts all boats.«

»Was?«

»›Die Flut hebt alle Boote‹, das hat Sascha Wolkow gesagt. Das leuchtet mir ein, ich hab es begriffen!«

»Wie lange hat deine Mutter für dieses Geld gearbeitet? Wie lange muss ich dafür arbeiten!«

»Daran habe ich gedacht! Überleg mal … Meine Mutter hat sich durch die Flucht in den Westen auch den Reparationsleistungen entzogen. Selbst wenn das Geld noch ihr gehörte und selbst wenn es weg wäre, wäre das in Ordnung!«

»Du machst mir Angst.«

»Heißt das, du gibst mir keinen Kredit?«

»Ich darf das sowieso nicht. Es geht nur um die Unterlagen, die du dafür brauchst.«

»Serge hat Olga und mir ein Ingenieurbüro aus Westberlin besorgt, die bereiten die Ausschreibung vor. Das soll bis Weihnachten vorliegen. Und dann geht's raus, fünf oder sechs Baufirmen, alle seriös, wie Tomaschewski sagt.«

»Das ist das Ingenieurbüro?«

»Ein Freund von den Wolkows, Familienbetrieb. Sie haben uns gleich zum Mittagessen eingeladen und einen Schätzer geschickt. Schätzer sind eigentlich nicht zu kriegen, jetzt nicht mehr. In ein paar Tagen weiß ich, was das in der Auguststraße wert ist und in der Moosdorfer. Ich will auch das in der Kiefholzer schätzen lassen, das besetzte Haus hinter der Ernst-Schneller, um eine realistische Grundlage zu haben.«

»Besetzt? Zahlen die nichts?«

»Das stand leer. Vor zwei Jahren haben sie uns geholfen, das Dach zu flicken.« Ich reiche Beate die Unterlagen.

»Nie und nimmer hätte dieser Russe bei uns übernachten dürfen«, sagt sie leise und setzt ihre Brille wieder auf. »Nie und nimmer.«

Ich sehe zu, wie sie zu lesen beginnt und sich Notizen auf einem Block macht. Beate wirkt eifrig, fast so, als spielte sie mir eine Arbeit vor, die ich erraten muss. Sie fasst an ihre große getönte Brille, obwohl sie tadellos sitzt. »Und Eigenmittel? Die Hunderttausend wären Gold wert gewesen!«

»Sascha Wolkow kauft mir zwei Häuser ab. Wir warten auf die Schätzung.«

»Aber das ist doch der, der dir den Schätzer geschickt hat!«

»Pro Haus kriege ich mindestens eine Million, mindestens!«

Beate notiert sich auch das. Sie holt einen großen Taschenrechner aus der Schublade, auf dem das Signet der Deutschen Bank prangt.

Obwohl ich nun Zeit genug habe, um Beates Gesicht zu betrachten – es ist eigenartig, dass man die entscheidende Arbeit nie selbst macht –, kann ich nicht sagen, was sich darin verändert hat. Liegt es an der Kosmetik? Da ist etwas, das nicht zu ihr gehört, so was wie die Pappdeckel unter den neuen weißen Regalen.

»Was ist?«, fragt sie und sieht kurz auf.

»Nichts«, sage ich und wende mich ab. Es ist ja tatsächlich nicht der Rede wert. Auch die Pappdeckel stören nicht, wenn man nicht immerzu hinsieht. Und zu riechen ist eigentlich auch nichts mehr.

VIERTES KAPITEL

In dem Peter Frau Schöntag als Chefsekretärin einstellt. Die tägliche Post und die Aufgaben eines Chefs.

»So nimmt das kein gutes Ende.« Frau Schöntag steht in meinem Zimmer und betrachtet die verschiedenen Stapel mit Briefen und Formularen auf meinem Schreibtisch, eigentlich ein Jugendschreibtisch, den mir Beate und Hermann bei meinem Einzug 1976 geschenkt haben. »Du brauchst dringend eine Sekretärin!«, sagt sie und streicht sich über den Hinterkopf, weil der spärliche neue Haarflaum vom Kopf absteht wie bei einem Baby. Am Abend beschließen Beate, Frau Schöntag und ich, Hermanns Praxis auszuräumen und zu renovieren, um Platz für meine Immobilienverwaltung zu schaffen.

Bei Möbel-Hübner in Westberlin kaufen wir zwei neue, moderne Schreibtische, die vorerst in den beiden Wohnzimmern von Frau Schöntag Platz finden. Das eine, in dem die ebenfalls neuerworbene elektrische Schreibmaschine steht, nennt Frau Schöntag das »Vorzimmer«, das andere ist mein Reich. Zwischen den Buchregalen, der alten Vitrine und den beiden Kommoden nehmen sich die Schreibtische wie Campingmöbel aus.

Wir haben Sprechzeiten für die Mieter eingeführt. Frau Schöntag hat schon Stühle aus Hermanns Wartezimmer in den Hausflur stellen müssen. Von den alten Praxisräumen aus, in denen ich täglich arbeite, bis mir die Augen zufallen, kann ich das aufgebrachte Gerede von draußen hören. Sie befürchten höhere Mieten nach der Sanierung und sind ganz verzweifelt, wenn Frau Schöntag ihnen ihre Ängste bestätigt. Nennt sie meinen Namen, könnte man glauben, ich säße zehn Etagen höher hinter einem Schreibtisch mit drei Telefonen.

Frau Schöntag meldet sich mit »Immobilienverwaltung Holtz«, obwohl die meisten Anrufe noch für sie privat sind. Unsere Organisation und das ganze Drum und Dran haben wir uns von der Berliner Firma von Sascha Wolkow abgeschaut, in der wir zwei Tage hospitieren durften. Sascha Wolkows Firma residiert in einer riesigen Wohnung am unteren Kurfürstendamm und beschäftigt bereits über zehn Frauen – jedenfalls haben wir ausschließlich Frauen zu Gesicht bekommen. Frau Schöntag hat sich sofort, wie sie es nennt, die Struktur erklären lassen. Sie kann besser planen als ich. Ich muss mich um Reinigungsfirmen kümmern. Denn die Häuser in Westberlin werden nicht mehr von den Mietern selbst geputzt. Ich weiß nicht, ob sich das auch bei uns durchsetzen wird, schließlich erhöht das die Miete. Morgen führen wir Bewerbungsgespräche, um drei Hausmeister und eine Buchhalterin einzustellen.

»Und einen Baubeauftragten«, fordert Frau Schöntag, »zumindest für die nächsten Jahre.«

»Und was mache ich, wenn ich mit dem Renovieren fertig bin?«

»Ein Chef muss Ideen haben, wie es mit dem Betrieb weitergeht. Und vor allem muss er es dahinbringen, dass der Laden auch ohne ihn läuft.«

»Dann bin ich ja überflüssig!«

»Ach, Junge! Du musst uns Dampf unterm Hintern machen. Und du musst dir endlich ein Gehalt zahlen!«

»Warum soll ich mir selbst was zahlen? Das gehört doch alles mir!«

»Aber du bist auch dein Angestellter, das haben sie uns ja lang und breit erklärt.«

»Auf dem Hauskonto sind zwei Komma acht Millionen, und das ist nur die Anzahlung, ich brauche nichts!«

»Hast du überhaupt eine Krankenkasse?« Frau Schöntag schreibt unentwegt auf einen Block. »Lebensversicherung? Das machen wir, wenn der Mende kommt, dann erledigen wir den ganzen Versicherungskrempel. Du musst dich privat versichern, du musst dir so fünf- oder sechstausend zahlen, mindestens!«

»Geht das nicht automatisch? Als Bürger dieses Landes bin ich doch automatisch versichert! Und wieso so viel? Haben Sie gefragt, was der Geschäftsführer dort verdient?«

»Das tut man nicht.«

»Warum?«

»Das ist wie mit der Religion oder der Sexualität, darüber spricht man nicht.«

»Ich kann mir unmöglich sechstausend zahlen! Da merkt ja jeder, dass es geschummelt ist.«

»Du trägst die Verantwortung.«

»Das ist doch keine Arbeit!«

»Das kannst nur du. Die andere Arbeit kann jeder! Ich zum Beispiel und die Hausmeister und der Bauspezialist und die Buchhalterin. Hoffentlich finden wir eine gescheite.«

»Und was soll ich mit dem ganzen Geld?«

»Dich gut einkleiden, dir das Leben angenehm machen, Weihnachtsgeschenke kaufen – unterschreib!«

Frau Schöntag schiebt mir die Unterschriftenmappe zu. Eine prompte und freundliche Antwort, meint sie, beruhige die Mieter. Ich weiß nicht, warum die alle denken, ich sei ein

Unmensch geworden. Selbstverständlich muss saniert werden! Und kostenlos ist das eben nicht zu haben. Was gibt's da zu erklären? Ich habe mir diesen Sesselfurzer-Posten nicht ausgesucht. Aber ich akzeptiere ihn. In dieser Funktion kann ich der Gesellschaft am nützlichsten sein.

»Das einzige Haus, das ich nicht kenne«, sagt Frau Schöntag, »ist das Bordell. Kommt daher dein Bargeld?«

»Ja«, sage ich.

»Das muss sich ändern, Junge! Das bringt dich in Teufels Küche.«

Sobald Frau Schöntag »Junge« sagt, vermag ich nicht zu widersprechen. Sie hat das Wort von Hermann übernommen wie einen Hut oder eine Uhr.

»Und hier noch zwei Briefe, die du am besten unter Öffentlichkeitsarbeit verbuchst. Der eine kommt von einem gewissen Professor Holtz, der andere« – sie blättert in der Mappe und zieht ein Blatt heraus, es ist so steif wie eine Urkunde – »sieh mal den Umschlag, unglaublich, ›Herrn Peter Holtz in Ost-Berlin Schrägstrich Treptow‹, mehr nicht. Vom 27. November, nur drei Tage! Verrückt, was?«

»Die kennen mich, wegen der Postsäcke.«

»Also: ›Sehr geehrter Herr Holtz. Durch Zufall haben wir den Artikel über Sie in der *Super-Illu* gelesen. An und für sich lesen wir solche Hefte nicht, aber dieses fanden wir auf unserem Platz im Zugabteil. Der Artikel über Ihr zweifaches Unglück, über den dramatischen Verlust Ihrer Eltern und über den unglückseligen Tod Ihres Stiefvaters, von dem Ihre leibliche Mutter in der *Super-Illu* Zeugnis ablegt, hat uns betroffen gemacht. Nun möchten wir Sie aber bitten, uns mitzuteilen, ob die Darstellung so, wie sie abgedruckt ist, auch tatsächlich der Wahrheit entspricht. Bitte sehen Sie, lieber Herr Holtz, uns diese Frage nach. Aber bei solch bunten Blättern ist Skepsis stets angebracht, wie Sie vielleicht schon selbst erleben mussten. Wir wünschen Ihnen viel Kraft in dieser für Sie so schweren Zeit und verbleiben mit freundlichen Grüßen als Ihre Helene Sakowski nebst Günther Sakowski.‹ Und drunter steht noch: ›Ein gleichlautendes Schreiben geht mit derselben Post an die Leserbriefabteilung der *Super-Illu.*‹ Die beiden wohnen in Saarbrücken.« Frau Schöntag reicht mir Kuvert und Brief.

»Woher soll ich denn wissen, ob das stimmt?«, frage ich.

»Vielleicht tust du ihnen leid, und sie wollen dir was schenken«, sagt sie und fährt sich über den Hinterkopf. »Auf jeden Fall sollten wir antworten.«

»Aber was?«

»Das hier passt dazu, hör mal.« Frau Schöntag schlägt eine Seite um. »Also: ›Sehr geehrter Herr Holtz. Ich wähle diese Anrede, weil sie den Tatsachen Rechnung trägt. Denn weder gibt es eine nennenswerte persönliche Verbindung zwischen uns noch irgendeine verwandtschaftliche. Trotzdem sehe ich mich genötigt, der Darstellung von Karin Holtz, geborene Löschau, die sie in der sogenannten *Super-Illu* von sich gibt, entschieden zu widersprechen. Sowenig wie Sie mein Kind sind, bin ich Ihr Vater. Die Behauptung der Karin Holtz, ich habe Sie gezeugt, ist falsch. Als sie mir im Februar 1962 offenbarte, schwanger zu sein, wusste ich, dass ich nicht der Vater des Kindes sein konnte. Meinen Wunsch, sich mir hinzugeben, hatte sie bis dahin immer mit dem Hinweis auf Verlobung und Heirat zurückgewiesen. Dass wir trotz ihres Fremdgehens zusammenblieben, lag einzig und allein daran, dass die Kommunisten die Mauer gebaut hatten, weil ihnen die Leute davonliefen und ich in der ständigen Gefahr lebte, von Karin Holtz angezeigt zu werden. Da ich nicht riskieren wollte, ins Kittchen zu wandern, musste ich der Heirat zustimmen, und Sie wurden quasi auch zu meinem Kind. Dass Karin sich dann für mich und gegen ihr Kind entschied, muss sie Ihnen erklären. Ein von mir gezeugtes Kind hätte ich niemals bei den Kommunisten zurückgelassen.

Sollten Sie Hilfe für einen Neuanfang benötigen, so bin ich bereit, Sie im Rahmen meiner Möglichkeiten zu beraten. Gegenüber vermeintlichen Ansprüchen werde ich mich mit allen Mitteln, die uns der Rechtsstaat bietet, zur Wehr zu setzen wissen. Gruß, Sigmund M. Holtz‹.«

Eine Weile betrachte ich seine Unterschrift, ein Kürzel, das nicht dazu gedacht ist, entziffert zu werden. Immer noch trifft es mich, wenn jemand das Wort »Kommunist« in einem herabsetzenden Sinne verwendet. Ich möchte dann erklären, dass wir nur danach gestrebt haben, Kommunisten zu sein, dass der Kommunismus etwas in der Zukunft gewesen wäre, etwas, worauf sich die Gesellschaft zubewegen sollte. Ich zerreiße den Brief in kleine Schnipsel, die ich Frau Schöntag überreiche. Sie leitet sie in den Papierkorb weiter.

»Und was soll ich nun schreiben?«, frage ich, weil ich gewillt bin, den unangenehmen Tonfall, den der Brief von Sigmund Holtz in unserem Büro hinterlassen hat, durch eine besonders freundliche Antwort an das Ehepaar Helene und Günther Sakowski zu vertreiben.

FÜNFTES KAPITEL

In dem Peter sein neues Denken im KaDeWe erfolgreich praktiziert. Ein unerwartetes Geschenk. Intensive Bemühungen, das Leben zu genießen.

Da wir seit dem 10. Dezember einen Baubeauftragten haben, muss ich mich nicht mehr selbst um die Sanierung der Praxisräume kümmern und habe Zeit zum Einkaufen. Allmählich empfinde ich tatsächlich Freude beim Geldausgeben. Sobald ich mein Portemonnaie hervorhole, komme ich mir vor wie bei der Blutspende – ich speise meinen Teil in den Kreislauf unserer Gesellschaft ein. Deshalb finde ich es auch so befriedigend, Weihnachtsgeschenke zu erwerben. Immer wieder lande ich im KaDeWe. Einen Abend habe ich dort mit Beate verbracht, vorgestern einen Nachmittag mit Olga. Ich staune, wie viel Freude ich durch Geld bereiten kann.

Lilly und Ulf sind verwundert, weil mich einige Verkäuferinnen bereits kennen. Es ist vor allem Ulf, der neue Kleidung braucht. Das Krafttraining, das er betreibt, schlägt bei ihm sehr gut an. Als Weihnachtsgeschenk habe ich ihm eine große, sehr wertvolle Uhr gekauft, ein Schweizer Modell für fast achthundert Mark. Das Lederarmband tauschen sie auf seinen Wunsch in ein metallenes um. Lilly kann anprobieren, was sie will, bei ihrer Figur sitzt alles.

»Wie maßgeschneidert«, sagt die Verkäuferin. Trotzdem brauchen wir fast eine Stunde, um Lilly zu zwei Pullovern, zwei Hosen und einer Bluse zu überreden. Sie ist äußerst wählerisch, die Verkäuferinnen jedoch bleiben freundlich. Erst in der Schuhabteilung platzt bei Lilly der Knoten. Unsere Verkäuferin, die ich auf Ende fünfzig schätze, gewährt, wenn sie zum Anprobieren vor Lilly niederkniet, Einblick in ihr Dekolleté.

»Auf so eine fährt immer einer ab«, sagt Lilly, als wir mit vier Kartons losziehen, um uns in der Feinkostabteilung zu stärken. »Die würde bestehen bei uns.«

Ich lotse sie zu der Theke, an der es Garnelenschwänze mit Sauce gibt, dazu Weißbrot, Butter und eine Flasche Prosecco, wie sie hier den Sekt nennen. Ulf und ich bestellen eine zweite Portion. Und auch eine zweite Flasche.

Danach ist unsere Stimmung ausgelassen. Gemeinsam wagen wir uns in die Abteilung für Damenunterwäsche. Zum

Glück merke ich früh genug, dass ich nur noch einen Scheck habe.

»Der ist für Ulf«, entscheidet Lilly. »Du brauchst Schuhe, ordentliche Schuhe!«

Am Rand der Herrenschuh-Abteilung, gleich neben der Rolltreppe, sitzt ein Mann auf einer Art Thron und blättert in einer Zeitschrift. Davor hockt ein Schwarzer auf einem Schemel und schmiert Creme auf die Schuhe des Lesenden. Ein Schuhputzer! Ich habe ihn schon bei früheren Besuchen bemerkt, jedoch für einen Schuhmacher gehalten, der Pause hat. Schuhputzer kenne ich nur aus Stummfilmen. Oder ist das eine Museumsveranstaltung? Etwas zum Thema Rassismus? Ulf und Lilly scheinen den schwarzen Schuhputzer nicht mal zu bemerken – so wie alle anderen auch.

Der Schuhputzer fasst eine Art Band mit beiden Händen und zieht es rasend schnell über der Schuhspitze hin und her. Unsere Blicke treffen sich, er sieht herab auf meine Schuhe. Ich putze sie alle zwei, drei Tage. Er wendet sich dem rechten Schuh seines Kunden zu. Der rollt die Zeitschrift zusammen, um sie in die Innenseite seiner Lederjacke zu stecken, und reicht dem Schuhputzer einen gefalteten Schein nach unten. Der Schuhputzer erhebt sich, bevor er das Geld nimmt. Der Mann auf dem Thron winkt ab, als der Schuhputzer sein Portemonnaie hervorzieht – der Schuhputzer verbeugt sich. Ohne ein Wort gesprochen zu haben, steigt der andere vom Thron und geht davon. Der Schuhputzer entfaltet den Schein – ein Fünfziger! – und sortiert ihn in sein Portemonnaie ein. Dann bückt er sich nach seiner Thermoskanne und kehrt mir beim Trinken den Rücken zu.

Wenn ich mich jetzt nicht überwinde, werde ich es wohl nie tun, sage ich mir und besteige selbst den Thron. Kaum sitze ich, fasse ich meine Hosenbeine über den Knien und ziehe sie hoch, als hätte ich darin Routine.

Wieder starrt der Schuhputzer auf meine Schuhe.

»Bitte eincremen und polieren«, sage ich und fürchte sofort, er könnte meinen, ich wollte ihn verhöhnen, weil meine Schuhe sauber sind. Er sagt etwas.

»Wie bitte?«, frage ich.

Er setzt sich und wiegt den Kopf hin und her. Seine Fingerspitzen ergreifen meine Schnürsenkel und stopfen sie in den Schuh hinein, es kitzelt. Darauf folgen Plastescheiben, wie man sie für das Auskratzen des Kuchenteigs nutzt, die er ebenfalls in den Schuh steckt, um meine Strümpfe zu schützen. Mit einem großen Lappen wischt er mir den Dreck von den Schuhen, dann beginnt er, in kleinen Kreisen Creme aufzutragen. Er tut das sehr gewissenhaft und liebevoll, ich komme mir vor wie ein großes Baby. Ich glaube, er singt sogar leise vor sich hin. Plötzlich erblicke ich mich in dem verspiegelten Pfeiler gegenüber. Das heißt, zuerst erkenne ich mich gar nicht, so rot ist mein Kopf. Unwillkürlich rutscht mein linker Fuß vom Podest herunter. Der Schuhputzer ergreift ihn und stellt ihn wieder zurück, als wäre ich ein Pferd, dem man die Hufe beschlägt. Er sagt etwas, dann öffnet sich sein Mund zum Lachen. Oder hustet er? Ein Schweißtropfen rinnt aus meiner rechten Achselhöhle über die Rippen.

Ich warte, bis er den linken Schuh poliert, um mein Portemonnaie aus der Tasche zu ziehen. Ohne es ganz zu öffnen, taste ich nach einem Schein.

Als er die Teigkratzer herausnimmt, sieht er zu mir auf und lächelt. Ich reiche ihm den Fünfziger. Er erhebt sich von seinem Schemel.

»No, no«, sagt er und redet auf mich ein. Ich schwitze wie ein Schwein.

»Bitte«, sage ich.

Der Schuhputzer schüttelt den Kopf.

»Es ist sein Geschenk an dich«, sagt Lilly, die neben mir steht. »Wir wären so weit. Du könntest zahlen.«

Ich weiß nicht, woran es liegt, aber schon während wir den Ausgang suchen, ist unsere heitere Stimmung dahin. Als ich vorschlage, noch gemeinsam Kaffeetrinken zu gehen, sind Lilly und Ulf kurz angebunden.

»Ich muss arbeiten«, sagt Lilly.

»Lilly braucht Ruhe«, fügt Ulf überflüssigerweise hinzu. Er hat Mühe, all die Tüten zu tragen. Aber abnehmen darf ich ihm auch nichts. Wir gehen gemeinsam in Richtung U-Bahn.

»Ach, heute leisten wir uns ein Taxi!« Lilly kehrt um. »Mach's gut! Und danke noch mal!«

»Es ist mir wirklich eine Freude«, sage ich und weiß, dass ich gar nicht freudig klinge, obwohl ich es doch genauso meine. Am liebsten würde ich Lilly fragen, ob sie mir nicht eine Stunde schenkt, ich würde sie natürlich bezahlen. Die beiden aber streben bereits zum Taxistand.

Tags darauf gehe ich als Erstes in die Sparkasse und lasse mir ein neues Scheckheft ausstellen. Aus den Gelben Seiten habe ich mir die Adresse von zwei renommierten Schuhläden auf dem Kurfürstendamm abgeschrieben.

Die Verkäuferin in dem kleinen Geschäft steht da, als hätte sie mich erwartet. Auch sie blickt sofort auf meine Schuhe.

»Geld spielt keine Rolle«, sage ich, obwohl ich auf ihre Frage nach dem Preissegment wahrheitsgemäß hätte sagen müssen: Möglichst viel Geld!

Beim Anprobieren sitzt der rechte Schuh immer perfekt. Ziehe ich allerdings den linken an, drückt er sofort.

»Ihr linker Fuß ist größer, fast eine ganze Nummer. Wussten Sie das nicht?«

»Das ist ja abnorm!« Ich kann meine Erschütterung über diese Tatsache wie über deren späte Entdeckung schlecht verbergen.

»Das ist bei den meisten so«, sagt sie. »So sind wir Menschen halt.«

Als ich den Schuhladen verlasse, trage ich die neuen

Schuhe bereits an den Füßen. Meine alten Schuhe stecken in einem edlen Stoffbeutel in einer dunkelroten, stabilen Pappschachtel. Auf dem Weg zum KaDeWe passiere ich Mülleimer um Mülleimer. Doch bringe ich es nicht über mich, meine alten Schuhe wegzuschmeißen, als wäre ich verpflichtet, ihnen einen schönen Lebensabend zu bereiten.

Anstelle des schwarzen Schuhputzers hat heute ein wesentlich jüngerer mit rotblondem Haar und Sommersprossen Dienst. Er scheint nichts lieber zu machen, als Schuhe zu putzen, so sehr ist er bei der Sache, so oft lacht er hinauf zu dem Mann auf dem Thron. Vor mir wartet ein großer Mann in einem langen Mantel.

»Budapester«, sagt er. »Trage ich oft.« Auch ich betrachte seine Schuhe. Er erzählt von ihnen, als wären sie Hunde. Mit seinen schaufelgroßen Händen bietet er mir den Vortritt an, was ich ablehne.

Zu dritt setzen wir dann unser Gespräch fort, wobei ich sofort in die Rolle desjenigen gerate, dem die beiden Ratschläge erteilen und ihre persönlichen Erfahrungen schildern, auf welche Art und Weise sie neue Schuhe eintragen und pflegen.

Als schließlich ich an der Reihe bin, bleibt Herr von Allenhausen, so hat er sich vorgestellt, neben mir stehen. Ich lade ihn und Matthew ein, mit mir Garnelenschwänze zu essen. Leider lehnen beide ab. Unsere Verabschiedung jedoch ist äußerst herzlich.

Zurück nach Treptow nehme ich mir ein Taxi. Als ich aussteige, bin ich in der Auguststraße. Offenbar habe ich die falsche Adresse genannt.

Während ich darauf warte, dass die Haustür geöffnet wird, wickle ich meine alten Halbschuhe aus und stelle sie auf den Bordstein.

»Tut mir leid«, sagt Ulf und lässt mich ein. »Ist erst eine da. Und die versteht kaum Deutsch.«

»Das macht nichts«, sage ich und bleibe vor der Tür stehen, an die Ulf im Vorübergehen geklopft hat.

SECHSTES KAPITEL

In dem Peter und Olga einen Weihnachtsbaum schmücken. Peter muss sich rechtfertigen und kann es nicht. Dafür erlernt er die Kunst des Lächelns.

Morgen ist Weihnachten. Olga und ich haben eine herrliche Fichte gekauft, deren Spitze fast die Zimmerdecke berührt, kein Vergleich zu den krüppligen Kiefern bisher. Ich möchte alles noch viel schöner machen, als es im KaDeWe ist. Beate und Frau Schöntag haben Wohnzimmerverbot. Die ganze Zeit läuft das Weihnachtsoratorium, das Räuchermännchen mit dem Bienenkorb auf dem Rücken qualmt unaufhörlich aus seinem Mundloch.

»Peter, komm mal!«, ruft Beate und klopft an die Tür. Bis gestern hat sie nichts anderes gemacht, als zu arbeiten. Womöglich wird sie erst in diesen Tagen die Endgültigkeit von Hermanns Abwesenheit begreifen.

»Beeil dich!« Olga nimmt die letzten zwei roten Kugeln aus dem Karton, den ich nun zu den anderen leeren Kartons auf den Tisch stelle.

Beate schließt die Küchentür hinter mir.

»Hast du etwas aus Hermanns Schreibtisch genommen?« Sie setzt sich mir gegenüber an den Küchentisch. »Ja oder nein?«

»Ja«, sage ich schließlich.

»Woher weißt du davon?«

»Von ihrem Kollegen.«

»Welcher Kollege?«

»Der mit ihr auf der Beerdigung gewesen ist. Der hat hier angerufen und gesagt, dass sie ihre Briefe zurückwill und dass es auch für dich besser wäre.«

»Hat er gesagt?«

»Ich fand das einleuchtend.«

»Was geht ihn das an?«

»Er ist ihr Schwager.«

»Von Elke?«

»Du kennst sie?«

»Ist allerdings schon 'ne Weile her.«

»Wie?«

»Hermann hat mal ein paar Briefe in der Küche liegen lassen. Sonst ist er ja ziemlich penibel gewesen. Wahrscheinlich sollte ich die lesen.«

»Du hast das die ganze Zeit gewusst?«

»Hermann hat das offenbar gebraucht, also gebraucht, dass ich es weiß.«

»Warum?«

»Vielleicht wollte er mir zeigen, dass auch er begehrt wird, nicht nur ich.«

»Wegen Schumann?«

»Wahrscheinlich denkst selbst du, ich hätte was mit ihm.«

»Hast du nicht?«

»Er ist seit dreizehn Jahren mein Chef. Ohne Karl-Heinz wäre die ganze Währungsunion den Bach runtergegangen … Ihr habt nie kapiert, was eine Bank eigentlich bedeutet! Ihr wisst alle nicht, was Geld ist!«

Wir schauen beide auf den Adventskranz mit den pausbäckigen Engeln. Beate lässt die Kuppe ihres Zeigefingers auf der Tischkante hin und her fahren.

»Das kannst du nicht machen, Peter«, sagt sie. »Gib sie mir und versprich mir …«

»Ich hab sie doch gar nicht mehr!«

»Was?«

»Der Sattler hat immer wieder angerufen … Und dann hab ich sie ihm gegeben.«

Beate legt eine Hand vor die Augen.

»Elke hat ja ein Recht auf ihre Briefe, und du solltest nicht …«

»Was sollte ich nicht?«, fragt sie tonlos.

»Nicht enttäuscht werden.«

»Peter!« Ihr Blick irrt in der Küche umher, bevor sie mich anstarrt. »Du, dem ich absolut vertraue, gehst an Hermanns Sachen, um das Intimste, was es gibt, einem wildfremden Mann auszuhändigen, weil der es so will?«

Olga ruft etwas aus dem Wohnzimmer.

»Du kümmerst dich darum – ist das klar? Du kümmerst dich jetzt darum, heute! Ich will sie zurück!« Beate lässt die Küchentür offen. Ich höre sie ihren Mantel anziehen. Sie fährt in ihre Schuhe. Die Wohnungstür rumst.

»Was hockst du denn hier rum?«, fragt Olga. »War was?«

»Beate hat die Rote Bete vergessen«, sage ich und gehe mit Olga ins Wohnzimmer.

»Und was wollte sie?«

»Die Rote Bete«, sage ich und lächle.

Olga steigt wieder auf die Leiter.

»Ich verstehe immer noch nicht«, sagt sie.

»Vielleicht holt Beate ja auch keine Rote Bete.« Ich versuche, möglichst vielsagend zu lächeln, und bin selbst erstaunt, wie leicht mir das fällt.

»Verstehe«, sagt Olga und greift nach den roten Kugeln in dem neuen Karton, den ich ihr reiche.

SIEBENTES KAPITEL

In dem Peter einen Besuch macht und eine unerwartete erotische Erregung verspürt. Verwirrungen zwischen Kniffel und fehlendem Weihnachtsbaum. Kein gutes Ende.

Kurz nachdem es dunkel geworden ist, mache ich mich auf den Weg nach Neu-Hohenschönhausen in die Erich-Correns-Straße. Wie merkwürdig! Von einem Augenblick auf den anderen bin ich zu etwas gezwungen, das ich mir, seit ich die Briefe an Hermann kenne, vorgenommen habe: zu Elke Birnbaum zu fahren.

Erst als ich vor ihrem Haus stehe und die Stufen zur Haustür hinaufsteige, werde ich gewahr: Das haben doch wir gebaut! Elke Birnbaum wohnt in einem Haus, in dessen Baugrube ich gestanden habe, als der erste Beton kam! Ich bin schon in ihrer Wohnung gewesen, als sie noch gar nicht wusste, dass es ihre Wohnung sein wird. Vier Jahre ist das her, Sommer und Herbst 1986, als ich die Fahrprüfung gemacht habe und bei Petra eingezogen bin.

Die Haustür ist angelehnt, ich steige in den dritten Stock hinauf. Ihren Abtreter ziert eine Katze im Zeichentrickstil, aus deren Maul sich eine Sprechblase wölbt: Herzlich willkommen! Ich drücke auf den Klingelknopf. Als ich Schritte höre, geht die Tür schon auf.

»Guten Abend«, sagt ein Mädchen von elf, zwölf Jahren, als würden wir uns kennen. »Wir kniffeln gerade.«

»Ist deine Mutter da?«

Für einen Moment ist es, als käme mir Petra durch den Flur entgegen. Ich habe Elke ganz anders in Erinnerung.

»Ich bin Peter Holtz, der Sohn von Hermann Grohmann«, sage ich.

»Entschuldigung«, sagt Elke und reicht mir die Hand. »Ich dachte, die Nachbarin – hier klingelt's ständig.«

Während Elke in die Küche geht, ziehe ich meine Schuhe aus und folge dem Mädchen ins Wohnzimmer.

»Habt ihr noch keinen Weihnachtsbaum?«

»Wir fahren zu Oma und Opa«, sagt sie. »Die haben einen.«

»Warum haben Sie denn die Schuhe ausgezogen?« Elke stellt zwei Gläser auf den Tisch und eine geöffnete Weißweinflasche daneben. »Nehmen Sie doch Platz!«

Ich schiebe mich auf die Couch und achte darauf, nicht mit den Knien gegen den niedrigen Tisch zu stoßen.

»Sie haben aber viele Bücher«, sage ich. »Haben Sie die alle gelesen?«

»Nicht nur die!«, sagt Elke. »Mein Mann und Sandra sind die Leseratten. Ich brauche nur ein Buch aufzuklappen, schon schlafe ich ein.«

»Sogar beim Vorlesen!« Das Mädchen legt den Kopf in den Nacken, verdreht die Augen und macht ein hässliches Schnarchgeräusch.

»Sandra! Bitte!«

»Papa sagt das auch!«

»Räum das mal weg. Kennen Sie Kniffel?«

»Leider nicht«, sage ich. »Und ein schlechter Leser bin ich ebenfalls.«

»Sie nehmen doch einen Schluck?«, fragt sie, während sie mir einschenkt.

»Ja«, sage ich. Ein paar graue Strähnen durchziehen Elkes dichtes dunkles Haar.

»An eurem Haus habe ich mitgebaut, vom Fundament bis zum Dach«, sage ich zu Sandra.

»Wirklich? Du weißt, wer Herr Holtz ist? Der Sohn von unserem Zahnarzt, von Doktor Grohmann.«

Sandra nickt. »Und warum heißt du Holtz?«

»Weil mich die Grohmanns adoptiert haben«, sage ich und befördere den opulent verpackten Kulturbeutel, der eigentlich für Beate gedacht war, aus der KaDeWe-Tüte.

»Für uns?« Elke stellt mein Geschenk zwischen Sandra und sich. Wie auf Verabredung ziehen sie gleichzeitig an der Schleife. Beide gehen beim Auspacken überaus vorsichtig zu Werke, als gehörte das Papier zum Geschenk.

»Dürfen wir das überhaupt annehmen?« Elke sieht mich an, als würde sie die Frage ernst meinen.

»Ein Gruß von Familie Grohmann«, sage ich.

Sandra drückt sich das Necessaire aus Leder an die Wange. »Ganz weich«, sagt sie.

»Das ist doch alles furchtbar teuer!« Elke schüttelt kaum merklich den Kopf, als wollte sie mir ein Zeichen geben. »Wenn ich nur wüsste, ob es bei uns weitergeht …«

»Warum denn nicht? Gehört die Glühlampenbude nicht zu Osram?«

»Osram? Die sind gegen uns! Der Betriebsrat will uns von der Treuhand kaufen, symbolisch natürlich.«

»Management-Buy-out?«

Elke zuckt mit den Schultern. »Wenn man weiter produziert und nicht zu viele entlässt, bekommt man den ganzen Betrieb für eine D-Mark geschenkt. Und weitermachen wollen wir alle.« Elke nimmt Sandra den Lippenstift aus der Hand.

»Ein starker Investor wäre besser«, sage ich. »Es muss modernisiert werden, das ist ja alles runtergewirtschaftet, oder?«

»Im Westen wären sie froh, wenn wir zumachen würden und die ihr Zeugs auch bei uns verkaufen könnten. Prost erst mal! Und vielen Dank!«

Wir stoßen an.

»Der Bessere gewinnt«, sage ich und trinke. »Außerdem finden Sie doch als Reinigungskraft überall was!«

»Ich bin in der Gütekontrolle, schon vierzehn Jahre. – Oh, wie schön!«

Elke hat die Kappe vom Lippenstift abgenommen und

sieht hinein. Sie drückt mit der Kuppe des Daumens von unten dagegen.

»Sie müssen nur drehen, ganz leicht.«

»Wie peinlich«, sagt Elke leise und schraubt den Lippenstift mehrmals heraus und hinein.

»So ein Erfinder will uns kaufen. Der sagt, wir könnten die besten Glühlampen herstellen, weltweit, unsere würden viel länger halten.«

»Glauben Sie das?«

»Woher soll ich das wissen? Ich will ja nur, dass es weitergeht. Bringst du bitte alles hinaus?«, sagt Elke zu Sandra. »Und wenn du es ausgepackt hast, stellst du es schön auf, und wir sehen es uns dann an.«

Sandra nimmt den Kulturbeutel und auch das Papier und die Bändchen. Sie schließt die Tür hinter sich.

»Sie haben so geweint …«, sage ich leise.

»Das ist sonst gar nicht meine Art. Ich hab für einen Moment die Beherrschung verloren! Dass Hermann tot sein soll und wir uns nie wiedersehen werden, nie …« Elkes Augen werden feucht. »Das ist so schrecklich, das hat er nicht verdient.« Sie schiebt ihre aneinandergelegten Hände zwischen die Knie. »Hat er Ihnen von mir erzählt? – Er hat gesagt, dass er Ihnen von mir erzählen will. Auch seiner Frau.«

»Er hat ihr gegenüber wohl Andeutungen gemacht«, sage ich und würde Elke jetzt am liebsten fünfhundert oder tausend Mark anbieten, um für eine Nacht bei ihr bleiben zu können.

»Es ist so schön gewesen, jemanden wie Hermann zu haben«, sagt sie, »einen Menschen, den man ganz und gar lieben kann.«

»Wenn Sie Hilfe brauchen, finanziell, oder eine neue Arbeit … Ich könnte Sie anstellen, wenn Sie wollen, da würden Sie das Drei- oder Vierfache verdienen …«

»Hermann ist nie launisch gewesen. Und was er gesagt hat, hat er gehalten, immer.«

Elke sieht beim Sprechen über den Tisch hinweg, als suchte sie etwas in der Lücke zwischen dem alten Fernseher und den beiden Regalfächern der Schrankwand, in denen die Bücherrücken alles andere zusammengeschoben haben: Vasen, ein Püppchen in weiß-rot-grüner Tracht, eine verblichene Matrjoschka, gerahmte Fotografien, Ansichtskarten, Schneegestöber.

»Und Sandras Vater?«, frage ich.

»Ich wollte es ihm längst gesagt haben. Aber irgendwie hat es ja keinen Unterschied gemacht. Sandra liebt ihn über alles.«

»Lebt er nicht hier?«

»Ach so, das wissen Sie nicht … Der ist draußen, nördlicher Atlantik, Hochseefischerei, der kommt erst Mitte Januar wieder.«

»Sie haben so wunderbare Briefe geschrieben. Die …«

»Woher kennen Sie meine Briefe?«

»Ich musste ja wissen, ob das Ihre Briefe sind … Und dann – dann hat es mich so weggetragen.«

»Was wollen Sie von mir?«

»So wie Sie Hermann geliebt haben … Das muss ein großes Glück für ihn gewesen sein.«

»Was wollen Sie?«

»Mir ist das sehr unangenehm, aber Beate wusste davon, und sie hat auch …«

»Familie Grohmann liest meine Briefe und schickt mir ein Weihnachtsgeschenk?«

»Beate meint, die Briefe würden ihr gehören.«

»Ja, und? Ich geh nicht zum Rechtsanwalt, falls Sie das wissen wollen. Kann ich mir gar nicht leisten.«

»Ich könnte die Briefe für Sie kopieren, wenn Sie wollen.« Ich zwinge mich, Elke dabei anzusehen.

»Bloß nicht! Hermanns Briefe habe ich so oft gelesen, ich hab sie schon alle zerrissen. Mit meinen würde ich es genauso machen …« Elkes Hände zerfetzen unsichtbares Papier. »Ritschratsch! Schon damit Sie nicht weiter drin rumlesen!«

»Aber die Briefe sind doch bei Ihnen!«

»Wieso?«

»Ich habe Ihre Briefe Herrn Sattler übergeben, der mich in Ihrem Auftrag …«

»Sattler?«

»Ja, Ihr Schwager!«

»Ich hab keinen Schwager! Der von der Glühlampenbude?«

»Der mit Ihnen auf der Beerdigung gewesen ist!«

»Das ist jetzt nicht wahr, oder?!« Sie rückt von mir ab. »Meine Briefe – dem Sattler?«

»Er hat sie begleitet, zur Beerdigung!«

»Mama? Ist irgendwas?« Sandra steht in der Zimmertür.

»Lass uns allein, Mäuschen, bitte, ich erzähl dir gleich … versprochen!«

Elke wartet, bis Sandra die Tür geschlossen hat.

»Den Sattler habe ich vor dem Friedhof getroffen«, flüstert sie. »Mir ist das überhaupt nicht recht gewesen, ich dachte nur, dann sieht es so aus, als wären wir die Abordnung der Glühlampenbude.«

»Er hat gesehen, dass Sie Hermanns Briefe ins Grab geworfen haben. Das hab sogar ich gehört!«

»Was haben Sie gehört? Ich hab doch gerade gesagt, dass ich sie zerrissen habe!« Sie tippt sich gegen die Stirn. »Ein Brikett hab ich reingeworfen, weil Hermann früher mal im Tagebau arbeiten musste, Bewährung in der Produktion … Sie sind ein Unmensch! Meine Briefe …« Elke stützt den Kopf in die Hände.

»Haben Sie ein Telefon?«, frage ich.

»Nee.«

»Warum macht dieser Sattler das, wieso?«, frage ich. »Und wieso weiß er davon?«

»Ist mir schnuppe. Wenn ich mir vorstelle, dass der …«

»Ich verstehe das alles nicht!«, sage ich.

»Tut mir leid, aber Sie sind ein Holzkopf! Und wenn Sie ausgetrunken haben, verschwinden Sie!«

Elke steht auf und geht zur Tür. Sie zögert, als hätte sie Zweifel, mich hier allein lassen zu können. Ich trinke mein Glas leer und rutsche hinter dem Tisch hervor.

»Und das hier nehmen Sie wieder mit«, sagt Elke, als ich in den Flur komme. Sie zieht den Reißverschluss des Kulturbeutels zu und hält ihn mir hin.

»Möchte nicht vielleicht Sandra …?«

»Lassen Sie Sandra in Ruhe!«

Elke öffnet die Tür. Die Hand auf der Klinke wartet sie darauf, dass ich gehe. Jetzt erst bemerke ich neben der Garderobe im Flur die Farbreproduktion von *Peter im Tierpark*. Ich nehme meine Schuhe und setze sie auf dem Katzen-Abtreter ab, fahre hinein und ziehe mir den Mantel an. Als ich mich hinhocken will, um mir die Schuhe zuzubinden, stoße ich mit dem Hintern gegen etwas Hartes. Es ist die Wohnungstür, die Elke inzwischen lautlos geschlossen hat.

ACHTES KAPITEL

In dem Peter einen Anruf tätigt. Widersprüchliche Aussagen und der Wunsch, sich aufzulösen. Siebenhundertfünfzig für nur zehn Minuten. Hellsichtiger Schmerz und Erfüllung.

Auf dem Weg in Richtung S-Bahn halte ich ein Taxi an und lasse mich in die Auguststraße bringen. Lilly öffnet die Tür.

»Darf ich mal telefonieren?«

»Kannst hochgehen«, sagt sie.

»Was ist das für Musik?«

»Hat Ulf installiert, die Wände sind so dünn. Hilft aber auch nicht.«

»Ist er da?«

»Nee, Kindertag.«

Ihre Wohnung ist aufgeräumt wie immer. Selbst in der Küche sieht es aus wie in einem Möbelhaus. Es duftet nach Räucherkerzen. Ich setze mich auf die Couch neben das Telefon, lege mir ein Kissen auf die Knie und stelle den Apparat darauf. Dann wähle ich Sattlers Nummer – jede der Zahlen ist größer als sechs, so dass die Notrufnummer auf der Wählscheibe jedes Mal kopfsteht.

Nach dem zweiten Rufzeichen meldet sich eine Kinderstimme mit einem langgezogenen »Halloo?« und fügt nach einer kurzen Pause, in der ich schon zum Sprechen ansetze, »Rico Sattler« hinzu.

Ich verlange seinen Vater. »Einen Moment, bitte.« Sein Sohn klingt wie ein Kinderdarsteller in einer Erich-Kästner-Verfilmung.

»Sattler!«

»Peter Holtz«, erwidere ich und warte auf eine Erklärung.

»Worum geht's? Haben Sie es sich anders überlegt?«

»Sie sind ein Lügner«, sage ich ruhig und bestimmt, »ein gemeiner Lügner!«

»Ich glaube, da haben Sie sich verwählt«, sagt er und lacht.

»Ich habe mich nicht verwählt, ich komme gerade von Elke Birnbaum.«

»Ja, schön! Wie war's?«

»Weder hatten Sie den Auftrag, mich um ihre Briefe zu bitten, noch haben Sie die Briefe, die ich Ihnen anvertraut habe, weitergegeben.«

»Wovon reden Sie?«

»Am 13. Dezember habe ich Ihnen die Briefe für Elke übergeben!«

»Sie reden immer von Briefen! Ich habe keine Ahnung, was Sie von mir wollen?«

»Sie können das nicht abstreiten!«

»Beruhigen Sie sich! Alles geht seinen Gang.«

»Was geht seinen Gang?«

»Ich bin einfach noch nicht dazu gekommen, ihr die Briefe zu bringen. Deshalb müssen Sie sich doch nicht so aufführen!«

»Eben haben Sie alles abgestritten!«

»Wenn Sie mich so anpflaumen!«

»Elke hat Sie überhaupt nicht beauftragt, Sie sind gar nicht ihr Schwager! Sie haben mir die Briefe abgegaunert!«

»Abgegaunert!«, ruft Sattler und lacht wieder. »Nicht schlecht, muss ich mir merken, abgaunern! Aber da wir schon miteinander reden. Wie wäre es denn mit zehntausend? Vielleicht das Geschäft Ihres Lebens. Sie haben doch ganz gut geerbt, da sollten zehntausend für Sie kein Problem sein. Sie helfen uns und kriegen dafür die Briefe.«

»Wollen Sie mich erpressen?«

Sattler lacht und verschluckt sich dabei. »Für wen halten Sie mich?« Er hustet. »Sie machen ein glänzendes Geschäft, Geld gegen Briefe!«

»Sie haben doch gerade gesagt, dass Sie die Briefe Elke geben werden, wie versprochen!«

»Versprochen? Was hab ich versprochen? Immer schön bei der Wahrheit bleiben, so wahr mir Gott helfe!«

»Sie sind widerlich!«, rufe ich und knalle unwillkürlich mitten in sein neuerliches Husten hinein den Hörer auf den Apparat. Am liebsten würde ich mich auflösen.

Lilly sieht herein. »Bist du fertig?«

»Ich hätte dich gern«, sage ich.

»Sabrina ist frei, die vier.«

»Ich will aber dich! Wir waren schon so lange nicht mehr zusammen.«

»Hör mal, du weißt doch, dass ich mit Ulf ... also das weißt du doch!«

Bis auf einen Schein ziehe ich das ganze Bargeld aus dem Portemonnaie und zähle es ab. »Das sind siebenhundertfünfzig, Lilly, bitte!« Ich lege das Geld neben das Telefon.

»Ich kann das nicht hier oben«, sagt Lilly. »Und mit dir schon gar nicht.«

»Dann gehen wir halt runter!«, sage ich und halte sie mit einer Hand fest. Mit der anderen knöpfe ich meine Hose auf. Ich versuche, Lillys Hals zu küssen. Als ich ihren Arm loslasse, um an ihren Hintern zu greifen, entkommt sie mir.

»Mensch, Peter! Lass das! Los, zieh dich an!«

»Zehn Minuten für siebenhundertfünfzig?«

»Wenn du nicht aufhörst, schließe ich dich ein!«, sagt sie und zieht den Schlüssel von der Innenseite der Tür ab.

»Hast du Angst?« Ich bücke mich nach meiner Hose.

»Jetzt schon.«

»Aber du kennst mich doch!« Ich halte ihr die KaDeWe-Tüte mit dem roten Kulturbeutel aus Leder hin. »Ich hab was für dich, leider unverpackt.« Lilly rührt sich nicht von der Tür weg. Der Schlüssel steckt außen. Ich lege die Tüte auf das Sofa. »Wie einen Köder«, muss ich selbst dabei denken.

»Das war ganz falsch von dir«, sagt sie.

»Was?«

»Das haut alles nicht hin!«

»Bei mir weißt du doch, woran du bist, und kriegst viel mehr!«

Lilly schüttelt den Kopf. »Jeder versteht, dass das nicht hinhaut. Steck das Geld weg.«

»Schmerzensgeld, für den Schreck!«

Lilly schließt die Tür und lehnt sich von innen dagegen. »Deine ganzen Geschenke! Das haut alles nicht hin!«

Es klingelt unten.

»Nimm das Geld, Lilly!«

Ich schnappe mir meinen Mantel, die Scheine segeln zu Boden, und folge ihr die Treppe hinunter. Unten angekommen, bugsiert mich Lilly in ein leeres Zimmer.

»Gleichgleich!«, flüstert sie.

Am nächsten Vormittag – Beate und Frau Schöntag sind mit der Gans beschäftigt, Olga packt im Wohnzimmer weiter Geschenke ein – steht Ulf mit der KaDeWe-Tüte vor der Tür.

Er reicht mir die Tüte. Als ich zugreife, schlägt mir Ulf ins Gesicht, von rechts mit der Handfläche, von links mit dem Handrücken. Mir ist völlig bewusst, was gerade geschieht, ja, ich habe noch nie so vollkommen verstanden, was gerade vor sich geht, und erwarte weitere Ohrfeigen.

»Frohe Weihnachten«, sagt Ulf, hebt kurz die Hand zum Gruß und wendet sich zum Gehen. In den neuen Turnschuhen sind seine Schritte gar nicht zu hören, nur die Haustür, die ins Schloss fällt.

Im Spiegel des Badezimmers sehe ich aus, als hätte ich geheult. Dabei tut es überhaupt nicht mehr weh. Was mich stört, ist allein der Geruch, als hätte Ulf unsaubere Hände gehabt. Ich wasche mir das Gesicht mit warmem Wasser, anschließend mit kaltem und trockne mich gründlich ab.

Dann durchsuche ich den Kulturbeutel. Um ganz sicher zu gehen, leere ich ihn sogar aus und überprüfe auch die KaDe-We-Tüte. Aber nirgendwo finde ich die siebenhundertfünfzig Mark, was ich als Gruß deute, ja, als heimliche Einladung von Lilly.

Ich bringe den Kulturbeutel ins Wohnzimmer und bitte Olga, ihn wie auch die kleineren Geschenke, die sich darin befinden, einzupacken, und ihn auf den Stapel für Beate zu legen. Olga dreht den Kulturbeutel hin und her und nickt mir anerkennend zu.

Während ich mich in meinem Zimmer föhne, werde ich allmählich heiter. Ich frage mich, warum ich mich von diesen Kleinigkeiten habe bedrücken lassen? Denn abgesehen von der Geschichte mit den Briefen, für die ich im Grunde nichts kann, läuft doch im Großen und Ganzen wirklich alles ganz wunderbar.

NEUNTES KAPITEL

In dem Peter und Olga im April 1991, am Vorabend der Galerieeröffnung, miteinander streiten. Eine alte Bekannte tritt wieder auf, und eine Entdeckung steht unmittelbar bevor.

»Klaus?« Ich gehe hinüber zu ihm, auf die andere Straßenseite. »Bist du bei Olga gewesen?«

Er nickt.

»Und?«

»Nichts!«, sagt er und will weitergehen.

»Warte doch!«, sage ich.

»Was?«

»Hat sie es gelesen? Hast du von den Zeugen erzählt?«

»Olga hat sehr viel zu tun, wirklich sehr viel, wie du vielleicht weißt! Und jeden Augenblick treffen bedeutende Künstler ein. Da stört der Onkel nur, pardon, der Stiefonkel!« Ohne Gruß, die Hände in den Taschen seiner kurzen Lederjacke, geht Klaus davon.

Olga sitzt an ihrem neuen Schreibtisch, der aussieht wie ein Surfbrett auf der Bugnase eines Hochseefrachters.

»Und? Ist doch 'ne Pracht!« Sie dreht die Zeitung zu mir. Ihr Foto im *Tagesspiegel* ist viel zu groß für die Seite. Im Hosenanzug und mit verschränkten Armen lächelt sie den Betrachter an. »Gekommen, um zu bleiben!«, heißt die Überschrift des Interviews.

»Morgen gibt's noch eins. Super Besprechung, super Layout, super Foto.«

»Warum glaubst du Klaus nicht?«

»Ach, nein! Ich hab ihn grad hinauskomplimentiert, von allein rafft er's ja nicht – und jetzt du!«

»Beate glaubt ihm!«

»Beate würde seinetwegen auch an den Weihnachtsmann glauben! Außerdem – wir haben doch gar nichts miteinander zu schaffen, Klaus und ich. Er geht mich nichts an und umgekehrt. Er braucht mich nur in Ruhe zu lassen, dann hat er seinen Frieden!«

»Was hat er dir denn getan?«

»Darum geht's doch nicht!« Olga dreht sich auf ihrem Bürosessel zur Seite, damit sie die Beine übereinanderschlagen kann und lehnt sich zurück, mit dem ausgestreckten rechten Arm auf dem Tisch. »Ich hab ja gesagt, dass ich seinen Schriebs hier lese!« Sie hebt einen blassroten Schnellhefter hoch und lässt ihn auf den Tisch fallen. »Nur nicht jetzt! Morgen ist hier die Hölle los!«

»Klaus will's veröffentlichen. Das kann ein richtiger Renner werden: Der erste Botschaftsflüchtling!«

»Du glaubst das? Unser Klaus soll der Erste im ganzen Land gewesen sein, der auf diese Idee gekommen ist?«

»Er hat immer gesagt, dass das, was er erlebt hat, einzigartig ist …«

»Für mich zählt, dass er erst jetzt den Mund aufmacht!«, sagt Olga.

»Beate weiß es seit anderthalb Jahren! Da stand die Mauer noch!«

»Da gab's schon Tausende Botschaftsflüchtlinge! Das meine ich ja! Da kann jeder behaupten, als Erster auf die Idee gekommen zu sein! – Oh, danke, Betty!«

Zuerst halte ich sie für eine andere Betty. Diese Frau strahlt mich aus großen Augen an wie ein dicker Engel. Die Tassen wackeln auf den Untertassen, die sie balanciert.

»Vorzustellen brauche ich euch einander wohl nicht«, sagt Olga.

Betty setzt die Tassen vor uns ab und hält mir die Hand hin.

»Hat dir Olga nichts gesagt?«

»Ich muss dich jetzt leider verscheuchen«, sagt Olga. »Nimm's mit!« Sie schiebt mir den Schnellhefter zu und zieht sich das Telefon heran.

»Ich hab's schon gelesen«, sage ich.

»Ah, ihr konspiriert! Nimm's, hier kommt's nur weg.«

Betty balanciert meine Tasse zurück in die Küche, ich folge ihr mit dem Schnellhefter.

»Ich wusste nicht mal, dass ihr noch Kontakt habt«, sage ich. Betty lächelt so breit, als würde sie jeden Moment loslachen. »Bist du bei Olga angestellt?«

»Nee, siehste ja.« Sie legt die Hände an ihren runden Bauch. »Ist eher so zum Spaß.«

»Du bist schwanger?«

»Jetzt hat's endlich geklappt!«, sagt sie.

»Du wohnst wieder hier?«

»Ich bin '87 raus, nach Hamburg – dort hab ich gleich den

Richtigen gefunden!« Betty lacht so laut, als würde sie mir einen Bären aufbinden. »Du bist reich, hab ich gehört?«

»Ich versuch, was draus zu machen«, sage ich.

»Das ging vorhin ziemlich hoch her mit deinem Stiefonkel … Geht mich glücklicherweise nichts an.«

»Ich bewundere Klaus!«, sage ich.

»Du hast wohl was gutzumachen, so als alter Genosse?«

»Ich bin nur Unionsfreund gewesen.«

»Was bist du gewesen?«

»Unionsfreund, CDU.«

»Das is ja noch schlimmer!« Betty lacht los.

»Weißt du überhaupt, was Klaus gemacht hat? Er ist mit seiner Frau und den Zwillingen in die Botschaft in Prag, die war damals noch provisorisch, im Hotel *Jalta*, am Wenzelsplatz, er beschreibt das alles. Die sind da rein: ›Guten Tag, wir kommen aus der DDR, wir wollen Pässe, wir wollen in die BRD‹ – und das im September '74!«

»Ganz schön naiv!«

»Das ist doch genial!«

»Das sagst du?«

»Die Botschaftsleute waren erst mal von den Socken, die wollten die vier nur loswerden, die haben ihnen dreitausend Kronen in die Hand gedrückt, davon sollten sie sich einen schönen Urlaub machen, dann brav in die DDR zurückkehren und sich schließlich beim Anwalt Vogel auf so eine Liste setzen lassen.«

»Und warum haben sie das nicht gemacht?«

»Klaus war dreißig, der wollte nicht länger warten. Schnurstracks sind sie zu den Kanadiern.«

»Wieso Kanada?«, fragt Betty.

»Die Kanadier haben sie gar nicht erst ins Haus gelassen. Das war ein Freitag. Am Montag sind sie wieder in die BRD-Botschaft. Und diesmal haben sie sich nicht mehr wegschicken lassen. Musst du dir mal vorstellen, zu viert haben die in einem Zimmer kampiert, mit zwei Kindern, Tag für Tag. Erst abends durften sie raus und auf dem Flur hin und her gehen. Die eine Hälfte der Botschaftsangestellten hat ihnen geholfen, die haben Spielzeug gebracht und Kuchen für sie gebacken. Die anderen haben sie für ein U-Boot der Staatssicherheit gehalten.«

»Siehst du!«, sagt Betty. »Vielleicht hat Olga doch recht.«

»Das lässt sich alles belegen, der Botschafter, mit dem er spricht, der Anwalt, der aus dem Westen anreist, Stange, dem er alles erzählen muss. Als der eine Woche später wiederkommt, sagt der: ›Sie haben uns ja tatsächlich alles erzählt, nichts vergessen, nichts verschwiegen!‹ Und plötzlich, früh morgens am 4. Oktober '74, ist der Vogel da, der Ost-Anwalt mit seinem großen goldfarbenen Mercedes. Weil der seine Frau mit hat, müssen sie zu viert hinten sitzen. Der kutschiert sie von Prag nach Berlin, mit 180 über die Autobahn, hinter ihnen immer ein grauer BMW der Staatssicherheit. Die Kinder bleiben bei den Vogels, er und seine Frau steigen in den grauen BMW um und werden in die Stasizentrale gebracht und einzeln vernommen.«

»Ich hätte meine Kinder nicht alleingelassen«, sagt Betty.

»Sie hatten ja keine Wahl. In der Zentrale der Staatssicherheit werden sie getrennt, er gibt Personalausweis und Fahrerlaubnis ab, nach zwei Stunden ist es überstanden. Der goldene Mercedes mitsamt den Kindern steht wieder bereit, und ab geht's. Vor der Grenze muss die Frau von Vogel noch aussteigen, dann fahren sie rüber, ohne Kontrolle, ohne irgendeinen Grenzer zu sehen. Drüben wartet der Westanwalt. Sie spielen Agentenaustausch mit Lichthupe und allem Drum und Dran. Der Stange hat auch seine Frau dabei, weshalb sich die vier wieder hinten zusammenquetschen müssen.«

»So einfach soll das gewesen sein?«

»Überhaupt nicht einfach! Lies mal!«

»Und warum hat er das nicht erzählt?«

»Das haben sie ihm eingeschärft, beide, Ost und West, da waren sie sich einig«, sage ich. »Der Vogel hat ihm gesagt, wenn er das rumposaunt, dann finden sie ihn, auch am Ende der Welt finden sie ihn und machen ihn platt.«

»Im Westen war er doch sicher!«

»Der Westen wollte ja auch, dass er schweigt! Die hatten doch keine Lust, ständig Leute aus der Botschaft rauszukaufen. An seiner Stelle hätte ich auch den Mund gehalten!«

»Selbst wenn das alles stimmen sollte – das bedeutet noch nichts! Kann ja trotzdem 'ne Stasi-Aktion sein.«

»Wieso denn?«

»Na so, wie die Hälfte des Personals vermutet hat! Wie hast du gesagt? U-Boot?«

»Das ist Quatsch! Lies mal!« Ich schiebe ihr den Hefter hin.

»Nee, damit will ich nichts zu tun haben!«, sagt sie. »Außerdem bist du auch bei denen gewesen! Hast du selbst gesagt! Vielleicht steckt ihr ja unter einer Decke?« Betty lacht wieder ihr Engel-Lachen, weshalb ich nicht weiß, ob sie es ernst meint. »Deine Freundin ist bestimmt eifersüchtig auf mich, weil ich deine Erste gewesen bin?«

»Ist ja noch mal alles gutgegangen«, sage ich.

»Kann man wohl sagen! Hast du die Richtige gefunden?«

»Noch nicht.«

»Hab immer mal gedacht, wie das gewesen wäre, du und ich.«

»Wirklich?«

»Ich hatte dir sogar schon geschrieben …«

»Mir?«

»Ja, aber dann ist's von selbst weggegangen. Das ist nicht unnormal bei der ersten Schwangerschaft.«

»Du bist schwanger gewesen?«

»Sag ich doch, der Brief war schon fix und fertig.« Betty lacht. »Jetzt glotz nicht so!« Betty bricht sich ein Stück Schokolade ab und steckt es in den Mund. »Ich hab mir damals immer vorgestellt, wie es wäre, wenn unsere Eltern uns verheiratet hätten, bei den Beduinen oder so.« Ihr Mund zieht sich zusammen, so dass ihre geschminkten Lippen wie ein roter Punkt aussehen. »Sobald ich mir das vorstellte, fand ich, es hätte schlimmer kommen können, so als Trost halt.«

»Betty …«

»Wäre bestimmt ein Mädchen geworden.«

»Dann wäre sie jetzt … neun oder zehn!«

»Und wir geschieden. Dein Kaffee wird kalt.«

Ich trinke einen Schluck, ohne Milch und Zucker, was ich noch nie gemacht habe.

»Sitzt ihr auf den Ohren?«, sagt Olga, die ich gar nicht bemerkt habe. »Oder knutscht ihr wieder?«

Serge und seine Freundin Veronika kommen herein.

»Sag du es!« Serge sieht Veronika an, die nach ihrer Brille tastet, die sie in die Haare geschoben hat. Ihre Lippen bewegen sich, als müsste sie deren Geschmeidigkeit prüfen.

»Veronique und ich haben das schon diskutiert«, sagt Serge, »und sind zu dem Ergebnis gekommen, dass wir das gar nicht so schlecht finden, im Gegenteil, das bringt Atmosphäre in die Gegend.«

»Jetzt macht's nicht so spannend …«, sagt Olga.

»Ihr habt ein Bordell in der Nachbarschaft«, sagt Veronika, »keine hundert Meter …«

»Was?« Olga wird ganz steif, sie verliert alle Fröhlichkeit. Betty lacht auf.

»Wirklich nur ein paar Schritte«, sagt Serge. »Wir haben das beobachtet, gestern noch. Dahin gehen die Damen von der Oranienburger mit ihren Freiern, so ab zehn, elf wird's da lustig. Hundert pro, sag ich euch!«

»Muss ja nicht schlecht fürs Geschäft sein«, sagt Betty.

»Ich finde das nicht lustig«, sagt Olga.

»Ich kann euch das erklären«, sage ich und denke, dass

jetzt der geeignete Moment gekommen ist, wobei eigentlich jeder Moment so gut oder schlecht dafür geeignet ist wie dieser.

»Ich werd verrückt!« Serge sieht mich begeistert an. »Du hast dort schon geklingelt?«

ZEHNTES KAPITEL

In dem Peter den Erfolg Olgas zum Anlass nimmt, über die neue Lage der Kunst zu sprechen. Blaulicht für das Haus nebenan. Der soziale Auftrag.

»Und was willst du mit dem ganzen Geld machen?«

»Ich hab's noch gar nicht zusammengezählt«, sagt Olga.

Unter jedem Bild klebt ein roter Punkt – das bedeutet ›verkauft‹. Unter dem größten, dem *Blauen Wunder* von Eugen, prangt seit dem Eröffnungsabend ein grüner Punkt – ›vorgemerkt‹.

»Nationalgalerie!«, sagt Olga. »Wenn die das nehmen, ist's gut, wenn nicht, noch besser! Ich hätte viel mehr verlangen sollen! Viel mehr!«

»Hast du denn erreicht, was du wolltest?«, frage ich.

»Das siehst du doch!«

»Was sehe ich?«

»Das ging alles weg wie warme Semmeln!«

»Ich meine, was bei den Betrachtern bewirkt wurde.«

»Wem's nicht gefällt, der kauft's nicht! Ganz easy!«

»Ich red nicht vom Geld, ich meine das, was du in der Eröffnungsrede gesagt hast, von der Kraft der Kunst, eine andere Sicht auf die Welt zu bewirken, die Menschen zum Handeln zu ermutigen! Außerdem sind die Bilder noch alle in der DDR gemalt ...«

»Na, und?«

»Das muss sehr schwer sein, in kurzer Zeit auf ganz andere Themen umzuschulen. Heute funktioniert doch alles vollkommen anders als vor 1990. Die Ökonomie …«

»In der Kunst geht's immer um alles«, sagt Olga. »Zwischen den Menschen verändert sich gar nicht so viel.«

»Alles ist anders!«, sage ich ungewollt laut.

»Du musst am Markt bestehen! Das gilt für dich, für die Künstler und für mich, für alle eben!«

»Vertraust du denn dem Markt?«

»Ich vertraue dem Markt nicht, ich teste ihn mit Preisen und merke: Ich hab zu wenig verlangt, viel zu wenig!«

»Findest du denn, dass die Bilder von Eugen, von Kazimir und wie sie alle heißen, tatsächlich höhere Preise verdienen?«

»Du vermietest die Wohnung auch nicht für fünfhundert, wenn jemand tausend zahlt!«

»Deshalb frage ich dich. Ich möchte dem Markt aktiv gegenübertreten. Wenn ich genügend Wohnungen für fünfhundert anbiete, dann sind vielleicht weniger bereit, tausend zu zahlen. Aber zuerst muss man ja selbst wissen, was die Sachen wert sind. Findest du nicht?«

»Das kannst du machen, wie du willst. Ich halte mich an den Markt. Wenn ich für die Künstler nicht das Beste raushole, suchen sie sich eine andere! Jedenfalls kann ich die Miete im Voraus zahlen. Kannst auch ein Beraterhonorar haben, wenn das für dich günstiger ist.«

»Ich soll dich beraten?«

»Nur pro forma, ich brauche Kosten.«

»Klaus hat keine Arbeit …«

»Spinnst du? Den werd ich nie wieder los«, sagt sie. »Selbst wenn er in keiner Akte auftauchen sollte – er hat selbst geschrieben, dass die im Westen immer Signale bekamen, er sei ein Spion. Er ist einfach nicht aktiviert gewesen.«

»Wie denn ›aktiviert‹?«

Ein Martinshorn kommt schnell näher.

»Ein Spion, für den sie noch keinen Auftrag hatten.«

»Wenn sie ihn in fünfzehn Jahren nicht aktiviert haben …«

»Spion bleibt Spion. Und jetzt Schluss damit!«, sagt Olga laut, weil der Wagen mit dem Martinshorn in unmittelbarer Nähe gehalten haben muss. Zu sehen ist nur das Blaulicht, das sich in den Fenstern gegenüber spiegelt. Ein Polizeiwagen fährt direkt vor uns auf den Fußweg und bleibt dort stehen. Olga hält sich die Ohren zu. Drei Polizisten eilen in Fahrtrichtung davon, der Fahrer kehrt um, stellt das Martinshorn ab und rennt den beiden nach. Das Blaulicht geht stumm über die ausgestellten Bilder, als hätte es sich wie eine Libelle im Ausstellungsraum verfangen.

»Das ist in deinem Bordell!«, sagt Olga.

»Das ist kein Bordell.«

»Natürlich ist es das!«, sagt Olga in demselben unerbittlichen Tonfall, in dem sie über Klaus spricht.

»Die Arbeit von Lilly und Ulf ist nicht weniger wichtig als deine oder meine, wahrscheinlich noch wichtiger.«

»Glaubst du, dein Ulf und seine Süße machen das, um armen Mädchen zu helfen?«

»Sie helfen tatsächlich den Frauen«, sage ich.

»Du kannst dich mit denen gemein machen, zahlt sich ja wohl aus, aber mich lass da bitte schön raus!«

Ein Polizeiwagen und ein Taxi-Wolga parken Schnauze an Schnauze vor meinem Haus. Das stumme Blaulicht wirkt verzweifelt und feierlich zugleich. Gedämpft ist Geschrei zu hören, Männerstimmen. Zwei Frauen kommen heraus, jede mit einem Kind an der Hand, dahinter mehrere Polizisten. Die Frauen verfrachten die Kinder in den Taxi-Wolga und steigen selbst links und rechts hinten ein. Kurz darauf folgt ihnen ein hünenhafter Mann. Es ist Jürgen. Er setzt sich auf den Beifahrersitz, das Taxi fährt los in Richtung Große

Hamburger Straße. Kurz darauf erscheint eine Polizistin, sie öffnet die Tür des Polizeiwagens. Zwischen zwei Polizisten wird Ulf zu dem Wagen gebracht. Beim Einsteigen drückt die Polizistin seinen Kopf nach unten, als fürchtete sie, er könnte sich stoßen. Der Wagen schaltet das Blaulicht ab und fährt an mir vorüber.

Ich klingle. Als Lilly mich erblickt, erschlafft alles an ihr. Mit beiden Händen hält sie sich an der Klinke fest. Den Kopf an die Türkante gelehnt, sieht sie zu Boden.

»Darf ich?«, frage ich.

Lilly drückt sich von der Tür ab, die sich dabei noch weiter öffnet. Ich will schon eintreten, da kommt sie heraus. Sie schließt den Gürtel um ihren Anorak, der ihr bis über die Knie reicht, und zieht die Tür hinter sich zu. Im selben Moment wird sie erneut von innen geöffnet, und eine der Frauen tritt in Straßenkleidung heraus. Sie und Lilly winken sich kurz zu.

»War's schlimm?«

Lilly presst die Lippen aufeinander, nickt und macht ein paar Schritte, als würde sie mich gar nicht sehen.

»Bist du noch sauer auf mich?«, frage ich.

»Nicht mehr davon reden«, sagt sie und stülpt sich wegen des Nieselregens die Kapuze über.

»Wollen wir irgendwohin gehen?«

»Ulf hat keinen Schlüssel.«

»Und die Kinder?«

»Sonja und Konrad waren da, ganz normal. Dann stehen zwei vom Jugendamt vor der Tür, 'ne Frau und 'n Mann. Ich hab sie reingelassen, weil ich dachte, das wäre wieder so 'ne Kontrolle wegen der Mädels. Aber hinter denen tauchen die beiden auf, sie und der Riese. Angelika ist völlig ausgeflippt, obwohl sie ja weiß, was wir hier machen, sie weiß das ja!«

Lilly zieht eine Zigarette aus ihrer Anoraktasche, aus der

anderen die Streichholzschachtel, die sie zwischen Daumen und Zeigefinger hält. Sie reißt das Streichholz an und hält es von unten zwischen Handfläche und Schachtel.

»Ulf ist ganz ruhig geblieben«, sagt sie und bläst mit dem Rauch das Streichholz aus.

»Konrad wollte nicht weg, und Sonja hat angefangen zu weinen, richtig gebrüllt hat sie. Ulf hat gesagt, sie sollen abhauen, das dürfen sie gar nicht, so einfach in die Wohnung rein. Angelika hat immer nur was von Kindern im Puff gekreischt. Da ist die Tussi vom Jugendamt weg, und dann war auch schon die Polente da, haben ja sonst nichts zu tun.«

Lilly zieht die Kapuze tiefer über die Stirn, wie eine Zeugin, die nicht erkannt werden will.

»Könnt ihr euch nicht noch 'ne Wohnung mieten, eben nicht in dem Haus hier?«

»Müssen wir, das müssen wir.« Sie wirft die angerauchte Zigarette auf die Straße. »Aber eigentlich müssen wir immer da sein.«

»Ich finde eure Arbeit sehr wichtig«, sage ich, »aber ich kann euch auch bei mir anstellen. Kannst du tippen?«

»Lass mal. Ich mach sowieso nur noch Hausdame. Außerdem will ich die Mädels nicht sitzenlassen.«

»Ihr zahlt mir viel zu viel!«

»Klär das mit Ulf. Was glaubst du, was andere abdrücken müssen. Die Mädels sind echt gern hier. Wir können gar nicht alle nehmen, die wollen. Die kämen alle mit!«

»Wohin?«

»Wenn wir was Besseres hätten, seriöse Gegend, irgendwas im Westen.«

»Peter?« Olga bleibt vor uns stehen. »Es regnet, wollte ich nur sagen.« Sie gibt mir meine Umhängetasche und meinen Anorak.

»Das ist Lilly, das ist Olga, meine Schwester.«

Lilly streift die Kapuze ab, als gebiete das die Höflichkeit.

»Na dann«, sagt Olga, ohne Lilly eines Blickes zu würdigen, und geht weiter.

»Ganz schöne Schnippdistel, deine Schwester.« Lilly zieht sich die Kapuze wieder über.

»In ihren Augen betreiben wir Menschenhandel ...«

»Ach je! Dann hab ich wohl mit mir selbst gehandelt? Schick sie rüber, wenn's mal nicht mehr läuft. Manche wollen erst mal vorglühen, Restaurant und Quatschen, bevor's in die Kiste geht.«

Als Ulf gegen acht Uhr abends kommt, ist er völlig durchnässt. Er wischt sich die Tropfen ab, die ihm aus den Haaren rinnen. »No chance«, sagt er, während Lilly ihm die Haare mit einem Handtuch rubbelt. »Sie werden mir's verbieten, no chance, wirklich, no chance.« Unablässig wiederholt er sein »no chance« und fährt sich dabei jedes Mal über die Wangen. Ich möchte ihm sagen, dass er für die Frauen ein großes Opfer bringt, ein Opfer, das eigentlich niemand von ihm verlangen kann. Lilly schaltet den Föhn ein. Ulf wischt weiter über sein Gesicht. »No chance!« Ich höre ihm zu und hoffe, dass Lilly später auch mir noch die Haare föhnen wird.

ELFTES KAPITEL

In dem Peter und Joachim Lefèvre einen Spaziergang unternehmen. Verschiedene Arten von Fragen. Verschiedene Arten von Antworten.

Es gibt kaum jemanden, der Joachim Lefèvre auf unserem Weg zum Treptower Park nicht anstarrt. Hugo, sein Bedlington Terrier, zerrt ihn vorwärts, dann wieder will er zurück, weshalb wir stehen bleiben und manche Gaffer mit uns.

Nachdem wir die Straße überquert haben, lässt er Hugo von der Leine.

»Wolln Se Ihnen was unterschiebn mit der Stasi?«, fragt eine Frauenstimme hinter uns.

»Oder? Is was dran?«, hakt der Mann nach, der eine Bommelmütze bis über die Ohren gezogen hat. Beide stecken noch in Wintersachen.

»Brauchen Se än Boddigahrd?« Die Frau mustert mich.

»Da ist nichts dran, absolut nichts«, sagt Joachim Lefèvre sehr freundlich.

»Aber Se hamm doch 'n Decknamen, wie war jetze Ihr Deckname?«

»Ich habe nicht für die Staatssicherheit gearbeitet, Punkt«, sagt Joachim Lefèvre.

»Doch 'n Boddigahrd«, sagt der Mann. Ich gehe tatsächlich einige Meter rückwärts hinter Joachim Lefèvre her, als müsste ich seinen Rückzug quer über die Wiese decken.

»Willst du mich auch was fragen?«, ruft er und bleibt stehen. Doch bevor ich ihn erreicht habe, stapft er weiter durchs Gras.

»Ich dachte, es wäre schön, wenn wir uns mal wiedersehen. Vor ein paar Monaten hätte ich noch mehr zu fragen gehabt«, sage ich und gehe schneller. »Aber jetzt – es ist nicht mehr viel übrig geblieben.«

»Ich bin wohl nicht mehr interessant für dich?«

»Wieso?«

»Hast du eben gesagt. Aber ganz ohne Einfluss bin ich nicht!«

»Ich finde es völlig richtig, dass du den Kram hingeschmissen hast. Politik ist früher mal wichtig gewesen. Aber heutzutage? Das Beste, was Politiker machen können, ist doch, sich rauszuhalten. Rauchst du nicht mehr?«

Joachim Lefèvre bleibt wieder stehen und sieht mir in die Augen. »Ehrlich gesagt, verstehe ich nicht, was du da redest. Wenn du mich was fragen willst, dann raus mit der Sprache, dann haben wir's hinter uns!«

»Wenn du willst …«

»Deshalb bist du doch gekommen! Ich hab schon verstanden!« Joachim Lefèvres Körper erscheint mir zu klein für das Ausmaß seiner Empörung. »Ich mag es nicht, wenn jemand rumdruckst. Los! Frag!«

»Wie geht es Gudrun?«

Er verschränkt die Hände hinterm Rücken und geht weiter.

»Ihr hattet kaum Zeit füreinander?«

»Gar keine! Für nichts! Da gab's nur – lach mich aus oder lass es – Weltpolitik rund um die Uhr!«

»Wie lange seid ihr eigentlich schon zusammen?«

Er dreht sich nach Hugo um. Die Hundeleine hängt aus seinen am Rücken verschränkten Händen herab.

»Vierunddreißig Jahre, fast fünfunddreißig.« Er sieht mich von der Seite an. »Warum fragst du?«

Hugo galoppiert hin und her.

»Und ihr liebt euch immer noch!?« Ich versuche, es wie eine Feststellung klingen zu lassen.

»Was Gudrun meinetwegen durchgemacht hat … Ich hätt's verstanden, wirklich, besser als jeder andere!«

»Was denn?«

»Na, dass sie auf und davon geht.«

»Du hast an ihr eben auch eine Kampfgefährtin«, sage ich. »Hoffentlich finde ich mal 'ne Frau, über die ich das auch sagen kann.«

Joachim Lefèvre bleibt erneut stehen. »Suchst du eine Frau?«

»Eigentlich könnte ich jede Frau lieben, wenn sie nur mich wirklich liebt. Ich staune immer, wie viele zueinanderfinden und sogar heiraten …«

»Und Petra? Ihr seid nicht wieder …«

»Als sie begann, mir etwas zu bedeuten, als ich begriffen habe, dass ich sie liebe, da hat sie sich zurückgezogen.« Im Stehen spricht es sich leichter.

»Hat Petra dich bespitzelt?«

»Warum sollte sie mich bespitzeln?«

»Hat sie ja bei mir auch gemacht.«

»Das hätte sie gesagt.«

»Ist sie im Westen?«

»Ich weiß es nicht.«

»Petra muss erst mal raus hier, raus aus ihrer Vergangenheit …«

Hugo kommt heran. Joachim Lefèvre tätschelt ihn, bis der Hund unter seinen Händen wieder davonstiebt. Wir gehen weiter.

»Du solltest dir auch einen Hund anschaffen, Peter. Du bewegst dich zu wenig. Und du solltest in die Politik gehen. Warum nutzt du nicht deine Chance! Siehst ja, meine Pressesprecherin, die stellvertretende – immerhin Ministerin. Bisschen Glück und Geschick, und schon geht die Post ab! Du weißt, du wärst überall mit dabei gewesen.«

»Und jetzt wieder draußen.«

»Für mich ist das nichts gewesen, nicht auf Dauer. Außerdem hat er mich nicht gemocht. Du kannst dir nicht vorstellen, was ich alles anstellen musste, wie ich tricksen musste, um ihn zu seinem Glück zu zwingen. Wenn er auf Rühe, seinen Schießhund, gehört hätte, dann lebten wir heute noch in der DDR samt SPD-Regierung und hätten im Westen Lafontaine. Und Kohl wäre Ruheständler …« Joachim Lefèvre schüttelt den Kopf und lächelt zum ersten Mal. »'ne geschiedene Frau, hab ich ihm gesagt, ist nicht unschuldig, aber sie hat Erfahrung, das sollte er nicht unterschätzen. Und, wie in unserem Fall, eine märchenhafte Mitgift, selbst für westliche Maßstäbe. Irgendwann ist bei Kohl der Groschen gefallen. Ach«, sagt Joachim Lefèvre und atmet tief ein und wieder aus. »Ich hab so viel erlebt, Peter!«

Wir sind, ohne dass ich es bemerkt hätte, am Eingang des Sowjetischen Ehrenmals angelangt. Joachim Lefèvre legt vier Finger in den Mund und pfeift.

»Du hast mir gefehlt, Peter«, sagt Joachim Lefèvre und nimmt Hugo an die Leine, bevor wir weitergehen.

»Ich wollte noch fragen, warum du dich so früh schon für den Kapitalismus entschieden hast.«

»Wirfst du mir das vor?«

»Im Gegenteil! Nur mit welchen Argumenten?«

»Von heut auf morgen hast du einen Staat zu führen, in dem alles zusammenklappt, wirklich alles! Am Ende ging es nur noch darum, dass es genug Strom gibt, genug Nahrungsmittel. Im September waren wir praktisch pleite.«

»Das hat Beate erzählt. Was mich interessiert, ist das, was man den Markt nennt. Was ist das eigentlich: der Markt? Und wie stellst du dir den Umgang mit dem Markt vor?«

»Du meinst, wie ich mir die Marktwirtschaft vorstelle?«

»Was passiert zum Beispiel, wenn ich zu einem anderen Ergebnis komme als der sogenannte Markt?«

»Wenn Kohl von den Amerikanern wiederkam, sagte er immer: ›Die tun, als hätten sie den Dritten Weltkrieg gewonnen.‹ Dabei ist er genauso. Er ist der Sieger, daran hat er keinen Zweifel geduldet.«

»Der Weg zu einer Gesellschaft, in der die freie Entfaltung eines jeden die Voraussetzung für die freie Entfaltung aller ist, also zum Kommunismus, führt eben nicht über den Sozialismus, wie wir gemeint haben, sondern offenbar doch länger als angenommen über die Phase des Kapitalismus. Oder?«

»Wundert mich nicht, dass du so denkst. Wie viele Häuser gehören dir eigentlich?«

»Mir geht es darum, wie man unser großes Ziel unter Marktbedingungen durchsetzt. Der Markt, finde ich, kann einen auch ganz schön in die Irre führen.«

»Inwiefern?«

»Weil man nur noch ans Geld denkt, also an die Geldvermehrung. Das kann ja nicht der Sinn der Marktwirtschaft sein.«

»Sobald Geld im Spiel ist, kannst du sicher sein, dass es am Ende nur noch darum geht. Die eigentliche Frage ist, wie schnell es nur noch darum geht. Es geht allein um die Schnelligkeit.«

»Geld sehe ich positiv, wenn es die Geschäftsbeziehungen befördert. Geschäftsbeziehungen sind ein tragfähiger Boden im Gegensatz zu den Untiefen unserer menschlichen Natur.«

»Du hast Untiefen, Peter? Du?« Joachim Lefèvre lacht laut heraus, verstummt aber abrupt. Wir steigen die Stufen des Ehrenmals hinauf.

»Aber wie siehst du das denn nun mit dem Markt?«

»Ganz einfach. Du brauchst Gesetze, die dem Geld auf die Finger hauen. Vor allem brauchst du Leute, die diese Gesetze machen. Und noch viel dringender und schwieriger ist es, diejenigen zu finden, die diese Leute wählen.«

Oben angekommen, berühren wir die weißen Steine wie Schwimmer, die bei der Kehre anschlagen, und sehen durch das Gitter in den Innenraum. Blumen liegen dort, vor allem Tulpen. Aus dem Dunkel leuchten die goldenen Mosaiksteinchen, die sich zu kyrillischen Buchstaben fügen und das Wort »slawa« bilden.

»Hast du sonst noch Fragen?« Statt mich anzusehen, blickt Joachim Lefèvre zu dem riesigen sowjetischen Soldaten hinauf, der das Mädchen auf dem linken Arm trägt, in der Rechten das gesenkte überlange Schwert.

»Ich hätte dich gern als Rechtsberater und Anwalt. Ich

habe ziemlich viel Ärger mit Mietern. Außerdem muss ich schleunigst eine GmbH gründen. Und auch sonst gibt's ständig Schwierigkeiten. Ich muss auch einem Freund helfen.«

Joachim Lefèvre blickt noch immer hinauf. Er lässt sich in seiner Betrachtung auch nicht von Hugo stören, der an der Leine zerrt. Die Frau, die neben uns stehen geblieben ist und ihn anstarrt, scheint er nicht mal zu bemerken. Offenbar ist sie sich unsicher, ob dieser Mann derselbe ist, den sie aus dem Fernsehen kennt. Gleich mir scheint sie die Antwort auf ihre Frage damit zu verbinden, dass Joachim Lefèvre seinen Blick von dieser erzenen Gestalt ab- und endlich wieder mir oder seinem Hund zuwendet.

BUCH IX

ERSTES KAPITEL

In dem Peter Vorhaltungen gemacht werden. Betrachtungen über Männer und Banken im Jahr 1994.

»Wie läufst du denn hier rum!« Beate versucht, ihre hochhackigen Schuhe loszuwerden. Ein Kleiderbügel fällt herunter. Dann noch einer. Gegen die Wand gelehnt und mit beiden Händen gelingt es ihr schließlich, die Schuhe auszuziehen.

»Sektempfang«, sagt sie und angelt mit den Füßen nach den neuen Hausschuhen, deren Fersen bereits heruntergetreten sind.

»Ich bin beim Sport gewesen«, sage ich und mache einen zweiten Knoten in den Gürtel meines Bademantels. Beate steuert an mir vorüber in die Küche und zum Kühlschrank. Sie nimmt die H-Milch heraus und aus der Spüle eine Tasse.

»Wenn du's mit Bier wieder auffüllst, kannst du's auch bleiben lassen«, sagt sie. »Federball ist echt 'ne harte Nummer.«

»Wie war's?«, frage ich.

»Wir eilen von Erfolg zu Erfolg.« Beate lehnt sich ans Küchenbüfett. Neuerdings hat sie sogar ein Auto mit Chauffeur. Dabei gehören ihr selbst zwei Wagen, ein roter Saab Cabrio, der soll als besonders stilvoll gelten, und ein silberfarbener Mercedes, zu dem Karl-Heinz Schumann geraten hat, wegen der Geschäftskunden. Sie streckt den Arm mit der Milchtasse aus. »Wetten«, sagt sie und spreizt den Zeigefinger ab, »wetten, dass du wieder nichts drunter hast?« Ihr Arm bewegt sich auf und ab.

»Ich geh ins Bett«, sage ich und trinke mein Bier aus.

»Gefällt dir dein eigener Laden nicht? Oder genierst du dich, dort zu duschen? Bist du der Einzige mit Bauch? – Ah, jetzt spricht er nicht mehr mit mir, weil ich 'n Schwips hab.« Beate schlürft von der Milch. »Wissen die anderen immer noch nicht, dass der Laden dir gehört?«

»Was hat dir denn die Laune verdorben?«

»Du weißt, dass das Hermanns Bademantel ist? Das weißt du?«

»Du wolltest ihn ja wegschmeißen.«

»Du solltest dir wirklich mal was Eigenes suchen.«

»Wenn dir das lieber ist, kaufe ich mir morgen einen neuen.«

»Ich red von der Wohnung! Du bist zweiunddreißig!«

Ich antworte nicht. Schließlich ist sie es, die in meinem Haus lebt, auch wenn ich keine Miete verlange.

»Du kannst dir doch raussuchen, was du willst! Hast doch Häuser wie Sand am Meer!«

»Lass uns morgen drüber reden«, sage ich und stehe auf. »Gute Nacht!«

»Warum morgen? Hat sich morgen was verändert? Hast du morgen noch mehr Häuser? Oder weniger?« Beate reibt sich die Nase. »Eher weniger, was? Verkaufst du sie jetzt alle?«

»Nicht alle. Dieses hier zum Beispiel nicht.«

»Siehst du nicht, dass es so nicht geht?«

»Ich dachte, du bist froh, wenn jemand da ist?«

Beate hält sich die Tasse gegen die Stirn, als brauchte sie Kühlung.

»Du kapierst's einfach nicht! Läufst hier so rum … Und deine ewigen Vorwürfe …«

»Wann hab ich dir je Vorwürfe gemacht?«

»Du merkst es nicht mal! Du kriegst das gar nicht mit! Seit du hier im Haus bist, laufe ich mit schlechtem Gewissen durch die Welt!«

»Was? Seit der Adoption …?«

»Für dich waren wir doch nie gut genug für den Kommunismus, oder? Du hast uns, deine Eltern gewissermaßen, der Stasi ans Messer geliefert mit deinem Gerede von Klaus, dem Kundschafter, und was du denen noch alles erzählt hast. Wir haben immer nur reden können, wenn du nicht dabei gewesen bist. Manchmal hatte ich sogar Angst, du würdest uns belauschen oder uns nachspionieren …«

»Ich hätte euch nie belauscht! Ich bin immer gegen Heimlichkeiten gewesen, das weißt du doch!«

»Du bist überhaupt die Unschuld in Person! Du hast ja auch nie irgendwelche Briefe entwendet …«

»Das tut mir leid, das ist dumm gewesen, da …«

»Du machst einen Mist nach dem anderen, aber jeden Vorwurf weist du mit Inbrunst von dir!« Milch schwappt aus ihrer Tasse und bekleckert die Spitzen ihrer Hausschuhe. »Weißt du, wie das ist, wenn man so einen Tugendbold zu Hause hat, der da im Bademantel in der Küche hockt und mit jedem Tag fetter wird?«

Beate wendet sich ab, öffnet den Kühlschrank und füllt sich Milch nach.

»Das kommt jetzt bisschen plötzlich, zugegeben, aber ich nehm nichts zurück, ich entschuldige mich nicht!«

»Ist doch gut, dass wir darüber reden«, sage ich.

»Immer die passende Erklärung, wirklich, immer!« Beate nippt von der Milch. »Du machst hundertprozentig das Gegenteil von dem, was du immer gepredigt hast, aber alles mit derselben Überzeugung, demselben selbstlosen Egoismus! Da staunt sogar ein Lefèvre! Kehrtwende marsch! Volle Kraft voraus! Und weiter durchs Leben gestampft!« Ihr Blick wandert durch die Küche, bis er bei mir landet. »Ist dir nie ein Zweifel in den Sinn gekommen? Nie?«

»Was meinst du?«, frage ich, benommen von dem Schwall ihrer Vorwürfe.

»Hast du keine Zweifel an dem, was du so treibst? Gehen deine Irrungen und Wirrungen spurlos an dir vorüber?«

»Wir versuchen doch alle unser Bestes«, sage ich. »Natürlich muss man immer lernen. Für helfende Kritik bin ich dankbar.«

Beate nimmt den eingeschweißten Käse aus dem Kühlschrank und versucht, mit dem Daumennagel die Ecke zu finden, von der aus sich die obere Folie abziehen lässt. Die Kühlschranktür steht offen. Sie nimmt meine Hose vom Stuhl, hält sie hoch, als wüsste sie nicht, wohin damit, und setzt sich.

»Entschuldige«, sage ich und nehme ihr die Hose ab. Ein Bündel Geldscheine fällt heraus.

»Das trägst du mit dir herum?«

Ich verstaue Geld und Hose auf dem Stuhl neben mir. Eigentlich will ich nur die Kühlschranktür schließen, nehme mir aber noch ein Bier heraus. Beate schneidet dünne Scheiben vom Käse ab.

»Ich dachte immer«, sagt sie, »das löst sich, ohne dass wir darüber reden müssen. Wenn man redet, ist es in der Welt. Darf ich?« Sie nimmt mein Glas, trinkt und wischt sich den Mund ab. »Du solltest dir endlich 'ne Frau nehmen, 'ne gute Frau, die zu dir passt. Kann doch nicht so schwer sein, bei dem, was du zu bieten hast.« Sie steckt sich gleich mehrere der Käsescheiben in den Mund.

»Was hab ich denn zu bieten?«

»Soll ich dich fragen, wie viele Millionen es inzwischen geworden sind? Du hast doch nur Glück, laufende Meter Glück! Kaufst die Hälfte der Glühlampenbude, und schon hast du noch 'ne Goldgrube dabei. Wie hast du das genannt? Bei… Bei…«

»Beifang.«

»Beifang!«

Beate meint die Traglufthalle, aus der ich das Badmintoncenter gemacht habe.

»Und du? Warum findest *du* niemanden?«, frage ich und bin froh, dass wir ein anderes Thema gefunden haben. »In deiner Position kann das doch nicht schwer sein!«

»Wie oft soll ich dir das noch sagen: Im Westen gibt's nicht mal 'ne Filialleiterin, jedenfalls *ich* kenne keine! Wenn wir früher zur Schulung gefahren sind, dachten die immer, unsere Männer hätten ihre Sekretärinnen dabei!«

»Das meine ich ja. Du bist ständig mit Männern zusammen.«

»Ach, die sind alle verheiratet. Die kriegen das schon rein psychisch nicht hin mit mir. Deren Frauen arbeiten alle nicht. Das sind verwöhnte große Jungs, die sich toll finden und nur an die Bank denken, an sich und die Bank. Nichts weiter.«

»Ist ja auch ihre Aufgabe!«

Wir nehmen uns abwechselnd von den Käsescheiben.

»Am liebsten sind mir die alten Herren, die wollen noch was. Aber vor allem wollen sie gelobt werden. Ständig musst du sie loben!« Beate lacht. »Darf ich?« Beate füllt sich Bier in die leere Tasse. »Wir haben immer gewusst, was Sache ist. Uns hat keiner was vorgemacht, wir kannten die Zahlen! Da ging's aber um was, früher, meine ich, da entstand was! Wir haben noch was bewegt!«

»Mir hilft die Bank andauernd«, sage ich. »Zuerst bei den Häusern und bei der Glühlampenbude auch.«

»Ist der Kredit schon bewilligt?«

»So gut wie.« Ich hebe mein Glas, aber Beate reagiert nicht. »Sehen deine Kolleginnen das so wie du?«

»Ich habe nur ›Mitarbeiter‹. Und mit Mitarbeitern redet man nicht so viel. Das ist auch komisch. Heute, wo du eigentlich reden könntest, sagt keiner mehr was. – Ich muss mal.«

Sie stützt sich auf dem Tisch ab und steht auf. Als sie

an mir vorüberkommt, küsst sie mich ins Haar. »Lauf nicht weg«, sagt sie, »ich muss mit dir reden.«

Ich höre, wie sie in den Flur hinausschlappt, die Badezimmertür öffnet und wieder schließt, und dann höre ich das Klacken, mit dem sie die Badezimmertür zusperrt.

ZWEITES KAPITEL

In dem Peter freundliche und gefährliche Besucher empfängt. Wer erteilt wem eine Lehre?

»Holtz GmbH«, meldet sich Frau Schöntag und erspart mir damit den Sermon unseres Anrufbeantworters. Normalerweise geht sie erst ab neun Uhr ans Telefon. Ich umkringele meinen einzigen Stichpunkt »Steuernachzahlung« und male dort, wo sich die Linien zur Ellipse schließen, ein Häkchen dran, so dass es einer Sprechblase ähnelt.

»Für dich«, sagt Frau Schöntag und drückt eine Hand auf die Sprechmuschel. »Irgendwas Persönliches.« Sie reicht mir den Hörer über den Tisch.

»Peter Holtz«, sage ich.

»Bist du da?«, fragt eine Männerstimme.

»Natürlich bin ich da, sonst wäre ich ja nicht am Telefon. Und wo bist du, du Scherzkeks?« Frau Schöntag blickt auf. Ich lasse die Andeutung eines Lachens folgen, weil ich immer noch nicht weiß, mit wem ich spreche.

»Schon auf dem Weg zu dir.«

»Schon auf dem Weg?«

»Ja, im Sturzflug!«

Warum fällt mir sein Name nicht ein?

»Also dann, mach dich auf was gefasst«, sagt er.

»Wer bist du denn?«, frage ich.

»Ach, erkennst mich nicht?« Er unterdrückt ein Lachen. »Auch gut. Ich kenn dich.«

»Wer bist du?«, wiederhole ich.

»Wirst Augen machen«, ruft er, »wirst Augen machen!«

»Vielleicht habe ich gleich einen Termin?«, sage ich. Aber da hat er schon aufgelegt.

»Du weißt nicht, mit wem du gesprochen hast?«, fragt Frau Schöntag.

»Ich kenn ihn. Irgendwoher kenne ich ihn.«

»Aber du weißt nicht, woher?«

»Vielleicht vom Bau?« Ich betrachte die zufällige Sprechblase auf meinen Knien. Ich male ein Männchen dazu, das aussieht, als wäre es aus verschiedenartigen Säcken zusammengenäht.

»›Sehr geehrte Damen und Herren‹«, beginnt Frau Schöntag das soeben Diktierte vorzulesen. »›Da ich auf mein Schreiben vom 20. April dieses Jahres noch keine Antwort erhalten habe, möchte ich Sie hiermit nochmals bitten, mir eine Stellungnahme Ihres Steuerberatungsbüros zukommen zu lassen.‹ Hast du eigentlich mit Joachim darüber gesprochen? Der kann mal was tun für sein Geld.«

»Schicken Sie ihm eine Kopie. Es muss klarwerden, dass wir bereit und fähig sind, mehr Steuern zu zahlen und durch die Art und Weise der Buchführung daran gehindert werden. Es bringt nur nichts, das Steuerbüro schon wieder zu wechseln. Vielleicht liegt es ja tatsächlich an den Gesetzen.« Ich quetsche noch zwei Ausrufezeichen hinter das Stichwort in der Sprechblase. »Die Steuerleute sollen wissen, dass wir sie kritisch sehen.«

»Ich finde, Joachim kriegt zu viel Geld. Was macht der denn für dich? Und wenn er mal was macht, schreibt er trotzdem 'ne Rechnung. So einen ›Berater‹ ...«

Die Klingel an der Haustür lässt sie zusammenzucken. So reagiert sie jedes Mal.

»Da bin ich aber neugierig«, sage ich.

Die Gestalt, die sich durch die geriffelte Türscheibe abzeichnet, erscheint eher klein.

Der Mann lächelt liebenswürdig und tritt näher. Er ist größer als ich, gediegen gekleidet und frisch frisiert wie einer von Beates Kollegen. In der Linken hält er einen winzigen Rosenstrauß, den er zu verbergen sucht wie manchmal Raucher ihre Zigarette.

»Wir duzen uns?«, frage ich und weiß noch immer nicht, wer er ist.

»Ich bin der Reinhold«, sagt er und reicht mir die Hand. »Gehe ich recht in der Annahme, dass du der Peter bist?«

»Das ging ja schnell«, sage ich. »Du bist schon hier in der Nähe gewesen?«

»Ja«, sagt er und lacht verlegen, »muss ich zugeben. Ein bisschen bin ich hier auf- und abspaziert.«

»Darf ich vorstellen«, sage ich, »das ist Reinhold, und das ist Frau Schöntag.« In seinem Gesicht ist alles perfekt, die Nase, die Lippen, die Zähne, die leicht gebräunte Haut, alles wie eine tadellose Spezialanfertigung.

»Sie haben ja eine tolle Art, sich anzukündigen«, sagt Frau Schöntag. Sie nimmt ihre Brille ab und kommt um den Tisch.

»Na ja, man tut, was man kann«, sagt er. »Hab schon einiges gehört von diesem magischen Ort.«

»Magisch?«, fragt Frau Schöntag. Als ich erwarte, dass sie sich wieder über den Hinterkopf streicht, bleibt die Bewegung aus.

»Na ja«, sagt er und sieht sich um. »Hier soll sich das Geld schneller als in jeder Bank vermehren …«

»Das geht ja fix mit euch!« Reinhold überreicht Beate die winzigen Rosen und küsst sie kurz auf den Mund. Beate ist errötet, bei seiner Bräune lässt sich das schwer feststellen.

»Der Peter ist so freundlich gewesen …«, sagt Reinhold

und stellt sich dicht neben sie. Seine Hand tastet nach ihrer, aber Beate hält den winzigen Strauß mit beiden Händen.

»Möchten Sie einen Kaffee?«, fragt Frau Schöntag.

Reinhold sieht Beate an. Noch bevor er antworten kann, zuckt Frau Schöntag erneut zusammen. Ich gehe zur Haustür und öffne.

»Zu einer Versöhnung ist es zu spät«, brüllt der ältere Herr und hebt einen Wanderstock – ich sehe noch die daraufgenagelten Plaketten, dann trifft mich der halbrunde Griff am Kopf.

»Frag nicht, wofür«, fährt er mich an. »Frag nicht! Sonst werd ich wütend!« Sein Stock saust abermals nieder. Ich ergreife die Flucht.

»Was soll das?« Er stößt mich in den Rücken.

»Was wollen Sie?«, rufe ich schon im Büro und stelle mich ihm, den Schreibtisch hinter mir.

»Mistkerl!« Erneut holt er aus. Ich reiße die Arme hoch …

»Himmel!« Die *Gelben Seiten* flattern zwischen uns zu Boden, der Spazierstock scheppert auf das Parkett. Der kleine Herr erstarrt. Reinhold hat ihm die Arme auf den Rücken gedreht.

»Mistkerl, alle zusammen Mistkerle!«, faucht der kleine Herr.

Das Telefonbuch in Frau Schöntags Hand blättert sich von selbst auf.

»Du hast uns an den Amerikaner verkauft, meine Wohnung an den Amerikaner! An einen Investor …«

Reinhold zieht ihm den Kopf zurück, als wollte er ihn am Sprechen hindern.

»Tu ihm nicht weh!«, ruft Beate.

»Verkauft!«, ruft er, spuckt und schreit auf.

Reinhold stößt ihn zurück in den Hausflur.

»Was wollen Sie?«, frage ich. Er aber rennt schon wieder auf mich zu. Das Telefonbuch fliegt vorbei.

»Himmel!«

Er ergreift meine Schultern – ich packe ihn an seiner. Ich bin viel stärker als er. Ich könnte ihn zu Boden werfen. Sein Atem, sein ganzer Körper riecht, ich möchte ihm nicht so nah sein. Seine Arme und Beine zucken krampfhaft. Ich dränge ihn zur Bürotür hinaus.

»Verräter!«, keucht er. »Verräter!«

Wir drehen uns im Flur hin und her. Beate öffnet die Haustür.

»Was wollen Sie?«

»Rechenschaft!«, stöhnt er. »Rechenschaft!«

Ich stoße ihn hinaus. Reinhold zerbricht den Spazierstock überm Knie und schleudert ihm die Hälften vor die Füße. Ich will die Tür schließen.

»Zurück!«, kommandiert Reinhold. Der kleine Herr läuft genau in die Faust von Reinhold und taumelt. Beate schreit auf.

»War nicht so schlimm«, sagt Reinhold ruhig.

Der kleine Herr kniet auf dem Weg und befühlt seine blutende Nase. Bei mir blutet die Stirn.

»Himmel«, sagt Frau Schöntag, einen weiteren Band der *Gelben Seiten* in der Hand. »Ist nur 'ne Platzwunde, Peterchen.«

Wir betrachten den Mann von der Tür aus. Im Aufstehen greift er mit einer Hand in den Kies.

»Deckung!« Reinhold wirft die Tür zu. Ein Steinchenhagel prasselt gegen die Scheibe.

»Mir wurde gekündigt!«, schreit der kleine Herr. »Verräter!«

»Ist was passiert?«, fragt Beate.

»Gerber, Hauptmann der Reserve, meldet sich zum Dienst«, sagt Reinhold und salutiert vor mir.

»Vielen Dank«, sage ich. Reinhold salutiert abermals, bevor er in meine ausgestreckte Hand einschlägt.

»Himmel!«, sagt Frau Schöntag.

DRITTES KAPITEL

In dem Peter der Arbeit eines Chefs nachgeht. Eine unerwartete Schwäche. Über das Für und Wider von Wohnungsverkäufen und die Natur des Menschen.

»Ich will gar nicht drum herumreden. Ich will es wagen. Ich glaub, ich bin jetzt so weit.« Serge sieht mich kurz an, als hätte er Zweifel, ob ich ihm zuhöre. »Mit Olga vergleiche ich mich nicht. Aber einen Riecher habe ich auch!« Er schnippt seinen Zeigefinger gegen die Nasenspitze. Statt nach rechts zum Gasthaus biegt Serge nach links ab. Wir gehen quer über einen Spielplatz auf den Weg entlang des Sees.

»Das Museum adelt noch immer ein Kunstwerk und dessen Preis«, sagt Serge. »Aber die wahre Wunderkammer ist die Galerie. Denn in diesem magischen Raum verwandeln sich die Dinge auf radikale Weise. Oder vermag irgendein anderer Ort, den Preis eines Gegenstandes zu vertausendfachen oder zu verzehntausendfachen?« Er sieht sich nach mir um.

»Ich dachte, wir frühstücken erst mal?«, frage ich.

»Das müssen wir uns verdienen«, sagt Serge. »Zu viele Kilo auf den Knochen sind nicht gut für die Potenz.«

»Was hat das damit zu tun?«

»Je größer der Wanst, desto kleiner der Schwanz.«

Serge geht weder schnell noch langsam. Dennoch habe ich Mühe, mit seinen langen Beinen Schritt zu halten.

»Die Galerie ist die Kirche der Gegenwart, die Vernissage eine Eucharistie. Wer da alles mitmischt! Und wie gut es noch dem letzten Deppen dabei geht! Ich brauch nur zu tun, was ich anderen immer sage: Mach es, Serge, mach es einfach!«

»Was meinst du mit Riecher?«

»Na, was schon! Olga sieht ein Bild und weiß, ob es was taugt oder nicht und ob das, was jemand macht, anschlussfähig ist, ob es am Markt eine Chance hat. Was ihr da aufgebaut habt, das ist phantastisch, ganz phantastisch!«

»Von mir ist da nichts dabei, nur Geld.«

»Dein Geld und dein Haus! Jeder andere könnte vor Stolz nicht mehr laufen! Ohne dich kochte Olga wahrscheinlich für irgendeinen Heini Kaffee. Jetzt ist sie in New York!«

»Du meinst die Messe?«

»Wer in New York besteht, besteht überall.«

»Sie hat doch gar nichts verkauft …«

»Was zählt, ist die Einladung!«

»Dafür hat sie viel Geld zum Fenster rausgeworfen!«

»Wenn sie dich nach New York einladen, hast du es geschafft. Ich würde alles dafür geben!«

Ein Paar in kurzen Hosen mit käsig bleichen Beinen und teuren Turnschuhen trabt uns entgegen. Mit Schrecken gewahre ich, wie unabsehbar weit der Schlachtensee mäandert. Die Flauheit von der Autofahrt hat sich verzogen. Stattdessen werden mir die Beine weich. Das Gehen strengt mich an.

»Ich würde auch alles geben, wenn ich wüsste, was richtig ist«, sage ich.

»Wieso? Wenn einer alles richtig macht, dann du!«

»Vielleicht ist es falsch gewesen, die Häuser zu verkaufen.«

»Wegen dieses Psychopathen? Zeig mal …« Serge bleibt stehen und betrachtet meine Stirn. »Verrückte gibt's überall. Verklag ihn doch!«

»Ist es nicht unanständig, was ich mache?«

»Du? Unanständig?« Serge fasst sich mit beiden Händen an den Kopf. »Er schlägt dich, und du fühlst dich schuldig?«

»Die anderen trauen sich nur nicht.«

»Was willst du damit sagen?«

»Früher hätte ich das, was ich mache, unanständig gefunden. Immerhin habe ich ihre Wohnungen verkauft …«

»Früher warst du begeistert von einem verbrecherischen Staat, der den Karren in den Dreck gefahren hat! Der seine Bürger einsperren musste, weil sie sonst weggelaufen wären!« Die Ader auf seiner Stirn tritt hervor. Er bückt sich nach einem Stein, schleudert ihn hinaus auf den See und dreht sich, als hätte er zu viel Schwung, um die eigene Achse. »Das sind Prachthäuser, Peter, Prachthäuser! Klar will da jeder wohnen! Aber wer entscheidet das? Der Zufall? Eine Behörde? Bonzen? Und wer bezahlt den Spaß, hm?« Serge fuchtelt mit den Armen, als müsste er sich eines Mückenschwarms erwehren. »Du bist der nachsichtigste Hauseigentümer, den ich je erlebt habe. Aber deine übertriebene Menschenliebe geht mir auf den Sack! Du beherbergst ja sogar diese versoffene Liebschaft von Olga!«

»Du meinst Karl?«

»Der braucht 'ne Entziehungskur, keine Nobelwohnung!«

»Karl hat nie mitgemacht, wenn sie mich im Kinderheim verdroschen haben.«

»Nicht schon wieder diese Leier!« Serge wischt durch die Luft. »Und die Vietnamesen, die du versteckt hast! Und damals die afrikanischen Freunde von deinem Priesterfreund! Du hast doch was vor mit dem Geld! Das zählt! Das Ziel!«

»Ich will damit was Neues schaffen, das stimmt«, sage ich. »Ich will etwas aufbauen, das der ganzen Gesellschaft zugutekommt!«

»Meine Rede! Unsereiner braucht Ziele. *Holtz-City*, sag ich nur, *Holtz-City*!«

»Ich würd gern was trinken und was essen. Ich hab nicht gefrühstückt.«

»In einer Stunde gibt's was! Wie weit bist du denn mit der Glühlampenbude?«

»Die Hälfte des Grundstücks gehört mir.«

»Du meinst, der Bank.«

»Das hab ich so gekauft, von meinem Geld, damit kann ich Sicherheiten bieten. Und wenn die zwei Jahre rum sind, die die Glühlampenbude noch Geld von der Treuhand kriegt … Solange können wir am Konzept feilen.«

»Shoppen, Erholen, Bildung! SEB!«

»Die Architekten sind froh, nichts übers Knie brechen zu müssen.«

»Und wie viel sind dir geblieben, wenn die Frage erlaubt ist?«

»Zwanzig, bisschen mehr …«

»Alter Teufel!« Serge haut mir auf den Rücken. »Zwanzig, bisschen mehr, und das Grundstück!« Abermals schlägt er zu.

»Serge – bitte! Das tut weh!«

»Soll's auch!«

Zwei ältere Herren sind stehen geblieben. Sie beobachten uns und tuscheln miteinander. Als wir näher kommen, treten sie zur Seite, als würden wir Kinderwagen vor uns herschieben.

»Weißt du, was dein Erfolgsrezept ist? Weißt du das überhaupt? Jeder unterschätzt dich! Jeder denkt, du lässt dir ein X für ein U vormachen. Du spielst den dummen Ostler und köderst sie mit deinem Rechtschaffenheitsblick. Aber am Ende machst du das Rennen! Immer du!«

Mir ist es unangenehm, weil die Männer Serge hören können.

»Mietshäuser sind schön und gut, aber was du da mit der Glühlampenbude machst – das ist einfach genial. Perfekte S-Bahn-Anbindung, ab nächstem Jahr noch die U1 bis zur Warschauer Straße, fast an der Spree, die Ausfahrtstraße zur Autobahn, Oberbaumbrücke, Mauergalerie … Es gibt kein besseres Grundstück. Wenn du das hinbekommst … Entweder versauern, oder du wagst den nächsten Schritt!«

Ich setze mich auf die letzte Bank in der Reihe, die hier am Ufer steht. »Nur 'ne Pause«, sage ich. Von hier aus kann ich sehen, wie unendlich lang der See noch ist. »Das schaffen wir doch nie in einer Stunde«, sage ich.

Serge nimmt mir die Sicht. »Falls du noch Geld brauchst und die Sparkasse zögert«, sagt er, »mein Vater hat mir alles überschrieben, fast alles, nicht ganz freiwillig. Aber bevor sie ihn nackig machen ...«

»Ich denke, er kommt bald frei? Das ist doch ein Irrtum gewesen!«

»Sieht der Staatsanwalt leider Gottes anders. Die brechen meinem alten Herrn das Herz.«

»Wegen der Ungerechtigkeit?«

»Er hat einen Orden erwartet wegen seiner ganzen Spenden. Sie behaupten nun, er hätte bestochen. Absurde Welt! Wirklich, völlig absurd!«

»Das tut mir leid«, sage ich. »Ohne deinen Vater und dich ... Ich weiß nicht, was aus mir geworden wäre.«

»Ihn hat das richtig gefreut, dass einer aus dem Osten reich wird und was schafft, gerade weil sonst alles den Bach runtergeht ... Für ihn bist du eine Symbolfigur!«

»Ich hab nur 'nen Kaffee getrunken«, sage ich zur Entschuldigung und wische mir den Schweiß von der Stirn. »Es geht gleich wieder.«

»Den freien Tag haben wir uns verdient«, sagt Serge und streckt und reckt sich dermaßen, als würde er die Nähte seines Jacketts prüfen. Dann stopft er sein weißes Hemd zurück in den Hosenbund.

»Wenn ich dir als Freund mal was sagen darf, du brauchst eine Frau! Eine normale, hübsche, liebevolle, intelligente Frau. Wenn du so weiterwirtschaftest, mit diesen Mädchen ... Du kannst sie ja nicht fürs Ficken bezahlen und dann erwarten, dass sie dich lieben ... Wie gut das hier duftet! Riechst du das?«

Die beiden Männer beobachten uns noch immer.

»Manchmal denke ich«, sagt Serge, »ich mache das alles nur, um vor Olga zu bestehen.«

»Und Veronika?«

»Ist raus aus der Klinik, es geht ambulant weiter. Nur bin ich der Letzte, der ihr helfen kann, wirklich der Letzte. Mit Schizophrenie ist nicht zu spaßen. Ist so 'ne Art Berufskrankheit von Schauspielern, hat der Arzt gesagt.«

Plötzlich ist es hell, als hätte sich das Sonnenlicht in einem Becken gesammelt und ergieße sich nun mit einem Mal auf den See. Serge und ich heben gleichzeitig eine Hand und beschirmen die Augen.

»Man muss wissen, wofür man etwas macht«, sagt Serge, »vor allem aber für wen! Das muss man wissen!«

Ich stehe auf. »Komm«, sage ich und sichere mir, während Serge noch blinzelnd über den See sieht, ein paar Schritte Vorsprung.

VIERTES KAPITEL

In dem Peter sich um eine Frau kümmert. Schwierigkeiten mit der Planung. Beinah die Richtige am falschen Tisch.

»Es gibt bestimmt ziemlich viele Bewerbungen«, sagt Annette Baumgarten. »Mit meinem Geburtsjahr habe ich nicht geschummelt.«

Sie lehnt sich über die Tischkante. Auf den Ellbogen gestützt, rührt sie in ihrem Kaffee.

»Ich finde das wichtig, weil – wir haben noch gar nicht über Kinder gesprochen. Und ich bin in einem Alter, in dem ich Kindern, also erst mal einem Kind, noch gut und gern das Leben schenken kann.«

»Ja, Kinder gehören dazu«, sage ich. »Aber das kommt von allein.«

»Von allein kommt nichts, gar nichts!« Sie dreht den Kopf weg, als hätte ich sie beleidigt.

Ich hadere mit meiner Entscheidung, drei Frauen nacheinander zu treffen. Von den Zuschriften habe ich keine aussortiert. Gerade hinter einem unvorteilhaften Foto kann sich eine verbergen, die mich prüfen will, ob ich Äußerlichkeiten überbewerte.

»Ich hätte so viele Fragen an Sie – oder dich«, sagt sie. »Wir eiern hier ganz schön rum.«

»Sie können mich alles fragen. Wir können auch du sagen, wenn Sie das möchten.«

Sie lacht und hält sich die flache Hand mit den rotlackierten Fingernägeln vor den Mund. »Mir fällt nur lauter Blödsinn ein.«

»Blödsinn gehört dazu«, sage ich.

»Nehmen die anderen Zucker? Ich schäme mich immer, weil ich zu allem Zucker nehme. Das ist so gar nicht zeitgemäß. Was red ich …«

»Darauf habe ich nicht geachtet. Sie sind die Zweite.«

»Die Zweite?« Wieder hält sie sich die Hand vor den Mund und kichert. »Und? Hat sie, die Erste?« Annette Baumgarten hebt den kleinen Löffel und schlägt vorsichtig an den Tassenrand. »Hat sie umgerührt?«

»Nein, hat sie nicht!«

Annette Baumgarten nickt mir mit hochgezogenen Augenbrauen zu. »Also kein Zucker.« Sie klingt enttäuscht.

»Du bist Lehrerin?«

»Bin ich gewesen, Mathe, Physik. Bin aber schon ’87 raus.«

»Warum?«

Annette Baumgarten atmet tief durch. »Da könnte ich dir viel erzählen …« Sie beugt sich vor und nimmt einen Schluck von ihrem süßen Kaffee. »Der schmeckt hier wirklich. Ich war noch nie hier …« Sie lässt ein weiteres Stück Würfelzucker in die Tasse fallen. »Man hat es da ja mit Pubertierenden zu tun, jedenfalls in der Oberstufe. Mit den Kindern war's manchmal noch am besten, aber einige …«

»Die Disziplin?«

Annette Baumgarten setzt sich aufrecht. »Was fällt dir zuerst an mir auf? Meine bezaubernden Augen? – Du bist gut erzogen, du schaust nicht hin, aber du musst dich zwingen, stimmt's?«

Sie blickt an sich herab. Gemeinsam betrachten wir die Wölbung ihres dunkelroten Pullis. »So eine Büste ist nichts für die Schule.«

»Deshalb bist du Computerexpertin geworden?«

»Du musst nicht wegsehen.«

»Danke. Ich mag große Brüste«, sage ich.

»Ehrlich?« Ihr Lippenrot ist nur noch an den Mundwinkeln deutlich. »Ich arbeite in einem Computerladen, *Schmidtis Computer*. Die interessiert mein Dekolleté mindestens so sehr wie mein Kopf. Aber ich verdiene gut.«

»Wie viel denn?«

»Mit einem zweiten Einkommen könnten wir uns ganz schön was leisten.« Sofort schüttelt sie den Kopf. »Entschuldige. Ich bin so überrascht von dir.«

»Haben Sie – hast du dir was anderes vorgestellt?«

»Mit Kontaktanzeigen hab ich Erfahrung. Ich hab immer Kontaktanzeigen gelesen. Ich hab oft darauf geantwortet, selbst wenn ich in festen Händen war. Ich bin auch zu Treffs gegangen, heimlich, einfach so.«

»Du suchst nicht wirklich?«

»Doch, und wie! – Das hätt ich jetzt nicht sagen dürfen.«

»Ich bin auch auf der Suche!«, sage ich schnell. »Ich suche schon lange.«

»Wirklich?« Sie schiebt ihre ineinandergefalteten Hände über den Tisch, als wollte sie mir ein Geschenk zustecken.

»Das kommt selten vor, dass Männer Frauen wollen, die älter sind als sie.«

»Wieso älter?«

»Du hast geschrieben, Alter sei nicht wichtig. Die Erfahrung lehrt jedoch – o Gott, ich red wie meine Oma! –, da stecken Typen dahinter, die sind nicht sauber.«

»Heiratsschwindler?«

»Die nutzen unser Liebesbedürfnis aus. Die wollen keine Frau, die wollen Geld oder frönen perversen Lüsten.«

»Geld hab ich genug«, sage ich.

»Ach, Millionäre sind wir alle nicht.« Sie nimmt ihre Tasse und trinkt sie in einem Zug aus. Wir sehen einander an.

»Du wohnst allein?«, fragt sie. Ihre Fingerspitzen berühren meine Hände.

»Ja, bin gerade beim Renovieren, viel zu viel Platz für einen allein.«

»Das würde ja gut passen.«

»Einer Frau wie dir«, sage ich, »müssen die Männer doch hinterherlaufen.«

»Ich hab den Absprung verpasst, irgendwie verpasst, mich festzulegen. Mit denen aus dem Westen funktioniert das nicht auf Dauer. Die sind ganz gute Liebhaber, aber entweder gehen sie zu ihren Frauen zurück, wegen der Kinder und des Geldes, oder sie entpuppen sich als Psychopathen. Und die im Osten wissen nicht, was sie wollen, oder müssen durchgefüttert werden und erzählen einem andauernd, wie toll sie mal gewesen sind.«

»Durchfüttern müsstest du mich nicht.«

»Ich mag Männer, die Fleisch auf den Knochen haben. Erzähl mal von dir.«

»Ich bin Maurer, ledig. Bisher habe ich mich nur um Wohnhäuser gekümmert. Momentan bereite ich eine größere Investition vor.«

»Ein neues Auto?«

»Im Immobilienbereich – Ich muss mal kurz verschwinden.« Nachdem ich die Tür zum Vorraum, von dem die Toiletten abgehen, hinter mir geschlossen habe, kann ich endlich auf die Uhr sehen: fünf vor vier! Um vier Uhr bin ich mit der nächsten verabredet. Ich wasche mir Hände und Gesicht. Als ich die Tür der Herrentoilette öffne, steht Annette Baumgarten vor mir.

»Ich mag dich, so wie du bist!«, sagt sie, fasst ihren Pullover mit überkreuzten Armen am Saum und zieht ihn hinauf bis zum Hals. In dem spitzen Winkel zwischen ihren Unterarmen hindurch lächelt sie mich an. »Na, schau hin! Das ist für dich!« Ihr BH ist aus schwarzer Spitze. »Was ist? Was ist denn? Gefällt es dir doch nicht?« Als würde ein Video mit ihr zurückgespult, streift sie den Pullover nach unten. »Hab ich dich erschreckt?«

»Nein«, sage ich und versuche zu lächeln.

»Doch, ich hab dich erschreckt.«

»Ich müsste jetzt …«

»Ich hab dich erschreckt!«, sagt Annette Baumgarten und flieht in die Damentoilette. Ich folge ihr bis an die Tür.

»Annette?«, rufe ich, klopfe und lausche. Ich öffne die Tür einen Spalt. »Du hast einen wunderschönen Busen!«, rufe ich hinein. Eine Klospülung rauscht. Ich schließe die Tür wieder und habe die Klinke gerade losgelassen, als eine Frau in den Vorraum kommt … Elke scheint mich nicht zu erkennen. Ich bleibe stehen und lasse sie vorüber.

»Ich bin so etwas nicht gewöhnt«, sage ich, als Annette Baumgarten an unseren Tisch zurückkehrt. Sie hat gerötete Augen.

»Ich muss gehen«, sagt sie.

»Dein Busen …«

»Lass gut sein.« Sie holt einen Taschenspiegel heraus. Ihr rechter Zeigefinger wischt erst am rechten äußeren Augenwinkel entlang, dann am linken.

»Du bist natürlich eingeladen«, sage ich.

Annette Baumgarten steht auf und reicht mir die Hand über den Tisch.

»Schön, dich kennengelernt zu haben«, sage ich, wobei ich das Personalpronomen betone.

»Wie heißt denn die Nächste?«

»Elvira«, sage ich.

»Elvira«, sagt sie. Statt zu gehen, bleibt Annette Baumgarten stehen. Von den Nebentischen sieht man zu uns.

»Dass ausgerechnet du so ein Hasenfuß sein musst! So ein beschissener Hasenfuß!« Ihr Stuhl kippelt, als sie den Mantel von der Lehne reißt und davonstürzt.

Ich habe mich geirrt. Die Frau ist jünger als Elke und vielleicht auch attraktiver. Sie setzt sich an einen Tisch mit dem Gesicht zur Tür. Ich hoffe, ihre Stimme hören zu können, wenn sie mit der Kellnerin spricht. Sie bestellt Mohnkuchen und eine Tasse Kaffee. Ohne Eile schlägt sie die *Berliner Zeitung* auf. Ich fasse mir endlich ein Herz, ich lege einen Schein auf den Tisch, nehme meine Jacke und verlasse das Café.

FÜNFTES KAPITEL

In dem Peter sein neues Auto präsentiert. Über Glühbirnen und Marktwirtschaft. Vorläufiges Ende im Gleichschritt.

»Sie sind ein Autonarr?«

»Wenn ich selbst fahre, wird mir nicht schlecht. Außerdem gebe ich zu wenig Geld aus.«

»Deshalb haben Sie die Zitrone hier gekauft?«

»Das ist speedgelb!«

Elke geht um den Porsche herum. Ihre Hand fährt die

absteigende Linie des Wagens nach. »Man glaubt gar nicht, dass der auch fahren kann, so schön ist der!«

Ich würde gern etwas in der Art sagen, dass die Schönheit des Autos mit ihrer nicht mithalten kann. Aber das wäre wohl plump und irgendwie falsch. Ich möchte Elke auch noch mal sagen, dass ich das alles hier mitgebaut habe, bevor es überhaupt eine Erich-Correns-Straße gab, die jetzt Vincent-van-Gogh-Straße heißt.

»Hätte nicht gedacht, dass Sie sich gerade so einen kaufen. Ist der bequem?«

»Und wie! Ledersitze, verstellbar, Servolenkung, alles elektrisch, 272 PS.«

»Sie sollten ihn in den Tierpark bringen, da hat er mehr Auslauf. Passen Sie da überhaupt rein?«

»Denken Sie, der ist von allein hierhergefahren?«

»Sie sahen doch mal richtig gut aus, Peter. – Darf ich das nicht sagen?«

»Sie dürfen alles sagen.«

»Hermann ginge viel härter mit Ihnen ins Gericht! Herz, Leber, Knochen, alles leidet darunter.«

»Muss halt auch dicke Menschen geben.«

»Sie sind so jung!«

»Ich weiß nicht, was ich noch alles anstellen soll. Es wird einfach immer mehr.«

»Ich finde das ziemlich mutig von Ihnen, mir so einen Brief zu schreiben – mir überhaupt zu schreiben! Und dann tauchen Sie einfach hier auf …«

»Wollen wir ein Stück fahren, zum Tierpark?«

»Wir gehen ein paar Schritte, ja?«

Mir bleibt nichts anderes übrig, als Elke zu folgen. Dabei habe ich mir die ganze Zeit vorgestellt, wie es wäre, wenn Elke neben mir sitzen und wir die Kassette hören würden, die Ulf mir überspielt hat. Obwohl wir beide geradeausgehen und es auch auf dem Bürgersteig keinerlei Hindernisse gibt, streifen sich alle paar Meter unsere Ärmel.

»Am liebsten würde ich Ihnen einen Heiratsantrag machen«, sage ich, ohne Elke anzusehen.

»›Schlechtes Timing‹, würde Sandra antworten.«

»Und Sie, was antworten Sie?«

Elke sieht mich an und bleibt kurz stehen, folgt mir jedoch schnell, da ich weitergehe. »Da müssten Sie erst mal Ihre Millionen loswerden!«

»Wirklich? Das wäre kein Problem!«

»Lügen Sie nicht leichtfertig!«, sagt Elke, die nun einen Schritt vor mir ist, weshalb es scheint, als spreche sie mit einem anderen. »So ein ungleiches Paar, daraus kann nichts werden!«

»Früher vielleicht, aber heute doch nicht!«

»Ganz früher ist es so gewesen, und heute ist es genauso, weil es heute wieder wie ganz früher ist.«

»Was heißt ›ganz früher‹?«

»Vor Ihrer Geburt und auch vor meiner, was wir halt in Geschichte hatten.«

»Unsere heutige Gesellschaft ist in jedem Fall sehr viel fortschrittlicher!«

»Wären Sie noch Arbeiter, redeten Sie anders.«

Ich lege es darauf an, ihren Ärmel zu berühren. Aber sie weicht mir aus.

»Unsere Gesellschaft schätzt doch Arbeit über alles!«

»Aber nicht uns. Wir sind ein Kostenfaktor oder bereits überflüssig.«

»Aber so sozial, wie wir heute sind …«

»Hörn Sie auf! Ich kann das nicht mehr hören!«

»Für den Einzelnen kann es hin und wieder schwierige Phasen geben. In der Marktwirtschaft setzt sich halt der Bessere durch. Letztlich aber ist das für alle das Beste.«

»Welche Marktwirtschaft denn?«

»Na unsere!«

»Wollen Sie das als Marktwirtschaft bezeichnen? Wenn es tatsächlich eine Marktwirtschaft gäbe, hätten wir eine Chance. Aber das ist alles Kartell, war es auch früher schon, wir haben's nur nicht geglaubt.« Sie streicht sich eine Strähne hinters Ohr, als wollte sie mich auf ihre Ohrklipps hinweisen.

»Gegen Kartelle haben wir das Kartellamt. Warum sehen Sie alles von der schlechten Seite? Wir haben eine funktionierende Demokratie …«

»Vielleicht nach Feierabend!«

Ich frage mich, wie ich mit einer Frau zusammenleben soll, die unserer Gesellschaft nicht vertraut. Ich versuche, ihre Hand zu fassen. Als ich sie endlich habe, bleibe ich stehen.

»Darf ich noch mal …«

»Sicher haben Sie in der Schule aufgepasst«, unterbricht mich Elke. »Uns hat man beigebracht: Der Kapitalismus kann die Dinge nicht so gut produzieren wie der Sozialismus. – Lachen Sie ruhig, alle lachen immer nur, von mir aus lachen Sie. Kennen Sie den alten Klassiker?«

»Des Marxismus-Leninismus?«

»Unseren Glühlampen-Klassiker! Also, zu Weihnachten 1925 tagt das Phoebus-Glühlampenkartell, da sind alle dabei, General Electric, Osram, Philips, Compagnie des Lampes …«

»Können Sie Französisch?«

»Schulfranzösisch, statt Englisch blöderweise … Die Glühbirnen-Bosse beschließen, die Lebensdauer von zweitausendfünfhundert Stunden Brenndauer auf tausend Stunden zu senken. Das kriegen die schnell hin, der Preis pro Stück bleibt gleich oder steigt. Wer sich nicht an die Absprache hält, muss eine Konventionalstrafe zahlen, für die er vorher in einen eigens dafür gegründeten Fonds schon eingezahlt hat. Denn wenn die Brenndauer von tausend Stunden nur um zehn Stunden, also um ein Prozent, überschritten wird, bedeutet das im Weltmaßstab ein Plus/Minus von vier Millionen Glühbirnen. Wenn Sie sich jetzt vorstellen, dass die Brenndauer um tausendfünfhundert Stunden gesenkt worden ist, so wurden damals schon vierhundert bis sechshundert Millionen Glühlampen jährlich unnötig produziert. Überlegen Sie mal, was das bis heute bedeutet, wenn Sie da das Wachstum einrechnen. Heute liegt die Brenndauer bei ungefähr achthundert Stunden.«

»Wenn ich das glauben soll …«

»Das ist keine Frage von Wollen oder Glauben. Das ist so. Sie können es ignorieren, aber nicht in Frage stellen.«

Sie zieht ihre Hand aus meiner. Wir gehen weiter.

»Dann hätten wir ja die Glühbirnen exportieren können. Haben unsere denn länger gehalten?«

»Nicht alle, aber seit Anfang der Achtziger haben wir eine Reihe auf zweitausendfünfhundert Stunden gebracht, zusammen mit Ungarn …«

»Und die werden jetzt nicht weiterproduziert?«

»Warum denn?«

»Na, weil sie länger leuchten!«

»Darum geht's doch nicht! Das habe ich Ihnen doch eben vorgerechnet.«

»Da gibt's ganz sicher irgendeinen Haken …«

»Wenn uns der Binninger gekauft hätte, hätten wir Glühbirnen produziert, die vierzigtausend und noch mehr Stunden gebrannt hätten.«

»Wer ist das jetzt? Binninger?«

»Der Glühbirnenerfinder. Diese Glühbirnen gibt's, die BEWAG hat sie, auf der Straße des 17. Juni sind die, die wollen nicht immer die Glühbirnen wechseln. Aber das versaut Osram das Geschäft, deshalb gibt's ja Politiker.«

»Warum sind Sie denn so misstrauisch?«

»Zuerst nimmt uns Rohwedder von der Liste abzuwickelnder Betriebe, er wird erschossen. Dann kommt Binninger mit seiner Birne, gibt zusammen mit der Commerzbank ein Angebot ab und stürzt mit seinem Privatjet ab – aus der Traum.«

»Sie wollen jetzt aber nicht behaupten, das sei ein Attentat gewesen, angestiftet von Ihrem Glühlampenkartell?«

»Darüber denk ich nicht nach, das macht nur depressiv. Ich kenne nur die Folgen. Oder fragen Sie mal die Kalikumpel. Ich würde wirklich gern in einer Marktwirtschaft leben, das können Sie mir glauben.«

»Was ist eigentlich aus diesem Sattler geworden?«

»Der ist bei der IG Metall, dem kann nichts mehr passieren.«

»Hat er Ihnen die Briefe gegeben?«

»Irgendwann lagen die vor der Tür. Er hat's wohl gemacht, weil er es machen konnte.«

»Er muss doch einen Grund gehabt haben?«

»Der ist ein Spielertyp. Für die Glühlampenbude hat er sich echt reingehängt, kann ich nicht anders sagen.«

»Sie nehmen ihn in Schutz?«

»Ich hab die Briefe in die Papiertonne gesteckt, Schluss, aus.«

Unsere Ärmel streifen sich wieder.

»Was finden Sie denn plötzlich an mir?«, fragt Elke. »Immerhin bin ich acht Jahre älter …«

»Siebeneinhalb.«

»Ich hab einen Spiegel. Sehschwach bin ich zum Glück noch nicht. Außerdem habe ich eine fünfzehnjährige Tochter, die ihrem Papa immer recht gibt, eine Neubauwohnung, die irgendwann saniert werden muss, nichts zu erben außer einem Pflegefall, eine Lehre, die nichts mehr wert ist, Kurzarbeit null seit einem Jahr, und noch ein Kind will ich nicht, obwohl ich immer vier oder fünf wollte. Über meine Rente denke ich erst gar nicht nach.«

»Das hat ja noch Zeit!«

Elke wechselt den Schritt, so dass wir eine Weile im Gleichschritt gehen. Mir fällt ein gelber Porsche in der Reihe der parkenden Autos auf. Erst, als ich die Lederhandschuhe hinter der Frontscheibe sehe, begreife ich, dass es meiner ist.

»Fahren wir in den Tierpark?«

»Vielleicht beim nächsten Mal«, sagt Elke und hält mir die Hand hin. »Tschüss.«

Im Auto kapiere ich plötzlich, dass unser erstes Treffen gar nicht besser hätte laufen können. Ich fahre in Richtung Autobahn, ich höre die Kassette von Ulf. Als ich sie umdrehe, verlasse ich bereits den Berliner Ring in Richtung Hamburg. Ich möchte nicht mehr aufhören zu fahren. Ich frage mich auch, warum ich diese Musik nicht schon früher gehört habe und warum ich mir bisher überhaupt so viel habe entgehen lassen.

SECHSTES KAPITEL

In dem Peter abermals vorfährt. Angebote und Träumereien. Kurzer Aufenthalt im Taxi.

»Wann sind Sie das letzte Mal im Tierpark gewesen?« Ich halte Elke die Tür meines Wagens auf.

»Früher oft, mit Sandra – hier geht's ja richtig runter.«

Elke trägt einen Rock und über der Bluse eine Strickjacke. Der Weg zum Tierpark ist unkompliziert. Ich kann es kaum glauben, tatsächlich neben Elke zu sitzen. Ich bin überrascht von der Schönheit ihrer Wangen.

Bis heute früh habe ich gedacht, das würde genau der richtige Moment sein, um ihr die Ohrringe zu schenken:

Das erste, beinah sanfte Röhren des Motors, die Kassette mit den Manfred-Krug-Liedern, dazu die großen Perlen, die Goldfassungen, die sie wie Tropfen aussehen lassen, alte Stücke. Jetzt aber denke ich, es sollte ein Augenblick sein, in dem wir uns bereits nähergekommen sind, in dem eine harmonische und vertraute Stille zwischen uns herrscht.

»So stelle ich's mir im U-Boot vor – oder im Raumschiff.« Elke blickt konzentriert nach vorn, als steuerte sie den Wagen. Ich werde mich an die Höchstgeschwindigkeit halten, nicht überholen und keinesfalls über das Auto sprechen.

»Es soll ja Ausgründungen in der Glühlampenbude geben. Ich könnte Sie da unterstützen, entweder Sie allein oder auch Sie gemeinsam mit anderen Mitarbeitern.« Ich biege in die Falkenberger Chaussee und bleibe auf der rechten Spur, obwohl wir vorn wieder nach links in den Malchower Weg müssen, dann geht's nur noch geradeaus zum Tierpark.

»Haben Sie mal über so etwas nachgedacht?« Obwohl wir an der Ampel stehen, klammert sich Elke am Sitz fest, als fürchtete sie tatsächlich den Start eines Raumschiffs.

»Was ist?«, fragt sie.

Der Motor klingt, als würde er ausgehen. Ich trete aufs Gas – keine Wirkung. Im nächsten Moment ist alles wieder normal. Ich biege ab. Als ich beschleunigen will, reagiert das Gaspedal abermals nicht, plötzlich schießt der Wagen vor, gleich darauf wieder nichts.

»Was ist los?« Elke sitzt stocksteif da.

Wir rollen ein Stück, ich blinke und lenke den Wagen an den Straßenrand. Sofort hupt es hinter mir. Ich schalte die Warnblinkanlage ein. Wenn ich meine linke Hand vom Steuer nehme, kann ich das rote Lämpchen sehen. Mir kommt es vor, als würde es glühen.

»Ich habe vergessen zu tanken«, sage ich.

»Vergessen zu tanken?« Elkes Lachen schallt im Wagen.

Sie sinkt im Sitz zurück. »Wie wunderbar!«, ruft sie, »wunderbar!«

»Sie können aussteigen«, sage ich. Hinter uns staut es sich. Die Wagen, die mich überholen, fahren bewusst knapp an mir vorüber, so kommt es mir zumindest vor. Und ständig hupt es.

Meine Linke am Türgriff, beobachte ich im Außenspiegel den Verkehr – und springe dann so schnell wie möglich hinaus.

»Haben Sie ein Warndreieck?«

»Fürchte nicht«, sage ich.

»Und einen Kanister?«

»Wissen Sie, wo hier eine Tankstelle ist?«

»Der Zitrone ist der Saft ausgegangen!« Wieder beginnt Elke zu lachen. Sie hält zwei Frauen an, die uns entgegenkommen. Beide deuten in die Richtung, in die wir ohnehin gehen.

»Wandertag gefällt mir sowieso besser«, sagt sie und hängt sich bei mir ein. Seit unserem letzten Spaziergang habe ich abgenommen. Anderthalb Kilo in sechs Tagen! Natürlich ist davon nichts zu sehen. Doch wenn ich so weitermache …

»Wir könnten täglich spazieren gehen«, sage ich. »Und eines Tages heiraten wir dann.«

»Und reisen in die Karibik und leben dort, wie es uns gefällt«, sagt sie.

Ich erwarte irgendetwas Ironisches von ihr, das den letzten Satz zum Witz erklärt. Stattdessen reißt sie ihren Arm aus meinem – ein gellender Pfiff. Das Taxi stoppt tatsächlich. Ich halte ihr die Tür auf, sie rutscht hinter den Fahrer.

»Es ist nicht weit«, sagt sie, als ich mich zu ihr auf die Rückbank schiebe.

»In der Karibik ist es aber sehr warm, oder?«, frage ich. »Da schwitze ich andauernd.«

»Nicht am Strand. Wir schwimmen und nehmen ab. Und wenn es uns zu warm wird, fahren wir halt mit dem Porsche, der hat doch 'ne Klimaanlage? Außerdem ist der viel zu schön, um ihn hier vergammeln zu lassen.«

»Und Sandra? Die hat doch bestimmt auch Lust auf Karibik!«

»Hm, stimmt. Ich glaube, ja, könnte schon sein, dass sie mitwill.«

»Und was machen wir dort?«

»Erst mal verjuchzen wir ein paar Millionen. Wir reisen, solange es uns Spaß macht. Ich bin überhaupt noch nicht rumgekommen, nur mal Prag und Kosice, mit meinem Mann«, sagt sie.

»Ich war mal in Frankreich. Das hat mir gefallen.«

»Ja, nach Frankreich würde ich auch gern. Überhaupt: Italien, Spanien, Griechenland.«

»England soll auch schön sein, da ist meine Schwester oft, Südengland und Irland.«

»Und wenn wir genug haben, kaufen wir uns hier eine Villa!«

»Hab ich schon, in Treptow, dreitausend Quadratmeter Garten drumherum, ab 1. September, alles saniert.«

»Und wer wohnt da noch?«

»Nur ich – und zwei Büros, aber Extra-Eingang.«

»Wir fahren einfach los und suchen uns überall das schönste Hotel.«

»Und damit Sie nicht auf mich angewiesen sind, würde ich Ihnen erst mal eine Million überweisen, oder wie viel Sie halt wollen …«

Mein Kopf knallt gegen die Nackenstütze des Beifahrersitzes. Der Wagen steht. Auch Elke reibt sich die Stirn.

»Raus!«, schreit der Fahrer. »Macht, dass ihr rauskommt, Spinner! Verarschen kann ick mir alleene.«

»Was soll denn das?«, frage ich.

»Frach nicht so dämlich, raus! Ick zähl bis drei …«

Ich steige zuerst aus, weil sich Elkes Tür nicht öffnen lässt.

»Verarscht andere, nicht mich! Karibikmillionäre!«

»Der soll seine Tür selbst zumachen«, sagt Elke, nachdem sie ausgestiegen ist. Als der Fahrer um den Wagen kommt, denke ich, er will sich auf mich stürzen. Doch er schmeißt nur die Tür zu und verschwindet.

Elke nimmt die Hand von der Stirn, betrachtet ihre Fingerkuppen und betastet gleich wieder die Stelle über der rechten Augenbraue.

»Ich weiß ja, dass so was irgendwann bestraft wird«, sagt Elke. »Aber so schnell?«

»'ne richtige Beule«, sage ich und überlege, ob das der richtige Moment für die Ohrringe wäre.

»Jetzt musst du doch laufen«, sagt Elke.

»Du aber auch«, sage ich.

Dann gehen wir schweigend in Richtung Tankstelle, als brauchten wir unsere neue Anrede gar nicht weiter zu üben.

SIEBENTES KAPITEL

In dem Peter ein unerwartetes Wiedersehen zu bestehen hat. Neue Liebe, alte Liebe. Begeisterung und Schweigen am Telefon.

»Mir gibt das jedes Mal einen Stich, wenn ich dran denke! Wie kann sie bei Osram anfangen, wenn sie bei uns im Betriebsrat sitzt?«

»Das haben doch viele gemacht!«

»Quatsch, das waren höchstens hundert.«

»Eure Erfinder sind als Erste weg mitsamt den Patenten …«

»Das ist Verrat, gemeiner Verrat.«

»Würdest du nicht weggehen, wenn du das Angebot hast?«

»Jedenfalls nicht, wenn ich hier im Betriebsrat bin. Dann hab ich die Pflicht, mich um meine Leute zu kümmern!«

»Dort ist sie Vorarbeiterin, sie hat sich …«

»Schon wie das klingt, ›Vorarbeiterin‹, ist auch nichts anderes als Brigadeleiterin. Hättest sie mal reden hören in dem Interview, in dem Film über uns! Hoffentlich schneiden sie die da raus.«

»Ist doch gut, eine weniger, die entlassen werden muss.«

»Peter, ich hab dir das doch erklärt! Arbeit gäbe es genug …«

Elke wird gegrüßt. Wir haben uns am Ostkreuz getroffen und sind eine Station gemeinsam gefahren. In der Glühlampenbude haben sie eine Betriebsversammlung.

»Irgendwann muss man mal anfangen zu kämpfen!«, sagt sie.

Die spitzen Türmchen an den Ecken verwandeln den Ziegelbau in eine monströse Eule. Je näher wir kommen, desto böser glotzt sie uns an. Im Hof vor dem Aufgang zum großen Saal warten Hunderte von Menschen, viele in Arbeitskleidung.

»Was ist denn mit dir passiert?« Vor mir steht Petra. Ich will sie umarmen, ein Reflex. Petra macht sich ganz steif und glaubt, ihre ins Haar geschobene Sonnenbrille festhalten zu müssen. Meine verunglückte Geste ist mir peinlich.

»Ihr kennt euch?«, fragt Elke.

»Wir waren mal …«, sagen Petra und ich gleichzeitig. »Ein Paar«, sage ich, »zusammen«, sagt Petra.

»Ihr?«

Wir nicken.

»Und ihr?«, frage ich.

»Ich hab dir doch von dem Film erzählt, sie und Camila …« Elke blickt zwischen uns hin und her. »Sagt mal …

du liebe Güte, wenn du …«, sagt sie zu Petra. »Dann bist du ja die ›Spanierin‹! So hat Hermann dich immer genannt, die schöne Spanierin von meinem Jungen.«

»Hermann?«

»Elke und Hermann waren – ziemlich eng miteinander«, sage ich.

»Wir haben uns geliebt«, sagt Elke.

»Und nun seid ihr zwei …?«

»Wir fliegen nächste Woche in die Karibik«, sage ich. »Bist du schon lange hier?«

»Zwei Monate«, sagt sie. »In die Karibik?«

»Bleibst du in Berlin?«, frage ich.

»Bis wir gewonnen haben«, sagt Elke. »Hat Petra uns versprochen!«

»Du bist es doch, die abhaut! Karibik!«

»Quatsch, Peter macht Witze.«

»Steht Peter nicht auf der anderen Seite?«, fragt sie Elke. »Er macht in Immobilien und schlimmere Dinge …« Petra sieht mich immer nur kurz an, als fände ihr Blick keinen Halt.

»Ich bin doch kein Feind!«, sage ich.

»Meiner vielleicht nicht.«

»Was wirfst du mir denn vor?«

Petra zuckt mit den Schultern. »Wer ein Bordell betreibt, beutet Frauen aus! – Kommst du mit?«, sagt sie zu Elke und klingt dabei ganz sanft. »Ich muss rein.«

»Ich beute keine Frauen aus!«, sage ich.

Petra hat sich schon abgewandt.

»Renn nicht weg! Das stimmt nicht!«, rufe ich. Petra schiebt sich in dem Pulk, der sich vor der Eingangstür gebildet hat, schnell voran.

»Vielleicht kriege ich dich ja rein«, sagt Elke. Ich spüre ihre Hand an meinem Arm.

Im Treppenhaus stehen wir dicht an dicht, es geht langsam voran. Es sind noch dieselben, mit Stahlkanten verstärkten Treppenstufen, über die wir als Schüler in der neunten und zehnten gestiegen sind, wenn wir *Produktive Arbeit* hatten. Es riecht nach Maschinenöl und Kantine. Mitunter muss ich wieder eine Stufe zurück, weil die Frau vor mir mitten in der Bewegung innehält und ich gegen ihren Rücken stoße. Ich möchte Elke erklären, warum Petras Vorwurf falsch ist. Kann aber nur ihre Hand an mich pressen.

»Die kontrollieren«, sagt sie, als wir den Flur vor der zweiflügligen Saaltür erreichen.

Alle haben ihren Betriebsausweis in der Hand.

»Nur für den Film«, bittet Elke, »nur für den Film!«

Aber der ältere Mann beharrt darauf, meinen Betriebsausweis zu sehen. Für den anderen Kontrolleur existiere ich nicht mal.

»War 'ne blöde Idee von mir«, sagt Elke. »Ich ruf dich an.« Für einen Moment hoffe ich, sie würde mich küssen.

»Bis dann«, sagt sie. Ihre Rechte drückt fest meinen Unterarm, bevor sie loslässt.

Ich habe mir vorgenommen, bis zweiundzwanzig Uhr zu warten, wähle aber schon eine Stunde vorher Elkes Nummer. Sie nimmt ab und beginnt sofort, über den Film zu sprechen, als hätte ich sie deshalb angerufen. Ich weiß ja: Es geht um Betriebe in Argentinien, die geschlossen werden sollten, jedoch von den Beschäftigten besetzt und weitergeführt wurden, eine Fliesenfabrik, ein Hotel, eine Näherei, sogar ein Krankenhaus ist dabei. Während Elke von den Arbeitern erzählt, die die Organisation der gesamten Produktion übernommen haben, frage ich mich, ob sie mit Petra über mich gesprochen hat. Elke könnte Petras ältere Schwester sein.

»Und so richtig klappt es nur dort«, sagt sie, »wo sie den politischen Kampf und den ökonomischen Kampf gleichzeitig führen, wo sie darauf bestehen, dass ihr Betrieb verstaatlicht wird, aber unter Arbeiterkontrolle bleibt. Das wäre genau das Richtige für uns, genau das Muster, das wir brauchten, überhaupt der ganze Osten, das Volkseigentum behalten und die Verantwortung dafür in die Hände derer legen, die dort arbeiten. Es funktioniert, das musst du sehen!«

»Eigentlich wolltest du mich doch anrufen?«, sage ich, obwohl ich mir vorgenommen hatte, ihr keine Vorwürfe zu machen.

»Ich bin eben erst rein! Der Film – das war wie ein Blitz, so hat der eingeschlagen! Ich hab geheult, weil das so schön und richtig ist und so traurig, weil wir nicht selbst auf diese Idee gekommen sind. Ich hab vor Glück geheult und vor Scham. Warum sagt hier keiner: Übernehmt den Betrieb, er gehört euch, macht was draus!«

»Was gehört euch?«

»Na, der Betrieb, unser volkseigener!«

»Aber der gehört doch dem Haussmann aus Passau und seiner Firma, die haben euch gekauft, völlig eindeutig, juristisch einwandfrei!«

»Ach, diese Würstchenbude! Das ist doch lächerlich. Der hat fünfzig Angestellte, wir waren fünftausend! Da könnte jeder sagen: Ich kaufe das. Das muss rückgängig gemacht werden!«

»Elke, beruhige dich! Gekauft ist gekauft. Eigentum ist heilig …«

»Und Volkseigentum nicht? Ist Volkseigentum nicht heilig?«

»Wenn du am Eigentum rüttelst, rüttelst du an allem.«

»An uns darf gerüttelt werden, aber an den anderen nicht? Peter, du musst den Film sehen! Die machen Plus, die investieren in die Maschinen, die haben kostenloses Kantinenessen, einen Bus, der die Arbeiter von zu Hause abholt, die reden sogar über die 35-Stunden-Woche, vor allem aber: Die entscheiden alles selbst! Die diskutieren, bis sie eine Lösung gefunden haben. Und jeder ist gefragt. Und weißt du, was das Schönste daran ist? Sie haben die alten Fotos im Chefzimmer hängen lassen, die Fotos, auf denen der ehemalige Besitzer mit allen möglichen Staatmännern und Generälen zu sehen ist, die Fotos haben sie hängen lassen, nur verkehrt herum, also kopfüber!«

»Und was ist mit dem Eigentümer?«

»Das ist eine Fliesenfabrik, vierhundertfünfzig Arbeiter, die machen alles selbst.«

»Und wer leitet die Fabrik?«

»Das Arbeiterkomitee! Studenten haben ihnen die Buchhaltung beigebracht, die liefern ihre Fliesen ins ganze Land. Außerdem spenden sie, Solidaritätsaktionen mit anderen Betrieben, die sich befreien. Und auf der Verpackung der Fliesen steht: ›Betrieb ohne Patron‹! Auf Spanisch klingt das besser! Die haben alle so eine natürliche Würde! Verglichen mit denen sind wir Kleinkrämer und Arschkriecher! Wenn du den Film gesehen hast, weißt du, wofür es sich lohnt zu kämpfen!«

Es fällt mir schwer zu glauben, dass Petra so einen Film gemacht haben soll. Aber ihren Namen jetzt zu erwähnen würde vielleicht eine ganz andere Diskussion nach sich ziehen.

»Wann sehen wir uns denn wieder?«, frage ich.

»Ich bin in das Komitee gewählt worden«, sagt Elke, als vertraute sie mir ein Geheimnis an.

»Was für ein Komitee?«

»Das Komitee, das ab jetzt unsere Geschicke bestimmen soll.«

»Welche Geschicke?«

»Wir wollen uns wehren.«

»Gegen wen? Ihr habt doch keine Feinde!«

»Gegen die, die uns die Arbeit wegnehmen und uns enteignen wollen!«

»Euch will niemand die Arbeit wegnehmen«, sage ich. »Wer erzählt so was?«

»Wir werden von nun an selbst bestimmen, wie wir arbeiten wollen.«

»Bei Kurzarbeit null ist das ziemlich schwierig.«

»Wirst schon sehen.«

»Elke, ihr habt eine soziale Absicherung, von der jeder Arbeiter auf der Welt nur träumen kann! Und wenn es niemanden mehr gibt, der eure Glühbirnen kauft, dann kannst du vielleicht bessere Vertreter einstellen und sie besser schulen, aber gegen wen verdammt nochmal willst du denn kämpfen?«

»Das ist alles ganz falsch gelaufen. Wir lassen uns nicht abwickeln. Wir werden den Betrieb besetzen, besetzen und produzieren. Und wenn wir die Glühbirnen selbst verkaufen müssen. Kannst uns ja deine Zitrone leihen.«

»Und was sagt die Gewerkschaft? Und der Betriebsrat?«

»Das Komitee vertritt von jetzt an unsere Interessen! Das ist der neue Betriebsrat.«

»Das geht nicht!«

»Der Gewerkschaft fällt außer Investor, Investor, Investor nichts ein. Mit allen, die von außen gekommen sind, haben wir nur schlechte Erfahrungen gemacht, die schlechtesten Erfahrungen! Die haben sich bei uns bedient, sich genommen, was sie wollten, ein Selbstbedienungsladen ohne Kasse. Die mussten doch nur sagen: ›Wir erhalten Arbeitsplätze‹ – und schon gehörte ihnen der Laden. Unsere beste Maschine haben sie uns abgebaut. Jetzt ist Schluss damit. ›Selbstbestimmung‹ nennt man das! Wir gehen auf Nummer Sicher!«

»Ohne Investor auf Nummer Sicher?«, frage ich. Ich ertrage Elkes Gerede nicht mehr.

»Auf Petra muss ich wohl nicht mehr eifersüchtig sein«, sagt Elke unvermittelt.

»Du musst überhaupt auf niemanden eifersüchtig sein«, sage ich. »Niemals musst du das!« Ich spüre, wie in der Stille, die auf meine Erklärung folgt, etwas Glückliches in mir aufsteigt und sich ausbreitet, es zieht bis unter die Kopfhaut.

»Mich hat das selbst überrascht«, sagt Elke, »dieser Gedanke.«

»Wie schön«, sage ich.

»Trotzdem«, sagt sie. »Trotzdem, Peter, bitte, du weißt ja, du weißt doch …«

»Ich komme«, sage ich.

»Keinesfalls! Sandra ist da.«

Ich warte, dass Elke weiterspricht.

»Gute Nacht!«, sagt sie und legt gleich auf.

Mehrmals wähle ich ihre Nummer. Erst denke ich, sie ruft zur selben Zeit an wie ich, so dass wir uns gegenseitig blockieren. Aber auch als ich mich zwinge, sie nicht anzuwählen, bleibt das Klingeln aus. Dabei hat sie ja meine Nummer! Nichts auf der Welt wäre willkommener, nichts schöner als das Klingeln meines Telefons. Es steht direkt neben meinem Bett, und bei mir ist auch nicht besetzt, die ganze Nacht nicht, das heißt, immer nur dann, wenn ich wieder ihre Nummer wähle.

ACHTES KAPITEL

In dem Peter zu einem Freund ins Krankenhaus gefahren wird. Ökonomische Ansichten. Chauffeur mit Liebeskummer.

»Du weißt, was Aristoteles sagt, dass …«

»Ja, das habt ihr mir damals in Dresden … hier rechts und dann links auf die Ostseestraße, danach immer geradeaus.«

Serge biegt nach rechts ab und lacht.

»›Jenes, welches der größten Zahl gemeinsam ist‹«, deklamiert er, »›wird die geringste Fürsorge zuteil. Denn jeder denkt hauptsächlich an sein eigenes, fast nie an das gemeinsame Interesse.‹ Ohne diese Weisheit auswendig zu können, sollte niemand unsere Schulen verlassen dürfen!«

In dem Jaguar von Serge fühle ich mich immer, als hätte ich mich in sein Büro gesetzt. Nur dass hier alles häuslicher wirkt.

»Es ist doch sowieso egal, was die machen! Ob mit oder ohne Komitee, dir gehört doch schon der halbe Laden. Du musst nur warten. Und mit jedem Tag Mahnwache wird es vielleicht billiger für dich. Dein Herr Haussmann hat Angst vor der Betriebsbesetzung. Also sei froh über die Bambule. Die haben sowieso keine Chance. Das wissen die auch.«

»Keiner weiß, was daraus wird.«

»Ich bitte dich! Die sehen so ein Filmchen und spielen danach Befreiungsbewegung – Venceremos!« Serge nimmt die rechte Hand vom Lenkrad und ballt sie zur Faust.

»Die haben aber Unterstützung, da kommen jeden Tag ziemlich viele – Geldspenden, Solidaritätsbekundungen, Essen, Kuchenbasar, sogar Chöre singen für sie.«

»Bombenstimmung! Wie auf der *Titanic*!«

»Ich finde das nicht lächerlich.«

»Hast du nicht mal gesagt, diese Petra wäre bei der Stasi gewesen?«

»So hab ich das nicht gesagt.«

»Da ahnt man doch, woher der Wind weht!«

»Ich bin auch bei der Stasi gewesen.«

»Du warst ein Kind, Peter. Sie nicht!«

»Petra ist ein Opfer, der haben sie übel mitgespielt. Außerdem ist sie von sich aus damit rausgerückt. Das ist die viel größere Leistung …«

»Wer einmal lügt … Menschen wie ihr traue ich nicht über

den Weg. Dich hat sie doch sofort beschimpft! Angriff als beste Verteidigung – so was haben die gelernt!«

Serge muss an der Ampel halten. Sein Wagen ist dann immer derart leise, als wäre der Motor ausgegangen. Nur der Regen ist zu hören. Der Scheibenwischer geht lautlos und gelassen hin und her.

»Die wollen weiterproduzieren, ganz neue Glühbirnen«, sage ich, »gar keine richtigen Glühbirnen mehr, so was Stromsparendes, das zehnmal oder hundertmal länger hält als die von Osram!«

»Wenn das so einfach wäre! Warum haben sie das denn nicht schon früher gemacht? Da hätten sie die langlebigste Glühbirne der Welt bauen können! Haben sie aber nicht!«

»Die hatten welche, die brannten zwei- bis dreimal so lang.«

»Ach, erzähl doch nichts …« Serge drückt auf den Knopf für die Bar, die sich anstelle des Handschuhfachs öffnet. Vor mir erscheinen Dosen und kleine Flaschen – Wasser, Saft, Sekt und Whisky –, am Rand stehen Gläser. Dem Vorbesitzer des Wagens sind weitere Fächer zu danken: eines für Kassetten und eines für Mütze, Schal und Handschuhe.

»Ich hätt gern 'ne Cola mit Schuss«, sagt Serge. »Hand auf's Herz, lieber Freund. Du hast nicht zufällig vor, diese verspäteten Klassenkämpfer zu unterstützen?«

»Wie kommst du denn darauf? – Wir müssen irgendwann wieder rechts.«

»Du klingst mir viel zu verständnisvoll. Nicht dass du wegen dieser Frau plötzlich Glühbirnenvisionen hast und deine Millionen verspielst! Was findest du überhaupt an der? Du brauchst was Jüngeres, Spritziges. Nicht die abgelegte Gespielin deines Vaters! Das riecht ja förmlich nach Freud!«

»Sie glaubt daran, was sie tut.«

»Ach, mich regt so was auf! Man könnte irgendwann mal anfangen, die Spielregeln zu akzeptieren! Oder?« Serge zupft mit Daumen und Zeigefinger an seiner Nasenspitze.

»Ihr Ostler denkt, die Welt hätte darauf gewartet, dass ihr das Perpetuum mobile erfindet … Wohin denn nun?«

»Es muss ganz nah sein, eigentlich müssten wir's schon …«

Dann fängt Serge wieder an zu schwärmen, mein Glühlampenquartier als größtes Gesamtkunstwerk Deutschlands, *Holtz-City*, ein architektonisches Wunderwerk, alle großen Marken der Welt unter einem Dach, die besten Restaurants, dazu Schwimmbad, Fitnesscenter und Wellness, Bowling und Kinderbetreuung, große und kleine Kinos, mit Bibliothek und Diskothek und Volkshochschule, mit Bühne und Konzertsaal, mit vielen Wohnungen, S-Bahn-Anschluss, U-Bahn-Anschluss, Tiefgaragen …

»Jede und jeder kann sich dort zu Hause fühlen«, sagt er, »ein Ort, an dem man zusammenkommt! Und auf das Dach als Symbol eine schönere und größere Weltzeituhr, die … Entschuldige!« Serges Autotelefon klingelt. »Da bist du ja!«, jubelt er.

»Rechts, die Nächste rechts!«, flüstere ich, während er den Hörer ans Ohr drückt. Die Freude auf seinem Gesicht erlischt.

»Aber … ja, die Anzeige, ist doch gut, oder? … natürlich … eine Überraschung, das sollte eine Überraschung werden! … Olga, du kannst doch nicht … du kannst doch nicht im Ernst glauben …!«

»Rechts!«, sage ich und deute vor seinem Gesicht nach rechts.

»Olga, Liebes, bitte …« Serge fährt gemächlich bei Gelbrot geradeaus über die Kreuzung.

»Rechts!«, rufe ich noch einmal, obwohl es nun zu spät ist.

Serge nimmt den Hörer vom Ohr. Trotz des Regens kann

ich Olgas Stimme an seinem Jackettrevers hören. Er hält mir den Hörer hin. Als ich zögere, rückt mir seine Hand mit dem Hörer noch näher.

»... so verachtend, so schamlos von dir! So ...«

»Olga! Olga!«, rufe ich, »ich bin's, Peter!« Einen Augenblick höre ich nichts. »Was ist denn passiert?«

»Was? Was machst du denn da? Was spielt ihr für ein Spiel mit mir?«

»Serge bringt mich ins Krankenhaus«, sage ich langsam und deutlich. »Ulf liegt dort! Das ist alles. Und das Haus habe ich Serge zu einem ganz normalen marktüblichen Preis verkauft.«

»Marktüblich, red nicht so 'nen Mist. Warum fragt mich keiner? Warum fragt ihr mich nicht, ob mir das überhaupt passt?«

»Serge wollte dich überraschen.«

»Das ist gelungen, gratuliere!«

»Moment!«, sage ich und drücke den Hörer an mich. »Du kannst doch nicht aussteigen!«

Serge hat die Fahrertür einen Spalt geöffnet, so dass der Regen Olgas Stimme aus dem Telefon übertönt. Lautlos klappen an der Decke des Wagens zwei längliche Schalen auf, Serge nimmt den Regenschirm aus der Halterung, steckt ihn durch den Türspalt nach oben, öffnet ihn per Knopfdruck und steigt aus.

»... und das mit all dem alten Kunstausstellungsquatsch, mit dem ganzen Zeug, was wir alle nicht mehr sehen wollen. Und du bist sein Steigbügelhalter! Sein Helfershelfer!«

Serge steht vor dem Wagen und sieht mich an, eine Hand hält den Schirm, die andere berührt die Kühlerhaube.

»Serge bewundert dich maßlos«, sage ich. »Und wenn du mich fragst, macht er dir bald einen Heiratsantrag.«

»Ich kenne Leute wie ihn. Du durchschaust das nicht!«

Serge und ich sehen einander durch die Scheibe an.

Nein, sein Blick geht ins Leere, als betrachtete er sich im Spiegel.

»Ich kann dir nur sagen, was ich weiß. Kunst ist seine Passion.«

»Er will Geld machen, das ist alles. Und das ziemlich skrupellos.«

»Geld hat er genug. Er will was bewirken!«

»Seit wann weißt du das alles?«

»Seit ein paar Wochen. Wir waren spazieren, und am Ende ist er damit rausgerückt.«

»Dass er das Haus will?«

»Dass er dich liebt. Und dann hat er mich gefragt, ob er das Grundstück kaufen darf, weil er dir da nahe wäre, und noch eine Galerie mehr sei für alle gut.«

»Du fällst auf jedes Gequatsche rein!«

Die Scheibenwischer gehen zwischen Serge und mir hin und her wie bei einem Hypnoseversuch.

»Wenn du es nicht glaubst, kann ich das auch nicht ändern.«

Nachdem sie aufgelegt hat und das Besetztzeichen tutet, halte ich den Hörer noch eine Weile ans Ohr. Serge hat immer noch diesen Spiegelblick. Es müsste Zeitblasen geben, in die man für ein paar Tage verschwinden könnte. Ich winke Serge zu und lege den Hörer zurück in seine Aufhängung.

»Und? Was hast du ihr gesagt?« Serge wirft den nassen Schirm nach hinten, zieht sein Einstecktuch hervor und wischt sich übers Gesicht.

»Die Wahrheit«, sage ich. »Nichts als die Wahrheit.«

NEUNTES KAPITEL

In dem Peter ein Krankenhaus besucht. Von der Notwendigkeit des Gebets. Tee und die Angst vor dem Besucher.

Angelika und Jürgen haben die Augen geschlossen. Beide sitzen kerzengerade auf der Kante der Bank, als wären sie im Moment kurz vor dem Aufstehen versteinert. Ich betrachte ihre gefalteten und in den Schoß gedrückten Hände und die breiten Eheringe. Den nassen Schirm von Serge halte ich von mir weg und warte, dass die beiden ihr Gebet beenden. Alle anderen Bänke in der Eingangshalle des Krankenhauses sind leer. Obwohl ich fünf oder sechs Meter vor ihnen stehen geblieben bin, hat mich Angelika bemerkt. Sie öffnet die Augen, senkt ihren Blick wieder auf die geschlossenen Knie, bis Jürgen »Amen« haucht.

»Es musste so kommen!«, platzt sie heraus. »Es musste musste musste musste so kommen, es musste!«

»Wir wollen ja helfen!«, sagt Jürgen. »Aber es bringt nichts! Er sollte sich von Sonja und Konrad fernhalten. Das wäre für alle das Beste!«

»Wir können nur für ihn beten, wirklich, was anderes hilft sowieso nicht mehr!«

»Zuletzt hat da ein Typ bei uns geklingelt, Arme wie Baumstämme, tätowiert. Weißt du, was der wollte? Zwanzigtausend wollte der, zwanzigtausend, von uns! Das sei das mindeste, was er für irgendeine Christina noch bekäme, das mindeste! Und dann hat er gesagt, ›Gruß an Konrad‹, stell dir das mal vor, ›Gruß an Konrad‹! Solche Typen schneiden Kindern die Finger ab und schicken sie dir, so einer ist das gewesen!«

»Wir wissen nicht mehr, was wir machen sollen. Wir können die Kinder überhaupt nicht mehr allein lassen«, sagt Angelika.

»Jemanden wie mich, selbst dich … Mit dem kleinen Finger schubsen die uns beiseite oder halten dir gleich ihre Knarre ans Ohr.«

»Es musste so kommen, es musste …«

Plötzlich spritzt Wasser herum, der Schirm hat sich von selbst wieder geöffnet. »Entschuldigt«, sage ich. Während Angelika weiterspricht, schlurft ein alter Mann mit einem Infusionsgestell auf Rädern vorüber. Der durchsichtige Beutel schlenkert unablässig hin und her, weil der Mann das Gestell bei jedem Schritt vorwärtsstößt.

»Und du hängst da voll mit drin! Du hast Ulf da reingezogen! Das ist dein Werk! Sonja und Konrad mussten ihren Vater im Bordell besuchen. Du kannst deine Hände nicht in Unschuld waschen, Peter, dafür ist es zu spät!«

»Habt ihr deshalb angerufen?« Ich stelle den aufgespannten Schirm neben die Stühle.

»Warum werden denn immer *wir* angerufen? Hat seine Lilith, oder wie sie heißt, kein Telefon? Die sitzt oben, Intensivstation. Ist es unsere Aufgabe, uns um Ulf zu kümmern? Er zieht uns da alle mit rein, immer weiter und weiter zieht er uns rein …« Angelika kommen die Tränen.

»Ohne Gebet wäre das gar nicht auszuhalten«, sagt Jürgen. »Und wenn ich ›Amen‹ gesagt habe, möchte ich am liebsten gleich wieder von vorne anfangen.«

Bei seinen letzten Worten stehen beide auf.

»Wollt ihr den Schirm? Es regnet.«

Jürgen nickt, Angelika hakt sich bei ihm unter. Er hält den Schirm über beide, als müssten sie es ausprobieren, bevor sie durch die Tür gehen, die sich automatisch vor ihnen öffnet.

Ich fahre in den zweiten Stock. Als ich aus dem Fahrstuhl steige, steht ein Mann in einem rostroten Bademantel vor einem Geschirrwagen. Seine wenigen Haare ragen über den ausgefransten Kragen. Er spricht, offensichtlich mit sich selbst. Er hat Mühe, den Teekübel anzukippen und gleichzeitig seine Plastetasse darunterzuhalten. Ich will ihm helfen, er weicht zurück und hebt die Arme, als gelte es, einen Schlag abzuwehren. Die Plastetasse fällt zu Boden. Ich entschuldige mich, nehme eine neue Tasse und fülle sie ihm. Ängstlich wedeln seine Hände, von mir nimmt er nichts. Ich stelle die volle Tasse auf den Geschirrwagen und gehe den Stationsflur entlang. Lilly schläft auf einem Stuhl. Ihre Schultern berühren die obere Kante der Rückenlehne, ihr Kopf ist nach vorn gefallen, die Hände stecken in den Seitentaschen ihrer Jacke. Als ich vor ihr stehen bleibe, öffnet sie die Augen und rutscht höher.

»Was ist passiert?«

»Er liegt auf der Intensivstation.« Ihr Kopf deutet den Gang hinunter, der an einer großen Tür endet. »Außer Lebensgefahr, haben sie gesagt. Kann sein, dass ihm nur noch ein Auge bleibt.«

»Wie das?«

»Zusammengeschlagen, zusammengetreten. Totschlagen wollten sie ihn nicht, dann kann er ja nichts mehr zahlen.«

»Wer zum Teufel? Und warum? Wieso weiß ich davon nichts?«

»Hast du was zu trinken?«

»Wer war das?«

»Wenn ich die Namen wüsste, wären es sowieso die falschen. Mal kommen die, dann die, dann wieder ganz andere. Wir haben sogar mal versucht, einen zu bestechen …« Lilly will weiterreden, holt schon Luft, schüttelt aber nur den Kopf und stößt die Luft wieder aus. »Das haut alles nicht hin!«

»Wer hat versucht«, ich betone jedes Wort, »Ulf totzuschlagen?«

»Keine Ahnung.«

»Du weißt es!«

Lilly schüttelt den Kopf. Sie zieht die Hände aus den Taschen, streckt die Arme vor, verschränkt die Finger ineinander, dreht die Handflächen nach außen und unterdrückt ein Gähnen.

»Kann ich ihn sehen?«

»Da darf niemand rein, sie machen gerade irgendwas. Kannst sowieso nicht mit ihm reden.«

Lilly steht auf. Wir gehen ein paar Schritte. Der Mann hantiert erneut an dem Kübel. Wieder erschrickt er vor mir! Wieder fällt seine Plastetasse zu Boden. Wieder hebt er beide Hände und nimmt Reißaus vor mir. Ich bleibe stehen, um ihm Zeit zu lassen. Mehrmals dreht er sich nach mir um. Statt aber seine Zimmertür hinter sich zu schließen, beobachtet er mich durch den Türspalt.

Die von mir gefüllte Tasse steht noch da. Ich nehme eine neue. Aber Lilly winkt ab.

»Wir haben echt gut verdient, und die Mädchen erst recht«, sagt sie, ohne den alten Mann zu beachten. »Die bekamen zwei Drittel, und die Extras konnten sie behalten. Und Escort nur ein Viertel für uns. Und die Männer mussten duschen, alle, ausnahmslos. Wir haben die Preise oben gehalten …«

»Warum habt ihr mir dann so viel gezahlt? Das ist doch völlig überflüssig gewesen!«

»Eine Frage der Selbstachtung, zumindest für Ulf.«

»Bin ich denn auf der Welt, um euch von mir abhängig zu machen? Ich wollte euch das Haus schenken, als Freund! Merkst du denn nicht, wie beleidigend das für mich ist?«

»Mit dem Geld muss man klar sein, sonst haut das andere auch nicht hin. – Es lief ja gut, bis dann die aus dem Osten kamen und vom Balkan. Am Anfang haben wir alle Mädels genommen, und wenn wir sie nicht nehmen konnten, haben wir weitervermittelt, hat auch meistens geklappt. Es wurden nur immer mehr, und irgendwann haben wir gemerkt, dass manche das gar nicht wollen. Die wurden nachts abkassiert und morgens gleich wieder bei uns abgesetzt. Die hatten nicht mal gefrühstückt. Die machten auch Sachen, die tabu waren, ohne Gummi und so 'n Scheiß. Die waren völlig eingeschüchtert. Wenn du sie gefragt hast, sagten die immer nur: ›Ja, ja, ja‹. Du kennst sie ja, La Draga …«

»Miriam auch?«, frage ich.

»Miriam nicht. Aber Stella, die musste …«

»Was?«

»Na was schon! Die haben sie verprügelt, ziemlich geschickt verprügelt. Und dann haben sie uns gedroht. Da kam immer mal ein Deutscher, angeblich als Vermittler. Aber die anderen, die hast du kaum verstanden. Wir sollten ihre Frauen nehmen, nur noch ihre, oder sie machen Stress.«

»Und jetzt?«

»Jetzt ist Schluss.«

»Und die Frauen?«

»Kann ich mich nicht drum kümmern. Ich weiß ja nicht mal, ob Ulf hier wieder rauskommt!«

»Hast du Stellas Nummer?«

»Die ist doch schon zwei Monate weg.«

»Hast du Anzeige erstattet?«

»Wegen Stella?«

»Wegen Ulf.«

»Das bringt nichts! Die sind schon sonst wo!«

»Aber die Hintermänner! Die, die daran verdienen!«

»Da ist so viel Scheiße in der Welt, wenn es da irgendwo mal bisschen besser ist – klar wollen da alle hin. Und ob die Welt die Welt ist oder Berlin oder Mitte, das ist schnuppe. Das hab ich jetzt begriffen. Und Ulf auch. Das haut alles nicht hin!«

»Aber es ist eure Pflicht, Anzeige zu erstatten!«

»Sag's ihm.« Sie deutet in Richtung Intensivstation. »Sag's ihm!«

Der Kiosk im Erdgeschoss hat noch geöffnet. Ich kaufe Cola und Wasser und Mars und Bounty für Lilly und kehre mit den Einkäufen zurück.

Der verwirrte Alte hat sich neben Lilly gesetzt und fährt hoch, als er mich erblickt. Lilly hält ihn am Ärmel fest, doch vergeblich. Auf der anderen Seite des Ganges hat sich eine ganz Familie niedergelassen. Eltern und Kinder wimmern gleichzeitig vor sich hin. Ihre Hände und Arme sind miteinander verschlungen wie eine Girlande.

Ich stelle die Flaschen auf einen Stuhl und lege die Riegel daneben und gehe gleich wieder zum Fahrstuhl zurück.

»Um Gottes willen, um Gottes willen, nein!«, ruft der Alte hinter mir. Als ich mich umsehe, hat Lilly bereits eine Wasserflasche genommen. Sie trinkt. Und solange ich vor dem Fahrstuhl warte, setzt sie die Flasche auch nicht mehr ab.

ZEHNTES KAPITEL

In dem Peter einen Film zum Geburtstag sehen muss. Unverständliche Liebe zur Schönsten der Frauen. Arbeitereinheitsfront contra Badminton.

Als der Abspann vorüber ist, hören wir weiter dem Gesang zu, der wohl zum Mitsingen animieren soll – zum Schluss Applaus und Jubel, der in den Applaus unserer Runde übergeht.

Olga schaltet das Licht an. Sie hat für den Abend eine ganze Wand abhängen lassen. Petra und Camila gehen nach vorn und verbeugen sich Hand in Hand, als hätte jede von ihnen gerade eine Titelpartie gesungen. Elke ist aufgesprungen und applaudiert weiter. Sie wischt sich nicht mal die Tränen ab. Dann enteilt sie in Richtung Toilette. Selbst Serge applaudiert lautstark. Ich klatsche, weil alles andere unhöflich wäre. Schließlich ist die Filmvorführung Olgas Geburtstagsgeschenk für mich, auch wenn ich nicht weiß, was sie damit beabsichtigt.

»Sehr beeindruckend!«, sagt Beate.

»Die Südamerikaner, die haben's eben drauf«, sagt Reinhold, ihr Freund.

»Wirklich gut gemacht, große Klasse!«, sagt Olga.

Petra übersetzt für Camila, die jedem, der etwas gesagt hat, mehrmals und freudig zunickt.

»Da sieht man's mal«, sagt Andreas. »Der Sozialismus hat wenigstens noch was gewollt, der Kapitalismus will gar nichts mehr!«

»Schade, dass ihr das so spät merkt!«, sagt Susanne. Sie und Holger haben sich wohl halbwegs im Guten getrennt. Holger ist bei der Stasiunterlagenbehörde gelandet, ziemlich weit oben. Karl aus dem Käthe-Kollwitz, der mal mit Olga zusammen gewesen ist, lässt den Kopf hängen. Bei ihm reichen zwei oder drei Gläser Wein, um ihn vollkommen stumpf werden zu lassen. Wieder bleibt alles an mir hängen.

»Vielen Dank, dass wir den Film sehen durften«, beginne ich. »Und vielen Dank nochmals dir, Andreas, dass du dein Keyboard mitgebracht hast.« Andreas prostet mir zu. Ich warte, bis Petra übersetzt hat. »Ich würde gern fragen, wie es mit der besetzten Fabrik weitergegangen ist.«

»Sie arbeiten weiter und kämpfen für eine Verstaatlichung unter Arbeiterkontrolle, davon gehen sie nicht ab.« Camila nickt dazu, als verstehe sie, was Petra sagt.

»Selbstverständlich bin ich dafür, dass die Beschäftigten unter guten Bedingungen arbeiten können«, sage ich. »Aber so ein Betrieb muss ja auch erst mal gebaut werden, das sind erhebliche Investitionen, die zahlt niemand aus der

Portokasse, dafür müssen Kredite aufgenommen werden. Und wenn jemand das Risiko trägt und so eine Fabrik bauen lässt, ist er auch darauf angewiesen, seine Investitionen wieder reinzubekommen.«

»Und das heißt?«, fragt Olga.

»Dass ich als Inhaber und Unternehmer nicht so sozial sein kann, wie ich möchte, weil ich zuerst meine Schulden begleichen muss. Und wenn ich pleitegehe, sollte ich nicht noch enteignet werden.« Wie es scheint, habe ich die begeisterten Fabrikbesetzer gerade schachmatt gesetzt. Selbst Petra, die nicht mehr übersetzt, schweigt. Umso mehr ärgert es mich, dass Elke noch immer auf der Toilette ist. Denn das ist genau unser Streitpunkt.

»Was wäre denn passiert, wenn sie nicht weiterproduziert hätten?«, fragt Serge.

Obwohl seine Frage befremdlich klingt, fast so, als wollte er mir in den Rücken fallen, bin ich froh, dass er sich einmischt. Ihm vertraue ich.

»Das weiß ich nicht«, sage ich. »Vielleicht hätte sich jemand gefunden, der sie übernimmt.«

»Und?«, fragt Serge, der sich auf die Lehne des Nebenstuhls gestützt hat und seine langen Finger über die Stirn fächert, »was hätten sie dann gemacht, die Arbeiter?«

»Sie hätten weiterproduziert«, sage ich, obwohl es mir nicht passt, so schülerhaft befragt zu werden.

»Sie hätten weiterproduziert, aber wahrscheinlich nicht so viel und unter schlechteren Bedingungen, oder?«

»Richtig!«, sagt Elke, die neben Camila stehen geblieben ist. »Weniger, und vor allem unter schlechteren Bedingungen.«

»Sie hätten also nichts anderes gemacht«, fährt Serge ungerührt fort, »als das, was sie jetzt machen. Sie hätten es nur schlechter gemacht, schlechter für alle.«

»Du vergisst den Besitzer!«, widerspreche ich und hoffe nun, an dem Punkt angelangt zu sein, an dem Serge eine Schlussfolgerung zu meinen Gunsten ziehen wird.

»Der Besitzer«, sagt Serge, »haftet wohl nicht mit seinem Kopf. Den Verlust tragen ein paar Banken, richtig?«

»Selbst wenn. Das ändert doch nichts. Vielleicht bin ich ja Aktionär der Bank?«

»Dann hast du dich verspekuliert«, sagt er.

»Entweder entscheidet man sich für Privateigentum, oder man entscheidet sich dagegen. Aber erst ja und dann doch nein hilft niemandem! Was sagt denn die Bankerin dazu?«, frage ich an Beate gewandt.

»Banken haben auch Rechte«, sagt Reinhold.

»Eben«, sage ich.

»Bank hin oder her«, sagt Serge und schlägt die Beine übereinander, so dass er nun fast schräg über den Stühlen liegt, »die eigentliche Frage ist doch, was das mit uns zu tun hat? Hier gibt es ja, wenn ich das richtig sehe, keinen Besitzer.«

»Natürlich hat die Glühlampenbude einen Besitzer!«

»Lächerlich!«, sagt Elke, die überhaupt nicht mehr verunsichert wirkt. »Der volkseigene Betrieb gehört uns! Wem denn sonst? Verstaatlichung unter Arbeiterkontrolle!«

»Das ist das Stichwort«, ruft Petra. »Wir haben noch eine Überraschung, zehn Minuten, ohne Kommentar, ohne Musik …«

»Was ich so wichtig finde«, fängt Susanne plötzlich an, »ist das, was der Mann von dem besetzten Hotel gesagt hat, über die Verwandlung des Bewusstseins, darum geht es doch! Gerade weil sie keinen Patron haben, übernehmen sie selbst die Verantwortung. Das Arbeiten ohne Patron bedeutet eine absolute Freiheit. Er hat es ganz klar gesagt: Diese Freiheit erlaubt dir, deine Sichtweise so zu erweitern, dass du die Dinge für die Gemeinschaft tun kannst. Unter einem Patron geht das nicht!«

»Richtig!«, ruft Elke.

»Wieso applaudierst du?«, frage ich Serge.

»Weil ich mir wünschte, in meiner Partei würden sie ein bisschen mehr so denken wie Elke.«

»Welche Partei denn?«

»Denkt man nicht, oder?«, sagt Olga. »Serge ist Genosse, seit er achtzehn ist, SPD-Genosse.«

»Was hat das damit zu tun?«, frage ich.

Ich begreife Serge nicht. Vor allem aber begreife ich nicht, warum ich Elke liebe. Unsere Auffassungen passen überhaupt nicht zueinander. Und das ist nicht nur eine theoretische Frage. Wir stehen auch praktisch auf verschiedenen Seiten der Barrikade. Trotzdem erscheint mir Elke jetzt, da sie mit Olga und Petra spricht, viel schöner als die beiden jüngeren Frauen.

Es rumst. Karl ist vom Stuhl gefallen. Sein Glas rollt noch, als ich bei ihm bin. Ich fasse ihn unter der Schulter. Es scheint, als käme Karl von allein auf die Beine, doch dann sackt er um, sein Kopf knallt seitlich aufs Parkett. Camila tunkt Papiertaschentücher in die Weinpfütze vor seinem Gesicht. Karl verzieht den Mund zu einem Lächeln.

»Und wohin mit ihm?«, fragt Olga. »Das Sofa ist zu klein. Außerdem kotzt er mir dann wieder alles voll.«

Zusammen mit Andreas ziehe ich Karl ein Stück zur Seite. Olga breitet eine Decke auf dem Boden aus und bringt die Nackenstütze von ihrem Bürostuhl. Während wir noch um ihn herumstehen, ist er bereits eingeschlafen.

»Jetzt aber unser Geburtstagsgeschenk!«, ruft Petra.

Im selben Moment geht das Licht aus. Elke setzt sich neben mich und ergreift meine Linke. Sie drückt sie kurz.

»Geht's dir nicht gut?«, flüstert sie.

»Wieso?«

»Ganz kalte Hände.«

Der neue Film beginnt mit Applaus. Der gefüllte Festsaal

der Glühlampenbude, viele Gesichter. Noch bevor wir den Redner sehen, hören wir ihn: »Wir lassen uns nicht die Maschinen wegnehmen! Wir lassen uns nicht unsere Arbeit wegnehmen! Wir lassen uns nicht unsere Zukunft rauben!«

Elke flüstert mir den Namen desjenigen zu, dessen Rede im Beifall untergeht. Was da im Film erscheint, kenne ich bereits aus ihren Erzählungen. Auch der Raum ist mir vertraut. Nur die Gesichter der Akteure sind andere als in meiner Vorstellung. In kurzen Sequenzen kann ich mitverfolgen, wie die verbliebene Belegschaft die Bewachung aller Werkstore beschließt, um den Abtransport der Maschinen zu verhindern. Mir fällt es schwer, mich zu konzentrieren. Und wenn ich meine Pläne änderte? Wenn es statt *Holtz-City* eine neue *Glühlampen-City* gäbe mit der langlebigsten Glühlampe aller Zeiten? Falls es misslingt, bin ich die Millionen los, und nichts stünde einer Heirat mit Elke mehr im Weg? Sie zuckt zusammen, wie manchmal während des Einschlafens. Ich sehe Elkes Gesicht ganz groß vor mir. Sie erzählt denselben Blödsinn wie immer, alles Variationen des Satzes: Wir müssen uns unserer Kraft bewusst werden! Der letzte Satz ist schon unterlegt mit dem *Einheitsfrontlied*, das ein Chor singt, der die Mahnwache am Haupttor der Glühlampenbude besucht. Das Lied könnte ich immer noch mitsingen. »Reih dich ein in die Arbeitereinheitsfront, weil du auch ein Arbeiter bist.« Darauf folgt im Refrain: »… drum links, zwei, drei …«. Ein Schnitt. Völlig unmotiviert sehen wir meine Badminton-Halle, zuerst von außen, dann von innen. Die Kamera zoomt immer näher. Ich weiß bereits, was alle anderen erst im nächsten Augenblick erkennen werden: mich! Ich spiele Badminton mit Ulf, also noch vor dem Überfall auf ihn. Ich bin verschwitzt, man sieht den Schweiß dunkel auf Brust und Bauch meines grünen Trikots. Ich stürze nach rechts, nach links, ich wirke beinah geschmeidig. Und wie schnell mir die Ausfallschritte gelingen! Allmählich verlangsamt der Film meine Bewegungen, bis ich beim Schmettern eines Balles in der Zeitlupe anlange, begleitet von sphärischen Klängen. Die kommen vom Keyboard. Je langsamer ich werde, desto lauter spielt Andreas, bis er losdröhnt, während ich zum Standbild gefriere, mit beiden Füßen ein gutes Stück über dem Parkett meiner Tag für Tag ausgebuchten Traglufthalle.

BUCH X

ERSTES KAPITEL

In dem Peter nach acht Jahren wieder auf eine Beerdigung muss. Wer zahlt, spricht. Die Stimme des Toten. Eine nicht gehaltene Rede.

Vor dem Friedhof stehen drei vergitterte Einsatzwagen. Hinter den Scheiben die bloßen Köpfe der Polizisten. Ich frage den Fahrer des ersten Wagens, der die Tür einen Spalt geöffnet hat und raucht, was los sei. Er zieht an der Zigarette, schnippt die Kippe über mich hinweg in den Schneematsch, atmet aus und schließt die Wagentür.

Gemeinsam mit Karls geschiedener Frau Daniela und ihrem Sohn Tom gehe ich zur Friedhofskapelle. Tom sieht seiner Mutter ähnlich. Erst als er den Mund verzieht, weil ich etwas von »groß geworden« sage, erkenne ich Karls schiefes Lächeln an ihm.

Ich zähle vier junge Frauen, die bereits vor der Kapelle warten. Allerdings steht jede für sich.

»Das ist sehr großzügig von dir, das alles zu übernehmen«, sagt Daniela. Tom nickt.

»Ich habe nichts übernommen«, sage ich.

»Es ist alles bezahlt, Sarg, Grab, die Suffköppe da …« Die Männer des Bestattungsinstitutes treten aus der Kapelle.

»Entschuldigt«, sage ich, »daran habe ich überhaupt nicht gedacht!«

»Vielleicht Olga?«

Die vier Frauen steigen eine nach der anderen langsam die Treppe hinauf, jede mit einer Rose in der Hand.

Erst als Ulf mich begrüßt – er tut es betont ernst –, sehe ich, dass er doch die gleichen Sachen trägt wie immer, nur in Schwarz: Jeans, Hemd und Bundjacke. Seine Stiefel mit den weißen Schnürsenkeln glänzen, er riecht nach Schuhcreme.

»Mein Beileid«, sagt er zu Daniela, gibt ihr die Hand und macht einen Diener, wie um ihr seinen Scheitel vorzuführen.

»Mein Beileid«, sagt er zu Tom und verbeugt sich ein zweites Mal.

»Hat das Geplärre da mit dir zu tun?«, fragt Olga, die mit Serge gekommen ist.

Ulf reagiert nicht. Er beugt sich zu Daniela und Tom. Zu dritt gehen sie ein paar Schritte zur Seite.

Jetzt höre auch ich, was Olga mit »Geplärre« meint. Ein Sprechchor: »Hoch – die – na-tio-na-le Solidarität!« Sie müssen die Silben von »nationale« dehnen, weil ihnen die beiden vorangestellten Silben von »inter« fehlen, die ich automatisch ergänze, um im Rhythmus zu bleiben.

In der Kapelle ist der verschlossene Sarg so aufgestellt, dass Karl uns auch im Liegen sehen könnte. Der größte Kranz lehnt an der Fußseite. »Letzter Gruß – De … treuen Ka …« entziffere ich. Das gerahmte Farbfoto von Karl ist aus der Zeit, als sein Gesicht bereits aufgedunsen war. Er lächelt verlegen wie auf einem Schülerpassbild.

»Mach dir mal keine Sorgen«, sagt Ulf, der sich neben mich in die erste Reihe rechts setzt.

»Hast du das bezahlt?«, frage ich.

Ulf nickt. »Nicht persönlich.« Er öffnet den Knopf an seiner linken Brustasche und zieht ein kleines schwarzes Buch hervor. ›Widerstand‹ steht in erhabenen Buchstaben darauf.

»Seit vier Monaten hat Karl Mitgliedsbeitrag gezahlt.«

»Er hatte doch gar kein Geld!«

Ulf steckt das Mitgliedsbuch zurück. Vom Tonband kommt Musik, so ähnlich wie die, die sie im Planetarium spielen.

»King Crimson, seine Lieblingsgruppe«, flüstert Ulf. Die Musik wird lauter. Plötzlich poltert es im Gestühl. Es werden immer mehr junge Männer, die sich schnell und schweigend auf die Bankreihen verteilen, als hätten sie es vorher trainiert. Karls ehemalige Geliebte springen auf. Kurz darauf sitzen sie nebeneinander in der ersten Reihe links, ihre Rosen wie ein modisches Zubehör auf den schwarzbestrumpften Knien.

Ich habe den Auftritt des Pfarrers verpasst. Mit dem Rücken zu uns steht er vor dem Sarg und hält den Kopf gesenkt. Mit dem linken Arm drückt er eine dicke Mappe an sich – es ist Wolfgang! Mir kommt es vor, als hätte ich ihn an den Händen mit den heraustretenden Adern erkannt. Er begrüßt Daniela und Tom, dann Olga. Serge, Ulf und ich stehen auf. Er setzt sich rechts von mir auf den letzten freien Platz, die dicke Mappe zwischen den Füßen.

Inzwischen ist Ulf an den Sarg getreten. Er verharrt mit gesenktem Kopf. Als die Musik ausklingt, bückt er sich und ordnet die Schleifen des großen Kranzes. Dann tritt er ans Rednerpult. Es sind mehrere Seiten, die er entfaltet und glattstreicht.

»Liebe Daniela, lieber Tom, Kameraden!« Bei ›Kameraden‹ verhaspelt sich Ulf. Er blickt von links nach rechts und dann über die Köpfe hinweg in die Ferne. Wer es nicht weiß, bemerkt sein Glasauge nicht.

Als Ulf weiterspricht, beginnt er zu stottern, was ihm in letzter Zeit wieder öfter passiert. Nach jedem Satz sieht er auf, als erwarte er eine Antwort. Hinter uns beginnt es zu kichern und glucksen. Die Pausen zwischen seinen Sätzen dehnen sich.

»Das Nazi-Gelaber hör ich mir nicht an«, sagt Serge und erhebt sich.

»Warte«, sage ich. Serge schaut mich mit hochgezogenen Brauen an.

»... ist Karl unserer Kameradschaft beigetreten!«, sagt Ulf und blickt stolz auf.

Serge knöpft sich den Mantel zu. Weil er so lang ist, sind es viele Knöpfe. Er sieht auf Olga herab und auf mich. Dann nimmt er seinen Hut von der Bank und geht. Drei der Frauen folgen seinem Beispiel. Die letzte wirft ihre Rose in Richtung Sarg.

»Hiermit beende ich meine Rede«, sagt Ulf stotternd, obwohl er erst eine Seite umgeblättert hat. Er sitzt noch nicht, da hat bereits Wolfgang seinen Platz am Pult eingenommen.

»Gott, der Allmächtige, sei mit euch!«, schallt es. Er hat das Mikro eingeschaltet und seine dicke Mappe auf dem Pult platziert.

»Am 23. November letzten Jahres erhielt ich über einige Umwege ein Kuvert mit einer Kassette. Der Absender war Karl Groeben.«

Während des Sprechens hat Wolfgang den alten *Sonett*-Kassettenrecorder hervorgezogen, auf dem noch die Farbspritzer unserer Feierabendarbeit zu sehen sind. Er drückt die Abspieltaste und hält das *Sonett* mit beiden Händen vor die Brust. Karls Lachen, das nach einigem Rascheln und Knacken zu hören ist, klingt so, als könnte er uns sehen. »Als Pfarrer darfst du dich ja nicht wundern. Nennt man das überhaupt Pfarrer bei euch?« – wieder ein kurzes Auflachen. Ich verstehe Karl nicht immer, aber was er sagt, hat nichts von Verabschiedung. Er sinniert über die Kassette, auf die er spricht. Schrottmusik sei darauf gewesen. Er habe keine Ahnung, was so ein gepolsterter Umschlag koste und das Porto, um die Kassette zu verschicken. Ich weiß nicht, warum wir uns diese Banalitäten anhören müssen. Dann erzählt er wieder das Märchen von seinem Magenkrebs. Angeblich sammelt er Geld, um zum Sterben nach Brasilien zu fahren, weil es dort warm sei und die Frauen schön und liebenswürdig.

»Berlin ist arschkalt«, sagt Karl mehrmals. Er wisse genau, dass er nie wieder eine Arbeit finden werde, nie wieder, wer wolle schon jemanden wie ihn. Auf dem Bau werde man ihn fertigmachen, dafür habe er nicht genügend Kraft, und alles andere … nicht mal als Nachtwächter habe man ihn genommen … genommen schon, aber auch gleich wieder vor die Tür gesetzt.

Ich würde gern wissen, warum Wolfgang uns das vorspielt. Daniela weint, Tom hat seinen rechten Arm um ihre Schulter gelegt, Olga blickt zu mir und zu Ulf, den Karl gerade »meinen Nazi-Luden« nennt und darüber selbst lachen muss, »mein Nazi-Lude«, wiederholt er, »der mir regelmäßig ein paar Bierchen spendiert …«

Ich habe mich immer in Karls Schuld gefühlt, weil er im Käthe-Kollwitz, nachdem mein Großvater nicht mehr da war, nie gemeinsame Sache mit den anderen gemacht hat. Gibt es den Tatbestand der leichtfertigen Tötung, der Tötung aus Unachtsamkeit und Vergesslichkeit? Wenn ja, dann bin ich schuldig. Ich habe nicht daran gedacht, Karl die alten Schlüssel wegzunehmen, die für seine ehemalige Wohnung in meinem Haus in der Moosdorfstraße, in dem er seit Ende 1993 gewohnt hat. Das Haus, das letzte, das sich noch in meinem Portfolio befindet, wird seit letztem August saniert. Wohnungen wie diese sind überall auf der Welt rar. Doch statt abends in seine neue, helle, frisch sanierte Zweiraumwohnung in der Bötzowstraße zu fahren, deren Miete Olga und ich uns teilen, ist er zurück in die Moosdorfstraße, aus Gewohnheit vielleicht, oder weil er den Umzug in seiner Trunkenheit vergessen hatte. Er ist durch seine alte Behausung geirrt und gestürzt. Durch ein Loch ist er eine Etage tiefer gestürzt und dort liegen geblieben und erfroren. Vor drei Wochen, zwischen Freitag spätabends und dem Montagmorgen, ist es passiert. Womöglich hat er sich auch gleich das Genick gebrochen und ist nicht erfroren. Das weiß nur die Polizei. Daniela wollte das Protokoll nicht lesen, und mir sagen sie nichts. Mir macht auch niemand einen Vorwurf. Aber zu behaupten, früher oder später wäre sowieso was mit ihm passiert, ist dumm und grausam. Ich habe immer daran geglaubt, dass Karl noch eine Arbeit finden wird. Jeder hat Rückschläge zu verkraften. Wenn ich ihm nur den Schlüssel weggenommen hätte! Aus falscher Rücksichtnahme habe ich diesen Schritt gescheut, weil es schon schwer genug gewesen ist, Karl aus der Moosdorfstraße rauszuholen und mir die Symbolik missfiel, ihm auch noch die Schlüssel abzunehmen. Ich verstehe nicht, warum Karl sich immer so hat hängenlassen. Und die Erklärung, er sei ein Heimkind – das bin ich doch auch! »Was habt ihr denn bloß alle?«, werde ich sagen, wenn Wolfgang fertig ist. »Wo sonst auf der Welt wird es einem so leichtgemacht, wie bei uns, das Glück zu finden? Man muss nur bereit sein, auch etwas dafür zu tun! Das kann jeder! Oder etwa nicht?«

Wolfgang hat das *Sonett* ausgeschaltet, doch bevor er selbst etwas sagen kann, steht Ulf am Mikrofon und hält das schwarze Buch hoch, er klappt es auf und deutet auf die Beitragsmarken. Viel zu laut stottert er ins Mikrofon. Doch selbst wenn er zu verstehen wäre, gäbe es nicht mal auf den hinteren Bankreihen jemanden, der ihm nach allem, was Karl über ihn berichtet hat, noch Glauben schenkte, und auch niemanden, der seine Verzweiflung teilte, weshalb ich Ulf gern etwas Tröstliches sagen würde. Nur fällt mir nichts ein.

ZWEITES KAPITEL

In dem Peter nicht weiß, woher das viele Geld kommt, und er Auskunft über sich selbst gibt.

»Bist du glücklich?«

»Milch und Zucker?«

»Gern!«

Frau Schöntag setzt das Tablett vor meiner Mutter ab.

»Du bist kräftig geworden.«

»Darf ich die Gelegenheit nutzen – dürfen wir Sie etwas fragen?«

»Warum nicht?«, sagt meine Mutter. Die Haut ihrer Wangen erinnert an einen Vorhang, dessen Saum auf Höhe der Mundwinkel beginnt.

»Saarbrücken«, flüstert mir Frau Schöntag zu.

»Ich habe geerbt, zwischen vier und sechs Millionen«, sage ich.

»Peter!« Frau Schöntag reißt die Augen auf. »So genau wissen wir das gar nicht!«

»Vier Millionen, mindestens!«

»Du musst zweimal Erbschaftssteuer zahlen, weil er zwei Wochen vor seinem Tod noch seine Schwester beerbt hat! Kennen Sie einen gewissen Günther Sakowski?«

»Sakowski?«

»Günther Sakowski aus Saarbrücken, ein Ingenieur.«

»Helene und Günther Sakowski«, sage ich. »Ich will deren Geld überhaupt nicht!«

»Der Name sagt mir nichts. Ich bin nie in Saarbrücken gewesen.«

»Wir finden nichts im Computer, dabei ist da alles drin seit September '91, nur kein Sakowski«, sagt Frau Schöntag.

»Woher die Leute immer nur so viel Geld haben?« Meine

Mutter streicht den Löffel am Tassenrand ab, wie es auch Paul Löschau gemacht hat.

»Die Nachlassverwalterin hat was beiseitegeschafft, aber die Nachbarn, denen hat der Sakowski eine Liste gegeben, und die haben nun uns die Liste kopiert. Und jetzt muss diese diebische Elster wieder alles ausbuddeln.«

»Schön hast du's hier«, sagt meine Mutter.

»Wir können was essen gehen«, sage ich.

»Darf ich noch was fragen? Haben Sie Kontakt zu Peters Vater?«

»Vater?« Meine Mutter lacht und hält sich eine Hand vor den Mund. »Das hört er nicht gern, was?«

»Professor Sigmund Holtz schreibt schon wieder, er sei nicht der Vater von Peter.«

»Ist er aber, leider.«

»Peter will gar nichts von ihm! Er aber bietet ihm hunderttausend Mark allein dafür, dass er …«

»Er hat wohl viel zu vererben …« Wieder muss sie lachen, ihre Hand kommt zu spät. Hinter den Schneidezähnen hat sie oben Lücken. »Wohnt deine Freundin hier?«

»Bei mir will keine länger bleiben. Es ist ja auch nicht leicht, mit einem Geschäftsmann zusammenzuleben.«

»Frauen könnte Peter haben, wenn er nur wollte«, sagt Frau Schöntag. »Seinetwegen steigen die sogar über den Zaun. Nur die Richtige ist noch nicht dabei gewesen.«

»Ist sie schon«, sage ich, möchte aber nicht vor meiner Mutter über Elke reden. Die Anspielung auf Annette Baumgarten, die mich immer wieder belagert hat, ist mir schon unangenehm genug.

»Und Beate?«

»Sie ist in der alten Wohnung, sie wird bald heiraten, Nizam, aus Sarajevo.«

»Sehr netter Mann, Bibliothekar, Witwer, charmant, sehr charmant«, sagt Frau Schöntag.

»Hat sie hier keinen gefunden?«, fragt meine Mutter.

»Der ist ja hier, tragisch, ganz tragisch. Seine Frau ist erschossen worden, einfach so, beim Wasserholen, abgeknallt wie eine Papierblume auf dem Rummelplatz, sagt er. Das darf man sich gar nicht vorstellen …«

»Kann der denn Deutsch?«

»Und wie! Er schreibt auf, was es an Handschriften gab und was drinstand, auf Deutsch und in seiner Sprache. Er erinnert sich den ganzen Tag, vieles oder das meiste sogar weiß nur noch er. Es ist ja alles futsch.«

»Olga hat auch geheiratet«, sage ich, »einen Galeristen.«

»Vielleicht kriegt sie ja ein Kind, würde ihr guttun«, sagt Frau Schöntag.

»Du wohnst ganz allein hier?«

»Samt unseren Büroräumen.«

»Hast du keinen Wachhund?«

»Hören Sie auf!«, sagt Frau Schöntag. »Wir hatten schon zwei Einbrüche! Aber jetzt …« Sie zeigt nach oben in die Ecken. »Überall Kameras, Alarmanlagen. Dieselben Leute, die sich auch um die Deutsche Bank kümmern.«

Mit beiden Händen führt meine Mutter die Tasse zum Mund. Ich höre sie mehrmals schlucken. Darauf folgt ein langgezogener Laut des Wohlbehagens, den ein leises Schmatzen beendet.

»Was du aus meinem Startkapital gemacht hast, alle Achtung, Peter. Das wird hoffentlich gewürdigt.« Sie trinkt erneut und schließt dabei die Augen.

»Peter hat so viel Erfolg, er hat so viel geschafft – doch von Tag zu Tag wird er unzufriedener!«

»Stocken die Geschäfte? Vermiete mir eine Wohnung!«

»Ich hab keine mehr.«

»Wie? Am Tor steht ›Holtz-Immobilien‹, das bist doch du!«

»Für die Post«, sagt Frau Schöntag. »Mir will er auch kündigen.«

»Ich hab gerade das letzte Haus verkauft, samt totem Mieter.«

»Und diese Villa hier?«

»Ich will mich umorientieren. Wenn man den Fehler im System finden will, braucht man Abstand.«

»Welchen Fehler?«

»Irgendwie verkehrt sich alles in sein Gegenteil! Die Häuser sehen gut aus, aber die Bewohner treibt's weg!«

»Peter sattelt um auf Kunst.«

»Willst du malen?«

»Im Grunde ist mir gar nichts gelungen. Ich bekomme nur mehr und mehr Geld. Jetzt noch diese Erbschaft. Keiner kann mir sagen, was dahintersteckt.«

»Das verstehe ich«, sagt meine Mutter.

»Das Geld sollte uns voranbringen, es sollte etwas bewirken, auch in uns!«

»Ja«, sagt meine Mutter. »Goldrichtig! Ich finde das goldrichtig!«

»Ich verkaufe alles.«

»Peter steckt sein Geld in Schließfächer. Allein an Zinsen ist das mehr als eine Million!«

»Wir wissen doch überhaupt nicht, was die Banken mit dem Geld machen! Wir protestieren gegen die Abholzung des Regenwaldes, aber unsere Zinsen kommen aus den Sojabohnen oder dem Schweinefleisch. Ich unterschreibe gegen Minen, und muss dann feststellen, meine Bank investiert dort. Die geben es dir sogar schriftlich, dass Mensch und Natur sie einen Dreck scheren!«

»Aber so wird's durch die Inflation aufgefressen!«

»Ich hab vor drei Jahren mal zehn Millionen in eine Firma investiert, weil ich herausfinden wollte, wie das mit den Aktien funktioniert. Schließlich darf ja jeder Aktien kaufen. Kaum hatte ich gekauft, haben die mehr als fünfhundert Arbeiter rausgeschmissen. Aus Protest habe ich alles wieder verkauft. Allerdings war der Preis auf beinah zwölf Millionen gestiegen. Ein paar Wochen später stürzte der Kurs ab, da hätte ich für die zwölf Millionen fast doppelt so viele Aktien bekommen. Furchtbar!«

»Das ist wirklich furchtbar«, sagt meine Mutter.

»Wieso denn? Du kannst nichts dafür, da haben andere spekuliert! Das lag auch nicht an den Entlassungen, sondern an den Preisen für Aluminium, das ging nicht mit rechten Dingen zu, da bist du nur eine Randfigur gewesen, weniger als eine Randfigur«, sagt Frau Schöntag.

»Das ist wirklich furchtbar«, wiederholt meine Mutter und trinkt.

»Als wir *Holtz-City* planten, hatte ich am Ende das Gefühl, anderen die Decke wegzuziehen, ihren letzten Deckenzipfel, um genauer zu sein.«

»Ja, das kenne ich«, sagt meine Mutter.

»Mein Bestreben kann es doch nicht sein, Geld zu vermehren, um andere niederzumachen oder aufzukaufen, um dann mit dem Gewinn auch noch Wohltätigkeit zu betreiben. Wohltätigkeit ist überhaupt das Schlimmste. Was man sich nicht selbst verdient, macht abhängig und zerstört die Würde. Deshalb werde ich die Erbschaft ausschlagen. Wenn man das Geld erst mal am Hals hat, ist es nicht leicht, es wieder loszuwerden.«

»Peterchen! Das ist jetzt nicht dein Ernst?«

»Die Würde darf nicht zerstört werden, absolut richtig«, sagt meine Mutter.

»Es tut gut, wenn einem mal nicht ständig widersprochen wird«, sage ich.

Meine Mutter lächelt. Frau Schöntag setzt sich an den Computer. Seit sie Jan hat, ist sie wie ausgewechselt, geradezu aufgekratzt und mit einem Überschuss an Kraft und Energie. Sie nennt Jan – ein Pole, der in Westberlin über zwanzig Jahre eine Malerfirma geleitet hat und einen riesigen Mercedes fährt – ihren »Bekannten«, obwohl sie seit einem halben Jahr jedes Wochenende zusammen verbringen und auch schon gemeinsam in Bad Pyrmont waren.

»Was meinst du, würdest du mir jetzt eine Wohnung vermieten?« Meine Mutter hängt sich bei mir ein, als wir die Treppe zum Garten hinuntergehen. »Berlin ist eine aufstrebende Stadt, Hauptstadt sogar! Und die Mieten hier und in Osnabrück, das nimmt sich nix.« Sie hat einen merkwürdig verhaltenen Gang, eine Art tapsiges Marschieren, als fehlten ihren Schuhen die Schnürsenkel.

»Hier hast du keine Arbeit«, erwidere ich, »du kennst überhaupt niemanden in Berlin.«

»Also hör mal!«, sagt sie und zwingt mich stehen zu bleiben. »Schließlich bist du hier und Beate. Ihr habt so viele Bekannte und Freunde. Außerdem kann ich vorzeitig in Rente gehen.«

»Hast du Hunger?«, frage ich und will weitergehen. Meine Mutter rührt sich nicht vom Fleck.

»Ich weiß doch, was du alles um die Ohren hast. Beate macht Karriere. Und wenn du mal ein Kind hast oder mehrere, da wirst du froh sein, wenn eine Oma bereitsteht!« Sie sieht mich mit ihren blauen Augen forschend an.

»Bisher hast du mich ja auch nicht gefragt, was du tun sollst«, sage ich.

»Das, was die Alte da macht, das kann ich auch. Außerdem habe ich gute Beziehungen zu westlichen Politikern, die könnte ich nutzen.«

Sie faltet die Hände ineinander. Ihre Arme hängen wie ein schweres Fahrradschloss an mir.

»Was denn für Politiker?«

»Ich hatte andauernd mit Politikern zu tun, die haben mich regelrecht rumgereicht.«

»Nach eurer Flucht?«

»Ich könnte meine Beziehungen spielen lassen.« Meine

Mutter kichert, sie drückt ihren Mund an meinen Oberarm. »Du hast ganz recht, der Alten zu kündigen. Aber einen Kaffee kann sie uns doch noch machen?« Mit glänzenden Augen sieht sie auf. Plötzlich drückt sie ihr Gesicht wieder an meinen Ärmel, weil sie erneut ein unbändiges Lachen überfällt. Dann machen wir kehrt und marschieren zum Haus zurück.

DRITTES KAPITEL

In dem Peter nun auch eine Galerie eröffnet. Schwierige Erläuterung einer Versuchanordnung. Dialog zu dritt. Wie man Preise bewegt.

»Wieso fingierte Preview?«, fragt Andreas. Er knabbert immer noch an seinem ersten Keks.

»Ein Experiment. Es geht um die Beeinflussung der Bildpreise nach oben und unten. Das Preview-Video soll im Schaufenster laufen. Die Preise müssen zu sehen sein und auch, wie ich rote und grüne Punkte unter die Bilder klebe.«

»Was für Punkte?« Andreas schlägt seine Beine übereinander, die wie Zeltstangen am Knie abknicken.

»Grün bedeutet ›reserviert‹, rot ›verkauft‹. Das macht man in Galerien so, da weiß gleich jeder Bescheid. Ich werde alle Bilder von Martin mit roten und ein oder zwei mit grünen Punkten versehen, die von Eugen bekommen keinen. Und das muss deutlich werden.«

»Is nich ganz easy, ihn gut ins Bild zu kriegen.« Dr. Gert, der auch für Andreas und seine Band die Videos dreht, fasst sich mit beiden Händen an seinen Kugelbauch. »Und wo stehen die Preise?«

Ich zögere mit meiner Antwort, weil Dr. Gert im Reden nicht mich, sondern Andreas ansieht.

»Dafür gibt's die Preisliste«, sage ich.

»Und die hängt wo?«, fragt Dr. Gert an mir vorbei.

»Preise gibt's eigentlich nur auf Anfrage.«

»Wie soll ich denn 'ne Anfrage filmen?«

»Das ist ein Problem«, sage ich. Wir reden, als benutzten Dr. Gert und ich Andreas als Dolmetscher. »Grundsätzlich gesprochen, geht's für mich darum zu erforschen, wie ich mit Geld den Markt verändern kann.«

Dr. Gert lacht und beugt sich vor, die gefalteten Hände vor seinem Bauch, die Ellbogen auf den Seitenlehnen des Stuhls. Sein Jeanshemd hängt über der Hose. »Die Mädels, der Opernsänger, du und das Keyboard, Punkte, Preise – was ist mit dem Ton?«

»Wer guckt denn durch die Scheibe so ein Video an, merkt sich die Preise und was einer da für Punkte klebt?«, fragt Andreas.

»Meine Rede!«, ruft Dr. Gert und haut mit beiden Händen auf seine Knie. »Meine Rede!«

»Ich habe jemanden, der schreibt darüber. Das Video ist nur der Beweis«, erläutere ich. »Wer etwas lancieren will, muss das beiläufig tun. Es muss sich wie eine Indiskretion herumsprechen. Ich halte die Galerie geschlossen, nicht zu kurz, nicht zu lang. Es kommt aufs Timing an. Das ist die Kunst.«

»Bahnhof, Bahnhof, Bahnhof«, sagt Dr. Gert und schüttelt den Kopf.

»Erklär's noch mal.« Andreas hält sich den Keks wie eine Mundharmonika an die Lippen.

»Es ist doch so«, sage ich und versuche, Blickkontakt mit Dr. Gert aufzunehmen, »die einen verdienen sich dumm und dämlich, und die anderen wissen nicht, wie sie die nächste Miete bezahlen sollen.«

»Wir sind diejenigen, die sich dumm und dämlich verdienen!« Dr. Gert kneift die Augen zusammen, sein Mund öffnet sich zu einer kreisrunden Höhle und schließt sich wieder.

»Ich will die Preise in beide Richtungen verändern. Ich will sehen, ob das geht. Ein Experiment zur Herstellung von Gerechtigkeit!«

»Ach du Scheiße!« Dr. Gert tut, als müsste er gleich aus dem Stuhl flüchten, ängstlich sieht er sich um, nach rechts, nach links, und lässt sich wieder zurückfallen.

»Ich will einen Maler fördern und einen anderen zurückstufen.«

»Er soll dem Loser 'ne Mille schenken, und gut ist«, sagt Dr. Gert.

»Geld verschenken bringt nichts!«, sage ich zu Dr. Gert.

»Dann eben für 'ne Mille abkaufen! Läuft ja aufs selbe raus«, sagt Dr. Gert.

»Ich will herausfinden, ob wir die Probleme mit Geld lösen können oder nicht.«

»Na, nur mit Geld!«, sagt Dr. Gert.

»Anders gefragt«, fahre ich fort, »können wir einfach weiterarbeiten, mehr arbeiten, besser arbeiten, oder geht das nicht so weiter.«

»Ich hab ihm doch eine ganz einfache Frage gestellt! Oder?«, sagt Dr. Gert und spielt den Ratlosen, indem er seine Hände immer wieder auf die Knie fallen lässt.

»Müssen wir den Markt zum Guten bewegen, oder ist er schon das Gute?«

»Du meinst, es gibt Sachen, die ihr Geld nicht wert sind?«, fragt Andreas.

»Wenn ich tausend statt fünfhundert die Stunde bekomme«, sagt Dr. Gert, »bin ich eben tausend wert und nicht fünfhundert.«

»Aber ist das auch richtig?«, frage ich. »Die Galerie ist mein Labor, in dem ich experimentiere. Die hier gewonnenen Erkenntnisse können überall angewandt werden.«

Andreas zerkaut die Kekskrümel zwischen den Schneidezähnen.

»Konkret bedeutet das: Unter die sieben Bilder von Eugen kommen keine Punkte, obwohl zwei bekannte Gemälde dabei sind, die *Brotbäckerei* und *Särge turn around*, die ich zur Hälfte des Preises anbiete, zu dem ich sie gekauft habe.«

»Wieso *turn around*?«, fragt Dr. Gert.

»Wenn eine Galerie den Wert steigern kann, kann sie ihn auch senken. Das ist der Unterschied zum Museum. Wenn ein Bild mal im Museum gewesen ist, geht der Preis hoch. Die Galerie kann beides.«

»Du bietest den Eugen unter dem Preis an, den du bezahlt hast? Ohne Punkte?«

»Richtig! Und Martin biete ich zum selben Preis an wie Eugen, mal bisschen mehr, mal bisschen weniger.«

»Mit Punkten? Wer kauft dann noch?«

»Erst mal Interesse wecken. Und wenn es Käufer gibt, habe ich noch die schönsten Sachen auf Lager. Selbst wenn jemand eins mit rotem Punkt unbedingt will, kann ich das auch arrangieren, versteht ihr?«

»Schön ausgedacht«, sagt Andreas. »Es nützt nur nichts, wenn jemand Eugen will und nicht Martin.«

»Eugen kriegen sie nicht, die Galerie ist ja geschlossen. Nur das Video ist zu sehen. Die neuen Preise brauchen Zeit, um sich herumzusprechen, um in die Gedanken einzusickern.«

»Was der macht, ist Humbug, Nonsens, komplett!«, sagt Dr. Gert. Seine Zähne grasen über die Unterlippe.

»Und was hast du davon?«

»Wie gesagt, ein Experiment, ein notwendiges Experiment!«

Andreas greift nach dem letzten Keks, der noch in der Schale liegt, und beknabbert sogleich dessen Rand.

»Und wie krieg ich die Preise in den Film?«

Andreas zeigt auf Dr. Gert. »Er hat dich was gefragt.«

Dr. Gert sieht mich tatsächlich an. Diese unerwartete Wendung erfüllt mich mit Freude, ja, mit Zuversicht, zumal mir die Antwort auf Dr. Gerts Frage plötzlich ganz einfach erscheint.

VIERTES KAPITEL

In dem Peter artprototo *eröffnet. Das Gespräch nach dem Interview. Wo ist Elke? Über die Möglichkeiten, die Preisbildung in der Kunst zu beeinflussen.*

»Sehr gut«, sagt Petra und schaltet die Kamera aus. In dem Interview habe ich erläutert, warum ich meine Galerie *artprototo* nenne. Petra weiß ja, dass ich mich nicht sonderlich für Kunst interessiere.

»Gut?«, fragt Camila, die das Mikrofon hält.

»Tut mir leid, aber ihr müsstet so langsam …«, sagt Olga von der Bürotür her. »Draußen ist ziemlich viel los.«

»Sind gleich fertig«, sagt Petra.

Ich höre, wie Olga in ihren Absatzschuhen die steile Treppe hinuntersteigt.

»Wieso ist Ulf da unten? Ist das chic, ein Nazi als Bodyguard?«

»Ulf ist mein Freund. Und seit Lilly mit dem Kind verschwunden ist … Als diese Gangster ihn fast totgeprügelt haben, hat ihm niemand geholfen, außer den Ärzten.«

»Oder helfen können!«

»Warum soll ich mich nicht um ihn kümmern?«

»Soll ich Mitleid haben?«

»Du kennst ihn doch gar nicht«, sage ich. »Filmt ihr weiter?«

»Wenn du uns lässt.«

»Von mir aus. Hier könnt ihr mir nichts verderben.«

Camila sagt etwas auf Spanisch, Petra antwortet ihr auf Spanisch. Einige Worte sind mir bekannt, nur habe ich die Bedeutung vergessen.

»Was haben wir dir denn verdorben?«

»Ohne eure Filme gäbe es vielleicht *Holtz-City*.«

»Das glaube ich nicht«, sagt Petra. »Selbst wenn? Wäre das besser? Du hast es doch auch nicht mehr gewollt.«

»Besser als nichts.«

»Das wäre ein Monstrum geworden! Ihr hättet die ganze Gegend plattgemacht.«

»Ihr seid immer fein raus! Ganz gleich, was passiert, am Ende habt ihr euren Film!«

»Wir verstehen uns als Teil des Kampfes! Und wir wollen ihn gewinnen.«

»Früher hast du nicht so gesprochen.«

»Das sagst du? Du bist es doch, bei dem sich alle die Augen reiben.«

»Ich will immer noch dasselbe, nur mit anderen Mitteln.«

»Das darf ich von mir aber auch behaupten!«

»Ich bin lernfähig. Außerdem ist die Glühlampenbude eine Niederlage gewesen – für uns alle!«

»Nicht nur. Elke und die anderen haben doch gezeigt, was möglich ist oder möglich wäre. Die Diskussionen, die Mahnwachen, der ganze Enthusiasmus, die Sache in die eigenen Hände zu nehmen ... Das ist zum Glück nicht aus der Welt!«

»Am Ende standet ihr gegen die Mehrheit. Die Mehrheit wollte Sicherheit und Ruhe!«

»Die Mehrheit hat kalte Füße bekommen, weil die Gewerkschaft sie verraten hat, der Sattler mit seinen Drohungen. Haben wir alles im Kasten! Kannst dir ansehen, wie er gedroht und gehetzt hat. Die Arbeiterinnen würden wie Vorbestrafte behandelt, wenn sie den Betrieb besetzen, hat er behauptet. Seine erfundenen Hundertschaften, die bereitstünden, um den Betrieb zu stürmen! Alles erstunken und erlogen. Vor allem seine Versprechungen …«

»Entweder man akzeptiert das Privateigentum an Produktionsmitteln oder nicht. Insofern muss ich Sattler recht geben, auch wenn er ein Arschloch ist. Sein Bekenntnis zur Marktwirtschaft, zu Eigentum und Rechtsstaat war richtig.«

»Er ist ein Spieler, der wollte nur seinen Arsch retten! Er hat diejenigen belogen, für die er kämpfen sollte.« Petra gestikuliert noch genauso viel wie früher. »Sattler hat mit dem Haussmann gemeinsame Sache gemacht, er hat das Komitee zu Verhandlungen nach Frankfurt geschickt, und am selben Tag sind sie einmarschiert, um die Betriebsschließung zu verkünden – vierzig, fünfzig Leute von der Security, zehn um Haussmann herum, die anderen sind ausgeschwärmt wie die Fliegen. Sie hatten Angst, die Arbeiterinnen würden die Maschinen kaputt machen, die er schon verkauft hatte. So sah es aus!«

Eigentlich seltsam, dass mich Petras Hände, die mir vertraut sind, nur noch berühren, wenn wir einander begrüßen.

»Hatten sie nicht recht?«, frage ich.

»Wer jetzt?«

»Du kannst doch nicht einfach jemanden enteignen? Ich verstehe auch nicht, warum das in Argentinien gehen soll? Entweder oder!«

»Und wenn es für die, die da arbeiten, besser ist? Selbst du hast doch plötzlich an die Glühlampenbude geglaubt!«

»Wieso?«

»Also hör mal! Tauchte da nicht aus heiterem Himmel ein gewisser Peter Holtz auf, der all seine Millionen in die Glühlampenbude stecken wollte, um die schönste und edelste Glühlampe der Welt zu bauen? Oder war das nur wegen Elke?«

»Sie haben mich nicht akzeptiert, weil sie das Eigentum nicht akzeptiert haben! Das hat alles kaputt gemacht, alles!«

»Du kaufst heimlich und hinter ihren Rücken den Betrieb und wunderst dich dann, dass sie sich von dir verarscht fühlen?«

»Weißt du, wo Elke ist?«, frage ich.

»Ist sie umgezogen?«

»Die Nachbarn wissen es auch nicht.«

»Vielleicht ist sie ja mit Susanne mitgegangen.«

»Mit Susanne? Wohin denn?«

»Susanne soll angeblich in ein Kibbuz gezogen sein. Das hat eine gesagt, die in dem Komitee gewesen ist.«

»Ist das was Indisches?«

»Nee, so 'ne Art Kommune, in Israel.«

»Eine richtige Kommune? Mit Palästinensern?«

»Musst du Susanne fragen. Passen würde es.«

»Aber warum sollte denn Elke mit Susanne nach Israel? Außerdem ist das zu gefährlich! – Weißt du, ob Elke mich geliebt hat?«

»Du stellst Fragen! Jedenfalls hat sie jemanden gesucht. Und mit dir, so wie du bist, als Mensch, meine ich, hätte das ja auch klappen können …«

»Wie, ›als Mensch‹?«

»Wenn der eine nichts hat und der andere alles – ist schon schwierig.«

»Aber wenn man sich liebt?«

»Du hast ziemlich klare Vorstellungen, was ein Unternehmer tun soll und was nicht.«

»Kommt ihr?«, ruft Olga von unten. Camila trägt das Gestell samt Mikrofon. Petra nimmt die Kamera.

»Wie soll ich denn aufhören, sie zu lieben? Ich weiß einfach nicht, wohin mit der Liebe!«

»Ist dir doch schon mal gelungen«, sagt Petra und öffnet die Tür. »Mir ja auch.«

»Da kommt der Künstler!«, ruft Olga.

»Ich bin kein Künstler. Ich versuche, die Gesellschaft zu verbessern«, sage ich, als wäre die Kamera weiterhin auf mich gerichtet.

»Darf ein Künstler nicht diesen Anspruch haben? Ich beschreibe nur, was ich sehe!« Olga trägt eines der runden Tabletts mit Sektgläsern von einem Stehtisch zum anderen. In ihrem blauen weißgepunkteten Kleid kann sie nur kleine Schritte machen, weil es um die Knie zu eng ist. »Schließlich agierst du in einer Galerie. Und der Previewfilm, wie du ihn platziert hast, deine diskrete Preisliste – das ist Installationskunst! Und nicht von schlechten Eltern! Wer hätte denn gedacht, dass die Preise so schnell einknicken?«

»*Eine* Galerie hat reduziert! Eine! Und auch nur ein bisschen. Dafür kaufen sie dir jetzt gleich den ganzen Eugen weg«, sagt Serge und lässt einen Korken knallen.

»Himmel!«

»Und ein paar Hunderttausend sind futsch!«

»Schönchen mag das nicht, lass das.« Olga muss ihr Kleid über die Knie raffen, als sie sich nach dem Korken bückt. »Peters Aktion besitzt Schönheit«, sagt sie und drückt Beate den Korken in die Hand. »Und deshalb ist sie für mich Kunst.«

»Geldvernichtung ist das, keine Kunst!«

»So wie es aussieht, brauchen wir alle Gläser«, sagt Beate und küsst Nizam auf seine breite Stirn. Sie macht das hin und wieder. Er schließt dann immer die Augen. Ich weiß nicht, ob er es mag oder über sich ergehen lässt. Manchmal kommt es mir so vor, als verberge sich unter seinem grauen Vollbart ein fast jugendliches Antlitz. Nizam, Betty und Ulf packen weiter Gläser aus und polieren sie.

»Wie muss man sich denn das Prozedere vorstellen?«, fragt Serge, dessen Gesicht sich wieder beim Öffnen einer Flasche verzerrt. »Wer zuerst schreit: ›Kaufe!‹, der bekommt's? Oder muss man die Hand an den Rahmen legen? Wir brauchten Mihai und Nicolai ...«

»Hab dich nicht so! Ihr seid vier Männer«, sagt Olga.

»Ich finde es nur ungerecht, dass ich zusehen muss, wie sich hier gleich jeder 'ne goldene Nase verdient, nur ich darf nicht ...«

»Halt doch mal die Klappe! Du machst alle verrückt!«

»Sprich nicht so mit mir!«

»So langsam müssten wir aufschließen«, sagt Frau Schöntag.

»'ne beleidigte Leberwurst ist das Letzte, was wir ...«

»Schon wieder! Du merkst es ja nicht mal mehr!«

»Wir brauchen alle Gläser ...«, sagt Beate.

»Du hast noch drei Minuten Zeit, Peter!«, sagt Serge. »Du verheizt gleich eine sechsstellige Summe. *Warum*, frag ich dich? Am Ende triumphiert Eugen! Ich weiß auch gar nicht, was ihr gegen ihn habt ... Es reicht doch schon, dass *ich* das kaufen will. Olga – ja ja!«

»Ich denke, wir öffnen genau zum richtigen Zeitpunkt«, sage ich.

»Darauf sollten wir anstoßen«, sagt Olga. »Schönchen, einen Tropfen? Auf Peter, unseren Aktionskünstler!«

»Toitoitoi«, sagt Frau Schöntag, als sich unsere Gläser berühren.

»Auf dass wir alle hier heil rauskommen!«, sagt Serge.

Ich stoße auch mit Betty und Ulf an, Petra und Camila filmen bereits, dann mit Beate und Nizam. Im selben Moment gibt es einen dumpfen Schlag, ein Aufschrei von der Tür her. Plötzlich stehen wildfremde Menschen vor mir. »Wie eine Revolution«, denke ich, während Frau Schöntag, Betty und Olga lächelnd und mit gefüllten Gläsern in Händen auf die Eindringlinge zugehen.

FÜNFTES KAPITEL

In dem Peter ein überraschendes Angebot erhält und ein nicht minder überraschender Besuch auf ihn wartet. Die Vermehrung seines Geldes ist nicht aufzuhalten.

»Russen?«

»Glaub schon. Jedenfalls sitzen die hier und warten.«

»Wollen die Geld?«

»Die sagen nichts. Sie haben Päckchen und Koffer dabei.«

Ich lasse das Handy in meine Beintasche fallen. Die eine Wand will ich noch fertig streichen, ein helles, zartes Grün. Dass ich Geld habe, weiß man ja nicht erst seit dem Erfolg meiner Doppelausstellung. Sieben Bilder von Martin aus dem Depot gingen zum Listenpreis weg, für die mit dem roten Punkt gibt es genug Interessenten. Martin braucht sich die nächsten Jahre finanziell keine Sorgen mehr zu machen, vielleicht überhaupt nicht mehr. Von Eugen gingen zwei Bilder weg, der Rest hängt zum halben Preis noch da. Nicht einmal Serge wollte noch etwas von ihm kaufen. Aber wie weiter?

Ich hole ein Bild von Martin aus dem Depot, eine Landschaft in Rottönen, und halte sie vor die hellgrüne Wand. Ich bin zufrieden. Ich ziehe mich nicht erst um, sondern wasche mir nur Hände und Gesicht. Das Licht lasse ich an und schließe ab.

»Entschuldigung?« Als ich mich umdrehe, steht ein Mann vor mir. »Dürfte ich Sie sprechen, nur einen Augenblick?«

Ich glaube, in ihm einen jener Neugierigen zu erkennen, die mich nachmittags durch die Scheibe beobachtet haben. Die dicken Brillengläser und sein gekrümmter Rücken lassen mich an einen Uhrmacher denken. Würde er sich aufrichten, wären wir wohl gleich groß.

»Ich habe einen Termin«, sage ich. Als ich mir durchs Haar fahre, kleben meine Hände.

»Sagen Sie bitte, wenn diese Zudringlichkeit gestattet ist, wann wird das Werk getan sein? Wann meinen Sie, sich von ihm lösen zu können, also platt gefragt, wann werden Sie es für gültig erklären? – Oh, ich finde«, fährt er fort, »dass es bereits als nahezu abgeschlossen gelten darf, sofern für Kunst überhaupt ein Wort wie ›abgeschlossen‹ angemessen ist. Seit Sie die Leiter in den Mittelpunkt gestellt haben … Eine phantastische Leiter, in der sich die Farben der Welt auf engstem Raum zusammendrängen und, das ist das Überraschende, dabei harmonieren.«

Er streift meinen Ärmel, eine Aufforderung, mit ihm vor mein Schaufenster zu treten.

»Ich bin gottfroh, so lange gewartet zu haben. In diesem Licht wirkt der Raum ganz besonders. Und ihr rotes Bild – ich hab den Atem angehalten, als es erschien! Aber das ist, wie man heute so sagt, der Hammer! Wer vorüberkommt, muss stehen bleiben, ganz unweigerlich! Ich habe mich in Ihre Installation verliebt.«

Beide betrachten wir den von einer Glühlampe erhellten Raum. An der Wand gegenüber hängt schief von der Bildleiste herab die kleine Monet-Reproduktion im lädierten Goldrahmen aus Plaste – ein Scherz von Serge oder von Ulf.

»Diese Leiter, die Tiefe ihrer Farben und die unendlichen Nuancen, die aufgelöst wohl genau jenen Farbton ergeben, der dem violett-rosafarbenen Glanz des Monet'schen Himmels entspricht. Die Installation ist so austariert, so perfekt aufgebaut … jede weitere Veränderung machte mir Angst. ›Lasst alles, wie es ist!‹, wollte ich Ihnen vorhin durch die Scheibe zurufen.«

»Sie meinen«, sage ich, »ich sollte nicht weiter renovieren?«

»Ich weiß nichts über den Künstler, dafür einiges über Ihr Haus. Ich will es erwerben. Kabakow ist es wohl nicht?«

»Was wollen Sie erwerben?«

»Die Installation. Wann eröffnen Sie?«

Als ich endlich nach Hause komme, sehe ich als Erstes Olga und Serge. Frau Schöntag spricht so laut, dass ihre Stimme fremd klingt.

»Schönchen hat ihn gar nicht erkannt!«, begrüßt mich Olga. »Sie hat mich angerufen, sie wollte schon die Polizei verständigen!«

Seit ich mit Kolja vor acht Jahren beim Notar gewesen bin, um unseren Kreditvertrag über hunderttausend Mark abzuschließen, habe ich nichts mehr von ihm gehört. Er ist im Gesicht voller geworden, aber noch genau der, den ich in Erinnerung habe.

»Du arbeitest?«, fragt er und mustert mich.

»Mein Hobby«, sage ich und begrüße auch Koljas Begleiter, der eher schmächtig wirkt, dessen Händedruck jedoch überraschend kräftig ist.

»Erst Arbeit, später Vergnügen«, sagt Kolja und stellt sein Glas ab. »Gratuliere, schönes Haus. Erfolg, Erfolg!«

Der Schmächtige hat einen rotbraunen Aktenkoffer mit zwei Zahlenschlössern auf den Schreibtisch gelegt. Sein Daumen ratscht über die Rädchen, dann schiebt er den Koffer Kolja zu. Der hat einen Minischlüssel parat. Beide Verschlüsse schnappen auf.

»Bitte schön«, sagt Kolja und dreht den Koffer zu mir.

Ich öffne ihn.

»Dein Geld«, sagt Kolja.

Ich nehme eines der Dollarbündel in die Hand, alles Hunderter.

»Was soll das?«

»1 225 000 Dollar. Bitte nachzählen. Ordnung ist halbes Leben.«

»Kolja, ich möchte das nicht!«, sage ich leise.

»Was?«, fragt er, als hätte er mich nicht verstanden.

»Das ist viel zu viel!«

»Geld – nie zu viel!« Er reicht mir das erste Bündel. »Zählen!«

Ich beginne. Zwischendurch feuchte ich mir die Fingerkuppen an dem Schwämmchen an, das Frau Schöntag für das Aufkleben der Briefmarken benutzt, die Scheine wirken wie neu. Ich lande bei neunundvierzig.

»Und?«, fragt Kolja. Die Fältchen an seinen Augenwinkeln sehen aus wie Herzmuscheln, wenn er lacht.

»Stimmt«, sage ich.

»Nein, Pjotr.« Kolja zieht einen Hundert-Dollar-Schein aus der Hosentasche und gibt ihn mir. »Zweihundertfünfundvierzig Pakete, fünfzig Scheine. Bitte nachzählen.«

Ich stapele jeweils zehn Bündel übereinander. Olga macht mir auf dem Schreibtisch Platz.

Plötzlich steht meine Mutter da, im Bademantel und ungekämmt, die nackten Füße in ihren neuen Sandalen.

»Es war so laut«, sagt sie und sieht streng zu Frau Schöntag.

»Ein Freund ist überraschenderweise eingetroffen«, sage ich. »Kolja, Olgas Brieffreund aus Schulzeiten.«

»Ich bin die Mutter«, sagt sie und reicht Kolja die Hand. »Und wer sind Sie?«

»Aljoscha, menja sowut Aljoscha«, sagt Koljas Begleiter.

»Höfliche junge Leute! Und alle gutgekleidet.« Meine Mutter wirkt zufrieden. »Sie hätten mir ja mal Bescheid geben können«, fährt sie im nächsten Moment Frau Schöntag an. »Und du solltest dich umziehen!«

»Bitte, zählen!«, sagt Kolja.

Ich zähle das Geld bündelweise. Jeweils zehn Bündel reiche ich an Olga weiter, die sie auf dem Schreibtisch stapelt.

»Er ist wirklich unhöflich, er antwortet mir nicht«, sagt meine Mutter. Aljoscha bietet ihr ein Glas Sekt an.

»Was ist da drin?«

»Champagner«, sagt Olga.

»Stimmt«, sage ich. »Zweihundertfünfundvierzig Bündel à fünfzig Hunderter.«

»Jetzt packen wir das alles wieder schön ein und schließen den Koffer ab«, sagt Frau Schöntag.

Olga und Serge reichen mir ein Bündel nach dem anderen, Kolja korrigiert deren Anordnung im Koffer.

»Zweihundertfünfundvierzig mal fünftausend Dollar macht – na, wie viel macht das, Kinder?«, fragt Frau Schöntag.

Im selben Moment klingelt es. Beate und Nizam kommen.

»Olga hat mich angerufen!«, sagt Beate. »Ist es dir recht?«

»Mir ist das alles ziemlich peinlich«, sage ich.

»Kannst ja nichts dafür«, sagt sie. »Darf ich's mal sehen?«

Nizam schließt die Augen und lacht. Ich trete zur Seite. Beate greift sich ein Bündel, schlägt es wie ein Paar Handschuhe auf ihre Linke und legt es wieder zurück.

»Das ist also aus den hunderttausend Mark geworden«, sagt sie. »Gratuliere!«

»Aus meinen!«, ruft meine Mutter.

Inzwischen hat nebenan Frau Schöntag ihre alte Damasttischdecke über den großen Tisch gebreitet. Aljoscha trägt zwei weiße Schüsseln herein.

»So sieht richtiger Kaviar aus«, sagt Olga, obwohl ich mit ihr schon welchen im KaDeWe gegessen habe. Nizam lässt den Kaviar vom Löffel tropfen.

»Darf ich Ihnen etwas zubereiten?«, fragt er meine Mutter.

»Oh, nein, das ist nichts für mich!«

»Mit Weißbrot, Butter, Zitrone? Spitze, sag ich Ihnen!« Nizam küsst auf seine zusammengelegten Fingerspitzen.

»So was esse ich nicht«, sagt meine Mutter streng.

Beate stößt mit allen an. Für Nizam und mich hat Frau Schöntag Ginger Ale aus dem Kühlschrank gebracht.

»Darf ich dich bitte kurz sprechen, Peter?«, fragt Nizam. »Danke«, sagt er, als ich nicke. »Du hast mir doch so viele deiner Sachen geschenkt, deine früheren Kleidungsstücke. Dafür danke ich dir nochmals.« Nizam macht eine kurze Pause. In seiner Aussprache ist jede Silbe mit Sorgfalt formuliert, ja regelrecht modelliert. »Aber siehst du«, fährt er fort, »diesen entzweigerissenen Zettel habe ich in einer Tasche deiner Hose gefunden, in der einzigen schwarzen Hose. Den Zettel wollte ich dir zurückgeben.« Nizam reicht mir mit jeder Hand eine Hälfte.

»Das ist nicht meine Schrift«, sage ich.

»Es ist in der Tasche deiner Hose gewesen, lies mal, vielleicht erinnerst du dich? ›1966‹ steht darunter.«

»›Der Sozialismus‹«, lese ich, die Zettelhälften nun auch mit beiden Händen zusammenhaltend, »›bleibt die einzige Lösung, trotz seiner Diskreditierung durch eine Praxis, die manche Ansprüche erfüllt, aber den Anspruch, der der Mensch ist, geflissentlich überhört und verleumdet.‹ Danke, Nizam, aber das brauche ich nicht mehr.«

»Wirklich nicht?«

»Wirklich nicht!«, sage ich.

»Von wem ist das?«

»Das hat mir mal ein ziemlich übler Typ zugesteckt, der wollte Geld von mir.«

»Aber von wem stammt diese Beobachtung? Wer hat das niedergeschrieben?«, fragt Nizam, faltet die Zettelhälften zusammen und steckt sie vorsichtig wie etwas Zerbrechliches in die Brusttasche seines Hemdes.

»Das weiß ich nicht«, sage ich.

»Schade.« Nizams Kopf schaukelt ein wenig hin und her. »Darüber werden wir später einmal reden«, sagt er und macht einen Schritt zurück. »Jetzt musst du dich um deine Gäste kümmern.«

»Die Zahlen wie dein Geburtstag – 1407«, flüstert Kolja an meinem Ohr und drückt mir den winzigen Schlüssel in die Hand.

»Ich habe am 12. Juni Geburtstag«, sage ich.

»Spaß?«, fragt Kolja. »Ich wurde geboren selbes Jahr 21. Juni, dieselben Zahlen! Wir gemini, gleiche Geschwister!«

»Wie hast du das angestellt?«, frage ich Kolja.

»Was?«

»So viel Geld zu verdienen! Wie hast du das gemacht?«

»Wie du!«, sagt Kolja. »Genau wie du!«, ruft er noch einmal laut und schlägt mir mit beiden Händen gegen die Schultern. Es staubt, so dass Kolja, aber auch die, die in meiner Nähe stehen, vor mir zurückweichen.

SECHSTES KAPITEL

In dem Peter in seiner Galerie ein neues Experiment in Gang setzt. Die Aktion ist größer als alle Interpretation.

Das erste Kamerateam, ein französischer Privatsender, hat bereits am Vorabend Stellung vor unserem Fenster bezogen. Ich habe Frau Schöntag nicht daran gehindert, die nächtliche Wache zu bewirten. Allerdings, und das habe ich ihr ausdrücklich erklärt, handelt sie als Privatperson, nicht als meine Angestellte. Für Interviews stehe ich nicht zur Verfügung. Die Aktion spricht für sich selbst.

Herr Dr. Halberstädt, der von mir beauftragte Notar, trägt eine violette, vielleicht etwas zu breite Krawatte. Doch als er pünktlich um zwölf Uhr *artprototo*, wie ich meine Aktion der Einfachheit halber nenne, eröffnet, zweifle ich nicht mehr daran, den Richtigen beauftragt zu haben.

»Der vor mir erschienene Peter Holtz, geboren am 12. Juni 1962 in Gradow an der Elbe, ledig, wohnhaft in der *** in Berlin, erklärt, dass er rechtmäßiger Eigentümer der hier vorliegenden achthundertzwölf Scheine im Werte von jeweils eintausend Deutscher Mark ist, die er für die Aktion *artprototo* verwendet. Ich habe mich davon überzeugt, dass die Geldscheine echt sind und kein Imitat darstellen. Der Sack, in den die von mir geprüften Geldscheine gefüllt werden, ist leer. Auch davon habe ich mich überzeugt. Bitte, Herr Holtz, füllen Sie das Geld in den Sack.«

Was ich aus Vorsicht und Pragmatismus initiiert habe, treibt mir Tränen in die Augen. Ich finde den notariellen Tonfall von Dr. Halberstädt ergreifend – Gänsehaut an Armen und Beinen. Dabei ist mir doch Dr. Halberstädts Stimme von all meinen Hausverkäufen und Hausankäufen vertraut. Ich agiere frontal zum Fenster, hinter dem die Kameras stehen. Jedes Geldbündel halte ich kurz hoch, bevor ich es in den Sack fallen lasse. Ich vermisse vorgeschriebene Gesten und Handlungen. Außerdem müsste dazu gesungen werden! Der Anblick der Geldscheine entfacht in mir eine schon fast wütend zu nennende Entschlossenheit.

Plötzlich das Kichern einer Frau. Sie versucht, es zu unterdrücken. Es ist Olga! Bin ich ein Clown? Der Schmierenkünstler vom Rummel?

Nacheinander zeige ich die drei Streichholzschachteln vor und lasse sie zu dem Geld in den Sack fallen.

»Im Sack befinden sich zum gegenwärtigen Zeitpunkt achthundertzwölf Scheine zu je tausend Deutsche Mark und drei Jumbo-Packungen Kaminstreichhölzer. Ich darf Herrn Holtz nun bitten, mit seiner Aktion *artprototo* zu beginnen.«

Ich hänge mir den Sack vor die Brust. Der Aufstieg ist der heikelste Teil meiner Aktion. Ich habe die Ketten, die die Hälften der Malerleiter miteinander verbinden, verstärken lassen. Jede einzelne Sprosse wurde geprüft. An Spöttern wird es nicht mangeln, denn im Vergleich zu mir wirkt die Leiter äußerst grazil. Das tägliche Üben zahlt sich nun aus.

Wie von selbst gerät mein linker Fuß zuerst auf die unterste Sprosse. Von da an geht es mühelos vier Sprossen hinauf, um aus der Bewegung heraus mein rechtes Bein über die Leiter zu schwingen – in diesem Moment hilft mir immer die Vorstellung von einem Turner am Pferd, obwohl ich es natürlich wesentlich leichter habe –, und schon sitze ich mit der rechten Hälfte meines Hinterns auf den beiden gleich hohen obersten Sprossen. Ich ziehe das linke Bein im Halbkreis nach – eine Bewegung, die unweigerlich in meinem Körper das Gefühl auslöst, auf der oberen Kante eines Zaunes zu sitzen … Nun throne ich wie ein Punktrichter beim Badminton über allen.

Wäre der Eintausend-Deutsche-Mark-Schein ein Bild und kein Geld, fände ich ihn schön. Die Brüder Grimm sind darauf abgebildet, die ernst dreinschauen: Der eine, im Profil, blickt in die Ferne, der andere brauchte nur seine Augen aufzuschlagen, um den Besitzer des Scheins anzusehen. Auf der Rückseite schwebt das in Leipzig gedruckte Deutsche Wörterbuch von 1854 vor dem Uni-Gebäude am Bebelplatz, und links davon ist der Französische Dom zu erkennen, den ich erstmalig am 9. November 1989 besucht habe. Darunter stehen acht Zeilen aus dem Manuskript des Wörterbuches aus dem Artikel »Freiheit«. Auf der weißen Fläche mit dem Wasserzeichen ist Sterntaler zu erkennen. Nicht zu erkennen ist, wie aus den Sternen am Himmel die Taler in ihrer Schürze werden.

Ich habe die ganze Sache durchgerechnet. Veranschlage ich dreißig Sekunden pro Eintausend-D-Mark-Schein, benötige ich vierhundertsechs Minuten, also knapp sieben Stunden. Setze ich es mit zwanzig Sekunden an, bleibe ich auf jeden Fall unter fünf Stunden. Ich plane mindestens zwei Pausen ein, in denen ich die Leiter verlassen werde, um zu trinken, eventuell auch zu essen. Vielleicht lege ich mich sogar für ein paar Minuten unter der Leiter aufs Ohr. Die

Pausen sind schon allein deshalb wichtig, weil sie den Arbeitscharakter meiner Aktion unterstreichen.

Ich muss mich konzentrieren und nicht daran denken, wie es wirkt, was ich tue. Selbst die *Tagesthemen* haben sich angesagt. Ganz selbstverständlich gehen sie davon aus, dass sie erwünscht sind. Und all diese Bittsteller! »Nur ein paar Tausend«, betteln sie und schmeicheln mir, sie nennen mein Vorhaben grandios, doch ein paar Tausend für sie täten dem ja keinerlei Abbruch. Wenn sie wüssten, wie sehr ich Almosen verabscheue!

Herr Antonitsch, der mir die achthundertzwölftausend D-Mark (inklusive Umsatzsteuer, die sich seit dem ersten April um ein Prozent erhöht hat) für die vermeintliche Installation überwiesen hat, steht vor mir. Er strahlt, obwohl er, wie sich herausgestellt hat, gar nicht der Sammler ist. Er selbst bezeichnet sich als Agenten eines Sammlers. Ich hatte Widerspruch erwartet! Doch statt sich bloßgestellt und blamiert zu fühlen, weil er die Utensilien einer heimwerkermäßigen Renovierung erworben hat – abgesehen von Martins Bild, das an der Wand lehnt, und der Monet-Reproduktion im Plasterahmen –, versteht er sich als Entdecker von Kunst, ja in gewisser Weise selbst als deren Schöpfer, also letztlich als Künstler. Denn ohne ihn, so die Argumentation des Herrn Antonitsch, gäbe es die Installation nicht oder nicht mehr. Selbst die Veröffentlichung seiner Kaufsumme fand seinen Beifall. Wie schlecht ich doch nachgedacht habe! Ihm, das heißt jener Person, in deren Auftrag er handelt, liege regelrecht daran, die Kaufsumme öffentlich werden zu lassen. Und wenn ich Herrn Antonitsch beim Abschluss des Kaufvertrages nicht gebremst hätte, wäre ich heute gezwungen, eine Million oder mehr zu verbrennen. Er wollte partout aufstocken, jetzt, da seine Installation derartige Bekanntheit erringt und öffentlich diskutiert wird.

Wir haben schriftlich vereinbart, dass die Spuren meiner Aktion als Bestandteil der Installation gewertet werden. Sollte es unvorhergesehene Beeinträchtigungen geben, für die ich nicht direkt verantwortlich bin, darf Herr Antonitsch entscheiden, ob diese beseitigt oder zum integralen Bestandteil der Arbeit erklärt werden. Brandspuren im Parkett, falls einzelne Scheine nicht in der Zinkwanne landen, zählen dazu. Die Zinkwanne aus Beates Keller erregt bei Herrn Antonitsch jedes Mal aufs Neue Begeisterung, da er als Kind in solch einer Zinkwanne gebadet worden sei. Herr Antonitsch hat vier Kamerateams beauftragt, die Aktion zu dokumentieren. Zwei hat er innerhalb der Galerie postiert – nur Petra und Camila dürfen ebenfalls hier filmen –, ein Team außen direkt vor dem Fenster und schließlich ein viertes, welches das ganze Spektakel drumherum aufnehmen soll. Vorsorglich habe ich ein Straßenfest für die Auguststraße angemeldet und eine Sperrung veranlasst. Ulf führt die Aufsicht über die Ordner und hält den Kontakt zur Polizei.

Reden muss ich, wie gesagt, nicht. Jede Erklärung schmälerte nur die Wucht meiner Aktion. Beinah zittere ich vor Freude, vor pyromanischer Lust, vor Luzidität und Gewissheit! Zum ersten Mal bin ich mir ganz sicher, mit meinem Geld das Richtige zu tun!

SIEBENTES KAPITEL

In dem Peter in seiner Galerie zur künstlerischen Tat schreitet. Sterntaler und die Folgen. Das Publikum wird Akteur.

»Schein eins«, ertönt die Stimme von Notar Dr. Halberstädt. Ich beginne mit den Kaminstreichhölzern. Ihr Auflodern ist sinnlicher als die Flamme des Feuerzeugs. Während ich, auf der Malerleiter sitzend, das brennende Kaminholz zwischen Daumen und Zeigefinger halte, muss ich die Schachtel mit kleinem Finger und Ringfinger an den Handteller drücken.

Ich nehme den ersten Tausender aus dem Sack und halte die rechte untere Ecke der Rückseite in die Flamme. Sterntaler fängt sofort Feuer. Die Blitzlichter stören mich. Ich drehe den Schein, die Flamme frisst sich voran. Als der Schein zur Hälfte verbrannt ist, lasse ich los, die Flamme, so scheint es, zieht ihn hinab, er verlischt im Flug – und segelt, als hätte ihn ein Fallschirm gebremst, auf den Wannengrund nieder. Zwischen den Schenkeln hindurch betrachte ich mein erstes Produkt, das brennende Kaminholz in meiner erhobenen Linken. Ich bin zufrieden.

»Schein zwei!«, tönt Herr Dr. Halberstädt. Sterntaler Nummer zwei fängt Feuer. Ich weiß nicht, was ich anders gemacht habe – Schein zwei lodert ungleich stärker. Ich lasse ihn fallen. In der Wanne brennt er weiter, krümmt sich von allen Rändern her gleichzeitig zusammen wie von Qualen gepeinigt. Als es vorüber ist, bleibt ein Schnipsel übrig, auf dem das TA von »TAUSEND« sowie die 1 der 1000 zu erkennen sind und meine Fingerabdrücke – rechter Daumen, rechter Zeigefinger – noch sichergestellt werden könnten.

»Schein drei!« Ihn entzünde ich wie die ersten am Sterntaler, drehe ihn hin und her, lasse los und greife, ohne ihm nachzusehen, bereits zum nächsten. »Schein vier!« Herr Dr. Halberstädt klingt überrascht. Mit dem ersten Kaminholz ließe sich noch ein fünfter Schein entzünden, aber Hast ist, wie bei jeder Arbeit, unwürdig. Ich nicke Herrn Dr. Halberstädt entschuldigend zu. Fortan sei er mein Metronom.

Ansonsten halte ich mich an meinen Vorsatz, weder nach rechts noch links zu blicken, weder Petra noch Olga noch Frau Schöntag oder Herrn Antonitsch anzusehen, und alle

Aufmerksamkeit auf den jeweiligen Schein und das Feuer in meinen Händen zu richten. Der Lärm von der Straße, der trotz der dicken Scheibe und verschlossener Haustür hereindringt, lässt einige Aufregung vermuten. Sogar die rhythmischen Laute eines Sprechchors sind zu hören.

»Schein fünf!« Ich reiße das zweite Kaminholz an. Sterntaler setzt sich nieder und zählt die Taler. Sterntaler zählt immer bis zehn und fängt dann wieder von vorn an. So viele Taler, viel mehr, als sie tragen kann. Und weiter schneit es Taler in ihr neues Kleidchen, das ihr der Herrgott schnell angezogen hat, weil sie allein und nackt im nächtlichen Wald stand. »Schein sieben!« Irrt Dr. Halberstädt? Oder ich? Sechs verkohlte Taler liegen in der Wanne. Weiter! Sterntaler lernt schnell, das Herrgottskleidchen mit beiden Händen vor sich hinzuhalten, bis mehr und mehr Scheine hineinschneien. Sie sammelt die ganze Nacht die Scheine – nein, Taler zusammen, einen ganzen Hügel aus blanken Talern. Am Morgen schleppt sie die erste Ladung von zehnzehnzehnzehnzehnzehnzehnzehn Talern aus dem Wald. Da begegnet ihr das erste Kind, dem sie ihr Kleidchen geschenkt hatte. Es sagt: Du hast mir dein schäbiges Kleid gegeben und trägst selbst ein feines aus Linnen und hast so viele blanke Taler darinnen, gib sie mir! Und Sterntaler gibt sie ihm, geht zurück in den Wald und kommt mit einer zweiten Ladung zurück. Da begegnet sie dem zweiten Kind, das sagt: Du hast mir dein Röcklein gegeben, aber ich bin krank, jetzt gib mir auch Taler! Und sie gibt sie ihm, kehrt um und kommt wieder, das linnene Kleid voller Taler. Da steht das dritte Kind da und sagt: Du hast mir zwar dein Leibchen überlassen, aber Taler sind mir lieber, gib sie mir! Und sie tut es und läuft zurück in den Wald. Das vierte Kind jammert und spricht: Ich trage deine Mütze und mir ist warm, aber ich habe kein Dach überm Kopf, und Taler habe ich keine, ach, gib sie mir! Und Sterntaler gibt sie auch ihm. Und eilt wieder zurück, weil da der alte Mann ist, der immer Hunger hat. Der sagt: Ach, gib mir etwas zu essen, ich bin so hungrig. Da sie aber kein Stückchen Brot mehr hat, gibt sie ihm die Taler und sagt: Gott segne dir's, und rennt in den Wald und kommt wieder und geht übers Feld zurück in die Stadt. Und da Sterntaler so fromm und so gut ist, will sie gar nichts anderes haben als ihr altes Kämmerchen, aus dem sie ausziehen musste, weil ihre Eltern gestorben waren und niemand für Sterntaler die Miete bezahlen wollte. Aber wie staunt Sterntaler, als der Vermieter den Preis nennt. Für alle Taler im linnenen Kleid darf sie nur eine Woche in der kleinen Kammer hausen, denn alle Welt holt sich aus dem Wald die Taler, so dass sie viel weniger wert sind als am Tag zuvor und das linnene Herrgottskleidchen das Wertvollste ist, was Sterntaler besitzt. Aber auch das zerreißt man ihr, denn Sterntaler gilt als die Schuldige, die all das Geld unter die Menschen gebracht hat, so dass rein gar nichts mehr so sein will wie bisher und die Menschen hungern und ihre Häuser verlassen müssen und einander totschlagen …

Ein Knall. Als ich hinsehe, stürzt die Scheibe wie ein Wasserfall zu Boden. Sie zerspringt in Tausende Kristalle, die nicht einmal Sterntaler in ihrem linnenen Kleidchen auffangen könnte.

ACHTES KAPITEL

In dem Peter das Wesen der Kunst entdeckt. Beim Thronfolger. Reden über das Scheitern samt notwendigen Schlussfolgerungen, die daraus zu ziehen sind.

Wie auf Kommando richten sich Frau Schöntag und ihr Freund Jan in ihren Stühlen auf, als ich ihnen von der Einladung des Kanzlerkandidaten erzähle, ein Essen, das er für Künstler und Galeristen gibt. Mich hat die Einladung erst gestern telefonisch erreicht. Das Lokal, in dem das Treffen stattfinden soll, liegt in der Oranienburger, keine fünf Minuten zu Fuß von der Galerie entfernt.

Serge ist gekränkt, weil er nur als Olgas Begleitung eingeladen ist. Er schiebt das auf sein SPD-Parteibuch, und natürlich wisse man im Stab von Schröder, wer Olgas Mann sei. Serge schwärmt schon lange von Gerhard Schröder. Meistens nennt er ihn Gerd Schröder oder nur Gerd.

Ich erwarte mir von keiner der beiden Berufsgruppen etwas, weder von den Politikern noch von den Künstlern, ganz zu schweigen von den Galeristen. Außerdem bin ich noch CDU-Mitglied, zumindest wird der Mitgliedsbeitrag abgebucht, ein Posten, auf den Frau Schöntag mich nie hingewiesen hat.

»Mach nicht so ein Gesicht!«, sagt Serge. »Gerd Schröder ist jemand, der zuhört, der nachfragt, den interessiert, was andere Menschen denken.«

Olga steckt in einem Hosenanzug, der neu sein muss. Ihr Dekolleté ist ziemlich gewagt, ihre Pumps glitzern – nichts für einen nassen Fußweg um Baustellen herum. »Wollen wir nicht ein Taxi rufen?«

Olga schließt die Sicherheitsanlage ihrer Galerie scharf und hängt sich zwischen uns ein. Ihr Parfüm duftet leicht.

»Unter Schröder«, sagt Serge, »wird die Kultur einen ganz anderen Stellenwert haben … Das ist ihm weiß Gott nicht in die Wiege gelegt worden, weiß Gott nicht!«

»Was denn?«, frage ich.

»Seine Liebe zur Gegenwartskunst, die hat er sich erarbeitet!«

Olga und Serge reden neuerdings ständig über Politik. Olga überlegt sogar, bei den Grünen einzutreten. Schon zweimal hat sie ihnen zehntausend D-Mark gespendet.

»Was im Osten ’89 gewesen ist, kann für uns alle ’98 werden!«, sagt sie. Ihre Sohlen sind glatt. Ohne uns könnte sie gar nicht gehen. Olga und Serge wünschen sich Schröder als Kanzler und Fischer als Außenminister.

»Für Gerd ist Kunst ein Lebensmittel!«, sagt Serge plötzlich, als wäre ihm das eben erst eingefallen. »Alle Malerfürsten werden da sein, in schönster Vollständigkeit!«

»Auch Eugen?«

»Steht zu befürchten«, sagt Olga.

»Das Essen wird dich entschädigen«, sagt Serge. »Gerd ist ein Gourmet!«

»Ich wette, alle fragen nach *artprototo*«, sagt Olga.

»Hoffentlich nicht. Jetzt muss der nächste Schritt folgen! Sonst ist’s lächerlich.«

»Das ist ein bombastischer Erfolg gewesen! Der Galerist als Künstler! Toll, toll, toll, toll!«, ruft Olga.

»Wenn du die Kunst ernst nimmst«, sage ich, »führt dich der nächste Schritt hinaus. Das hab ich kapiert, als die Scheibe krachte.«

»Aber dann wird’s sinnlos«, sagt Olga. »Wenn’s keine Kunst ist, hat’s doch gar keinen Sinn mehr!«

»Ich muss rückhaltlos sein«, sage ich.

»Jede Kunst muss rückhaltlos sein, sonst ist sie nicht schön!«, sagt Olga. »Wer in der Kunst nicht alles gibt, wer nicht bis an seine Grenze geht, ist kein Künstler!«

»Aber Kunst, der es nur um Kunst geht, ist schon keine Kunst mehr!«

»Du hast in Schönheit entlarvt, was es zu entlarven gab! Was willst du denn noch?«, sagt Olga so laut, dass die Entgegenkommenden sie ansehen und Platz machen, den wir auch brauchen, weil wir Olga nicht loslassen können. »Ohne Kunst wird alles banal.«

»Wäre ich tatsächlich rückhaltlos gewesen, hätte ich nicht achthundertzwölftausend Mark eingesetzt, sondern alles!«

»Willst du Bettelmönch werden?«, fragt Serge. »Gib das Geld lieber Beate, für Nizams Töchter, die können es brauchen. Oder kauf dir die besten Köche und eröffne ein Restaurant.«

»Bloß nicht!«, sagt Olga. »Dann wird er ja noch dicker!«

Wir gehen die Oranienburger hinauf. Die ersten Frauen in Lackstiefeln stehen schon am Straßenrand. Vor einer von ihnen hält ein großer BMW. Sie macht einen Schritt vom Bordstein herab auf das Auto zu, ein junger Mann im Anzug eilt herbei und öffnet die hintere Wagentür. Ein kahlköpfiger Mann mit weißem Spitzbart steigt aus. Sein karierter Anzug ist ungewöhnlich. Er hält einen schwarzen Spazierstock mit silbernem Knauf wie ein Zepter in der Hand. Während er die Frau in Lackleder eingehend betrachtet, schiebt sich hinter ihm eine junge Frau mit brünetten Haaren aus dem Wagen. Olga bringt uns zum Stehen. Erst als das Paar seine Ausweise vorgezeigt hat und hineingeht, treten wir vor den Eingang. Serge nennt unsere Namen. Der Türsteher verlangt unsere Ausweise. Er sucht die Namen in seiner Liste.

»Herzlich willkommen!«, sagt er und reicht Olga und Serge die Ausweise zurück. Er schlägt die erste und dann die zweite Seite nach vorn um, die dritte ist die letzte.

»Tut mir leid«, sagt er zu mir und fährt die Namensreihe erneut mit seinem Kuli ab. »Ich darf nur einlassen, wer hier draufsteht.«

»Ich kläre das«, sagt Olga und stürmt die Treppe hinauf, Serge folgt ihr. Der Türsteher gibt mir meinen Ausweis zurück.

Am liebsten machte ich kehrt, verharre aber neben dem Türsteher. Der Mann für die Wagentüren tritt heran. Wir schweigen, als wären wir gemeinsam in einem Fahrstuhl. Da mir nichts einfällt, um ein Gespräch zu beginnen, stecke ich meinen Ausweis weg, verschränke die Hände auf dem

Rücken und observiere den breiten Gehsteig nach beiden Seiten.

»Herr Holtz? Sind Sie ...?« Ich nicke.

»Schröder«, sagt der Mann, in dem ich jetzt den Kanzlerkandidaten erkenne. »Tut mir leid. Erweisen Sie mir die Ehre? – Alles richtig, alles richtig!«, sagt er zu dem Ausweiskontrolleur, er ruft auch dem anderen etwas zu.

»Da haben Sie ja ein Ding gedreht, alle Achtung!« Schröder ist in äußerst heiterer Stimmung. Offenbar sind alle Eingeladenen unterhaltsam und witzig.

»Ich hoffe nur, dass es sich für Sie lohnt!«, sagt er. Wir machen uns an den Aufstieg.

»Der eigentliche Profiteur ist Herr Antonitsch«, sage ich.

»Der, dessen Geld Sie verbrannt haben?«

»Er hat den ›autorisierten Film‹ darüber schon für eine Million verkauft.«

Gerhard Schröder zieht die Augenbrauen hoch. »Ihr Künstler könnt wirklich aus allem Gold machen, beneidenswert!«

Jetzt wäre eine witzige Erwiderung angebracht.

»Werden denn alle, die besonders häufig mit Kunst in Berührung kommen, bessere Menschen?«, frage ich. Wir sehen einander an, er aber antwortet nicht.

»Artprototo«, fahre ich fort, weil es mir peinlich wäre, in seiner Gegenwart nichts zu sagen, »ist eben nicht die reife Frucht meiner Gedanken, sondern nur deren wunderliche Blüte, etwas für Schmetterlinge halt, wie sie zu Tausenden im Galeriebetrieb umherflattern. Wir müssen die Scheibe, die zwischen uns und der Welt liegt, zerschlagen, bevor die anderen es tun.«

Schröder ist so taktvoll, eine Pause einzulegen, damit ich verschnaufen kann. Sorgenvoll blickt er mich an, schließlich bin ich zwanzig Jahre jünger als er. Meine Atmung beruhigt sich aber relativ schnell.

»Es ist sehr schwierig, mit Geld kein Unheil anzurichten. Noch dazu ist nach meinen Informationen das meiste Geld, das sich im Umlauf befindet, völlig überflüssig. Das ist eine enorme Gefahr für unseren demokratischen Kapitalismus.«

»Oho«, sagt er. »Sie steigen ja ganz hoch ein: ›demokratischer Kapitalismus‹! Da gehe ich wohl besser gleich in Deckung, was?«

»Die Aufgabe der Politik sollte es sein, das ganze überflüssige Geld einzusammeln! Sonst wird das ein antagonistischer Widerspruch.«

»Ein antagonistischer Widerspruch?«, fragt er. »Ich verstehe noch nicht, worauf Sie hinauswollen.«

»Ich persönlich zum Beispiel habe viel zu viel Geld. Erstens brauche ich das gar nicht, und zweitens, und da kommen wir zum Kern des Problems, weiß ich wirklich nicht, wie ich es mit Anstand wieder loswerden soll. Ich würde gern eine sinnvolle Arbeit tun und davon leben, statt mir unentwegt Gedanken darüber machen zu müssen, dass mein Geld kein Unheil anrichtet.«

»Wie wär's mit einem Sparbuch?«

»Aber Herr Kanzlerkandidat«, sage ich, weil ich nicht die richtige Anrede weiß. »Wissen Sie denn, was die Banken mit unserm Geld anstellen? Es ist die höchste Kunst, mit Geld so umzugehen, dass es keinen Schaden anrichtet, sondern zu Gutem führt.«

»Kaufen Sie Kunst!«

»Viele Künstler hegen und pflegen, was ich als die Wurzel des Übels ausgemacht habe.«

»Was haben Sie gegen meine armen Künstler? Übrigens – Sie sind auch einer!«

»Warum sollten ausgerechnet Künstler mit Geld besser umgehen können? Dafür gibt es keine Anhaltspunkte. Im Gegenteil, Künstler stellen ihre Werke oft genug als Geldanlage zur Verfügung. Auf Künstler setzen Sie besser nicht!«

»Soll ich sie wieder ausladen?« Er biegt sich vor Lachen.

»Der einzige logische Ausweg besteht darin, das Geld zu entschärfen, was nichts anderes heißt, als das überflüssige Geld, das ja massenhaft existiert und allein an seiner Selbstvermehrung interessiert ist, zu vernichten.«

»Das ist nicht Ihr Ernst?«

Da ich Gerhard Schröder nicht nötigen will, meinetwegen seine Zeit auf der Treppe zu verbringen, erklimme ich die nächste Stufe.

»Ich hatte Sie dahingehend verstanden«, fährt er fort, »dass Sie die zynische Seite, die der Marktwirtschaft durchaus auch eigen ist – da bin ich ganz bei Ihnen –, dass Sie diesen Zynismus anprangern wollten.«

»Mir geht es nicht um Anklage, sondern um Reinigung, um die Selbstreinigung des Kapitalismus.«

»Und wer soll das tun?«

»Jeder selbst natürlich! Wem es wie mir nicht gelingt, sein Geld jenseits von Profitstreben, Monopolstreben oder Wohltätigkeit zu investieren, sollte die Konsequenz aus seinem Versagen ziehen.«

»Na ja«, sagt Gerhard Schröder. »Übertreiben Sie da nicht mit Ihrer Selbstkritik? Jetzt essen wir erst mal 'nen Happen!«

Ich nehme die letzten Stufen so schnell, wie ich es vermag. Oben angekommen, stehen wir einander gegenüber. Ich möchte sein Interesse an mir und seine Aufmerksamkeit ebenso aufrichtig und ehrlich erwidern.

»Sie haben da was im Haar«, sage ich und greife nach dem weißen Kügelchen nahe seinem Scheitel. Vertrauensvoll senkt er den Kopf. Als ich das weiße Ding zwischen den Fingern habe, stellt es sich als eine große Schuppe heraus. Ich schnipse sie von der Daumenkuppe.

»Danke«, sagt er.

»Wenn das Geld zum Henker der Dinge wird, hat es keine Berechtigung mehr«, sage ich.

»Riecht nach Marx, oder?« Er legt eine Hand auf meinen Rücken und drückt mit der anderen die Schwingtür zum Saal auf. Fast stolpere ich, als bliebe mein Fuß in der Luft hängen ... Wir stehen auf einer dicken, blanken Glasscheibe, die einige Zentimeter über sehr alten, offenbar kostbaren Dielen angebracht ist.

Während ich noch zögere, wohin ich meine Schritte lenken soll – Olga und Serge sitzen bereits –, kommt ein großer Hund auf mich zugaloppiert, rutscht aus und landet halb auf der Seite, halb auf der Schnauze. Seine Pfoten scharren über das Glas. Jaulend und bellend kommt er wieder auf die Beine und beschnüffelt meine Schuhe. Als ich mich zu ihm beuge, um ihn zu streicheln – er ist sehr jung –, schleckt er an meiner Hand, lässt wieder von mir ab und galoppiert zurück, wobei er erneut scharrend über das Glas schlittert und auf der Seite landet.

»Nein!«, schreit eine Männerstimme. »Nein!«

Tastend wie ein Blinder setze ich einen Fuß vor den anderen. Zu spät merke ich, dass ich direkt auf den Maler Eugen zusteuere. Der ist inzwischen aufgestanden und stützt sich mit einer Hand auf die Tischkante wie auf eine Krücke. »Nein!«, schreit er zum dritten Mal. Der Aufruhr ist allgemein.

Kurz darauf begleitet mich Gerhard Schröder wieder zur Saaltür.

»Ich bedauere das ganz ausgesprochen«, sagt er. Gemeinsam treten wir durch die Schwingtür in den Vorraum. Unser Handschlag ist fest, wir sehen einander in die Augen. »Sie haben noch was gut bei mir«, sagt er.

»Danke«, sage ich und »Auf Wiedersehen« und laufe mit leichten, fast federnden Schritten treppab, angenehm überrascht, so schnell wieder festen Boden unter den Füßen zu haben.

NEUNTES KAPITEL

In dem Peter die gewonnenen Erkenntnisse im Alltag anwendet.
Passanten statt Publikum.

Unter die kreisenden Planeten der Weltzeituhr stelle ich meinen Klappstuhl auf die »Datumsgrenze« – symbolisiert sie nicht den Beginn einer neuen Zeit? Und am heutigen 1. September 1998, an dem der Kreislauf der stetigen und sinnlosen Geldvermehrung endlich unterbrochen wird, beginnt sie. An der Säule in meinem Rücken, etwas östlich, befindet sich die Behringstraße, noch weiter im Osten Alaska und die Westküste Nordamerikas, in nordwestlicher Richtung liegt Kamtschatka, südwestlich Neuseeland. Unter mir das Steinmosaik der Windrose. Meinen linken Fuß setze ich auf den Strahl, der auf N zeigt, den rechten auf jenen, der nach NNO weist. Ich habe mich eingenordet, die Arbeit kann beginnen. Aus meiner Umhängetasche, in die ich vorsorglich eine Million D-Mark gepackt habe – wenn es gut läuft, will ich nicht wegen fehlender Scheine abbrechen müssen –, nehme ich mein großes Zippo-Feuerzeug, das für die Arbeit im Freien besonders geeignet ist und sich mit der linken Hand leicht bedienen lässt. Die Geschicklichkeit der rechten kann ich so für den Schein nutzen.

Aus dem nahen Treppenschacht der U-Bahn weht noch sommerliche Wärme. Vielleicht bin ich nicht mal an meinem ersten Schultag so erwartungsvoll gewesen. Denn am heutigen 1. September 1998 soll der Kreislauf der stetigen und sinnlosen Geldvermehrung unterbrochen werden.

Den Reißverschluss der Umhängetasche habe ich nur so weit geöffnet, dass meine rechte Hand hindurchpasst – niemand muss sehen, wie viel Geld ich mit mir herumtrage. Aus dem obersten Bündel ziehe ich einen Tausender. Ich juchze leise, als die Sterntaler-Ecke Feuer fängt. Nachdem die Hälfte des Scheins verbrannt ist, lasse ich ihn zwischen meine Füße fallen. Ich warte, bis die Flamme verloschen ist und nur noch ein schmaler Rand weiterglimmt.

Jeder Schein brennt auf seine eigene Weise. Stets bemühe ich mich, den Schein so zu halten, dass die Flamme möglichst viel Nahrung findet, ohne mir die Finger zu versengen. Meine heutigen Tausender sind druckfrisch und kleben aneinander.

Obwohl die Bevölkerung noch keine Notiz von mir genommen hat, gefällt es mir unter freiem Himmel – wann habe ich überhaupt das letzte Mal zu den Wolken aufgeblickt? – wesentlich besser als in der Galerie, auch wenn mir dort die Aufmerksamkeit bereits vom ersten Schein an sicher gewesen ist. Aber Publikum interessiert mich nicht mehr. Ich will Akteur unter Akteuren sein. Deshalb habe ich auch Ulf, der mich zum Alex gefahren hat, wieder weggeschickt. Ich brauche keinen Beschützer, niemanden, der sich um mich sorgt. Ulf und Frau Schöntag werden noch früh genug erfahren, was ich hier treibe. Beate und Olga ebenso. Eines Tages werden sie verstehen, dass ich mich nicht *gegen* Familie und Freunde entschieden habe, sondern *für* die Gesellschaft. Paul Löschau und Hermann gäben mir recht. Denn ich habe es satt zu diskutieren. Diskussionen bringen nichts. Die Sprache der Tat ist klar und deutlich. Selbst wenn meine Aktion überhaupt niemand wahrnehmen sollte – ich bin bereits bei Schein fünf –, so zelebriere ich sie doch zu meiner eigenen Freude, zu meiner eigenen Befreiung.

Zuletzt habe ich auch die Villa verkauft, schon nächste Woche wird sie zur Botschaft. Die neuen Bewohner müssen nicht mal renovieren, ein Fahnenmast und ein neues Schild am Tor, und fertig ist die Botschaft. Bis auf etwas Kleidung und meinen Föhn besitze ich nur noch Geld: dreitausend Tausender versteckt im Keller unter Frau Schöntags Wohnung, sechzigtausend Tausender in zwei Schließfächern der

Deutschen Bank. Pi mal Daumen werde ich zwischen zwei und vier Monate benötigen. Aber Zeit spielt keine Rolle. Jeden einzelnen Tag will ich bewusst erleben und genießen.

Ich bin bei Nummer neun, als jemand stehen bleibt – eine Frau in einer weißen Strickjacke und hellem Kleid. Während sie mich betrachtet, drückt sie ihre Aktentasche mit beiden Armen an sich. Ich halte den Tausender so, dass sie ihn gut erkennen kann, und zünde ihn an. Ungerührt verfolgt sie meine Tätigkeit. Erst als der brennende Schein zwischen die Strahlen der Windrose fällt, schüttelt sie den Kopf. Ihre Aktentasche schwingt noch kurz hin und her, während sie weitergeht.

»Darf ich den haben?«, fragt leise ein Lehrling oder Schüler in kurzen farbigen Hosen, Turnschuhen und weißem T-Shirt. Er zeigt auf den Rest eines Scheines – fast alle Haare von Wilhelm Grimm sind erkennbar und die Schrift: Tausend Deutsche Mark. Offenbar habe ich ihn zu früh losgelassen. Ich bücke mich danach, was mir im Sitzen und mit der bereits brennenden Nummer zwölf in der Hand schwerfällt, bekomme Wilhelm Grimm zwischen die Fingerkuppen und zünde ihn an Nummer zwölf zum zweiten Mal an.

»Schade«, sagt der junge Mann und lässt seinen bereits ausgestreckten Arm sinken.

»Warte«, sage ich und ziehe Nummer dreizehn heraus. »Wenn dir das Feuer nicht ausgeht, darfst du ihn halten.« Als die Flamme den französischen Dom von Nummer dreizehn erfasst, überreiche ich ihm den Schein. »Aber Vorsicht! Immer schön weit weg vom Körper!«

Langsam hebt er den Arm mit dem brennenden Schein, bis der hoch über seinem Kopf lodert, er macht das recht geschickt.

»Die sind aber nicht echt?«, fragt ein Mann mit Schirmmütze und einer bis zum Hals zugezogenen Windjacke.

»Sehen Sie?« Ich halte Nummer vierzehn so, dass er das

Wasserzeichen erkennen kann. Neben ihm fällt gerade Nummer dreizehn zu Boden, die auf dem Steinmosaik fast vollständig verbrennt.

»Glaub ich nicht, glaub ich trotzdem nicht.« Beim Sprechen zieht ein Lächeln seinen Mund immer schiefer.

»Nehmen Sie«, sage ich und halte ihm den Schein hin. »Prüfen Sie ihn.«

»Und? – Und? Is er echt?« Der das wissen will, hat Augenbrauen, die einem schwarzen Vogel im Flug gleichen. Dem anderen ist das schiefe Lachen im Gesicht hängen geblieben. Er starrt mich an. Ich ziehe den Schein zwischen seinen Fingerkuppen hervor und halte ihn an das Feuerzeug, so wie ein Schaffner eine Fahrkarte knipst. Die Lippen des Mannes bewegen sich, nur zu hören ist nichts.

»Wenn Sie mir eine Weile zusehen«, sage ich, »wird es auch für Sie selbstverständlich und alltäglich. Und vielleicht regt es Sie ja zum Nachdenken an und Sie folgen meinem Beispiel.«

»Spinn ick? Spinn ick denn? Kann ick noch ma?«, ruft einer neben mir. Erst spät lasse ich die vierzehn fallen und greife nach Nummer fünfzehn.

»Jetzt will ick ma«, sagt der neben mir.

»Bitte«, sage ich. »Bilden Sie sich selbst ein Urteil.«

Zwischen beiden Händen hält er den Tausender ins Licht. Im Nu ist er dicht umringt.

»Echt!«, ruft jemand. »Gibt's ja nich! Echt, dit is echt!«

»Es gibt gar keine Tausend-Mark-Scheine!«, ruft einer von hinten. »Tausender gibt's nicht!«

»Siehste doch, dass es sie gibt, da!«, sagt der mit der Schirmmütze. Der Schein wandert von einem zum anderen. Sie sollen mit eigenen Augen das Wasserzeichen bezeugen können. Wer es gesehen hat, erschlafft und lässt sich den Schein widerstandslos abnehmen.

»Bist du 'n Hütchenspieler?«, fragt einer.

»Bist ’n bisschen plemplem, nich?«, ruft ein junger Mann mit großen Händen. Unentwegt fährt er sich durch sein krauses Haar, das schon Geheimratsecken bildet. »Hütchenspieler! So ’n Elch aber ooch!«

»Ich möchte meinen Schein zurück!«, sage ich laut und bestimmt.

»Gebt ihm sein Geld!«, ruft der mit der Schirmmütze.

»Aber das is ’n Echter!«, sagt der mit den Geheimratsecken. In seinen Händen sieht der Schein kleiner aus.

»Das Geld gehört ihm!«

»Aber der verbrennt’s ja nur! Darf der denn das?«

»Klar, wenn’s seiner ist!«

»Verbrennst du den och?«

»Geben Sie ihn mir zurück!«, sage ich und halte meinen Arm ausgestreckt. »Es hat sich jeder davon überzeugen können, dass der Schein echt ist!«

»Ich nich!«, ruft einer, der plötzlich dasteht, sommersprossig, und der kleine Bruder des Kraushaarigen sein könnte. Im nächsten Moment hat er den Tausender aus den großen Händen gezupft. »Wenn er den verbrennt, jeb ich ihn nich!«, ruft er.

»Warum machst du das?«, fragt mich sein großer Bruder.

»Ich will meinen Schein zurück«, beharre ich.

»Gib ihm sein Geld!«, wiederholt der mit der Schirmmütze.

»Jeht dich jar nischd an, Arschkriecher!«

»Gib’s ihm zurück, los!« Er will dem Kleinen den Schein aus der Hand reißen, was missglückt.

»Gib’s ihm!«, blafft er ihn an, »oder ich ruf die Polizei! Wird’s bald?«

»Jehört wohl zusammen, ihr beide?«, sagt der Kleine und gibt mir Nummer vierzehn, die ich sofort entzünde.

»Hab ich doch jesacht, hab ich jesacht, verbrennt er, verbrennt er! Scheiße, nee!«

»Was soll das?!«, ruft der Große.

»Was fehlt denn?«, frage ich ihn. »Ändert sich was?« Er sieht mich verständnislos an. »Was fehlt Ihnen denn?«, rufe ich und werde des Doppelsinns meiner Frage erst gewahr, als sich sein Gesicht rötet und eine Ader mitten auf seiner Stirn anschwillt.

»Überflüssiges Geld stiftet Unheil«, sage ich. »Was würden Sie denn damit …«

»Wir haben kein überflüssiges Geld!«, sagt die Schirmmütze. »Jedenfalls ich nicht!«

»So 'n Blitzmerker aber ooch …«

»Erzählen Sie weiter, was Sie hier sehen«, fordere ich sie auf und fische mir Nummer fünfzehn aus der Tasche.

»Und was haben Se da drinne? Alles Jeld?«

»Scheine, alles Scheine!«, ruft eine Frau, die nach meiner Tasche greift. »Ich seh's doch, ich seh's doch!«, zetert sie.

Vorsichtshalber schließe ich den Reißverschluss ganz und entzünde zügig Nummer fünfzehn.

»Sie könn doch nicht unser Jeld verbrenn! Das jehört sich nich!«

Lehrreiche Lektionen schmerzen immer. Ich bin überrascht und erfreut, welche Kraft von mir ausgeht. Veränderungen sind ganz einfach, wenn man ein Beispiel gibt.

»Das gehört sich nicht!«, schreien mehrere.

Wie leicht mir die Arbeit von der Hand geht, wenn es Aufmerksamkeit dafür gibt. Und wie richtig es ist, sich der Bevölkerung ganz unmittelbar zu stellen und nicht von einer Bühne herab zu sprechen oder sich in einer Galerie zu verstecken. Nur so kann eine Idee ihre angemessene Wirkung entfalten. Und dabei bin ich erst bei Nummer sechzehn, Nummer sechzehn von dreiundsechzigtausend! Ich halte Kurs: Wie wird die Welt aussehen, wenn erst alle Sterntaler an den Himmel zurückgekehrt sein werden?

ZEHNTES KAPITEL

In dem Peter sagt, was er erreicht hat und warum er glücklich ist. Eindringlicher Aufruf, den Kampf fortzusetzen. Das Versprechen der Liebe. Ende des Romans.

Meine Lage ist, kurz gesagt, die: Ich bin der erste ökonomische Häftling! Jetzt, da ich es auszusprechen vermag, ist die Welt eine andere. Ich bin der erste ökonomische Häftling – eine andere Erklärung gibt es nicht. Und mehr brauche ich gar nicht zu sagen. Trotzdem möchte auch ich die mir zugestandene Zeit nutzen und einige Erklärungen anfügen, wohl wissend, dass das medizinische Personal es gewohnt ist, in unseren Äußerungen stets nur ein weiteres Symptom unserer Krankheit zu erkennen. Deshalb sind sie nicht in der Lage, die wahre Bedeutung unserer Worte zu ermessen.

Auch diese Rede wird in meinen Akten verschwinden. Im Gegensatz zu meinen Vorrednern habe ich jedoch keinerlei Interesse daran, durch praktizierte Alltagslogik zu brillieren, um meine Genesung unter Beweis zu stellen und auf diesem Wege meine Entlassung zu befördern.

Dabei liegen in meinem Fall die Dinge offen und einfach zutage. Jedem Menschen ist es erlaubt, sein eigenes Geld zu verbrennen, jedenfalls in unserer BRD. Nach Paragraph 903 des Bürgerlichen Gesetzbuches darf der Eigentümer grundsätzlich nach Belieben mit den ihm gehörenden Sachen verfahren. Es gibt keine Handhabe gegen mich. Dennoch werden meine Versuche, mein Geld öffentlich zu verbrennen, sowohl von staatlichen wie auch von nichtstaatlichen Akteuren behindert, beendet oder verunmöglicht. Die Türen unserer Einrichtung sind Tag und Nacht verschlossen und bewacht, die Fenster lassen sich nicht öffnen und jene Substanzen, die man mir gegenüber als Medizin deklariert, habe ich unter Aufsicht zu nehmen. Zugegeben, diese Tabletten befördern meine Gedanken. Hat man erst mal Übelkeit und Schwindel überwunden, ermöglichen sie mir, in jede beliebige Zeit meines Lebens zu gelangen, ja ganz und gar in diese einzutreten, als herrschte auch in der Erinnerung stets und überall nur Gegenwart. Selbst wenn es mir mitunter so scheint, als erinnerte ich mich an Träume, die ich nicht gehabt habe, vollziehen sich diese Ausflüge in glasklarer Nüchternheit. Neben dem Zeitvertreib, den sie bieten, eröffnen sie mir auch die Möglichkeit, die Entstehung meiner Ideen zu verfolgen und zu überprüfen.

Natürlich fehlt es nicht an sogenannten Freunden, die mir raten, klein beizugeben und zu unterschreiben, was man mir zu unterschreiben vorlegt, um dann mein Leben zu genießen. Fast täglich habe ich mich irgendwelcher Angebote zu erwehren! Man beteuert, ich könnte frei meines Weges ziehen, erklärte ich mich nur bereit, mein Geld nicht mehr öffentlich zu verbrennen. Aber verlangt man von einer Sängerin, auf Zuhörer zu verzichten? Oder von einem Fußballer, nur noch im Hinterhof zu spielen? Dreimal haben sie mich laufenlassen, dreimal kehrte ich zurück unter die Weltzeituhr, dreimal durfte ich erleben, welche Kraft die brennenden Scheine entfalten.

Der Vorwurf, ich sei gewalttätig, ist lächerlich. Ich setze mich nur gegen jene zur Wehr, die zu schwach sind, mein Beispiel zu ertragen. Statt Diebe zu jagen, stürzt sich die Polizei regelmäßig auf mich. Von allen Scheinen, die mir bei meinen Aktionen geraubt worden sind, hat man mir lächerliche vierundsiebzig Stück zurückgebracht, von denen keiner unversehrt geblieben ist.

Die Erregung unserer Bevölkerung wie ihrer Schutzorgane hat meinen Verdacht zur Gewissheit werden lassen: Ich habe tatsächlich den wunden Punkt unserer Gesellschaft entdeckt, der eben auch jener Punkt ist, von dem aus sie kuriert werden kann. Mich interessieren weder die Theorien der Ökonomen noch jene der Kunstdeuter, die sich um meine Aktionen ranken. Ich verlasse mich ganz und gar auf meine eigene Erfahrung. Mögen andere die ihre haben. Wer unvoreingenommen auf das Problem blickt, sieht die nahezu unüberwindlichen Schwierigkeiten, die ein jeder von uns hat, sein Geld mit Anstand loszuwerden. Die vielen Zuschriften, die ich in den letzten Wochen und Monaten erhalten habe, belegen die traurigen, ja grausamen Folgen, die Einkäufe oder Geldanlagen mit sich bringen. Ich bin überzeugt: Die Gefährlichkeit des Geldes kann gar nicht überschätzt werden. Es zu verbrennen ist jedem Einzelnen möglich, aber ebenso auch Betrieben, Parteien und ganzen Staaten. Wie schwer muss es sein, sich ratlos zu geben, statt das Richtige zu tun! Wer wissen will, kann wissen!

Ich komme zum Schluss, denn auch mein Gerede lenkt vom Handeln ab. Deshalb antworte ich auf die Frage: Warum verbrennen Sie Ihr Geld? – Weltzeituhr. Lehnen Sie das Privateigentum an Produktionsmitteln ab? – Aurora et labora. Möchten Sie damit Ihren Protest gegen die materialistische Grundhaltung unserer Gesellschaft kundtun? – Sterntaler. Ich lasse mich nicht in Gespräche abdrängen, die nur dazu dienen, Nebensächlichkeiten und persönliches Befinden in den Vordergrund zu rücken. Weltzeituhr. Aurora et labora, Sterntaler, Punkt. Jeder weiß: Komme ich raus, brennt das Geld.

Die Schar derer, die bereit sind, meinem Beispiel zu folgen, wächst stetig. Täglich erhalte ich Briefe, in denen Angehörige aller Klassen und Schichten begeistert auf meine Ideen reagieren, die mir Fotos schicken, auf denen ich sehen kann, wie sie selbst Geld in der Öffentlichkeit verbrennen. Die Größe der Scheine ist dabei unerheblich. Durch viele freiwillige Helfer ist es mir möglich geworden, von hier aus mit meiner Arbeit fortzufahren und mein Geld jenen zukommen zu lassen, die mich darum bitten, um es dann öffentlich zu verbrennen. Ob ich nun selbst Hand anlege, oder ob andere, die ich ›Revolutionäre‹ nenne, es für mich tun, spielt keine Rolle.

Deshalb kann ich mit Fug und Recht behaupten: Ich habe meinen Platz in der Gesellschaft gefunden! Das bedeutet, an dem Ort zu kämpfen, an dem man selbst am wirksamsten ist. Schon wenige verbrannte Scheine haben ausgereicht, die ganze Schwäche unserer Welt zu offenbaren. Keiner vermag sich vorzustellen, über welch ungeheure Kraft wir gebieten, wenn wir Kurs halten!

Wer seinen Platz in der Gesellschaft gefunden hat, findet auch früher oder später sein Glück. Ist erst mal mein großes Werk vollbracht – kann ich verkünden, über keinen einzigen Schein mehr zu verfügen –, wird sie zu mir kommen, sie, an die ich jeden Tag denke! Denn dann steht kein Geld mehr zwischen ihr und mir, dann trennt uns nichts mehr, dann entfallen auch alle Gründe, mich in dieser Einrichtung festzuhalten. Gemeinsam mit ihr kann ich mich freiwillig zum Bleiben entscheiden. Hier mangelt es uns an nichts. Im Gegenteil! Welche Wohltat, ohne Geld miteinander auszukommen. – Endlich nehme ich ab! Der Aufenthalt hier bekommt mir wie eine Fastenkur! Manche von uns sind in der Tat wunderlich. Doch für den Umgang miteinander spielt das keine Rolle. Wie überall muss man sich aufeinander einstellen. Wo ist das schon einfach?

Liebes Personal, liebe Mitbewohnerinnen und Mitbewohner, wer bereit ist zu leben, folge meinem Beispiel! Zünd an, sonst bist du verloren! Wenn erst der Glockenhammer die letzte Stunde schlägt und das Weltgebäude zersplittert, wird es zu spät gewesen sein, dein Feuer zu entzünden! Vielen Dank.

Die Aufforderung, einen Schelmenroman zu schreiben, verdanke ich Irina Liebmann. Für stetige Ermutigung und Hinweise danke ich vor allem Christa Schulze und Thomas Fritz sowie Silvia Bovenschen, Gunhild Brandler, Daniela Dahn, Dietmar Ebert, Thomas Geiger, Marie Gronwald, Peter König, Ulrike Kolb, Irina Liebmann, Karsten Ludwig, Jutta Penndorf, Patricia Reimann, Ralph Schock, Frank Witzel, John Woods.

Ich danke Stefan Peterlowitz, der mir die Geschichte seiner Flucht anvertraut hat. Ich danke Romy Gehrke für ihren Film *Fábrica ocupada*. Für hilfreiche Auskünfte möchte ich mich bei Karl-Heinz Wissel und Helmut Höge bedanken wie auch bei jenen, die namentlich nicht genannt werden wollen.

Herzlich danke ich meiner Lektorin Petra Gropp wie auch dem S. Fischer Verlag für die einfühlsame, geduldige und stetige Begleitung meiner Arbeit.

Vor allem aber danke ich meiner Frau, der das Buch gewidmet ist.

Die Worte der Predigt des Pfarrers Lehmann sind entnommen aus:
Theo Lehmann, Lieber geliebt als nicht gelebt. Reden von Gott ohne Wenn und Aber. Neukirchen-Vluyn, Aussaat Verlag, 2006.

Die Auszüge der Rede von Uwe Grüning sind entnommen aus:
Uwe Pörksen, Die politische Zunge. Eine kurze Kritik der öffentlichen Rede. Stuttgart, Klett-Cotta Verlag, 2002.